욕망을 파는 집 2

이 도서의 국립중앙도서관 출판예정도서목록(CIP)은
서지정보유통지원시스템 홈페이지(http://seoji.nl.go.kr)와
국가자료종합목록 구축시스템(http://kolis-net.nl.go.kr)에서 이용하실 수 있습니다.
(CIP제어번호: CIP2020015770)

욕망을 파는 집 2

스티븐 킹 장편소설

이은선 옮김

STEPHEN KING

엘릭시르

등장인물

니드풀 싱스

릴런드 곤트	니드풀 싱스의 주인.

캐슬록 보안관 사무실

앨런 팽본	보안관. 폴리 차머스의 남자친구.
노리스 리지윅	부보안관. 낚시를 좋아한다.
존 라포인트	부보안관. 샐리 랫클리프의 전 남자친구.
앤디 클러터벅	부보안관.
시턴 토머스	부보안관.
실라 브리검	보안관 사무실의 사건 접수원.
샌드라 맥밀런	보안관 사무실의 사건 접수원.

가톨릭교회

존 브리검	캐슬록 가톨릭성당의 신부.
돈 헴필	가톨릭교도. 헴필스 마켓의 사장.
앨버트 젠드런	치과 의사. 브리검 신부의 친구. 가톨릭교도.
윌마 저직	가톨릭교도. 싸움을 좋아한다.
피터 저직	가톨릭교도. 아내를 무서워한다.

침례교회

윌리엄 로즈	캐슬록 침례교회의 목사.
낸 로버츠	식당 낸스 런처넷의 사장. 침례교도.
샐리 랫클리프	초등학교 교사. 레스터 프랫의 여자친구. 침례교도.
레스터 프랫	고등학교 교사. 샐리 랫클리프의 남자친구. 침례교도.

그 외 캐슬록의 주민들

레이 밴 앨런	가정 의학과 의사.
폴리 차머스	바느질 공방 유 소 앤드 소의 사장. 관절염 환자. 앨런 팽본의 여자친구.
네티 코브	폴리 차머스의 가정부이자 친구. 소심한 성격.
댄포스 키턴	캐슬록 행정위원장.
머틀 키턴	댄포스 키턴의 아내.
슬로피 도드	초등학생. 말을 더듬는 습관이 있다.
브라이언 러스크	초등학생. 야구 카드를 수집하는 취미가 있다.
코라 러스크	브라이언의 어머니. 엘비스 프레슬리의 팬.
마이라 에번스	코라 러스크의 친구. 엘비스 프레슬리의 팬.
휴 프리스트	캐슬록 공공사업부 직원. 알코올의존자.
헨리 보퍼트	바 멜로 타이거의 주인.
소니 재킷	서노코 주유소와 카센터의 주인.
에디 워버턴	시청의 야간 경비원.
에이스 메릴	마을의 골칫거리 망나니. 약물의존자.

차례

1권

2권

2부

금세기 최고의 거래

12장

1

콜럼버스 기념일인 10월 14일 월요일, 날이 밝았을 때 캐슬록의 날씨는 맑고 더웠다. 주민들은 덥다고 투덜거렸고 마을 광장에서, 낸스 런처넷에서, 시청 앞 바닷가에서 삼삼오오 무리를 이루어 이례적이라고 입을 모았다. 쿠웨이트에서 벌어진 빌어먹을 유전 화재* 아니면 텔레비전에서 연신 떠들어대는 구멍 뚫린 오존층 때문일지도 몰랐다. 나이 지긋한 토박이 몇 명은 자기들이 젊었을 때는 시월 둘째 주 아침 7시에 기온이 21도를 넘은 적은 한 번도 없었다고 딱

* 걸프전이 한창이던 1991년 1월경 이라크군이 쿠웨이트에서 퇴각하면서 연합군의 진격을 막기 위해 쿠웨이트의 유전의 80퍼센트에 불을 질렀다. 쿠웨이트 전역은 불바다가 되었고 이 화재를 완전히 진화하기까지 팔 개월이 걸렸다.

잘라 말했다.

당연히 그건 사실이 아니었고 그들 대부분(전부는 아닐지 몰라도)은 다 알고 있었다. 이삼 년마다 한 번씩 날씨가 비정상적으로 따뜻해지면서 칠월 중순처럼 느껴지는 날이 사오 일 정도 있었다. 그러다 어느 날 아침에 여름 감기 기운 비슷한 걸 느끼며 일어나보면 앞마당의 잔디가 서리로 뻣뻣해지고 눈송이 한두 개가 차가운 허공을 나부끼는 것이다. 모두 그걸 알았지만 날씨라는 좋은 화제를 굳이 망칠 필요는 없었기에 토를 달지 않았다. 날이 터무니없이 더워졌을 때 토를 다는 건 좋은 생각이 아니었다. 그럴 때는 사람들이 험악해지기 십상이고, 자칫 어떤 일이 벌어질 수 있는지 정신이 번쩍 드는 사례를 보고 싶으면 캐슬록 주민들은 윌로와 포드 스트리트가 만나는 네거리 쪽으로 고개를 돌리기만 하면 되었다.

"두 여편네가 그럴 줄 알았지." 이 마을의 최고령자이자 최고의 험담꾼인 레니 파트리지는 시청 건물의 서관에 있는 소규모 법원 앞 계단에 서서 이런 식으로 자신의 의견을 피력했다. "둘 다 구멍 막힌 변소에 갇힌 생쥐처럼 미쳐 날뛰었으니. 코브라는 여자는 남편을 고기 집는 포크로 찔렀잖아, 응?" 레니는 헐렁한 바지 아래로 탈장대를 추어올렸다. "돼지처럼 찔렀단 말이지. 염병할! 그게 돈 게 아니면 뭐람?" 그는 하늘을 올려다보며 덧붙였다. "날이 이렇게 더우니 불화가 더 생길 거야. 전에도 그런 적이 있었거든. 팽본 보안관이 제일 먼저 해야 하는 일이 뭔가 하면, 날씨가 다시 정상으로 돌아올 때까지 타이거 영업을 중단하라고 헨리 보퍼트한테 명령을 내리는 거야."

"나야 그래도 상관없어요, 할아범." 찰리 포틴이 말했다. "하루이틀은 헴필스에서 마시고 나머지는 집에서 마시면 되니까."

이 말에 레니 주변을 듬성듬성 에워싸고 있던 남자들이 웃음을 터뜨렸지만 정작 레니 본인은 험상궂게 인상을 썼다. 그들은 뿔뿔이 흩어졌다. 휴일이건 아니건, 이들 대부분은 일을 해야 했다. 이미 금방이라도 주저앉을 듯한 펄프 트럭 몇 대가 낸스 런처넷 앞에서 스웨덴과 노즈 리지와 캐슬레이크 근처의 벌목장으로 출발했다.

2

댄포스 '버스터' 키턴은 팬티 바람으로 서재에 앉아 있었다. 팬티가 축축했다. 시청에 잠깐 다녀온 일요일 저녁 이후로 그 방에서 한 발짝도 나가지 않았다. 그때 그는 세무국 관련 파일을 집으로 들고 왔다. 캐슬록의 행정위원장은 콜트 리볼버에 세 번째로 기름칠을 하고 있었다. 이날 아침의 어느 시점에는 실제로 장전하려고 했었다. 그러다 아내를 죽이려고 했었다. 그러다 시청으로 찾아가 리지윅 그 개새끼를 찾아내(노리스가 그날 비번인지 꿈에도 모르고) 죽이려고 했었다. 그러다 마지막으로 서재 문을 잠그고 자살을 하기로 마음먹었다. 박해자들한테서 영영 벗어날 수 있는 방법이 그것뿐이었다. 다른 방법이 있을 줄 알았다니 바보였다. 우승 경주마를 귀신같이 알아맞히는 보드게임도 그들을 막을 수는 없었다. 절대로. 어제 외출했다가 돌아와 집 안 곳곳에 붙어 있는 분홍색의 끔찍한 딱지들을 맞닥뜨렸을 때 얻은 깨달음이었다.

책상 위에 놓인 전화가 울렸다. 키턴은 화들짝 놀라서 콜트 방아쇠를 당겼다. 건조한 딸깍 소리가 났다. 장전이 되어 있었다면 문에 구멍이 났을 것이다.

그는 수화기를 집었다.

"댁들은 나를 잠시도 가만두지 못하나?"

그는 성난 목소리로 고함을 질렀다가 상대방의 침착한 목소리를 듣고는 당장 입을 다물었다.

"저한테서 사 가신 장난감이 효과가 있던가요, 키턴 씨?"

"네!" 키턴은 대답했다. 환희에 젖은 목소리였다. 그 순간만큼은 살인과 자살을 계획하느라 아침 내내 힘겨운 시간을 보내고 있었다는 사실을 까맣게 잊었다. "경주마다 돈을 긁어모았어요!"

"아, 다행이네요." 곤트가 따뜻하게 말했다.

키턴의 얼굴에 다시 먹구름이 드리웠다. 거의 속삭임에 가까운 수준으로 목소리에서 힘이 없어졌다.

"그러다…… 어제…… 집에 돌아와보니……."

더이상 말을 이을 수가 없었다. 알고 보니 놀랍고도 기쁘게도 말을 이을 필요가 없었다.

"그들이 집에 왔다 갔던가요?"

"네! 네! 그걸 어떻게 아셨……."

"그들이 이 마을 곳곳에 득시글거리니까요. 지난번에 만났을 때 제가 얘기했잖습니까."

"그렇죠! 그리고……." 키턴은 말을 뚝 끊었다. 놀라서 얼굴이 일그러졌다. "그들이 이 전화선에 도청 장치를 설치했을 수도 있는

데, 그 생각을 미처 못 하셨나요, 곤트 씨? 지금 우리가 나누는 대화를 듣고 있을지도 모른다고요!"

곤트는 동요하지 않았다.

"그럴 수도 있지만 아니에요. 날 그렇게 순진한 사람으로 오인하면 곤란합니다, 키턴 씨. 나는 예전에도 그들을 만난 적이 있어요. 그것도 여러 번."

"그러셨겠죠." 키턴은 말했다. 몇백 년처럼 느껴지는 세월 동안 어둠 속을 버둥거리며 헤매다 동지를 만난 기쁨에 비하면 위닝 티켓을 통해 느꼈던 터질 듯한 기쁨은 아무것도 아니었다.

"내 전화선에 조그만 전자장치를 연결해두었거든요." 곤트가 특유의 침착하고 온화한 목소리로 말했다. "도청을 당하면 불이 켜지게 되어 있어요. 지금 그 장치를 보고 있는데 까맣네요, 키턴 씨. 이 마을의 몇몇 음흉한 인간들 심보처럼."

"정말로 그들을 아시는군요?" 댄포스 키턴은 떨리는 목소리로 흥분하며 물었다. 이러다 울음이 터질 것만 같았다.

"그렇다니까요. 섣부른 행동을 삼가라는 말을 전하려고 전화드렸습니다, 키턴 씨." 그의 목소리는 어르는 듯 나긋나긋했다. 듣고 있노라니 머릿속이 헬륨을 채운 풍선처럼 가벼워지기 시작하는 것 같았다. "그러면 그들이 손 안 대고 코 푸는 격이 될 테니까요. 아니, 당신이 죽으면 어떤 일이 벌어질지 모르겠나요?"

"몰라요." 키턴은 중얼거렸다. 그는 창밖을 내다보고 있었다. 눈빛이 꿈을 꾸는 듯 멍했다.

"그들이 잔치를 벌이겠죠!" 곤트가 나지막이 외쳤다. "팽본 보안관 사무실에서 부어라 마셔라 하겠죠! 홈랜드 공동묘지를 찾아가 당신 무덤에 대고 오줌을 싸겠죠!"

"팽본 보안관요?" 키턴은 머뭇거리며 물었다.

"리지웍 같은 졸개가 상사의 명령 없이 이런 작전에 가담했으리라 믿으시는 건 아니겠죠?"

"그럼요, 절대 아니죠." 이제 그는 좀더 분명하게 사태를 파악할 수 있었다. 그들, 항상 그들이었다. 그를 에워싸고 괴롭히던 시커먼 구름, 할퀴어봐야 쥐어지는 게 아무것도 없었던 그 구름. 이제 드디어 그들에게도 얼굴과 이름이 있다는 걸 깨닫게 된 것이다. 어쩌면 그들에게 약점이 있을 수도 있었다. 그 사실을 알게 됐다는 것 자체가 엄청난 위안이었다.

"팽본, 풀러턴, 새뮤얼스, 윌리엄스라는 여자, 당신 아내. 그들 전부 일당이에요, 키턴 씨. 하지만 내가 추측하기로는, 확실한 추측입니다만, 팽본 보안관이 주동자예요. 당신이 그의 똘마니를 한두 명 죽이고 당신 자신까지 제거하면 그가 얼마나 기뻐할까요. 내가 보기에 그는 처음부터 그걸 노리고 있었어요. 하지만 당신은 그의 뒤통수를 칠 작정이겠죠, 키턴 씨?"

"당연하죠오오오!" 키턴은 격렬하게 속삭였다. "제가 어떻게 하면 될까요?"

"오늘은 가만히 계세요. 평소처럼 행동하세요. 오늘 저녁에도 경마장에 가서 새로 산 장난감의 진가를 확인해도 좋고요. 당신이 평소와 다름없는 척하면 그들은 당황할 거예요. 적진에서 혼선과 불안이 야기될 거라고요."

"혼선과 불안이라." 키턴은 두 단어를 음미하며 천천히 내뱉었다.

"그렇다니까요. 내 나름대로 계획을 세우고 있으니 때가 되면 알려줄게요."

"약속하시는 거죠?"

"아, 그럼요, 키턴 씨. 당신은 제게 상당히 중요한 분이거든요. 솔직히 없어서는 안 될 분이라고 할 수 있습니다."

곤트는 전화를 끊었다. 키턴은 권총과 권총 청소용품을 치웠다. 그런 다음 2층으로 올라가 땀에 전 옷을 벗어 빨래 바구니에 넣고 샤워를 하고 옷을 갈아입었다. 아래층으로 내려갔을 때 머틀이 그를 보고 움찔했지만 키턴은 다정한 말을 건네며 그녀의 뺨에 입을 맞추었다. 머틀은 긴장을 풀었다. 어떤 위기 상황이 벌어졌는지 몰라도 지나간 모양이었다.

3

에버렛 프랭클은 아일랜드 사람인가 싶은 거구의 빨간 머리 사나이였는데…… 그도 그럴 것이 외가가 아일랜드 코크 출신이었다. 해군에서 제대하자마자 레이 밴 앨런의 병원에 의료보조원으로 취직한 지 사 년이 지났다. 그가 월요일 오전 7시 45분에 캐슬록 가정의학과에 출근했을 때 수간호사 낸시 래미지가 당장 버그마이어 농장으로 가달라고 했다. 헬렌 버그마이어가 간밤에 뇌전증 발작으로 추정되는 증상을 보였기 때문이었다. 에버렛이 보기에도 뇌전증 발작 같으면 조만간 출근할 의사 선생님이 검진하고 큰 병원에서 검사를 받아야 하겠는지 판단을 내릴 수 있게 그녀를 차에 태워 오라고 했다.

평소 같으면 출근하자마자 그렇게 먼 시골까지 왕진을 가는 게 싫었겠지만, 그날처럼 가을답지 않게 무더운 날에는 시외 드라이브가 제격인 듯했다.

게다가 담배 파이프도 있었다.

그는 플리머스에 올라타자마자 글러브 박스를 열고 파이프를 꺼냈다. 해포석에, 대통은 깊고 넓었다. 장인이 새긴 무늬도 있었다. 새와 꽃과 덩굴이 각도에 따라 다르게 보이는 문양으로 대통을 감싸고 있었다. 파이프를 글러브 박스에 보관한 건 병원에서 금연이기도 했지만 다른 사람들, 특히 낸시 래미지 같은 염탐꾼에게 보이기 싫은 마음도 있었기 때문이었다. 그걸 보면 일단 어디서 났는지 궁금해할 것이다. 그다음으로는 얼마를 주고 샀는지 궁금해할 것이고.

그뿐 아니라 누군가는 눈독을 들일지도 모른다.

그는 파이프를 물고 그것이 얼마나 완벽하게 어울리는지, 얼마나 완벽하게 제자리를 찾은 듯이 느껴지는지 다시 한번 감탄했다. 얼굴이 비치도록 룸 미러를 잠깐 아래로 기울여보니 백 퍼센트 마음에 들었다. 파이프 담배 덕분에 더 원숙하고 현명하고 준수해 보이는 것 같았다. 파이프를 입에 물었을 때 대통이 딱 알맞게 멋지고 당당한 각도로 살짝 위를 향하자 실제로 원숙하고 현명하고 준수해진 기분이었다.

그는 캐슬록과 시골을 연결하는 틴 브리지를 건너려고 메인 스트리트를 달리다 니드풀 싱스에 가까워지자 속도를 늦췄다. 초록색 차양이 낚싯바늘처럼 그를 당겼다. 갑자기 차를 세워야 할 것 같은, 세우지 않으면 안 될 것 같은 예감이 들었다.

그는 차를 대고 내리려다 파이프를 물고 있다는 사실을 떠올렸다. 파이프를 입에서 빼내(그러려니 안타까움에 가슴이 살짝 아팠다) 다시 글러브 박스에 넣었다. 이번에는 인도까지 갔다가 돌아가서 플리머스의 문을 네 개 다 잠갔다. 그렇게 근사한 파이프가 차 안에 있는 마당에 모험을 감행하고 싶지 않았다. 그렇게 근사한 파이프를 보면 누구라도 슬쩍하고 싶은 마음이 생길 수 있지 않겠는가. 누구라도.

그는 가게 쪽으로 걸어가다가 실망을 느끼며 걸음을 멈추었다. 쇼윈도에 걸린 팻말에

콜럼버스 기념일은 휴무입니다

라고 적혀 있었다.

에버렛이 막 몸을 돌리려는 찰나, 문이 열렸다. 팔꿈치를 덧댄 옅은 황갈색 재킷에 짙은 회색 바지를 입은 곤트가 광채를 뿜내며 멋지고 당당하게 등장했다.

"들어오세요, 프랭클 씨. 찾아주셔서 반갑습니다."

"아, 일 때문에 시외로 나가는 길에 잠깐 들러서 파이프가 얼마나 마음에 드는지 다시 한번 말씀드릴까 했어요. 예전부터 그런 파이프를 가지고 싶었거든요."

곤트는 얼굴을 환하게 빛내며 말했다. "저도 압니다."

"하지만 휴무라는 팻말을 걸어놓으셨으니 신경 쓰이지 않게……."

"전 좋아하는 손님이 오시면 언제든 문을 열어드리는데 당신도 그중 한 명이에요, 프랭클 씨. 그것도 아주 좋아하는 손님이죠. 들어오세요."

그러면서 그는 손을 내밀었다.

에버렛은 몸을 움츠렸다. 그 모습에 릴런드 곤트는 유쾌하게 웃으며 의료보조원이 들어올 수 있게끔 옆으로 비켜섰다.

"오래 있을 수는……."

에버렛은 말문을 열었지만 그의 발이 알아서 그를 어두컴컴한 가게 안으로 데려가는 느낌이었다.

"그럼요. 의료인이라면 모름지기 약속한 대로 왕진을 돌며 육신을 구속하는 질병의 사슬을 풀고……." 그가 활짝 웃자 눈썹이 위로 들리고, 단단히 자리를 잡은 채 서로 엎치락뒤치락하는 치아가 앞으로 튀어나왔다. "영혼을 구속하는 악령을 쫓아내야 하겠죠. 그렇지 않습니까?"

"그러게요."

에버렛은 말했다. 곤트가 문을 닫자 불안이 엄습했다. 파이프가 무사하기만을 바랄 따름이었다. 가끔 사람들이 차문을 따고 들어갈 때도 있었다. 훤한 대낮에도 말이다.

"파이프는 괜찮을 겁니다." 곤트가 달랬다. 그는 주머니에서 두 단어가 적힌 민무늬 봉투를 꺼냈다. 거기에 적힌 단어는 "내 사랑에게"였다. "저를 대신해서 간단한 장난을 치기로 했던 거 기억하시죠, 프랭클 의사 선생님?"

"저는 의사가 아니……."

곤트가 눈썹을 한데 모으자 에버렛은 당장 말을 멈추었다. 그는 뒤로 반걸음 물러섰다.

"기억하십니까, 못하십니까?" 곤트가 날카롭게 물었다. "얼른 대답하는 게 좋을 거예요. 파이프가 무사할지 좀 전처럼 장담하지 못하겠으니까."

"기억해요!" 에버렛이 말했다. 놀란 목소리가 다급하게 튀어나왔다. "샐리 랫클리프! 언어 치료 선생님!"

하나로 연결됐던 곤트의 눈썹이 풀렸다. 이와 더불어 에버렛 프랭클의 긴장도 풀렸다. "그렇죠. 이제 약속한 장난을 칠 때가 됐습니다, 의사 선생님. 자, 받아요."

그가 봉투를 내밀었다. 에버렛은 곤트의 손가락을 건드리지 않도록 조심해가며 봉투를 받았다.

"오늘은 학교가 쉬는 날이지만 랫클리프 씨는 교무실에서 서류를 정리하고 있을 거예요. 거기가 버그마이어 농장으로 가는 길은 아니지만……."

"어쩌면 그렇게 아는 게 많으신가요?"

에버렛이 어안이 벙벙한 투로 묻자 곤트는 짜증 섞인 몸짓으로 손사래를 쳤다.

"오는 길에 들를 시간이 있겠죠?"

"아마도요……."

"학생들이 없더라도 외부인이 학교를 찾아가면 의심을 살 테니 보건실에 왔다고 하면 되지 않겠어요?"

"보건교사가 있다면 그렇게 얘기하면 되겠네요." 에버렛이 말했다. "사실 보건실에 갈 일이 있긴 해요. 왜냐하면……."

"예방접종 기록을 찾아야 하니까요." 곤트가 말꼬리를 대신 맺었다. "그렇게 하면 될 거예요. 사실 보건교사는 없을 테지만 당신은 그런 줄 모르고서 들렀고요. 보건실을 한번 들여다보고 그냥 나와요. 나오는 길에 그 봉투를 랫클리프 씨가 남자친구한테 빌린 차에 슬쩍 떨어뜨리면 되는 거예요. 운전석 아래…… 하지만 완전히 아래는 말고요. 모서리가 삐죽 보일 정도로 둬요."

에버렛은 '랫클리프 씨의 남자친구'가 누군지 정확하게 알았다. 고등학교 체육 선생님이었다. 선택권이 있다면 에버렛은 약혼녀가 아니라 레스터 프랫에게 장난을 치고 싶었다. 프랫은 주로 파란색 셔츠에 바깥쪽에 흰색 줄무늬가 들어간 파란색 운동복 바지를 입고 다니는 덩치 좋은 침례교도였다. 땀구멍에서 뿜어내는 땀과 신심의 양이 동일한 (그리고 어마어마한) 인간이었다. 에버렛은 그를 별로 좋아하지 않았다. 레스터와 샐리가 이미 동침했을지 어렴풋이 궁금해졌다. 그녀는 상당히 섹시한 여자였다. 하지만 아직은 아닐 것 같았다. 현관 앞 그네에서 애무를 하다가 분위기가 후끈 달아오르면 샐리가 그에게 뒷마당에서 윗몸일으키기를 하거나 집을 대여섯 바퀴 뛰고 오라고 했을 것이다.

"그녀가 또 프랫의 차를 몰고 다니나요?"

"네." 곤트는 약간 퉁명스럽게 대답했다. "수다는 이만하면 됐을까요, 프랭클 선생님?"

"그럼요." 그는 말했다. 사실 그는 놀라우리만치 심오한 안도감을 느꼈다. 곤트가 무슨 '장난'을 치라고 할지 살짝 걱정하고 있었는데, 이제 보니 괜한 걱정이었다. 그녀의 신발에 폭죽을 꽂으라거나 초콜릿 우유에 변비약을 넣으라거나 그런 게 아니었다. 봉투가 무슨 피해를 입힐 수 있겠는가.

곤트가 또다시 불쑥 화사하고 눈부시게 환한 미소를 지었다.

"좋습니다."

자신을 한 팔로 감싸 안으려는 듯 다가오는 그의 모습에 에버렛은 경악했다. 그는 얼른 뒷걸음질쳤다. 곤트는 이런 식으로 그를 입구 쪽으로 몰고 가서 문을 열었다.

"파이프 잘 쓰세요. 예전에 아서 코넌 도일 경이 쓰던 거라고 제가 얘기했던가요? 위대한 셜록 홈스를 탄생시킨 그분 말이죠."

"아뇨!" 에버렛 프랭클은 외쳤다.

"당연히 안 했겠죠." 곤트는 이렇게 얘기하며 씩 웃었다. "거짓말이 됐을 테니까요. 저는 사업에 관한 한 절대 거짓말을 하지 않습니다, 프랭클 선생님. 심부름 잊지 마세요."

"잊지 않겠습니다."

"그럼 즐거운 하루 보내시기 바랍니다."

"사장님도……."

하지만 에버렛은 허공에 대고 얘기하고 있었다. 블라인드 쳐진 문이 그의 뒤에서 닫힌 후였다.

그는 문을 잠깐 쳐다보다가 플리머스 쪽으로 다시 천천히 돌아갔다. 곤트가 그에게 무슨 말을 했는데, 그는 곤트에게 무슨 말을 했는지 누가 물었다면 제대로 대답하지 못할 만큼 기억이 가물가물했다. 가벼운 마취제를 맞은 기분이었다.

에버렛은 다시 운전석에 앉자마자 제일 먼저 글러브 박스를 열어 "내 사랑에게"라고 적힌 봉투를 넣고 파이프를 꺼냈다. 한 가지 기억나는 게 있다면, 곤트가 아서 코넌 도일이 쓰던 파이프라며 그를 놀린 거였다. 하마터면 그 말을 믿을 뻔했다. 바보 같으니라고! 입에 물고 이로 담뱃대를 누르기만 해도 알 수 있었다. 이 파이프의 원래 주인은 헤르만 괴링*이었다.

에버렛 프랭클은 시동을 걸고 천천히 교외로 나섰다. 버그마이어 농장으로 가는 길에 딱 두 번 차를 세우고 파이프가 자신의 외모를 얼마나 돋보이게 하는지 감탄했다.

4

앨버트 젠드런의 치과는 캐슬 빌딩에 있었다. 시청, 캐슬 카운티 수자원 지구가 있는 납작한 시멘트 건물과 도로를 사이에 두고 마주 보고 있는 볼품없는 벽돌 건물이었다. 1924년부터 캐슬스트림과 틴 브리지 위로 그림자를 드리워온 캐슬 빌딩에는 일대에서 활동하는 다섯 명의 변호사 가운데 세 명과 검안사, 청능사, 몇 명의 독립 부동산 중개업자, 신용 상담사, 자동 응답 서비스 사무실 그리고 액자상의 사무실이 있었고 나머지 대여섯 개의 사무실은 공실이었다.

* 나치 독일의 주요 인물. 비밀경찰 게슈타포를 창설했다.

그 옛날 오닐 신부 시절부터 평온한 바다 성모마리아 성당의 독실한 신도였던 앨버트는 이제 나이를 먹어서 한때 새까맸던 머리는 희끗희끗해졌고 넓었던 어깨는 젊은 시절과 다르게 굽었지만, 그래도 아직 체구가 남달랐다. 키 2미터에 체중 127킬로그램이므로, 카운티 전역은 몰라도 캐슬록 안에서는 가장 건장했다.

그는 꼭대기인 4층까지 좁은 계단을 천천히 올라가다가 층계참에서 걸음을 멈추고, 밴 앨런이 그에게 생겼다고 한 심장잡음을 의식하며 숨을 골랐다. 마지막 계단을 반쯤 올라갔을 때 그의 사무실 간유리에 붙어 "앨버트 젠드런, 치의학 박사"라고 적힌 문구를 가리고 있는 종이가 보였다.

꼭대기까지 아직 다섯 칸 남았을 때 종이에 적힌 인사말을 읽을 수가 있었다. 잡음이 있거나 말거나 심장이 쿵쾅거리기 시작했다. 다만 이제 심장이 날뛰는 건 힘들어서가 아니라 분노 때문이었다.

생선 대가리들아, 잘 들어라!

종이 맨 꼭대기에 새빨간 매직으로 이렇게 적혀 있었다.

앨버트는 쪽지를 문에서 떼어내 잽싸게 읽었다. 그러는 동안 코로 숨을 쉬며, 돌진할 준비를 하는 황소처럼 거칠게 씩씩대는 소리를 냈다.

생선 대가리들아, 잘 들어라!

"이해할 수 있는 자는 들으라"라는 말씀에 따라 너희들을 이성적으로 설득하려고 했지만 소용이 없구나. 너희는 저주의 길로 접어들었으니 그들의 행위로 그들을 알 것이다. 우리는 너희 가톨릭교도의 우상숭배와 심지어 바빌론의 창녀*를 음탕하게 떠받드는 행위까지 참아주었다. 하지만 이번에는 선을 넘었다. 캐슬록에서 악마와 주사위 노름판을 벌일 수는 없지!

번듯한 크리스천이라면 이번 가을에 캐슬록에서 지옥불과 유황 냄새를 맡을 수 있을 것이다. 너희가 그 냄새를 맡지 못한다면 죄악과 타락으로 코가 막혔기 때문이지. 우리의 경고를 잘 듣고 명심해라. 이 마을을 도둑과 노름꾼의 소굴로 둔갑시키려는 음모를 단념하지 않으면 지옥불 냄새를 맡게 될 것이다! 유황 냄새를 맡게 될 것이다!

"하느님을 저버린 저 민족들, 죽음의 나라로 물러가라. 악인들아, 너희도 물러가라." 시편 9:17

잘 듣고 명심해라. 그러지 않으면 한탄하며 울부짖게 될지니.

캐슬록을 걱정하는 침례교인 일동

"무슨 개소리야." 마침내 앨버트는 중얼거리며 햄 덩어리에 버금가는 큼직한 손으로 쪽지를 우그러뜨렸다. "바보 같은 침례교 신발장수가 드디어 정신이 나갔구먼."

그는 사무실 문을 열자마자 브리검 신부에게 연락해 카지노 나이트가 열릴 때까지 분위기가 약간 더 험상궂어질 수 있겠다고 전했다.

* 『요한계시록』에서 악을 상징하는 은유적 표현.

"걱정할 것 없어요, 앨버트." 브리검 신부는 차분하게 말했다. "그 바보가 우리를 들이받으면 생선 대가리가 얼마나 단단한지 알게 되겠지…… 아닌가요?"

"그럼요, 신부님." 앨버트는 말했다. 우그러뜨린 쪽지를 아직까지 한 손에 쥔 채였다. 그걸 내려다보며 팔자수염 아래로 섬뜩한 미소를 살짝 지었다. "그렇고말고요."

5

그날 오전 10시 15분 은행 전면의 디지털 기록계에 적힌 캐슬록의 기온은 25도였다. 가을답지 않게 뜨거운 태양이 내리쬐는 가운데 틴 브리지 저편, 117번 도로가 지평선을 넘어 마을로 이어지는 지점에서 낮별 하나가 눈부시게 반짝였다. 앨런 팽본은 사무실에서 코브-저직 살인 사건 관련 보고서를 훑느라 철판과 유리에 반사된 햇빛을 보지 못했다. 보았다 한들 별 관심도 보이지 않았을 것이다. 이러니저러니 해도 달려오는 차량에 불과했으니 말이다. 하지만 크롬과 유리를 날카롭게 반짝이며 시속 110킬로미터가 넘는 속력으로 다리를 향해 다가오는 차량은 앨런 팽본과…… 온 마을의 운명을 장식할 중대한 사건의 도래를 예고하고 있었다.

니드풀 싱스에서는 옅은 황갈색 스포츠 재킷 아래로 뻗은 긴 손가락이 쇼윈도에 걸려 있던

콜럼버스 기념일은 휴무입니다

팻말을 거두었다. 그 대신 다른 팻말을 내걸었다. 거기에는 이렇게 적혀 있었다.

직원 구함

6

차는 제한속도 40킬로미터인 구역에서도 80킬로미터로 달리며 다리를 건넜다. 고등학생들이 보았더라면 감탄하며 부러워할 차량이었다. 앞코가 지면을 향하도록 궁둥이를 높인 연둣빛 닷지 챌린저였다. 선팅된 차창 너머로 앞좌석과 뒷좌석 사이 천장을 아치 모양으로 가로지르는 롤 바가 희미하게 보였다. 뒷범퍼는 스티커로 뒤덮여 있었다. "허스트, 퓨얼리, 프람, 퀘이커 주, 굿이어 와이드 오벌, 램 차저." 포틀랜드 북부에서는 옥스퍼드에 있는 자동차경주장에서만 살 수 있는 96옥탄 연료를 배불리 먹은 배기관들이 부릉거렸다.

차는 메인과 로렐이 만나는 네거리에서 속도를 살짝 늦추고 나지막이 끼익 소리를 내며 클립 조인트 이발소 앞쪽의 사선으로 된 주차 공간으로 들어섰다. 그때 안에서 머리를 깎던 손님은 없었다. 빌 풀러턴과 그의 왼팔 격인 이발사 헨리 젠드런은 그 옛날 브라일 크림과 와일드루트 크림 오일 광고 아래편 손님용 의자에 앉아서 조간신문을 나눠 보고 있었다. 운전자가 엔진을 잠깐 고속으로 돌리자 요란한 소리를 내며 배기가스가 뿜어져 나왔고 둘은 고개를 들었다.

"저런 게 살인 기계죠." 헨리가 말했다.

빌은 고개를 끄덕이며 오른쪽 엄지와 검지로 아랫입술을 잡아당겼다. "그렇지."

그들은 엔진이 꺼지고 운전석 문이 열리는 동안 기대 어린 눈빛으로 지켜보았다. 긁힌 자국으로 뒤덮인 검은색 엔지니어 부츠가 어두컴컴한 챌린저의 내부에서 등장했다. 그 위로 몸에 꼭 끼는 빛바랜 청바지로 감싼 다리가 이어졌다. 잠시 후에 차에서 내린 운전자는 가을답지 않게 뜨거운 태양 아래 선 채 선글라스를 벗어 V 자 모양의 셔츠 앞섶에 꽂고 경멸하는 태도로 한가롭게 좌우를 두리번거렸다.

헨리가 말했다. "이런, 골치 아픈 녀석이 등장한 것 같은데요."

빌 풀러턴은 신문의 스포츠면을 무릎에 얹은 채 입을 살짝 벌리고 허깨비를 빤히 쳐다보았다. "에이스 메릴. 이럴 수가."

"저자가 여긴 어쩐 일일까요?" 헨리가 분개하며 말했다. "미캐닉 폴스에서 다른 사람들 인생을 조지며 살고 있는 줄 알았는데."

"그러게." 빌은 말하며 다시 아랫입술을 잡아당겼다. "저것 좀 봐! 쥐새끼처럼 칙칙해졌네. 야비하기는 그 두 배겠지만. 저 녀석이 몇 살이지, 헨리?"

헨리는 어깨를 으쓱했다.

"마흔은 넘었지만 쉰은 안 됐다는 것밖에 몰라요. 어쨌거나 나이가 뭔 상관이겠어요? 제 눈에는 여전히 골칫거리로 보이는데."

그 말을 듣기라도 한 듯 에이스가 판유리 쪽으로 고개를 돌리더니 손을 들어 천천히 냉소적으로 흔들었다. 두 남자는 당구장에서 들린 발칙한 휘파람 소리가 자신들을 겨냥한 것임을 깨달은 여인네들처럼 발끈하며 몸을 홱 돌리고 신문을 부스럭거렸다.

에이스는 바지 주머니에 손을 넣고 어슬렁어슬렁 걸어갔다. 시간은 남아돌고 허세는 몸에 밴 남자의 표상이었다.

"팽본 보안관한테 연락해야 할까요?" 헨리가 물었다.

빌 풀러턴은 아랫입술을 좀더 잡아당겼다. 마침내 그가 고개를 저었다. "에이스가 돌아왔다는 거야 금방 알게 되겠지. 내가 굳이 연락할 것 없어. 자네도 마찬가지고."

그들은 말없이 앉아서 메인 스트리트를 걸어가는 에이스를 시야에서 사라질 때까지 바라보았다.

7

메인 스트리트를 건들건들 걸어가는 에이스 메릴을 보고 그에게 심각한 문제가 있다는 사실을 알아차린 사람은 없었을 것이다. 버스터 키턴도 어느 정도 알 만한 문제였다. 에이스는 어떤 친구들에게 거금의 빚을 지고 있었다. 정확히 얘기하면 팔만 달러가 훌쩍 넘었다. 버스터라면 최악의 경우라도 철창신세를 지는 게 고작이겠지만 에이스는 조만간, 그러니까 11월 1일까지 돈을 갚지 못하면 땅에 묻힐 가능성이 컸다.

한때 에이스 메릴을 보면 공포에 떨었던 테디 뒤샹, 크리스 챔버스, 번 테시오 같은 녀석들은 머리가 희끗희끗해졌어도 그를 한눈에 알아볼 수 있을 터였다. 에이스가 이 동네 방직공장에서 일을 하던 시절에는(공장은 오 년 전에 문을 닫았다) 머리가 희끗희끗하지 않았다. 나쁜 버릇이래봐야 술버릇이나 좀도둑질 정도였다. 앞엣것 덕분에 살이 많이 쪘고 뒤엣것 덕분에 지금은 고인이 된 조지 배너먼 보안관에게 상당한 주목을 받았다. 그러다 코카인을 발견했다.

이 놀라운 약물 때문에 그는 다니던 공장을 때려치웠고 순식간에, 아주 순식간에 살이 이십삼 킬로그램 빠졌고 일급 절도범으로 발전했다. 재정 상황은 고수익 주식거래업자 아니면 코카인 매매업자나 경험할 만한 수준으로 어마어마하게 요동을 쳤다. 땡전 한푼 없이 한 달을 시작했다가 월말에는 크랜베리보그 로드의 집 뒤편 죽은 사과나무 밑에 오만 달러나 육만 달러를 묻어두는 식이었다. 어떤 날은 모리스에서 일곱 코스로 이루어진 프랑스 만찬을 즐겼다가 그다음 날은 트레일러하우스 부엌에서 냉동 마카로니 앤드 치즈를 먹었다. 모든 게 시장과 공급에 따라 좌우될 수밖에 없는 것이, 대부분의 코카인 매매업자가 그렇듯 에이스도 최우수 고객이 자기 자신이었다.

공교육과 결별한 이래 점점 늘려나가던 비곗살을 벗어나 길쭉하고 호리호리하며 희끗희끗하고 약물에 찌든 에이스로 거듭난 지 일 년 정도 지났을 때, 그는 코네티컷에서 건너온 어떤 친구들을 만났다. 그들은 약물뿐 아니라 총기까지 다뤘다. 에이스는 그들을 한눈에 알아보았다. 코슨 형제 역시 에이스와 마찬가지로 그들 자신이 최우수 고객이었다. 그들은 에이스에게 메인 주 중부의 최우량 독점사업권 비슷한 것을 제안했고 에이스는 기쁜 마음으로 수락했다. 코카인 시장에 뛰어든 것이 순수하게 사업적인 측면에서 내린 결정이었듯이, 이 역시 순수하게 사업적인 측면에서 내린 결정이었다. 에이스가 자동차와 코카인보다 더 좋아한 게 있었다면 총이었다.

한번은 자금에 쪼들렸을 때 삼촌을 찾아간 적이 있었다. 마을 주민 절반을 상대로 사채놀이를 하는, 돈 많기로 유명한 삼촌이었다. 에이스는 자신이 사채를 쓰지 못할 이유가 없다고 생각했다. 그는 젊었고(뭐…… 마흔여덟이었으니…… 비교적 젊은 나이였다) 장래가 유망했고 혈기왕성했다.

하지만 삼촌의 생각은 전혀 달랐다.

"안 된다." 레지널드 메리언 '팝' 메릴은 말했다. "나는 네 돈이 어디서 나오는지 알거든. 그러니까 수중에 돈이 생긴 경우라면 말이지. 그거 다 하얀 가루 팔아서 챙기는 거 아니냐."

"아, 레지널드 삼촌……."

"레지널드 삼촌이라고 부르지도 마라." 팝은 대꾸했다. "지금도 보면 네놈 코에 자국이 남아 있어. 칠칠치 못하기는. 그 하얀 가루를 쓰는 인간들은 항상 칠칠치 못하지. 칠칠치 못한 인간들은 결국 쇼생크 신세를 지게 되어 있어. 그것도 운이 좋은 경우에나. 그게 아니면 길이 이 미터에 깊이 일 미터의 늪지에서 거름으로 썩어가지. 나한테 돈을 빌린 인간들이 죽거나 감방에서 썩으면 돈을 회수할 수가 없잖니. 그러니까 피똥 싸가며 번 돈을 너한테 줄 수 없다는 얘기다."

유난히 무안했던 그 사건이 벌어진 시점은 앨런 팽본이 캐슬 카운티 보안관으로 부임한 직후였다. 그리고 에이스가 두 친구와 함께 멜로 타이거의 사무실에 있는 금고를 부수려고 했을 때 급습한 것이 앨런이 맨 처음으로 거둔 중요한 업적이었다. 교과서에 나올 직한 아주 훌륭한 급습이었고 앨런은 삼촌에게 경고를 들은 지 넉 달도 안 돼서 쇼생크 신세를 지게 됐다. 강도 미수 혐의는 양형 거래 과정에서 기각됐지만 그래도 에이스는 야간 주거침입죄로 제법 긴 시간 동안 형을 살아야 했다.

그는 1989년 봄에 출소해 미캐닉폴스로 거처를 옮겼다. 일자리가 생겼기 때문이었다. 자동차경주장인 옥스퍼드 플레인스 스피드웨이가 주 당국의 조기 석방 프로그램에 동참한 덕분에 존 '에이스' 메릴은 정비공 및 파트타임 피트 정비사로 취직할 수 있었다.

예전 친구들은 물론 예전 고객들까지 여전히 주변에서 득시글거렸기에 에이스는 이내 다시 장사를 하고 코피를 흘리기 시작했다.

그는 형기가 정식으로 끝날 때까지 스피드웨이에서 일을 하다 딱 그날에 맞춰서 때려치웠다. 코네티컷 주 댄버리의 플라잉 코슨 브러더스에서 연락이 왔고 그는 다시 코카인과 총기를 취급했다.

그가 형을 사는 동안 판이 커진 듯했다. 이제 활발하게 거래되는 품목은 권총, 소총, 연발식 산탄총이 아니라 자동과 반자동 무기였다. 올해 유월에 남아메리카 억양을 쓰는 뱃사람에게 지대공 선더볼트를 팔았을 때가 정점이었다. 뱃사람은 선더볼트를 챙긴 다음 일련번호가 제각각인 백 달러짜리 신권으로 만 칠천 달러를 건넸다.

"저런 무기는 어떨 때 씁니까?" 에이스는 감탄하는 목소리로 물었다.

"아무 때나 쓸 수 있죠, 세뇨르." 남자는 정색을 하고 대답했다.

그러다 칠월이 됐을 때 모든 게 와르르 무너졌다. 어쩌다 그렇게 됐는지 에이스는 지금도 잘 이해가 되지 않았다. 다만 플라잉 코슨 브러더스와 계속 손을 잡고 총과 코카인을 팔았더라면 좋았을지 모른다는 것만 알 수 있을 따름이었다. 그는 마이크와 데이브 코슨에게서 조달한 돈으로 포틀랜드의 어떤 남자에게 콜롬비아산 코카인 3.2킬로그램을 샀다. 융통한 금액은 총 팔만 오천 달러였다. 그 가루는 호가의 두 배는 받을 수 있음 직했다. 테스트를 해보니 새파란색이 나왔다. 팔만 오천 달러면 평소 거래하던 액수보다 한참 많았지만 그는 자신만만했고 한 단계 도약할 마음의 준비가 되어 있었다. 당시에는 "아무 문제 없어!"가 에이스 메릴의 좌우명이었다. 하지만 이후로 상황이 달라졌다. 그것도 많이.

상황이 달라지기 시작한 시점은 데이브 코슨이 코네티컷 주 댄버리에서 전화해 베이킹 소다를 코카인으로 포장하려고 하다니 뭐 하는 짓이냐고 물었을 때였다. 진한 파란색이 나왔거나 말거나 포틀랜드 남자가 에이스를 등쳐먹은 거였는데, 데이브 코슨은 이 사실을 알아차린 다음부터 더이상 그를 친구처럼 대하지 않았다. 사실상 대놓고 험상궂게 나왔다.

에이스는 도망칠 수도 있었다. 하지만 있는 용기를 모두 그러모아서—중년의 나이에도 불구하고 그런 게 제법 남아 있었다—플라잉 코슨 브러더스를 만나러 갔다. 일이 어떻게 된 건지 그의 관점에서 설명했다. 이쪽 벽에서 저쪽 벽까지 카펫이 깔리고, 뜨끈뜨끈한 흙침대를 갖추었으며, 천장에는 거울이 달린 닷지 밴 뒷좌석에서 했다. 그의 설명은 아주 설득력 있었다. 아주 설득력 있을 수밖에 없었다. 밴은 댄버리에서 서쪽으로 몇 킬로미터 가면 나오는 울퉁불퉁한 흙길의 끝자락에 주차되어 있었고, 꺽다리 티미라는 흑인이 운전석에 앉아 있었고, 플라잉 코슨 브러더스, 그러니까 마이크와 데이브는 H & K 무반동 소총을 들고 에이스의 양옆에 앉아 있었다.

설명을 하는 동안 에이스는 멜로 타이거에서 잡히기 전에 삼촌에게 들은 얘기를 떠올렸다. 칠칠치 못한 인간들은 결국 쇼생크 신세를 지게 되어 있어. 그것도 운이 좋은 경우에나. 그게 아니면 길이 이 미터에 깊이 일 미터의 늪지에서 거름으로 썩어가지. 전반부에 관한 한 팝의 얘기가 맞았다. 에이스는 모든 말발을 동원해 후반부의 운명을 피할 작정이었다. 늪지에는 조기 석방 프로그램이 없었다.

그는 아주 설득력이 있었다. 그리고 어느 시점에 이르렀을 때 그의 입에서 마법의 두 단어가 튀어나왔다. 더키 모린.

"그 쓰레기를 더키한테서 샀다고?" 마이크 코슨이 충혈된 눈을 번쩍 뜨며 물었다. "확실해?"

"확실하다고 확신하는데." 에이스는 말했다. "왜?"

플라잉 코슨 브러더스는 서로 쳐다보더니 폭소를 터뜨렸다. 뭣 때문에 웃는지 에이스로서는 알 수 없었지만 그래도 다행이었다. 좋은 징조 같았다.

"그 남자가 어떻게 생겼는데?" 데이브 코슨이 물었다.

"키가 컸어. 저자만큼은 아니지만." 에이스는 워크맨 이어폰을 끼고 자기에게만 들리는 비트에 맞춰 몸을 앞뒤로 흔들고 있는 기사를 엄지손가락으로 가리켰다. "그래도 컸어. 프랑스어를 쓰는 캐나다 놈이었고. 발음을 들어보니 그렇더라고. 그리고 조그만 금색 귀걸이를 했고."

"대피 덕 맞네." 마이크 코슨이 맞장구를 쳤다.

"솔직히 아직까지 목숨이 붙어 있다니 놀랍군."

데이브 코슨이 말했다. 그는 마이크를 쳐다보았고, 둘은 놀라움을 완벽하게 공유하며 고개를 저었다.

"나는 괜찮은 녀석인 줄 알았어. 예전에는 계속 문제없었다고."

"하지만 잠깐 자리를 비웠지, 응?" 마이크 코슨이 물었다.

"크로스바 호텔에서 살짝 휴식을 즐겼겠지." 데이브 코슨이 말했다.

"덕맨이 코카인을 정제하는 동안 옆에 있었어야지. 딱 그때 그놈 하는 짓이 확 저질스러워지는데."

"더키가 요즘 종종 동원하는 수법이 있거든. 미끼 상술이라고 아나, 에이스?"

에이스는 곰곰이 생각해보다가 고개를 저었다.

"그래, 그렇겠지. 그러니 네가 이 지경에 이르렀겠지. 더키가 너한테 흰색 가루가 가득 든 봉지를 잔뜩 보여줬지? 그중 하나에는 고급 코카인이 가득 들어 있지만 나머지에는 똥이 잔뜩 들어 있었을 테고. 에이스, 너처럼."

"테스트를 했어! 내가 아무 봉지나 하나 골라서 같이 테스트를 했다고!"

마이크와 데이브는 험상궂으면서도 익살맞은 표정으로 서로를 쳐다보았다.

"그들이 테스트를 했겠지." 데이브 코슨이 말했다.

"그가 아무 봉지나 하나 골랐을 테고." 마이크 코슨이 덧붙였다.

그들은 시선을 위로 들어 천장에 달린 거울을 통해 서로를 쳐다보았다.

"어쩔 거야?"

에이스는 두 사람을 번갈아 바라보았다. 그들이 더키를 알아서 다행이었고 자기가 속이려고 한 게 아니라는 걸 믿어주어서 그것도 다행이었지만 그래도 괴롭긴 마찬가지였다. 그들은 그를 멍청이 취급하고 있었는데, 에이스 메릴은 어느 누구에게도 그런 취급을 당할 이유가 없었다.

"뭘 어째?" 마이크 코슨이 물었다. "네가 네 손으로 봉지를 골랐다고 착각하지 않았다면 이런 식으로 꼬라박을 일이 없었을 거 아냐. 더키는 형편없는 카드 속임수를 쓰고 또 쓰는 마술사나 비슷하다고. '카드를 골라보세요, 아무거나.' 너도 이런 대사 들어봤지, 에이스홀*?"

그들이 총을 들고 있거나 말거나 에이스는 발끈했다.

"그런 식으로 부르지 마."

"우리 마음대로 부를 거야." 데이브가 말했다. "너한테 팔만 오천 달러를 빌려줬는데 지금까지 그 돈에 대한 담보가 일 달러 오십 센트면 살 수 있는 빌어먹을 암 앤드 해머 베이킹 소다밖에 없잖아. 내키면 너를 휴버트 J. 씹새끼라고 불러도 돼."

* 영어로 욕에 해당하는 애스홀Asshole과 에이스의 이름을 조합해서 놀리는 말.

형제는 서로를 쳐다보았다. 무언의 메시지가 오갔다. 데이브가 몸을 일으켜 꺽다리 티미의 어깨를 두드리고는 그에게 자기 총을 넘겼다. 그런 다음 마이크와 함께 밖으로 나가 어느 농부의 밭 가장자리에 자란 옻나무 덤불 옆에서 머리를 맞대고 열띤 대화를 나누기 시작했다. 그들이 어떤 대화를 나누는지 에이스로서는 알 도리가 없었지만 주제가 뭔지는 알고도 남았다. 그를 어떻게 하면 좋을지 의논하는 것이었다.

그는 흙침대 가장자리에 걸터앉아 돼지처럼 땀을 흘리며 그들이 돌아올 때까지 기다렸다. 꺽다리 티미가 마이크 코슨이 앉았던 등받이 나무의자에 앉아서 H & K 소총으로 에이스를 겨누고 고개를 앞뒤로 끄덕였다. 이어폰에서 흘러나오는 마빈 게이와 타미 테럴의 목소리가 아주 희미하게 들렸다. 이제는 작고한 거장 마빈과 타미가 부르는 〈내 실수야My mistake〉였다.

마이크와 데이브가 돌아왔다.

"만회할 시간을 석 달 주겠어." 마이크가 말했다. 에이스는 몸에서 긴장이 풀리는 걸 느낄 수 있었다. "지금 당장은 널 찢어발기는 것보다 돈을 돌려받고 싶은 마음이 더 크거든. 그리고 다른 것도 있고."

"더키 모린을 처치하고 싶단 말이지. 그 새끼, 너무 오랫동안 해먹었어." 데이브가 말했다.

"덕분에 우리 평판만 나빠지고." 마이크가 말했다.

"네가 그놈을 찾을 수 있을 거라고 본다. 그놈 생각에 한번 에이스홀은 영원한 에이스홀일 테니까."

"거기에 대해서 할 말 있나, 에이스홀?"

전혀 없었다. 앞으로 한 주 더 목숨을 부지할 수 있다니 행복할 따름이었다.

"11월 1일이 데드라인이야. 11월 1일까지 우리 돈을 들고 와. 같이 더키를 찾아가자고. 안 그러면 네 몸으로 포를 몇 번 뜰 수 있을지 시험할 거야. 네가 그만 포기하고 죽어버릴 때까지."

8

그 사태가 벌어졌을 때 에이스는 다양한 대구경 무기를 자동과 반자동으로 열두어 자루 보유하고 있었다. 그는 유예기간 동안 이 무기를 현금화하려고 했다. 그러면 그 돈으로 코카인을 살 수 있을 터였다. 거금의 급전이 필요할 땐 코카인만 한 자산이 없었다.

하지만 총기 시장이 일시적으로 소강상태였다. 재고의 절반을 처분했지만 덩치 큰 놈은 하나도 없었고 그걸로 끝이었다. 구월 둘째 주에는 루이스턴의 피스 오브 워크 술집에서 유망한 잠재 고객을 만났다. 그는 믿을 만한 중개상이 보증을 서주면 최소 여섯 정, 많으면 열 정의 자동화기를 구입하고 싶다고 온갖 방법으로 언질을 주었다. 그거라면 문제가 없었다. 플라잉 코슨 브러더스야말로 그가 아는 중에서 가장 믿을 만한 무기 중개상이었다.

에이스는 거래를 확실히 하기에 앞서 약을 두어 번 빨려고 지저분한 화장실로 들어갔다. 기쁘고 다행스러워서 가슴이 터질 것 같았다. 미국의 여러 대통령을 헤까닥하게 만든 감정이었다. 터널 끝에서 빛이 보이는 듯했다.

셔츠 주머니에 넣어 가지고 온 조그만 거울을 변기 탱크 위에 내려놓고 코카인을 떠서 그리로 옮기고 있었을 때 에이스가 들어간 칸과 가장 가까운 소변기에서 누군가가 말했다. 에이스는 그 사람이 누군지 끝내 알아내지 못했다. 덕분에 연방 교도소에서 십오 년 동안 썩을 운명을 모면했다는 것만 알 수 있을 뿐이었다.

"당신이랑 얘기하던 남자, 도청 장치를 차고 있던데."

소변기 앞의 누군가가 말했다. 에이스는 화장실에서 나와 뒷문으로 빠져나갔다.

9

하마터면 큰일날 뻔한 이후에(얼굴 없는 제보자가 그냥 장난을 친 걸지 모른다는 생각은 절대 하지 못했다) 묘한 마비 증세 비슷한 것이 에이스를 덮쳤다. 가끔 자기가 쓸 코카인을 찔끔찔끔 사는 것 말고는 겁이 나서 아무것도 할 수가 없었다. 이렇게 오도 가도 못하겠는 느낌은 처음이었다. 싫었지만 어떻게 하면 좋을지 알 수가 없었다. 날마다 눈을 뜨면 제일 먼저 달력을 확인했다. 십일월이 그를 향해 달려오는 듯했다.

그러다 오늘 새벽 동이 트기도 전에 눈을 떴을 때 어떤 생각 하나가 기이한 파란색 빛처럼 그의 머릿속에서 번쩍였다. 고향에 가야 했다. 캐슬록으로 돌아가야 했다. 거기에 해답이 있었다. 고향행이 정답인 듯 느껴졌고…… 설사 오답으로 밝혀지더라도 환경을 바꾸면 머릿속의 이상한 잠금장치가 풀릴지 몰랐다.

미캐닉폴스에서 그는 창문을 비닐로 덮고 바닥에는 종이 상자를 깐 판잣집에서 지내는 전과자 존 메릴에 불과했다. 캐슬록에서는 또래 아이들의 악몽 속을 활보하는 무서운 괴물 에이스 메릴이었다. 미캐닉폴스에서 그는 주문 제작한 닷지가 있어도 그걸 넣을 차고가 없는 빈털터리 백인이자 뒷골목의 쓰레기였다. 캐슬록에서는 한때나마 왕 비슷한 존재였다.

그래서 이렇게 돌아왔는데, 이제 뭘 어째야 할까?

알 수가 없었다. 마을은 전보다 작고 지저분하고 적적한 느낌이었다. 팽본이 어딘가에 있을 테고 빌 풀러턴 영감이 조만간 그에게 연락해 누가 돌아왔는지 알릴 것이다. 그러면 팽본이 그를 찾아와 여긴 어쩐 일이냐고 물을 것이다. 하는 일은 있느냐고 물을 것이다. 그는 하는 일이 없었고 팝이 골동품 가게와 함께 불에 타 죽었으니 삼촌을 만나러 왔다고 둘러댈 수도 없었다. 팽본은 이렇게 말할 것이다. 그래, 에이스. 그렇다면 몰고 온 빵빵이를 다시 타고 여기서 사라져주면 어떨까?

그 말에는 뭐라고 대꾸해야 할까?

에이스로서는 알 수가 없었다. 잠에서 깼을 때 머릿속에서 번쩍였던 짙은 파란색 빛이 여전히 그의 안 어딘가에서 깜빡이고 있다는 것만 알 수 있을 따름이었다.

이제 보니 엠포리엄 갤로리엄이 있었던 자리는 여전히 공터로 남아 있었다. 잡초투성이에 검게 그은 널빤지 토막 몇 개와 쓰레기뿐이었다. 깨진 유리 조각이 뜨거운 햇빛을 반사하며 눈이 시리도록 반짝거렸다. 그쪽에는 볼 게 아무것도 없었지만 그래도 둘러보고 싶었다. 그는 길을 건넜다. 반대편에 거의 다다랐을 때 두 가게 건너 초록색 차양이 그의 눈에 들어왔다.

니드풀 싱스

차양 옆면에 이렇게 적혀 있었다. 무슨 가게 이름이 저렇지? 에이스는 그쪽으로 걸음을 옮겼다. 관광객의 덫과 같았던 삼촌의 가게 자리 공터는 나중에 둘러보면 될 것이다. 누가 그걸 옮길 것도 아니지 않은가.

가장 먼저 그의 눈에 띈 것은

직원 구함

팻말이었다. 그는 건성으로 보고 넘겼다. 캐슬록으로 돌아온 이유가 뭔지 알 수 없었지만 창고 정리나 하려고 온 건 아니니까.

쇼윈도에 다소 고급스러워 보이는 상품이 몇 개 있었다. 밤일을 하러 어느 부잣집에 들어갔을 때 보았다면 들고 나올 만한 물건이었다. 깎아서 만든 정글의 동물을 말로 쓰는 체스 세트. 흑진주 목걸이. 비싸 보였지만 모조 진주 아닐까 싶었다. 이 촌구석에 진짜 흑진주 목걸이를 살 만한 여유가 되는 사람이 어디 있겠는가. 하지만 솜씨가 훌륭했다. 그의 눈에도 진짜 같아 보일 정도였다. 그리고…….

에이스는 눈을 가늘게 뜨고 목걸이 뒤편에 놓인 책을 쳐다보았다. 한밤중 산등성이에 서 있는 두 남자의 실루엣이 그려진 표지가 쇼윈도 쪽에서 잘 보이도록 기대어 세워놓은 책이었다. 표지의 한 남자는 곡괭이를, 다른 남자는 삽을 들고 있었다. 둘이서 구멍을 파는 듯했다. 책 제목은 『뉴잉글랜드에 묻혀 있는 사라진 보물들』이었다. 저자의 이름이 그림 아래에 하얀색으로 조그맣게 적혀 있었다.

레지널드 메릴.

에이스는 문 앞으로 다가가 손잡이를 돌려보았다. 스르르 돌아갔다. 머리 위에서 은종이 딸랑거렸다. 에이스 메릴은 니드풀 싱스 안으로 들어갔다.

10

"아니에요." 에이스는 곤트가 쇼윈도에서 꺼내 자신의 손에 쥐여준 책을 보고 말했다. "이게 아니에요. 다른 책을 집어 오신 것 같은데요."

"쇼윈도에 전시된 책은 이거 한 권뿐이에요." 곤트가 살짝 어리둥절한 목소리로 말했다. "제 말을 못 믿겠거든 직접 가서 확인해보세요."

순간 에이스는 정말로 가서 확인하려다가, 이내 짜증 섞인 한숨을 토하고 말았다.

"아뇨, 됐습니다."

가게 주인이 내민 책은 로버트 루이스 스티븐슨이 쓴 『보물섬』이었다. 어떻게 된 영문인지 누가 봐도 빤했다. 팝을 생각하다가 착각한 것이다. 하지만 더 큰 착각은 캐슬록으로 돌아온 자체였다. 도대체 왜 그런 빌어먹을 짓을 저질렀을까?

"저기, 참 재미있는 물건이 많지만 이제 그만 가봐야겠네요. 나중에 다시 올게요. 성함이……."

"곤트입니다." 가게 주인이 대답과 함께 손을 내밀었다. "릴런드 곤트."

그가 손을 내밀자 곤트의 손이 그의 손을 삼켰다. 두 손이 맞닿는 순간 어마어마하게 짜릿한 전류가 그를 관통하는 듯 느껴졌다. 머릿속이 또다시 짙은 파란색 빛으로 가득 찼다. 이번에는 거대하게 너울거리며 번쩍였다.

그는 손을 거두었다. 정신이 없고 무릎에서 힘이 풀렸다.

"방금 그거 뭐죠?" 그는 속삭였다.

"'주의 집중 장치'라고나 할까요." 곤트가 말했다. 목소리가 조용하고 침착했다. "나한테 집중하고 싶어질 겁니다, 메릴 씨."

"내 이름을 어떻게 알죠? 얘기한 적 없는데."

"아, 나는 당신이 누군지 압니다." 곤트가 작게 웃음을 터뜨렸다. "기다리고 있었어요."

"어떻게 나를 기다릴 수가 있어요? 빌어먹을 차에 올라타기 전까지는 나조차 내가 여기로 올 줄 몰랐는데."

"잠깐 실례하겠습니다."

곤트는 쇼윈도 쪽으로 다시 다가가 허리를 숙이고 벽에 기대어둔 팻말을 집었다. 그런 다음 쇼윈도 안으로 몸을 내밀어

직원 구함

팻말을

콜럼버스 기념일은 휴무입니다

팻말로 바꾸었다.

"왜 그러시죠?" 에이스는 약한 전류가 흐르는 철조망에 발이 걸려서 넘어진 듯한 기분이었다.

"빈자리가 채워졌으면 직원을 구한다는 팻말은 치우는 게 가게 주인으로서의 도리니까요." 곤트가 조금 딱딱하게 말했다. "캐슬록에서 사업이 아주 만족스러운 속도로 성장중이라 든든히 뒤를 받쳐줄 일손이 필요하거든요. 요즘 들어 너무 쉽게 피곤해진단 말이죠."

"저기, 나는……."

"그리고 기사도 있어야 하고요. 당신이 제일 잘하는 게 운전인 걸로 아는데요. 내가 차고에 세워놓은 차가 있어요. 보면 당신도 호기심을 느낄 거예요. 터커거든요."

"터커요?" 에이스는 창고 정리나…… 아니면 운전이나 하려고 고향으로 돌아온 게 아니라는 사실을 잠깐 잊었다. "영화에 나오는 그 차 말이에요?"

"똑같지는 않아요." 곤트가 말했다. 그는 구식 금전등록기가 놓인 계산대 뒤로 걸어가 열쇠를 꺼내더니 그 아래 서랍을 열었고 조그만 봉투 두 개를 꺼냈다. 그중 하나를 계산대에 내려놓고 다른 봉투는 에이스에게 내밀었다. "조금 개조를 했거든요. 자. 열쇠요."

"아니, 저기, 잠깐만요! 얘기했다시피……."

곤트의 눈은 뭐라고 딱 집어서 말할 수 있는 이상한 색이었는데, 그 눈이 어두워졌다가 그를 향해 이글거리자 에이스의 무릎에서 다시 힘이 풀렸다.

"지금 난처한 상황이잖아, 에이스. 그런데 계속 그렇게 모래에 머리를 처박은 타조처럼 굴면 자네를 도와주고 싶은 생각이 사라질 것 같은데. 쌔고 쌘 게 가게 점원이야. 내가 안다고, 믿어도 좋아. 지금까지 채용한 점원만 수백 명이거든. 어쩌면 수천 명일 수도 있고. 그러니까 개수작 집어치우고 열쇠 받아."

에이스는 조그만 봉투를 받아들었다. 손끝이 곤트의 손끝에 닿자 시커멓게 너울거리는 불길이 다시금 그의 머릿속을 채웠다. 그는 앓는 소리를 냈다.

"네 차를 몰고 내가 준 주소지로 가. 내 차가 지금 보관돼 있는 곳에 네 차를 주차해. 아무리 늦어도 자정까지는 와주길 바란다. 사실 그보다 훨씬 일찍 올 수 있을 거야. 내 차가 보기보다 훨씬 빠르거든."

그는 이를 전부 드러내며 씩 웃었다.

에이스는 다시 시도했다. "저기요, 곤트 씨……."

"그냥 곤트라고 불러."

에이스가 고개를 끄덕이자 초보가 조작하는 꼭두각시 인형처럼 머리가 위아래로 까딱거렸다. "다른 때 같으면 시키는 대로 했을 거예요. 당신이…… 재미있어 보여서요." 그가 쓰고 싶은 단어는 따로 있었지만 지금 당장은 그런 식으로 얼버무리는 게 최선이었다. "하지만 당신 말이 맞아요. 나는 지금 난처한 상황이고 앞으로 이 주 이내에 거금을 마련하지 못하면……."

"그럼 책은 어쩌려고?" 곤트가 물었다. 재미있어하는 동시에 나무라는 말투였다. "이 책을 보고 들어온 거 아닌가?"

"내가 찾던 책이 아니……."

이제 보니 그가 책을 계속 들고 있었기에 그는 그것을 내려다보았다. 그림은 똑같았지만 제목이 맨 처음 쇼윈도에서 본 대로 바뀌어 있었다. 레지널드 메릴이 쓴 『뉴잉글랜드에 묻혀 있는 사라진 보물들』.

"이게 뭔가요?" 그는 쉰 목소리로 물었다. 하지만 문득 알아차렸다. 그가 있는 곳은 캐슬록이 아니었다. 미캐닉폴스의 지저분한 침대에 누워서 꿈을 꾸고 있는 것이다.

"내 눈에는 책으로 보이는데. 돌아가신 자네 삼촌 이름이 레지널드 메릴 아니었나? 이런 우연의 일치가 있나."

"우리 삼촌은 영수증과 차용증 말고는 평생 뭘 쓴 적이 없는데요." 에이스는 좀 전처럼 졸음에 겨운 쉰 목소리로 말했다. 그는 다시 곤트를 쳐다보았고 시선을 뗄 수가 없다는 걸 느꼈다. 곤트의 눈동자 색이 계속 달라졌다. 파란색…… 회색…… 밝은 갈색…… 갈색…… 검은색.

"뭐." 곤트 씨는 인정했다. "어쩌면 필명일 수도 있지. 그 두꺼운 책의 저자가 나일 수도 있고."

"당신요?"

곤트는 뾰족하게 모은 손끝을 턱 아래에 댔다. "어쩌면 그게 책이 아닐 수도 있어. 내가 파는 특별한 물건들이 사실은 겉보기와 다를 수도 있거든. 실은 딱 한 가지 남다른 특징, 그러니까 남녀노소의 꿈속에 계속 출몰하는 것으로 변신하는 능력을 갖춘 뭔지 모를 것일 수도 있지." 그는 말을 멈추었다가 생각에 잠긴 투로 덧붙였다. "어쩌면 그것들이 꿈 자체일 수도 있고."

"무슨 소린지 하나도 모르겠네요."

곤트는 미소를 지었다.

"나도 알아. 상관없어. 자네 삼촌이 책을 썼다면 숨겨진 보물을 주제로 쓰지 않았을까? 자네 삼촌은 보물—땅속에 묻힌 거든 다른 인간들 주머니 속에 든 거든—에 관심이 많았다고 볼 수 있지 않을까?"

"삼촌이 돈을 좋아하긴 했죠." 에이스는 무뚝뚝하게 말했다.

"그런데 그 돈은 어떻게 됐지? 자네한테 한 푼이라도 남겼나? 당연히 그랬겠지. 살아 있는 친척이 자네밖에 없었으니까."

"나한테 땡전 한 푼 남기지 않았어요!" 에이스는 성난 목소리로 으르렁거렸다. "마을 주민들이 입을 모아서 말하길 그 늙은이는 맨 처음 번 십 센트짜리 동전까지 쓰지 않고 모았다는데, 죽었을 때 은행 잔고가 사천 달러도 되지 않았어요. 그 돈은 장례를 치르고 길거리에 남긴 난장판을 치우는 데 쓰였죠. 대여금고를 열었을 때는 그 안에 뭐가 들어 있었는지 알아요?"

"알다마다." 곤트는 말했다. 그의 입매는 진지하고 심지어 동정

조였지만 두 눈은 웃고 있었다. "쿠폰. 플레이드 쿠폰 여섯 장이랑 골드 본드 쿠폰 열두장."

"맞아요!" 에이스가 말했다. 그는 표독스러운 눈빛으로 『뉴잉글랜드에 묻혀 있는 사라진 보물들』을 내려다보았다. 불안하고 꿈을 꾸는 듯 몽롱했던 느낌이 일시적으로나마 분노에 집어삼켜졌다. "그런데 그거 알아요? 골드 본드 쿠폰은 교환도 안 된다는 거. 회사가 문을 닫았거든요. 캐슬록의 모든 사람들이 삼촌을 무서워했고, 심지어 나조차도 살짝 무서워했고, 다들 삼촌이 스크루지 개쌍맥덕만큼 돈이 많은 줄 알았는데 빈털터리로 죽었지 뭡니까."

"어쩌면 그분이 은행을 못 믿었던 게 아닐까? 그래서 보물을 묻어둔 걸지도 몰라. 그랬을 가능성도 있지 않나, 에이스?"

에이스는 입을 벌렸다가 다물었고, 다시 벌렸다가 다시 다물었다.

"그러지 마. 수족관 물고기 같으니까." 곤트가 말했다.

에이스는 손에 들린 책을 쳐다보았다. 계산대에 내려놓고 깨알 같은 글자들이 빼곡한 책장을 넘겼다. 뭔가가 한들한들 빠져나왔다. 대충 접은 큼지막하고 너덜너덜한 갈색 종이였다. 그는 그게 뭔지 한눈에 알아차렸다. 헴필스 마켓의 종이봉투에서 찢어낸 조각이었다. 어렸을 때 그는 삼촌이 구닥다리 금전등록기 아래에 모아둔 봉투에서 이런 식으로 갈색 종이를 뜯어내는 걸 수도 없이 보았다. 그 종이쪼가리에 대고 숫자를 더하거나…… 차용증을 쓰는 걸 수도 없이 보았다.

그는 부들부들 떨리는 손으로 종이를 펼쳤다.

지도라는 것만큼은 분명했지만 처음에는 전혀 알아볼 수가 없었다. 선과 십자와 비뚤배뚤한 동그라미밖에 없었다.

"이게 도대체 뭘까요?"

"정신을 집중할 방법이 필요하겠군. 이게 도움이 될 수도 있겠어."

에이스는 고개를 들었다. 금전등록기 옆 유리 진열장에는 화려한 은색 테두리가 달린 조그만 거울이 진열되어 있었다. 이제 곤트는 잠가놓은 서랍에서 꺼낸 다른 봉투를 열어 제법 많은 양의 코카인을 거울 위로 쏟았다. 알 만큼 아는 에이스가 보기에 아주 질이 좋은 상품이었다. 진열장 위에 달린 스포트라이트가 비추자 깨끗한 결정이 수천 조각으로 반짝였다.

"맙소사, 사장님!" 에이스의 코가 기대감에 간질거리기 시작했다. "콜롬비아산인가요?"

"아니, 특별한 조합이지. 렝 고원*에서 건너온 거야."

그는 옅은 황갈색 재킷 안주머니에서 금색 페이퍼 나이프를 꺼내 수북한 가루를 길고 통통한 일자 모양으로 정리하기 시작했다.

"그게 어디인데요?"

"구릉을 지나서 머나먼 곳." 곤트는 고개도 들지 않고 대답했다. "꼬치꼬치 캐묻지 마, 에이스. 빚쟁이야 좋은 일이 생기면 그냥 즐기는 게 현명한 처사지."

그는 페이퍼 나이프를 다시 넣고 같은 주머니에서 짧은 유리 빨대를 꺼내더니 그걸 에이스에게 건넸다. "자."

빨대가 어마어마하게 무거웠다. 유리가 아니라 수정 비슷한 것인

* 러브크래프트의 작품에 등장하는 크툴루 신화 속 한 장소.

듯했다. 그는 거울 위로 허리를 숙이다가 멈칫했다. 이 늙은이한테 에이즈나 뭐 그런 병이라도 있으면 어쩐다?

꼬치꼬치 캐묻지 마, 에이스. 빚쟁이야 좋은 일이 생기면 그냥 즐기는 게 현명한 처사지.

"아멘."

에이스는 큰 소리로 외치고 훅 빨아들였다. 정말 좋은 코카인에서 나는 희미한 바나나와 레몬 맛이 머릿속을 가득 채웠다. 달콤한 한편 강력했다. 심장이 두근거리기 시작하는 게 느껴졌다. 동시에 머릿속의 상념들이 점점 또렷해지고 윤기가 흐르는 크롬 모서리와 비슷해졌다. 이 녀석과 사랑에 빠지고 얼마 되지 않았을 때 어떤 남자에게 들은 얘기가 생각났다. 약에 취하면 온갖 것에 이름이 많아져. 훨씬 더 많아지지.

그때는 무슨 말인지 몰랐는데, 지금은 이해할 수 있을 것 같았다.

그는 빨대를 곤트에게 건넸지만 곤트는 고개를 저었다.

"5시 전에는 하지 않아. 하지만 에이스, 자네는 실컷 누리게."

"고맙습니다." 에이스가 말했다.

지도를 다시 쳐다보자 이제는 완벽하게 파악이 되었다. 가운데 X가 그려진 두 개의 평행선은 분명 틴 브리지였고, 그걸 이해하면 다른 모든 게 깔끔하게 맞아떨어졌다. X를 가로질러 평행선 사이로 종이의 위쪽을 향해 구불구불하게 이어지는 선은 117번 도로였다. 뒤에 좀더 큰 동그라미를 거느린 작은 동그라미는 개비노 낙농장이었다. 큰 동그라미가 축사일 것이다. 전부 이해가 됐다. 이 기막히게 멋진 친구가 조그만 봉투에서 쏟아놓은 가루처럼 맑고 깨끗했다.

에이스는 다시 거울 위로 허리를 숙였다. "준비됐으면, 발사." 그는 중얼거리며 다시 두 줄을 흡입했다. 쾅! 휙! "맙소사, 이거 세네요." 그는 숨을 헐떡이며 말했다.

"두말하면 잔소리." 곤트가 진지하게 맞장구쳤다.

이 남자가 분명 자기를 보며 웃고 있으리라 생각하며 그는 고개를 들었지만, 곤트의 표정은 침착하고 평온했다. 에이스는 다시 지도 위로 허리를 숙였다.

이번에는 십자가가 그의 눈에 들어왔다. 도합 일곱 개, 아니 여덟 개였다. 그중 하나는 늪지로 변한 트레블혼 할아범의 땅을 가리키는 듯했지만…… 트레블혼 할아범은 죽은 지 오래였고, 예전에 그의 삼촌이 빚 대신 그 땅 대부분을 넘겨받았다고 들은 적이 있었다.

그가 제대로 파악했다면 캐슬뷰 저편 자연보호 구역의 가장자리에도 십자가가 있었다. 3번 국도에 그려진 두 개는 아마도 조 캠버의 세븐오크스 농장을 의미할 동그라미 근처였다. 다이아몬드 매치 소유인 캐슬레이크 서쪽 땅에도 두 개가 있었다.

에이스는 충혈된 눈에 흥분한 기색을 띠며 곤트를 빤히 쳐다보았다. "삼촌이 돈을 묻었을까요? 십자가가 그 뜻일까요? 삼촌이 돈을 묻은 곳일까요?"

곤트는 우아하게 어깨를 으쓱였다. "나도 모르겠다는 것만큼은 분명해. 논리적으로는 그럴 것 같지만 인간의 행동은 논리와 아무 상관이 없으니까."

"하지만 그럴 수도 있어요." 에이스가 말했다. 그는 신이 난데다 코카인 과다 복용으로 점점 광분했다. 빳빳한 구리철사 뭉치 같은 게 팔과 배를 덮은 큼지막한 근육 속에서 터졌다. 사춘기 시절의 여드름 흉터로 얽은 좁은 얼굴이 검붉어졌다. "그럴 수도 있다고요! 십자가로 표시가 된 곳이 전부…… 삼촌의 재산일지도 몰라요! 알겠어요? 아무도 사지 못하게…… 아무도 삼촌이 묻은 걸 찾지 못하게…… 그 땅을 백지위임인지 뭔지 하는 걸로 묶어놓고……."

그는 거울에 남은 코카인을 흡입하고 계산대 위로 몸을 숙였다. 불룩 튀어나온 충혈된 눈이 얼굴 위에서 불안하게 흔들렸다.

"그러면 나는 똥통에서 탈출할 수 있을 뿐 아니라……." 그가 떨리는 목소리로 나지막이 속삭였다. "떼부자가 될 수도 있어요."

"그렇지. 그럴 가능성이 높다고 봐. 하지만 저걸 기억해야 해, 에이스." 그는 엄지손가락으로 벽을 가리켰다. 거기에는 이런 팻말이 걸려 있었다.

환불이나 교환은 불가합니다.
매수자 위험부담의 원칙!

에이스는 그 팻말을 쳐다보았다. "저게 무슨 뜻이에요?"

"고서에서 엄청난 보물의 열쇠를 찾았다고 생각하는 사람이 자네가 처음은 아니라는 뜻이지. 나한테는 여전히 가게 점원과 운전기사가 필요하다는 뜻이기도 하고."

에이스는 거의 충격을 받은 표정으로 그를 쳐다보았다. 그러다 폭소를 터뜨렸다. "지금 장난해요?" 그는 지도를 가리켰다. "파야 할 땅이 한두 군데가 아니라고요."

곤트 씨는 유감스럽다는 듯이 한숨을 쉬고 갈색 종이를 접어서 다시 책 안에 끼운 다음 책을 금전등록기 아래 서랍에 넣었다. 모든 동작이 삽시간에 이루어졌다.

"이봐요!" 에이스는 소리를 질렀다. "지금 뭐하는 거예요?"

"다른 손님이 예약한 책이라는 게 방금 전에 생각이 나서요, 메릴 씨. 미안합니다. 그리고 사실 오늘은 영업을 하지 않아요. 콜럼버스 기념일이잖습니까."

"잠깐만요!"

"물론 당신이 일을 맡겠다고 생각했다면 어떻게든 방법을 찾을 수 있었겠죠. 그런데 이제 보니 너무 바쁜 모양이네요. 하긴, 코슨 브러더스의 손에 저며지기 전에 일의 순서를 정하고 싶긴 하겠죠."

에이스는 입을 벌렸다가 다시 다물었다. 조그만 십자가 어디 그려져 있었는지 기억을 더듬어보려고 했지만 생각이 나지 않았다. 흥분해서 미쳐 날뛰는 머릿속에서 하나의 커다란 십자가로 모두 뭉뚱그려졌다. 공동묘지에서 볼 수 있는 그런 십자가 말이다.

"알았어요!" 그는 외쳤다. "알았어요. 쌍, 할게요!"

"그렇다면 이 책은 매물로 나온 게 맞네." 곤트가 말했다. 서랍에서 책을 꺼내 면지를 확인했다. "일 달러 오십 센트로군." 그가 상어처럼 씩 웃자 서로 엎치락뒤치락하는 치아가 드러났다. "직원 할인 적용해서 일 달러 삼십오 센트."

에이스는 뒷주머니에서 지갑을 꺼내다 떨어뜨렸고 그걸 주우려고 허리를 숙이다가 하마터면 유리 진열장 모서리에 머리를 찧을 뻔했다.

“개인 시간을 좀 주셔야 하는데요.” 그가 곤트에게 말했다.

“그렇지.”

“정말로 파야 할 땅이 한두 군데가 아니에요.”

“그렇겠지.”

“시간이 없다고요.”

“그걸 알다니 참 현명하기도 하지.”

“보스턴에 다녀온 다음부터 시작해도 괜찮을까요?”

“피곤하지 않겠나?”

“곤트 씨, 저는 지금 피곤할 겨를이 없어요.”

“그 부분은 내가 좀 도와줄 수 있을지도 모르겠는데.” 곤트가 말했다. 그의 미소가 더 커지자 치아가 해골에 달린 이빨처럼 앞으로 튀어나왔다. “그러니까 내 말은, 좋은 강장제가 내게 있을 수도 있다는 얘기지.”

“네?” 에이스는 눈을 휘둥그레 뜨고 물었다. “지금 뭐라고 하셨어요?”

“음?”

“아닙니다. 신경 쓰지 마세요.”

“알겠네. 내가 준 열쇠 가지고 있지?”

에이스는 자신이 열쇠가 든 봉투를 뒷주머니에 챙긴 걸 깨닫고 깜짝 놀랐다.

“좋아.” 곤트는 구식 금전등록기에 일 달러 삼십오 센트를 입력하고 에이스가 계산대에 올려놓은 오 달러짜리 지폐를 챙긴 뒤 삼 달러 육십오 센트를 거슬러주었다. 에이스는 꿈을 꾸는 사람처럼 그걸 받았다.

"자, 지시 사항을 몇 가지 알려주겠네, 에이스. 그리고 내가 한 얘기를 기억하도록. 자정까지 여기로 돌아와야 해. 자네가 자정까지 여기로 돌아오지 않으면 내가 언짢아질 거야. 나는 언짢아지면 가끔 이성을 잃거든. 그런 상황이 벌어지면 내 옆에 있고 싶지 않을 거야."

"헐크처럼 바뀌나요?" 에이스는 농담조로 물었다.

곤트가 살기 어린 미소를 지으며 고개를 들자 에이스는 뒤로 한 걸음 물러났다.

"맞아. 바로 그거야, 에이스. 나는 헐크처럼 바뀌지. 말 그대로. 이제 잘 들어."

에이스는 잘 들었다.

11

10시 45분에 앨런이 낸스 런처넷에 가서 얼른 커피 한 잔 마시고 오려던 찰나, 실라 브리검이 버저를 눌렀다. 1번 전화에 소니 재킷이 대기중이라고 했다. 다른 사람은 말고 꼭 앨런과 통화해야 된다고 했다는 것이다.

앨런은 수화기를 들었다. "여보세요, 소니. 무슨 일이에요?"

"그게요……." 소니가 특유의 질질 끄는 뉴잉글랜드 사투리로 말했다. "어제 곱빼기로 일이 생긴 마당에 골치 아픈 얘기 또 꺼내기 싫지만 옛 친구가 다시 돌아온 것 같아서요, 보안관님."

"옛 친구라뇨?"

"에이스 메릴요. 길가에 주차된 그자의 차가 보였어요."

이런 젠장, 이번엔 또 뭐야? 앨런은 생각했다. "그를 봤어요?"

"아뇨, 하지만 그 차는 착각의 여지가 없잖아요. 애들이 쇠꼬챙이라고 부르는 토사물 같은 초록색의 닷지 챌린저. 자동차경주에 출전해도 되겠어요."

"음, 고마워요, 소니."

"천만에요. 그놈이 캐슬록에는 어쩐 일로 다시 왔을까요?"

"그러게요." 앨런은 말하고 전화를 끊으며 생각했다. 하지만 알아보는 게 좋겠네요.

12

초록색 닷지 챌린저 옆에 빈자리가 있었다. 앨런은 1호 순찰차를 그 자리에 대고 차에서 내렸다. 빌 풀러턴과 헨리 젠드런이 호기심에 눈을 반짝이며 이발소 유리창 너머로 내다보는 모습이 보이자 그는 손을 들어 인사를 건넸다. 헨리가 길 건너편을 손가락으로 가리켰다. 앨런은 고개를 끄덕이고 길을 건넜다. 하루는 윌마 저직과 네티 코브가 길모퉁이에서 서로 칼부림을 하더니, 그다음 날에는 에이스 메릴이 등장하다니. 그는 생각했다. 이 마을이 바넘 앤드 베일리 서커스 공연장으로 변해가고 있군.

건너편 인도에 다다랐을 때 니드풀 싱스의 초록색 차양 그늘에서 에이스가 어슬렁어슬렁 걸어 나왔다. 한 손에 뭔가를 들고 있었다.

처음에 앨런은 그게 뭔지 모르겠다고 생각했지만 에이스가 점점 다가오자 생각이 바뀌었다. 뭔지 알았지만 믿을 수가 없었을 뿐이다. 에이스 메릴은 책을 들고 있을 법한 남자가 아니었던 것이다.

두 사람은 엠포리엄 갤로리엄이 있었던 공터 앞에서 맞닥뜨렸다.

"어이, 에이스." 앨런이 말했다.

에이스는 그를 보고도 전혀 놀란 눈치가 아니었다. 셔츠 앞섶에 꽂아두었던 선글라스를 꺼내 한 손으로 흔들어서 썼다. "이런, 이런, 이런. 잘 지내시나, 대장님?"

"캐슬록에는 어쩐 일인가, 에이스?" 앨런은 차분하게 물었다.

에이스는 호들갑스럽게 하늘을 흘려다보았다. 레이밴 선글라스 위로 햇빛이 잠깐 반짝였다. "드라이브하기에 좋은 날씨라. 여름 날씨 같잖아."

"날씨 참 좋지." 앨런이 맞장구쳤다. "면허증은 있나, 에이스?"

에이스는 나무라는 기색으로 그를 쳐다보았다. "내가 면허증도 없이 차를 몰고 나왔을까. 그러면 불법이잖아."

"그건 대답이 아닌데."

"분홍색 딱지 받자마자 재시험 쳤어. 그러니까 합법적으로 차를 몰고 있다고. 어때, 대장? 그거면 대답이 되겠나?"

"내가 직접 확인을 했으면 하는데." 앨런은 손을 내밀었다.

"아니, 내 말을 못 믿는 모양이네?" 에이스가 말했다. 여전히 장난스럽게 놀리는 투였지만 앨런은 그 아래에 숨겨져 있는 분노를 느낄 수 있었다.

"내가 의심이 많은 성격이라."

에이스가 오른손으로 뒷주머니에서 지갑을 꺼내느라 책을 왼손으로 옮기자 앨런은 표지를 제대로 볼 수 있었다. 로버트 루이스 스티븐슨이 쓴 『보물섬』이었다.

그는 면허증을 확인했다. 서명이 되어 있는 유효 면허증이었다.

"차량 등록증은 글러브 박스에 있어. 길 건너가서 그것도 확인하든지." 에이스가 말했다. 이제는 그의 목소리에서 분노를 좀더 선명하게 느낄 수 있었다. 과거와 다름없는 거만함도 마찬가지였다.

"그건 자네 말을 믿도록 하지, 에이스. 여긴 어쩐 일인지 솔직하게 얘기하지그래?"

"저걸 보러 왔어." 에이스는 말하고 공터를 가리켰다. "이유는 나도 모르겠고. 내 말이 안 믿어지겠지만 진짜야."

이상하게도 앨런은 그의 말이 믿어졌다.

"책을 샀네?"

"나도 글을 읽을 줄 알거든. 그 말도 못 믿겠지만."

"이런, 이런." 앨런은 벨트 고리에 엄지손가락을 걸었다. "체크하러 나서면서 책을 한 권 샀네."

"이제 보니 시인일세, 대구도 잘 맞추고."

"알아봐주니 고맙군그래. 이젠 그만 이 마을에서 사라져줄 생각이겠지?"

"안 그럴 거라면? 나를 철창에 가둘 핑계를 찾겠지? 자네 사전에는 '갱생'이라는 단어가 없나, 팽본 보안관?"

"있지. 하지만 에이스 메릴은 그 단어의 정의와 무관하거든."

"나를 코너로 몰면 안 좋을 텐데."

"코너로 몰다니, 무슨. 몰기 시작하면 자네도 확실히 느낄 수 있을 거야."

에이스는 선글라스를 벗었다.

"너희들은 도대체가 적당히를 모르지? 도대체가…… 적당히를…… 몰라…… 염병할."

앨런은 아무 말도 하지 않았다.

잠시 후에 에이스는 평정심을 되찾은 눈치였다.

그가 레이밴 선글라스를 다시 썼다.

"자, 이제 떠나줄게. 들러야 할 데도 있고 해야 할 일도 있거든."

"다행이네. 바쁜 사람이 행복한 사람이라잖아."

"하지만 다시 오고 싶으면 다시 올 거야. 알겠어?"

"그래, 에이스. 하지만 그건 현명하지 못한 생각이라고 본다. 알아듣지?"

"그러면 누가 겁먹을 줄 알고?"

"나 무서운 줄 모르다니 생각보다 더 멍청하네."

에이스는 검은색 선글라스 너머로 앨런을 잠깐 쳐다보다가 폭소를 터뜨렸다. 앨런은 그의 웃음소리가 마음에 들지 않았다. 섬뜩하고 이상하고 어딘지 어긋나 있었다. 그는 에이스가 불량배처럼 껄렁껄렁 진부하게 걸어가 문을 열고 차에 올라타는 모습을 지켜보았다. 잠시 후 엔진이 굉음과 함께 되살아났다. 배기가스가 요란하게 배기관에서 뿜어져 나왔다. 길을 가던 사람들이 걸음을 멈추고 구경했다.

머플러를 불법으로 개조했구먼. 앨런은 생각했다. 글래스팩으로.

저절로 딱지를 끊을 수 있겠어.

하지만 그런들 무슨 의미가 있을까? 그에게는 에이스 메릴보다 더 중요한 일이 있었고 어쨌거나 에이스는 이 마을을 떠나고 있었다. 이참에 영영 사라져주기만을 바랄 따름이었다.

그는 초록색 닷지 챌린저가 메인 스트리트에서 불법 유턴을 한 뒤 캐슬레이크와 마을 경계선을 향해 달리는 모습을 지켜보았다. 그런 다음 고개를 돌려 생각에 잠긴 눈빛으로 저 앞의 초록색 차양을 쳐다보았다. 에이스가 고향 마을로 돌아와서 책을 샀다. 콕 집어서 얘기하자면 『보물섬』을. 그것도 니드풀 싱스에서.

오늘 영업을 안 하는 줄 알았는데. 앨런은 생각했다. 팻말에 그렇게 적혀 있지 않았나?

그는 니드풀 싱스 앞으로 걸어갔다. 그의 생각이 맞았다. 팻말에

콜럼버스 기념일은 휴무입니다

라고 적혀 있었다. 에이스를 만나줬으니 나도 만나줄지 몰라. 앨런은 생각하며 주먹을 올렸다. 하지만 문을 미처 두드리기도 전에 허리춤에 찬 호출기가 울렸다. 앨런은 버튼을 눌러 지긋지긋한 기계를 끄고는 우물쭈물하며 가게 문 앞에 서 있었지만…… 사실 뭘 어째야 할지 고민할 것도 없었다. 변호사나 회사 중역이라면 호출을 잠깐 무시할 수 있을지 몰라도 카운티 보안관은, 게다가 임명이 아니라 선출된 보안관은 우선순위에 딱히 고민의 여지가 많지 않았다.

앨런은 인도를 가로지르다 걸음을 멈추고 홱 하니 몸을 돌렸다.

'무궁화 꽃이 피었습니다' 놀이에서 움직인 아이를 잡는 술래가 된 기분이었다. 누군가에게 감시를 당하는 듯한 느낌이 되살아났고, 이번에는 아주 강렬했다. 문 안쪽에 드리워진 블라인드가 놀라서 실룩거리는 걸 보았다고 장담할 수도 있었다.

하지만 아무것도 없었다. 가게는 가을답지 않게 작렬하는 시월의 태양 아래 줄곧 꾸벅꾸벅 졸고 있었고, 에이스가 거기서 나오는 걸 두 눈으로 직접 보지만 않았다면 앨런은 감시를 당하는 기분이 들거나 말거나 그 안에 아무도 없다고 맹세했을 것이다.

순찰차가 있는 쪽으로 도로를 건너가 몸을 숙여 마이크를 잡고는 무전기를 틀었다.

"헨리 페이턴이 연락했어요." 실라가 말했다. "헨리 라이언이 쓴 네티 코브와 윌마 저직 사건 예비 보고서를 벌써 받았대요, 오버."

"알았다, 오버."

"중요한 부분 듣고 싶으면 지금부터 정오쯤까지 자리에 있을 테니까 연락하래요, 오버."

"알았어. 나 지금 메인 스트리트야. 곧바로 들어갈게, 오버."

"음, 보안관님?"

"응?"

"헨리가 매번 전화해서 일일이 읽어주는 대신 그냥 팩스로 보냈으면 좋겠는데 금세기 안에 팩스 기계 장만할 거냐고, 그것도 물어봤어요, 오버."

"행정위원장한테 탄원서 좀 보내달라고 해." 앨런은 뚱한 목소리로 대꾸했다. "예산 책정하는 사람이 내가 아니라는 걸 그 양반도 알면서 그러네."

"뭐, 그가 얘기한 대로 전하는 거예요. 그렇게 발끈할 것 없잖아요, 오버."

하지만 앨런이 느끼기에는 오히려 실라가 발끈하는 듯했다.

"이상 종료."

그는 1호 순찰차에 올라타 마이크를 걸었다. 은행 쪽을 흘끗 쳐다보았을 때 마침 대형 디지털 기록계가 시간은 10시 50분, 기온은 27.7도라고 알리고 있었다. 망할, 이런 선물은 필요 없는데. 그는 생각했다. 다들 땀띠가 우라지게 나게 생겼네.

앨런은 생각에 잠긴 채 천천히 다시 시청 건물로 차를 몰았다. 캐슬록에서 무슨 일인가가 벌어지고 있는 느낌, 조만간 건잡을 수 없는 사태가 벌어질 것 같은 예감을 떨쳐버릴 수가 없었다. 황당하기 이를 데 없는 예감이지만, 떨쳐버릴 수가 없었다.

13장

1

공휴일이라 수업이 없었지만 수업이 있었더라도 브라이언은 학교에 가지 못했을 것이다.

아파서 갈 수가 없었다.

몸이 아픈 건 아니었다. 홍역이나 수두도 아니었고 가장 치욕스럽고 기운 빠지는 설사병에 걸린 것도 아니었다. 그렇다고 백 퍼센트 심리적인 문제도 아니었다. 정신적인 무언가가 개입되기는 했지만 그건 일종의 부작용에 가까웠다. 병에 걸린 부분은 그보다 더 깊숙한 곳이었다. 주사도 현미경도 소용없는 그의 어떤 본질적인 부분이 혼탁해지고 병이 들었다. 그는 항상 햇살처럼 밝은 아이였는데, 그 햇살이 계속 불어나는 두툼한 구름 장막에 묻혀버렸다.

구름은 그가 윌마 저직의 시트에 진흙을 뿌린 날 오후부터 만들어지기 시작했고 곤트가 다저스 유니폼을 입고 꿈속에 등장해 샌디 코팩스 카드값을 완불하지 않았다고 윽박질렀을 때 짙어졌지만…… 오늘 아침에 밥을 먹으러 내려가기 전까지만 해도 그를 완전히 뒤덮지는 않았었다.

아버지가 사우스패리스에 있는 딕 페리 외벽 및 창호회사에 출근할 때 입는 회색 작업복 차림으로 포틀랜드 《프레스헤럴드》를 펼쳐 들고 식탁에 앉아 있었다.

"이런 염병할 패트리어츠 같으니라고." 그가 신문이라는 장벽 뒤에서 말했다. "도대체 언제면 빌어먹을 공을 제대로 던질 줄 아는 쿼터백이 생길는지."

"애들 앞에서 욕하지 마." 코라가 스토브 앞에서 말했지만 평소처럼 성을 내며 쏘아붙이는 게 아니라 딴 데 정신이 팔린 듯 멍했다.

브라이언은 의자에 앉아서 콘플레이크에 우유를 부었다.

"형!" 숀이 명랑한 목소리로 외쳤다. "이따가 시내 갈래? 가서 비디오게임 하자."

"글쎄." 브라이언은 말했다. "나는……." 이때 신문 1면의 헤드라인을 보고 그는 하던 말을 멈추었다.

살인을 부른 신경전
캐슬록에서 두 여성 사망
경찰 소식통에 따르면 결투였다고

두 여자의 사진이 나란히 실렸다. 둘 다 브라이언이 아는 얼굴이었다. 한 명은 모퉁이 너머의 포드 스트리트에 사는 네티 코브였다. 엄마는 정신병자라고 했지만 브라이언은 늘 그녀가 멀쩡해 보인다고 생각했었다. 그녀가 반려견을 데리고 산책 나왔을 때 두어 번 그 강아지를 토닥여준 적이 있는데, 그녀는 남들과 다를 게 거의 없어 보였다.

다른 여자는 윌마 저직이었다.

브라이언은 시리얼을 뒤적이기만 하고 한 입도 먹지 않았다. 아버지가 출근하자 질척질척한 콘플레이크를 쓰레기통에 버리고 2층의 자기 방으로 올라갔다. 아프리카에서는 애들이 굶어 죽는다는데 (굶어 죽는 아이를 떠올리면 없던 입맛이 생긴다고 믿는 모양이었다) 멀쩡한 음식을 왜 버리느냐고 엄마가 뒤에서 꽥꽥거릴 줄 알았지만 아니었다. 오늘 아침에는 자기만의 세계에 빠져 있는 눈치였다.

하지만 늘 그러듯 숀이 귀찮게 굴었다.

"어쩔래, 형? 시내에 같이 갈래? 응?" 숀은 신이 나서 양쪽 발로 번갈아 폴짝거리며 춤을 추다시피 했다. "비디오게임도 하고, 쇼윈도에 으리으리한 물건들 진열해놓은 새 가게도 구경하고……."

"그 근처에는 가지도 마!" 브라이언이 고함을 지르자 동생은 움찔했다. 놀라고 당황한 표정이 그의 얼굴 위로 번졌다.

"아…… 미안. 하지만 거긴 가지 마, 숀. 완전 구린 데야."

숀의 아랫입술이 떨렸다. "케빈 펠키 말로는……."

"너 누구 말을 믿을 거야? 그 쭈구리야, 네 형이야? 거기 꽝이야. 거기……." 그는 입술을 축이고 궁극의 진실을 폭로했다. "거긴 나쁜 데야."

"형 도대체 왜 그래?" 숀이 물었다. 감정이 북받쳐 울먹이는 목소리였다. "주말 내내 바보처럼 굴고 있잖아! 엄마도 그렇고!"

"몸이 좀 안 좋아서 그래."

"그럼……." 숀은 고민하다가 얼굴을 환히 밝혔다. "비디오게임 좀 하면 괜찮아질지 몰라. 에어 레이드 하자, 형! 에어 레이드가 생겼더라고! 앉으면 앞뒤로 움직이는 거 말이야! 완전 짱이라니까!"

브라이언은 잠깐 고민했다. 아니다. 오늘은 물론이고 어쩌면 영원히 오락실에 갈 수 없을 것 같았다. 다른 아이들은 모두 거기 있겠지만—오늘 에어 레이드처럼 재미있는 게임을 하려면 줄을 서서 기다려야 하겠지—이제 그는 다른 아이들과 달랐고 어쩌면 영원히 그럴 수도 있었다.

결국 그에게는 1956년 샌디 코팩스 카드가 있지 않은가.

그래도 숀이나 아무에게라도 선행을 베풀고 싶었다. 윌마 저직에게 저지른 끔찍한 짓을 어떻게든 만회하고 싶었다. 그래서 숀에게 오후가 되면 비디오게임을 좀 하고 싶어질지 모르겠다고, 아무튼 동전을 몇 개 가져가라고 했다. 그는 플라스틱으로 된 큼지막한 콜라병 저금통을 흔들어 25센트짜리 동전을 꺼냈다.

"우와!" 숀이 눈을 동그랗게 뜨고 말했다. "여덟 개…… 아홉 개…… 열 개잖아! 형 진짜 아프구나?"

"응, 그런 것 같아. 가서 재밌게 놀아, 숀. 그리고 엄마한테는 얘기하지 마. 알면 다시 넣으라고 하실 테니까."

"엄마는 방에서 넋 놓고 선글라스만 들여다보고 있어. 우리가 죽었는지 살았는지도 모를걸." 숀은 말을 잠깐 멈추었다가 덧붙였다.

"나는 그 선글라스 싫어. 완전 소름이야." 그러고는 형을 좀더 유심히 들여다보았다. "형, 얼굴이 정말 안 좋다."

"몸이 별로 안 좋네." 브라이언은 솔직하게 털어놓았다. "좀 눕는 게 좋겠어."

"음…… 내가 기다려줄게. 형 상태가 괜찮아질지도 모르잖아. 56번에서 하는 만화 보고 있을 테니까 괜찮아지면 내려와." 숀이 오므린 양손 안에 동전을 담고 흔들었다.

"알았어." 브라이언은 대답하고 걸어나가는 동생 뒤에서 살그머니 문을 닫았다.

하지만 괜찮아지지 않았다. 시간이 지날수록 상태가 점점 더

(먹구름이 짙어지듯)

안 좋아졌다. 그는 곤트 씨를 생각했다. 샌디 코팩스를 생각했다. 눈에 확 들어오던 신문 헤드라인을 생각했다. 살인을 부른 신경전 캐슬록에서 두 여성 사망. 까만 점들 사이로 둥둥 떠 있던 낯익은 두 얼굴 사진을 생각했다.

한번은 거의 잠이 들 뻔한 찰나 안방에서 전축이 돌아가기 시작했다. 엄마가 또다시 지직거리는 엘비스 LP 음반을 듣고 있었다. 거의 주말 내내 저런 상태였다.

회오리바람에 휩쓸린 잡동사니처럼 온갖 생각들이 브라이언의 머릿속에서 빙글빙글 요동쳤다.

"사람들이 너더러 수준 높다고 했지…… 그거 다 거짓말이야……."

결투였다고.

살인을 부른……

네티 코브, 강아지를 기르던 여자.

"너는 토끼도 못 잡을 녀석이야……."

나하고 거래할 때는 두 가지 사실을 기억하는 게 좋을 거야.

신경전……

윌마 저직, 시트를 넌 여자.

곤트 씨가 제일 잘 안다는 것과……

"그리고 내 친구도 아니야."

곤트 씨가 끝났다고 하기 전에는 결투가 끝난 게 아니라는 거.

이런 생각들이 엘비스 프레슬리의 히트곡 박자에 맞춰 빙글빙글 돌아가며 공포와 죄책감과 자괴감의 소용돌이를 일으켰다. 정오 무렵이 되자 브라이언의 위장이 뒤틀리고 뭉치기 시작했다. 그는 양말 바람으로 복도 끝에 있는 화장실로 달려가 문을 닫은 뒤 변기에 대고 최대한 조용히 토악질을 했다. 어머니는 그 소리를 듣지 못했다. 안방에서 이제는 그녀의 곰 인형이 되고 싶다는 엘비스의 속삭임을 듣고 있었다.

더이상 비참할 수 없는 심정을 달래며 천천히 자기 방으로 돌아가던 그는 문득 끔찍한 확신에 사로잡혔다. 샌디 코팩스 카드가 없어졌다. 간밤에 자는 동안 누가 훔쳐 갔다. 그 카드 때문에 살인에 일조했는데 그게 사라져버렸다.

그는 달려가다가 방 한가운데 깔린 깔개를 밟고 하마터면 미끄러질 뻔했다. 서랍장 위에서 야구 카드 스크랩북을 홱 꺼냈다. 하도 급하게 넘기느라 몇 장이 뜯어졌다. 하지만 카드, 카드는 있었다. 좁은 얼굴이 맨 마지막 장의 비닐 커버 안에서 그를 마주 보았다. 브라이언은 엄청나고도 처참한 안도감이 자신을 휩쓸고 지나가는 것을 느꼈다.

카드를 비닐 커버에서 꺼내 침대로 가서 손에 들고 누웠다. 이 카드를 다시는 놓지 못할 것 같았다. 이 악몽에서 건진 게 이거 하나였다. 이거 하나. 이제는 그리 마음에 들지 않았지만, 그래도 그의 것이었다. 이걸 불태워 없애는 대가로 네티 코브와 윌마 저직을 되살릴 수 있다면 당장 성냥을 찾아 나서겠지만(지금 생각으로는 그랬다), 그건 불가능한 얘기고 이제 이 카드마저 없어져 아무것도 남지 않는 상황을 상상만 해도 견딜 수가 없었다.

그래서 이걸 손에 들고 천장을 올려다보며 〈나무 심장Wooden Heart〉으로 넘어간 엘비스의 희미한 노랫소리를 들었다. 숀이 그에게 안 좋아 보인다고 할 만도 했다. 새하얀 얼굴에 눈은 휘둥그러니 퀭하고 기운이 없었다. 이제 생각해보니 그의 심장이 나무토막 비슷하게 느껴졌다.

문득 어떤 생각이, 정말 끔찍한 생각이 급속도로 추락하는 공포의 혜성 빛처럼 브라이언의 머릿속 어둠을 갈랐다. 나를 본 사람이 있었어!

그는 벌떡 일어나 옷장 문 거울에 비친 자기 얼굴을 경악하여 바라보았다. 밝은 초록색 가운. 헤어 롤 위로 쓴 밝은 빨간색 스카프! 미슬라버스키 부인!

얘, 거기 무슨 일이니?

저도 잘 모르겠어요. 저직 아줌마, 아저씨가 싸우나 봐요.

브라이언은 침대에서 몸을 일으켜 바로 지금 팽본 보안관이 순찰차를 몰고 집 앞 진입로로 들어왔을지 모른다는 생각을 하며 창가로 다가갔다. 두 여자가 살인을 부른 신경전 끝에 서로 죽였으니 수사가 이루어질 것이다. 미슬라버스키 부인이 신문을 받을 것이다. 그녀는 저직의 집 앞에서 어떤 남자아이를 보았다고 할 것이다. 브라이언 러스크였다고 보안관에게 말할 것이다.

1층에서 전화벨이 울렸다. 안방에 보조 전화기가 있는데도 어머니는 전화를 받지 않았다. 계속 노래만 따라 불렀다. 결국 숀이 전화를 받는 소리가 들렸다. "누구라고 전할까요?"

브라이언은 차분하게 생각했다. 내 자백을 받아낼 거야. 경찰한테 거짓말을 할 수는 없어. 르루 선생님이 교무실에 다녀오는 동안 꽃병을 깨뜨린 사람이 누구냐고 물었을 때도 거짓말을 하지 못했잖아. 그가 자백을 받아낼 테고 나는 살인죄로 감옥에 갈 거야.

그때 브라이언 러스크는 처음으로 자살이라는 단어를 떠올렸다. 충격적이지도 낭만적이지도 않았다. 아주 침착하고 이성적인 판단이었다. 그의 아버지가 차고에 둔 산탄총이 있었고, 그 순간만큼은 산탄총이 완벽하게 타당한 듯 느껴졌다. 모든 문제의 해답인 듯 느껴졌다.

“혀엉! 전화 받아!”

“스탠리랑 통화할 기분 아냐!” 그는 큰 소리로 외쳤다. “내일 다시 전화하라고 해!”

“스탠리 아닌데.” 숀이 마주 외쳤다. “어떤 남자야. 남자 어른.”

큼지막하고 얼음처럼 차가운 손이 브라이언의 심장을 쥐어짰다. 그거였다. 팽본 보안관의 전화였다.

브라이언? 몇 가지 물어볼 게 있어서. 아주 중요한 질문이야. 곧바로 대답하지 못하면 내가 너를 체포해야 해. 순찰차를 타고 가서. 조만간 브라이언 네 이름이 신문에 실릴 테고, 네 사진이 텔레비전에 나올 테고, 네 친구들이 전부 그걸 볼 거야. 네 어머니와 아버지는 물론이고 남동생도 볼 테고. 네 사진을 화면에 띄우고 아나운서는 이렇게 얘기하겠지. “이 아이가 윌마 저직과 네티 코브 살인 사건에 일조한 브라이언 러스크입니다.”

“흐음, 누굴까?”

그는 1층에 대고 카랑카랑한 목소리로 작게 외쳤다.

“나도 몰라!” 숀은 〈트랜스포머〉를 보다가 나와서 짜증이 난 목소리였다. “이름이 크로픽스라고 한 것 같은데. 그 비슷했어.”

크로픽스?

브라이언은 쿵쾅거리는 심장을 달래며 문 앞에 섰다. 이제는 피에로처럼 큼지막하게 연지를 바른 듯 창백한 얼굴이 화끈거렸다.

크로픽스가 아니다.

코팩스다.

샌디 코팩스가 그에게 전화한 것이다. 하지만 브라이언은 그가 실제로는 누구인지 짐작하고도 남았다.

그는 납덩이같은 발을 옮겨 계단을 내려갔다. 수화기가 아무리 못해도 200킬로그램은 되는 듯했다.

"안녕, 브라이언." 곤트 씨가 부드러운 목소리로 말했다.

"아아안녕하세요." 브라이언은 좀 전처럼 카랑카랑한 목소리로 작게 대답했다.

"걱정할 거 없단다. 미슬라버스키 부인이 네가 돌을 던지는 걸 봤다면 거기 무슨 일이냐고 물어봤을 리가 없잖아, 안 그래?"

"그걸 어떻게 아세요?"

브라이언은 또다시 토악질을 하고 싶어졌다.

"그건 상관없어. 중요한 건 뭔가 하면, 네가 적절하게 대처했다는 거지. 아주 적절하게. 저직 씨 부부가 싸우는 모양이라고 대답했잖니. 경찰이 너에 대해 알아내더라도 그냥 누가 돌을 던지는 소리를 들었나 보다고 생각할 거야. 범인이 집 뒤편에 있었기 때문에 넌 못 봤을 거라고 말이야."

브라이언은 아치형 입구 너머 텔레비전 방을 쳐다보며 숀이 엿듣고 있지 않은지 확인했다. 숀은 전자레인지에 돌린 팝콘 봉지를 무릎에 얹고 텔레비전 앞에 책상다리를 하고 앉아 있었다.

"저는 거짓말 못해요!" 그는 수화기에 대고 속삭였다. "거짓말을 하면 항상 들통이 난다고요!"

"이번에는 아닐 거야, 브라이언. 이번에는 아주 제대로 할 수 있을 거야."

가장 끔찍한 게 뭔가 하면, 이번 일에 대해서도 제일 잘 아는 사람은 곤트 씨라는 생각이 든다는 것이었다.

2

큰아들이 자살을 고민하다가 다급한 목소리로 소곤소곤 곤트 씨와 협상을 벌이는 동안, 코라 러스크는 실내복 차림으로 방 안을 조용히 누비며 춤을 추고 있었다.

하지만 그녀의 방이 아니었다.

곤트 씨에게서 산 선글라스를 쓰면 그레이스랜드*가 펼쳐졌다.

파인솔 세제와 튀김 냄새를 풍기는 끝내주는 방, 들리는 소리라고는 에어컨이 나지막이 웅웅거리는 소리밖에 없는 방(그레이스랜드에는 열려 있는 창문이 몇 개 안 됐다. 다른 창 대부분에는 못이 박혔고 커튼이 쳐졌다)을 누비며 그녀는 춤을 추었다. 발은 푹신한 카펫 위에서 속삭였고, 엘비스는 뇌리를 떠나지 않는 특유의 간절한 목소리로 〈내 소원이 이루어졌어My wish came true〉를 불렀다. 그녀는 식당에 매달린 거대한 프랑스제 크리스털 샹들리에 아래와 그곳의 트레이드마크인 스테인드글라스 공작새 앞을 지나며 춤을 추었다. 짙푸른색 벨벳 커튼을 손으로 쓸고 지나갔다. 가구는 프렌치 프로빈셜 스타일이었다. 벽은 핏빛이었다.

* 엘비스 프레슬리가 살았던 저택 이름.

영화의 느린 디졸브처럼 장면이 바뀌면서 코라는 지하 서재로 이동했다. 한쪽 벽에는 동물 뿔이 놓인 선반이 있었고 다른 쪽 벽에는 액자에 넣은 황금색 음반이 줄줄이 걸려 있었다. 또 다른 쪽 벽은 불룩한 텔레비전의 차지였다. 길고 둥그스름한 바에는 게토레이가 쌓여 있었다. 오렌지, 라임, 레몬 맛이었다.

비닐 커버에 황제의 사진을 붙인 그녀의 오래된 휴대용 전축에서 딸깍하는 소리가 났다. 음반이 자동으로 교체되는 소리였다. 엘비스가 〈블루 하와이Blue Hawaii〉를 부르기 시작하자 코라는 훌라댄스를 추며 정글 방으로 들어갔다. 인상을 찌푸린 티키 신*들과 팔걸이가 괴물 석상으로 된 소파가 보였다. 거울 테두리는 살아 있는 꿩의 가슴에서 뽑은 깃털로 나풀거렸다.

그녀는 춤을 추었다. 니드풀 싱스에서 산 선글라스로 눈을 가리고 춤을 추었다. 큰아들이 살금살금 2층으로 돌아가 다시 침대에 누워서 샌디 코팩스의 좁은 얼굴을 쳐다보며 알리바이와 산탄총을 두고 고민하는 동안 그레이스랜드에서 춤을 추었다.

3

캐슬록 중학교는 우체국과 도서관 사이에 자리 잡은 볼썽사나운 빨간색 벽돌 더미로, 마을 어른들이 학교란 모름지기 소년원을 닮아야 한다고 믿던 시대의 유물이었다. 1926년에 건설된 이 학교는

* 폴리네시아 신화에서 인류를 창조한 신.

그 조건을 훌륭하게 충족시켰다. 이제 구멍 대신 번듯한 창문이 달리고 교도소 마당이 아니라 진짜 운동장이 딸린 학교를 새로 짓자는 쪽으로 마을의 의견이 해마다 조금씩 기울고 있었다.

샐리 랫클리프의 언어 치료실은 나중에 지하에 추가된 공간으로 종이 타월, 분필, 교과서, 향긋한 붉은 톱밥 통이 쌓인 비품 벽장과 보일러실 사이에 숨어 있었다. 교사용 책상과 그보다 작은 여섯 개의 학생용 책상으로 몸을 돌릴 여지조차 없는 좁은 공간이었지만 샐리는 그래도 최대한 밝게 꾸며보려고 했다. 그렇잖아도 말을 더듬거나 혀짤배기소리를 내거나 난독증이 있거나 코가 막혀서 언어 치료를 받는 아이들 대부분이 이 시간을 무섭고 비참하게 여기지 않는가. 다들 친구들에게는 놀림을, 부모에게는 신문을 당한 경험이 있었다. 거기에 한술 더 떠서 쓸데없이 험상궂은 분위기를 풍길 필요는 없었다.

그리하여 먼지를 뒤집어쓴 천장 배관에는 모빌 두 개가 대롱대롱 매달리게 되고, 벽에는 유명 탤런트와 록 스타 사진이, 문에는 큼지막한 가필드 포스터가 붙었다. 가필드의 입에 달린 말풍선에는 이런 말이 적혀 있었다. "나처럼 짱 멋진 고양이도 말발 작렬인데, 너라고 왜 못하겠어!"

새 학기가 시작된 지 겨우 다섯 주째인데 그녀의 서류는 참담할 정도로 정리가 안 되어 있었다. 원래는 오늘 하루 종일 밀린 서류 작업에 매진할 작정이었지만 1시 15분이 되자 서류를 한데 모아서 원래 보관했던 서랍에 다시 넣고 쾅 닫아서 잠가버렸다. 고맙게도 평소와 달리 보일러실이 잠잠하긴 했으나 이런 아까운 날씨에 지하에 처박혀 있지 말고 일찌감치 퇴근해야겠다는 생각이 들었다. 하지만 그게 다는 아니었다. 그녀에게는 아주 분명한 오늘 오후의 계획이 있었다.

집에 가서 무릎 위로 쏟아지는 햇살을 받으며 창가의 의자에 앉아 니드풀 싱스에서 산 멋진 나뭇조각을 감상하고 싶었다.

나뭇조각이 진짜 기적이고, 신실한 신도가 찾을 수 있도록 하느님이 세계 곳곳에 흩뿌려놓은 성스러운 보물이 분명하다는 확신이 점점 더 강해졌다. 그걸 들고 있으면 무더운 날에 우물물을 한 바가지 떠서 마시는 것과 같았다. 그걸 들고 있으면 주린 배를 채우는 것과 같았다. 그걸 들고 있으면…….

그걸 들고 있으면 황홀했다.

그리고 뭔가가 계속 마음에 걸렸다. 나뭇조각을 침대 서랍장의 맨 아래 서랍에 넣어서 속옷으로 덮고 외출할 때 집을 꼼꼼히 잠갔지만 그래도 누군가가 몰래 들어와 그

(유물 성스러운 유물)

나뭇조각을 훔쳐 갈 것 같은 끔찍한 예감에 계속 시달렸다. 말이 안 된다는 건 알았다. 도둑이 이걸 발견한다 하더라도 케케묵은 나무토막을 뭐하러 훔쳐 가겠는가. 하지만 도둑이 어쩌다 이걸 건드리면…… 그녀가 나뭇조각을 조그만 손으로 쥘 때마다 들리는 소리와 보이는 환상이 그의 머릿속을 채운다면…… 그렇다면…….

그렇기 때문에 집에 가야 했다. 반바지와 홀터넥으로 갈아입고 한 시간 정도 동안 조용히

(병적인 환희와 함께)

명상을 하고 싶었다. 방바닥이 천천히 까딱이는 갑판으로 바뀌는 걸 느끼고, 동물들의 울음소리를 듣고, 다른 태양의 빛을 쪼이고, 거대한 배가 느릿느릿 다가와 나지막이 삐걱거리는 소리를 내면서 산꼭대기에서 멈추는 마법의 순간을 기다리고 싶었다. 나뭇조각을 한참 동안 들고 아주, 아주 조용히 아주, 아주 열심히 기도하면 그런 순간이 올 거라고 믿어 의심치 않았다. 하느님이 많고 많은 신도들 중에 그녀를 선택해 눈부시게 반짝이는 기적을 선물한 이유는 알 수 없지만 이왕 선택을 받았으니 샐리는 최대한 충만하고 완벽하게 축복을 누릴 작정이었다.

그녀는 옆문으로 나가 교직원용 주차장을 향해 운동장을 가로질렀다. 짙은 금발과 긴 다리를 자랑하는 훤칠하고 아리따운 아가씨였다. 샐리 랫클리프가 굽이 낮은 편한 구두를 신고 대개 한 손에는 핸드백을, 다른 손에는 팸플릿이 잔뜩 꽂힌 성서를 든 채 이발소 앞을 지나갈 때마다 그녀의 다리를 두고 이러쿵저러쿵 말들이 많았다.

"맙소사, 저 아가씨는 턱 바로 밑에서부터 다리가 시작되네."

바비 듀거스는 이렇게 얘기한 적이 있었다.

"신경 꺼." 그때 찰리 포틴은 이렇게 대꾸했다. "저 다리가 네 궁둥이를 감쌀 일은 없으니까. 예수님과 레스터 프랫의 여자야. 딱 그 순서로, 1순위, 2순위."

찰리의 말에—정말이지 박장대소할 농담이었다—이발소 안은 남자들의 웃음소리로 쩌렁쩌렁하게 울렸다. 밖에서 샐리 랫클리프는 아무것도 모르고 그녀만의 발랄한 순수와 미덕으로 단단히 무장한 채 '청년들을 위한 로즈 목사의 목요일 저녁 성서 연구 강좌'를 들으러 무심히 발걸음을 옮겼다.

레스터 플랫이 이발소에 있을 때는(최소 삼 주에 한 번씩 빳빳한 스포츠머리를 다듬으러 갔다) 어느 누구도 샐리의 다리나 그 어떤 것을 두고도 우스갯소리를 늘어놓지 않았다. 우스갯소리 좋아하는 주민들이 보기에 그는 샐리가 방귀를 뀌면 향수 냄새가 나고 똥을 싸면 꽃이 나온다고 믿는 게 분명한데, 레스터와 같은 체격을 갖춘 남자는 건드리지 않는 게 상책이었다. 그는 서글서글한 성격이었지만 하느님과 샐리 랫클리프에 있어서만큼은 아주 단호했다. 그리고 레스터 같은 남자는 마음만 먹으면 얼마든지 팔다리를 뽑았다가 새롭고 신기한 형태로 다시 끼워 넣을 수 있었다.

그와 샐리는 아주 뜨거운 시간을 몇 번 보냈지만 '갈 데까지' 간 적은 없었다. 그런 시간을 보낸 날이면 레스터는 좋아서 터질 듯한 머리와 분출하지 못해서 터질 듯한 불알을 부여잡고 뒤숭숭한 마음을 달래는 한편, 더이상 참지 않아도 되는 머지않은 미래를 꿈꾸며 집으로 돌아갔다. 가끔은 이러다 첫날밤에 그녀가 익사하는 게 아닐까 하는 생각이 들 때도 있었다.

샐리도 욕구불만을 해소할 수 있는 결혼 생활을 손꼽아 기다렸지만…… 요 며칠은 레스터의 포옹이 전보다 시시하게 느껴졌다. 니드풀 싱스에서 성지의 나뭇조각을 샀다고, 그 안에 기적이 담겨 있다고 그에게 얘기할까 고민하다가 하지 않기로 했다. 물론 나중에는 얘기할 작정이었다. 기적은 함께 나누어야 하니까. 그걸 함께 나누지 않는 것은 의심할 여지 없는 죄악이었다. 하지만 레스터에게 나뭇조각을 보여주며 잡아보라고 얘기하는 상상을 할 때마다 놀랍게도 (그리고 살짝 실망스럽게도) 질투가 동반된 소유욕이 불끈 솟아오르곤 했다.

안 돼! 처음 그 고민에 빠졌을 때 화난 어린애 같은 목소리가 외쳤었다. 안 돼, 이건 내 거야! 그이한테는 이게 내가 느끼는 만큼 소중할 리 없어! 그럴 수는 없어!

그녀의 몸을 공유하듯 나뭇조각을 그와 공유하는 날이 오긴 하겠지만 둘 다 아직은 미래의 일이었다.

시월의 이 무더운 날은 온전히 그녀만의 것이었다.

교직원용 주차장에는 차가 몇 대 없었다. 그중에서도 레스터의 머스탱이 가장 새것이었고 근사했다. 그녀의 차에 계속 말썽이 생겼지만—동력전달장치의 뭔가가 자꾸 고장났다—별로 문제될 건 없었다. 아침에 레스에게 전화해 차를 또 써도 되느냐고 물었더니 (엿새 동안 빌려 쓰다가 전날 정오에 돌려준 참이었다) 그가 당장 가져다주겠다고 했다. 자기는 집까지 뛰어가면 되고 어차피 나중에 친구들과 터치풋볼을 하기로 되어 있다고 했다. 아마 차를 써야 하는 일이 있었어도 그렇게 얘기했을 텐데, 그녀로서는 전혀 상관없었다. 레스터는 샐리의 부탁이라면 불구덩이에도 뛰어들 사람이라는 걸 그녀도 알았고—경험이 아닌 본능으로 어렴풋이 알았다—그래서 이렇게 쌓인 애정의 속박을 순진하고 뿌듯하게 받아들였다. 레스터는 그녀를 숭배했다. 그들은 하느님을 숭배했다. 모든 게 아무 문제 없었다. 영원히 그럴지니, 아멘.

머스탱에 올라타 핸드백을 콘솔에 얹으려고 몸을 돌렸을 때 조수석 아래쪽에 삐죽 튀어나온 하얀색의 뭔가가 눈에 띄었다. 무슨 봉투 같았다.

차 안에 이런 게 있다니 이상하다는 생각을 하며 그녀는 허리를 숙여 그걸 집었다. 레스터는 차도 자기 몸처럼 꼼꼼하게 관리했다. 봉투에 적힌 단어는 단 두 개였지만 그걸 보고 샐리 랫클리프는 살짝 움찔했다. 가볍고 미끈한 필체로 "내 사랑에게"라고 적혀 있었다.

여성스러운 필체였다.

봉투를 뒤집어보았다. 뒷면에는 아무것도 없었고 편지는 봉인되어 있었다.

"내 사랑?"

샐리는 미심쩍게 반문했다가 자신이 모든 창문을 꽁꽁 닫아놓고 미친 듯이 땀을 흘리며 레스터의 차에 앉아 있다는 사실을 문득 깨달았다. 시동을 걸고 운전석 창문을 내린 뒤 콘솔 너머로 몸을 뻗어 조수석 창문도 내렸다.

그러는 동안 희미한 향수 냄새가 느껴진 것 같기도 했다. 그녀의 향수 냄새는 아니었다. 그녀는 향수를 뿌리지도 화장을 하지도 않았다. 교회에서 그런 건 음란한 자의 도구라고 배웠다. (게다가 그녀는 그렇게 꾸밀 필요도 없었다.)

어쨌거나 향수 냄새도 아니었어. 운동장 울타리를 따라서 자라는 인동 중에 마지막까지 남은 애들 있잖아. 그 냄새였지.

"내 사랑?" 그녀는 봉투를 보며 다시 한번 반문했다.

봉투는 아무 말도 하지 않았다. 당당하게 그녀의 손에 놓여 있을 따름이었다.

그녀는 봉투에 대고 손가락을 튀겼다가 앞뒤로 구부려보았다. 종이 한 장과—최소 한 장이었다—다른 뭔가가 들어 있는 듯했다. 그 다른 뭔가가 사진인 것 같기도 했다.

봉투를 앞유리창에 대어보았지만 아무 소용 없었다. 이제는 태양이 반대편으로 넘어가고 있었다. 그녀는 잠시 고민하다가 차에서 내려 햇빛이 정면으로 비치도록 봉투를 들었다. 희미한 직사각형과—편지인 듯했다—그보다 진한 정사각형의 뭔가가 있었다. 레스터에게 편지를 보낸

(내 사랑에게)

누군지 모를 사람이 동봉한 사진 같았다.

하지만 누가 부친 게 아니었다. 적어도 우편으로 발송하지는 않았다. 우표도 주소도 없었다. 심란한 그 두 단어뿐이었다. 개봉되지도 않았으니 그 말인즉슨…… 뭘까? 샐리가 파일을 정리하는 동안 누가 레스터의 머스탱에 몰래 넣고 간 걸까?

그럴 수 있다. 또는 간밤에 아니면 어제 누군가가 차 안에 몰래 넣었는데 레스터가 보지 못한 것일지도 모른다. 봉투는 한쪽 모서리만 삐죽 고개를 내밀고 있었다. 조수석 아래에 숨겨져 있다가 그녀가 오늘 아침에 학교로 차를 몰고 오는 동안 앞으로 조금 이동한 걸까.

"안녕하세요, 랫클리프 선생님!"

누가 외쳤다. 샐리는 얼른 봉투를 내려서 치마 주름 사이에 숨겼다. 죄책감으로 심장이 쿵쾅거렸다.

빌리 머천트가 겨드랑이에 스케이트보드를 끼고 운동장을 가로

질러 오고 있었다. 샐리는 손을 흔들고 얼른 다시 차에 올라탔다. 얼굴이 화끈거렸다. 양볼이 빨개졌다. 하지 말아야 할 짓을 하다가 빌리에게 들킨 사람처럼 어이없는, 아니 비정상적인 반응을 보이고 있었다.

뭐, 사실이잖아. 남의 편지를 훔쳐보려고 했잖아.

그녀는 처음으로 찌릿한 질투를 느꼈다. 어쩌면 편지가 그녀의 것일 수도 있었다. 지난 몇 주 동안 그녀가 자기 차만큼이나 자주 레스터의 차를 몰고 다녔다는 걸 아는 주민들이 많았다. 그리고 설혹 편지가 그녀의 것이 아니라 해도, 레스터 프랫은 그녀의 것 아닌가. 방금 전까지만 해도 자신을 위해서라면 그가 불구덩이에라도 뛰어들 거라 생각하며, 젊고 아리따운 그리스도교도만이 강렬하게 느낄 수 있는 굳건하고 기분 좋은 자아도취를 만끽하지 않았던가.

내 사랑.

그녀 앞으로 그런 봉투를 놓고 갈 사람은 없었다. 그것만큼은 분명했다. 주변에 그녀를 '달링'이라거나 '내 사랑'이라고 부르는 여자친구는 없었다. 그러니까 누가 레스터에게 보낸 편지였다. 그리고…….

문득 해답이 떠오르자 그녀는 살짝 안도의 한숨을 뱉으며 연푸른색 운전석에 털썩 몸을 기댔다. 레스터는 캐슬록 고등학교 체육 선생님이었다. 물론 남학생만 가르쳤지만 날마다 수많은 여학생들이, 감수성이 풍부한 어린 여학생들이 그를 보았다. 그리고 레스터는 젊고 잘생긴 남자였다.

짝사랑에 빠진 여고생이 몰래 쪽지를 두고 갔나 봐. 그뿐이야. 심지어 그이가 당장 볼 수 있게 계기판에 둘 용기도 못 냈잖아.

"내가 열어봐도 그이는 상관하지 않을 거야." 샐리는 큰 소리로 이렇게 얘기하고는 봉투 한쪽 끝을 깔끔하게 뜯어서 한 번도 담배꽁초가 놓인 적 없는 재떨이에 버렸다. "오늘 저녁에 이 얘기를 하면서 둘이 같이 깔깔대고 웃겠네."

봉투를 기울이자 인화된 사진 한 장이 그녀의 손바닥으로 떨어졌다. 사진을 본 순간 심장이 잠깐 멈추었다. 홍조가 뺨 위로 번졌고, 그녀는 놀라서 O 자 모양으로 조그맣게 오므린 입을 손으로 가렸다.

샐리는 멜로 타이거에 간 적이 없었기 때문에 배경이 어딘지 몰랐다. 그렇다고 그녀가 순진해빠지기만 한 것은 아니었다. 지금까지 본 텔레비전과 영화가 있었기에 보아하니 술집이라는 것 정도는 알 수 있었다. 남자와 여자가 널찍한 공간의 한쪽 구석(그녀의 머리는 아늑한 구석이라고 고집스럽게 표현했다) 테이블에 앉아 있는 사진이었다. 맥주 피처와 필스너 잔 두 개가 테이블 위에 놓여 있었다. 다른 사람들은 그들 뒤편과 주변의 다른 테이블에 앉아 있었다. 뒤로 댄스 플로어가 보였다.

남자와 여자는 입을 맞추고 있었다.

여자는 배꼽이 보이는 반짝이 스웨터에 하얀색 리넨으로 보이는 치마를 입고 있었다. 아주 짧은 치마였다. 남자의 한쪽 손이 맨살이 드러난 여자의 허리 위에 스스럼없이 놓여 있었다. 다른 손은 치마 속으로 들어가 그걸 좀더 추어올리고 있었다. 흐릿하게 여자의 팬티가 보였다.

이런 걸레 같으니라고. 샐리는 분노하고 경악하며 생각했다.

남자는 카메라를 등지고 있었다. 샐리가 볼 수 있는 부위는 턱과 한쪽 귀뿐이었다. 하지만 상당히 근육질이고 까만 머리를 짧은 스포츠머리로 깎았다는 걸 알 수 있었다. 학생들이 근육맨 셔츠라고 부르는 파란색 티셔츠와 옆에 흰색 줄무늬가 들어간 파란색 트레이닝 바지를 입었다.

레스터다.

걸레의 치마 속을 탐험하는 레스터였다.

아니야! 그녀의 이성이 허둥지둥 부인했다. 그이일 리 없어! 레스터는 술집에 가지 않아! 술도 마시지 않는걸! 그리고 다른 여자에게 키스할 리 없어, 나를 사랑하니까! 나는 그이가 나를 사랑하는 걸 알아, 왜냐하면…….

"왜냐하면 그이가 그렇다고 하니까."

기운 없고 무기력한 그녀의 목소리는 자신이 듣기에도 충격적이었다. 사진을 구겨서 차창 밖으로 던져버리고 싶었지만 그럴 수는 없었다. 그랬다가 누가 그걸 보기라도 하면 뭐라고 생각하겠는가.

그녀는 사진 위로 몸을 숙이고 질투의 눈빛으로 열심히 들여다보았다.

남자의 머리가 여자의 얼굴을 거의 가리고 있었지만 이마의 선과 한쪽 눈꼬리와 왼쪽 뺨과 턱선은 볼 수 있었다. 그보다 더 중요하게는, 여자가 까만 머리를 어떤 식으로 잘랐는지를 알 수 있었다. 앞머리로 이마를 덮는 섀기 커트였다.

주디 리비가 까만 머리였다. 그리고 주디 리비가 앞머리로 이마를 덮는 새기 커트였다.

네가 착각하는 거야. 아니, 착각하는 정도가 아니라 미쳤구나. 레스터는 주디가 교회와 인연을 끊었을 때 그녀와 헤어졌잖아. 그러고 나서 그녀는 떠났잖아. 포틀랜드인지 보스턴인지 그 비슷한 데로. 누가 못된 장난을 치는 거야. 너도 알잖아, 레스터는 절대…….

안다고? 과연 그럴까?

지금껏 만끽했던 자아도취가 고개를 들고 일어나 그녀를 비웃었고, 여태껏 들은 적 없는 목소리가 그녀의 심장 어느 깊숙한 곳에서 불쑥 말문을 열었다. 순수한 사람의 신뢰가 거짓말쟁이의 가장 유용한 도구라잖아.

하지만 주디가 아닐 수 있었다. 레스터도 아닐 수 있었다. 입을 맞추고 있을 때는 얼굴을 잘 알아볼 수 없지 않은가. 영화관에 늦게 들어가면 스크린 속에서 입을 맞추는 두 사람이 아무리 유명한 배우라도 누군지 잘 모를 수 있다. 그들이 입맞춤을 멈추고 다시 카메라를 쳐다볼 때까지 기다려야 한다.

이건 영화가 아니잖아. 여태껏 들은 적 없는 목소리가 말했다. 현실이라고. 그 둘이 아니면 이 봉투가 왜 차에 있겠어?

이제는 그녀의 시선이

(레스터의)

자기 남자친구의 목 위에 살짝 올려놓은 여자의 오른손에 꽂혔다. 길고 예쁘게 손질한 손톱에 짙은 색 매니큐어를 발랐다. 주디 리비의 손톱이 그랬다. 샐리는 주디가 교회에 발길을 끊었을 때 전혀 놀라지 않았던 기억이 났다. 손톱을 그렇게 치장하는 여자의 머릿속에는 만군의 주 말고도 많은 게 있을 거라고 그녀는 생각했었다.

좋아, 그러니까 여자는 주디 리비일 수 있어. 하지만 그렇다고 같이 있는 남자가 레스터인 건 아니잖아. 이스가리옷 유다*가 참된 그리스도교도가 아니듯 주디 역시 참된 그리스도교도가 아님을 깨닫게 된 레스터가 연락을 끊자 이런 식으로 못되게 복수하는 것일 수 있었다. 스포츠머리로 깎은 남자는 많았고 파란색 티셔츠와 옆에 흰색 줄무늬가 들어간 바지를 입는 건 어떤 남자든지 가능했다.

그러다 그녀의 시선이 다른 어떤 걸 우연히 발견했고, 그러자 심장이 갑자기 납덩이로 가득 차는 것 같았다. 남자가 시계를 차고 있었다. 디지털 시계였다. 초점이 흐릿했지만 그녀는 알아보았다. 그럴 수밖에 없었다. 지난달 레스터의 생일 때 그녀가 사준 선물이 아니던가.

우연의 일치일 수 있잖아. 그녀의 이성이 힘없이 주장했다. 그냥 세이코 시계잖아, 내 형편으로 살 수 있었던 게 그것뿐이었지. 누구나 그런 시계를 찰 수 있어. 하지만 여태껏 들은 적 없는 목소리가 귀를 긁는 절망의 폭소를 터뜨렸다. 지금 누굴 속이려는 거냐고 했다. 그뿐만이 아니었다. 여자의 치마 속으로 들어간 손은 보이지 않았지만(이 작은 배려나마 베푸신 주님께 어찌나 감사한지!) 그 손과 연결된 팔은 보였다. 그 팔의 팔꿈치 바로 아래에 큼지막한 점이 있었다. 두 개가 8 자 모양으로 서로 붙어 있었다.

레스터와 함께 현관 앞 그네에 앉아서 그 점을 애정 어린 손길로

* 예수를 배신한 제자.

쓰다듬었던 게 몇 번인가. 그가 그녀의 가슴을 만지고, 숨을 헐떡이며 귓가에 사랑의 언어를 속삭이고, 변함없는 헌신을 약속할 때 애정을 담아 거기에 입을 맞추었던 게 몇 번인가.

이건 레스터였다. 시계는 찼다 풀었다 할 수 있을지 몰라도 점은 그럴 수 없었고…… 옛날 디스코 노래 가사의 한 구절이 떠올랐다. 배드 걸…… 뚜뚜…… 삐삐…….

"걸레, 걸레, 걸레!"

그녀는 사진을 보며 불쑥 표독스럽게 쏘아붙였다. 어떻게 그녀에게 다시 돌아갈 수 있단 말인가! 어떻게?

어쩌면 말이야, 네가 거부하는 걸 그녀는 허락해서 그랬을지 몰라. 그 목소리가 말했다.

그녀의 가슴이 격하게 들썩였다. 경악이 담긴 탄식이 쇳소리를 내며 그녀의 잇새를 찢고 목구멍으로 내려갔다.

하지만 여긴 술집이잖아! 레스터는…….

그러다 그녀는 그것이 부차적인 문제에 불과하다는 사실을 깨달았다. 레스터가 주디를 만나고 있다면, 그에 대해 거짓말을 하고 있다면, 음주 여부를 두고 하는 거짓말은 중요한 문제가 아니었다.

샐리는 떨리는 손으로 사진을 내려놓고 동봉된 쪽지를 봉투에서 꺼냈다. 가장자리를 다듬지 않고 울퉁불퉁하게 내버려둔 살구색 편지지였다. 퀴퀴하면서 달짝지근한 냄새가 희미하게 풍겼다. 샐리는 편지지를 코에 대고 숨을 깊이 들이마셨다.

"걸레!"

그녀는 괴로워하며 쉰 목소리로 외쳤다. 그 순간 주디 리비가 눈앞에 등장했다면 샐리는 단정하게 깎은 손톱이나마 세우고 그녀에게 달려들었을 것이다. 주디가 등장했으면 좋겠다는 생각이 들었다. 레스터도. 그녀가 본때를 보이고 나면 당분간 터치풋볼은 꿈도 못 꾸겠지.

그녀는 접힌 편지를 펼쳤다. 내용은 짧았고 여학생처럼 동글동글한 필체로 적혀 있었다.

사랑하는 레스,

지난번에 멜로 타이거에 갔을 때 펠리샤가 찍은 사진이야. 이걸로 우리를 협박해야겠다고 하지 뭐야! 물론 농담이었지. 펠리샤가 주길래 '우리의 엄청났던 밤'을 기념하는 뜻에서 당신한테 선물하려고 해. '남들이 보는 앞에서' 그렇게 치마 속에 손을 넣다니 '너무 엉큼했지만' 덕분에 내가 '엄청 흥분했어'. 게다가 자기 정말 '힘이 세더라'. 사진을 보면 볼수록 점점 더 '흥분'이 되지 뭐야. 자세히 들여다보면 내 속옷까지 보여! 나중에 속옷을 벗을 때 펠리샤가 옆에 없어서 얼마나 다행이었는지!!! 조만간 또 만나. 그동안 '나를 기념하는' 뜻에서 이 사진을 간직하도록 해. 나는 당신이랑 '당신 대물'을 생각할게. 더 흥분하기 전에 이쯤에서 그만해야겠다. 안 그러면 엉큼한 짓을 해야 할 것 같아서. 그리고 그 여자 걱정은 그만 좀 해. 예수 만나느라 바빠서 우리 신경 쓸 정신 없을 테니까.

주디

샐리는 거의 삼십 분 동안 레스터의 머스탱 운전석에 앉아서 이 편지를 읽고 또 읽었다. 분노와 질투와 상처로 머릿속이 부글거렸다. 한편 생각과 감정의 밑바닥에서 성적인 흥분이 느껴지기도 했지만 이건 어느 누구한테도, 심지어 자기 자신에게도 절대 인정할 수 없는 것이었다.

이 바보 같은 여우가 '바빠서'라고 쓸 줄도 모르네. 그녀는 생각했다.

그녀의 시선은 계속 새로운 문구에 집중했다. 대개 강조된 부분이었다.

우리의 엄청났던 밤.

너무 엉큼했지만.

엄청 흥분했어.

힘이 세더라.

당신 대물.

하지만 시선이 계속 향하는 곳은, 그녀의 분노를 가장 자극하는 곳은 성찬식을 불경스럽게 왜곡한 구절이었다.

……'나를 기념하는' 뜻에서 이 사진을 간직하도록 해.

외설스러운 상상들이 제멋대로 샐리의 머릿속에 떠올랐다. 레스터의 입이 젖꼭지를 깨물자 신음하는 주디 리비. "받아서 너희가 다 이것을 마시고 나를 기념하라." 주디 리비의 벌린 다리 사이로 무릎을 꿇고 앉은 레스터와 받아서 먹으며 나를 기념하라고 얘기하는 그녀.

그녀는 살구색 편지지를 동그랗게 구겨서 자동차 바닥으로 던졌다. 땀에 절어 부스스하게 뒤엉킨 머리를 한 채(편지를 읽는 동안 다른 손으로 멍하니 머리칼을 헤집었다) 허리를 꼿꼿하게 펴고 앉아서 거칠게 숨을 쉬었다. 그러다 허리를 숙여 편지를 집고 다시 잘 펴서 사진과 함께 봉투에 넣었다. 손이 너무 떨려서 세 번의 시도 끝에 간신히 넣을 수 있었고, 넣은 뒤에는 봉투를 반으로 찢었다.

"걸레!" 그녀는 다시 외치고 울음을 터뜨렸다. 눈물이 뜨거웠다. 산성 물질처럼 쓰라렸다. "나쁜 년! 그리고 너! 너! 거짓말쟁이 나쁜 놈!"

그녀는 열쇠를 시동 장치에 쑤셔넣었다. 머스탱이 그녀의 심정을 대변하듯 분노의 굉음과 함께 깨어났다. 그녀는 기어를 주행으로 옮기고 파란 연기를 구름처럼 내뿜으며 울부짖는 타이어 소리와 함께 주차장을 박차고 나갔다.

운동장 저편에서 스케이트보드로 노즈 탭을 연습하던 빌리 머천트가 놀라서 고개를 들었다.

4

십오 분 뒤, 그녀는 방 안에서 속옷 서랍을 헤집으며 나뭇조각을 찾았지만 보이지 않았다. 주디와 거짓말쟁이 남자친구를 향한 분노가 어마어마한 공포로 덮였다. 없어졌으면 어쩌지? 누가 훔쳐 갔으면 어쩐다?

샐리는 찢어버린 봉투를 들고 왔는데, 이제 보니 아직까지 왼손으로 움켜쥐고 있었다. 그것 때문에 찾는 데 방해가 됐다. 봉투를 옆으로 내동댕이치고 얌전한 속옷을 두 손 가득 떠서 사방으로 던졌다. 공포와 분노와 좌절이 한데 뒤섞인 비명이 터져나오려는 찰나, 나뭇조각이 눈에 들어왔다. 서랍을 어찌나 세게 잡아당겼던지 나뭇조각이 서랍 뒤편 왼쪽 모서리까지 미끄러져 들어가 있었다.

그걸 홱 낚아채자마자 평화와 평온이 파도처럼 밀려드는 것을 느낄 수 있었다. 그녀는 다른 손으로 봉투를 집어 선과 악, 성물과 속물, 처음과 끝을 한 손에 하나씩 쥐고 앞으로 내밀었다. 그런 다음 찢어버린 봉투를 서랍에 넣고 그 위로 속옷을 아무렇게나 쌓았다.

바닥에 앉아서 책상다리를 하고 나뭇조각 위로 고개를 숙였다. 눈을 감고 바닥이 부드럽게 흔들리길, 부정한 시기에 주님의 은총으로 구원을 받은 가엾고 어리석은 동물들의 울음소리와 함께 마음의 평화가 찾아오길 기다렸다.

대신 나뭇조각을 판 남자의 목소리가 들렸다. 이 문제를 처리해야죠. 곤트 씨가 유물 깊숙한 곳에서 말했다. 이 문제를 처리해야죠…… 이 불결한 사건을요.

"맞아요." 샐리 랫클리프는 말했다. "맞아요, 나도 알아요."

그녀는 후끈한 여인의 방에 오후 내내 그렇게 앉아 나뭇조각이 펼친 어두컴컴한 동그라미 안에서, 코브라의 후드와 같은 어둠 속에서 생각하고 상상했다.

5

"초록으로 쫙 빼입은 내 왕자님을 봐…… 아이코 아이코 언젠가…… 그는 남자가 아니야, 그는 러브 머신……."

샐리 랫클리프가 새롭게 등장한 어둠 속에서 명상에 빠질 무렵 폴리 차머스는 시월답지 않게 따뜻한 오후의 공기가 들어오도록 열어 놓은 창가에 앉아 눈부신 햇살을 만끽했다. 싱어 재봉틀을 돌리며 맑고 듣기 좋은 알토의 음성으로 〈아이코 아이코Iko Iko〉를 불렀다.

로절리 드레이크가 다가와서 말했다. "오늘은 기분이 좋은 모양이네요. 노래를 들어보니 아주 좋은가 봐요."

폴리는 고개를 들고 로절리를 보며 묘하게 복잡한 미소를 지었다. "그렇기도 하고 아니기도 해요."

"좋은 기분을 억누르지 못하겠다는 뜻이죠?"

폴리는 잠깐 고민하다가 고개를 끄덕였다. 정확하지는 않았지만 비슷했다. 어제 같이 죽은 두 여자는 오늘도 새뮤얼스 장례식장에서 다시 만났다. 내일 오전에 각자 다른 교회에서 장례식을 치르겠지만 오후가 되면 홈랜드 공동묘지에서 다시 이웃사촌이 될 것이다. 폴리는 그들의 죽음에 부분적으로 책임을 느꼈다. 그녀가 아니었다면 네티는 캐슬록으로 돌아올 일이 없었을 것이다. 그녀가 필요한 편지를 쓰고, 필요한 공판에 참석하고, 심지어 네티 코브가 살 집까지 찾아냈다. 왜 그랬을까? 이제는 사실 기억조차 나지 않았다. 그리스도교도로서 갖추어야 할 자비와 가족끼리 알고 지낸 친구에게 부여되는 마지막 책임에 걸맞은 처사처럼 느껴졌을 뿐이다.

여기에 따르는 죄책감을 회피하거나 그럴 필요 없다는 제삼자의 설득에 넘어갈 생각은 없었지만(현명하게도 앨런은 그런 시도조차 하지 않았다) 과거로 돌아간다면 자신의 선택이 달라졌을지 자신할 수 없었다. 네티의 광기는 분명 폴리가 통제하거나 고칠 수 있는 수준을 넘어섰지만 그녀는 캐슬록에서 삼 년 동안 행복하고 보람찬 시간을 보냈다. 어쩌면 나이를 먹거나 그냥 지겨워서 눈을 감을 때까지 시설에서 오랫동안 칙칙한 시간을 보내느니 삼 년이나마 그렇게 보내는 편이 나았을지 몰랐다. 그리고, 폴리가 자기 행동을 통해 윌마 저직의 사형 집행 영장에 서명한 셈이었을지 몰라도, 그 영장의 세부 사항을 작성한 장본인은 윌마가 아니었을까? 네티 코브가 기르던 명랑하고 속없는 강아지를 코르크 오프너로 죽인 사람은 폴리가 아니라 윌마였으니 말이다.

어떤 면에서는 보다 단순하게 그저 떠나버린 친구의 죽음에 대한 슬픔이, 또 상태가 점점 좋아지던 네티가 그런 짓을 저지를 수 있었다는 사실에 대한 당혹감이 느껴질 뿐이었다.

오전 동안 그녀는 장례식을 준비하고 네티의 몇 안 되는 친척들에게 연락했다(폴리도 예상했다시피 하나같이 장례식에 참석하지 않겠다는 뉘앙스를 풍겼다). 고인을 매장하는 의식이 그럴 수밖에 없듯이 죽음에 따르는 사무적인 절차로 인해 어느 정도는 상심에 초점을 맞출 수 있었다.

하지만 여전히 그녀의 머릿속을 떠날 줄 모르는 것들이 있었다.

예를 들어 마르지 않게 포일을 씌워서 아직까지 냉장고에 넣어둔 라자냐만 해도 그랬다. 그 라자냐는 앨런이 오늘 저녁에 집에 들르면 같이 먹어야 했다. 혼자서는 먹을 수 없었다. 그건 감당할 수 없는 일이었다.

네티가 자신의 고통을 얼마나 한눈에 알아차렸는지, 그 강도를 얼마나 정확하게 파악했는지, 발열 장갑을 들고 와서 어떤 식으로 이번에는 도움이 될지 모른다고 우겼는지 계속 기억이 났다. 그리고 두말하면 잔소리지만, 네티가 마지막으로 한 말도 생각이 났다.

"사랑해, 폴리."

"정신 차려라, 폴리. 정신 차려라, 폴리. 대답해라, 폴리, 내 말 들리나?"

로절리가 웅얼거렸다. 그날 아침 로절리와 폴리는 함께 이런저런 기억을 되새기고 뒷방에 들어가 원단 무더기 사이에서 서로 끌어안은 채 눈물을 흘리며 네티를 추억했다. 이제는 로절리도 괜찮아 보였다. 폴리의 노랫소리를 들어서 그런 것일 수도 있었다.

아니면 네티가 우리에게 조금 비현실적인 인물이었기에 그럴지도 모르지. 폴리는 생각했다. 그림자가 네티에게 드리워 있었잖아. 뭐랄까, 새까맣지는 않지만 그녀가 잘 안 보일 정도로 짙은 그림자가. 그래서 우리가 느끼는 상심의 깊이가 얕은 거야.

"들려요." 폴리가 말했다. "기분 좋은 게 맞고, 그걸 억누르지 못하겠는 것도 맞고, 그래서 아주 감사해요. 이렇게 설명하면 충분하지 않아요?"

"거의요." 로절리가 맞장구를 쳤다. "내가 다시 여기 들어왔을 때 당신이 노래를 부르는 소리와 재봉틀을 돌리는 소리, 둘 중에 어느 걸 듣고 더 놀랐는지 모르겠어요. 손 한번 들어봐요."

폴리는 손을 들었다. 굽은데다 헤버덴결절 때문에 관절이 흉측하게 부풀어서 미스 아메리카의 손으로 착각할 일은 없겠지만 통증이 너무 심해서 일찍 퇴근해야 했던 지난주 금요일 이후로 부기가 현격하게 가라앉은 걸 느낄 수 있었다.

"와우!" 로절리는 외쳤다. "그럼 이젠 안 아파요?"

"그럴 리가요. 그래도 지난 한 달을 통틀어서 제일 상태가 괜찮아요. 봐요."

그녀는 천천히 손가락을 구부려 느슨하게 주먹을 쥐었다. 그런 다음 좀 전처럼 조심스럽게 다시 펼쳤다. "이러지 못한 게 적어도 한 달은 됐거든요." 폴리도 알다시피 사실은 그보다 더 심했다. 그녀는 사월인가 오월부터 너무 아파서 주먹을 쥐지 못했다.

"와우!"

"그래서 기분이 좋아요. 네티와 이 기쁨을 함께 나누었다면 완벽했을 텐데."

가게 문이 열렸다.

"누가 왔는지 나가서 봐줄래요?" 폴리가 물었다. "이 소매 박음질을 마무리하고 싶어서요."

"그럴게요." 로절리는 걸음을 옮기다 말고 뒤를 돌아보았다. "네티는 당신 기분이 좋다고 언짢아하지 않을 거예요."

폴리는 고개를 끄덕였다. "알아요." 그녀는 진지하게 말했다.

로절리는 손님을 맞으러 나갔다. 그녀가 사라지자 폴리는 왼손을 가슴으로 가져가 분홍색 스웨터와 가슴 사이에 도토리만 한 크기로 불룩 튀어나온 것을 건드렸다.

아즈카. 그녀는 멋진 단어라는 생각을 하며 다시 재봉틀을 돌려서 신경질적으로 움직이는 은색 바늘 아래에 옷감을 대고 이리저리 움직이기 시작했다. 지난여름 이후 처음으로 직접 만드는 옷이었다.

곤트가 부적값으로 얼마를 달라고 할지 궁금해졌다. 뭘 요구하든

아깝지 않을 거라는 생각이 들었다. 홍정에 돌입하면 그런 생각이 들지 않겠지만, 홍정에 돌입했을 때는 그런 식으로 생각하면 안 되겠지만 그게 사실인걸. 뭘 달라고 하든 선뜻 주고 싶을 거야.

14장

1

캐슬록의 행정위원들은 전임 비서 한 명을 같이 쓰는데, 애리애드니 세인트클레어라는 이국적인 이름의 아가씨였다. 지성미가 넘치지는 않지만 지칠 줄 모르고 인상이 좋으며 명랑한 젊은 여자였다. 풍만한 가슴은 몇 개인지 모를 앙고라 스웨터 안쪽에서 부드럽고 봉긋하게 솟았고 피부가 고왔다. 그런가 하면 눈이 아주 나빴다. 알이 두툼한 뿔테 안경 너머에서 휘둥그레진 갈색 눈이 헤엄을 쳤다. 버스터는 그녀가 좋았다. 머리가 나빠 그들의 일원이 될 수 없으리라 생각했기 때문이었다.

애리애드니가 3시 45분에 그의 사무실 문 사이로 고개를 내밀었다.

"디크 브래드퍼드 씨가 왔어요, 위원장님. 무슨 지출 품의서에 서명을 받아야 한다는데요. 하실 수 있으시겠어요?"

"글쎄, 뭔지 한번 봐야겠는데." 버스트는 말하며 스포츠면의 경마 출전표가 보이도록 접어놓은 루이스턴 《데일리 선》을 잽싸게 책상 서랍에 넣었다.

오늘은 컨디션이 좋았다. 의욕이 넘치고 빠릿빠릿했다. 진저리 나는 분홍색 딱지는 부엌 스토브에서 태워버렸고, 머틀은 이제 그가 다가가도 불에 그슬린 고양이처럼 옆걸음치지 않았고(더는 머틀에게 관심도 없었지만 자신을 연쇄살인범 대하듯 하는 여자와 같이 사는 건 짜증나는 일이었다), 그날 저녁에는 경마장에 가서 다시 목돈을 거머쥘 계획이었다. 연휴 다음이라 (배당금은 물론이고) 관중 수가 더 많을 게 분명했다. 그는 사실상 복승식*과 삼복승식**을 두고 고민하기 시작했다.

개밥맛 부보안관과 똥멍청이 보안관과 나머지 희희낙락 멤버들이라면…… 뭐, 그와 곤트 씨가 그들의 정체를 알고 있는데다, 둘이서 손을 잡으면 환상적인 호흡을 자랑할 거라고 장담할 수 있었다.

이런 이유들로 애리애드니가 고개를 내밀었을 때 그는 침착하게 대응할 수 있었다. 심지어 저 어마어마한 가리개 안에서 부드럽게 출렁이는 가슴을 예전처럼 즐겁게 감상하는 여유까지 부릴 수 있었다.

그녀가 지출 품의서를 책상에 놓았다. 버스터는 서류를 집어 회

* 1등과 2등으로 들어올 말을 순서에 상관없이 맞히는 방식.

** 1, 2, 3등으로 들어올 말을 순서대로 맞히는 방식.

전의자에 몸을 묻고 훑어보았다. 승인을 요청하는 금액이 맨 꼭대기 네모 칸에 적혀 있었다. 구백사십 달러. 출처는 루이스턴의 케이스 건설 및 공급회사였다. 제공받을 물자 또는 용역을 적는 칸에는 "다이너마이트 열여섯 상자"라고 또박또박 적혀 있었다. 그 아래의 기타/비고란에는 이런 내용이 있었다.

> 주 정부의 지질 전문가가 1987년에 경고한(자세한 사항은 보고서를 참고 바람) 5번 국도변 골재 채취장의 화강암 더미를 처리해야 할 시점이 마침내 도래하였습니다. 그 너머에 골재가 다량 매장되어 있지만 바위를 없애야 채취할 수가 있습니다. 날이 추워지고 눈이 내리기 전에 처리해야 합니다. 겨울 동안 필요한 골재를 노르웨이에서 수입해야 하는 상황이 벌어지면 납세자들이 핏대를 세워가며 불평을 터뜨릴 겁니다. 두세 번 발파하면 해결이 될 텐데, 제가 확인한바 케이스 쪽에서 태가트 하이임팩트 다이너마이트를 다수 보유하고 있습니다. 지금 작업에 착수하면 내일 정오까지 입수해 수요일에 발파 작업을 시작할 수 있습니다. 행정위원회에서 현장으로 오시면 확인할 수 있도록 발파 지점을 표시해놓았습니다.

디크가 그 밑에 서명해놓았다.

버스터는 애리애드니를 세워놓고 생각에 잠긴 표정으로 앞니를 톡톡 두드리며 디크의 보고서를 두 번 읽었다. 그런 다음 몸을 앞으로 숙여 한 군데 손을 보고 문장 하나를 추가한 다음 자신의 머리글자로 표시하고 디크의 이름 밑에다 요란하게 서명했다. 그 분홍색 서류를 애리애드니에게 다시 건넸을 때 그는 미소를 짓고 있었다.

"자! 이런데도 다들 나를 수전노로 안단 말이지!"

애리애드니는 서류를 들여다보았다. 버스터가 구백사십 달러를 천사백 달러로 변경해놓았다. 다이너마이트의 용도를 설명한 디크의 보고서 아래에는 이런 내용이 덧붙어 있었다. "공급이 원활할 때 최소 스무 상자는 확보하는 게 좋겠음."

"골재 채취장으로 나가서 직접 확인하실 건가요, 위원장님?"

"아니, 아니, 그럴 필요가 뭐가 있겠어." 버스터는 다시 의자에 기대고 앉아서 뒤통수에 대고 손깍지를 꼈다. "하지만 물건이 도착하면 연락 부탁한다고 디크한테 얘기 전해줘. 엄청난 분량의 폭탄이잖아. 엉뚱한 사람 손에 들어가면 쓰나, 응?"

"그렇죠." 애리애드니는 대답하고 나갔다. 거기서 얼른 나오고 싶었다. 키턴 씨의 미소가 왠지 모르게…… 조금 섬뜩했다.

한편 버스터는 의자를 돌려 메인 스트리트를 내다보았다. 토요일 아침에 절망을 달래며 내다보았을 때에 비하면 얼마나 활기가 넘치는지. 그 이후로 많은 일이 벌어졌고 앞으로 이삼 일 동안 더 많은 일이 벌어지지 않을까 싶었다. 태가트 하이임팩트 다이너마이트 스무 상자가 공공사업부 창고에 보관되면—두말하면 잔소리지만 그가 창고의 열쇠를 가지고 있었다—모든 일이 벌어질 수 있었다.

모든 일이.

2

에이스 메릴은 그날 오후 4시에 토빈 브리지를 건너 보스턴에 진입했지만 5시가 훨씬 지난 다음에서야 목적지이길 바라는 곳에 도착할 수 있었다. 케임브리지에서도 도로가 구불구불하게 서로 엉켜 있는 도심 근처의 이상하고 인적이 거의 없는 빈민가였다. 도로의 절반은 일방통행으로 되어 있고 나머지 절반은 막다른 길인 듯했다. 황폐한 지역의 쓰러져가는 건물들이 길 위로 기다란 그림자를 드리운 가운데 에이스는 휘플 스트리트의 삭막한 단층 콘크리트블록 건물 앞에 차를 세웠다. 잡초로 뒤덮인 공터 한가운데에 서 있는 건물이었다.

철조망이 주변을 빙 두르고 있었지만 아무 문제 없었다. 누가 문을 훔쳐 가서 경첩만 남아 있었다. 볼트 커터 자국임 직한 게 보였다. 챌린저를 몰고 문이 달려 있었을 구멍을 통과해 콘크리트블록 건물을 향해 천천히 다가갔다.

벽이 휑뎅그렁했고 창문 하나 없었다. 울퉁불퉁한 길을 따라가자 찰스 강을 마주 보고 있는 건물 옆면의 차고가 나왔다. 문이 닫혀 있었고, 거기에도 창문이 없었다. 예전에는 아스팔트로 덮였을 길 위의 구멍을 지날 때마다 챌린저가 출렁거리며 기분 나쁘게 요동쳤다. 여기저기 흩뿌려진 유리 조각 위에 버려진 유모차를 지났다. 썩어서 얼굴 반쪽만 남은 인형이 그 안에 비스듬히 누워서 곰팡이가 핀 파란색 눈으로 그를 빤히 쳐다보았다. 그는 닫힌 차고 문 앞에 차를 세웠다. 이제 어떻게 해야 할까? 콘크리트블록 건물은 1945년 정도부터 방치된 듯한 분위기를 풍겼다.

에이스는 차에서 내렸다. 가슴주머니에서 쪽지를 꺼냈다. 거기에 곤트의 차가 보관되어 있는 장소의 주소가 적혀 있었다. 그는 미심쩍은 눈빛으로 주소를 다시 한번 확인했다. 그가 마지막으로 지나친 번지수를 감안하면 여기가 휘플 스트리트 85번지인 것 같긴 한데, 과연 누가 장담할 수 있을까. 제대로 된 번지수도, 주변에 물어볼 사람도 없는 곳인데. 사실 이 일대 자체가 황량하고 으스스해서 영 마음에 들지 않았다. 공터. 쓸 만한 부품은 구리 선 일 센티미터까지 모두 털린 자동차. 정치인들이 리베이트를 제대로 챙길 때까지 철거되지 못한 채 기다리는 텅 빈 임대주택. 지저분한 마당과 쓰레기 덮인 막다른 길로 끝나는 구불구불한 골목. 휘플 스트리트를 찾는 데만 한 시간이 걸렸는데 이제 와서 보니 찾지 말걸 그랬다는 생각이 들었다. 이곳은 녹슨 쓰레기통과 버려진 냉장고 안에서 가끔 영아의 시신이 발견되는 그런 동네였다.

그는 차고 문 앞으로 걸어가 초인종을 찾았지만 보이지 않았다. 녹슨 철문에 옆얼굴을 대고 안에서 사람 소리가 들리는지 귀를 기울였다. 훔친 자동차를 분해해 부품을 비싼 값에 팔아넘기는 업소일지도 몰랐다. 곤트가 자신에게 준 것과 같은 고용량 코카인을 입수할 수 있는 사람이라면 해가 떨어지고 난 뒤에 포르셰와 람보르기니를 현찰로 판매하는 업자들과 아주 잘 아는 사이일 수도 있었다.

하지만 정적 말고는 아무 소리도 들리지 않았다.

내가 잘못 찾아왔는지 몰라. 그는 이렇게 생각했지만 이 빌어먹을 길거리를 위아래로 돌아다니며 살펴본바 클래식 카를 보관할 수 있을 만큼 넓고 튼튼한 곳은 여기밖에 없었다. 아주 제대로 말아먹어서 엉뚱한 동네를 찾아온 게 아닌 이상은 말이다. 그런 생각이 들자 불안해졌다. 자정까지 여기로 돌아와야 해. 곤트는 이렇게 얘기했었다. 자네가 자정까지 여기로 돌아오지 않으면 내가 언짢아질 거야. 나는 언짢아지면 가끔 이성을 잃거든. 그런 상황이 벌어지면 내 옆에 있고 싶지 않을 거야.

진정해. 에이스는 초조함을 달래며 속으로 중얼거렸다. 그는 한심한 의치를 달고 있는 늙은이에 불과해. 어쩌면 게이일 수도 있어.

하지만 진정할 수가 없었고 릴런드 곤트가 한심한 의치를 달고 있는 늙은이에 불과하다는 생각도 들지 않았다. 그리고 자신의 주장이 맞는지 틀린지 알아보고 싶은 마음도 없었다.

현재 상황을 점검하자면 다음과 같았다. 조만간 해가 질 테고 에이스는 어두워지기 전에 이 동네를 뜨고 싶었다. 여긴 왠지 이상했다. 사람을 쳐다보는 듯한 휑뎅그렁한 창문이 달린 섬뜩한 임대주택이나 타이어도 없이 하수구 위에 서 있는 자동차 때문만은 아니었다. 휘플 스트리트 근처에 진입하고부터 인도를 걸어가거나 현관에 앉아 있거나 창밖을 내다보는 사람을 한 명도 본 적이 없었는데…… 그런데도 누가 그를 지켜보는 느낌이 들었다. 사실 지금도 그랬다. 뒷덜미의 짧은 털이 쉴 새 없이 근질거렸다.

보스턴이 아닌 것처럼 느껴질 정도였다. 여기는 빌어먹을 〈환상특급〉에 더 가까웠다.

자네가 자정까지 여기로 돌아오지 않으면 내가 언짢아질 거야.

에이스는 주먹을 쥐고 아무 특징 없는 녹슨 차고 문을 두드렸다.

"저기요! 타파웨어 구경하고 싶은 분 없어요?"

아무 대답이 없었다.

문 아래쪽에 손잡이가 달려 있었다. 그는 손잡이를 당겨보았다. 소용없었다. 문이 홈을 따라서 올라가기는커녕 덜커덩거리지도 않았다.

에이스는 씩씩대며 초조한 눈빛으로 주변을 두리번거렸다. 그가 타고 온 챌린저가 바로 옆에 세워져 있었다. 그걸 몰고 그냥 가버렸으면 좋겠다는 생각이 이보다 더 간절하게 든 적이 없었다. 하지만 감히 그럴 수가 없었다.

건물을 돌아가보았지만 역시 아무것도 없었다. 전혀, 아무것도. 구역질나는 누런 콧물 색으로 칠해진 콘크리트블록만 이어질 따름이었다. 차고 뒤편에 스프레이 페인트로 낙서 하나가 적혀 있었고, 에이스는 그걸 잠깐 들여다보며 왜 소름이 돋는지 의아해했다.

요그소토스* 만세

희미해진 빨간색으로 이렇게 적혀 있었다.

그는 차고 문 앞으로 다시 돌아가서 생각했다. 이제 어쩐다?

뾰족한 수가 떠오르지 않았기에 챌린저로 돌아가 차고 문을 쳐다보며 가만히 앉아 있었다. 그러다 마침내 클랙슨 위에 두 손을 얹어서 신경질적으로 길게 눌렀다.

* 러브크래프트의 크툴루 신화에 등장하는 외부 신.

곧바로 차고 문이 소리 없이 위로 올라가기 시작했다.

에이스는 입을 떡 벌리고 쳐다보았다. 맨 먼저 떠오른 것은 챌린저 시동을 걸고 최대한 빨리, 최대한 멀리 도망치고 싶다는 생각이었다. 일단 멕시코시티가 어떨까. 하지만 곤트를 다시 떠올리며 천천히 차에서 내렸다. 그가 차고 앞에 다다랐을 때 문이 안쪽의 천장 아래에서 멈추었다.

두툼한 전선에 매달린 대여섯 개의 이백 와트짜리 전구가 안을 환하게 밝히고 있었다. 전구마다 고깔 모양의 양철 갓이 달려 있어서 바닥을 동그랗게 비추었다. 시멘트 바닥 저쪽에 방수천으로 덮인 차가 있었다. 한쪽 벽면에는 공구들이 어지럽게 놓인 테이블이 보였다. 다른 쪽 벽면에는 나무 상자 세 개가 쌓여 있었다. 그 위에 오픈릴식 구형 녹음기가 있었다.

그것 말고는 아무것도 없었다.

"누가 문을 열었어?" 에이스는 딱딱한 목소리로 조그맣게 물었다. "누가 빌어먹을 문을 열었느냐고?"

대답은 들리지 않았다.

3

그는 챌린저를 몰고 안으로 들어가 뒤편 벽에 대고 세웠다. 빈 공간이 많았다. 그런 다음 다시 문 앞으로 걸어갔다. 문 옆에 컨트롤 박스가 달려 있었다. 에이스는 닫기 버튼을 눌렀다. 이 정체 모를 콘크리트 건물이 서 있는 폐허가 점점 그림자로 채워져가고 있어서 불안했다. 계속 밖에서 움직이는 뭔가가 보이는 것 같았다.

문이 잡음 하나 없이 움직였다. 문이 끝까지 내려가길 기다리며 에이스는 클랙슨 소리에 반응한 소리 센서를 찾았다. 보이지 않았지만 어딘가에 있을 게 분명했다. 차고 문이 저절로 열릴 리 없지 않은가.

하지만 만약 이 도시에서 그런 황당한 일이 벌어지는 곳이 있다면 바로 휘플 스트리트일 거라는 생각이 들었다.

에이스는 맨 위에 녹음기가 놓여 있는 나무 상자 앞으로 다가갔다. 그의 발이 시멘트 바닥을 밟는 소리가 으드득 하고 울렸다. 요그소토스 만세. 제멋대로 이 생각이 떠오르자 몸이 부르르 떨렸다. 그는 빌어먹을 요그소토스가 누군지 몰랐다. 무게가 사십 킬로그램에 달하는 땋은 머리가 지저분한 두피에 대롱대롱 매달려 있는 라스타파리* 레게 가수의 이름일 뿐이겠지만 머릿속에서 울리는 그 이름이 여전히 마음에 들지 않았다. 이런 곳에서 그 이름을 떠올리는 건 안 좋은 선택인 것 같았다. 위험한 선택인 것 같았다.

녹음기의 릴 위에 쪽지가 붙어 있었다. 큼지막한 글자로 두 단어가 적혀 있었다.

틀어볼 것.

* 1930년대에 자메이카에서 시작된 신흥종교. 독특한 복장과 행동이 특징이며 레게 음악을 통해 전파되기도 했다.

에이스는 쪽지를 떼어내고 재생 버튼을 눌렀다. 릴이 돌아가기 시작하며 목소리가 나오자 그는 조금 움찔했다. 달리 누구의 목소리를 기대했단 말인가. 리처드 닉슨?

"안녕, 에이스." 녹음된 곤트의 목소리가 흘러나왔다. "보스턴에 온 걸 환영하네. 내 차에 씌운 방수포를 벗기고 나무 상자를 실어줘. 조만간 필요할 듯한 특별한 상품이 안에 들어 있거든. 뒷좌석에도 상자를 한 개 이상 실어야 할 거야. 터커의 트렁크는 아쉬운 부분이 있어서. 자네 차는 여기에 무사히 잘 있을 테고 돌아가는 길은 평탄할 거야. 그리고 이걸 기억해주기 바라네. 일찍 돌아갈수록 지도에 표시된 지점을 더 일찍부터 조사할 수 있다는 걸. 즐거운 여행 되길 바라네."

메시지가 끝나자 빈 테이프가 쉭쉭거리는 소리와 캡스턴 장치가 나지막이 끽끽거리는 소리가 이어졌다.

에이스는 거의 일 분 동안 릴이 돌아가도록 내버려두었다. 모든 상황이 기괴했고…… 점점 더 기괴해져가고 있었다. 곤트가 오후에 여길 다녀갔다. 그가 지도를 운운했는데, 에이스는 오늘 오전까지 지도도 릴런드 곤트도 본 적이 없었으니 오후에 다녀간 게 분명했다. 그가 차를 몰고 오는 동안 영감탱이는 비행기를 타고 다녀간 모양이었다. 하지만 왜? 이 모든 게 도대체 어찌된 영문일까?

그는 여기 다녀가지 않았어. 그는 생각했다. 있을 수 없는 얘기처럼 들릴지 몰라도, 다녀가지 않았다고. 저 우라질 녹음기만 해도 그래. 요즘 누가 저런 녹음기를 쓰겠어? 그리고 릴에 쌓인 먼지를 봐. 쪽지에도 먼지가 쌓였잖아. 이 장치는 오래전부터 너를 기다리고 있었던 거야. 어쩌면 팽본이 너를 쇼생크로 보냈을 때부터 여기서 먼지를 뒤집어쓰고 있었을지 몰라.

아, 하지만 그건 정신 나간 소리였다.

말도 안 되는 얘기였다.

그럼에도 불구하고 그의 마음속 아주 깊은 곳에서는 그게 사실이라는 믿음이 들었다. 곤트는 오늘 오후에 보스턴 근처에도 온 적이 없었다. 곤트는 오후 내내 캐슬록의 창가에 서서—에이스는 그렇다는 걸 알았다—행인을 관찰했고 어쩌다 한 번씩은

콜럼버스 기념일은 휴무입니다

팻말을 치우고

영업중

팻말을 걸었을 것이다. 적임자가 다가오면, 그러니까 곤트가 거래를 하고 싶은 상대가 다가오면 말이다.

어떤 거래였을까?

정말 그걸 알고 싶은지 확신할 수가 없었다. 하지만 상자 안에 뭐가 들었는지는 알고 싶었다. 여기에서 캐슬록까지 옮겨야 하는 물건이니 그에게도 알 권리가 있었다.

정지 버튼을 누르고 녹음기를 옆으로 옮겼다. 작업 테이블에 놓인 공구 중에서 망치를 선택하고 벽에 기대어 세워져 있는 쇠지렛

대도 집어 들었다. 상자들 앞으로 돌아가 쇠지렛대의 평평한 끝 쪽을 맨 위 상자의 뚜껑 아래로 넣어서 올렸다. 못들이 가느다란 비명소리와 함께 빠져나왔다. 상자 안의 물건은 정사각형의 묵직한 유포로 덮여 있었다. 그는 유포를 옆으로 젖혔다가 눈앞에 펼쳐진 광경에 입을 떡 벌렸다.

뇌관이었다.

뇌관이 수십 개였다.

어쩌면 수백 개일지 모르는 뇌관이 아늑한 대팻밥 둥지 안에 들어 있었다.

맙소사, 도대체 무슨 수작이야? 3차세계대전이라도 일으키려는 건가?

에이스는 쿵쾅거리는 심장을 달래며 다시 못을 박고 뇌관이 든 상자를 옆으로 들어서 옮겼다. 조명탄처럼 생긴 빨간색의 두툼한 막대가 가지런히 누워 있겠거니 생각하며 두 번째 상자를 열었다.

하지만 다이너마이트가 아니었다. 총이었다.

모두 합해서 스물 몇 정쯤 되어 보이는 고성능 자동 권총이었다. 진한 기름 냄새가 스멀스멀 올라왔다. 종류가 뭔지는 몰랐지만—독일제인 듯했다—거기에 담긴 의미는 알 수 있었다. 이걸 싣고 가다가 매사추세츠에서 잡히면 최소 이십 년, 최대 종신형을 받을 수 있다는 것. 매사추세츠 주는 총, 그중에서도 특히 자동화기를 대하는 시각이 아주 부정적이었다.

이 상자는 뚜껑을 덮지 않은 채 옆으로 치워두었다. 세 번째 상자를 열었다. 권총용 탄창이 가득 들어 있었다.

에이스는 왼쪽 손바닥으로 초조하게 입을 문지르며 뒷걸음쳤다.

뇌관.

자동 권총.

탄창.

이게 상품이라고?

"내가 보기에는 아니야." 에이스는 고개를 저으며 나지막이 중얼거렸다. "이 몸이 보기에는 아니야. 노, 노, 절대 아니지."

멕시코시티가 점점 더 나은 선택처럼 느껴졌다. 아니면 리우. 곤트가 좀더 성능이 좋은 쥐덫이나 전기의자를 만드는 중인지 어쩐지 몰라도, 그 일에 동참하고 싶은 마음은 전혀 없었다. 그는 떠날 작정이었다, 그것도 지금 당장.

그의 시선이 자동 권총이 담긴 상자에서 떠날 줄 몰랐다.

그리고 이 중 하나를 가지고 갈 거야. 그는 생각했다. 여기까지 왔는데 뭐 하나 챙겨야지. 기념품 삼아.

그가 상자 쪽으로 걸음을 옮기기 시작한 순간, 아무 버튼도 눌리지 않았는데 녹음기의 릴이 다시 돌아가기 시작했다.

"꿈도 꾸지 마라, 에이스." 싸늘하게 충고하는 곤트의 목소리가 들리자 에이스는 비명을 질렀다. "날 엿 먹일 생각 마. 그랬다가는 코슨 형제한테 당할 뻔한 짓은 시골에서 보내는 하루처럼 느껴질 정도로 처참한 벌을 받게 될 테니까. 너는 이제 내 거야. 내 옆에 붙어 있으면 우리 둘이 재미있는 시간을 보낼 수 있어. 내 옆에 붙어 있으면 캐슬록에서 너한테 못되게 굴었던 인간들에게 모조리 복수하고…… 갑부가 돼서 여길 떠날 수 있다고. 나한테 반항했다가는 죽을 때까지 비명을 지르게 될 테지만."

녹음기가 멎었다.

튀어나올 듯한 에이스의 눈이 전선을 따라갔다. 플러그가 고운 먼지를 뒤집어쓴 채 바닥에 떨어져 있었다.

게다가 주변에는 콘센트도 없었다.

4

에이스는 문득 마음이 조금 차분해졌다. 희한한 현상처럼 느껴질지 몰라도 사실 그렇지는 않았다. 그의 정서적인 기압계가 안정을 찾은 이유는 두 가지였다.

첫째, 에이스는 구시대적 인간이었다. 동굴에서 살며 노상 적에게 돌을 던지거나 여자의 머리채를 끌고 다니는 생활이 딱 알맞은 성격이었다. 자기보다 힘과 권위가 우월한 상대를 맞닥뜨렸을 때라야 어떤 반응을 보일지 완벽하게 예측할 수 있는 인간 말이다. 어쩌다 한 번 그런 일이 발생하면 그는 곧바로 우월한 상대에게 고개를 숙였다. 그 자신은 알지 못했지만 애초에 플라잉 코슨 브러더스한테서 도망치지 않은 이유도 바로 그런 성격 때문이었다. 에이스 메릴 같은 남자 안에 정복욕보다 더 강한 욕구가 있다면 진정한 리더가 등장했을 때 무방비 상태인 목덜미를 내보이며 순순히 항복하고 싶은 욕구였다.

두 번째 이유는 그보다 더 단순했다. 그는 이걸 꿈이라고 믿기로 했다. 마음속 한구석에서는 꿈이 아니라는 걸 알았지만 보이고 들리는 증거를 현실로 받아들이는 것보다 그렇게 믿는 편이 더 쉬웠다. 곤트의 존재를 실제로 간주하는 세상이 있을지 모른다는 생각조차 하고 싶지 않았다. 잠깐 사고 회로를 닫고 이 일의 끝을 향해 걸어가는 편이 더 쉽고 안전했다. 그러고 나면 눈을 떴을 때 그가 아는 세상이 그를 맞이할지 몰랐다. 그 세상에도 위험 요소는 있지만 적어도 거긴 그가 이해할 수 있는 세상이었다.

그는 권총 상자와 탄약 상자의 뚜껑을 쾅 닫았다. 그런 다음 보관되어 있던 자동차 앞으로 다가가 캔버스 방수포를 잡았다. 거기에도 먼지 더께가 내려앉아 있었다. 방수포를 벗긴 순간…… 그는 경이로움과 환희로 세상의 다른 모든 걸 잠깐 잊었다.

과연 터커였고, 아름다웠다.

샛노란색이었다. 유선형 차체가 옆면과 깔쭉깔쭉한 앞 범퍼 아래에 달린 크롬으로 반짝였다. 제3의 전조등이 보닛 한복판, 미래형 급행열차의 엔진처럼 생긴 은색 장식품 아래에서 그를 빤히 쳐다보았다.

에이스는 천천히 한 바퀴 돌며 모든 걸 눈으로 흡수했다. 트렁크 덮개 양쪽에 하나씩 크롬 그릴이 달려 있었다. 용도가 뭔지는 전혀 알 수 없었다. 두툼한 굿이어 타이어의 옆면이 어찌나 새하얀지 천장에 달린 불빛에 반짝거릴 정도였다. 트렁크 덮개에는 흘림체로 "터커 탤리스먼"이라고 쓰인 크롬 명패가 달려 있었다. 에이스는 들어본 적 없는 모델 이름이었다. 프레스턴 터커가 출시한 차는 토피도뿐인 줄 알았건만.

그런데 친구, 문제가 하나 더 있어. 이 차에는 번호판이 없잖아.

색상은 이렇게 눈에 확 띄는데 번호판도 없는 차에 총과 폭탄을 가득 싣고 메인 주까지 몰고 갈 작정이야?

그랬다. 그럴 작정이었다. 당연히 어리석은 선택었지만, 아주 어리석은 선택이지만…… 대안—릴런드 곤트 씨를 엿 먹이려고 했다가는 어떻게 될지—에 비하면 그쪽이 훨씬 나았다. 게다가 이건 꿈이었다.

그는 봉투에서 열쇠를 꺼내 트렁크 쪽으로 갔다. 아무리 찾아도 열쇠 구멍을 찾을 수 없었다. 잠시 후에 제프 브리지스가 출연한 영화*가 떠오르면서 이유를 알아차릴 수 있었다. 독일제 폭스바겐 비틀과 쉐보레 코베어처럼 터커도 뒤편에 엔진이 있었다. 앞쪽이 트렁크였다.

아니나 다를까, 희한한 제3의 전조등 바로 밑에 열쇠 구멍이 있었다. 트렁크를 열었다. 과연 아주 아늑했고, 거기 있는 짐은 딱 하나뿐이었다. 뚜껑에 스푼이 체인으로 매달려 있고 흰색 가루가 든 조그만 병이었다. 조그만 쪽지가 체인에 테이프로 붙어 있었다. 에이스는 쪽지를 떼어내 깨알만 하게 적힌 문구를 읽었다.

이걸 흡입할 것

에이스는 쪽지가 시키는 대로 했다.

* 프랜시스 포드 코폴라 감독의 1988년 영화 〈터커〉를 가리킨다.

5

어떤 것과도 비교할 수 없을 만큼 훌륭한 곤트의 가루를 흡입하고 머릿속이 헨리 보퍼트의 주크박스처럼 환해지자 기분이 훨씬 좋아진 에이스는 총과 탄창을 트렁크에 실었다. 뇌관이 담긴 상자를 뒷좌석에 싣다가 그는 잠깐 멈추고 숨을 깊이 들이마셨다. 이 세상의 어떤 차와도 비교할 수 없을 만큼 훌륭한 새 차 냄새가 났고 운전석에 앉아보니 진짜로 새 차였다. 곤트의 터커 탤리스먼의 주행 기록계에 찍힌 숫자는 00000.0이었다.

에이스는 열쇠를 시동 장치에 꽂고 돌렸다.

나지막이 그르렁거리는 기분 좋은 소리와 함께 탤리스먼에 시동이 걸렸다. 몇 마력일까? 알 수 없지만 장난이 아닐 듯한 예감이 들었다. 교도소에는 자동차 관련 서적이 많았고 에이스는 그걸 다 읽었다. 터커 토피도는 약 삼백오십 세제곱인치 정도 되는 육기통의 플랫헤드 엔진이 달린 차로, 포드가 1948년과 1952년 사이에 생산한 차량과 비슷했다. 그러니까 150마력 정도 된다는 뜻이었다.

이 차가 더 크게 느껴졌다. 훨씬 큰 것 같았다.

에이스는 내려서 뒤로 돌아가 보닛을 열어보고 싶었지만…… 요그 어쩌고 하는 이상한 이름에 대해 너무 열심히 생각하면 안 좋은 것처럼 그것 역시 안 좋은 선택인 듯했다. 그냥 이걸 싣고 캐슬록으로 최대한 빨리 돌아가는 편이 좋을 듯했다.

그는 차에서 내려 차고 문 옆에 달린 컨트롤 박스를 누르려다가 어떻게 되는지 궁금해서 대신 클랙슨을 눌렀다. 과연 어떤 일이 벌어졌다. 문이 스르르 위로 올라가기 시작했다.

어딘가에 소리 센서가 달려 있는 모양이지. 그는 속으로 중얼거렸지만 사실 그걸 믿는 건 아니었다. 이제는 관심조차 없었다. 기어를 1단에 놓고 부르릉거리며 탤리스먼을 몰고 차고 밖으로 나왔다. 철조망에 난 구멍을 향해 울퉁불퉁한 길을 달리며 다시 클랙슨을 울렸고, 차고 불이 꺼지고 문이 내려오기 시작하는 걸 백미러로 확인했다. 벽을 향해 주차되어 있는 그의 챌린저와 바닥에 놓인 쭈글쭈글한 방수포도 보였다. 그 차를 두 번 다시 보지 못할 듯한 묘한 예감이 들었다. 그것 역시 별 상관 없었다.

6

탤리스먼은 승차감이 기가 막혔을 뿐 아니라 스토로 드라이브를 지나 북부행 고속도로로 가는 길을 알고 있는 듯했다. 가끔 방향 지시등이 저 혼자 켜졌다. 그러면 에이스는 지시등이 가리키는 방향에 따라 모퉁이를 돌았다. 탤리스먼이 보관되어 있었던 케임브리지의 섬뜩한 빈민가가 금세 등 뒤로 멀어지고, 이제는 미스틱리버 브리지로 더 유명한 토빈 브리지가 어두워져가는 하늘을 등지고 시커먼 기중기처럼 눈앞에 등장했다.

전조등 스위치를 켜자 선명한 불빛이 당장 부채꼴 모양으로 펼쳐졌다. 핸들을 돌리자 부채꼴 모양의 불빛도 덩달아 움직였다. 중앙의 전조등이 압권이었다. 이런 차를 생각해내다니 그 가엾은 인간이 업계에서 쫓겨날 만도 했네, 에이스는 생각했다.

보스턴 북쪽으로 사십팔 킬로미터쯤 갔을 때 그는 연료 계기판의 바늘이 E 바깥쪽의 눈금을 가리키고 있다는 걸 알아차렸다. 가장 가까운 출구로 빠져나가 램프가 끝나는 곳에 있는 모빌 주유소의 주유 펌프 앞으로 곤트의 차를 몰고 갔다. 주유소 직원이 기름얼룩 묻은 엄지손가락으로 모자챙을 올리고 감탄하는 눈빛으로 차를 빙 돌아서 걸어왔다. "차 좋네요! 어디서 사셨어요?"

에이스는 고민도 없이 대답했다. "렝 고원에 있는 요그소토스 빈티지 모터스에서."

"네?"

"기름이나 넣어. 무슨 스무고개 하는 것도 아니고."

"아!" 주유소 직원은 에이스를 다시 한번 쳐다보더니 당장 굽실거렸다. "네! 그럼요!"

직원이 기름을 넣으려고 했지만 겨우 십사 센트어치 들어갔을 때 딸깍하는 소리와 함께 주유 펌프가 작동을 멈췄다. 그는 수동으로 좀더 넣어보려고 했지만 기름이 넘쳐서 노란색으로 반짝이는 탤리스먼의 옆면을 타고 바닥으로 뚝뚝 떨어졌다.

"기름을 넣을 필요가 없는 것 같은데요."

직원이 소심하게 말했다.

"그러게."

"연료 계기판이 고장나서……."

"차에 묻은 기름이나 닦아. 칠이 일어나면 어쩌려고 그래? 정신을 어디다 팔고 있는 거야?"

직원은 펄쩍 뛰어갔고 에이스는 살짝 킁킁거리러 화장실로 들어갔다. 나와보니 직원이 탤리스먼과 멀찌감치 거리를 두고 선 채 양손으로 초조하게 걸레를 비틀고 있었다.

겁에 질렸군. 에이스는 생각했다. 뭐가 무서운 걸까? 나인가?

아니었다. 모빌 작업복을 입은 그 직원은 에이스 쪽은 쳐다보지도 않았다. 그의 시선을 계속 붙잡고 있는 건 탤리스먼이었다.

건드려본 모양이로군. 에이스는 생각했다.

깨달음—깨달음, 바로 그거였다—이 찾아오자 그는 입가에 살짝 섬뜩한 미소를 머금었다.

건드려보려고 했을 때 무슨 일인가가 벌어진 거였다. 무슨 일이었는지는 중요하지 않았다. 덕분에 쳐다보기만 한다면 모를까 손을 대서는 안 된다는 교훈을 얻었을 테고, 그게 중요한 부분이었다.

"요금은 받지 않겠습니다." 주유소 직원이 말했다.

"잘 생각했어." 에이스는 운전석에 올라타 얼른 출발했다. 탤리스먼을 둘러싼 새로운 사실을 알게 됐다. 어떻게 보면 섬뜩한 사실이지만 또 어떻게 보면 정말 끝내주는 사실이었다. 연료 계기판이 기름이 없다는 신호를 보내도…… 연료 탱크는 계속 가득 차 있었다.

7

뉴햄프셔의 승용차용 톨게이트는 무인 방식이었다. 일 달러에 해당하는 동전을(일 센트짜리는 말고) 바구니에 넣으면 빨간불이 파란불로 바뀌면서 통과할 수 있었다. 에이스가 기둥에 달린 바구니 쪽으로 터커 탤리스먼을 몰고 다가가자 불이 저절로 초록색으로 바뀌고 안내판이 반짝였다.

요금 지불 완료, 감사합니다.

"당연하지." 에이스는 중얼거리고 메인 주를 향해 계속 달렸다.

포틀랜드를 벗어났을 무렵에는 시속 백육십 킬로미터를 살짝 웃도는 속도로 주행을 하는데도 힘이 충분히 남아도는 느낌이었다. 팰머스 출구를 막 지나 오르막길 꼭대기에 다다랐을 때 도로변에 숨어 있는 주 경찰청 순찰차가 보였다. 특유의 어뢰 모양 속도 측정기가 운전석 창문 밖으로 고개를 내밀고 있었다.

으악. 에이스는 생각했다. 망했다. 딱 걸렸네. 이런 걸 싣고 가면서 어쩌자고 과속을 했을까?

하지만 그는 이유를 알았고, 그 이유는 코카인이 아니었다. 다른 때라면 몰라도 이번만큼은 그게 아니라 탤리스먼 때문이었다. 차가 빨리 달리고 싶어 했다. 그가 속도계를 보고 액셀러레이터에서 살짝 발을 떼더라도…… 오 분 뒤에 정신을 차려보면 다시 페달을 거의 바닥에 닿을 지경까지 밟고 있었다.

순찰차가 파란색 경광등을 번쩍거리며 굉음과 함께 그의 뒤꽁무니를 쫓아오는 순간을 기다렸지만 그런 일은 벌어지지 않았다. 시속 백삼십 킬로미터로 옆을 지나가도 주 경찰관은 꿈쩍하지 않았다.

경관이 땡땡이를 치는 건가.

하지만 그게 아니라는 건 그도 알았다. 창문 밖으로 속도 측정기를 내밀고 있다는 건 경관이 안에서 정신 바짝 차리고 추격의 의지를 불태우고 있다는 뜻이었다. 따라서 그게 아니었다. 주 경찰관의 눈에는 탤리스먼이 보이지 않는 거였다. 말도 안 되는 소리 같지만 그게 딱 들어맞는 설명 같았다. 전면에서 세 개의 전조등이 절규하는 샛노란색 대형차가 첨단 기기에도, 그걸 쓰는 경찰에게도 보이지 않는 거였다.

에이스는 씩 웃으며 터커 탤리스먼의 속도를 시속 백팔십 킬로미터까지 올렸다. 캐슬록에 도착한 시각은 8시 15분, 거의 네 시간쯤 시간을 남긴 셈이었다.

8

곤트가 가게에서 나와서는, 에이스가 니드풀 싱스 앞쪽에 사선으로 그려진 세 개의 주차 공간 중 한 곳에 탤리스먼을 살금살금 대는 동안 차양 아래에 서서 지켜보았다.

"일찍 와주었군, 에이스."

"네. 차가 끝내주네요."

"당연하지." 곤트가 말했다. 그는 매끈하게 경사가 진 터커의 보닛을 손으로 쓰다듬었다. "세상에 단 하나뿐인걸. 내 상품은 신고 왔겠지?"

"네. 곤트 씨, 이걸 몰고 돌아오는 동안 얼마나 특별한 차인지 알아차리기는 했지만, 그래도 번호판은 달아야 하지 않을까요? 그리고 검사필증도……."

"필요 없어." 곤트는 무심하게 말했다. "가게 뒤편 골목길에 주차

해주게, 에이스. 상품은 나중에 내가 처리할 테니."

"무슨 수로요? 어디서요?" 에이스는 갑자기 차를 곤트에게 넘기기 싫어졌다. 오늘 밤에 일을 하려면 차가 필요하고 그의 차를 보스턴에 두고 왔기 때문만은 아니었다. 탤리스먼과 비교하면 챌린저를 비롯해 지금까지 몰았던 모든 차가 쓰레기처럼 느껴졌다.

"그건 내가 알아서 할 일이지." 그는 침착한 눈빛으로 에이스를 쳐다보았다. "군복무 하듯 해야 내 밑에서 일을 하기가 훨씬 수월할 거야, 에이스. 이제 자네한테는 일을 처리하는 방식이 세 가지야. 맞는 방식, 틀린 방식, 곤트 씨의 방식. 항상 세 번째 방식을 선택하면 골치 아플 일이 없지. 알겠나?"

"네. 네, 알겠습니다."

"좋아. 이제 뒷문 쪽으로 차를 옮겨주게."

에이스는 노란 차를 몰고 모퉁이를 돌아서 메인 스트리트 서쪽 상업용 건물 뒤편의 좁은 골목길을 따라 천천히 달렸다. 니드풀 싱스의 뒷문이 열려 있었다. 곤트가 비스듬한 직사각형의 누르스름한 불빛 속에 서서 기다리고 있었다. 에이스가 끙끙대며 상자들을 뒷방으로 나르는 동안 그는 도와주려는 시늉조차 하지 않았다. 그는 몰랐지만, 아마 그 방을 보았다면 꽤 많은 손님들이 놀라워했으리라. 그들 모두 곤트가 가게와 창고를 나누는 벨벳 커튼 뒤에서 물건을 뒤적이고 상자를 옮기는 소리가 들었건만…… 정작 거기엔 에이스가 한쪽 구석에 쌓아놓은 나무 상자 말고는 아무것도 없었던 것이다.

아, 뭐 하나가 있긴 했다. 저쪽 구석에 갈색의 시궁쥐가 큼지막한 빅토리 덫에 걸려서 쓰러져 있었다. 목이 부러졌고, 죽으며 으르렁거리느라 앞니를 드러낸 채였다.

"훌륭해." 곤트가 긴 손가락이 달린 두 손을 마주 비비고 미소를 지으며 말했다. "오늘 저녁에는 하나부터 열까지 잘해주었어. 기대했던 것 이상으로. 그보다 훨씬 더."

"감사합니다, 사장님." 에이스는 흠칫 놀랐다. 사장님이라는 호칭으로 누굴 부르기는 평생 처음이었다.

"이건 수고한 데 대한 작은 선물." 곤트는 에이스에게 갈색 봉투를 건넸다. 에이스가 손끝으로 눌러보니 푸석한 가루가 느껴졌다. "오늘 밤에 돌아다니면서 조사를 좀 하고 싶지 않겠어? 예전 에소 석유 광고 문구를 빌자면, 이게 추진력을 살짝 더해줄 거야."

에이스는 화들짝 놀랐다. "이런, 젠장! 젠장! 그 책, 지도가 들어 있는 책을 내 차에 두고 왔어요! 보스턴에 두고 왔다고요! 이런 망할!" 그는 주먹을 쥐고 허벅지를 때렸다.

곤트는 미소를 짓고 있었다. "아닐 텐데. 터커에 있을 거야."

"아니에요, 제가……."

"직접 확인해보지 그러나?"

에이스가 확인해보니 책이 과연 터커의 계기판 위, 돌출형 앞유리창에 책등이 기대어진 채 놓여 있었다. 『뉴잉글랜드에 묻혀 있는 사라진 보물들』이 맞았다. 책을 집어서 책장을 넘겨보았다. 지도가 있었다. 그는 말없이 감사의 눈빛으로 곤트를 쳐다보았다.

"내일 이 비슷한 시각까지는 딱히 시킬 일이 없어. 낮 동안에는 미캐닉폴스의 집에 있으면 어떨까? 자네 입장에서도 그게 좋을 테지. 늦잠을 자고 싶을 테니까. 내 짐작이 맞는다면 분주한 밤이 자네를 기다리고 있지 않은가."

에이스는 지도에 적힌 십자 표시를 떠올리며 고개를 끄덕였다.

"그리고……." 곤트가 덧붙였다. "앞으로 하루 이틀은 팽본 보안관의 눈에 띄지 않는 게 현명한 처사일 수 있어. 그 이후로는 상관없지만." 그의 입술이 뒤로 당겨지며 포식 동물처럼 생긴 큼지막한 이가 튀어나왔다. "이번 주말이면, 지금까지 마을 주민들에게 상당히 중요했던 수많은 일들이 더이상 중요하지 않게 될 거야. 자네도 그렇게 생각하지 않나, 에이스?"

"사장님이 그러시다면 그런 거죠." 에이스는 대답했다. 그는 다시금 야릇하고 멍한 상태로 빠져들었지만 전혀 개의치 않았다. "그런데 이 일대를 돌아다닐 방법이 없네요."

"내가 다 알아서 준비해놓았지. 앞으로 돌아가보면 열쇠가 꽂힌 차가 주차되어 있을 거야. 소위 업무용 차량이랄까. 쉐보레밖에 안 되지만—완벽하게 평범한 쉐보레지—그래도 남들 눈에 띄지 않는 듬직한 교통수단이 되어줄 거야. 물론 자네야 텔레비전 뉴스 중계차가 더 마음에 들 테지만……."

"중계차라뇨? 무슨 중계차요?"

곤트는 대꾸하지 않기로 했다. "쉐보레로도 어디든 이동하는 데는 문제없을 거야. 주 경찰청 과속 단속반에만 걸리지 않으면 돼. 무사통과가 안 되거든. 그 차로는. 절대."

이렇게 얘기하는 자신의 목소리가 에이스의 귀에 들렸다.

"사장님의 터커 같은 차를 저도 몰 수 있으면 좋겠네요. 기가 막히던데."

"뭐, 그럼 흥정을 해보든가. 내 장사 철학은 아주 단순하다네, 에이스. 뭔지 알려줄까?"

"네." 에이스는 진심으로 알고 싶었다.

"뭐든 팔지 못할 건 없다. 그게 내 철학이야. 뭐든 팔지 못할 건 없다."

"뭐든 팔지 못할 건 없다." 에이스는 꿈을 꾸듯 중얼거렸다. "와우! 멋지네요!"

"그렇지! 멋지지! 자, 에이스, 나는 이제 요기를 좀 해야겠네. 휴일인데도 너무 바빠서 뭘 먹질 못했거든. 자네한테도 같이 먹자고 하고 싶지만……."

"아이고, 안 됩니다."

"그래, 그렇겠지. 가야 할 데가 있고 파야 할 구덩이가 있을 테니까. 내일 밤 8시에서 9시 사이에 와주기 바라네."

"8시에서 9시 사이요."

"그래. 어두워진 뒤에."

"아는 사람도 없고 보는 사람도 없을 때 말이죠."

에이스는 꿈을 꾸듯 중얼거렸다.

"바로 그거야! 잘 가게, 에이스."

곤트가 손을 내밀었다. 에이스는 그 손을 잡으려다가…… 그 안에 뭔가가 있는 걸 보았다. 창고 방의 덫에 잡혀 있던 갈색 쥐였다. 그는 혐오감에 살짝 툴툴거리며 손을 거두었다. 곤트가 도대체 언제 죽은 쥐를 집었는지 알 길이 없었다. 그게 아니라 다른 쥐였나?

그러거나 말거나 상관없었다. 곤트가 아무리 멋진 인간이라 해도 죽은 쥐를 쥐고 있는 손과 악수를 나눌 생각은 전혀 없었다.

곤트는 웃으며 말했다. "미안하네. 한 해 두 해 지날수록 건망증이 점점 더 심해지는군. 자네한테 내 저녁을 주려고 했지 뭔가."

"저녁요." 에이스는 희미한 목소리로 들릴락 말락 하게 말했다.

"그렇다니까." 누렇고 두툼한 엄지손톱이 쥐의 배를 덮고 있는 하얀 털 속으로 파고들었다. 이내 내장이 손금 없는 곤트의 손바닥으로 흘러나왔다. 에이스가 더 쳐다볼 겨를도 없이 곤트는 등을 돌리고 뒷골목 쪽 문을 닫았다. "내가 치즈를 어디에 뒀더라……."

걸쇠가 잠기면서 육중하게 철컹! 하는 금속성 소리가 났다.

에이스는 몸을 숙였다. 다리 사이로 토악질을 할 것 같았다. 뱃속이 움찔거리며 욕지기가 올라왔다가…… 다시 가라앉았다.

왜냐하면 그가 잘못 본 게 틀림없었으니까.

"장난이었을 거야." 그는 중얼거렸다. "외투 주머니에 고무로 만든 쥐나 뭐 그런 걸 넣어두었겠지. 그냥 장난이었을 거야."

과연 그럴까? 그렇다면 내장은 어떻게 된 걸까? 그걸 둘러싸고 있던 차가운 젤리 비슷한 오물은? 그건 어떻게 된 거지?

너 지금 피곤하잖아. 그는 생각했다. 그래서 착각한 거야. 고무로 만든 쥐였어. 그 나머지는…… 후.

순간, 버려진 차고와 자기 스스로 방향을 바꾸는 터커, 거기다 "요그소토스 만세"라는 불길한 낙서까지 모든 게 한꺼번에 그에게로 밀려 들어왔고, 우렁차게 고함을 지르는 목소리가 들렸다. 여기서 도망쳐! 아직 시간이 있을 때 도망치라고!

하지만 그거야말로 정신 나간 생각이었다. 오늘 밤에는 그를 기다리는 돈이 있었다. 거금일지도 몰랐다. 우라지게 많은 떼돈일지도 몰랐다.

에이스는 배터리가 나간 로봇처럼 어둠 속에 잠깐 서 있었다. 조금씩 현실감각이—자아 감각이—돌아왔고 쥐는 중요한 문제가 아니라는 결론이 내려졌다. 터커 탤리스먼도 마찬가지였다. 중요한 건 하얀 가루였고 지도였다. 곤트의 단순한 장사 철학도 중요하다는 생각이 들었지만 거기까지가 끝이었다. 다른 건 개입할 여지를 줄 수 없었다.

그는 골목길을 지나 니드풀 싱스 앞쪽으로 모퉁이를 돌았다. 로어메인 스트리트의 다른 모든 가게처럼 여기도 문이 닫혔고 어두컴컴했다. 곤트가 장담했던 대로 쉐보레 셀레브러티가 사선으로 그려진 주차 공간에 세워져 있었다. 아까 탤리스먼을 몰고 왔을 때도 이 차가 있었는지 기억을 더듬어보았지만 생각이 나지 않았다. 과거로 시간을 거슬러 올라가려고 할 때마다 장애물에 부딪혔다. 곤트가 내민 손을 맞잡으려고 자연스럽게 손을 내밀었다가 곤트의 손에 커다란 쥐가 있다는 걸 알아차리는 자신의 모습이 떠올랐다.

나는 이제 요기를 좀 해야겠네. 자네한테도 같이 먹자고 하고 싶지만…….

뭐, 그것도 대단한 문제는 아니다. 쉐보레가 여기 이렇게 있으니 그걸로 됐다. 에이스는 문을 열고 소중한 지도가 든 책을 좌석에 내려놓은 뒤 열쇠를 뽑았다. 차 뒤편으로 걸어가 트렁크를 열었다. 뭐가 있을지 알 것 같았는데, 과연 그의 짐작이 맞아떨어졌다. 곡괭이와 손잡이가 짧은 삽이 X 자 모양으로 단정하게 겹쳐 놓여 있었다. 좀 더 유심히 들여다보니 곤트가 두툼한 작업용 장갑까지 챙겨놓았다.

"곤트 씨, 당신은 모든 걸 생각해놓는군요."

그는 중얼거리고 트렁크를 닫았다. 그 와중에 셀레브러티의 뒤 범퍼에 붙은 스티커가 눈에 띄길래 허리를 숙이고 자세히 들여다보았다.

아이 ♥ 앤티크

에이스는 폭소를 터뜨렸다. 틴 브리지를 첫 번째 발굴지로 찜한 트레블혼의 땅으로 달리는 동안에도 계속 웃었다. 다리 건너 팬덜리스힐을 올라가는 길에 그는 시내를 향해 반대편 차로를 달리는 컨버터블을 지나쳤다. 컨버터블에는 젊은 남자들이 가득 타고 있었다. 그들은 침례교도답게 완벽하게 한목소리로 〈죄 짐 맡은 우리 구주〉를 우렁차게 불렀다.

9

젊은 남자들 중에 레스터 아이번호 프랫이 있었다. 그는 터치풋볼 경기를 마친 뒤에 친구들과 함께 약 사십 킬로미터 떨어진 곳에 있는 레이크오번에 갔다. 거기서 일주일 동안 천막을 치고 부흥회를 여는 중이었고 빅 트리메인이 말하길 5시에 콜럼버스 기념일을 맞아 기도하고 찬송가를 부르는 집회가 열릴 거라고 했다. 샐리가 그의 차를 가져간데다 저녁 약속도 없었기에—영화 구경도, 사우스패리스의 맥도날드에서의 저녁 식사도—그는 빅과 다른 친구들을 따라나섰다. 다들 바람직한 그리스도교도였다.

물론 그는 다른 친구들이 왜 그렇게 집회에 가고 싶어 하는지 알았다. 종교적인 이유는, 그러니까 전적으로 종교적인 이유는 아니었다. 오월부터 마지막 황소 끌기 축제가 열리는 시월 말까지 뉴잉글랜드 북부를 누비는 천막 부흥회에는 예쁜 아가씨들이 많이 참석했고, 찬송가를 열심히 부르다 보면(열띤 설교와 그 옛날 예수의 정신이 더해지면) 항상 명랑하고 열띤 분위기가 조성됐다.

여자친구가 있는 레스터는 친구들이 작전과 계획을 세우는 모습을, 나이 많은 유부남이 젊은 남자들의 치기 어린 행동 대하듯 느긋하게 구경했다. 그가 따라나선 이유는 친구이기 때문이었고, 박치기를 하고 몸을 부딪치며 격렬한 오후를 보낸 뒤에 감동적인 설교를 듣고 찬송하는 것을 좋아하기 때문이었다. 그가 아는 한 흥분을 가라앉히기에 그보다 더 좋은 방법이 없었다.

보람찬 시간이었지만 막판에 구원을 받고자 하는 사람들이 너무 많았다. 그 바람에 레스터가 예상한 것 이상으로 길어졌다. 원래는 샐리에게 전화해 윅시스 식당에 가서 아이스크림 소다나 먹지 않겠느냐고 물어볼 생각이었다. 그가 파악한 바에 따르면 여자들은 가끔 즉흥적으로 그러는 걸 좋아했다.

틴 브리지를 건넌 후 빅이 메인과 워터밀이 만나는 네거리에 그를 내려주었다.

"경기 재밌었어, 레스!" 빌 맥펄랜드가 뒷좌석에서 외쳤다.

"그러게!" 레스터는 명랑한 목소리로 외쳤다. "토요일에 또 하자. 그때는 네 팔이 그냥 접질리는 게 아니라 부러질지 몰라!"

빅의 차에 타고 있던 네 젊은이들은 그의 농담에 껄껄대며 웃었고 빅은 다시 차를 출발시켰다. 여름의 기운이 이상하게 남아 있는 허공을 가르고 〈주님은 영원한 친구〉 노랫소리가 들려왔다. 아무리 여름 같은 가을이라도 해가 지면 한기가 느껴지기 마련인데 오늘 밤은 그렇지가 않았다.

레스터는 집을 향해 천천히 언덕길을 올라갔다. 피곤하고 온몸이 욱신거려도 더할 수 없이 만족스러웠다. 예수님을 사모하면 매일이 행복했지만 가끔 다른 때보다 더 행복한 날도 있었다. 오늘이 그중에서도 가장 행복한 날이었고 그는 이제 샤워를 하고 샐리에게 전화를 한 다음 침대에 드러눕고 싶은 생각뿐이었다.

집 앞 진입로로 접어들었을 때 그는 하늘을 올려다보며 오리온 별자리를 찾고 있었다. 그 바람에 씩씩하게 걷던 속도 그대로 자기 머스탱 꽁무니에 급소를 부딪히고 말았다.

"아야!" 레스터 프랫은 비명을 질렀다. 그는 허리를 수그려 부딪힌 급소를 움켜쥐고 뒷걸음질을 쳤다. 얼마간 시간이 지난 다음에야 고개를 들고 눈물이 그렁그렁 맺힌 눈으로 자기 차를 쳐다볼 수 있었다. 이 차가 어쩐 일로 여기 있지? 샐리의 혼다는 아무리 빨라도 수요일은 되어야 정비소에서 나올 수 있었다. 휴일이 끼어 있다 보니 목요일이나 금요일이 될 수도 있었다.

그러다 머릿속에서 분홍색과 주황색 빛이 번쩍 터지며 깨달음이 찾아왔다. 샐리가 안에 있구나! 그가 집을 비운 새 샐리가 찾아와서 기다리고 있는 것이다! 오늘 밤이 그날 밤이라고 결정을 내린 것일지도 모른다! 혼전 성관계는 옳지 않은 선택이었지만 달걀을 깨뜨려야 오믈렛을 만들 수 있는 법. 그리고 그녀만 괜찮다면 그 역시 나중에 속죄할 마음의 준비는 얼마든지 되어 있었다.

"빠라 밤 빰!" 레스터 프랫은 신나게 외쳤다. "우리 예쁜 샐리가 알몸으로 기다리네!"

그는 여전히 욱신거리는 급소를 부여잡고 살짝 으스대며 게걸음으로 현관을 향해 달려갔다. 아프기도 했지만 이제는 기대감에도 욱신거렸다. 발판 밑에서 열쇠를 꺼내 안으로 들어갔다.

"샐리?" 그는 큰 소리로 외쳤다. "샐리, 안에 있어? 늦어서 미안. 친구들이랑 레이크오번 부흥회에 갔는데……."

그는 말끝을 흐렸다. 아무 대답이 없는 걸 보니 그녀가 여기 없는 모양이었다. 하지만……!

그녀가 그의 침대에서 자는 게 분명하다는 갑작스러운 확신이 느껴지자 레스터는 후다닥 2층으로 달려 올라갔다. 그녀가 눈을 뜨고 일어나 앉으면 사랑스러운 가슴(살짝 만진 적은 있지만 실제로 본 적은 없는)을 덮었던 이불이 미끄러져 내려올 것이다. 그녀는 수레국화처럼 파랗고 사랑스럽고 졸음에 겨운 눈을 동그랗게 뜬 다음 그를 향해 두 팔을 벌릴 테고, 시계가 10시를 알릴 무렵이면 그들은 동정 딱지를 뗀 이후일 것이다. 짜잔!

하지만 부엌과 거실에서처럼 침실에서도 인기척이 없었다. 항상 그렇듯 시트와 이불이 바닥에 떨어져 있었다. 에너지와 성령이 워낙 충만한 레스터로서는 아침에 그냥 일어나서 침대 밖으로 나올 수 없었다. 하루를 그냥 맞이하는 게 아니라 기습 공격으로 잔디밭에 쓰러뜨려 공을 토해내게 만들 기세로 펄쩍 튀어나와야 직성이 풀렸다.

이제 그는 넓적하고 순진하게 생긴 얼굴을 찌푸린 채 1층으로 내려갔다. 차는 있는데 샐리는 없다. 그게 무슨 뜻일까? 알 수 없었지만 꺼림칙했다.

현관 불을 켜고 차를 들여다보러 나갔다. 그녀가 메모를 남겼을 수도 있다. 그는 계단이 시작되는 부분까지 갔다가 그대로 얼어붙었다. 과연 메모가 있었다. 아마도 그의 차고에서 꺼냈을 진한 분홍색 스프레이 페인트로 머스탱의 앞유리창에 적혀 있었다. 큼지막한 글자가 그를 노려보았다.

지옥으로 꺼져라 이 나쁜 바람둥이 놈아

레스터는 계단 꼭대기에 한참 동안 서서 약혼녀가 남긴 메시지를 읽고 또 읽었다. 부흥회? 그것 때문인가? 헤픈 여자를 만나러 레이크오번에서 열린 부흥회에 참석했다고 생각하는 건가? 괴로운 와중에 떠오르는 그럴 듯한 이유는 그것밖에 없었다.

그는 집 안으로 들어가 샐리의 집으로 전화했다. 벨이 스물 몇 번 울렸지만 아무도 전화를 받지 않았다.

10

레스터가 전화하리라 생각한 샐리는 아이린 러옌스에게 하룻밤

신세를 져도 되느냐고 물었다. 아이린은 호기심을 감추지 못한 채 그러라고, 당연히 된다고 했다. 샐리가 뭔지 모를 일로 어찌나 괴로워하는지 미모가 빛을 잃을 정도였다. 아이린으로서는 믿기지 않았지만 진짜 그랬다.

샐리는 아이린은 물론이고 어느 누구에게도 무슨 일이 벌어졌는지 얘기할 생각이 없었다. 너무 끔찍하고 수치스러웠다. 무덤까지 안고 갈 작정이었다. 그래서 삼십 분 넘게 아이린의 질문에 대답을 거부했지만 결국 뜨거운 눈물과 함께 자초지종을 쏟아냈다. 아이린은 그녀를 끌어안고 눈을 점점 휘둥그레 뜨며 얘기를 들었다.

"괜찮아." 아이린은 샐리를 안고 부드럽게 흔들며 흥얼거렸다. "괜찮아, 샐리. 그 개자식은 아닐지 몰라도 예수님은 너를 사랑하시니까. 나도 그렇고. 로즈 목사님도 그렇고. 그리고 그 몸만 좋은 변태한테 너를 기억하게 할 만한 흔적을 남겼잖아, 안 그래?"

샐리는 코를 훌쩍이며 고개를 끄덕였고, 아이린은 그녀의 머리칼을 쓰다듬으며 달래주었다. 날이 밝자마자 다른 친구들한테 전화를 돌릴 생각에 좀이 쑤셨다. 다들 못 믿겠지! 아이린은 샐리가 안쓰러웠지만, 진심으로 그랬지만, 기쁜 마음도 있었다. 샐리는 예쁜데다 너무 심하게 독실했다. 그런 그녀가 이런 식으로 무너지고 괴로워하다니 기분이 좋았다.

게다가 레스터는 교회에서 제일 잘생긴 남자였다. 그가 정말로 샐리와 헤어진다면 나한테 사귀자고 할 수도 있지 않을까? 가끔 어떤 속옷을 입었는지 궁금해하는 눈빛으로 나를 쳐다본 적도 있으니까 아예 불가능한 얘기는 아니야…….

"너무 끔찍해!" 샐리는 흐느껴 울었다. "기분이 너무 더, 더, 더러워!"

"당연히 그렇겠지." 아이린은 그녀를 안아 흔들고 머리칼을 쓰다듬으며 말했다. "그 편지랑 사진은 가지고 있지?"

"태, 태, 태워버렸어!" 아이린의 축축한 가슴에 대고 목놓아 외치자 낙심과 상실의 폭풍이 다시금 샐리를 덮쳤다.

"당연히 그랬겠지." 아이린은 중얼거렸다. "잘했어." 그래도 나한테 보여준 다음 태우지 그랬니, 이 나약한 것아. 그녀는 생각했다.

샐리는 아이린의 손님방에서 그날 밤을 보냈지만 한숨도 자지 못했다. 마침내 눈물이 마르자 밤새도록 어둠을 응시하며 어떤 식으로 복수하면 좋을지 사악한 상상의 나래를 펼치며 씁쓸한 만족감을 만끽했다. 지금까지 현실에 눈을 감고 있다가 버림받은 연인만이 할 수 있는 상상이었다.

15장

1

곤트 씨의 첫 번째 '예약 손님'은 목요일 오전 8시 정각에 도착했다. 낸스 런처넷에서 웨이트리스로 일하는 루실 더넘이었다. 루실은 니드풀 싱스의 진열장에서 흑진주 목걸이를 본 이후로 대책 없는 가슴앓이에 시달렸다. 앞으로 백만 년이 지난들 그렇게 비싼 목걸이를 살 수 있을 리 없었다. 낸 로버츠에게 받는 쥐꼬리만 한 월급으로는 어림도 없었다. 그럼에도 곤트는 마을 사람 절반이 어깨 너머로 기웃거릴 때 말고 (말하자면 그렇다는 거였다) 단둘이서 그 문제를 의논해보자고 했고, 루실은 굶주렸던 물고기가 반짝이는 미끼를 향해 달려들듯 덥석 제안을 받아들였다.

그녀는 꿈을 꾸듯 멍하니 행복한 표정으로 8시 20분에 니드풀 싱스에서 나왔다. 삼십팔 달러 오십 센트라는 믿기지 않는 가격에 흑진주 목걸이를 샀다. 그리고 뻣뻣하게 구는 윌리엄 로즈 침례교 목사에게 전혀 해로울 것 없는 장난을 치기로 했다. 루실의 관점에서 그건 일도 아니었다. 즐거운 놀이였다. 성경 구절만 들먹이는 그 재수 없는 인간은 그녀에게 땡전 한푼이나마 팁을 준 적이 한 번도 없었다. 루실(토요일 밤에 화끈한 부기 리듬에 맞춰 엉덩이 한번 흔들 생각조차 한 적 없는 독실한 감리교도였다)은 하늘에 보물을 쌓아두라는 얘기를 들은 적이 있었다. 로즈 목사는 주는 것이 받는 것보다 복이 있다는 얘기를 들어본 적이나 있는지 궁금했다.

이제 그녀가 그에게 살짝 되갚아줄 작정인데…… 정말이지 해가 될 건 전혀 없었다. 곤트가 그렇다고 했다.

곤트는 서글서글한 미소와 함께 루실을 배웅했다. 바쁜 하루가, 엄청나게 바쁜 하루가 그를 기다리고 있었다. 대략 삼십 분마다 예약이 있고 전화를 걸어야 할 데가 수없이 많았다. 축제 준비가 착착 진행되고 있었다. 놀이기구 하나는 성공적으로 시범 운행을 마쳤다. 모든 놀이기구를 한꺼번에 개시하는 시점이 눈앞으로 다가왔다. 레바논, 앙카라, 캐나다 서부 그리고 여기 미국의 힉스빌에서도 그랬듯이 이 시점에 다다르면 하루 스물네 시간이 모자랐다. 하지만 바쁜 사람이 행복한 사람이고, 분투 자체가 고귀한 것이기에 목표를 향해 모든 노력을 기울여야 하며…….

……그가 노안으로 잘못 본 게 아니라면 그날의 두 번째 손님인 이벳 젠드런이 지금 차양을 향해 인도를 황급히 걸어오고 있었다.

"아주, 아주 바쁜 하루가 되겠어." 곤트는 중얼거리며 환영의 뜻이 담긴 함박웃음을 얼굴에 장착했다.

2

앨런 팽본이 8시 30분에 출근하니 벌써부터 전화기 옆에 쪽지가 붙어 있었다. 주 경찰청의 헨리 페이턴이 7시 45분에 연락했었다는 쪽지였다. 그는 출근하는 대로 전화해달라는 메시지를 남겼다. 앨런은 의자에 앉아서 수화기를 귀와 어깨 사이에 끼우고 옥스퍼드 지서로 자동으로 연결하는 버튼을 눌렀다. 그러곤 책상 맨 위 서랍에서 은화 네 개를 꺼냈다.

"여보세요, 앨런." 헨리가 말했다. "당신이 수사하는 쌍방 살인 사건과 관련해서 안 좋은 소식이 있어요."

"아, 그게 갑자기 내 사건이 됐군요." 앨런이 말했다. 네 개의 동전이 담긴 주먹을 으스러져라 쥐었다가 다시 폈다. 이제 동전이 세 개뿐이었다. 그는 의자에 기대고 앉아 책상에 발을 얹었다. "정말 안 좋은 소식인가 보군요."

"놀라지 않는 눈치네요?"

"네." 그는 다시 주먹을 쥐고 새끼손가락으로 맨 아래 있는 동전을 눌렀다. 섬세한 손놀림이 필요한 묘기였지만…… 앨런의 실력으로 충분했다. 은화가 주먹에서 소매 속으로 굴러떨어졌다. 첫 번째 동전과 부딪히며 나지막이 짤랑! 소리가 났지만 실제 공연에서는 속사포처럼 내뱉는 마술사의 대사에 묻힐 것이다. 앨런이 다시 주먹을 펴자 이제는 동전이 두 개밖에 남지 않았다.

"왜 놀라지 않는지 이유를 들을 수 있을까요?"

헨리가 물었다. 살짝 짜증이 섞인 목소리였다.

"글쎄요, 지난 이틀 동안 생각을 꽤 했거든요." 앨런은 말했다.

사실 그 정도가 아니었다. 정지 표지판 아래에 쓰러진 두 여자 가운데 한 명이 네티 코브라는 걸 처음 확인한 일요일 오후의 그 순간부터 다른 생각은 거의 한 적이 없었다. 심지어 꿈까지 꾸었고, 퍼즐 조각이 부족하다는 확신이 계속 그를 괴롭혔다. 때문에 헨리의 전화는 골치 아픈 사태가 아니라 구원이었다. 덕분에 앨런 쪽에서 먼저 연락하는 수고를 덜 수 있었다.

그는 은화 두 개를 쥔 손에 힘을 주었다.

짤랑.

손바닥을 펼쳤다. 이제 하나가 남았다.

"뭐가 그렇게 신경 쓰이던가요?" 헨리가 물었다.

"전부요." 앨런은 무뚝뚝하게 말했다. "그런 사건이 벌어졌다는 자체부터 그래요. 제일 거슬리는 부분은 사건의 타임라인이에요. 그러니까, 타임라인이 맞지 않는다는 거요. 네티 코브가 개가 죽은 걸 보고 어디 앉아서 그 많은 쪽지를 쓰는 모습을 계속 상상해보거든요. 그런데 어떤지 알아요? 상상이 되질 않아요. 상상이 되지 않을 때마다 이 황당하고 빌어먹을 사건에서 내가 못 보고 지나친 부분이 얼마나 많은지 궁금해져요."

앨런이 우아하게 주먹을 쥐었다가 펼치자 동전이 하나도 남지 않았다.

"흐음. 그럼 내가 전하려는 나쁜 소식이 당신한테는 희소식이 될 수 있겠네요. 사건에 개입한 제삼자가 있었어요, 앨런. 코브라는 여자의 개를 죽인 범인이 누군지는 모르지만 윌마 저직이 아니었던 게 거의 확실해요."

앨런은 후다닥 책상에서 발을 내렸다. 소매에서 쏟아진 은화들이 주르르 책상을 때렸다. 그중 하나가 옆면으로 떨어져 책상 가장자리로 데굴데굴 굴렀다. 앨런은 섬뜩하리만치 빠른 속도로 손을 뻗어, 책상 아래로 사라지기 직전에 동전을 낚아챘다.

"지금까지 파악된 정보를 얼른 듣고 싶은데요, 헨리."

"그러죠. 먼저 개부터. 시체를 사우스포틀랜드 수의사 존 페일린에게 넘겼어요. 인간에게 헨리 라이언이 있다면 동물에게는 그가 있죠. 그가 말하길, 코르크 오프너가 심장을 관통하면서 개가 즉사했기 때문에 사망 시각을 상당히 정확히 예측할 수 있다더군요."

"그거 참 고마운 일이네요." 앨런은 말했다. 애니가 좋아했던 애거사 크리스티의 작품이 생각났다. 그 시리즈에서는 사망 시각을 오후 4시 30분에서 5시 15분 사이로 단정 짓는 중풍 걸린 시골 의사가 항상 등장하는 듯했다. 하지만 경찰로 근무한 지 이십 년이 된 앨런은 사망 시각에 관한 한 "지난주요, 아마도"가 좀더 현실적인 반응이라는 걸 알았다.

"그렇죠? 아무튼 페일린 선생 말로는 개가 죽은 시각이 10시에서 정오 사이랍니다. 피터 저직이 교회에 갈 준비를 하려고 안방에 들어간 시각이 10시 조금 지나서였는데, 그때 아내가 샤워를 하고 있었다고 했잖습니까."

"네, 시간이 빠듯하다는 건 우리도 알고 있었죠." 앨런은 말했다. 조금 실망스러웠다. "그 페일린이라는 사람이 신이 아닌 이상 오차범위라는 게 있을 거 아닙니까. 오차가 십오 분만 생겨도 윌마가 유력해지는데요."

"그래요? 당신이 보기에는 얼마나 유력한데요, 앨런?"

그는 고민하다가 심각한 목소리로 말했다. "솔직히 별로 유력해 보이지 않아요. 원래부터 그랬죠." 앨런은 어쩔 수 없이 덧붙였다. "그래도 어느 수의사의 보고서와 십오 분이라는 간극 때문에 이 사건을 미결로 간주하면 우리가 바보 같아 보이지 않겠어요?"

"좋아요, 그럼 이제 코르크 오프너에 꽂혀 있던 쪽지로 넘어갑시다. 그 쪽지 기억하죠?"

"누가 감히 깨끗하게 빨아놓은 시트에 진흙을 던지나. 내가 가만두지 않겠다고 했지!"

"맞아요. 오거스타의 필적 감정 전문가가 그걸 계속 들여다보는 중이고, 또 피터 저직에게 아내의 필체 샘플도 받았거든요. 쪽지와 샘플의 복사본이 지금 내 앞 책상에 놓여 있는데, 서로 일치하지 않아요. 완전히 달라요."

"그럴 리가요!"

"그렇다니까요. 잘 놀라지 않는 성격인 줄 알았더니."

"어딘가 이상하다는 건 알았어도 자꾸 생각이 났던 건 쪽지를 동여맨 돌멩이였거든요. 사건의 순서도 맞지 않아 찜찜하긴 했지만, 대체로 그냥 넘어가려면 넘어갈 수 있었어요. 월마 저직이 저지를 직한 일이라. 그녀가 필체를 위조하지 않은 게 분명해요?" 그럴 수 있으리라 믿는 건 아니었지만—신분을 숨기는 건 월마 저직의 스타일이 아니었다—짚고 넘어가야 할 대목이었다.

"내가 보기에요? 내가 보기에는 분명해요. 하지만 전문가의 의견이 아니니 법정에서 채택될 리는 없겠죠. 쪽지가 필적 감정에 들어간 이유가 그 때문이에요."

"감정 전문가의 보고서가 언제쯤 나올까요?"

"누가 알겠어요? 아무튼 내 말 믿어요, 앨런. 이건 마치 사과하고 오렌지나 다름없어요. 전혀 다르다고요."

"월마가 범인이 아니라면 네티를 착각하게 만든 사람이 있었다는 얘기가 되는데요. 누구였을까요? 왜 그랬을까요? 도대체 왜?"

"난들 알겠어요. 거긴 당신 관할구역이잖아요. 그리고 두 가지가 더 있어요."

"뭔데요?"

앨런은 은화를 서랍에 넣은 다음 손을 움직여 실크해트를 쓴 말라깽이 키다리가 벽을 걸어가게 했다. 돌아오는 길에는 실크해트가 지팡이로 바뀌었다.

"누가 개를 죽였는지 몰라도 네티의 현관문 안쪽 손잡이에 피가 묻은 지문을 남겼어요. 그게 1번 결정타예요."

"대박인데요!"

"기껏해야 중박밖에 안 돼요. 흐릿하거든요. 범인이 나가려고 문 손잡이를 잡는 와중에 남겼나 봐요."

"전혀 쓸모가 없어요?"

"쓸모 있을지 모르는 조각을 몇 개 입수했지만 증거로 채택될 가능성은 크지 않아요. 버지니아에 있는 FBI 지문 감식 센터로 보냈어요. 요즘은 일부분만 있어도 복원을 아주 잘하더라고요. 속도가 굼벵이보다 느려서 일주일, 심지어 열흘은 기다려야 결과를 들을 수 있겠지만. 어쨌든 어제저녁에 세심하기 이를 데 없는 검시실에서 보내준 저직이라는 여자의 지문과 그걸 비교해봤어요."

"일치하지 않아요?"

"뭐, 필체의 경우랑 같아요, 앨런. 부분과 전체를 비교하는 거고 법정에 내가 증인으로 나서면 피고측 변호사가 날 아주 잡아먹으려고 들겠지만, 우리는 지금 이를테면 잡담석에 앉아 있으니까……. 맞아요. 전혀 달라요. 다른 건 몰라도 크기부터가 그래요. 윌마 저직은 손이 작았는데 이 지문 조각은 손이 큰 사람이 남긴 거예요. 흐릿한 걸 감안하더라도 엄청나게 큰 손이에요."

"남자의 지문일까요?"

"나는 그렇다고 확신해요. 이것도 법정에서 받아들여질 리는 만무하지만."

"뭔 상관이에요." 그림자 등대가 느닷없이 벽에 등장했다가 피라미드로 바뀌었다. 피라미드는 꽃처럼 벌어지더니 햇빛을 가르며 나는 거위가 되었다. 앨런은 일요일 오전에 네티가 집을 비웠을 때 그 집에 몰래 들어간 남자—윌마 저직이 아니라 누군지 모를 남자—의 얼굴을 상상해보았다. 코르크 오프너로 네티의 개를 죽이고 윌마에게 뒤집어씌운 남자. 하지만 얼굴은 그려지지 않고 보이는 건 그림자뿐이었다. "헨리, 윌마가 아니면 누가 그런 짓을 시도했을까요?"

"나야 모르죠. 하지만 돌멩이 투척 사건의 경우에는 목격자가 있을지도 몰라요."

"뭐라고요? 누구요?"

"있을지도 모른다고요."

"알아요, 들었어요. 장난치지 말고요. 누구요?"

"어떤 아이요. 저직 부부의 옆집에 사는 아주머니가 시끄러운 소리가 들리길래 무슨 일인가 알아보려고 밖으로 나왔대요. '그년'—그 아주머니가 쓴 표현이에요—이 드디어 미쳐서 남편을 창밖으로 던졌나 싶어서요. 그런데 어떤 아이가 겁에 질린 표정으로 자전거를 타고 그 집 쪽에서 달려오더래요. 아이한테 무슨 일이냐고 물었더니 아이가 말하길 저직 부부가 싸우는 모양이라고 대답했대요. 아주머니도 그런가 보다고 생각했고 그때쯤에는 소리가 멎었기에 그 길로 잊어버렸다는군요."

"질리언 미슬라버스키겠군요." 앨런이 말했다. "저직 부부네 옆집 중 그쪽 말고 다른 쪽 집은 매물로 나온 빈집이거든요."

"맞아요. 질리언 미슬라어쩌고스키. 여기 그렇게 적혀 있네요."

"아이는 누구였는데요?"

"몰라요. 아는 얼굴인데 이름이 생각나지 않는다고 했어요. 어쨌든 한동네에 사는 아이래요. 어쩌면 바로 그 블록일 수도 있다고. 우리 쪽에서 찾아낼 거예요."

"몇 살쯤 되어 보였대요?"

"그녀 말로는 열한 살에서 열네 살 사이라고 했어요."

"헨리? 부탁이 있는데 나한테 맡기면 어때요? 내가 찾아보면요."

"그래요." 헨리의 신속한 대답에 앨런은 긴장을 풀었다. "사실 그쪽 카운티에서 벌어진 사건인데 우리 쪽에서 수사해야 하는 이유도 잘 모르겠어요. 포틀랜드와 뱅고어에서도 현지 경찰에 맡겼으니 캐슬록도 안 될 것 없지 않겠어요? 젠장, 당신한테 듣기 전에는 그 여자 이름을 뭐라고 발음해야 하는지도 몰랐다고요!"

"캐슬록에는 폴란드 출신이 많거든요." 앨런은 멍하니 대답했다. 책상 위에 놓인 장부에서 분홍색 교통법규 위반 계고장을 한 장 뜯어 뒷면에 "질리언 미슬라버스키와 남자아이, 11-14"라고 적었다.

"우리 쪽에서 아이를 찾으면 거구의 경찰관 세 명을 보고 놀라서 아이 머릿속이 새하얘질 거예요. 아이한테 당신은 아는 사람일지 모르잖아요. 순찰도 하고 학교에서 강의도 하고 그러지 않아요?"

"맞아요. 마약 퇴치 프로그램도 소개하고 법률 안전 교육의 날에도 가고요."

앨런은 말했다. 저직과 미슬라버스키 부부가 사는 동네에서 어느 집에 아이가 있는지 기억을 더듬었다. 질리언 미슬라버스키가 얼굴은 알겠는데 이름은 모르겠다고 했다면 모퉁이 너머, 아니면 폰드 스트리트에 사는 아이일 수 있었다. 앨런은 메모지에 이름 세 개를 얼른 적었다. 들로이스, 러스크, 벨링엄. 지금 당장 기억이 나지 않을 뿐 또래 남자아이를 키우는 집이 더 있을 수도 있지만 일단은 이 셋을 출발점으로 삼을 수 있었다. 호별로 방문하면 금세 아이를 찾을 수 있을 것이다.

"질리언이 요란한 소리를 듣고 남자아이를 본 게 몇 시쯤이었는지 기억하던가요?" 앨런이 물었다.

"확실하지는 않지만 11시 이후인 것 같대요."

"저직 부부가 싸우는 소리는 아니었겠네요. 부부는 미사를 보고 있었으니까요."

"맞아요."

"돌멩이를 던지는 소리였겠군요."

"맞아요."

"이거 정말 희한한 사건이네요, 헨리."

"연속으로 세 번째 정답. 한 번 더 맞히면 오븐 토스터를 받을 수 있어요."

"그 아이가 범인을 봤을까요?"

"평소 같으면 '너무 꿈같은 얘기'라고 했겠지만 미슬라버스키라는 아주머니 말로는 아이가 겁에 질린 듯해 보였다니까 그랬을 수도 있어요. 아이가 범인을 봤다면 네티 코브가 아니었을 거라는 데 폭탄주 한 잔을 걸겠어요. 내가 보기에는 누군가가 그 둘을 이간질한 것 같아요. 그냥 재미 삼아서."

헨리보다 마을을 잘 아는 앨런으로서는 얼토당토않은 얘기였다.

"어쩌면 아이가 범인일 수도 있어요. 그래서 겁에 질린 표정이었던 거죠. 단순한 기물 파손이었을지 모르죠."

"마이클 잭슨과 액슬 로즈* 같은 재수 없는 인간이 사는 세상에서는 뭔들 불가능하겠어요? 하지만 아이가 열여섯 살이나 열일곱 살은 되어야 기물 파손의 가능성이 높아지지 않을까요?"

"하긴." 앨런이 수긍했다.

"아니, 그리고 뭐 하러 추측을 해요. 아이를 찾을 수 있잖아요, 아니에요?"

"네, 거의 확실해요. 하지만 괜찮다면 학교 수업이 끝날 때까지

* 하드록 밴드 건즈 앤 로지스의 리드 보컬. 뛰어난 음악성과 괴팍한 성격으로 유명하다.

기다리고 싶은데요. 아까 당신도 얘기했다시피 아이를 겁줘서 좋을 것 하나 없으니까요."

"나는 괜찮아요. 두 숙녀분이 땅속 말고 어디 갈 데가 있는 것도 아니고. 기자들이 여기서 진을 치고 있지만 그냥 성가시기만 할 뿐이니까요. 파리처럼 쫓으면 그만이죠."

앨런이 창밖을 내다보니 마침 WMTW-TV 중계차가 모퉁이를 돌아 법원 청사 쪽으로 가는지 천천히 그 앞을 지나치고 있었다.

"그러게요, 여기에도 있네요." 그가 말했다.

"5시까지 연락 줄 수 있겠어요?"

"4시까지 가능해요. 고마워요, 헨리."

"별말씀을." 헨리 페이턴은 이렇게 말하고 전화를 끊었다.

앨런에게 맨 처음 떠오른 생각은 노리스 리지윅을 찾아가 지금까지 나눈 대화를 고스란히 재연해야겠다는 거였다. 노리스가 다른 건 몰라도, 얘기 들어주는 사람으로서는 그만이었다. 그러다 노리스가 지금쯤 새로 장만한 낚싯대를 들고 캐슬레이크 호수 한복판에 떠 있을지 모른다는 사실을 상기했다.

그는 벽에 대고 그림자 동물을 몇 마리 더 만들어보다가 일어섰다. 진정이 되지 않고 이상하게 불안했다. 살인이 벌어진 현장을 다시 한번 둘러보는 것도 괜찮을 것이다. 그러다 보면 그 또래의 아이가 있는 다른 집이 생각날지…… 누가 알겠는가. 헨리가 아이들에 대해서 한 얘기는 레인 브라이언트*에서 옷을 사는 중년의 폴란드

* 미국의 여성 패션 브랜드. 플러스 사이즈 의류에 중점을 두고 있다.

여성에게도 적용되는 얘기였다. 낯익은 사람이 물어보면 질리언 미슬라버스키가 잊고 있던 걸 기억해낼 수도 있었다.

그는 문 옆의 스탠드 옷걸이 꼭대기에 걸어놓은 경관용 모자를 꺼내려다 그냥 내버려두었다. 오늘은 너무 딱딱한 분위기를 풍기지 않는 편이 좋을지 몰랐다. 같은 맥락에서 스테이션왜건을 타고 가는 것도 괜찮을 것이다.

그는 자기 집무실을 나섰다가 툭 트인 사무실을 보며 당혹스러움에 발길을 멈추었다. 존 라포인트가 책상을 뒤집어놓는 바람에 그 일대가 적십자의 구호 활동을 기다리는 수해 지역 같았다. 온 사방에 서류가 쌓여 있었다. 서랍들은 책상의 압지 위에 바벨탑처럼 차곡차곡 쌓여서 금방이라도 무너질 듯했다. 그리고 평소에는 모든 경관을 통틀어 가장 명랑한 성격을 자랑하는 존이 시뻘게진 얼굴로 욕을 하고 있었다.

"그 입을 비누로 좀 씻어줘야겠군그래."

앨런은 씩 웃으며 말했다.

존이 화들짝 놀라며 고개를 돌리더니 앨런을 보고 똑같이 씩 웃었다. 겸연쩍은 한편으로 딴 데 정신을 팔고 있는 미소였다.

"죄송해요, 보안관님. 제가……."

앨런은 이미 움직이고 있었다. 금요일 저녁 폴리 차머스의 감탄을 자아냈을 때처럼, 물 흐르듯 유연하고 고요하면서도 빠르게 유치 구역을 가로질렀다. 존 라포인트는 멍하니 입을 벌렸다. 잠시 후, 앨런이 왜 그랬는지가 존의 시야 한구석에 잡혔다. 그가 쌓아놓은 서랍 중에서 맨 위의 것 두 개가 굴러떨어지려던 참이었다.

앨런은 대참사를 막을 수 있을 만큼 빨랐지만 첫 번째 서랍을 잡을 수 있을 만큼 빠르지는 못했다. 서랍이 그의 발 위로 떨어지면서 종이, 클립, 스테이플러 심 뭉치가 사방으로 날렸다. 다른 서랍 두개는 존의 책상 옆면에 대고 손바닥으로 눌러 지탱할 수 있었다.

"우와! 번개 같았어요, 보안관님!" 존이 외쳤다.

"고마워, 존." 앨런은 괴로운 미소를 지었다. 서랍들이 미끄러지려고 하고 있었다. 더 세게 눌러도 소용없었다. 책상만 밀려날 따름이었다. 게다가 발가락이 아팠다. "마음껏 칭찬해도 좋아. 그런데 내 발등을 찍은 빌어먹을 서랍부터 좀 치워주면 안 될까?"

"아! 젠장! 알았어요! 알았어요!" 존은 허둥지둥 달려왔다. 너무 열심히 서랍을 치우려다 앨런을 쳤다. 그 바람에 앨런은 아슬아슬하게 붙잡고 있던 두 서랍을 놓쳐버렸다. 그 두 개 역시 그의 발등으로 떨어졌다.

"아야!" 앨런은 고함을 질렀다. 오른발을 잡으려다 왼발이 더 아프다는 결론을 내렸다. "망할!"

"으악, 보안관님, 죄송해요!"

"저 안에 뭘 넣은 거야?" 앨런이 왼발을 잡고 깡충깡충 뛰면서 물었다. "캐슬랜드 채석장 절반을 쓸어담기라도 한 거야?"

"안을 정리한 지 좀 된 것 같기는 해요."

존은 죄인처럼 웃으며 서류와 사무용품을 허겁지겁 다시 서랍에 담기 시작했다. 판에 박은 듯이 멀끔한 얼굴이 시뻘게졌다. 무릎을 꿇은 채 클럿의 책상 아래로 들어간 그는 클립과 스테이플러 심을 집으려고 몸을 돌리다가 바닥에 높다랗게 쌓아놓은 서류와 보고서 더미를 발로 찼다. 이제 보안관 사무실은 폭풍 재해 지역을 닮아가기 시작했다.

"어이쿠!" 존이 외쳤다.

"어이쿠." 앨런도 외치며 노리스 리지웍의 자리에 앉아 까만색의 묵직한 경찰화 너머로 발가락을 문질러보려고 했다. "어이쿠라니, 좋네, 존. 이 상황을 아주 정확하게 표현했어. 이 광경이 어이쿠가 아니면 뭐겠나."

"죄송합니다."

존은 다시 말하고 자기 책상 아래로 기어 들어가 양손으로 클립과 스테이플러 심을 끌어모았다. 앨런은 웃어야 할지 울어야 할지 알 수가 없었다. 존이 손을 움직이자 발이 좌우로 꿈틀거리며 바닥 위에 떨어진 서류 더미를 넓고 평평하게 펼쳤다.

"존, 거기서 나와!"

앨런은 소리를 질렀다. 웃음을 터뜨리지 않으려고 애를 썼지만 이미 승산 없는 싸움임을 알 수 있었다.

라포인트가 움찔하더니 자기 책상의 아랫면에 머리를 기운차게 부딪혔다. 그러자 서랍 올려놓을 자리를 마련하느라 무게중심의 가장자리에 배치되어 있던 서류 뭉치가 옆으로 떨어졌다. 대부분 바닥으로 직행했지만 수십 장은 허공에서 좌우로 하늘거렸다.

오늘 하루 종일 서류 정리를 해야겠군. 앨런은 체념하듯 생각했다. 어쩌면 이번 주 내내 해야 할 수도 있겠어.

더이상 참을 수가 없었다. 그는 고개를 뒤로 젖히고 우렁찬 폭소를 터뜨렸다. 사건 접수실에 있던 앤디 클러터벅이 무슨 일인가 싶어서 밖으로 나왔다.

"보안관님?" 그가 물었다. "별일 없으신 거죠?"

"응." 앨런은 말했다. 그런 다음 사방으로 정신없게 흩뿌려진 보고서와 온갖 양식들을 쳐다보고는 다시 웃음을 터뜨렸다. "존이 지금 창의적으로 서류 작업을 하고 있어서. 그뿐이야."

존이 책상 아래에서 기어나와 일어섰다. 옆에서 차렷 구호를 외쳐주길, 아니면 바닥에 납작 엎으려 팔굽혀펴기 마흔 번을 하라고 명령해주길 바라는 사람 같은 표정이었다. 좀 전까지만 해도 티끌 하나 없었던 유니폼이 먼지로 뒤덮인 것을 보며, 우스운 와중에서도 앨런은 한 가지 사실을 떠올렸다. 에디 워버턴이 사무실 책상 아래를 마지막으로 청소한 지 한참이 지났다는 것. 그는 다시 폭소를 터뜨렸다. 어쩔 도리가 없었다. 클럿이 어리둥절한 표정으로 존에게서 앨런에게로, 앨런에게서 다시 존에게로 시선을 돌렸다.

"그래." 앨런이 마침내 정신을 차리고서 말했다. "뭘 찾는 거야, 존? 성배? 잃어버린 화음? 대체 뭔데?"

"지갑요." 존은 유니폼 앞섶을 털었지만 부질없는 짓이었다. "아무리 찾아도 우라질 지갑이 보이질 않아요."

"차에는 가봤고?"

"양쪽 다요." 존은 자기 책상 주변의 쓰레기 소행성대를 넌더리난다는 눈빛으로 흘끗 쳐다보았다. "어제저녁에 타고 나갔던 순찰차랑 제 폰티액, 양쪽 다요. 그런데 가끔 내근할 때 자리에 앉으면 엉덩이가 배겨서 책상 서랍에 넣을 때도 있거든요. 그래서 찾아보고 있었는데……."

“네 모든 인생을 그 안에 때려넣고 다니지 않으면 엉덩이가 눌릴 일도 없잖아, 존.” 앤디 클러터벅이 입바른 소리를 했다.

“클럿. 딴 데 가서 놀아, 응?” 앨런이 말했다.

“네?”

“가서 다른 할 일 찾아보라고. 이건 존하고 내가 해결할 수 있는 문제거든. 우리가 이래봬도 노련한 수사관 아닌가. 우리 능력으로 안 될 것 같으면 자네한테 얘기할게.”

“아, 네. 저는 그냥 돕고 싶어서요. 저 친구 지갑을 본 적 있거든요. 국회도서관을 통째로 집어넣은 꼴이에요. 사실…….”

“알려줘서 고마워, 클럿. 나중에 보자고.”

“알겠습니다. 도움이 필요하면 언제든 말씀해주세요. 그럼.”

앨런은 눈을 부라렸다. 다시 폭소를 터뜨리고 싶었지만 자제했다. 우울한 표정을 보니 존은 지금 심각했다. 당황스러워하고 있었지만 그게 다는 아니었다. 앨런도 예전에 지갑을 한두 번 잃어버린 적이 있었기에 기분이 얼마나 엿 같은지 알았다. 안에 들어 있는 현금을 잃어버리고 신용카드 분실신고를 하는 번거로움은 일부분에 불과하고 최악도 아니었다. 거기에 넣어두었던 물건, 남들 눈에는 쓰레기일지 몰라도 나에게는 무엇과도 바꿀 수 없는 물건이 자꾸 생각나는 게 문제였다.

존은 쭈그리고 앉아서 암담한 표정으로 서류를 집어 분류하고 쌓았다. 앨런도 돕기 시작했다.

“발가락 많이 아프셨어요, 보안관님?”

“아니야. 이 신발이 어떤지 알잖아. 브링스 트럭을 신고 있는 거나 다름없지. 지갑에 돈이 얼마나 있었나, 존?"

"아우, 이십 달러도 안 됐을 거예요. 하지만 지난주에 딴 수렵면허증을 거기 넣어뒀어요. 마스터카드도. 지갑을 못 찾으면 은행에 전화해서 사용을 정지시켜달라고 해야겠어요. 하지만 정말 찾고 싶은 건 사진이에요. 엄마, 아빠, 누나, 여동생……. 이런 사진들요."

하지만 존이 진심으로 집착하는 건 어머니나 아버지나 누이들 사진이 아니었다. 정말 중요한 건 그와 샐리 랫클리프가 같이 찍은 사진이었다. 샐리가 존을 버리고 레스터 프랫이라는 돌대가리를 선택하기 석 달 전에 프라이버그 축제에서 클럿이 찍어준 사진 말이다.

"음, 어딘가에 있겠지. 돈이랑 신용카드는 없어질지 몰라도 지갑이랑 사진은 돌아올 거야, 존. 대개 그렇잖아. 자네도 알다시피."

"네." 존은 한숨을 쉬었다. "그냥…… 오늘 아침에 출근할 때 들고 나왔는지 계속 기억을 더듬어보는데, 생각이 나질 않네요."

"찾을 수 있길 바라네. 게시판의 분실물 코너에 써놓지 그러나."

"그래야겠어요. 이 난장판도 정리할게요."

"그래, 존. 천천히 해."

앨런은 고개를 저으며 주차장으로 나갔다.

3

니드풀 싱스의 문 위에 달린 조그만 은종이 딸랑거리더니 애시 스트리트 브리지 클럽의 열혈 회원인 바버라 밀러가 조금 쭈뼛거리며 들어왔다.

"밀러 부인!" 릴런드 곤트가 반갑게 맞이하고는 금전등록기 옆에 놓아둔 종이를 들여다보았다. 거기에 조그맣게 체크를 했다. "와주셔서 반갑습니다! 그것도 약속 시간에 딱 맞춰서! 사고 싶으신 물건이 뮤직 박스였죠? 아름다운 작품이죠."

"맞아요, 그 물건에 대해서 얘기하고 싶어서 왔어요. ……팔렸겠죠?" 그렇게 아름다운 작품이 팔리지 않고 남아 있을 리 없었다. 생각만 해도 가슴이 살짝 찢어지는 듯했다. 곤트는 거기에서 흘러나오는 음악이 뭐였는지 기억이 나지 않는다고 했지만…… 그녀는 뭔지 알 것 같았다. 예전에 올드오처드 바닷가의 행사장에서 미식축구부 주장과 그 노래에 맞춰서 춤을 추고, 같은 날 밤 오월의 휘황찬란한 달빛 아래에서 그에게 기꺼이 순결을 바친 적이 있었다. 그를 통해 평생 처음이자 마지막으로 혈관을 관통하며 포효하는 오르가슴을 느끼는 동안 그 멜로디가 달구어진 철사처럼 그녀의 머릿속에서 꿈틀거렸었다.

"아뇨, 아직 있습니다." 곤트는 말하며 폴라로이드 카메라 뒤에 숨겨져 있던 뮤직 박스를 꺼내 유리 진열장 위에 올려놓았다. 그걸 보자마자 바버라 밀러의 얼굴이 환해졌다.

"당연히 저로서는 감당할 수 없을 만한 가격이겠죠. 일시불로는요. 하지만 정말 마음에 들거든요, 곤트 씨. 그러니까 혹시라도 할부로 살 수 있다면…… 그럴 수 있는 가능성이 조금이라도 있다면……."

곤트는 미소를 지었다. 우아하고 편안한 미소였다.

"쓸데없는 걱정을 하고 계시네요. 이 아름다운 뮤직 박스의 가격이 얼마나 저렴한지 알면 놀라실 겁니다, 밀러 부인. 깜짝 놀라실 거예요. 앉으세요. 본격적으로 이야기를 나눠봅시다."

그녀는 의자에 앉았다.

그가 다가왔다.

그의 시선이 그녀의 시선과 만났다.

머릿속에서 그 멜로디가 다시 흐르기 시작했다.

그녀는 무아지경으로 빠져들었다.

4

"이제 보니 기억이 나요." 질리언 미슬라버스키가 앨런에게 말했다. "러스크네 아들이었어요. 아마도 이름이 빌리인 것 같은데. 아니면 브루스."

그들은 소니 텔레비전과 그 뒤편 벽에 걸린 거대한 석고 예수상이 점령한 그녀의 집 거실에 서 있었다. 텔레비전에서는 오프라의 방송이 흘러나오고 있었다. 앨런은 가시면류관을 쓰고 눈을 치켜뜬 예수를 보며 그라면 오프라보다 제랄도의 토크쇼를 더 좋아할지 모르겠다는 생각을 했다. 아니면 〈이혼 법정〉이나. 미슬라버스키 부인이 커피를 권했지만 앨런은 사양했다.

"브라이언요." 그가 말했다.

"맞아요! 브라이언!"

그녀는 이날 아침에도 밝은 초록색 가운을 입었지만 빨간색 스카프는 하지 않았다. 휴지심만 한 굵기로 곱슬곱슬하게 말린 머리칼이 괴상한 후광처럼 그녀의 머리를 뱅 두르고 있었다.

"확실한가요, 미슬라버스키 부인?"

"네. 오늘 아침에 눈을 떴을 때 누구였는지 기억이 났어요. 그 애 아버지가 이 년 전에 우리 집 알루미늄 외장재 공사를 했거든요. 그때 그 아이도 와서 잠깐 거들었어요. 착한 아이 같아 보였는데."

"아이가 무슨 일로 그 집에 갔었는지 아십니까?"

"올겨울에 집 앞길에 눈이 쌓이면 치울 사람이 필요한지 물어보러 왔다고 했어요. 제가 기억하기로는요. 나중에, 부부가 싸움을 그쳤을 때 다시 와야겠다고. 무서워서 하얗게 질렸던데 그럴 만도 했을 거예요." 그녀는 고개를 저었다. 굵직하게 말린 머리가 달랑거렸다. "부인이 그런 식으로 죽어서 안됐기는 하지만……." 질리언 미슬라버스키는 비밀 얘기를 하듯 언성을 낮추었다. "피터를 위해서는 다행이에요. 그이가 그 여자와 결혼하는 바람에 어떤 고역을 견뎠는지 아무도 모를 거예요. 아무도." 그녀는 의미심장한 눈빛으로 벽에 걸린 예수상을 쳐다보고 다시 앨런에게로 시선을 돌렸다.

"그렇군요." 앨런은 말했다. "또 눈에 띈 다른 점은 없습니까, 미슬라버스키 부인? 집이나 소음이나 아이와 관련해서요."

그녀는 한 손가락을 코에 대고 고개를 갸우뚱했다.

"음, 별거 없어요. 브라이언 러스크라는 아이가 타고 온 자전거 바구니에 아이스박스가 담겨 있었어요. 그게 기억이 나는데 별로 중요한 부분은……."

"워, 워." 앨런이 손을 들며 말했다. 그의 머릿속에서 잠깐 환한 불이 켜졌다. "아이스박스요?"

"소풍이나 캠핑 갈 때 쓰는 그런 거요. 자전거 바구니에 비해 너무 커서 기억에 남았어요. 삐딱하게 얹혀 있었거든요. 금방이라도 떨어질 것처럼."

"고맙습니다, 미슬라버스키 부인." 앨런은 천천히 말했다. "정말 고맙습니다."

"중요한 건가요? 무슨 단서예요?"

"아, 그건 잘 모르겠네요."

아이가 열여섯 살이나 열일곱 살은 되어야 기물 파손의 가능성이 높아지지 않을까요? 헨리 페이턴은 이렇게 말했다. 앨런도 같은 생각이었지만…… 전에도 열두 살짜리 기물 파손범을 만난 적이 있었고 소풍용 아이스박스에는 돌멩이를 상당히 많이 담을 수 있었다.

문득 오늘 오후에 브라이언 러스크라는 아이와 어떤 대화를 나누게 될지 한층 궁금해지기 시작했다.

5

은종이 딸랑거렸다. 소니 재킷이 기름때 묻은 서노코 모자를 손으로 우그러뜨리며 천천히, 조심스럽게 니드풀 싱스 안으로 들어왔다. 아무리 그러지 않으려고 기를 써도 조만간 비싼 물건을 수없이 박살 내고야 말 거라고 철석같이 믿는 남자의 태도였다. 물건을 박살 내는 건 자기 의도가 아니라 숙명이라고 선포하는 표정이었다.

"재킷 씨!" 릴런드 곤트는 예의 활기 넘치는 태도로 그를 맞이하고는 금전등록기 옆에 놓아둔 종이에 다시 조그맣게 체크했다. "들러주셔서 정말 반갑습니다!"

소니는 세 발짝 더 들어갔다가 걸음을 멈추고 조심스럽게 유리 진열장에서 곤트에게로 시선을 옮겼다.

"음, 뭘 사려고 온 건 아니에요. 그건 분명히 해두겠어요. 해리 새뮤얼스 영감한테 오늘 아침에 시간 되면 들러달라고 했다는 얘길 전해 들어서 온 거예요. 괜찮은 소켓 렌치 세트가 있다면서요. 내가 찾던 물건이지만 여긴 나 같은 사람이 올 데가 아니잖아요. 그냥 사장님한테 예의나 갖추려고 온 겁니다."

"아, 솔직하게 얘기해주셔서 감사합니다. 하지만 섣불리 장담할 일은 아닙니다, 재킷 씨. 아주 괜찮은 소켓 렌치 세트가 있거든요. 이중 조정 렌치예요."

"아, 그래요?" 소니는 눈썹을 치떴다. 외제 차와 국산 차, 양쪽 모두에 쓸 수 있는 소켓 렌치가 있다는 건 알았지만 직접 본 적은 없었다. "그런 게 있어요?"

"네. 재킷 씨가 그런 렌치를 찾는다는 얘기를 듣자마자 뒷방으로 빼놓았죠. 안 그러면 당장 팔릴 텐데, 팔기 전에 재킷 씨한테 구경이라도 시켜드리려고요."

소니 재킷은 뉴잉글랜드 지방 사람답게 당장 의구심을 드러냈다.

"왜요?"

"저한테 클래식 카가 있는데 클래식 카는 자주 수리를 해주어야 하거든요. 재킷 씨가 데리 이쪽에서 가장 훌륭한 정비공이라고 들었습니다만."

소니는 긴장을 풀었다. "아, 아마 그럴 거예요. 차종이 뭔데요?"

"터커요."

소니의 눈썹이 하늘로 솟구쳤고 곤트를 바라보는 눈빛에 이제는 경의가 담겨 있었다. "토피도! 이야!"

"아뇨, 탤리스먼이에요."

"에? 터커 탤리스먼은 들어본 적이 없는데요."

"딱 두 대밖에 생산된 적 없어요. 시제품하고 제 차하고. 1953년에요. 그로부터 얼마 안 있어 터커 씨가 브라질로 거처를 옮겼고 거기서 세상을 떠났죠." 곤트는 서글픈 미소를 지었다. "프레스턴은 다정한 친구였고 자동차 디자인에 관한 한 천재였지만…… 훌륭한 사업가는 못 됐어요."

"그래요?"

"네." 촉촉했던 곤트의 눈이 맑아졌다. "그건 옛날 일이고 지금은 지금이니까요! 페이지를 넘겨야 하지 않겠습니까, 재킷 씨? 페이지를 넘겨라. 제가 늘 하는 말이죠. 앞을 보고 미래를 향해 즐겁게 나아가며 절대 뒤돌아보지 말 것!"

소니는 불안한 눈빛으로 곤트를 곁눈질할 뿐 아무 대꾸도 하지 않았다.

"소켓 렌치를 보여드릴게요."

소니는 당장 얼씨구나 하지 않았다. 그는 의심스러워하는 눈빛으로 유리 진열장 안의 상품들을 다시금 쳐다보았다. "너무 비싼 건 못 사요. 처리해야 하는 청구서가 산더미라. 가끔은 사업이고 뭐고 때려치우고 시골로 가야 하나 싶을 때도 있어요."

"무슨 말씀인지 압니다. 빌어먹을 공화당 때문이죠. 내가 생각하기에는 그래요."

의심하느라 인상을 쓰고 있던 소니의 얼굴이 당장 부드러워졌다.

"제대로 보셨네요!" 그는 탄성을 질렀다. "조지 부시가 이 나라를 다 망쳐놓고 있어요…… 그 인간하고 빌어먹을 전쟁이! 하지만 내년 대선에서 그를 이길 만한 민주당 후보가 있다고 보시나요?"

"글쎄요." 곤트는 말했다.

"예를 들어 제시 잭슨은 어때요? 그 검둥이."

그가 도발하는 눈빛으로 쳐다보자 곤트는 '그래요, 친구. 솔직하게 얘기해요. 우리 둘 다 산전수전 겪을 만큼 겪었는데 툭 까놓고 얘기도 못하겠어요?'라고 말하듯 고개를 살짝 모로 꼬았다. 소니 재킷은 좀더 긴장을 풀었고, 손에 묻은 기름때를 덜 의식하게 되었다. 집에 온 양 마음이 편안해졌다.

"내가 검둥이한테 악감정이 있는 건 아니지만 백악관, 다른 데도 아니고 백악관! 그곳의 주인이 흑인이 된다고 생각하면 몸서리가 쳐지거든요."

"당연하죠." 곤트가 맞장구를 쳤다.

"그리고 뉴욕의 그 이탈리아 놈팽이. 마리오 쿠오모! 그런 이름을 쓰는 작자가 백악관의 안경잡이 밥맛을 이길 수 있다고 보세요?"

"못 이기죠." 곤트는 말했다. 그는 길쭉한 검지와 주걱 모양의 못생긴 엄지를 오 밀리미터쯤 떨어뜨린 채로 오른손을 들었다. "게다가 나는 머리가 작은 사람은 영 못 믿겠더라고요."

소니는 잠깐 입을 떡 벌렸다가 무릎을 탁 치는 동시에 바람 빠지는 소리를 내며 웃었다.

"머리가 작은 사람은 못 믿겠다니, 야! 대단한데요, 사장님! 아주 대단해요!"

곤트는 씩 웃었다.

그들은 서로를 향해 웃음 지었다.

곤트가 소켓 렌치 세트를 들고 왔다. 까만색 벨벳으로 안감을 댄 가죽 케이스 안에 들어 있었는데 소니 재킷은 그렇게 눈부신 크롬강 합금 소켓 렌치 세트는 본 적이 없었다.

그들은 소켓 렌치를 사이에 두고, 조만간 한판 붙을 원숭이들처럼 이를 드러내며 웃었다.

당연히 소니는 그 세트를 샀다. 가격이 놀라우리만치 저렴했다. 백칠십 달러를 내고, 거기다 돈 헴필과 로즈 목사에게 아주 재미있는 장난을 치기로 했다. 소니는 곤트에게 기쁘다고 했다. 찬송가나 불러대는 공화당 개진상들의 인생을 똥창으로 처넣는다니, 얼마나 신이 날까.

그들은 거룩한 윌리와 돈 헴필에게 칠 장난을 생각하며 씩 웃었다.

소니 재킷과 릴런드 곤트. 산전수전 다 겪고 이제는 함께 씩 웃는 사이였다.

문 위에서 조그만 은종이 딸랑거렸다.

6

멜로 타이거의 사장 겸 경영자 헨리 보퍼트는 업소에서 사백 미터쯤 떨어진 집에서 살았다. 마이라 에번스는 멜로 타이거의 주차장에 차를 대고—가을답지 않은 태양이 작렬하는 오전이라 텅텅 비어 있었다—그의 집까지 걸어갔다. 앞으로 해야 할 일의 성격을 감안하건대 이렇게 만전을 기하는 편이 맞는 듯했다. 걱정할 필요가 없기는 했다. 멜로 타이거는 새벽 1시는 되어야 문을 닫았고 헨리는 오후 같은 시각이 되기 전에는 일어나지 않았다. 1층과 2층, 양쪽 모두 블라인드가 내려져 있었다. 완벽하게 관리된 1960년형 선더버드, 그의 자부심이자 기쁨인 자동차가 진입로에 세워져 있었다.

마이라는 청바지에 남편의 파란색 작업복 셔츠 차림이었다. 삐져나온 셔츠 자락이 거의 무릎에 닿았다. 덕분에 허리띠와 허리띠에 매단 칼집은 보이지 않았다. 척 에번스는 2차세계대전 기념품을 수집했는데(그녀는 몰랐지만 새로 문을 연 가게에서 이미 뭐 하나를 샀다) 그중 일본군이 쓰던 총검이 꽂힌 칼집이 있었다. 삼십 분 전에 마이라는 척의 지하실 서재 벽에서 그걸 내렸다. 걸음을 옮길 때마다 총검이 오른쪽 허벅지에 단단히 부딪혔다.

이 일을 얼른 끝내고 엘비스의 사진이 있는 곳으로 돌아가고 싶었다. 그 사진을 들고 있으면 어떤 이야기가 만들어졌다. 실제 이야기는 아니었지만 대부분, 아니 솔직히 모든 면에서 실제 이야기보다 나았다. 1막은 황제가 그녀를 무대 위로 초대해 같이 춤을 춘 콘서트장이었다. 2막은 콘서트가 끝난 뒤 분장실이었고, 3막은 리무진 안이었다. 엘비스의 멤피스 멤버 중 한 명이 리무진을 운전했는데, 황제는 공항까지 가는 동안 운전석과 뒷좌석을 가르는 까만색 유리도 치지 않은 채 그녀를 너무나 격렬하고 달콤하게 다루었다.

4막은 제목이 〈비행기 안에서〉였다. 이 막의 무대는 엘비스의 전용기 리사 마리호였다. 좀더 정확히 얘기하자면 비행기 객실 꽁무니에 달린 칸막이 뒤편의 대형 더블 침대였다. 마이라가 어제를 거쳐 오늘 아침까지 흠뻑 빠져 있던 무대가 여기였다. 리사 마리호를 타고 삼만 이천 피트 상공에서 황제와 함께 침대를 유람했다. 거기에 영원히 머물러도 좋았겠지만 그녀는 그러지 않을 거라는 걸 알았다. 그들은 5막인 〈그레이스랜드〉를 향해 가고 있었다. 거기 도착하면 모든 게 더 근사해질 것이다.

하지만 먼저 이 사소한 일 하나를 처리해야 했다.

그녀는 오늘 아침 남편이 출근한 뒤 알몸에 가터벨트만 하고 침대에 누워(황제가 그건 벗지 말라고 분명하게 못을 박았다) 사진을 단단히 쥔 채 신음하며 시트 위에서 몸을 천천히 비틀었다. 그때 갑자기 더블 침대가 사라졌다. 나지막이 웅웅거리던 리사 마리호의 엔진음도 사라졌다. 황제의 잉글리시 레더 향수 냄새도 사라졌다.

이 환상적인 것들을 대신해 곤트의 얼굴이 등장했는데…… 가게에서 본 얼굴이 아니었다. 정체 모를 엄청난 열기로 얼굴에 물집이 잡히고 그을린 듯했다. 얼굴 안쪽에서 뭔가가 빠져나오려고 버둥거리는 듯 살갗이 펄떡이고 꿈틀거렸다. 그가 미소를 짓자 정사각형의 큼지막한 치아가 두 줄의 송곳니로 바뀌어 있었다.

"시간이 됐어, 마이라." 곤트가 말했다.

"엘비스와 함께 있어 싶어요." 그녀는 징징거렸다. "할게요. 하지만 지금은 안 돼요. 부탁이에요, 지금은 안 돼요."

"아니, 지금이라야 해. 약속을 했으니 지켜야지. 지키지 않으면 엄청 후회하게 될 거야, 마이라."

뭔가가 갈라지는 소리가 들렸다. 아래를 내려다보니 황제의 얼굴을 덮은 유리에 지그재그로 금이 가 있었다.

"안 돼!" 그녀는 울부짖었다. "안 돼, 그러지 마요!"

"내가 그러는 게 아니야." 곤트는 웃으며 대답했다. "네가 그러는 거지. 네가 한심한 짓을 하고 있잖아, 이 게을러터진 년아. 마이라, 여기 이 미국에서 침대에 누워 돈을 버는 사람은 창녀뿐이야. 번듯한 인간이라면 일어나서 일을 해야지, 손에 쥔 걸 영영 놓치고 싶지 않으면 말이야. 잊어버린 모양인데, 두말하면 잔소리지만 보퍼트 씨에게 깜찍한 장난을 칠 다른 사람은 얼마든지 구할 수 있어. 하지만 너와 황제의 아름다운 정사는……."

사진을 덮고 있던 유리가 은빛으로 번쩍이는 번개처럼 또다시 쩍 하고 갈라졌다. 썩은 공기가 안으로 스며들어 번져감에 따라 사진 속 얼굴이 나이를 먹어 쭈글쭈글하고 초췌해지는 걸 보고 그녀는 경악했다.

"안 돼! 할게요! 지금 당장 해요! 봐요, 일어나고 있잖아요. 그만해요! 그만!"

마이라는 전갈 둥지와 한 침대를 쓰고 있었다는 걸 알아차린 사람처럼 침대에서 펄쩍 뛰어내렸다.

"약속을 지키려면, 마이라." 곤트가 말했다. 이제는 그 목소리는 그녀의 머릿속 깊고 우묵한 곳에서 들려왔다. "어떻게 해야 하는지 알지?"

"네, 알아요!" 마이라는 절망한 눈빛으로 사진을 바라보았다. 오랜 세월 동안 흥청망청 방탕하게 지내느라 얼굴이 퉁퉁 부은 늙은 환자의 사진이었다. 마이크를 쥔 손은 독수리 발톱 같았다.

"임무를 완수하고 돌아오면 사진이 멀쩡해질 거야. 다만 아무한테도 들키면 안 돼, 마이라. 누구에게라도 들키면 그를 두 번 다시 볼 수 없어."

"들키지 않을게요!" 그녀는 웅얼거렸다. "맹세할게요!"

헨리 보퍼트의 집에 다다르자 그의 경고가 생각났다. 길을 걸어오는 사람이 없는지 좌우를 살폈다. 양쪽 모두 인적이 없었다. 시월의 황량한 들판에서 까마귀 한 마리가 졸린 목소리로 울었다. 다른 소리는 없었다. 칼날이 살아 있는 생명체처럼 펄떡이는 듯했고 그 터무니없는 더딘 맥박 안에서 대지가 깊이 잠들었다.

마이라는 파란색 셔츠 자락을 추어올려 칼집과 안에 든 총검이 잘 있는지 더듬어 확인하면서 진입로를 걸어갔다. 땀이 살갗을 간질이며 등줄기를 타고 브래지어 아래로 흘렀다. 그녀 자신은 몰랐고 누가 옆에서 알려주었더라도 믿지 않았겠지만, 마이라는 시골의 정적 속에서 아름다운 한순간을 연출하고 있었다. 흐릿하고 생각 없어 보이는 얼굴이 그 순간만큼은 전에 없이 의미심장하고 결연해 보였다. 이 세상의 모든 요들*과 딩동**과 후드시 로켓***을 먹어치우는 것을 인생의 목표로 정한 고등학교 시절 이후 처음으로 그녀

* 크림이 든 케이크.

** 원형의 초콜릿 케이크 과자.

*** 아이스크림 브랜드 중 하나.

의 광대뼈가 도드라졌다. 지난 나흘 동안 황제와 점점 더 엽기적인 애정 행각을 벌이느라 식욕이 일지 않았던 탓이다. 평소에는 볼품없는 양탄자처럼 얼굴 주변에 늘어뜨리고 다니던 머리칼은 단단하게 하나로 묶어서 이마를 드러냈다. 호르몬이 갑작스럽게 과도하게 공급되는 동시에 오랫동안 날마다 과도하게 섭취하던 당분의 양이 갑작스럽게 줄어든 여파인지, 열두 살부터 활화산처럼 얼굴 위에서 벌렁거렸던 여드름이 거의 사라졌다. 그보다 더 두드러지는 부분은 동그랗고 새파란, 고양이를 닮은 눈이었다. 그것은 마이라 에번스가 아니라, 당장이라도 표독스럽게 변할 수 있는 어떤 밀림 속 짐승의 눈이었다.

그녀는 헨리의 차를 향해 손을 내밀었다. 그때 뭔가가 117번 도로를 달려왔다. 덜컹거리며 시내로 향하는 낡은 농장 트럭이었다. 마이라는 선더버드의 앞쪽으로 슬그머니 자리를 옮겨 라디에이터 그릴 뒤에 쭈그리고 숨었다. 트럭이 지나가자 다시 일어났다. 이어 그녀는 셔츠 가슴주머니에서 접힌 종이를 꺼냈다. 종이를 펼쳐서 꼼꼼하게 펴고 거기에 적힌 짧은 메시지가 잘 보이게끔 선더버드의 앞유리창 와이퍼 밑에 끼웠다.

다시는 나 술 못 마시게 중간에 막고 자동차 열쇠 압수하지 마라 이 재수 없는 프랑스 놈아!

이제 총검을 동원할 차례였다.

그녀는 다시 한번 주위를 얼른 확인했다. 뜨거운 햇볕이 작렬하는 세상에서 움직이는 거라고는 좀 전에 울음소리를 낸 듯한 까마귀 한 마리뿐이었다. 까마귀는 진입로 바로 맞은편의 전봇대 꼭대기로 퍼덕퍼덕 날아가 그녀를 관찰하는 눈치였다.

마이라는 총검을 꺼내 양손으로 단단히 쥐고 운전석 쪽 앞 타이어에 자루만 남을 때까지 쑤셔넣었다. 요란하게 터지는 소리가 나겠거니 예상하고 움찔하며 으르렁거리는 소리를 냈지만 갑작스럽게 피유우우우우! 하는 숨 가쁜 소리만 나더니 그걸로 끝이었다. 거구의 남자가 불시에 배를 한 대 얻어맞았을 때 낼 직한 소리였다. 선더버드가 왼쪽으로 상당히 기울었다. 마이라는 총검을 홱 잡아당겨 구멍을 더 넓게 벌리며 장난감을 잘 갈아놓은 척에게 고마워했다.

급속도로 바람이 빠져가는 타이어를 너덜너덜 헤벌어지게 베어놓고 조수석 쪽 앞 타이어로 가서 똑같은 짓을 되풀이했다. 얼른 사진 곁으로 돌아가고 싶으면서도 오길 잘했다는 생각이 들었다. 짜릿했다. 애지중지하던 선더버드가 이 꼴이 된걸 보고 헨리가 어떤 표정을 지을지 상상하니 흥분이 될 지경이었다. 이유는 모를 일이었지만, 다시 리사 마리호에 탑승하면 황제에게 새로운 기술을 한두 개 보여줄 수 있지 않을까 하는 생각이 들었다.

뒷바퀴 쪽으로 자리를 옮겼다. 이제는 총검이 잘 들지 않았지만 열정으로 보완해가며 타이어 옆면을 정력적으로 썰었다.

네 개의 타이어가 그냥 펑크 난 정도가 아니라 난도질을 당한 수준으로 작업이 끝나자 마이라는 뒤로 물러서 자신의 작품을 감상했다. 가쁘게 숨을 헐떡이며 남자처럼 팔로 이마의 땀을 쓱 닦았다. 헨리 보퍼트의 선더버드 차체가 족히 십오 센티미터는 낮아졌다. 고무가 쭈그러들어버린 비싼 레이디얼 타이어의 휠이 차체를 지탱하고 있었다. 이제 마이라는 곤트가 시키지는 않았지만 아주 의미심장한 솜씨를 더하기로 마음먹었다. 그녀는 총검의 뾰족한 끝으로 차의 옆면을 그어 아주 반질반질하게 광을 낸 표면에 삐죽삐죽한 자국을 남기기 시작했다.

총검이 쇠에 긁히면서 울부짖는 듯 조그맣게 날카로운 소리를 내자 마이라는 집 쪽을 쳐다보았다. 헨리 보퍼트가 이 소리를 듣고 침실 창문의 블라인드를 홱 올려서 그녀를 내다보리라는 생각이 들었다.

그런 사태는 벌어지지 않았지만 그녀도 알다시피 이제 정리해야 할 시점이었다. 너무 오랫동안 여기 있었던데다 방에서 황제가 기다리고 있었다. 마이라는 총검을 칼집에 꽂고 척의 셔츠자락을 다시 그 위로 늘어뜨리며 허둥지둥 진입로를 빠져나왔다. 멜로 타이거로 향하는 동안 차 한 대가 지나갔지만 그녀와 같은 쪽으로 가는 차였다. 운전자가 백미러를 흘끗 곁눈질하지 않은 이상 그녀의 뒤통수밖에 보지 못했을 것이다.

그녀는 차에 올라타자마자 고무줄을 풀어 평소처럼 머리칼을 얼굴 주변으로 축 늘어뜨리고 다시 시내 쪽으로 차를 몰았다. 전부 한 손으로 했다. 다른 손은 허리 아래에서 따로 할 일이 있었다. 집 안으로 들어가서는 계단을 두 칸씩 달려 올라갔다. 사진은 두고 간 그대로 침대에 놓여 있었다. 마이라는 신발을 내팽개치고 청바지를 벗은 뒤 사진을 움켜쥐고 침대 위로 점프했다. 유리에 생겼던 금이 사라지고 보이지 않았다. 황제도 젊음과 미모를 되찾았다.

마이라 에번스도…… 일시적이나마 마찬가지라고 볼 수 있었다.

7

문 위에서 은종이 특유의 소리를 내며 딸랑거렸다.

"안녕하세요, 포터 부인!" 릴런드 곤트는 명랑하게 외치고 금전 등록기 옆에 놓아둔 종이에 체크를 했다. "안 오시려나 보다 하던 참이었어요."

"안 올 뻔했어요." 레노어 포터가 말했다. 심기가 불편하고 딴 데 정신이 팔린 표정이었다. 평소 완벽한 스타일을 자랑하던 은발은 대충 하나로 틀어올렸다. 회색의 고급 능직 치맛단 아래로 슬립이 이삼 센티미터쯤 삐져나온데다 다크서클이 눈 아래를 장식하고 있었다. 그녀는 두 눈을 가만히 두지 못하고 표독스러우며 분노 어린 의심의 눈빛으로 이리저리 노려보았다.

"하우디 두디 꼭두각시 인형을 구경하고 싶어 하셨죠? 아이들의 추억이 깃든 장난감을 제법 많이 가지고 계시다고……."

"오늘은 그렇게 포근한 걸 구경할 기분이 못 되네요." 레노어가 말했다. 캐슬록에서 가장 잘사는 변호사의 부인인 그녀 역시 변호사처럼 똑 부러지는 말투를 썼다. "지금 기분이 너무 안 좋아서요. 오늘은 시뻘건 날이에요. 그냥 빨간 날이 아니라 시뻘건 날이라고요!"

곤트는 당장에 걱정하고 동정하는 표정을 지으며 진열장을 돌아 나와 그녀에게 다가갔다.

"부인, 왜 그러세요? 안색이 안 좋으시네요!"

"그럴 수밖에요!" 그녀는 쏘아붙였다. "잔잔하게 흐르던 내 심령의 오라가 어지럽혀졌으니까요, 그것도 아주 심하게! 내 칼라바가 평온과 고요의 상징인 파란색이 아니라 시뻘건 색으로 변했어요! 이게 다 건너편에 사는 그 나쁜 년 때문이에요! 길쭉한 상자같이 생긴 년!"

곤트는 레노어 포터의 몸은 한군데도 건드리지 않은 채 특유의 달래는 듯한 몸짓을 보였다. "나쁜 년이라니요, 포터 부인?" 그는 익히 알면서도 이렇게 물었다.

"누구긴 누구겠어요, 본세인트지! 본세인트! 꼴 보기 싫은 거짓말쟁이 스테파니 본세인트! 지금까지는 내 오라가 시뻘건 색이었던 적이 없어요, 곤트 씨! 짙은 분홍색이었던 적은 몇 번 있고 옥스퍼드에서 음주운전자가 모는 차에 치일 뻔했을 때 잠깐 빨간색이 된 적은 있었어도 시뻘건 색이었던 적은 한 번도 없다고요! 이런 식으로는 못 살아요!"

"그럼요. 그런 식으로 살아주길 기대하는 사람도 없고말고요, 부인."

그의 시선이 그녀의 시선을 붙잡았다. 레노어가 하도 정신 사납게 이쪽저쪽으로 눈을 돌리는 바람에 쉽지 않았지만 그래도 해냈다. 그녀는 곧장 흥분을 가라앉혔다. 이제 보니 곤트 씨의 눈을 쳐다보는 것은 모든 훈련을 마치고, 올바른 음식(대개는 콩나물과 두부다)을 먹고, 아침에 일어났을 때와 잠자리에 들기 전 최소 한 시간씩 명상을 통해 칼라바의 표면을 관리했을 때 그녀의 오라를 들여다보는 것과 많이 비슷했다. 그의 눈은 사막의 하늘처럼 희미하고 차분한 파란색이었다.

"갑시다. 저쪽으로." 곤트는 등받이가 높은 고급 벨벳 의자 세 개가 나란히 놓인 곳으로 레노어를 데려갔다. 지난 한 주 동안 캐슬록의 수많은 주민들이 거쳐간 곳이었다. 그녀가 의자에 앉자 그가 말했다. "무슨 일인지 자초지종을 얘기해보세요."

"그 여자는 전부터 나를 싫어했어요. 내 남편이 발목을 잡는 바람에 자기 남편이 회사에서 빨리 승진하지 못한다고 생각하거든요. 그리고 내가 옆에서 남편을 부추긴다고 생각하고요. 속은 좁은 주제에 가슴만 엄청 크고 오라는 우중충한 회색인 여자죠. 어떤 부류인지 알겠죠?"

"알고말고요." 곤트는 말했다.

"하지만 나를 얼마나 싫어하는지는 오늘 아침에서야 알았지 뭐예요!" 곤트가 진정시키고 있음에도 레노어 포터는 다시 흥분하기 시작했다. "일어나보니까 화단이 아주 엉망진창이었어요! 엉망진창이었다고요! 어제까지만 해도 모든 게 사랑스러웠는데 오늘은 다 죽어가고 있었어요! 오라를 진정시키고 칼라바를 풍요롭게 만드는 효과를 지닌 모든 게 살해당했다고요! 그 나쁜 년의 손에! 본세인트라는 잡년의 손에!"

레노어는 우아하게 손질한 손톱이 보이지 않을 정도로 주먹을 꽉 쥐었다. 그러고는 주먹으로 무늬가 새겨진 의자 팔걸이를 내리쳤다.

"국화, 승마, 과꽃, 천수국…… 그 나쁜 년이 밤에 몰래 와서 죄다 뽑아놓았어요! 뽑아서 온 사방에 내동댕이쳤어요! 오늘 아침에 관상용 양배추는 어디 있었는지 아세요, 곤트 씨?"

"아뇨, 어디 있었는데요?" 그는 그녀의 몸에 손을 대지 않은 채 계속 쓰다듬는 시늉을 하며 다정하게 물었다.

그는 사실 어디 있었을지 대충 짐작할 수 있었고 칼라바를 어지럽히는 난장판을 일으킨 범인이 누군지도 정확하게 알았다. 바로 멀리사 클러터벅이었다. 레노어 포터는 앤디 클러터벅 부보안관의 아내를 잘 몰랐고, 그래서 그녀를 의심하지 않았다. 멀리사 클러터벅도 길에서 만나면 인사하는 정도였을 뿐, 레노어를 몰랐다. 멀리사 쪽에서 무슨 악감정을 가진 건 아니었다(남이 애지중지하는 걸 짓어발길 때 누구나 느끼는 사악한 쾌감이라면 모를까, 하고 곤트는 생각했다). 그녀는 리모주 사기그릇 세트의 대금 일부 대신 레노어 포터의 화단을 박살 냈을 뿐이다. 사건의 본질을 파헤쳐보면 전적으로 비즈니스의 차원에서 이루어진 일이었다. 재미있는 장난인 건 맞긴 하지만 모든 비즈니스가 지겨울 필요는 없지 않으냐는 게 곤트의 생각이었다.

“길거리에 버려져 있었어요!” 레노어는 고함을 질렀다. “캐슬뷰 한복판에! 아주 이때다 하고 달려들었더라고요! 심지어 아프리카 금잔화까지 뽑혔다니까요! 전부 뽑혔어요! 전부…… 뽑혔어요!”

“그녀를 보셨나요?”

“꼭 봐야 아나요? 그런 짓을 저지를 정도로 나를 미워하는 사람이 그녀뿐인데. 그리고 화단이 그녀의 하이힐 자국으로 뒤덮여 있었다고요. 그 난쟁이는 잘 때도 하이힐을 벗지 않을 거예요. 아, 곤트 씨…….” 그녀는 울부짖었다. “눈을 감을 때마다 온 사방이 시뻘겋게 보여요! 어떻게 하면 좋을까요?”

곤트는 잠깐 아무 말도 하지 않았다. 그녀가 진정하고 멍해질 때까지 눈만 똑바로 쳐다보았다.

"좀 괜찮아졌나요?" 마침내 그가 물었다.

"네!" 그녀는 안도하는 목소리로 꺼질 듯 대답했다. "이제 다시 파랗게 보이는 것 같아요……."

"하지만 너무 마음이 불편해서 쇼핑은 생각조차 못하겠죠?"

"네……."

"그 나쁜 년이 부인에게 한 짓을 감안하면."

"네……."

"대가를 치르게 해야겠죠."

"네."

"또다시 그런 짓을 저지르면 대가를 치르게 될 거예요."

"맞아요!"

"저한테 딱 알맞은 게 있습니다. 여기 앉아 계세요, 포터 부인. 얼른 갔다 올게요. 그동안 파란 생각을 하고 계세요."

"파란 생각요." 그녀는 몽롱하게 맞장구를 쳤다.

다시 돌아왔을 때 곤트는 에이스가 케임브리지에서 공수한 자동 권총을 레노어 포터의 손에 쥐여주었다. 완전히 장전된 총이 조명 아래에서 푸른빛 도는 검은색으로 번들번들하게 반짝였다.

레노어는 총을 눈높이로 들었다. 그걸 바라보는 눈빛에는 심오한 희열과 그보다 더 심오한 안도가 어려 있었다.

"저로 말할 것 같으면 이유가 있지 않은 이상 누굴 쏘라고 부추기는 성격이 절대 아닙니다. 그런데 부인에게는 그럴 만한 이유가 충분한 것 같네요. 꽃 때문이 아니에요. 중요한 건 그게 아니라는 걸 우리 둘 다 알잖습니까. 꽃이야 다시 심으면 되죠. 하지만 부인의 카르마는…… 부인의 칼라바는…… 대체할 방법이 없지 않습니까?"

그는 비난하는 기미를 담아서 웃었다.

"맞아요." 그녀는 맞장구를 치고 총으로 벽을 겨누었다. "탕. 탕, 탕, 탕. 받아라, 남 잘되는 꼴은 못 보는 걸레 같은 난쟁이야. 네 남편은 쓰레기차나 몰고 다녔으면 좋겠다. 그 일이 딱이야. 너희 둘 다."

"거기 달린 조그만 레버 보이죠, 부인?" 그가 손가락으로 가리켜 보였다.

"네, 보여요."

"그게 안전장치예요. 그 나쁜 년이 다시 와서 또 화단을 망가뜨리려고 하면 그걸 먼저 눌러요. 알았죠?"

"알았어요." 레노어는 몽유병 환자 같은 목소리로 말했다. "완벽하게 이해했어요. 빠샤!"

"아무도 부인을 욕하지 않을 거예요. 어쨌거나 자기 재산은 자기가 지켜야 하는 거니까요. 자기 카르마도 자기가 지켜야 하고요. 본세인트라는 여자가 다시 오지 않을 수도 있지만 만약 다시 오면……."

그는 의미심장한 눈빛으로 그녀를 쳐다보았다.

"다시 오면 그때가 마지막이 될 거예요." 레노어는 권총을 들어 짧은 총신에 가볍게 입을 맞추었다.

"이제 그건 핸드백에 넣으세요. 그리고 집으로 가세요. 그녀가 지금 부인의 앞마당에 있을 수도 있잖아요. 어쩌면 집 안으로 들어왔을 수도 있고요."

레노어는 그 말에 불안해하는 표정을 지었다. 불길한 시뻘건 실이 그녀의 파란 오라를 휘감기 시작했다. 그녀는 권총을 핸드백에 넣으며 의자에서 일어났다. 곤트가 시선을 돌리자 그녀는 곧바로 빠르게 눈을 몇 번 깜빡했다.

"죄송해요, 하우디 두디는 다음에 볼게요, 곤트 씨. 집에 가야겠어요. 본세인트가 지금 제 앞마당에 있을 수도 있잖아요. 심지어 집 안으로 들어왔을 수도 있어요!"

"생각만 해도 끔찍합니다."

"그렇죠. 재산은 저에게 주어진 책임이잖아요. 지켜야 해요. 그걸 받아들여야 해요, 곤트 씨. 제가 얼마를 드려야 할지…… 그…… 그……."

그에게서 뭘 샀는지 정확히 기억이 나지 않았다. 조만간 기억이 날 테지만 일단은 애매하게 핸드백 쪽을 손짓했다.

"돈은 받지 않겠습니다. 오늘만큼은 특별히. 그냥……." 그는 함박 미소를 지었다. "친해진 기념으로 드리는 선물이라고 생각해주세요."

"고마워요. 기분이 많이 좋아졌어요."

"제가 도움이 되었다니 기쁩니다." 곤트는 살짝 고개를 숙이며 말했다.

8

노리스 리지윅은 낚시하러 가지 않았다.

노리스 리지윅은 창문 너머 휴 프리스트의 침실을 들여다보고 있었다.

휴는 천장을 향해 코를 골며 침대에 널브러져 있었다. 오줌이 묻은 사각팬티 하나 걸친 게 고작이었다. 마디가 굵은 큼지막한 손으로 엉킨 털 조각을 움켜쥔 채였다. 휴의 손이 워낙 크고 창문이 워낙 더러워서 확실하지는 않았지만 노리스가 보기에는 좀먹은 여우 꼬리 같았다. 어쨌거나 그게 뭔지는 중요하지 않았다. 중요한 건 휴가 자고 있다는 사실이었다.

노리스는 휴의 뷰익 뒤에 자기 차를 세워놓은 진입로 쪽으로 다시 걸어갔다. 조수석 문을 열고 안으로 몸을 숙였다. 바닥에 생선 담는 바구니가 있었다. 바준 낚싯대는 뒷좌석에 있었다. 그걸 들고 다녀야 마음이 편하고 안심이 됐다.

아직 한 번도 쓴 적은 없었다. 이유는 단순했다. 겁이 나서 쓸 수가 없었다. 어제 모든 장비를 갖추고 캐슬레이크 호수에 갔었지만…… 낚싯대를 어깨 뒤로 넘겨서 처음으로 던지기 직전에 망설임이 일었다.

엄청 큰 고기가 미끼를 물면 어쩐다? 그는 생각했다. 예를 들어 스모키 같은 게 물면?

스모키는 캐슬록의 낚시꾼들 사이에서 전설 비슷한 걸로 통하는 갈색의 늙은 송어였다. 소문에 따르면 길이는 육십 센티미터가 넘고 족제비처럼 교활하며 담비처럼 힘이 센데다 아주 억척스러운 놈이었다. 노인들 말로는 스모키의 아가리에 낚싯바늘이 잔뜩 박혀 있다고 했다. 녀석을 낚았지만…… 잡지는 못한 낚싯바늘들이었다.

그 녀석이 내 낚싯대를 부러뜨리면 어쩌지?

아무리 스모키처럼 거대한 녀석이라도(스모키가 실존한다는 가정 아래) 민물송어가 바준 낚싯대를 부러뜨릴 리 만무하건만, 노리스는 충분히 가능할 뿐 아니라…… 요즘 자신의 운수를 감안했을 때 정말 부러질지 모른다는 생각이 들었다. 머릿속에서 딱 하고 부러지는 소리가 들렸고, 낚싯대가 두 동강 나 반쪽은 보트 바닥에 떨어지고 다른 반쪽은 보트 옆에 둥둥 떠 있는 광경을 바라보는 고통이 느껴졌다. 낚싯대는 부러지면 그걸로 끝장이었다. 버리는 것 말고는 아무것도 할 수가 없었다.

그는 쓰던 제브코를 계속 쓰는 수밖에 없었다. 어제는 저녁거리를 잡지 못했지만…… 곤트 꿈을 꾸었다. 꿈속에서 곤트는 허벅지까지 오는 긴 장화를 신고, 깃털이 달린 미끼가 챙 주변에서 경쾌하게 춤을 추는 낡은 페도라를 쓴 모습이었다. 거룻배를 탄 그는 캐슬레이크 호수 안으로 구 미터쯤 들어가 있었고 노리스는 십 년 전에 전소된 아버지의 통나무집을 등진 채 서쪽 호숫가에 서 있었다. 그는 거기서 곤트가 하는 말을 들었다. 약속을 하지 않았느냐고. 노리스는 잠에서 깼을 때 완벽한 확신을 느꼈다. 어제 바준 대신 제브코를 쓰길 잘했다는 확신이었다. 바준 낚싯대는 너무 훌륭했다. 지나칠 정도로 훌륭했다. 부러질 위험을 감수해가며 그런 걸 실제로 사용하는 건 범죄행위였다.

이제 노리스는 생선 담는 바구니를 열었다. 생선 내장을 손질할 때 쓰는 긴 칼을 꺼내 휴의 뷰익으로 다가갔다.

그는 이 게으른 주정뱅이보다 당해도 싼 인간은 없다고 속으로 중얼거렸지만 마음 한 편이 찜찜했다. 만회할 수 없는 사악하고 한심한 실수를 저지르려고 하느냐는 말이 마음속 한구석에서 들려왔다. 그는 경찰이었다. 이런 짓을 저지르는 사람을 체포하는 것이 그의 임무 중 하나였다. 한마디로 말해서 이건 기물 파손이고, 기물 파손범은 나쁜 인간 아닌가.

자네가 결정해, 노리스. 머릿속에 불쑥 곤트의 목소리가 울렸다. 이건 낚싯대가 걸린 문제야. 조물주가 부여한 자유의지가 걸린 문제이기도 하고. 자네에게는 선택권이 있어. 자네에게는 항상 선택권이 있지. 하지만…….

노리스 리지윅의 머릿속을 울리던 목소리는 말문을 맺지 않았다. 맺을 필요가 없었다. 이제 와서 거부하면 어떤 결과로 이어질지 노리스는 알았다. 차로 돌아가보면 바준이 두 동강 나 있을 게 분명했다. 모든 선택에는 결과가 따른다. 미국에서는 원하는 걸 뭐든 가질 수 있지만 대가를 치러야 했다. 대가를 치르지 못하거나 거부하면 결핍에서 영원히 벗어날 수 없다.

게다가 거부하면 내가 그에게 당하게 될 거야. 노리스는 초조하게 생각했다. 내 바준처럼 근사한 낚싯대를 받는 조건도 아닐걸? 그는 올드 듀크 한 병과 럭키 스트라이크 한 갑에 자기 어머니의 목도 딸 수 있는 인간이니까.

이런 식으로 그는 죄책감을 눌렀다. 머릿속에서 다시 나무라는 목소리가, 다시 한번 생각해보라고 얘기하려는 목소리가 들리면 틀어막았다. 허리를 숙이고 휴의 뷰익 타이어를 저미기 시작했다. 마이라 에번스가 그랬듯이 시간이 지날수록 점점 더 신이 났다. 추가로 전조등과 미등까지 박살 냈다. 운전석 쪽 와이퍼 밑에 이런 쪽지를 꽂는 것으로 마무리를 지었다.

경고한다.

다음번에는 내가 뭘 공격할지 알겠지, 휴버트. 주크박스를 발로 차는 건 이제 꿈도 꾸지 마라. 내 가게에 얼씬도 하지 마라!

작업이 끝나자 그는 좁은 가슴을 묵직하게 두드리는 심장박동 소리를 들으며 살금살금 침실 창문 앞으로 돌아갔다. 휴 프리스트는 추레한 털을 쥔 채 여전히 쿨쿨 잠을 자고 있었다.

도대체 저런 더러운 물건을 가지고 싶어 하는 사람이 세상에 어디 있을까? 노리스는 궁금해졌다. 빌어먹을 곰돌이 인형이라도 되는 듯이 붙잡고 있네.

그는 다시 차를 세워놓은 곳으로 돌아갔다. 차에 올라타서 기어를 중립으로 옮겨 낡은 비틀이 진입로를 소리 없이 굴러가게 했다. 대로로 나선 다음에서야 시동을 걸고 최대한 속도를 내서 달렸다. 머리가 아팠다. 뱃속이 끔찍하게 요동쳤다. 그래도 괜찮다고 계속 되뇌었다. 기분 좋다고, 기분 좋다고, 젠장, 기분이 정말 좋다고 계속 되뇌었다. 효과가 없다가 좌석 사이로 왼손을 뻗어 낭창낭창하고 가는 낚싯대를 쥐자 얘기가 달라졌다. 마음이 차분해지기 시작했다.

노리스는 집까지 가는 내내 낚싯대를 놓지 않았다.

9

은종이 딸랑거렸다.

슬로피 도드가 니드풀 싱스 안으로 들어섰다.

"안녕, 슬로피." 곤트 씨가 말했다.

"아, 아, 안녕하세요, 고, 고, 곤트 씨……."

"내 앞에서는 말 더듬을 필요 없다, 슬로피."

곤트 씨가 말하고는 두 번째와 세 번째 손가락을 포크처럼 펼치고서 한쪽 손을 들었다. 그가 손가락을 슬로피의 못생긴 얼굴 앞에 대고 허공에서 아래로 긋자 슬로피는 머릿속에서 얽히고설켜 있던 타래 같은 것이 신기하게 사라지는 듯한 기분을 느꼈다. 그의 입이 떡 벌어졌다.

"저한테 뭐하신 거예요?" 그는 숨을 토했다. 그 말이 끈에 꿴 구슬처럼 그의 입에서 완벽하게 쏟아져 나왔다.

"랫클리프 양이 배우고 싶어 할 묘기를 썼지." 곤트가 말했다. 그는 미소를 짓고 종이에 적힌 슬로피의 이름 옆에 체크를 한 뒤 한쪽 구석에서 만족스럽게 째깍거리는 괘종시계를 흘끗 확인했다. 12시 45분이었다. "어떻게 조퇴를 했니? 의심스럽게 생각한 사람이 있을까?"

"아뇨." 슬로피는 여전히 놀란 표정이었고 전에 없이 질서정연하게 쏟아져 나오는 단어들을 볼 수 있기라도 한 듯 자기 입을 내려다보려고 애를 썼다. "드위스 선생님한테 속이 메슥거린다고 하니까 선생님이 보건실로 보냈어요. 보건 선생님한테 좀 괜찮아지긴 했지만 그래도 계속 아프다고 하니까 집까지 걸어갈 수 있겠느냐고 묻더라고요. 그래서 갈 수 있겠다고 하니까 보내주셨어요." 슬로피는 말을 잠깐 멈추었다. "제가 여기 온 건 자습 시간에 잠이 들었기 때문이에요. 꿈속에서 아저씨가 저를 불렀어요."

"맞아." 곤트는 길이가 묘하게 일정한 손가락으로 턱 아래에 텐트를 만들고 미소를 지었다. "네가 선물한 양철 찻주전자를 어머니가 마음에 들어하시던?"

슬로피의 뺨이 빨개졌다가 오래된 벽돌색으로 바뀌었다. 뭔가 말을 하려다 접고 자기 발을 내려다보았다.

곤트는 둘도 없이 다정하고 따뜻한 목소리로 말했다.

"아직 네가 가지고 있구나?"

슬로피는 발에 시선을 고정한 채 고개를 끄덕였다. 그는 부끄럽고 당황스러웠다. 그보다 더 심각하게는 끔찍한 상실감과 한탄이 느껴졌다. 지긋지긋하고 화가 나는 머릿속 매듭을 곤트가 기껏 풀어주었는데…… 그게 다 무슨 소용인가. 당황해서 아무 말도 못하고 있지 않은가.

"열두 살짜리 남자아이에게 양철 찻주전자가 왜 필요한지 들을 수 있을까?"

슬로피가 고개를 젓자 조금 전에 위아래로 까딱였던 뻗친 머리가 이번에는 좌우로 흔들렸다. 열두 살짜리 남자아이에게 양철 찻주전자가 왜 필요한지 그도 알 수 없었다. 그걸 가지고 싶다는 것만 알 수 있을 따름이었다. 그는 그 주전자가 좋았다. 정말…… 정말…… 좋았다.

"……좋아요." 그는 마침내 중얼거렸다.

"뭐라고?" 곤트가 한쪽 눈썹을 꿈틀꿈틀 치켜세우고 물었다.

"느낌이 좋다고요!"

"슬로피, 슬로피." 곤트가 카운터를 돌아 나오며 말했다. "나한테 설명할 필요 없다. 사람들이 '소유의 뿌듯함'이라고 부르는 그 이상한 게 뭔지 아니까. 그걸 내 사업의 주춧돌로 삼고 있지."

슬로피 도드는 놀라서 곤트를 피해 몸을 움츠렸다.

"제 몸에 손대지 마세요! 제발요!"

"슬로피, 나는 네 몸에 손을 댈 생각도 없고 어머니한테 찻주전자를 드리라고 얘기할 생각도 없어. 그건 네 거야. 그걸 어떻게 하든 네 마음이야. 사실 그걸 가지기로 한 걸 칭찬한다."

"진짜…… 진짜예요?"

"그럼! 진짜고말고! 이기적인 사람들이 행복하거든. 나는 진심으로 그렇다고 믿는다. 하지만 슬로피……."

슬로피는 고개를 살짝 든 채 겁에 질린 눈빛으로 쳐다보았다.

"남은 대금을 치를 때가 됐거든."

"아!" 슬로피는 만면에 무한한 안도의 표정을 지었다. "그 얘기하러 부르신 거였어요? 저는 또……." 하지만 감히 말문을 맺지 못했다. 곤트 씨가 원하는 게 뭔지 그로서는 알 수가 없었다.

"그래. 장난치기로 약속했던 거 기억하지?

"그럼요. 프랫 코치님한테요."

"그렇지. 두 부분으로 이루어진 장난인데…… 어떤 걸 어딘가에 가져다 놓고, 프랫 코치한테 어떤 말을 해야 해. 내가 시키는 대로 정확히 하면 찻주전자는 영원히 네 것이 된다."

"이런 식으로 말할 수도 있고요?" 슬로피는 열띤 목소리로 물었다. "말 더듬는 것도 영원히 없어져요?"

곤트는 애석하다는 듯 한숨을 내쉬었다. "가게를 나서자마자 원래대로 돌아갈 거야, 슬로피. 말 더듬는 걸 방지하는 장치가 창고에 분명 있긴 할 텐데……."

"부탁이에요! 부탁이에요, 곤트 씨! 뭐든 할게요! 누구한테든, 무슨 짓이든 할게요! 말 더듬는 거 싫어요!"

"나도 네가 그러리라는 거 안다만, 바로 그게 문제라는 걸 모르겠니? 쳐야 하는 장난이 급속도로 동이 나고 있거든. 목록이 거의 다 채워졌단 말이지. 그러니까 나한테 빚을 갚을 방법이 없어지는 거지."

슬로피는 한참 동안 머뭇거린 끝에 말문을 열었다. 목소리가 낮고 조심스러웠다. "지금까지…… 지금까지 단 한 번도…… 뭘 그냥 준 적은 없으세요, 곤트 씨?"

릴런드 곤트의 얼굴이 슬픈 표정으로 바뀌었다.

"아, 슬로피! 내가 그럴 수 있길 얼마나 갈망했는지 아니? 내 마음속에는 아무도 손을 대지 않은 깊은 적선의 샘이 있거든. 하지만……."

"하지만요?"

"그건 비즈니스가 아니잖니." 곤트는 말문을 맺었다. 그는 슬로피를 보며 연민 어린 미소를 지었지만…… 늑대처럼 번뜩이는 눈빛을 보고 슬로피는 뒤로 한 발짝 물러났다. "무슨 말인지 알지?"

"아…… 네! 그럼요!"

"게다가……." 곤트는 하던 얘기를 이어갔다. "앞으로 몇 시간이 나한테는 결정적이거든. 일단 일이 시작되면 막을 방법이 없지만…… 아직은 신중하게 접근해야 해. 네가 갑자기 말을 더듬지 않게 되면 사람들이 이상하게 생각할지 몰라. 그러면 안 되지. 안 그래도 보안관이 쓸데없이 캐묻고 다니고 있는데 말이야." 그는 잠깐 어두운 표정을 지었다가 다시 엎치락뒤치락하는 치열을 드러내며 흉측하고도 매력적인 미소를 지었다. "하지만 내가 그를 처리할 생각이야, 슬로피. 아무렴, 그렇고말고."

"팽본 보안관 말이에요?"

"응, 팽본 보안관. 바로 그자." 곤트는 두 번째와 세 번째 손가락을 들어 다시 한번 슬로피 도드의 앞에 대고 이마에서 턱 쪽으로 그었다. "하지만 그 사람에 대해서 우리는 아무 얘기도 한 적 없는 거다, 알았지?"

"그 사람이라니 누구요?" 슬로피가 어리둥절해하며 물었다.

"바로 그거야."

릴런드 곤트는 오늘 진회색 스웨이드 재킷 차림이었다. 그가 재킷 주머니에서 까만색 가죽 지갑을 꺼내 내밀자 슬로피는 곤트의 손가락을 건드리지 않도록 조심스럽게 받았다.

"프랫 코치가 어떤 차를 타고 다니는지 알지?"

"머스탱요? 그럼요."

"이걸 그 안에 넣어둬. 조수석 아래에, 귀퉁이만 살짝 보이게. 지금 곧장 학교로 가. 마지막 수업종이 울리기 전에 넣어야 한다. 알았지?"

"네."

"그런 다음 코치가 나올 때까지 기다려. 코치가 나오면……."

곤트는 나지막이 중얼거렸고 슬로피는 입을 벌린 채 멍한 눈빛으로 그를 올려다보며 어쩌다 한 번씩 고개를 끄덕였다.

슬로피 도드는 존 라포인트의 지갑을 셔츠 안에 잘 챙기고 몇 분 뒤에 밖으로 나왔다.

16장

1

네티는 폴리 차머스가 장만한 민무늬 회색 관 속에 누웠다. 앨런이 비용을 분담하겠다고 했지만 그녀 쪽에서 간단하고 단호하게 거부했다. 앨런은 그녀가 이런 식으로 나올 땐 존중하고 받아들여야 한다는 걸 이미 터득한 터였다. 관은 홈랜드 공동묘지에서 폴리의 가족이 묻힌 곳과 가까운 자리의 철제 굴림대 위에 얹혔다. 그 옆의 봉분은 뜨거운 햇빛을 받아 열병을 앓듯 반짝이는 파릇파릇한 인조 잔디로 덮여 있었다. 인조 잔디를 볼 때마다 앨런은 오싹했다. 뭔지 모르게 외설적이고 섬뜩한 구석이 있었다. 나무뿌리와 벌레들 사이에서 긴 시간 동안 썩어갈 사람이 아니라 보스턴에서 열리는 중요한 회의에 참석하는 인사처럼 시신에 가장 좋은 옷을 입히고 볼연지를 바르는 장례 풍습보다, 그 잔디가 더 싫었다.

주니퍼힐 치료감호소에서 매주 두 번씩 예배를 주관했고 네티를 잘 알았던 톰 킬링워스 감리교 목사가 폴리의 부탁을 받고 와서 장례 예배를 집전했다. 그가 아는 네티 코브, 정신병의 그늘에서 천천히 용감하게 탈출했던 여자, 자신에게 심한 상처를 주었던 세상과 다시 한번 부딪쳐보겠다고 용기 있게 결단을 내렸던 여자에 얽힌 일화로 점철된 설교는 짧지만 따뜻했다. 톰 킬링워스가 말했다.

"제가 어렸을 때 저희 어머니는 바느질 방에 재치 넘치는 아일랜드 경구가 적힌 액자를 두셨어요. '그대가 죽었다는 사실을 악마가 알아차리기 삼십 분 전에 천국으로 건너가길'이라고 적혀 있었죠. 네티 코브는 힘든 삶을 살았고 여러 면에서 슬픈 삶을 살았지만, 그럼에도 불구하고 악마하고는 엮인 적이 없었으리라 믿어 의심치 않습니다. 비록 불시에 끔찍한 죽음을 맞았지만 그녀는 이미 천국으로 건너갔고, 악마는 아직 그 소식을 듣지 못했을 거라고요." 킬링워스는 축도하는 목사의 전형적인 방식대로 두 팔을 들었다. "기도합시다."

윌마 저직의 장례식이 동시에 거행되고 있는 언덕 저편에서 존 브리검 신부의 목소리에 맞춰 커졌다 작아졌다 하는 많은 사람들의 목소리가 들렸다. 그쪽은 묘소에서 공동묘지 동문까지 차들이 길게 늘어섰다. 죽은 아내가 아니라 뒤에 남겨진 피터 저직을 위해 온 사람들이었다. 이쪽은 참석자가 폴리, 앨런, 로절리 드레이크, 레니 파트리지 영감(그는 교황 신봉자가 묻히는 자리가 아닌 이상 원칙적으로 모든 장례식에 참석했다), 노리스 리지윅, 이렇게 다섯 명뿐이었다. 노리스는 얼굴이 창백했고 딴 데 정신이 팔려 있었다. 고기가 잡히지 않은 모양이로군. 앨런은 생각했다.

"주님이 여러분을 축복하시고 네티 코브의 추억이 가슴속에 파릇파릇하게 간직되도록 허락하시길 기원하옵나이다." 킬링워스가 말하자 앨런의 옆에서 폴리가 다시 울음을 터뜨렸다. 그가 한 팔로 감싸안자 그녀는 고마워하며 몸을 기울였고 그의 손을 찾아 세게 손깍지를 꼈다. "여호와께서 그 얼굴을 여러분에게 비추시길, 여호와의 은총이 여러분 위로 쏟아지길, 여호와께서 여러분의 영혼을 위로하고 평강을 허락하시길 기원하옵나이다. 아멘."

콜럼버스 기념일보다 더 더운 날이었다. 앨런이 고개를 들자 굴림대에 반사된 눈부신 햇살이 그의 눈을 찔렀다. 그는 남은 손으로 여름처럼 땀범벅이 된 이마를 훔쳤다. 폴리는 핸드백에서 새 화장지를 꺼내 쏟아지는 눈물을 닦았다.

"괜찮아요?" 앨런이 물었다.

"네……. 하지만 그 친구를 생각하면 눈물을 참을 수가 없네요, 앨런. 가엾은 네티. 가엾고 가엾은 네티. 왜 이런 일이 벌어졌을까요? 왜?" 그녀는 다시 흐느끼기 시작했다.

정확히 같은 생각을 하고 있던 앨런은 그녀를 품에 안았다. 그녀의 어깨 너머로 노리스가 보였다. 어디로 가고 있는지 모르거나 잠이 덜 깬 사람처럼, 네티의 장례식 참석자가 타고 온 차들이 옹기종기 모여 있는 곳으로 정처 없이 걸어가고 있었다. 앨런은 미간을 찌푸렸다. 곧 로절리 드레이크가 노리스에게 다가가 무슨 말을 건네자 노리스가 그녀를 안아주었다.

앨런은 생각했다. 저 친구도 네티하고 아는 사이였잖아. 그냥 슬

펴서 저러는 걸 테지. 나야말로 요즘 그림자만 보여도 자꾸 깜짝깜짝 놀라잖아. 도대체 왜 그러는 건지, 그게 더 중요한 문제 아닐까?

잠시 후에 킬링워스가 다가오자 폴리는 고개를 돌려서 감사 인사를 전하고 마음을 가라앉혔다. 앨런은 폴리가 목사의 큼지막한 손에 용감하게 자기 손을 맡기는 광경을 조심스러운 경탄과 함께 바라보았다. 폴리가 이런 식으로 자유롭게 불쑥 손을 내민 게 마지막으로 언제였는지 기억조차 나지 않았다.

그냥 조금 괜찮아진 정도가 아니야. 훨씬 나아졌네. 도대체 어떻게 된 영문이지?

언덕 저편에서 존 브리검 신부가 다소 귀에 거슬리는 비음 섞인 목소리로 선포했다. "주님의 평화가 항상 여러분과 함께."

"또한 사제와 함께." 조문객들이 한목소리로 대답했다.

앨런은 흉물스러운 초록색의 인조 잔디 옆에 놓인 민무늬 회색 관을 쳐다보며 생각했다. 주님의 평화가 항상 당신과 함께하길, 네티. 이제 주님의 평화가 항상 당신과 함께하길.

2

홈랜드 공동묘지에서 동시에 열린 두 장례식이 막바지로 치닫고 있을 무렵, 에디 워버턴은 폴리의 집 앞에 차를 세웠다. 그는 차에서 내려—서노코의 흰둥이 개자식이 망가뜨린 근사한 새 차가 아니라 어쩔 수 없이 타는 차였다—조심스럽게 좌우를 살폈다. 모든 게 아무 이상 없어 보였다. 팔월 초의 오후인가 싶게 길거리가 꾸벅꾸벅 졸고 있었다.

에디는 공문처럼 보이는 봉투를 셔츠에서 꺼내며 폴리의 집 앞길을 허둥지둥 걸었다. 그가 여기 온 이유는 두말하면 잔소리지만…… 곤트 씨가 십 분 전에 전화해 남은 메달값을 계산할 때가 되었다고 했기 때문이었다. 곤트 씨는 그런 사람이었다. 그가 뭔가를 시키면, 시키는 대로 하지 않으면 안 되었다.

에디는 폴리의 집 현관까지 세 개의 계단을 올라갔다. 뜨거운 바람이 문 위에 달린 풍경을 흔들자 풍경이 서로 부딪히며 나지막이 딸랑거렸다. 세상에 그보다 더 고상한 소리는 없을 정도였지만 에디는 살짝 움찔했다. 그는 다시 한번 주변을 두리번거리며 아무도 없는 걸 확인한 다음 봉투를 내려다보았다. 수신인이 "퍼트리샤 차머스 씨"라고 되어 있었다. 점잖은 척하기는! 에디는 폴리의 본명이 퍼트리샤라는 것도 전혀 몰랐고 그러거나 말거나 관심도 없었다. 이 장난을 후딱 해치우고 도망치면 끝이었다.

그는 우편함에 봉투를 넣었다. 봉투는 펄럭이며 다른 우편물 위로 떨어졌다. 카탈로그 두 개와 케이블 TV 브로셔였다. 오른쪽 상단 구석에 요금 별납 인지가 찍힌 사무용 봉투 중앙에는 폴리의 이름과 주소가 적혀 있었고, 왼쪽 상단에 적힌 발신인 주소는 다음과 같았다.

샌프란시스코 아동복지과
기어리 스트리트 666
캘리포니아 주 샌프란시스코 94112

3

“어떻게 된 거예요?”

앨런은 폴리와 함께 스테이션왜건을 향해 언덕을 천천히 걸어 내려가며 물었다. 노리스와 한마디라도 대화를 나눠보려 했지만 그는 이미 자기 차를 타고 떠난 뒤였다. 해가 지기 전에 호수로 가서 물고기를 좀더 잡아보려는 모양이었다.

폴리는 그를 올려다보았다. 아직도 눈이 빨갛고 얼굴에 핏기가 없었지만 조심스럽게 미소를 짓고 있었다.

“뭐가요?”

“당신 손요. 어떻게 그렇게 괜찮아진 거예요? 무슨 요술 같아요.”

“그러게요.” 그녀는 둘이서 같이 볼 수 있게 손을 앞으로 내밀어 손가락을 펼쳤다. “요술 같죠?” 그녀의 미소가 이제는 좀더 자연스러워졌다.

여전히 뒤틀리고 구부러진 손가락에 관절 역시 언제나처럼 뭉툭하긴 했지만, 금요일 밤과 다르게 붓기가 완전히 가라앉았다.

“어서요, 아가씨. 얘기해봐요.”

“얘기해도 될지 모르겠네. 사실 나도 좀 당황스럽거든요.”

그들은 걸음을 멈추고, 파란색의 낡은 도요타를 타고 지나가는 로절리에게 손을 흔들었다.

“왜 이래요. 어디 들어봅시다.”

“그게 말이죠, 마침내 딱 맞는 의사를 만난 것 같아요.”

그녀의 뺨에 천천히 혈색이 돌기 시작했다.

"그게 누군데요?"

"곤트 선생님요." 그녀는 말하고 살짝 긴장 섞인 웃음을 터뜨렸다. "릴런드 곤트 선생님요."

"곤트!" 그는 놀란 눈빛으로 그녀를 쳐다보았다. "그자가 당신 손하고 무슨 상관이죠?"

"그의 가게까지 나 좀 태워줘요. 가는 길에 얘기할게요."

4

오 분 뒤에(앨런은 캐슬록에 살아서 가장 좋은 것 중 하나가 거의 모든 게 오 분 거리에 있다는 게 아닐까 하는 생각을 가끔 했다) 그는 니드풀 싱스 앞 사선으로 그려진 주차 공간에 차를 세웠다. 쇼윈도에는 앨런이 전에도 본 적이 있는 팻말이 걸려 있었다.

화요일과 목요일은 사전 예약 고객만 받습니다

조그만 도시에서 장사를 하면서 '사전 예약 고객만' 받는다니, 문득 이상하다는 생각이 들었다. 새로 문을 연 이 가게의 영업 방식에 대해 이제야 떠오른 생각이었다.

"앨런?" 폴리가 머뭇거리며 불렀다. "지금 머리끝까지 화가 난 사람 같아요."

"화 안 났어요. 내가 화를 낼 이유가 어디 있겠어요? 사실은 내가 지금 어떤 기분인지 모르겠어요. 아마……." 그는 짤막한 웃음을 터뜨리고 고개를 저은 뒤 다시 말문을 열었다. “토드가 예전에 ‘어리벙벙하다’고 한 게 이런 상태를 말한 게 아닐까 싶은데. 돌팔이의 치료법을 믿다니. 당신답지 않아요, 폴리.”

그녀의 입가에 당장 힘이 들어갔고 고개를 돌렸을 때 그녀의 눈은 경고의 빛을 띠고 있었다.

“나라면 ‘돌팔이’라는 단어를 쓰지 않겠어요. 《인사이드 뷰》 뒷면에 광고가 실리는 마니차*라면 모를까. 효험이 있는데 ‘돌팔이’ 치료법이라고 하면 안 되는 거 아니에요, 앨런? 당신이 보기에는 내 생각이 틀린 것 같아요?”

그는 입을 열었지만—무슨 말을 하려고 했는지는 알 수 없었다—뭐라고 말을 꺼내기도 전에 그녀가 얘기를 계속했다.

“이걸 봐요.”

그녀는 앞유리창을 뚫고 쏟아지는 햇볕 속으로 손을 내밀더니 아무 문제 없이 여러 번 오므렸다 펼쳤다.

“알았어요. 내가 단어를 잘못 선택했어요. 내 말은…….”

“맞아요. 내가 봐도 그랬어요. 단어를 아주 잘못 선택했어요.”

“미안해요.”

그녀는 한때 팽본 가족이 다 같이 타고 다녔던 차 안에서, 애니가 수도 없이 앉았던 자리에서 몸을 완전히 돌려 그를 마주 보았다. 내가 왜 진작 이 차를 팔지 않았을까? 앨런은 궁금해졌다. 왜 그랬지? 제정신이 아니었나?

* 티베트 불교에서 쓰는 도구. 원통형으로 되고 있고 측면에 만트라가 새겨져 있다.

폴리는 그의 손 위에 다정하게 자기 손을 얹었다.

"아, 분위기가 정말 불편해지려고 하네요. 우리 둘이 지금껏 한 번도 싸운 적이 없는데 내 쪽에서 시비를 걸려고 하다니. 친한 친구를 묻은 날에 남자친구하고 싸움까지 벌일 수는 없죠."

서서히 함박웃음이 번지며 앨런의 표정이 환해졌다.

"내가 그래요? 당신 남자친구예요?"

"뭐…… 친구이긴 하잖아요. 적어도 그렇다고 얘기할 수는 있죠."

앨런은 폴리를 끌어안았다. 하마터면 폭언을 주고받을 뻔했다니, 그것도 그녀의 상태가 나빠졌기 때문이 아니라 좋아졌기 때문에 그랬다니, 조금 놀라운 일이었다.

"무슨 말이든 하고 싶은 대로 다 해요. 나는 당신을 사랑하니까."

"그리고 우리, 무슨 일이 있어도 싸우지 말기로 해요."

그는 엄숙하게 고개를 끄덕였다. "무슨 일이 있어도."

"왜냐하면 나도 당신을 사랑하거든요, 앨런."

그는 그녀의 뺨에 입을 맞추고 놓아주었다.

"그가 주었다는 애시캔* 보여줘요."

"애시캔이 아니라 아즈카예요. 그리고 준 게 아니라 한번 써보라고 빌려준 거고요. 내가 이 가게에 온 이유가 그 때문이에요. 이걸 사려고요. 얘기했다시피 효과가 있으니까요. 그가 달을 따 오라는 둥 별을 따 오라는 둥, 그러지만 않았으면 좋겠는데."

* 영어로 쓰레기통이라는 뜻이다.

앨런은 쇼윈도에 걸린 팻말과 문 위로 드리운 블라인드를 쳐다보며 생각했다. 아무래도 그런 걸 요구할 것 같은데요.

모든 게 마음에 들지 않았다. 그는 장례식 내내 폴리의 손에서 시선을 뗄 수가 없었다. 그녀는 핸드백 걸쇠를 문제 없이 열었고, 핸드백 안에 손을 넣어서 화장지를 꺼냈고, 그런 다음엔 훨씬 통증이 덜한 엄지손가락으로 잠그느라 핸드백을 어색하게 움직일 것 없이 손끝으로 다시 걸쇠를 잠갔다. 그녀의 손이 괜찮아진 건 분명했지만 그게 마법의 부적—그럴 듯한 포장을 벗겨내면 결국 부적이었다—덕분이라니 몹시 신경에 거슬렸다. 어딘지 신용 사기 같은 냄새를 풍겼다.

화요일과 목요일은 사전 예약 고객만 받습니다

모리스 같은 고급 레스토랑이 아닌 이상 메인 주에서 예약제로 운영되는 가게는 본 적이 없었다. 게다가 모리스도 그냥 길을 가다 들어가도, 관광객들이 우글대는 여름만 아니라면 십중팔구는 자리가 있었다.

사전 예약 고객만

그럼에도 불구하고 그는 일주일 내내 사람들이 여길 드나드는 걸 (곁눈으로) 보았다. 북적대는 정도는 아니었지만 특이하거나 말거나 곤트 씨의 영업 방식에 전혀 문제가 없는 게 분명했다. 지난주의 기억을 더듬어보건대, 손님들이 여럿이서 함께 올 때도 있었지만 혼자 오는 경우가 훨씬 더 많았다. 사기꾼들이 그런 식으로 작업하지 않던가. 무리에서 한 명씩 떼어내 편안한 분위기를 조성한 다음 링컨 터널을 이번 한 번만 이 가격에 장만할 수 있다는 식으로 말이다.

"앨런?" 그녀가 주먹으로 그의 이마를 가볍게 두드렸다. "앨런, 거기 있어요?"

앨런은 미소를 지으며 그녀를 돌아보았다. "있어요, 폴리."

그녀는 짙푸른색 점퍼스커트에 같은 푸른색 스카프를 매고 네티의 장례식에 참석했다. 앨런이 생각에 잠겨 있는 동안 그녀는 스카프를 풀고 안에 입은 흰색 블라우스의 단추 두 개를 능숙하게 풀었다.

"그걸로는 부족해요!" 그가 추파를 던지며 외쳤다. "가슴골! 가슴골을 보여달라!"

"참아주세요." 그녀는 새침하게 말했지만 웃고 있었다. "여기는 메인 스트리트 한복판이고 오후 2시 30분이에요. 게다가 잊어버린 모양인데, 장례식에 다녀오는 길이고요."

그는 움찔했다. "시간이 벌써 그렇게 많이 지났나?"

"2시 30분이 많이 지난 건지는 모르겠지만 아무튼 그래요." 그녀가 자기 손목을 톡톡 두드렸다. "거기 차고 다니는 걸 들여다보기는 해요?"

손목시계를 확인해보니 2시 30분보다 2시 40분에 더 가까웠다. 중학교 수업이 끝나는 시각이 3시였다. 브라이언 러스크가 교문을 나섰을 때 그 앞에서 지키고 있으려면 지금 당장 출발해야 했다.

"목걸이 좀 보여줘요."

그녀는 목에 건 얇은 은색 줄을 잡아서 끝에 달린 은색의 조그만 물건을 끄집어냈다. 그걸 손바닥에 올려놓았다가…… 그가 만지려고 하자 주먹을 쥐었다.

"음…… 당신이 만져도 되는지 모르겠어요." 미소를 짓고 있었지만 그가 만지려고 하는 바람에 불편해진 기색이 역력했다. "기운이나 뭐 그런 게 어그러질 수도 있거든요."

"아, 왜 이래요, 폴리." 그가 짜증 섞인 투로 말했다.

"저기요, 우리 이쯤에서 뭐 하나만 분명하게 짚고 넘어가요. 네?" 다시 화가 난 목소리였다. 자제하려고 했지만 어쩔 수 없었다. "당신이야 이걸 우습게 볼 수 있겠죠. 당신은 특대형 버튼이 달린 전화기나 특대용량 진통제가 필요 없는 사람이니까요."

"아니, 폴리! 그건……."

"아뇨, 그런 식으로 내 이름 부르지 말아요." 그녀의 뺨이 벌겋게 달아올랐다. 나중에 그녀가 이 일을 떠올렸을 때, 화가 난 이유 중 일부는 아주 단순했다. 일요일까지만 해도 그녀 역시 지금의 앨런과 똑같은 심정이었다. 그런데 이후로 생각이 달라졌고, 그러한 변화에 대처하는 것이 그녀로서는 쉽지 않았던 것이다. "이건 효과가 있어요. 말도 안 되는 소리처럼 들린다는 거 알지만 정말 효과가 있다고요. 일요일 아침에 네티가 찾아왔을 때만 해도 괴로워서 죽을 것 같았어요. 두 손을 절단하는 게 진정한 해결책일지 모른다는 생각까지 했다고요. 얼마나 아팠는지 그런 생각을 하며 놀랄 정도였죠. '아, 그래. 절단! 왜 그 방법을 진작 생각하지 못했을까? 이렇게 빤한데!' 그로부터 딱 이틀이 지난 지금은 밴 앨런 선생님이 '일시적인 통증'이라고 표현하는 것밖에 안 남았고, 심지어 그것마저도 점점 사라져가는 느낌이에요. 일 년 전쯤 도움이 된다길래 일주일 동안 현미를 먹었던 적도 있는데. 그거랑 이거랑 그렇게 달라요?"

얘기하는 동안 목소리에서 분노가 사라졌고 그녀는 거의 애원하는 눈빛으로 그를 바라보고 있었다.

"모르겠어요, 폴리. 나는 정말이지 모르겠어요."

그녀는 다시 주먹을 펴서 엄지와 검지로 아즈카를 잡았다. 앨런은 허리를 숙여서 그걸 들여다보았지만 이번에는 만지려 하지 않았다. 은색의 조그만 물건이었고 완벽한 원형은 아니었다. 신문에 실린 사진에 나타나는 검은 점과 비슷한 크기의 작은 구멍이 하반부에 뚫려 있었다. 햇빛을 받아 부드럽게 반짝였다.

그걸 들여다보는 동안 강렬하고 논리적으로 설명이 되지 않는 감정이 앨런을 덮쳤다. 그게 마음에 들지 않았다. 전혀 마음에 들지 않았다. 그걸 잡고 뜯어내 열린 차창 밖으로 던져버리고 싶은 엄청난 충동이 순간적으로 느껴졌지만 참아야 했다.

그래! 좋은 생각이야, 친구! 그러고 나서 무릎 위로 떨어진 옥수수를 주우면 되지!

"이 안에서 뭔가가 움직이는 것처럼 느껴질 때도 있어요." 폴리가 웃으며 말했다. "멕시칸 점핑 빈*처럼 말이에요. 웃기죠?"

"글쎄요."

그는 그녀가 그걸 다시 블라우스 안으로 넣는 모습을 보며 불길

* 안에서 부화해 움직이는 나방의 애벌레 때문에 움직이는 것처럼 보이는 콩.

한 예감을 강렬하게 느꼈지만…… 그것이 시야에서 사라지고 그녀가 누가 봐도 유연한 손놀림으로 블라우스 단추를 다시 채우기 시작하자 그 느낌 또한 점차 사라졌다. 그럼에도 사랑하는 여자가 릴런드 곤트 씨에게 속고 있다는 의구심은 점점 커져만 갔고, 만약 그게 사실이라면 이 일은 그녀 혼자만의 문제가 아니었다.

"다른 이유일지 모른다는 생각은 안 해봤어요?" 이제 그는 미끄러운 징검다리로 급류가 흐르는 개울을 건너는 사람처럼 조심스럽게 접근했다. "전에도 차도를 보인 적 있잖아요. 기억 안 나요?"

"당연히 기억나죠." 폴리가 짜증을 참는 투로 대꾸했다. "내 손인걸요."

"폴리, 나는 지금……."

"당신이 이런 반응을 보일 줄 알았어요, 앨런. 진실은 간단해요. 관절염이 차도를 보이면 어떤 식인지 내가 아는데, 이건 그런 게 아니에요. 지난 오륙 년 동안 상당히 괜찮아진 적이 있지만 아무리 좋았을 때도 이 정도는 아니었다고요. 이건 달라요. 이건 마치……."

그녀는 말을 멈추고 생각하다가 손과 어깨로 좌절을 표현했다.

"마치 다시 건강해진 기분이에요. 그게 무슨 말인지 당신은 정확히 이해하지 못하겠지만 나로서는 그보다 더 잘 표현할 방법이 없네요."

그는 고개를 끄덕이며 미간을 찌푸렸다. 그는 무슨 말인지 이해했고 그녀가 진심이라는 것도 알았다. 어쩌면 그녀의 안에서 잠들어 있던 치유의 능력이 아즈카라는 것에 의해 풀려난 건지도 몰랐다. 문제의 질병이 심인성이 아니더라도 그럴 수 있을까? 장미십자

회원[*]들은 언제든 가능한 얘기라고 생각했다. L. 론 허버드가 쓴 다이어네틱스[**] 책을 산 수백만 명의 사람들도 마찬가지였다. 그는 알 수가 없었다. 확실히 장담할 수 있는 건, 정신을 집중하면 다시 앞을 볼 수 있다고 생각하는 시각장애인이나 피가 멎을 거라고 생각하는 부상자는 지금까지 한 번도 본 적이 없다는 사실뿐이었다.

그래도 한 가지는 분명했다. 왠지 모르게 이상한 냄새가 난다는 것. 작렬하는 태양 아래에서 사흘 동안 달구어진 죽은 물고기처럼 지독한 냄새가 난다는 것.

"우리, 괜히 돌려서 얘기하지 말아요. 당신한테 화내지 않으려고 하니까 피곤하네요. 나랑 같이 들어가요. 들어가서 당신이 직접 곤트 씨하고 얘기해봐요. 그를 만날 때도 됐잖아요. 부적이 뭐에 효과가 있고…… 뭐에 효과가 없는지 그가 더 잘 설명할 수 있을지 몰라요."

그는 다시 한번 손목시계를 확인했다. 이제 3시 십사 분 전이었다. 잠깐 브라이언 러스크는 젖혀두고 폴리의 제안에 따를까 고민했다. 하지만 학교 앞에서 아이를 만나는 것이, 집과 멀리 떨어진 곳에서 아이를 잡는 것이 옳은 판단일 듯했다. 새끼를 보호하는 어미 사자처럼 옆을 지키며 끼어들고 아무 대답도 하지 말라고 훼방을 놓을지 모를 어머니가 없는 곳에서 대화를 나누어야 아이에게서 더 제대로 된 대답을 들을 수 있을 것이다. 그렇다, 그게 핵심이었다. 아들

* 17~18세기에 유럽에서 활동한 연금술 비밀결사 단체 회원.
** 해로운 심상을 제거함으로써 몸의 증상을 치료하고자 하는 심리 요법.

이 숨겨야 하는 일을 저지른 것으로 밝혀진다면, 혹은 아들이 그런 짓을 저질렀을지 모른다고 러스크 부인이 생각해버리면, 앨런은 필요한 정보를 손에 넣기가 어려워지거나 불가능해질 수도 있었다.

여기에 드러나지 않은 사기꾼이 있었다. 브라이언 러스크를 통해 그는 쌍방 살인을 해결할 실마리를 찾을 수 있을지 몰랐다.

"그건 안 돼요. 잠시 뒤라면 모를까. 중학교에 가서 만날 사람이 있어서 지금 바로 출발해야 하거든요."

"네티하고 관련된 일이에요?"

"월마 저직하고 관련된 일이지만…… 내 예감이 맞는다면 네티도 걸쳐져 있을 거예요. 뭔가가 밝혀지면 나중에 알려줄게요. 그동안 부탁 하나만 들어줄래요?"

"앨런, 나 이거 살 거예요! 내 손이잖아요!"

"그래요, 사요. 내 부탁은, 수표로 결제해달라는 거예요. 그가 믿을 수 있는 사업가라면 수표를 받지 않을 이유가 없잖아요. 당신은 이 마을 주민이고 길만 건너면 당신의 주거래 은행이 나오죠. 하지만 뭔가 의심스러운 상황이 벌어지면 결제를 며칠 미뤄요."

"알았어요." 폴리가 말했다. 그녀의 목소리는 침착했지만, 앨런은 자신이 결국 미끄러운 디딤돌을 잘못 디디는 바람에 개울 속으로 곤두박질치고 말았다는 사실을 알아차리고는 무거운 마음을 달랬다. "그를 사기꾼이라고 생각하는군요. 그렇죠, 앨런? 순진한 여자에게서 돈을 뜯어낸 뒤 텐트를 접고 야반도주할 사람이라고."

"그건 모르겠어요." 앨런은 차분하게 말했다. "내가 아는 게 하나 있다면 그가 이 마을에서 장사를 한 지 일주일밖에 안 됐다는 거예요. 그러니까 만전을 기하는 차원에서 수표로 결제하는 것이 합리적인 판단이겠다는 거죠."

그렇다, 그는 합리적으로 접근하고 있었다. 폴리도 그렇다는 걸 알았다. 사실 기적적인 치유처럼 느껴지는 일에 그렇게 합리적으로 접근한다는 것이, 그렇게 고집스럽게 이성을 내세운다는 것이 지금 그녀의 분노를 자극하는 이유였다. 그녀는 그의 면전에 대고 손가락을 퉁기며 이거 보여요, 앨런? 당신 눈이 먼 건 아니죠? 하고 쏘아붙이고 싶은 걸 꾹 참았다. 사실 앨런의 말이 맞는다는 사실 때문에, 곤트 씨가 정직하다면 수표를 받지 않을 이유가 없다는 사실 때문에 더욱 화가 났다.

조심해. 이렇게 속삭이는 목소리가 들렸다. 조심해. 경솔하게 굴지 말고 입을 놀리기 전에 먼저 머리에 시동부터 걸어. 너는 이 남자를 사랑한다는 사실을 명심해.

"알았어요." 그녀는 입을 굳게 다물고 그에게서 멀찌감치 떨어져 앉았다. "내 생각 해줘서 고마워요, 앨런. 나한테는 그래주는 사람이 얼마나 필요한지 가끔 잊어버릴 때가 있다니까요? 꼭 수표로 결제할게요."

"폴리……."

"아니에요, 앨런. 더는 아무 말 말아요. 오늘은 당신한테 치미는 화를 더이상 못 참겠어요." 그녀는 문을 열고 스르르 내렸다. 점퍼스커트가 위로 올라가며 잠깐 심장이 멈출 정도로 허벅지가 훤히 드러났다.

그도 따라 내려서 그녀를 붙잡고, 얘기하고, 달래고, 그녀를 아끼기 때문에 의심스러워하는 거라고 설득하려고 했다. 하지만 다시 손목시계를 확인했다. 3시 구 분 전이었다. 쌩하니 달려가도 브라이언 러스크를 놓칠 수 있었다.

"이따 저녁에 얘기해요." 그는 차창 밖으로 외쳤다.

"그래요. 그렇게 해요, 앨런." 그녀는 뒤를 돌아보지 않은 채 차양 아래에 달린 문 앞으로 직행했다. 앨런은 스테이션왜건을 후진시켜 다시 도로로 나서기 전에 조그만 은종이 딸랑거리는 소리를 들었다.

5

"차머스 씨!"

곤트는 명랑하게 외치고 금전등록기 옆에 놓아둔 종이에 조그맣게 체크를 했다. 이제 거의 막판에 다다랐다. 폴리가 끝에서 두 번째였다.

"제발요……. 그냥 폴리라고 부르시라니까요." 그녀는 말했다.

"미안해요." 그는 함박웃음을 지었다. "폴리."

그녀도 미소로 화답했지만 억지웃음이었다. 이 안에 들어오자 앨런과 얼굴을 붉히며 헤어진 것이 가슴 저미도록 슬프게 느껴졌다. 정신을 차리고 보니 그녀는 터지려는 울음을 참으려고 기를 쓰고 있었다.

"차머스 씨? 폴리? 몸이 안 좋은가요?" 곤트가 카운터를 돌아 나왔다. "얼굴이 조금 핼쑥하네요." 그는 진심으로 걱정이 되는지 인상을 쓰고 있었다. 이런 사람을 앨런은 사기꾼으로 의심한단 말이지. 폴리는 생각했다. 지금 이 모습을 그이가 본다면…….

"햇볕 때문에 그런가 봐요." 그녀는 불안한 목소리로 말했다. "밖이 엄청 따뜻하거든요."

"이 안은 시원하지요." 그는 달래는 투로 말했다. "이쪽으로, 폴리. 이쪽으로 와서 앉아요."

그는 그녀의 허리 근처로 손을 가져가되 거기에 손을 대지는 않고서 빨간색 벨벳 의자로 안내했다. 그녀는 무릎을 모으고 의자에 앉았다.

"내가 마침 창밖을 내다보고 있었거든요." 그는 바로 옆 의자에 앉아서 긴 손을 무릎 위에 포개어놓으며 말했다. "당신하고 보안관이 싸우는 것처럼 보이던데요."

"별일 아니에요." 그녀는 이렇게 말했지만 커다란 눈물방울 하나가 왼쪽 눈가에서 떨어져 뺨을 타고 흘러내렸다.

"정반대로 상당히 중요한 일인걸요." 그가 말했다.

그녀는 놀란 눈빛으로 그를 쳐다보았고…… 곤트의 적갈색 눈이 그녀의 눈을 사로잡았다. 전에도 적갈색이었나? 기억이 나지 않았다. 그 눈을 들여다보고 있으면 그날 있었던 속상했던 일들—가엾은 네티의 장례식, 그러고 나서 앨런과 벌인 한심한 말싸움—이 희미해지기 시작한다는 것만 알 수 있을 따름이었다.

"그게…… 그런가요?"

"폴리." 그가 부드럽게 말했다. "모든 게 잘될 거예요, 나를 믿으면요. 나를 믿나요? 그래요?"

"네." 폴리는 대답했지만 머릿속 어딘가에서, 저멀리서부터 경고의 외침이 희미하게 들려왔다. "믿어요. 앨런이 뭐라고 하건 진심으로 당신을 믿어요."

"다행이네요." 곤트는 말했다. 그가 손을 내밀어 폴리의 손을 잡았다. 순간 그녀의 얼굴이 혐오감으로 일그러졌다가 다시 꿈을 꾸는 듯한 멍한 표정으로 돌아갔다. "정말 다행이에요. 그리고 당신 친구인 보안관 역시 마음 놓아도 될 거예요. 당신 수표도 나한테는 금과 다를 게 없으니까요."

6

경광등을 켜서 지붕에 달지 않으면 늦을 터였지만 앨런은 그러고 싶지 않았다. 브라이언 러스크에게 경찰차를 타고 온 사람으로 여겨지기는 싫었다. 그의 아버지가 몰고 다님 직한, 살짝 후줄근한 스테이션왜건을 타고 온 사람으로 보이고 싶었다.

아이들이 하교하는 시각에 맞춰서 학교 앞에 도착하기는 이미 늦었다. 앨런은 대신 메인 스트리트와 학교로 가는 길이 만나는 네거리에 차를 세웠다. 논리적으로 따져보건대 브라이언이 이 길로 올 가능성이 가장 컸다. 논리가 적중하기만을 바랄 따름이었다.

앨런은 차에서 내려 범퍼에 기대고 서서 껌이 있는지 주머니를 뒤졌다. 껌 포장지를 벗기고 있을 때 3시를 알리는 학교 종소리가 따뜻한 공기를 가르고 꿈결처럼 아득하게 전해졌다.

그는 브라이언 러스크와 얘기를 마치자마자 예약 손님만 받건 말건 오하이오 주 애크런에서 왔다는 릴런드 곤트 씨를 찾아가야겠다고 마음먹었다가…… 갑작스럽게 생각을 바꾸었다. 먼저 오거스타의 지방 검사실에 연락해 곤트의 이름이 사기꾼 파일에 있는지 확인할 것이다. 거기에 없다고 하면 워싱턴에 있는 LAWS 전과 조회 컴퓨터에 의뢰할 것이다. 앨런이 보기에 LAWS야말로 닉슨 행정부의 몇 안 되는 치적 가운데 하나였다.

이제 일등으로 학교를 빠져나온 아이들이 소리를 지르고 웃어가며 길거리를 폴짝폴짝 뛰어왔다. 퍼뜩 좋은 생각이 떠올라 앨런은 스테이션왜건의 운전석 문을 열었다. 조수석 너머로 손을 뻗어 글러브 박스를 열고 안에 든 잡동사니를 헤집었다. 그러느라 토드가 사놓은 장난감 땅콩 캔을 바닥에 떨어뜨렸다.

막 포기하려던 찰나에 앨런은 찾던 걸 발견했다. 그는 그걸 집어 들고 글러브 박스 뚜껑을 닫은 뒤 다시 밖으로 나갔다. 그가 찾은 건 조그만 마분지 봉투로, 거기 붙은 스티커에는 이런 글이 적혀 있었다.

종이꽃 펼치기 마술
블랙스톤 매직사社
그리어 스트리트 19번지
뉴저지 주 패터슨

앨런은 그 봉투에서 그보다 더 작은 정사각형을 꺼냈다. 알록달록하고 두툼한 박엽지 뭉치였다. 그걸 시곗줄 밑에 끼웠다. 마술사라면 누구나 자기 몸과 옷에 '은닉 공간'을 만들기 마련이었고, 각자

가장 좋아하는 공간이 있는 법이었다. 앨런의 경우엔 시곗줄 밑이었다.

그는 그 유명한 종이꽃 펼치기 장치를 잘 감추고 다시 브라이언 러스크를 기다렸다. 자전거를 타고 꼬맹이들 사이를 요란하게 누비는 남자아이가 보이자 그는 당장 경계 태세를 갖추었다. 하지만 핸런 쌍둥이 중 한 명인 걸 깨닫자 긴장이 풀렸다.

"천천히 가라. 안 그러면 딱지 끊을 거야."

쌩하니 지나가는 아이에게 앨런이 으르렁거렸다. 놀란 제이 핸런은 그를 쳐다보느라 하마터면 나무를 들이받을 뻔했다. 그러고는 훨씬 차분한 속도로 페달을 밟았다.

앨런은 웃으며 그를 지켜보다가 다시 학교 쪽으로 고개를 돌려서 브라이언 러스크를 기다렸다.

7

샐리 랫클리프는 3시를 알리는 학교 종이 울리고 오 분이 지났을 때 언어 치료실에서 1층으로 올라가 교무실을 향해 본관 홀을 지났다. 날이 맑고 따뜻한 날이면 항상 그러듯 홀이 급속도로 비워지고 있었다. 밖에서는 길가에서 졸린 듯이 공회전을 하고 있는 2호와 3호 버스를 향해 아이들이 소리를 지르며 잔디밭을 우르르 가로지르고 있었다. 샐리의 낮은 굽이 또각거렸다. 그녀의 한쪽 손에는 마닐라 봉투가 들려 있었다. 프랭크 주잇이라는 이름이 적힌 쪽이 둥그스름한 가슴 쪽으로 돌려진 채였다.

그녀는 교무실 옆인 6번 교실 앞에서 걸음을 멈추고 철망을 넣은 창 너머를 들여다보았다. 안에서 주잇이 가을과 겨울 학기에 스포츠 지도를 맡게 된 대여섯 명의 교사들을 앉혀놓고 얘기를 하고 있었다. 통통하고 땅딸막한 프랭크 주잇을 보면 샐리는 항상 만화 '아치' 시리즈에 나오는 웨더비 교장이 생각났다. 웨더비처럼 그의 안경도 연신 콧잔등에서 미끄러졌다.

주잇의 오른쪽에는 교무원인 앨리스 태너가 앉아 있었다. 메모를 하는 눈치였다.

주잇이 왼쪽으로 흘끗 시선을 돌렸다가 창밖에서 들여다보는 샐리를 발견하고 특유의 새침한 미소를 지었다. 그녀는 손을 들어 흔들고 억지로 미소를 지어 보였다. 그녀는 이제 미소가 자연스럽게 지어지던 날들을 기억조차 할 수 없었다. 그때만 해도 미소가 기도 다음으로 자연스러운 일이었는데.

저 용감무쌍한 리더가 누굴 보고 그러는지 확인하느라 몇몇 교사들이 고개를 돌렸다. 앨리스 터너도 마찬가지였다. 앨리스는 설탕처럼 달콤한 미소와 함께 내숭을 떨며 샐리를 향해 손가락을 흔들었다.

다들 아는 거야. 샐리는 생각했다. 레스터하고 내가 끝났다는 걸 다들 아는 거야. 아이린이 어젯밤에 무척 다정하게 위로해주었지만…… 얼른 소문을 내지 못해서 안달이었지. 나쁜 년.

샐리도 입꼬리를 늘려서 내숭이 담긴—백 퍼센트 가식이었다—미소를 지으며 같이 손가락을 흔들었다. 집으로 가는 길에 덤프트럭에 치여버려라, 몸 파는 여자처럼 생긴 것아. 그녀는 생각하고 굽 낮은 구두를 또각거리며 걸음을 옮겼다.

수업이 비는 시간에 곤트가 전화해 환상적인 나뭇조각의 결제를 완료할 때가 됐다고 알리자 샐리는 악랄한 쾌감을 느끼며 열띤 반응을 보였다. 주잇에게 치기로 한 '사소한 장난'이 못된 짓이라는 건 알았지만 상관없었다. 오늘은 그녀의 기분이 저기압이었다.

그녀는 교무실 문에 손을 얹었다가…… 멈추었다.

너 왜 그래? 그녀는 갑자기 의아해졌다. 너한테는 나뭇조각이 있잖아. 경이롭고 성스러운 환상이 담겨 있는 경이롭고 성스러운 나뭇조각이. 그런 걸 가지고 있으면 기분이 더 좋아져야 하는 거 아니야? 더 차분해져야 하는 거 아니야? 전능하신 하느님 아버지와 더 가까워져야 하는 거 아니야? 너는 차분해지지도 않았고 누군가와 더 가까워지지도 않았어. 네 머릿속은 가시철사로 채워진 느낌이지.

"맞아. 하지만 그건 내 탓이 아니야, 나뭇조각 탓도 아니고." 샐리는 중얼거렸다. "레스터 때문이지. 대물 레스터 프랫 씨 말이야."

안경을 쓰고 치아 교정기를 낀 키 작은 여자아이가 펩 클럽 포스터를 열심히 들여다보고 있다가 호기심 어린 눈빛으로 샐리를 흘끗거렸다.

"뭘 보고 있니, 어비나?" 샐리가 물었다.

어비나는 눈을 깜빡였다. "암껏도 안 바여, 래클리푸 성생님."

"그럼 다른 데 가봐." 샐리는 쏘아붙였다. "수업 다 끝났잖아."

어비나는 믿기지 않는다는 듯 몇 번이고 어깨 너머를 흘끗거리며 총총히 사라졌다.

샐리는 문을 열고 교무실로 들어갔다. 곤트가 알려준 대로 봉투는 구내식당 문 앞 쓰레기통 뒤편에서 찾아낼 수 있었다. 주잇의 이름은 거기다 그녀가 직접 적었다.

그녀는 몸 파는 여자처럼 생긴 앨리스 태너가 들어오지 않는지 어깨 너머를 다시 한번 흘끗 확인했다. 그런 다음 얼른 교무실을 가로질러 교장실로 들어가 프랭크 주잇의 책상에 마닐라 봉투를 놓았다. 이제 다른 한 가지가 남았다.

그녀는 맨 위 책상 서랍에서 묵직한 가위를 꺼냈다. 허리를 숙여서 왼쪽 아래 서랍을 당겼다. 잠겨 있었다. 곤트 씨도 아마 잠겨 있을 거라고 했다. 샐리는 바깥쪽 교무실을 흘끗 쳐다보았다. 여전히 아무도 없었고 복도와 연결된 문도 여전히 닫혀 있었다. 좋아. 다행이야. 그녀는 가위의 뾰족한 끝을 잠긴 서랍의 위쪽 틈새에 끼워넣고 가위 손잡이를 아래로 힘껏 눌렀다. 나무가 쪼개지자 샐리는 젖꼭지가 묘하게, 기분 좋게 단단해지는 것을 느낄 수 있었다. 재미있었다. 겁은 나지만 재미있었다.

이번에는 가위를 좀더 깊숙이 넣고서 다시 한번 손잡이를 아래로 눌렀다. 잠금장치가 탁 하고 부러지면서 서랍이 드르르 열려 안에 담긴 것이 드러났다. 샐리는 충격으로 입을 떡 벌렸다. 그랬다가 키득거리기 시작했다. 웃음보다 비명에 더 가까운 소리를 내며 입을 막고 헐떡거렸다.

"아, 주잇 선생님! 이런 색골을 봤나!"

서랍 안에는 문고판 크기의 잡지가 쌓여 있었는데, 맨 위에 놓인 잡지 이름이 《너티* 보이》였다. 아홉 살 정도 되어 보이는 남자아

* 영어로 '너티 naughty'에 외설스럽다는 뜻이 있다.

이의 흐릿한 사진이 표지에 실려 있었다. 아이는 1950년대 스타일의 오토바이 모자 말고는 아무것도 걸치지 않은 모습이었다.

샐리는 서랍 안으로 손을 넣어 잡지들을 끄집어냈다. 열두어 권, 어쩌면 그보다 더 많았다. 《해피 키즈》, 《누드 큐티스》, 《블로잉 인 더 윈드》, 《바비스 팜 월드》. 그녀는 한 잡지를 들추어보았다가 믿기지 않는 광경을 맞닥뜨렸다. 어디서 이런 걸 구했을까? 로즈 목사님이 설교 시간에 가끔 언급하는, "18세 이하에게는 판매하지 않습니다"라고 적힌, 드러그스토어 맨 윗칸에도 이런 건 진열돼 있지 않을 텐데.

그녀도 익히 아는 목소리가 머릿속에서 불쑥 말을 건넸다. 얼른 해, 샐리. 회의가 거의 끝나가는데 여기 있다가 들키고 싶은 건 아니겠지?

잇따라 다른 목소리도 들렸다. 누군지 알 것도 같은 여자의 목소리였다. 두 번째 목소리를 듣고 있자니 뒤에서 다른 누군가가 통화하는 걸 들으며 어떤 사람과 통화하는 듯한 기분이었다.

들켜야 마땅하고말고. 두 번째 목소리는 이렇게 말했다. 그게 순리야.

샐리는 목소리를 차단하고 곤트가 시킨 대로 했다. 저질스러운 잡지를 교장실 사방에 흩뿌렸다. 그런 다음 가위를 다시 서랍에 넣고 얼른 교장실을 나와서 등 뒤로 문을 닫았다. 교무실 문을 열고 밖을 내다보았다. 아무도 없었지만…… 6번 교실에서 들리는 목소리가 좀 전보다 커졌고 다들 웃고 있었다. 이제 마무리를 지으려는 참이었다. 회의가 평소와 다르게 짧게 끝났다.

곤트 씨가 알려줘서 다행이지 뭐야! 그렇게 생각하며 그녀는 슬그머니 복도로 나왔다. 현관 앞에 거의 다다랐을 때 6번 교실에서 사람들이 나오는 소리가 뒤에서 들려왔다. 샐리는 돌아보지 않았다. 지난 오 분 동안 대물 레스터 프랫 씨를 떠올리지 않았다는 생각이 들자 기분이 정말 좋아졌다. 집에 가서 경이로운 나뭇조각을 들고 거품 목욕을 하며 앞으로 두 시간 동안 대물 레스터 프랫을 잊을 수도 있겠다는 생각이 들었다. 얼마나 기분 좋은 변화인가! 그럼, 그렇고말고! 그럼, 그렇고말고!

너 저기서 무슨 짓을 저지른 거야? 봉투 안에는 뭐가 들었지? 누가 식당 밖에 그걸 가져다 놓았을까? 언제? 그리고 가장 중요하게는 샐리, 네가 지금 어떤 사태를 야기하고 있는지 알아?

그녀는 잠깐 꼼짝 않고 서서 이마와 관자놀이에 땀이 송글송글 맺히는 것을 느꼈다. 겁에 질린 암사슴처럼 눈이 동그래졌다. 잠시 후 그녀는 눈을 가늘게 뜨고 다시 걸음을 옮기기 시작했다. 입고 있는 바지가 쓸리며 묘한 쾌감이 느껴지자 레스터와 목을 끌어안고 서로를 쓰다듬던 시간이 생각났다.

내가 무슨 짓을 저질렀건 관심 없어. 그녀는 생각했다. 아니, 뭔가 아주 중요한 일이었으면 좋겠어. 웨더비 교장처럼 생겨서는 그런 구역질 나는 잡지를 감춰놓고 있었다니, 못된 장난을 당해도 싸지. 교장실로 들어섰을 때 목이나 콱 막혀버리라.

"그래, 씹할, 숨 막혀 죽어버렸으면 좋겠어." 그녀는 속삭였다.

'씹'으로 시작하는 욕을 하다니 난생처음이었고 젖꼭지가 다시 단단해지면서 간질거리기 시작했다. 샐리는 욕조 안에서 뭔가 다른 일을 할 수도 있을지 모른다고 어렴풋이 생각하며 발걸음을 재촉했다. 그녀에게도 한두 가지 욕구가 있는 듯했다. 그걸 어떤 식으로 충족시키면 좋을지는 알 수 없었지만…… 알아낼 방법이 있을 것이다.

하늘은 스스로 돕는 자를 돕는다지 않던가.

8

"그 정도 가격이면 괜찮은가요?" 곤트가 폴리에게 물었다.

폴리는 대답을 하려다 말았다. 곤트가 갑자기 다른 데 정신이 팔린 듯했다. 허공을 응시하며 기도하듯 입술을 소리 없이 움직이고 있었다.

"곤트 씨?"

그가 살짝 움찔거렸다. 그러다가 곧 그녀에게로 다시 시선을 돌리며 미소를 지었다.

"미안해요, 폴리. 내가 가끔 딴생각을 할 때가 있어요."

"그 가격에 주시겠다니 괜찮은 정도가 아닌데요. 아주 좋아요."

그녀는 핸드백에서 수표책을 꺼내 쓰기 시작했다. 간간히 내가 여기서 뭐하는 건가 어렴풋이 의아해지기도 했지만, 그럴 때마다 번번이 그녀를 부르는 곤트의 시선이 느껴졌다. 고개를 들고 그와 눈을 마주치면 모든 의문과 의구심이 다시 잦아들었다.

그녀가 건넨 수표에는 사십육 달러라고 적혀 있었다. 곤트는 수표를 깔끔하게 접어서 스포츠 재킷의 라펠 포켓에 넣었다.

"부본에도 금액 적는 거 잊지 마요. 참견하기 좋아하는 친구분이 분명 보여달라고 할 테니까."

"그이가 당신을 만나러 올 거예요." 폴리는 곤트가 시키는 대로 하면서 말했다. "당신을 사기꾼이라고 생각해요."

"생각도 많고 계획도 많은 사람이죠. 하지만 계획은 틀어지고 생각은 바람 부는 아침의 안개처럼 흩어질 거예요. 내 말 믿어도 좋아요."

"그이를…… 그이를 해치려는 건 아니죠?"

"내가요? 나를 아주 단단히 오해하고 있군요, 퍼트리샤 차머스. 나는 평화주의자예요. 전 세계적으로 손꼽히는 평화주의자. 우리의 보안관님한테 손끝 하나 대지 않을 거예요. 그냥 오늘 오후에는 다리 저편에서 볼일이 생길 거라는 뜻에서 한 말이에요. 그는 아직 모르지만 그럴 거예요."

"아."

"자, 폴리?"

"네?"

"수표를 써서 준다고 아즈카의 결제가 완전히 끝나는 건 아니에요."

"아니라고요?"

"네." 그는 흰색 봉투를 손에 들고 있었다. 어디서 나타난 봉투인지 폴리로서는 알 길이 없었지만 상관없다고 생각했다. "부적값을 완전히 치르려면 어떤 사람한테 장난을 하나 쳐야 해요."

"앨런한테요?" 그녀는 뜨거운 여름날 오후에 건조한 산불 냄새를 맡은 토끼처럼 화들짝 놀랐다. "앨런한테 장난을 치라고요?"

"설마 그럴 리가요. 당신이 사랑한다고 생각하는 사람은 물론이고 당신이 잘 아는 사람에게 장난을 쳐달라고 요청하면 비윤리적인 처사가 되지 않겠어요?"

"그런가요?"

"그럼요……. 하지만 보안관과의 관계에 대해서 신중하게 고민할 필요가 있긴 해요, 폴리. 결국에는 단순한 결론으로 귀결되리라는 걸 깨닫게 될지 모르겠네요. 지금 약간의 고통을 견디면 나중에 엄청난 고통을 모면할 수 있다는 것. 급하게 결혼하고 나중에 후회한다는 말도 있잖아요."

"무슨 말씀인지 모르겠는데요."

"그렇겠죠. 하지만 우편물을 확인하고 나면 알게 될 거예요, 폴리. 코를 킁킁거리며 염탐질을 하도록 그를 자극하는 사람이 나 말고 또 있거든요. 아무튼 지금은 당신이 쳐주었으면 하는 장난에 대해 얘기합시다. 장난의 대상은 내가 얼마 전에 직원으로 채용한 친구예요. 이름은 메릴이고요."

"에이스 메릴요?"

그의 미소가 옅어졌다.

"내 말 중간에서 끊지 마요, 폴리. 내가 얘기를 하고 있을 때는 절대로요. 손이 독가스로 채워진 튜브처럼 퉁퉁 붓기 싫으면."

그녀는 꿈을 꾸듯 몽롱한 눈을 휘둥그레 뜨며 그를 피해 몸을 움츠렸다.

"죄…… 죄송해요."

"좋아요. 사과를 받아들이죠…… 이번에는요. 이제 잘 들어요.

아주 잘 들어야 해요."

9

프랭크 주잇과 중학교의 지리 교사 겸 농구부 코치인 브라이언 맥긴리는 앨리스 태너의 바로 뒤에서 6번 교실을 나와 교무실로 걸음을 옮겼다. 프랭크는 웃으며 브라이언에게 그날 교재 영업 사원에게 들은 재미있는 이야기를 들려주고 있었다. 어떤 여성 환자의 병을 진단하지 못해 애를 먹는 의사에 얽힌 이야기였다. 에이즈 아니면 치매라고 범위를 좁히기는 했지만 거기까지가 한계였다.

"그래서 여자의 남편이 의사를 한쪽 옆으로 데리고 갔어." 프랭크는 하던 얘기를 계속하며 교무실로 들어섰다. 앨리스는 자기 책상 위로 허리를 숙이고 몇 장 쌓여 있는 통신문을 뒤적였고 프랭크는 언성을 낮추었다. 앨리스는 조금이라도 저질스러운 농담을 들으면 빳빳하게 나왔다.

"그래서요?" 이제는 브라이언까지 실실 웃기 시작했다.

"진짜 심란했던 거지. 그가 말했어. '아니, 선생님. 그게 최선입니까? 둘 중 어느 쪽인지 알 방법이 없어요?'"

앨리스는 분홍색 통신문 중에서 두 개를 골라 교장실로 들고 갔다. 문 앞에 다다랐을 때, 그녀는 보이지 않는 돌벽에 가로막히기라도 한 듯 우뚝 걸음을 멈추었다. 킬킬대던 소도시의 백인 중년 남자들은 알아차리지 못했다.

"'물론 간단한 방법이 있죠.' 의사가 말했어. '부인을 숲속으로 사십 킬로미터쯤 데리고 가서 거기 두고 나와요. 부인이 제대로 길을 찾아오거든 앞으로 떡치지 마요.'"

브라이언 맥긴리는 바보처럼 입을 떡 벌리고 교장을 잠깐 쳐다보다가 껄껄대며 폭소를 터뜨렸다. 주잇 교장도 따라서 웃었다. 둘 다 어찌나 큰 소리로 웃었는지, 처음엔 앨리스가 프랭크의 이름을 부르는 소리도 처음에 듣지 못했다. 그녀가 비명을 지르다시피 한 두 번째 부름을 듣는 데에는 아무 문제가 없었지만.

프랭크가 얼른 달려갔다. "앨리스? 무슨 일……." 순간 그는 무슨 일인지 알아차렸고, 섬뜩하고 투명한 공포가 그를 가득 채웠다. 말문이 막혔다. 불알이 미친 듯이 쪼그라드는 게 느껴졌다. 태어난 곳으로 돌아가려는 건가 싶을 정도였다.

잡지였다.

맨 아래 서랍에 몰래 넣어두었던 잡지.

그게 악몽의 색종이처럼 온 사방에 펼쳐져 있었다. 교복을 입은 남자아이, 건초 다락에 누운 남자아이, 밀짚모자를 쓴 남자아이, 흔들 목마를 타는 남자아이.

"이게 도대체 뭐예요?"

프랭크의 왼쪽에서 충격으로 넋을 잃은 쉰 목소리가 들렸다. 그쪽 방향으로 고개를 돌려보니(목이 방충문에 달린 녹슨 스프링처럼 삐걱거렸다) 브라이언 맥긴리가 흩뿌려진 잡지들을 쳐다보고 있었다. 눈알이 튀어나오기 직전이었다.

누가 장난을 쳤나 봐. 그는 이렇게 얘기하려고 했다. 한심한 장난을. 이 잡지는 내 것 아니야. 나를 보면 알겠지만 이런 잡지에 관심 있을 리 없잖아, 나 같은…… 나 같은…….

그 같은 뭘까?

알 수 없었고 어차피 상관도 없었다. 그는 말문이 막혀버렸다. 완전히 막혀버렸다.

세 명의 어른은 충격으로 아무 말도 못한 채 프랭크 주잇의 교장실을 물끄러미 들여다보기만 했다. 반쯤 열린 창문을 통해 뜨거운 공기가 훅 들어오자 손님용 의자 모서리에 아슬아슬하게 놓여 있던 잡지가 그에 맞춰서 펄럭이다 바닥으로 떨어졌다. 표지에《소시 영 가이스》라고 적혀 있었다.

누가 장난친 거라고, 그래, 누가 장난친 거라고 얘기해야 돼. 하지만 이 친구들이 내 말을 믿어줄까? 누가 책상 서랍을 억지로 딴 흔적이 있다면? 그런 흔적이 남았어도 이 친구들이 내 말을 믿어줄까?

"태너 선생님?" 뒤에서 여자아이의 목소리가 들렸다.

주잇, 태너, 맥긴리, 이렇게 세 명은 죄를 지은 사람처럼 홱 돌아보았다. 빨간색과 하얀색으로 된 치어리더 옷을 입은 2학년 여학생 둘이 거기 서 있었다. 앨리스 태너와 브라이언 맥긴리가 교장실이 보이지 않게 막으려고 동시에 움직였지만(당사자인 프랭크 주잇은 돌처럼 그 자리에서 굳어 있었다) 조금 늦었다. 치어리더들의 눈이 동그래졌다. 둘 중 한 명—달린 비커리—이 조그만 장미꽃 봉오리 같은 입을 두 손으로 막고 믿기지 않는다는 눈빛으로 프랭크 주잇을 쳐다보았다.

프랭크는 생각했다. 맙소사. 내일 정오면 학교의 모든 학생들이다 알고 있겠군. 내일 저녁을 먹을 무렵이면 모든 주민들이 알게 될 테고.

"너희들은 나가봐." 태너가 말했다. "누가 주잇 선생님한테 지저분한 장난을, 아주 지저분한 장난을 친 모양인데, 아무한테도 얘기하면 안 된다. 알겠니?"

"네, 태너 선생님." 에린 매커보이가 말했다. 삼 분 뒤에 그녀는 단짝 친구 도나 뷸리에게 교장실이 묵직한 쇠 팔찌 말고는 아무것도 걸치지 않은 남자아이들 사진으로 도배가 되어 있더라고 소근거릴 것이다.

"네, 태너 선생님." 달린 비커리가 말했다. 오 분 뒤에 그녀는 단짝 친구 내털리 프리스트에게 에린과 같은 얘기를 할 것이다.

"나가봐." 브라이언 맥긴리가 말했다. 기운차게 얘기하려고 했지만 충격으로 인해 목이 여전히 잠겨 있었다. "얼른."

두 아이는 튼실한 무릎 위로 치어리더 스커트를 펄럭이며 달려갔다.

브라이언은 천천히 프랭크 쪽으로 고개를 돌렸다. "제가 보기에는……." 그가 말문을 열었지만 프랭크는 전혀 귀를 기울이지 않은 채 몽유병 환자처럼 천천히 안으로 들어갔다. 그러더니 깔끔한 검은 글씨로 "교장실"이라고 적힌 문을 닫고 천천히 잡지를 수거하기 시작했다.

차라리 자백서를 제출하는 게 낫겠네! 그의 머릿속 한구석에서 이렇게 외치는 목소리가 들렸다.

그는 목소리를 무시했다. 생존을 담당하는, 그보다 더 깊숙하고 원초적인 곳에서 말하길 그는 지금 가장 취약한 상태라고 했다. 이런 때 앨리스나 브라이언에게 무슨 말이라도 꺼내는 건, 이 상황을 설명하려고 하는 건 자살행위나 다름없다고 했다.

앨리스가 문을 두드렸다. 프랭크는 그 소리를 못 들은 척하고 계속 몽유병 환자처럼 돌아다니며 지난 구 년 동안 수집한 잡지들을 수거했다. 일일이 우편으로 주문하고, 주 경찰이나 우편 검열관이 벼락같이 달려들 게 분명하다고 번번이 마음을 졸이며 게이츠폴스의 우체국까지 찾아가서 받아 온 것들이었다. 법 집행관이 들이닥친 적은 한 번도 없었다. 하지만 지금…… 이런 사태라니.

네 것이라고 생각할 리가 없어. 원초적인 목소리가 말했다. 그런 발상 자체가 용납이 안 되겠지. 그러면 편안한 소도시의 일상이 아주 위태로워질 테니까. 일단 네가 진정해야 그들을 납득시킬 수 있어. 하지만…… 누가 이런 짓을 저질렀을까? 누가 이런 짓을 저지를 수 있었을까? (애초에 무슨 바람이 불어서 다른 데도 아닌 바로 여기로 잡지를 들고 왔는지 자문할 생각은 하지도 않았다.)

프랭크 주잇이 떠올릴 수 있는 사람은 딱 한 명뿐이었다. 그의 은밀한 사생활을 아는 사람은 캐슬록에서 한 명뿐이었다. 고등학교에서 목공을 가르치는 조지 T. 넬슨. 겉보기에는 무뚝뚝한 상남자 같지만 뼛속까지 게이인 자. 언젠가 프랭크 주잇은 조지 T. 넬슨과 함께 보스턴에서 열린 파티에 참석한 적이 있었다. 수많은 중년의 남자들과 몇 명 안 되는 알몸의 남자아이들이 어울리는 자리였다. 그런 파티에 참석했다가는 평생 감옥에서 썩을 수도 있었다. 그런 파티에 참석했다가는…….

책상 압지 위에 마닐라 봉투가 놓여 있었다. 그의 이름이 한복판에 씌어 있었다. 프랭크 주잇은 가슴이 철렁 내려앉는 끔찍한 기분을 느꼈다. 꼭 고장난 엘리베이터 같았다. 고개를 들어보니 앨리스와 브라이언이 거의 얼굴을 맞댄 채 그를 들여다보고 있었다. 휘둥그런 눈과 떡 벌린 입을 보며 프랭크는 생각했다. 수족관의 물고기가 어떤 심정인지 알겠군.

그는 손사래를 쳤다. 가! 그들은 꿈쩍하지 않았고 그는 놀라지 않았다. 이건 악몽이었다. 악몽에서는 절대 바라는 대로 이루어지지 않는 법이었다. 그는 방향감각을 잃었고 정신이 없었지만…… 그 아래 어딘가에는 젖은 불쏘시개를 딛고 살아 있는 불씨처럼 분노의 불꽃이 파란색으로 이글거렸다.

그는 책상 앞에 앉아서 잡지 더미를 바닥에 내려놓았다. 우려했던 대로 잡지를 숨겨두었던 서랍을 누가 억지로 연 흔적이 있었다. 그는 봉투를 뜯어서 내용물을 쏟았다. 대부분 광택 인화지로 출력한 사진들이었다. 보스턴에서 열린 그 파티에 참석한 그와 조지 T. 넬슨의 사진들. 그들이 잘생긴 어린 친구들(가장 나이가 많은 아이가 열두 살이었을 것이다)과 신나게 놀고 있는 모습인데, 사진마다 조지 T. 넬슨의 얼굴은 가려진 반면 프랭크 주잇의 얼굴은 선명하게 보였다.

이 역시 별로 놀랄 만한 일이 아니었다.

봉투 안에 쪽지가 들어 있었다. 주잇은 쪽지를 꺼내서 읽었다.

내 친구 프랭크에게

이런 짓 저질러서 미안하지만 내가 이 도시를 떠나게 돼서 빈둥거릴 시간이 없어. 이천 달러가 필요해. 오늘 저녁 7시에 돈을 들고 내 집으로 와. 이번 사태에서는 어찌어찌 빠져나갈 수 있을지 몰라도—쉽지 않겠지만 너 같은 미꾸라지에게는 그리 어려운 일도 아니겠지—이 사진들이 온 동네 전봇대에, 카지노 나이트 포스터 바로 아래에 붙어 있으면 어떻게 보일까? 그러면 당장 이 마을에서 쫓겨나겠지, 친구. 명심해. 아무리 늦어도 7시 15분까지 이천 달러를 들고 내 집으로 오지 않으면 고추를 달고 태어난 걸 후회하게 될 거야.

너의 친구

조지

너의 친구라니.

너의 친구라니!

그의 시선은 계속 마지막 줄로 향했다. 놀라웠고, 믿기지가 않았고, 경악스러웠다.

사람 뒤통수나 치는 이런 니미 씹할 친구라니!

브라이언 맥긴리는 계속 문을 두드리고 있었지만, 프랭크 주잇이 책상 위에 놓인 뭔지 모를 것을 들여다보다가 마침내 고개를 들었을 땐 주먹 쥔 손을 허공에서 멈추지 않을 수 없었다. 연지를 바른 듯이 시뻘건 두 뺨만 빼면 교장의 얼굴은 백짓장처럼 하얬다. 입술이 뒤로 당겨지며 옅은 미소를 드러냈다.

웨더비 교장과 전혀 닮지 않은 모습이었다.

내 친구라고. 프랭크는 생각했다. 한 손으로는 쪽지를 구기고 다른 손으로는 사진을 다시 봉투에 넣었다. 이제 분노의 불꽃이 파란색에서 주황색으로 바뀌었다. 축축한 불쏘시개에 불이 옮겨붙었다. 그래, 가야겠네. 가서 내 친구 조지 T. 넬슨과 이 문제에 대해서 의논을 해야겠네.

"그래야지. 그렇고말고." 프랭크 주잇은 미소를 짓기 시작했다.

10

3시 15분이 되어가자 앨런은 브라이언 러스크가 다른 길로 간 게 분명하다는 결론을 내렸다. 하굣길에 오른 학생들의 물결이 거의 끊기다시피 했다. 하지만 잠시 후 사동차 열쇠를 꺼내려고 주머니에 손을 넣었을 때, 혼자 자전거를 타고 스쿨 스트리트를 내려오는 인물이 그의 눈에 들어왔다. 아이는 핸들을 잡고 터벅터벅 걷는 듯 보일 만큼 천천히 페달을 밟았고, 고개를 어찌나 숙이고 있는지 얼굴이 보이지 않을 지경이었다.

하지만 자전거 바구니에 담긴 물건은 보였다. 플레이메이트 아이스박스였다.

11

"알겠어요?" 곤트가 봉투를 손에 쥔 폴리에게 물었다.

"네, 나는…… 알겠어요. 네." 하지만 꿈을 꾸는 듯한 그녀의 얼굴은 심란한 표정을 짓고 있었다.

"즐거워하질 않네요."

"음…… 그게……."

"즐거워하지 않는 사람에게는 아즈카 같은 물건의 효력이 잘 발휘되지 않을 수도 있어요."

곤트가 은색 공 때문에 조그맣게 튀어나온 부분을 손가락으로 가리키자 안에서 뭔가가 이상하게 움직이는 느낌이 다시금 전해졌다. 그 순간 어마어마한 통증이 그녀의 두 손을 강타해 잔인한 쇠갈고리 망처럼 번져나갔다. 폴리는 요란하게 신음 소리를 냈다.

곤트가 따라오라는 듯이 손가락을 구부렸다. 은종 안에서 이번에는 좀더 또렷한 움직임이 느껴지더니, 통증이 사라졌다.

"예전으로 돌아가고 싶은 건 아니겠죠, 폴리?" 곤트가 비단결 같은 목소리로 물었다.

"아니에요!" 그녀는 외쳤다. 가슴이 빠르게 오르내렸다. 두 손은 미친 듯이 서로 비벼댔고 휘둥그레 뜬 눈은 그의 눈에서 떠날 줄 몰랐다. "제발요, 싫어요!"

"상태가 더 나빠질 수도 있으니까. 그렇죠?"

"네! 네, 맞아요!"

"아무도 몰라주잖아요. 심지어 그 보안관마저도. 자다가 손이 죽도록 아파서 새벽 2시에 깨는 심정이 어떤지는 그도 모르죠. 안 그래요?"

그녀는 고개를 끄덕이고 흐느껴 울기 시작했다.

"내가 시키는 대로 하면 두 번 다시 그런 식으로 자다가 깰 일이 없을 거예요, 폴리. 그리고 또 하나. 내가 시키는 대로 하면 당신 아이가 샌프란스시코 임대 아파트에서 불에 타 죽었다는 걸 캐슬록의 누군가가 알게 되더라도, 나를 통해 알아내는 일은 없을 거예요."

폴리는 넋을 잃은 사람처럼 쉰 목소리로 비명을 질렀다. 끝없는 악몽 속에 뒤엉켜 빠져나올 길이 없는 여인의 비명이었다.

곤트는 미소를 지었다.

"지옥에는 여러 종류가 있죠. 그렇지 않은가요, 폴리?"

"그 아이가 그렇게 된 걸 어떻게 알았죠?" 그녀는 속삭였다. "아무도 모르는데. 심지어 앨런까지도. 앨런한테는……."

"알아내는 게 내 직업이기 때문에 알죠. 그리고 의심하는 건 그의 직업이고요, 폴리. 앨런은 당신이 한 얘기를 절대 믿은 적이 없어요."

"그이 말로는……."

"온갖 미사여구를 늘어놓았겠지만 당신을 믿은 적은 없어요. 당신이 아이를 맡긴 여자가 약물의존자였죠? 그건 당신의 잘못이 아니었지만 그 상황에 이르기까지의 모든 게 당신의 선택이었잖아요, 폴리, 안 그래요? 당신의 선택. 당신이 켈턴을 맡긴 아가씨가 기절하는 바람에 들고 있던 담배가—아니면 마리화나였을지도 모르고요—쓰레기통으로 떨어졌죠. 방아쇠를 당긴 사람은 그녀였을지 몰라도 그 총에 장전을 한 건 자존심을 세우며 부모님과 캐슬록의 좋은 사람들 앞에서 고개를 숙일 줄 몰랐던 당신이에요."

폴리는 더 크게 흐느껴 울었다.

"하지만 젊은 아가씨는 자존심을 세울 권리가 있지 않나요?" 곤트는 다정하게 물었다. "다른 모든 게 사라졌는데 자존심이라도 세워야죠. 그게 없으면 빈껍데기뿐인데."

폴리는 눈물이 쏟아져 내리는 얼굴을 반항조로 쳐들었다.

"그건 내가 알아서 할 일이라고 생각했어요. 지금도 마찬가지고요. 그런 걸 자존심이라고 한다면, 어쩔 수 없죠."

"그래요." 그는 달래듯이 말했다. "투사처럼 얘기하지만…… 두 분이 당신을 거두어주지 않았을까요? 어머니와 아버지가 말이에요. 물론 그리 유쾌한 상황은 아니었겠죠. 늘 좋지 않은 기억을 상기시키는 아이라는 존재가 있는데다, 지금 이런 식으로 가시 돋친 말이 오갔을 테니까, 그래도 가능성이 있잖아요."

"맞아요, 그리고 나는 날마다 어머니의 잔소리를 피해 다녀야 했을 테고요!" 그녀는 평소의 목소리와 닮은 구석이 전혀 없는, 사납고 듣기 싫은 음성으로 이렇게 외쳤다.

"그래요." 곤트 씨는 달래듯이 계속 말을 이었다. "그래서 거기 그냥 있었던 거죠. 당신에게는 켈턴이 있었고 자존심이 있었기 때문에. 그리고 켈턴이 죽었어도 자존심은 남아 있었기에…… 안 그래요?"

폴리는 상심과 고통으로 얼룩진 비명을 내지르며 젖은 얼굴을 두 손에 묻었다.

"그게 손보다 더 아프죠?" 곤트가 물었다. 폴리는 얼굴을 두 손에 묻은 채 고개를 끄덕였다. 곤트는 손가락이 긴 흉측한 손을 머리 뒤쪽으로 올리고는 찬양하는 투로 외쳤다. "인간성! 그 고결한 단어여! 기꺼이 남을 희생시키는 그 정신!"

"그만해요!" 그녀는 앓는 소리를 냈다. "계속 그래야겠어요?"

"이건 비밀이죠, 퍼트리샤?"

"네."

그가 그녀의 이마를 건드렸다. 폴리는 구역질하는 소리를 냈지만 얼굴을 치우지는 않았다.

"지옥으로 가는 문은 열고 싶지 않죠?"

그녀는 두 손에 얼굴을 묻은 채 고개를 끄덕였다.

"그럼 내가 시키는 대로 해요, 폴리." 그가 속삭였다. 그러고는 그녀의 얼굴을 덮었던 한 손을 떼어내 어루만지기 시작했다. "내가 시키는 대로 해요, 입은 다물고." 그는 눈물로 젖은 그녀의 뺨과 눈물을 쏟아내느라 충혈된 눈을 가까이서 들여다보았다. 혐오스럽다는 듯 그의 입술이 잠시 비틀렸다.

"우는 여자와 웃는 남자, 둘 중에 어느 쪽이 더 구역질나는지 모르겠네. 빌어먹을 얼굴 좀 닦아요, 폴리."

그녀는 꿈을 꾸는 듯이 천천히 핸드백에서 레이스 손수건을 꺼내 얼굴을 닦았다.

"좋아요." 그는 말하고 의자에서 일어섰다. "이제 집으로 보내줄게요, 폴리. 할 일이 있으니까. 하지만 당신과 거래해서 얼마나 즐거웠는지 알아주었으면 해요. 나는 자존심이 있는 여자를 정말 좋아하거든요."

12

"어이, 브라이언. 손장난 하나 보여줄까?"

자전거를 타고 가던 아이가 앞머리를 휘날리며 잽싸게 고개를 들자 앨런은 아이의 얼굴에서 오해의 여지가 없는 표정을 읽었다. 순도 백 퍼센트의 공포가 무방비로 노출된 표정이었다.

"장난요?" 아이가 떨리는 목소리로 물었다. "무슨 장난요?"

브라이언이 뭘 두려워하는지는 알 수 없었지만 한 가지만큼은 분명했다. 그가 아이들과 가까워지려고 할 때 종종 동원하는 마술이 이번에는 정반대의 효과를 낳았다. 가능한 한 얼른 해치우고 처음부터 다시 시작하는 게 상책이었다.

그는 시계를 찬 왼쪽 팔을 들고, 겁에 질린 채로 경계를 늦추지 않는 브라이언 러스크의 창백한 얼굴을 보며 미소를 지었다.

"잘 봐라, 내 소매에 아무것도 없고 팔부터 어깨까지 끊긴 부분이 없지? 하지만…… 짜잔!"

앨런은 오른쪽 손바닥으로 왼팔을 천천히 쓸고 내려오면서 시곗줄 밑에 숨겨놓은 조그만 종이 뭉치를 엄지손가락으로 능숙하게 꺼냈다. 이어 주먹을 쥐며 종이 뭉치를 고정한, 현미경으로나 보일 법한 고리를 벗겼다. 그가 왼손으로 오른 주먹을 감쌌다가 떼어내자 방금 전까지만 해도 아무것도 없었던 곳에서 박엽지로 된 큼지막한 꽃이 튀어나왔다.

앨런이 이 마술을 그간 수없이 반복하면서 뜨거웠던 시월의 이날 오후만큼 잘한 적은 없었는데, 브라이언은 기대했던 반응—다들 잠깐 아무 말도 하지 못하다가 놀라움과 존경심을 1대 2의 비율로 섞어서 씩 웃곤 했다—을 보이지 않았다. 꽃을 흘끗 쳐다보고는(훨씬 고약한 걸 예상했던 듯 잠깐 안도하는 눈빛이었다) 다시 앨런의 얼굴

쪽으로 고개를 돌릴 뿐이었다.

“제법 괜찮지?” 앨런이 물었다. 그는 입술을 길게 늘려가며 함박웃음을 지었지만 그 진정성은 할아버지의 틀니 정도로 느껴졌다.

“네.” 브라이언이 말했다.

“역시 감탄하는 표정이로군.” 앨런은 두 손을 모아 능숙하게 꽃을 다시 접었다. 쉽게 접혔다. 사실 너무 쉽게 접혔다. 이제 새로운 제품으로 바꿔야 할 때가 됐다. 수명이 다됐다. 안에 든 조그만 스프링이 느슨해졌고 환하게 색칠된 꽃이 조만간 찢어지게 생겼다.

이제 그는 기대에 찬 미소를 지으며 다시 손바닥을 펼쳤다. 꽃이 사라졌다. 또다시 그냥 종이 뭉치가 돼서 시곗줄 밑으로 숨겨졌다. 브라이언 러스크는 그와 함께 미소를 짓지 않았다. 그의 얼굴에는 아무 표정이 없었다. 여름내 까무잡잡하게 탔던 흔적이 남아 있었지만 핼쑥한 안색과 유난히 심한 사춘기 직전의 난리굿이 감추어지지는 않았다. 이마 여기저기 뾰루지가 난데다 입가에는 큰 여드름이 하나 돋았고, 양쪽 콧망울은 온통 블랙헤드투성이었다. 한참 동안 잠을 제대로 자지 못한 사람처럼 눈 아래에 자주색 그늘이 져 있었다.

절대 정상이라고 볼 수 없는 아이로군. 앨런은 생각했다. 어딘가 심하게 삐끗했거나 아니면 부러진 상태야. 경우의 수는 두 가지였다. 브라이언 러스크가 저직의 집을 쑥대밭으로 만들어놓은 범인을 보았거나, 그가 범인이거나. 양쪽 다 가능성이 있었지만 만약 후자라면 얼마나 어마어마한 죄책감이 아이를 괴롭히고 있을지 앨런으로서는 상상조차 되지 않았다.

"멋진 마술이네요, 팽본 보안관님." 브라이언이 밋밋하고 감정 없는 목소리로 말했다. "진짜로요."

"고맙다. 재미있었다니 다행이네. 내가 너랑 무슨 얘기를 하고 싶어서 왔는지 아니, 브라이언?"

"아…… 아마도요." 브라이언은 말했다. 앨런은 문득 이 아이가 유리창을 깬 범인이 자신이라고 실토하겠다는 확신을 느꼈다. 여기 이 길모퉁이에서 아이가 실토하면 네티와 윌마 사이에서 벌어진 사건의 해결을 향해 한 발짝 성큼 다가갈 수 있었다.

하지만 브라이언은 더이상 아무 말도 하지 않았다. 충혈된 지친 눈으로 앨런을 올려다보기만 할 따름이었다.

"무슨 일이 벌어졌니?" 앨런은 계속 차분한 목소리로 물었다. "네가 저직 부부의 집에 갔을 때 무슨 일이 벌어진 거야?"

"잘 모르겠어요." 브라이언이 말했다. 목소리에 힘이 없었다. "하지만 어젯밤에 꿈을 꿨어요. 일요일 밤에도요. 그 집에 가는 꿈을 꾸는데, 꿈속에서만 그 소리를 내는 범인이 누군지 보여요."

"범인이 누군데, 브라이언?"

"괴물요." 브라이언이 말했다. 목소리에는 변화가 없었지만 큼지막한 눈물이 양쪽 눈에 맺혀서 점점 커졌다. "실제로는 자전거를 타고 지나쳤지만 꿈속에서는 그거랑 다르게 문을 두드리고, 그러면 문이 열리면서 괴물이 등장해 저를…… 잡아…… 먹어요." 눈물이 넘쳐, 피부가 뒤집혀 엉망인 뺨을 타고 천천히 흘러내렸다.

그래. 앨런은 생각했다. 그랬던 건지도 모르지. 그저 너무 무서웠을 뿐인지도. 안방 문을 잘못 열었다가 어머니와 아버지가 사랑을 나누는 현장을 목격하게 된 꼬맹이가 느꼈을 공포처럼. 아이는 너무 어려서 자세를 보고 부모님이 싸우는 줄 알아. 그들이 소리를 심하게 냈다면 서로 죽이려는가 보다고 생각할 수도 있지.

하지만…….

하지만 찜찜했다. 밑도 끝도 없이 그랬다. 이 아이의 초췌한 눈빛이 '아저씨한테 전부 얘기하고 싶어요'라고 말하고 있을지 몰라도, 정작 아이는 새빨간 거짓말을 하고 있는 것 같았다. 그게 무슨 뜻일까? 장담할 수 없지만 경험으로 미루어 짐작하건대 브라이언이 돌멩이를 던진 범인을 알고 있다는 뜻일 가능성이 가장 높아 보였다. 범인은 브라이언이 보호해야 할 의무를 느끼는 사람일지 몰랐다. 아니면 범인은 브라이언이 자기를 보았다는 걸 알고, 브라이언도 그 사실을 아는 것일 수도 있었다. 아이가 보복을 두려워하는 것인지도 몰랐다.

"어떤 사람이 저직 부부의 집에 돌을 던졌어." 앨런은 (바라건대) 달래는 듯한 목소리로 나지막이 말했다.

"네, 보안관님." 브라이언은 한숨을 쉬다시피 대답했다. "저도 그렇게 생각해요. 그랬을 수도 있겠다고. 저는 두 분이 싸우는 줄 알았지만 누가 돌을 던지는 소리였을 수도 있어요. 퍽, 쿵, 쾅."

리듬 파트는 퍼플 갱*. 앨런은 이렇게 생각만 하고 입 밖으로 내지는 않았다. "두 분이 싸우는 줄 알았다고?"

* 엘비스 프레슬리가 부른 〈교도소 록(Jailhouse Rock)〉에서 "퍽, 쿵, 쾅. 리듬 파트는 퍼플 갱"이라는 가사가 나온다.

"네, 보안관님."

"정말 그렇게 생각했니?"

"네, 보안관님."

앨런은 한숨을 쉬었다. "뭐, 이제는 그게 무슨 소리였는지 알지? 그게 나쁜 짓이었다는 것도 알 거고 말이야. 남의 집 창문에 돌을 던지는 건 상당히 심각한 범죄야, 그것 때문에 아무 일도 벌어지지 않는다 하더라도."

"네, 보안관님."

"하지만 이번에는 그것 때문에 벌어진 일이 있었지. 너도 알지, 브라이언?"

"네, 보안관님."

침착하고 핼쑥한 얼굴 속에서 그를 올려다보는 그 눈. 앨런은 두 가지 사실을 깨달았다. 이 아이는 진심으로 사건의 전말을 실토하고 싶어 한다는 점, 그리고 그럴 가능성이 전혀 없다는 점이었다.

"너 아주 우울해 보인다, 브라이언."

"네, 보안관님?"

"'네, 보안관님'이라니…… 그럼 우울하다는 말이니?"

브라이언이 고개를 끄덕이자 눈물이 두 방울 더 뺨을 타고 흘러내렸다. 앨런은 상반되는 두 개의 강렬한 감정을 느꼈다. 깊은 연민과 분노였다.

"뭣 때문에 우울하니, 브라이언? 어디 들어보자."

"예전에는 아주 기분 좋은 꿈을 꾸곤 했어요." 브라이언이 거의 들리지 않을 만큼 조그만 목소리로 말했다. "바보 같은 꿈이었지만 기분이 좋았어요. 언어 치료 수업의 랫클리프 선생님이 나왔고요. 이제는 그게 바보 같은 꿈이라는 걸 알아요. 몰랐을 때가 더 좋았는데. 그거 아세요? 지금은 아는 게 너무 많아요."

어둡고 너무나 우울해 보이는 두 눈이 다시 앨런의 눈과 만났다.

"지금 꾸는 꿈은…… 돌을 던지는 괴물이 나오는 꿈은…… 무서워요, 팽본 보안관님……. 하지만 우울한 이유는 제가 아는 것들 때문이에요. 마술사의 수법을 알아버린 것과 비슷한 상황이죠."

그는 살짝 고개를 끄덕였다. 앨런은 브라이언이 그의 시곗줄을 쳐다보았다고 확신했다.

"가끔은 모르는 게 나을 때도 있어요. 이젠 그걸 알겠어요."

앨런은 아이의 어깨에 손을 얹었다.

"브라이언, 우리 쓸데없는 얘기는 생략하자, 응? 무슨 일이 있었는지 말해봐. 네가 뭘 봤고, 뭘 했는지."

"올겨울에 앞마당의 눈을 치워줄 사람이 필요한지 여쭤보려고 찾아갔어요."

기계적으로 암기해서 얘기하는 듯한 아이의 말투를 듣고 앨런은 몹시 걱정스러워졌다. 이 아이는 겉보기에 미국의 여느 열한 살이나 열두 살짜리들과 거의 다를 게 없었지만—컨버스 운동화, 청바지, 바트 심슨이 그려진 티셔츠—프로그래밍이 잘못돼서 과부하에 걸릴 위기에 놓인 로봇처럼 말했다. 브라이언 러스크가 저직의 집에서 본 사람이 자기 어머니나 아버지였나 하는 생각이 처음으로 앨런의 머릿속에 떠올랐다.

"무슨 소리가 들렸어요." 아이가 훈련을 받고 법정에서 증언하는 형사처럼 단순한 평서문으로 말을 이었다. "섬뜩한 소리였어요. 쿵쾅거리면서 뭐가 부서지는 소리. 그래서 자전거를 타고 얼른 도망쳤어요. 옆집에 사는 아주머니가 현관 앞에 나와 있었어요. 저더러 무슨 일이냐고 물었어요. 그 아주머니도 무서워하는 것 같았어요."

"그래." 앨런이 말했다. "질리언 미슬라버스키. 그분하고도 만나봤다." 그는 브라이언의 자전거 바구니에 삐딱하게 놓여 있는 플레이메이트 아이스박스를 건드렸다. 브라이언의 입술에 힘이 들어가는 걸 그는 놓치지 않았다. "일요일 아침에도 이 아이스박스를 싣고 갔니?"

"네, 보안관님." 브라이언은 손등으로 뺨을 닦고 앨런의 얼굴을 조심스럽게 쳐다봤다.

"안에 뭘 담아서 갔니?"

아이는 아무 말도 하지 않았지만, 앨런이 보기에는 입술이 떨리는 것 같았다.

"안에 뭘 담아서 갔니, 브라이언?"

브라이언은 이번에도 아무 말 하지 않았다.

"돌멩이를 가득 채웠니?"

브라이언은 천천히, 신중하게 고개를 저었다. 아니라는 뜻이었다.

앨런은 세 번째로 물었다. "안에 뭘 담아서 갔니?"

"지금 있는 거랑 같은 거요." 브라이언이 속삭였다.

"열어서 봐도 될까?"

"네, 보안관님." 브라이언이 특유의 무기력한 목소리로 말했다. "아마도요."

앨런은 뚜껑을 한쪽으로 젖혀서 안을 들여다보았다.

톱스, 플리어, 돈러스 따위의 야구 카드들이 가득 들어 있었다.

"제가 모은 트레이딩 카드예요. 거의 어디든 들고 다녀요." 브라이언이 말했다.

"거의…… 어디든?"

"네, 보안관님."

"이유가 뭐니, 브라이언? 야구 카드로 채운 아이스박스를 자전거에 싣고 다니는 이유가 뭐야?"

"말씀드렸잖아요. 제가 모은 트레이딩 카드라고. 언제 대박의 기회가 찾아올지 모르니까요. 1967년에 '말도 안 되는 드림팀' 선수로 뛰었던 조 포이하고 마이크 그린웰의 원년 카드를 아직 못 구했거든요. 제가 제일 좋아하는 선수는 게이터*예요." 조롱의 눈빛이 언뜻언뜻 희미하게 아이의 눈을 스치고 지나가는 것 같았다. 텔레파시로 '속았지롱! 속았지롱!'이라고 외치는 목소리가 들리는 듯했다. 하지만 분명 그의 착각일 것이다. 좌절감이 아이의 목소리를 왜곡하는 것이리라.

그렇지 않을까?

아니, 아이스박스 안에 뭐가 들어 있을 거라고 기대한 거야? 쪽지가 묶인 돌멩이? 아이가 다른 집에 똑같은 짓을 저지르러 가는 중일 거라고 생각했어?

그랬다고 그는 시인했다. 마음속 한구석에서는 그럴지 모른다고

* 1970년대와 1980년대에 뉴욕 양키스의 투수로 활약했던 론 기드리의 별명.

생각했었다고. 브라이언 러스크, 캐슬록의 어린 테러리스트. 미친 돌팔매질 대장. 최악은, 그가 무슨 생각을 하고 있는지 브라이언 러스크가 분명 아는 눈치라는 것이었다.

속았지롱! 속았지롱, 보안관!

"브라이언, 요즘 마을에서 대체 무슨 일이 벌어지는 건지 얘기 좀 해주면 좋겠구나. 알고 있으면 말이야."

브라이언은 아무 말 없이 플레이메이트 아이스박스 뚜껑을 닫았다. 나른한 가을날의 오후 속에서 나지막이 탁! 소리가 났다.

"말할 수 없니?"

브라이언은 천천히 고개를 끄덕였다. 앨런의 짐작이 맞는 듯했다. 아무 말도 할 수가 없는 거였다.

"그럼 이거 하나만 묻자. 무섭니? 무섭니, 브라이언?"

브라이언은 좀 전처럼 천천히 고개를 끄덕였다.

"뭐가 무서운지 들어보자. 내가 해결해줄 수 있을지도 모르잖아." 그는 유니폼 셔츠 왼쪽에 달린 배지를 한 손가락으로 가볍게 두드렸다. "내가 나라에서 봉급을 받으며 이 별을 달고 다니는 이유가 그 때문이지 않겠니? 가끔 무서운 걸 없앨 수 있다는 거."

"저는……." 브라이언이 말문을 여는 순간, 삼 년인가 사 년 전 앨런이 스테이션왜건 계기판 아래에 설치한 공무용 무전기가 삐익 하며 잠에서 깨어났다.

"1호 차, 1호 차, 본부다. 들리나, 오버?"

브라이언의 시선이 앨런에게서 벗어났다. 그들은 실라 브리검의 목소리가 들린 스테이션왜건 쪽으로 고개를 돌렸다. 그건 관계 당국의 목소리, 경찰의 목소리였다. 앨런은 이 아이가 뭔가 얘기를 꺼내려던 찰나였을지 몰라도(그의 희망 사항일 수도 있겠지만) 이제는 물 건너간 얘기가 됐다는 걸 알 수 있었다. 아이의 입이 조개처럼 굳게 닫혀버렸다.

"이제 그만 집으로 가라, 브라이언. 이 문제에 대해서는…… 네가 꾸는 꿈에 대해서는…… 나중에 좀더 얘기하자. 알았지?"

"네, 보안관님. 그래요."

"그동안 내가 한 말에 대해서 잘 생각해봐. 무서운 걸 없애는 게 보안관의 임무라는 것에 대해서 말이야."

"이제 가봐야 해요, 보안관님. 더 늦으면 엄마가 노발대발할 거예요."

앨런은 고개를 끄덕였다. "그래, 그럼 안 되지. 가라, 브라이언."

그는 멀어져가는 아이를 지켜보았다. 브라이언은 고개를 숙인 채, 이번에도 자전거를 탄다기보다 걸터앉아 밀고 가는 것처럼 보였다. 뭔가가 이상했다. 너무 이상해서 지치고 넋이 나간 아이의 표정에 비하면 윌마와 네티의 사건은 부차적인 문제처럼 느껴질 정도였다.

이러니저러니 해도 그들은 죽어서 땅에 묻혔다. 브라이언 러스크는 아직 살아 있고.

그는 일 년 전에 팔았어야 하는 낡고 지긋지긋한 스테이션왜건으로 다가가 몸을 앞으로 숙이고 무선통신 마이크를 집어서 전송 버튼을 눌렀다.

"응, 실라, 1호 차다. 잘 들린다. 무슨 일인가?"

"헨리 페이턴이 연락했어요. 급한 일이래요. 보안관님을 연결해 달래요, 오버."

"연결 부탁한다." 앨런이 말했다. 심장이 두근거렸다.

"몇 분 걸릴지 몰라요, 오버."

"괜찮아. 기다리겠다. 1호 차 통신 종료."

그는 마이크를 쥐고 아롱아롱한 그늘에 세워둔 왜건의 옆면에 기대고 서서 헨리 페이턴의 인생에 어떤 급한 용무가 생겼는지, 소식을 기다렸다.

13

폴리가 집에 도착한 시각은 3시 20분이었다. 그녀는 전혀 다른 두 갈래 길 앞에서 갈팡질팡했다. 한편으로는 곤트가 시킨 일(그는 장난이라고 했지만 그런 식으로 생각하고 싶지는 않았다. 폴리 차머스는 장난을 좋아하지 않았다)을 얼른 해치워서 아즈카를 완전히 자신의 것으로 만들고 싶은 간절한 마음에 심장이 두근거렸다. 곤트가 이제 끝났다고 하기 전에는 거래가 끝난 게 아니라니 전혀 생각조차 못 한 일이었다.

또 한편으로는 앨런에게 연락해 무슨 일이 있었는지 기억나는 대로 전부 얘기하고 싶은 간절한 마음에 심장이 두근거렸다. 분명하게 기억나는 게 있다면—생각하면 불쾌하고 경악스러웠지만—릴런드 곤트는 폴리가 사랑하는 사람을 싫어한다는 사실, 그리고 뭔지 모를 아주 못된 짓을 저지르고 있다는 사실이었다. 앨런에게 알려야 했다. 아즈카의 작동이 멈추는 한이 있더라도 그에게 알려야 했다.

진심은 아니지?

하지만 진심이었다. 마음속 한구석에서 진심이라는 외침이 들려왔다. 릴런드 곤트가 무슨 짓을 저질렀기에 그런 감정이 느껴지는지 기억은 나지 않지만 그를 두려워하는 마음속 한구석에서는 그렇게 외치고 있었다.

예전으로 돌아가고 싶어, 폴리? 두 손에 수류탄 파편이 잔뜩 꽂힌 것처럼 느껴지던 시절로?

그건 아니었지만…… 앨런이 다치는 것도 싫었다. 곤트가 이 마을을 해코지할 작정이라면(그녀가 짐작하기엔 그랬다) 그의 계획대로 되는 것도 싫었다. 3번 국도의 끝에 있는, 아무도 살지 않는 캠버 농장으로 찾아가 영문 모를 장난을 침으로써 그의 계획에 일조하는 것도 싫었다.

집까지 천천히 걸어가는 동안 정반대 욕구가 서로 으르렁거리며 핏대를 세웠다. 곤트가 그녀에게 최면을 걸었을지 몰라도(가게 문을 나선 순간에는 최면에 걸렸던 게 분명하다는 생각이 들었지만 시간이 지날수록 점점 자신이 없어졌다) 이제 그 효과는 사라진 뒤였다(진심으로 그렇다고 믿었다). 어떻게 하면 좋을지 몰라 이 정도로 갈팡질팡하기는 난생처음이었다. 결정을 내리는 데 필요한 화학물질을 누가 훔쳐 가버린 것 같았다.

결국 그녀는 집으로 가서 곤트의 충고에 따르기로 했다(뭐라고 충고했는지 정확히 기억은 나지 않았지만). 집에 가서 우편물을 확인하고, 그런 다음엔 앨런에게 전화해 곤트가 어떤 일을 시켰는지 얘기하기로 마음먹었다.

그러면 아즈카가 작동을 멈출 거야. 머릿속에서 이렇게 얘기하는 음울한 목소리가 들렸다. 너도 알잖아.

그녀도 알았다. 하지만 옳고 그름의 문제가 있지 않은가. 그녀는 앨런에게 전화해 발끈했던 것에 대해 사과하고 곤트가 어떤 일을 시켰는지 얘기할 작정이었다. 깡통에 넣어달라며 곤트가 건넨 봉투를 보여줄 수도 있었다.

아마도.

기분이 조금 좋아진 폴리는 현관문 구멍에 열쇠를 넣고, 아무렇지 않게 이 일을 할 수 있다는 데 무의식적으로 기뻐하며 열쇠를 돌렸다. 여느 때처럼 우편물이 카펫 위에 쌓여 있었다. 대개는 우체국 휴일 다음 날에는 홍보물 숫자가 늘어나는데 오늘은 별로 없었다. 그녀는 허리를 숙여서 우편물을 집었다. 믿기 어려울 정도로 잘생긴 톰 크루즈의 웃는 얼굴이 표지를 장식한 케이블 TV 브로셔. 호초 콜렉션과 샤퍼 이미지의 우편 주문 카탈로그. 그리고…….

한 편지를 본 순간 공포 덩어리가 폴리의 뱃속 깊숙한 곳에서 점점 자라나기 시작했다. 기어리 666번지…… 샌프란시스코 아동복지과에서 퍼트리샤 차머스에게 보낸 편지였다. 몇 번 찾아간 적이 있었기 때문에 기어리 666번지라면 잘 알았다. 모두 합해서 세 번. 세 명의 아동 양육 지원금 담당 공무원과 세 번의 면담을 했었다. 두 명이 남자였는데, 그들은 마치 제일 비싼 신발에 들러붙은 사탕 껍질 대하는 눈빛으로 그녀를 쳐다보았다. 세 번째 공무원은 엄청나게 덩치 큰 흑인 여자로, 상대방의 얘기에 귀를 기울이고 웃을 줄 아는 그녀를 통해 폴리는 드디어 승인을 받을 수 있었다. 그녀는 기어리 666번지의 2층을 너무나 생생하게 기억했다. 리놀륨 바닥에 길고 희끄무레한 얼룩이 묻어 있던 복도, 그 끝에 달린 큼지막한 창문에서 쏟아지던 햇빛, 항상 문이 열려 있던 사무실에서 메아리치던 타자기 소리, 모래를 채운 복도 끝 쪽의 항아리 앞에 옹기종기 모여서 담배를 피우던 남자들이 그녀를 쳐다보던 눈빛. 그중에서도 가장 생생하게 기억이 나는 건 딱 한 벌뿐인 번듯한 옷—검은색 폴리에스터 바지 정장에 하얀색 실크 블라우스, 레그스 니얼리 누드 팬티스타킹, 굽이 낮은 구두—을 차려입었을 때의 기분과 거기서 느낀 공포와 외로움이었다. 기어리 666번지의 어두침침한 2층은 심장도 영혼도 없는 듯한 공간이있다. 아동 양육 지원금 신청 승인을 결국 받았지만 그녀의 뇌리에 남은 것은 당연히 거절당한 기억이었다. 그녀의 가슴을 더듬던 그 남자들의 시선(그녀가 일하던 식당의 노빌에 비해 옷차림이야 번듯했을지 몰라도 결국 오십보백보였다). 당장은 히피처럼 보이지 않지만 여기서 나가자마자 브래지어는 물론이고 실크 블라우스와 정장 바지를 벗어던지고 나팔바지에 젖꼭지가 훤히 보이는 홀치기염색 블라우스로 갈아입을 게 뻔한 이 풋내기 갈보의 사생아 켈턴 차머스의 문제를 고민하며 못마땅하다는 듯이 점잖게 입술을 오므리던 그들. 그들의 눈빛은 그 이상의 것을 얘기하고 있었다. 아동복지과의 답변은 우편으로 통보됐지만 폴리는 그 자리에서 거절당하리라는 것을 알았다. 처음 두 번의 상담을 마친 뒤 그 건물을 빠져나올 때 뺨을 타고 흘러내리던 뜨거운 눈물이 아직도 생생했다. 그에 더하여, 지나가던 사람들이 그녀를 쳐다보던 눈빛도. 관심이라고는 전혀 없이 무딘 호기심만 깃든 눈빛이었다.

절대 떠올리고 싶지 않았던 그 시절과 어둑어둑했던 2층의 복도가 다시금 되살아났다. 어찌나 선명한지 바닥 광택제 냄새가 느껴지고, 큼지막한 유리창에서 희부옇게 반사되던 햇빛이 보이고, 관료주의의 심장부에서 어렴풋이 사방을 울리며 또 하루를 씹어 넘기던 구식 수동 타자기 소리가 들리는 듯했다.

그들이 원하는 게 뭘까? 오, 기어리 666번지 사람들이 이제 와서 그녀를 찾는 이유가 뭘까?

찢어버려! 머릿속에서 비명에 가까운 외침이 들렸다. 어찌나 단호하게 명령하는지 하마터면 정말로 편지를 찢어버릴 뻔했다. 하지만 그녀는 봉투를 뜯어서 열었다. 안에 한 장의 종이가 들어 있었다. 복사본이었다. 봉투의 수신인 난에는 그녀의 이름이 적혀 있었지만 놀랍게도 그 편지의 수신인은 다른 사람이었다. 앨런 팽본 보안관.

그녀는 편지 하단으로 시선을 옮겼다. 휘갈겨 쓴 서명 아래에 타자로 존 L. 펄머터라는 이름이 적혀 있었다. 어디선가 들어본 이름 같기도 했다. 시선을 더 떨어뜨리자 편지 맨 아래에 "참조: 퍼트리샤 차머스"라고 표기되어 있는 것이 보였다. 이게 복사본이기는 했지만, 어쨌든 앨런의 우편물이 그녀에게 잘못 배달된 게 아닌가 하는 의문도 해결됐다. 하지만 도대체 왜…….

폴리는 현관 앞에 둔 셰이커 벤치에 앉아서 편지를 읽기 시작했다. 그러는 동안 바람이 불고 대기가 불안정한 날 형성되는 구름처럼 여러 가지 감정이 얼굴을 거쳐갔다. 당황, 이해, 수치, 경악, 노여움

그리고 마침내 분노까지. 그녀는 "뭐야!" 하고 빽 소리를 지르고는 내키지 않지만 처음부터 끝까지 다시 한번 천천히 편지를 읽었다.

샌프란시스코 아동복지과
기어리 스트리트 666
캘리포니아 주 샌프란시스코 94112
1991년 9월 23일

앨런 J. 팽본 보안관
캐슬 카운티 보안관 사무실
뮤니시플 빌딩 2동
메인 주 캐슬록 04055

팽본 보안관님께,

9월 1일에 보내신 편지를 받고 이 문제와 관해 어떠한 도움도 드릴 수 없음을 알려드리고자 답신합니다. 정당한 법원의 명령이 있는 경우에 한해 아동 양육 지원금 신청자에 관련된 정보를 제공하는 것이 저희 부서의 방침입니다. 보안관님의 편지를 수석 법률고문 마틴 D. 정에게 보였고 그의 조언에 따라 편지 복사본을 캘리포니아 주 검찰총장실로 전달했음을 통보합니다. 정 고문이 보안관님의 요청 자체가 불법은 아닌지 의견을 구한 상태입니다. 문의 결과에 관계없이 해당 여성분의 샌프란시스코 생활에 보인 보안관님의 관심은 부적절한 사생활 침해임을 강조하는 바입니다.

법률적으로 복잡해지기 전에 이 문제에서 손 떼시기를 권합니다.

부과장

존 L. 펄머터

참조: 퍼트리샤 차머스

이 소름 끼치는 편지를 네 번 읽은 뒤에 폴리는 벤치에서 일어나 부엌으로 들어갔다. 걷는다기보다 헤엄치는 것에 가까운, 느릿하고 우아한 움직임이었다. 처음에는 눈빛이 멍하고 혼란스러웠지만 벽에 달린 전화기의 수화기를 들어 큼지막한 버튼 패드로 보안관실의 번호를 누르는 순간에는 또렷했다. 눈빛에 담긴 표정은 단순했고 누가 봐도 오해의 여지가 없었다. 증오에 가까울 정도로 강렬한 분노였다.

애인이 그녀의 과거를 캐고 있었다. 그랬다는 것이 믿기지 않았지만 또 한편으로는 이상하고 소름 끼치도록 이치에 맞는 일처럼 느껴졌다. 지난 사오 개월 동안 그녀는 앨런 팽본과 자신을 수없이 비교했고 그럴 때마다 팽본이 자신보다 나은 인물이라는 결론을 내렸다. 그가 눈물이 많았다면, 그녀는 평온한 겉모습 아래에 엄청난 수치심과 상처와 남들은 모르는 오만한 자존심을 숨기고 있었다. 그가 솔직했다면, 그녀는 거짓으로 이루어진 집이나 다름없었다. 그가 얼마나 성인처럼 보였던가! 얼마나 주눅 들 정도로 완벽했던가! 그가 과거에 연연하지 않는다는 그녀의 주장은 얼마나 가식적이었던가!

그런데 켈턴 차머스의 진실을 파헤치겠답시고 줄곧 염탐을 하고 있었다니.

"이런 나쁜 놈." 그녀는 중얼거렸고, 신호가 가기 시작하자 손마디가 하얗게 질릴 정도로 수화기를 으스러져라 붙잡았다.

14

레스터 프랫은 대개 몇몇 친구들 무리와 함께 캐슬록 고등학교에서 퇴근하곤 했다. 다 같이 헴필스 마켓에 가서 탄산음료를 마신 다음 한 사람의 집에 가서 찬송가를 부르거나 게임을 하거나 그냥 수다를 떨었다. 하지만 오늘은 배낭을 짊어지고(그는 교사들 특유의 서류 가방을 질색했다) 고개를 숙인 채 혼자 학교를 나섰다. 학교 잔디밭을 가로질러 교직원용 주차장으로 천천히 걸어가는 레스터를 앨런이 보았다면 브라이언 러스크와 똑 닮은 모습에 놀랐을 것이다.

그는 샐리가 뭣 때문에 그렇게 화가 났는지 알아내려고 그날에만도 세 번에 걸쳐 연락을 시도했다. 마지막으로 시도한 게 5교시 이후 점심시간 때였다. 그녀가 중학교에 있다는 걸 알았지만 6학년과 7학년 수학을 가르치고 샐리와 친하게 지내는 모나 로리스에게 회신 전화를 받은 게 전부였다.

"샐리는 전화를 받을 수가 없어요." 모나의 목소리는 아이스캔디로 가득 찬 냉동고만큼이나 차가웠다.

"왜요?" 그는 징징대다시피 물었다. "왜 이래요, 모나. 대답해줘요!"

"나도 몰라요." 모나의 말투가 냉동고에 든 아이스캔디에서 액화

질소로 발전했다. "아이린 러엔스의 집에 같이 있었다는데 밤새도록 운 얼굴이고 당신하고 통화할 생각이 없대요." 전부 네 탓이야. 모나의 냉랭한 말투는 이렇게 얘기하고 있었다. 내가 그걸 어떻게 아느냐면, 너는 남자고 남자들은 다 개똥이거든. 이번 사건도 일반적인 경우를 방증하는 구체적인 사례일 따름이지.

"도대체 왜 그러는지 전혀 모르겠어요!" 레스터는 고함을 질렀다. "얘기라도 좀 전해주면 안 될까요? 왜 나한테 화가 났는지 모르겠다고요! 뭣 때문인지는 몰라도 오해라고, 내가 이해를 못 하겠는 걸 보면 그렇다고요!"

한참 동안 정적이 흘렀다. 이윽고 모나가 좀 전보다 약간 따뜻해진 목소리로 다시 말했다. 많이 따뜻하지는 않았지만 그래도 액화질소보다는 훨씬 나았다. "알았어요, 레스터. 그렇게 전할게요."

이제 그는 머스탱의 조수석에 샐리가 앉아 있길, 그에게 입을 맞추고 화해할 태세를 갖추고 있길 바라며 고개를 들었지만 차 안에는 아무도 없었다. 근처에 있는 사람이라고는 스케이트보드를 타고 돌아다니는 덜떨어진 슬로피 도드뿐이었다.

스티브 에드워즈가 뒤에서 다가와 레스터의 어깨를 쳤다.

"레스! 우리 집에 가서 콜라 한잔할래? 친구들 몇 명이 들른다고 했어. 저 말도 안 되는 가톨릭 행사를 어떻게 할 건지 의논해야지. 오늘 저녁에 교회에서 대규모 집회가 열리는데, 앞으로의 행보를 결정할 때 우리 청년회가 단합된 모습을 보이면 좋지 않겠어? 돈 헴필한테 얘기했더니 좋다고, 한번 해보자고 그러더라고."

그는 머리라도 쓰다듬어주길 기대하는 눈빛으로 레스터를 바라보았다.

"오늘 오후에는 안 돼, 스티브. 다음번에 갈게."

"야, 레스터, 모르겠어? 다음번은 없을지도 몰라! 교황 따까리들이 더이상 손 놓고 있지 않는다고!"

"갈 수가 없어." 레스터는 말했다. 머리라는 게 있으면 이쯤에서 포기하는 게 좋을 거다. 그의 표정은 이렇게 얘기하고 있었다.

"아, 하지만…… 왜?"

내가 무슨 잘못을 저질렀기에 내 여자가 그렇게 화가 났는지 알아내야 하거든. 레스터는 생각했다. 충격요법을 동원하는 한이 있더라도 알아내고야 말 거야.

그는 이렇게 말했다.

"해야 할 일이 있어서, 스티브. 중요한 일이야. 진짜야."

"만약 샐리 문제라면 레스……."

레스터의 눈이 위험하게 번뜩였다. "샐리 얘기는 꺼내지 마."

카지노 나이트를 둘러싼 분쟁이 스티브라는 속없는 청년의 가슴에 불을 지피기는 했지만 그렇다고 레스터 프랫이 그어놓은 선을 넘을 만큼 이글거리는 불꽃은 아니었다. 하지만 그는 순순히 물러날 생각이 없었다. 다른 청년부원들이 몇 명 참석하건 레스터 프랫이 없으면 청년부 대책 회의는 하나마나였다. 그는 좀더 이성적으로 접근했다.

"목사님이 익명의 엽서를 받은 거 알지?"

"응."

레스터는 대답했다. 로즈 목사 말로는 목사관 현관 바닥에 떨어져 있었다고 했다. '쥐새끼가튼 등신 침레교' 엽서로, 이미 악명이 자자했다. 목사는 남성으로만 구성된 청년부 회의를 긴급 소집해 엽서를 돌려보게 했다. 직접 보지 않으면 믿지 못할 만큼 혐오스럽기 짝이 없었기 때문이었다. 사탄의 유혹과도 같은 도박에 정당하게 반대하는 무리의 입을 틀어막으려고 가톨릭교도들이 어디까지 타락을 감행하는지 파악하기가 쉽지 않을 거라고 그는 말했다. 하지만 이 더럽고 추악한 토사물을 눈으로 확인하면 '훌륭한 청년들'이 어떤 세력을 상대하고 있는지 이해하는 데 도움이 되리라는 것이었다. "왜, 유비무환이라는 말도 있지 않습니까?" 로즈 목사는 호기롭게 말문을 맺었다. 그런 다음 엽서를 꺼내서(만지면 세균에 감염이라도 되는 듯 투명한 비닐봉지에 넣어두었다) 돌려보게 했다.

레스터는 그 엽서를 읽었을 때 당장 나가서 가톨릭교도 몇 명을 박살 낼 태세였지만, 지금은 모든 게 남의 일 같고 유치하게 느껴졌다. 가톨릭교도들이 가짜 돈으로 도박을 하고 새 타이어와 주방용품을 나눠주든 말든 무슨 상관일까. 가톨릭교도와 샐리 랫클리프로 후보가 좁혀진다면 둘 중 어느 쪽을 걱정해야 하는지 그는 알았다.

"……회의를 통해 다음 조치를 고민해야지!" 스티브가 계속 얘기를 늘어놓고 있었다. 다시 흥분하려는 참이었다. "우리가 주도권을 쥐어야 해, 레스터…… 반드시! 목사님은 이른바 캐슬록을 걱정하는 가톨릭교도들이 말로 끝내지 않을까 봐 걱정이 된대. 다음번에는……."

"저기, 스티브, 뭐든 네가 하고 싶은 대로 해. 하지만 나는 그만 좀 괴롭혀!"

스티브는 하던 얘기를 멈추고 그를 빤히 쳐다보았다. 충격을 받은 동시에, 친구들 중에서 가장 침착한 레스터이니만큼 곧 정신을 차리고 사과하겠거니 생각하는 눈치였다. 사과를 받을 가능성이 없다는 걸 깨닫자 그는 학교를 향해 뒷걸음을 쳐 레스터와 멀찌감치 거리를 두었다.

"와, 너 지금 상태 개떡이구나?"

"그래!"

레스터는 살기등등하게 외치고 큼지막한 주먹을 허리춤에 얹었다.

하지만 그는 단순히 화가 난 게 아니었다. 젠장, 전체적으로 상처를 받았고, 그중에서도 가장 심하게 상처를 받은 곳이 마음이라 아무한테라도 주먹을 휘두르고 싶었다. 가엾은 스티브 에드워즈가 원흉은 아니었다. 스티브에게 짜증을 부리는 동안 그의 안에서 어떤 스위치가 눌렸다. 스위치가 눌리자 평소에는 어두컴컴하고 잠잠했던 마음속의 온갖 장치에 불이 들어왔다. 원래는 아주 얌전한 청년인 레스터건만, 샐리와 만나기 시작한 이래 처음으로 그녀에게도 화가 났다. 그녀가 무슨 권리로 그에게 지옥으로 꺼지라고 하는 걸까? 무슨 권리로 그에게 나쁜 놈이라고 하는 걸까?

뭔가에 엄청 화가 나서 그랬겠지? 그렇다, 그녀는 화가 났다. 그가 빌미를 제공했을지도 모른다. 뭐였을지 짐작조차 가지 않지만 편의상 그랬다고 치자. 아무리 그래도 그렇지, 먼저 설명을 청하는 예의도 없이 버럭 달려들어도 되나? 그가 달려오지 못하게 아이린 러옌스의 집으로 피신하고, 전화를 피하고, 모나 로리스를 중재자로 동원해도 되나?

샐리를 찾아낼 거야. 레스터는 생각했다. 뭣 때문에 그러는지 알아내고 말겠어. 이유가 밝혀지면 화해할 수 있겠지. 화해하고 나면 내가 농구 연습을 할 때 1학년생들한테 맨 먼저 하는 얘기를 해주어야지. 신뢰가 팀워크의 핵심이라고.

그는 배낭을 벗어서 뒷좌석에 던지고 차에 올라탔다. 그때 조수석 아래로 삐죽 튀어나온 뭔가가 눈에 들어왔다. 뭔지 몰라도 검은색이었다. 지갑 같아 보였다.

레스터는 샐리의 지갑인가 보다 생각하고 냉큼 집었다. 긴 주말 중간에 여기다 흘렸다면 지금쯤 없어진 걸 알아차렸을 것이다. 걱정하고 있을 것이다. 그가 잃어버린 지갑에 대한 걱정을 덜어주면 좀더 쉽게 대화의 물꼬를 틀 수 있을지 몰랐다.

하지만 샐리의 지갑이 아니었다. 조수석 아래에 떨어진 물건을 자세히 들여다본 순간 바로 알아차렸다. 그건 까만색 가죽이었다. 샐리의 지갑은 긁힌 자국으로 뒤덮인 파란색 스웨이드였고 그보다 훨씬 작았다.

호기심에 지갑을 열어보았다. 맨 처음 튀어나온 것을 보고 그는 명치를 세게 얻어맞은 듯한 충격을 느꼈다. 존 라포인트 부보안관의 신분증이 들어 있었던 것이다.

도대체 존 라포인트가 그의 차에는 어쩐 일이었을까?

주말 동안 차를 샐리가 썼잖아. 머릿속에서 이런 속삭임이 들렸다. 그러니까 존 라포인트가 네 차에서 뭘 했겠어?

“아니야.” 그는 말했다. “무슨 말씀. 천만에. 샐리가 그랬을 리 없지. 그를 만났을 리 없고말고. 말도 안 돼."

한때 둘은 만났었다. 샐리와 존 라포인트 부보안관은 캐슬록의 가톨릭교도와 침례교도 사이에서 악감정이 점점 쌓여가고 있었음에도 일 년 넘게 사귄 적이 있었다. 카지노 나이트를 두고 난리가 벌어지기 전에 헤어졌지만…….

레스터는 다시 차에서 내려 안이 들여다보이는 지갑의 비닐 주머니를 하나씩 넘겼다. 의구심이 점점 커졌다. 라포인트의 운전면허증이 있었다. 사진 속의 그는 샐리와 만났을 때 기르던 수염을 달고 있었다. 몇몇 친구들이 보지 빗자루라고 부르는 수염이었다. 다음은 라포인트의 입어 허가증. 다음은 라포인트의 어머니와 아버지 사진. 다음은 그의 수렵면허증. 그리고 다음은…… 다음은…….

레스터는 맞닥뜨린 사진을 뚫어져라 응시했다. 존과 샐리의 사진이었다. 남자친구와 여자친구로 찍힌 사진. 둘은 축제의 사격 연습장처럼 보이는 곳 앞에 서 있었다. 서로를 쳐다보며 웃고 있었다. 샐리는 큼지막한 곰 인형을 껴안은 모습이었다. 라포인트가 상품으로 받아서 준 모양이었다.

레스터는 그 사진을 쳐다보았다. 이마 한복판으로 볼록하게 튀어나온 혈관이 쉴 새 없이 벌떡거렸다.

그녀가 그에게 뭐라고 했던가? 나쁜 바람둥이 놈?

"누가 누구더러 뭐라는지 모르겠네." 레스터 프랫은 중얼거렸다.

분노가 끓어오르기 시작했다. 순식간에 부글부글 끓어올랐다. 이때 누군가가 그의 어깨를 건드리자 그는 지갑을 떨어뜨리고 주먹을 불끈 쥐며 몸을 홱 돌렸다. 하마터면 아무 죄 없는 말더듬이 슬로피 도드를 날려버릴 뻔했다.

"프, 프랫 코, 코치님?" 슬로피가 말했다. 두 눈을 동그랗게 뜨고 있었지만 겁에 질린 표정은 아니었다. 호기심 어린 표정이라면 모를까, 두려워 보이지는 않았다. "괘, 괘, 괜찮으세, 세, 세요?"

"괜찮아." 레스터는 잠긴 목소리로 대답했다. "이제 그만 집에 가라, 슬로피. 교직원용 주차장에서 스케이트보드 타지 말고."

그는 떨어뜨린 지갑을 집으려고 허리를 숙였지만 슬로피가 그보다 땅바닥과 육십 센티미터 더 가까웠기에 선수를 빼앗겼다. 슬로피는 라포인트의 운전면허증 사진을 신기하다는 듯이 쳐다보고 프랫 코치에게 지갑을 돌려주었다. "아. 그, 그, 그분 마, 맞네요."

아이는 스케이트보드에 올라 사라지려고 했지만 레스터가 한발 먼저 아이의 티셔츠를 붙잡았다. 스케이트보드가 슬로피의 발아래에서 튕겨져 나와 저 혼자 굴러가다 바닥의 구멍에 걸려 뒤집혔다. 입고 있던 AC/DC 티셔츠―"록을 외칠 준비가 되어 있는 그대들에게 경배를"이라고 적혀 있는―의 목 부분이 찢어졌지만 슬로피는 개의치 않는 눈치였다. 심지어 레스터의 행동에 겁을 내기는커녕 놀라지도 않는 것 같았다. 레스터는 그런 줄도 몰랐다. 미묘한 요소를 알아차릴 수 있는 상태가 아니었다. 그는 체구가 크고, 평소에는 얌전하지만 성격이 급하며, 잔잔한 표면 아래에 격한 감정의 회오리바람을 품고 있는 남자였다. 그 끔찍한 폭풍의 중심에 대해 평생 모르고 지내는 남자들도 있었다. 하지만 레스터는 자신의 중심을 발견했고(그것이 그를 발견했다고 보는 편이 맞을지 모르지만) 이제 완전히 그 안으로 빨려 들어가 있었다.

그는 데이지 깡통 햄만큼이나 커다란 주먹으로 슬로피의 티셔츠를 움켜쥔 채 땀이 흐르는 얼굴을 슬로피 쪽으로 숙였다. 이마 한복판으로 튀어나온 핏줄이 그 어느 때보다 빠르게 펄떡거렸다.

"그게 무슨 소리야, '그분 맞네요'라니?"

"지, 지난주 금요일 방과후에 래, 래, 랫클리프 서, 선생님이 만난 나, 나, 남자라고요."

"방과후에 만났다고?" 레스터는 쉰 목소리로 묻고, 이가 서로 부딪힐 정도로 슬로피를 세게 흔들었다. "확실해?"

"네." 슬로피는 말했다. "둘이서 서, 서, 선생님의 차를 타, 타고 갔어요. 그 나, 남자가 우, 운전했고요."

"운전을? 그자가 내 차를 운전했다고? 존 라포인트가 샐리를 태우고 내 차를 몰았다고?"

"네, 저 나, 나, 남자가요." 슬로피는 운전면허증의 사진을 다시 한번 가리켰다. "차, 차, 차에 타, 타기 전에 그 남자가 선생님한테 키, 키, 키스를 해, 했어요."

"그래?" 레스터는 반문했다. 그의 표정이 이제는 딱딱하게 굳었다. "그랬단 말이지?"

"네, 그, 그, 그렇다니까요." 슬로피가 말했다. 얼굴을 환히 빛내며 (다소 음흉한) 함박웃음을 지어 보였다.

자, 얘들아, 나가서 밟아버리자, 하고 외칠 때 쓰는 평소의 거친 목소리와 다르게 비단결처럼 부드러운 목소리로 레스터가 물었다.

"선생님도 같이 키스를 하든? 네가 보기에는 어땠어, 슬로피?"

슬로피는 신이 나서 눈을 굴렸다.

"제가 보, 보기에는 그, 그, 그런 것 같았어요! 둘이 마, 말 그대로 얼굴을 빠, 빠, 빨았어요, 프, 프랫 코치님!"

"얼굴을 빨았다." 레스터는 평소와 다르게 비단결처럼 부드러운 목소리로 중얼거렸다.

"네."

"말 그대로 얼굴을 빨았다." 레스터는 평소와 다르게 비단결처럼 부드러운 목소리로 놀라워했다.

"그, 그, 그렇다니까요."

레스터는 슬로페스터*(몇 안 되는 친구들이 부르는 별명이었다)를 잡았던 손을 놓고 허리를 폈다. 이마 한복판으로 튀어나온 핏줄이 펄떡거리며 펌프질을 했다. 그는 웃고 있었다. 이상하다 싶을 정도로 하얗고 네모반듯한 이를 드러내며 섬뜩하게 웃고 있었다. 파란 눈은 가느다랗게 뜬 세모꼴의 실눈으로 변했다. 스포츠머리는 비명을 지르며 사방으로 뻗쳤다.

"프, 프, 프랫 코치님? 뭐 무, 무, 문제 생겼어요?"

"아니." 레스터 프랫은 평소와 다르게 비단결처럼 부드러운 목소리로 말했다. 웃는 얼굴에는 변함이 없었다. "내가 바로잡지 못할 문제는 아니야." 상상 속에서는 그의 손이 이미 거짓말을 일삼고, 교황을 사랑하며, 곰 인형을 상품으로 받아내고, 남의 여자를 가로채는 존 라포인트라는 프랑스 놈팽이의 목을 조르고 있었다. 그는 인간 행세를 하는 개자식이었다. 레스터가 사랑하는 여자, 레스터

* '페스터pester'에는 성가시게 군다는 뜻이 있다.

와 입을 맞출 때는 입술을 눈곱만큼밖에 벌리지 않는 여자에게 얼굴 빠는 법을 가르쳐준 개자식이었다.

그는 먼저 존 라포인트를 처리할 것이다. 그건 아무 문제 없었다. 그 일이 끝나면 샐리와 대화를 나눌 것이다.

아니면 다른 걸 하든지.

"이 세상에 내가 바로잡지 못할 문제는 없지."

그는 평소와 다르게 비단결처럼 부드러운 목소리로 중얼거리며 다시 머스탱에 올라탔다. 몸무게 백 킬로그램에 달하는 레스터의 사태와 허릿살이 운전석에 자리를 잡자 차가 왼쪽으로 상당히 기울었다. 그는 시동을 걸고 액셀러레이터를 힘껏 밟아서 우리에 갇힌 배고픈 호랑이처럼 포효하는 소리를 내더니 이어 끼익하고 고무로 바닥을 긁어가며 출발했다. 슬로페스터는 기침을 하고 요란하게 손을 흔들어 먼지를 날리면서 스케이트보드가 있는 곳으로 걸어갔다.

낡은 티셔츠의 목 부분이 완전히 뜯겨 나와 툭 튀어나온 쇄골 위로 까만색 목걸이를 걸고 있는 것처럼 보였다. 슬로피는 웃고 있었다. 곤트 씨가 시킨 대로 했더니 대성공이었다. 프랫 코치가 머리끝까지 화가 났다.

이제 그는 집에 가서 찻주전자를 감상할 수 있었다.

"마, 마, 말 더듬는 것만 어, 어, 없어지면 좋을 텐데."

그는 딱히 누구에게랄 것도 없이 말했다. 그러고는 스케이트보드를 타고 멀어졌다.

15

실라가 진땀을 뻘뻘 흘리며—중간에는 잔뜩 흥분한 목소리로 떠들던 헨리와의 연결이 끊기는 바람에 다시 전화를 해야 할까 싶기도 했다—앨런과 헨리 페이턴을 연결하는 과학기술계의 위업을 달성하자마자 앨런의 전용선에 불이 켜졌다. 실라는 막 불을 붙이려던 담배를 내려놓고 전화를 받았다.

"캐슬 카운티 보안관 사무실, 팽본 보안관의 전화입니다."

"안녕하세요, 실라. 앨런 바꿔주세요."

"폴리?" 실라는 미간을 찌푸렸다. 폴리 차머스의 전화인 게 분명했지만 대기업 중역 비서처럼 그렇게 냉랭하고 딱 부러지는 말투는 여태껏 들어본 적이 없었다. "폴리 맞아요?"

"맞아요. 앨런 바꿔주세요."

"이런, 폴리, 지금은 안 돼요. 보안관님이 헨리 페이턴과 통화중이라……."

"그럼 기다릴게요. 통화 끝나면 연결해줘요." 폴리가 말허리를 잘랐다.

실라는 당황스러워졌다.

"아…… 저기…… 그럴 수는 있지만 사실 좀 복잡해요. 왜냐하면 보안관님이…… 그러니까, 현장에 계시거든요. 헨리도 내가 여기서 연결해드린 거예요."

"헨리 페이턴을 연결해줄 수 있으면 나도 연결해줄 수 있잖아요." 폴리가 냉랭하게 말했다. "아니에요?"

"네, 맞아요. 하지만 통화가 얼마나 길어질지……."

"죽을 때까지라도 상관없어요. 기다릴 테니까 그쪽 통화가 끝나면 연결해줘요. 얼마나 중요한 일이면 내가 그러겠어요. 알잖아요, 실라. 아니에요?"

그렇다. 실라는 알았다. 그리고 또 다른 것도 알았다. 폴리 때문에 슬슬 무서워지기 시작했다는 것.

"폴리, 별일 없는 거죠?"

한참 동안 정적이 흘렀다. 이윽고 폴리가 질문으로 대답을 대신했다.

"실라, 팽본 보안관이 샌프란시스코 아동복지과로 보내는 편지를 타자로 쳐준 적 있어요? 아니면 그 주소가 적힌 발송용 봉투를 본 적 있든지."

실라의 머릿속에서 빨간불이, 그것도 여러 개가 일제히 켜졌다. 그녀에게 앨런 팽본은 거의 우상이나 다름없었는데, 폴리가 그를 비난하고 있었다. 무슨 일인지는 알 수 없지만 비난하는 말투라는 건 들으면 알 수 있었다. 알고도 남았다.

"그건 아무한테도 공개할 수 없는 정보예요." 그녀는 말했다. 그녀의 목소리도 온도가 20도쯤 떨어졌다. "보안관님한테 직접 물어보세요."

"그러게요. 그러는 게 좋겠네요. 기다릴 테니까 통화 끝나면 연결해줘요."

"폴리, 왜 그래요? 보안관님한테 화나는 일 생겼어요? 왜냐하면 당신도 알다시피 보안관님은 절대……."

"나는 더이상 아무것도 모르겠어요. 내가 해서는 안 되는 질문을 했다면 미안해요. 이제 내 전화 대기시켜놓고 있다가 최대한 빨리 연결해줄래요? 아니면 내가 직접 나서서 그이를 찾아갈까요?"

"아뇨, 내가 연결해줄게요." 실라가 말했다. 무슨 끔찍한 일이라도 벌어진 듯 마음이 이상하게 무거웠다. 캐슬록의 수많은 여자들이 그렇듯 그녀 역시 앨런과 폴리가 서로 끔찍하게 사랑하는 사이라고 생각했고, 막판에는 모든 게 잘 풀리고 사랑도 어찌어찌 방법을 찾는 약간 암울한 분위기의 동화 속 주인공으로 여겼다. 그런데 이제 폴리의 목소리를 들어보니 그냥 화가 난 게 아니었다. 그녀는 괴로워했고, 또 다른 뭔가가 있었다. 실라가 듣기에 다른 뭔가는 증오인 듯했다. "이제 통화대기로 넘길게요, 폴리. 좀 걸릴지 몰라요."

"괜찮아요. 고마워요, 실라."

"별말씀을요."

그녀는 대기 버튼을 누르고 담배를 집었다. 불을 붙이고, 미간을 찌푸린 채 깜빡이는 조그만 불빛을 쳐다보면서 깊이 연기를 빨았다.

16

"앨런?" 헨리 페이턴이 외쳤다. "앨런, 내 말 들려요?" 마치 텅 빈 초대형 크래커 상자 안에서 중계하는 아나운서의 목소리 같았다.

"잘 들려요, 헨리."

"삼십 분쯤 전에 FBI에서 연락을 받았어요." 헨리가 크래커 상자 안에서 말을 이었다. "지문에 엄청난 행운이 따랐어요."

앨런의 심장박동이 빨라졌다.

"네티의 집 문손잡이에 남아 있었던 거요? 일부분만 찍혔다던?"

"맞아요. 바로 그 마을에 사는 어떤 친구와 잠정적으로 일치해요. 전과 1범이에요. 1977년에 경절도죄로 체포된 적이 있어요. 당시 서류에 날인한 지문도 입수했어요."

"뜸들이지 말고 얘기해요. 누구예요?"

"이름이 휴 앨버트 프리스트예요."

"휴 프리스트!" 앨런은 외쳤다. 페이턴이 J. 댄포스 퀘일이라는 이름을 댔어도 이보다 더 놀라지는 않았을 것이었다. 앨런이 알기로는 네티 코브와 거의 모르는 사이라는 점에서 휴는 그와 다를 바가 없었다. "휴 프리스트가 왜 네티의 개를 죽였을까요? 윌마 저직의 유리창은 왜 깼을까요?"

"나야 모르죠, 그자를 알지도 못하니. 찾아가서 물어보지그래요? 당장 거기로 출동해요. 그자가 불안해져서 사우스다코타의 드라이험프에 사는 친척집에 놀러 가기로 마음먹기 전에."

"좋은 생각이에요. 나중에 전화할게요, 헨리. 고마워요."

"새로운 소식 생기면 계속 알려줘요. 이게 원래는 내 사건이라는 거 잊지 말고요."

"알았어요. 전화할게요."

연결이 끊기자 삑! 하는 날카로운 금속성 잡음이 울리더니 앨런의 무전기에서 통화대기음이 이어졌다. 앨런은 나이넥스와 AT&T 전화회사에서 그들의 업무에 대해 어떻게 생각할지 잠깐 궁금해하다가 마이크를 걸려고 허리를 숙였다. 그러자마자 단조로운 대기음이 끊기면서 실라 브리검의 목소리가 들렸다. 그녀답지 않게 망설이는 투였다.

"보안관님, 폴리 차머스가 통화대기중인데요. 보안관님 통화가 끝나자마자 연결해달라고 했어요. 오버."

앨런은 눈을 깜빡였다. "폴리가?" 그는 새벽 3시에 전화벨이 울리면 그러듯이 덜컥 겁이 났다. 폴리는 지금까지 그런 요청을 한 번도 한 적이 없었고, 누가 물으면 앨런은 그녀가 앞으로도 그런 요청을 할 일이 없을 거라고 대답했을 것이다. 폴리는 옳은 행동을 아주 중요하게 생각하는데, 이건 그녀가 생각하는 올바른 행동의 기준에 걸맞지 않았다. "무슨 일인데, 실라? 폴리가 얘기하던가? 오버."

"아뇨, 보안관님, 오버."

그렇겠지. 당연히 얘기했을 리 없었다. 그것도 짐작하던 바였다. 폴리는 입이 무거운 성격이었다. 그걸 굳이 확인했다는 자체가 그가 얼마나 놀랐는지를 보여주는 대목이었다.

"보안관님?"

"연결해줘, 실라, 오버."

"알겠습니다, 보안관님."

삑!

그는 땡볕에 서서 너무 세게, 너무 빠르게 뛰는 심장을 달랬다. 예감이 좋지 않았다.

다시 삑! 하는 소리에 이어 실라의 목소리가 들렸다. 까마득하고 끊길락 말락 하게 들렸다.

"얘기해요, 폴리. 연결됐을 거예요."

"앨런?"

목소리가 어찌나 크게 들리는지 그는 움찔했다. 거인, 그것도 화가 난 거인의 목소리였다. 이미 거기까지 파악이 끝났다. 한 마디면 충분했다.

"연결됐어요, 폴리. 무슨 일이에요?"

잠깐 동안 오로지 정적만이 흘렀다. 그 너머 깊은 곳에서 다른 통화자들이 희미하게 웅얼거리는 소리가 들렸다. 순간 연결이 끊긴 게 아닌가 싶었고…… 그는 그랬으면 좋겠다는 생각을 했다.

"앨런, 이거 공개 통화라는 거 알아요. 하지만 무슨 얘긴지 당신은 알 거라고 봐요. 어떻게 이럴 수가 있어요? 어떻게?"

어딘지 모르게 익숙한 대화였다. 어딘지 모르게 그랬다.

"폴리, 무슨 소린지 이해가……."

"아니, 당신은 알아요." 그녀는 대답했다. 목소리가 점점 잠겨서 점점 알아듣기 힘들어졌고, 앨런은 그녀가 아직은 아닐지 몰라도 눈물을 흘리기 직전이라는 걸 알아차렸다. "내가 사람을 잘못 봤다는 걸 알고 나니까 힘드네요. 내가 사랑한다고 생각했던 얼굴이 가면이라는 걸 알고 나니까 힘들어요."

어딘지 모르게 익숙한 상황. 그래, 이제 그는 알 수 있었다. 애니와 토드가 죽은 뒤에 계속 꾸었던 악몽과 비슷했다. 꿈속에서 그는 길가에 서서 그들이 스카우트를 타고 지나가는 모습을 지켜보았다. 그들은 죽으러 가는 길이었다. 그도 그걸 알지만 바꿀 도리가 없었다. 팔을 흔들고 싶지만 너무 무거웠다. 고함을 지르려고 해도 입을 여는 방법을 잊어버렸다. 그가 투명인간이라도 되는 양 그들은 쌩하니 옆을 지나쳐 갔고, 이것 역시 그 꿈과 같았다. 그가 어떤 희한한 과정을 거쳐 폴리에게 투명인간이 되어버린 듯했다.

"애니……." 그는 자신의 입에서 나온 이름을 듣고 경악하며 다시 바꿔 불렀다. "폴리. 지금 당신이 무슨 얘길 하는 건지 모르겠지만, 폴리……."

"알잖아요!" 그녀는 갑작스럽게 소리를 질렀다. "알면서 모른다고 하지 마요! 왜 내 쪽에서 얘기를 꺼낼 때까지 기다리지 않았어요? 기다리지 못할 것 같거든 물어보면 됐잖아요! 왜 사람 뒤를 캐요? 어떻게 내 뒤를 캘 수가 있어요?"

그는 눈을 질끈 감고 이리저리 혼란스럽게 질주하는 생각들을 정리하려 애썼지만 아무 소용이 없었다. 오히려 섬뜩한 장면이 떠올랐다. 《노웨이 저널 레지스터》의 마이크 호턴이 신문사의 베어캣 전파수신기 위로 고개를 숙인 채 속기로 미친 듯이 받아 적는 장면이었다.

"내가 무슨 짓을 저질렀다고 생각하는지 몰라도 오해예요. 우리, 만나서 얘기……."

"아뇨. 나는 지금 당신을 만날 수 없을 것 같아요, 앨런."

"아니에요. 만날 수 있을 거예요. 만나야 해요. 내가……."

그때 헨리 페이턴의 목소리가 떠올랐다. 찾아가서 물어보지그래요? 당장 거기로 출동해요. 그자가 불안해져서 사우스다코타의 드라이험프에 사는 친척집에 놀러 가기로 마음먹기 전에.

"당신이 뭐요?" 그녀가 묻고 있었다. "당신이 뭐요?"

"방금 생각난 게 하나 있어요." 앨런은 느릿느릿 얘기했다.

"아, 그래요? 구월 초에 당신이 보낸 편지요? 샌프란시스코로 보낸 편지요?"

"무슨 소린지 모르겠는데요, 폴리. 아무튼 지금 당장은 못 만나요, 다른 데…… 도둑이 들어서. 하지만 이따……."

그녀가 숨가쁘게 흐느끼며 얘기를 하는 탓에 뭐라고 하는지 알아들을 수가 없어야 하는데 그렇지가 않았다.

"아직도 모르겠어요, 앨런? 이따는 없어요, 이제 더는 없어요. 당신은……."

"폴리, 제발 그러지 말고……."

"싫어요! 앞으로 내게 다가오지 말아요! 절대 다가오지 말아요, 기웃거리면서 남의 뒤나 캐고 다니는 이 개 같은 인간!"

뻑!

단조로운 통화대기음이 다시 들렸다. 앨런은 여기가 어디인지, 어쩌다 여기까지 오게 됐는지 모르는 사람처럼 메인과 스쿨이 만나는 네거리를 두리번거렸다. 무릎이 풀려 바닥에 대자로 뻗어 겨울잠을 자려는 권투 선수인 양 멍하고 얼떨떨한 눈빛이었다.

어쩌다 이렇게 됐지? 어쩌다 순식간에 이렇게 됐을까?

전혀 감을 잡을 수가 없었다. 지난주 무렵부터 온 마을이 미쳐가는 느낌이더니…… 이제 폴리마저 거기에 전염됐다.

뻑!

"저…… 보안관님?" 실라였다. 숨을 죽이고 조심스럽게 속삭이는 걸 보니 폴리와 그의 대화를 일부분이나마 들은 모양이었다. "보안관님, 들리세요? 응답하세요."

그는 마이크를 뜯어내 인도 옆 덤불 속으로 내동댕이치고 싶은 갑작스럽고도 강렬한 욕구를 느꼈다. 그런 다음 달리고 싶었다. 어디든 상관없었다. 모든 잡념을 떨쳐버리고 태양을 향해 달리고 싶었다.

하지만 모든 의지를 동원해 휴 프리스트를 생각했다. 휴가 두 여자의 죽음을 초래한 것 같았으니 그래야 했다. 지금 신경 써야 하는 상대는 폴리가 아니라 휴였고…… 그는 그러한 사실에서 엄청난 위안을 느꼈다.

그는 전송 버튼을 눌렀다. "듣고 있어, 실라, 오버."

"보안관님, 폴리하고는 연결이 끊긴 것 같아요. 저기…… 제가…… 엿들으려고 한 게 아니라……."

"괜찮아, 실라. 얘기 끝났으니까." (왠지 섬뜩한 기분이 들었지만 지금 당장은 생각하지 않기로 했다.) "지금 거기 누가 있나? 오버."

"존이 잠깐 들어왔어요." 실라가 말했다. 화제가 바뀌자 안심한 기색이 역력한 목소리였다. "클럿은 순찰을 돌고 있고요. 마지막으로 보고한 위치가 캐슬뷰 근처였어요."

"알았어." 낯선 분노로 뒤덮인 폴리의 얼굴이 의식의 수면 위로 떠오르려 했다. 그는 그 얼굴을 눌러서 막고 다시 휴 프리스트에게 집중했다. 하지만 순간, 어느 누구의 얼굴도 보이지 않았다. 보이는 거라고는 끔찍한 어둠뿐이었다.

"보안관님? 듣고 계세요? 오버."

"응. 듣고 있어. 클럿한테 연락해서 캐슬힐 로드 끝 쪽에 있는 휴 프리스트의 집으로 출동하라고 해. 어딘지 알 거야. 휴가 출근했을 것 같긴 하지만 만약 쉬는 날이라 집에 있으면 차에 태워서 지서로 데려오라고 해. 신문해야 하니까, 오버."

"알았습니다, 오버."

"아주 조심스럽게 접근하라고 전해. 네티 코브와 윌마 저직의 죽음과 관련한 용의자로 신문하는 거라고. 그가 나머지 빈칸을 채울 수 있을 거야, 오버."

"세상에!" 실라는 놀란 동시에 흥분한 목소리였다. "알겠습니다, 보안관님."

"나는 시내 배차장으로 갈게. 휴가 아마 거기 있을 거야. 이상 끝, 통신 종료."

그는 마이크를 걸며(아무리 못해도 그걸 사 년 동안 들고 있었던 듯한 기분이었다) 생각했다. 방금 전에 실라에게 무진으로 전달한 사항을 폴리한테도 얘기했더라면 상황이 지금처럼 고약해지지는 않았을지 몰라.

하지만 아닐 수도 있었다. 이게 무슨 상황인지도 모르는 마당에 무슨 수로 그렇다고 얘기할 수 있을까? 폴리는 그에게 기웃거리며…… 남의 뒤나 캐고 다니는 인간이라고 했다. 그 안에 많은 뜻이 담겨 있긴 하지만 확실한 건 아무것도 없었다. 그뿐만이 아니었다. 사건 접수원를 통해 체포 명령을 전달하는 것이 핵심인 상황 아닌가. 게다가 현장에 나가 있는 경관에게 상대가 위험한 인물일 수 있다고 경고도 해야 했다. 아무나 들을 수 있는 무선통신기로 여자친구에게 이런 정보를 발설하는 건 차원이 다른 얘기였다. 그는 올바른 조치를 취했고, 그랬다는 걸 자신도 알았다.

그렇다고 욱신거리는 심장이 달래지는 건 아니었다. 그는 이제부터의 당면 과제에 다시금 의식적으로 집중했다. 휴 프리스트를 찾아서 지서로 이송하고, 원한다면 빌어먹을 변호사를 붙여주고, 네티가 기르던 반려견 레이더를 코르크 오프너로 죽인 이유가 뭐냐고 물어야 했다.

잠깐 동안은 효과가 있었지만 스테이션왜건의 시동을 걸고 차를 출발시켰을 때 떠오른 것은 휴가 아니라 폴리의 얼굴이었다.

17장

1

앨런이 휴 프리스트를 체포하러 출발했을 무렵 헨리 보퍼트는 집 앞 진입로에 서서 자신의 선더버드를 쳐다보고 있었다. 앞유리창 와이퍼 밑에 꽂혀 있던 쪽지를 한 손에 쥔 채였다. 그 겁쟁이 새끼가 타이어를 엉망으로 만들어놓긴 했지만, 타이어야 바꾸면 그만이었다. 헨리의 속을 뒤집어놓은 것은 차의 오른편에 난 흠집이었다.

그는 쪽지를 다시 한번 들여다보며 큰 소리로 읽었다.

"다시는 나 술 못 마시게 중간에 막고 자동차 열쇠 압수하지 마라 이 재수 없는 프랑스 놈아!"

요즘 술을 마시다가 그에게 중간에 제지당한 손님이 누가 있을까? 한두 명이 아니었다. 그런 손님이 없는 날이 사실상 드물었다. 하지만 중간에 제지당하고 자동차 열쇠까지 압수당한 손님은? 최근에는 한 명뿐이었다.

딱 한 명뿐.

"이런 니미 씹할 놈." 멜로 타이거의 사장 겸 경영자는 생각에 잠긴 말투로 나지막이 중얼거렸다. "이런 정신 나간 니미 씹할 개새끼."

그는 안으로 들어가 사슴 잡을 때 쓰는 엽총을 들고 나올까 하다가 관두기로 했다. 멜로 타이거가 집 바로 옆이었다. 카운터 바로 밑에 특별한 상자가 있었다. 총신을 자른 윈체스터 산탄총이 들어 있는 상자였다. 등신 같은 에이스 메릴이 몇 년 전 가게를 털려고 했을 때부터 거기 총을 보관했다. 심각한 불법 무기였기에 한 번도 쓴 적이 없었다.

그걸 오늘 쓰게 될지도 모르겠다는 생각이 들었다.

그는 휴가 흉측하게 긁어놓은 선더버드의 옆면을 만져보고는 쪽지를 구겨서 옆으로 내동댕이쳤다. 지금쯤 윌리엄 터퍼가 멜로 타이거에 출근해 바닥을 닦고 화장실을 청소하고 있을 것이다. 헨리는 총신을 자른 산탄총을 챙기고 윌리엄에게 차를 빌릴 것이다. 아무래도 쥐새끼 사냥에 나서야 할 듯싶었다.

헨리는 꾸깃꾸깃하게 뭉친 쪽지를 발로 차서 잔디밭으로 보냈다.

"요즘 들어 자꾸 헛소리를 지껄이더라만 오늘부로 다시는 그 주둥아리를 놀리지 못하게 해주마, 휴. 나만 믿어." 그는 긁힌 자국을 마지막으로 매만져보았다. 태어나서 이렇게 화가 나기는 처음이었다. "쓰펄, 나만 믿으라고."

헨리는 멜로 타이거를 향해 재게 걸음을 옮겼다.

2

프랭크 주잇은 조지 T. 넬슨의 방을 헤집던 와중에 더블베드 매트리스 밑에서 코카인 십오 그램을 발견했다. 그걸 변기에 넣고 물을 내려 뱅글뱅글 빨려 내려가는 광경을 구경하는데, 갑작스럽게 배가 끊어질 듯이 아팠다. 그는 바지 허리띠를 풀며 아수라장이 되어버린 방으로 다시 돌아갔다. 자기가 미쳐도 단단히 미쳤다는 생각이 들었지만 이제는 상관없었다. 정신 나간 인간들은 미래를 고민할 필요가 없었다. 정신 나간 인간들에게 미래는 중요한 단어가 아니었다.

조지 T. 넬슨의 방에서 화를 면한 몇 안 되는 물건 중에 벽에 걸린 사진이 있었다. 노부인의 사진이었다. 비싼 금색 액자에 들어 있는 걸 보면 조지 T. 넬슨이 떠받드는 어머니 사진인 게 분명했다. 다시금 배에서 신호가 왔다. 프랭크는 벽에 걸린 사진을 바닥에 내려놓았다. 바지를 내리고 조심스럽게 그 위로 쭈그리고 앉아 자연스러운 수순에 따랐다.

그것이 좀 전까지 재수가 더럽게 없었던 하루의 정점이었다.

3

캐슬록의 최연장자로 에비 차머스에게서 《보스턴 포스트》 지팡이를 물려받은 레니 파트리지는, 캐슬록에서 가장 연식이 오래된 차를 모는 사람이기도 했다. 한때는 흰색이었던 1966년형 쉐보레 벨에어였다. 지금은 전체적으로 지저분해져서 뭔지 모를 색이 되었다. 길바닥 먼지색이라고나 할까. 상태도 그리 좋지 못했다. 뒤쪽 유리창은 몇 년 전에 펄럭이는 전천후 비닐로 교체됐고, 짐받이는 하도 심하게 녹이 슬어서 얼기설기 복잡하게 구멍이 난 사이로 길바닥이 보일 지경인데다, 배기관은 건조한 지방에서 죽은 사람의 썩은 팔처럼 아래로 늘어졌다. 그런가 하면 오일 실도 없었다. 레니가 벨에어를 몰고 지나가면 꽁무니에서 파란색의 향긋한 연기가 커다란 구름처럼 일어서 그가 매일 시내로 나가며 지나는 벌판은 살인 비행기가 살포한 맹독성 제초제를 맞은 것처럼 보였다. 그의 차는 하루에 삼 리터(어떨 때는 사 리터)의 기름을 먹어치웠다. 하지만 아무리 먹성이 좋아도 전혀 걱정할 필요가 없었다. 그는 소니 재킷에게 다이아몬드 재생 휘발유를 이십 리터짜리 대용량으로 구입했고 꼬박꼬박 십 퍼센트 할인을 받았다. 경로 할인이었다. 그리고 지난 십 년 동안 시속 오십오 킬로미터 이상으로 달린 적이 없었기 때문에 벨에어가 레니보다 더 오래 버틸 수도 있었다.

헨리 보퍼트가 거의 팔 킬로미터 떨어진 곳, 틴 브리지 저편에서 멜로 타이거로 걸어가고 있을 때 레니는 녹슨 벨에어를 몰고 캐슬 힐 꼭대기를 넘는 중이었다.

어떤 남자가 멈추라는 듯이 거만하게 두 팔을 위로 들고 도로 한복판에 서 있었다. 맨발에 웃통은 벗은 채였다. 지퍼가 열린 카키색 바지를 입었고 목에는 좀먹은 기다란 털을 걸고 있었다.

레니의 심장이 뼈만 앙상한 가슴 안에서 바람 소리를 내며 크게 두방망이질했다. 그는 해체되어가는 하이탑을 신은 두 발로 브레이크 페달을 힘껏 밟았다. 페달이 섬뜩한 신음 소리를 내며 바닥에 거의 닿았고, 벨에어는 남자와 일 미터도 안 되는 거리에서 겨우 멈추어 섰다. 이제 보니 휴 프리스트였다. 휴는 움찔하지도 않았다. 차가 정지하자 내복 앞섶에 손을 얹고 가쁜 숨을 몰아쉬며 이번이 마지막 심장마비는 아닌지 걱정하며 앉아 있는 레니 쪽으로 뚜벅뚜벅 걸어왔다.

"휴!" 레니는 숨을 토했다. "아니, 도대체 여기서 뭐하는 거야? 하마터면 칠 뻔했잖아! 나 지금……."

휴가 운전석 문을 열고 몸을 앞으로 숙였다. 목에 숄처럼 걸고 있던 털이 앞으로 늘어지자 레니는 움찔하며 뒤로 피했다. 털이 여기저기 뭉텅이로 빠지고 반쯤 썩은 여우 꼬리 같았다. 냄새가 지독했다.

휴가 그의 오버올 어깨끈을 잡고 밖으로 끌어냈다. 레니는 공포와 분노를 담아 외마디 고함을 꽥 질렀다.

"영감님, 미안해요." 휴는 훨씬 엄청난 고민거리에 넋이 팔린 사람 같았다. "차를 쓸 일이 있는데 내 차는 지금 상태가 안 좋아서요."

"자네 이러면 쓰나……."

하지만 휴는 아랑곳하지 않았다. 넝마 자루라도 되는 듯이 레니를 도로 저편으로 내동댕이쳤다. 쓰러진 순간 딱 하고 뭔가가 부러지는 소리가 났고 레니는 큰 소리로 구슬픈 비명을 질렀다. 한쪽 쇄골과 갈비뼈 두 대가 부러진 것이었다.

휴는 레니를 무시한 채 운전석에 올라타 문을 닫고 액셀러레이터를 끝까지 밟았다. 놀란 엔진이 비명을 지르고 아래로 처진 배기관은 파란 매연을 뿜어냈다. 그가 시속 팔십 킬로미터를 훌쩍 웃도는 속도로 언덕을 내려가기 시작한 다음에서야 레니 파트리지는 허우적거리며 간신히 똑바로 누울 수 있었다.

4

앤디 클러터벅은 오후 3시 35분쯤 캐슬힐 로드로 진입했다. 반대편으로 레니 파트리지의 기름 잡아먹는 고물차가 지나갔지만 눈길조차 주지 않았다. 머릿속이 온통 휴 프리스트 생각으로 가득한 클럿에게 녹슨 벨에어는 풍경의 일부일 따름이었다.

클럿은 휴가 윌마와 네티의 죽음에 연루된 이유나 과정을 전혀 몰랐지만 상관없었다. 그는 보병이었다. 그 한 단어면 설명은 끝이었다. 이유와 과정은 다른 사람의 소관이었고 오늘은 그래서 다행이라는 생각이 드는 날이었다. 휴가 나이를 먹어도 정신 차릴 줄 모르는 고약한 주정뱅이라는 건 그도 알았다. 그런 인간은, 특히 코가 비뚤어지도록 마신 상태에서라면 무슨 짓이든 저지를 수 있는 법이다.

아마 출근했을 것 같았지만, 그래도 클럿은 휴가 집이라고 부르는 다 쓰러져가는 건물로 다가가며 권총 스트랩을 풀었다. 잠시 후 휴의 집 앞 진입로에 이르러 유리와 크롬에 반사되는 햇빛의 반사광이 보이자 그의 신경이 점점 곤두서 강풍에 시달리는 전화선처럼 웅웅거렸다. 휴의 차가 여기 있었다. 차가 집 앞에 세워져 있으면 주인도 집 안에 있을 가능성이 컸다. 시골에서는 대개 그랬다.

조금 전 집을 나섰을 때, 휴는 시내 반대편인 캐슬힐 꼭대기를 향해 오른쪽으로 걸음을 옮겼다. 만약 클럿이 그쪽을 보았다면 모래 목욕을 하는 닭처럼 길가에 벌렁 드러누운 레니 파트리지를 발견했겠지만 그는 그쪽으로 고개를 돌리지 않았다. 클럿의 관심사는 오로지 휴의 집뿐이었다. 레니가 내지른 새처럼 가느다란 비명은 그 어떤 경보도 울리지 않은 채 클럿의 이쪽 귀로 들어와 저쪽 귀로 빠져나갔다.

클럿은 총을 꺼내 들고 순찰차에서 내렸다.

5

윌리엄 터퍼는 이제 겨우 열아홉 살이었고 로즈 장학생이 될 일은 없었지만, 캐슬록의 마지막 날 4시를 이십 분 남겨두고 멜로 타이거로 들어선 헨리의 행동을 보고 겁에 질릴 정도의 지능은 갖추고 있었다. 그리고 헨리가 폰티액을 빌려달라고 했을 때 거부해봐야 소용없다는 걸 알 정도의 지능도 갖추고 있었다. (평소에는 윌리엄이 지금까지 겪은 사장님 중에 최고였지만) 지금 같아서는 싫다고 하면 그를 때려눕히고 열쇠를 빼앗아 갈 분위기였다.

그래서 난생처음으로—어쩌면 마지막으로—얕은꾀를 썼다. "사장님……." 그는 소심하게 말했다. "술 한잔하시겠어요? 저는 한잔 마시고 싶은데. 제가 두 잔 따를 테니까 간단하게 드시고 나가실래요?"

헨리는 카운터 뒤편으로 사라졌다. 그가 거기서 이런저런 것들을 뒤적이며 들릴락 말락 욕을 내뱉는 소리가 들렸다. 마침내 그는 조그만 맹꽁이자물쇠가 달린 정사각형 나무 상자를 들고 몸을 다시 일으켰다. 상자를 카운터에 내려놓고는 허리에 찬 열쇠 뭉치를 뒤적이기 시작했다.

그는 윌리엄이 한 얘기를 두고 고민하다가, 고민을 접었다가, 생각을 바꾸었다. 술을 한잔 마셔도 괜찮을 것 같았다. 그러면 손도 그렇고 마음도 진정될 것이다. 그는 맞는 열쇠를 찾아서 상자 자물쇠를 열고 자물쇠를 카운터 한편에 내려놓았다.

“좋아. 하지만 마실 거면 제대로 마시자. 시바스로. 너는 싱글, 나는 더블.” 그러고는 한 손가락으로 윌리엄을 가리켰다. 윌리엄은 움찔했다. 문득 헨리가 ‘너도 나랑 같이 가는 거다’라고 덧붙일 게 분명하다는 생각이 들었다. “하지만 어머니한테 여기서 위스키 마셨다는 얘기는 하지 마라. 알았지?”

“네.” 윌리엄은 안도의 한숨을 내쉬고 헨리의 생각이 바뀌기 전에 얼른 술병을 가지러 갔다. “염려 붙들어 매세요.”

6

캐슬록에서 가장 규모가 크고 가장 비용이 많이 드는 부서—공공사업부—를 운영하는 디크 브래드퍼드는 심기가 뒤틀릴 대로 뒤틀린 상태였다.

“아뇨, 여기 없어요.” 그는 앨런에게 말했다. “하루 종일 감감무소식이에요. 혹시 저보다 먼저 그를 만나시거든 대신 말씀 좀 전해주세요. 해고됐다고.”

"왜 지금까지 그자를 잡아둔 거죠?"

그들은 오후의 뜨거운 햇볕을 맞으며 1번 차고 앞에 서 있었다. 왼쪽으로 케이스 건설 및 공급회사 트럭이 창고에 꽁무니를 댄 채 세워져 있었다. 세 남자가 작지만 무거운 나무 상자를 내리고 있었다. 상자마다 고성능 폭약을 상징하는 빨간색 다이아몬드가 찍혀 있었다. 창고 안쪽에서 나지막이 에어컨 돌아가는 소리가 들렸다. 이 계절에 에어컨 돌아가는 소리라니 희한한 일이었지만, 그게 아니더라도 캐슬록 주민들은 더할 나위 없이 희한한 한 주를 보내고 있었다.

"사실 진작 잘라야 맞는 거긴 했어요." 디크는 시인하며 희끗희끗해진 짧은 머리를 쓸어넘겼다. "그 안에 착한 인간이 숨어 있을지 모른다고 생각했거든요." 디크는 키가 작고 체구가 다부지며—다리가 소화전 같았다—언제든 누군가의 엉덩이를 물어뜯을 준비가 된 듯 보이는 남자였다. 하지만 그는 앨런이 만나본 중 가장 다정하고 친절한 사람이었다. "술에 취했거나 숙취에 시달리지 않는 날이면 이 마을을 통틀어 휴보다 더 열심히 일을 하는 사람이 없었거든요. 그리고 얼굴을 보면 왠지 몰라도 죽을 때까지 술을 풀 사람 같지 않더라고요. 안정적인 일자리가 있으면 정신 차리고 제대로 처신할지 모른다는 생각이 들었어요. 하지만 지난주에는……."

"지난주에는 어땠는데요?"

"갑자기 망가졌지 뭡니까. 뭔가에 정신이 팔려 있는 것 같았는데 그게 술은 아니었어요. 눈은 저 끝까지 움푹 들어간데다 말을 걸면 똑바로 쳐다보지 않고 어깨 너머를 보더라고요. 그리고 혼잣말을 하기 시작했고요."

"뭐라고 혼잣말을 하던가요?"

"모르겠어요. 다른 직원들도 못 알아들었을 거예요. 나는 사람 자르는 걸 질색하지만 보안관님이 찾아오기 전부터 이미 결정을 내렸어요. 그 인간하고는 이제 끝입니다."

"잠깐 실례할게요."

앨런은 차로 다시 가서 실라를 호출해 휴가 아예 출근을 하지 않았다고 전했다.

"클럿한테 연락해서 조심하라고 전해줘, 실라. 그리고 존을 지원 병력으로 보내고." 조심을 시켰다가 오히려 불필요한 총격으로 이어진 적이 여러 번 있었기에 그는 잠깐 망설이다가 말을 이었다. 어쨌든 현장에 출동한 경관들에게는 해야 할 말이었다. "클럿하고 존한테 휴를 무기를 휴대한 위험인물로 간주하라고 전해줘. 알겠지?"

"무기를 휴대한 위험인물요, 오버."

"그래. 이상 끝. 1호 차 통신 종료."

그는 마이크를 걸고 다시 디크에게로 갔다.

"그가 이 마을을 떴을 가능성도 있을까요, 디크?"

"그 인간이요?" 디크는 고개를 한쪽으로 돌리고 담뱃진을 뱉었다. "그런 인간들은 마지막 봉급을 챙기기 전에는 절대 떠나지 않아요. 대부분은 아예 떠나지 않고요. 어느 길로 가야 살던 마을에서 벗어날 수 있는지 기억을 더듬을 때 휴 같은 인간들은 건망증 비슷한 게 생기는 모양이더라고요."

뭔가가 눈에 들어오자 디크는 나무 상자를 내리는 남자들 쪽으로 고개를 돌렸다.

"어이, 거기 조심해요! 그걸로 캐치볼 할 생각 말고 조심히 내려요!"

"폭탄을 엄청나게 장만하셨네요." 앨런이 말했다.

"네, 스무 상자예요. 5번 도로변의 채석장을 덮고 있는 화강암을 폭파할 예정이거든요. 보아하니 양이 워낙 넉넉해서 마음만 먹으면 휴를 화성으로 날려버릴 수도 있겠어요."

"왜 저렇게 많이 사셨어요?"

"내가 그런 거 아니에요. 버스터가 내 주문서에 수량을 늘려놨더라고요. 왜 그랬는지 모를 일이지만 한 가지는 확실해요. 한랭전선이 찾아오지 않는 한 이번 달 전기 요금 청구서가 나오면 버스터는 눈이 뒤집히게 생겼다는 거. 저 에어컨이 전기 잡아먹는 하마인데, 다이너마이트는 서늘하게 보관하지 않으면 물기가 스미거든요. 요즘 나오는 폭탄은 안 그런다지만 만사 불여튼튼이라잖아요."

"버스터가 주문량을 늘렸다고요." 앨런은 중얼거렸다.

"그렇다니까요. 네 상자인가 여섯 상자를요. 정확히는 기억이 나지 않지만, 뭐 오래 살고 볼 일이죠?"

"그러게요. 디크, 사무실 전화 좀 쓸 수 있을까요?"

"그럼요."

앨런은 꼬박 일 분 동안 디크의 책상 앞에 앉아서 유니폼 셔츠 겨드랑이가 시커메지도록 땀을 흘리며 폴리의 집 전화벨이 울리고 울리고 또 울리는 소리를 들었다. 결국 수화기를 내려놓았다.

그는 고개를 숙이고 천천히 사무실을 나섰다. 디크가 다이너마이트 창고 문을 자물쇠로 잠그다가 어둡고 우울한 표정으로 앨런을 돌아보았다.

"휴 프리스트 안에는 착한 남자가 있었어요, 앨런. 하늘에 대고 맹세할 수 있어요. 그 남자가 모습을 종종 드러내거든요. 나도 목격한 적이 있어요. 생각보다 그런 사람이 많아요. 하지만 휴는……." 그는 어깨를 으쓱했다. "결국 헛수고로 돌아갔네요."

앨런은 고개를 끄덕였다.

"왜 그래요, 앨런? 갑자기 표정이 이상해졌어요."

"아니에요."

앨런이 살짝 미소를 지으며 말했다. 하지만 사실 그랬다. 갑자기 이상해졌다. 폴리도 그랬다. 휴도. 브라이언 러스크도. 오늘은 모두가 갑자기 이상해진 느낌이었다.

"물이나 시원한 차 한잔 드릴까요? 준비해놓은 게 있는데."

"말씀은 감사하지만 이제 그만 가봐야겠어요."

"그러세요. 수사가 어떻게 됐는지 나중에 연락주세요."

그건 앨런이 약속할 수 없는 부분이었지만 디크가 하루 이틀 안으로 신문에서 직접 확인할 수 있을지도 모르겠다는 불길한 예감이 들었다. 아니면 텔레비전이나.

7

레니 파트리지의 낡은 쉐보레 벨에어는 4시 직전에 니드풀 싱스 전면의 비스듬한 주차 공간에 들어섰고 화제의 인물이 차에서 내렸다. 휴의 바지 지퍼는 여전히 열려 있었고 목에는 여우 꼬리가 둘려 있었다. 그는 맨발로 뜨거운 콘크리트를 때려가며 인도를 가로질러 가게 문을 열었다. 머리 위에서 은종이 딸랑거렸다.

그가 들어가는 걸 본 사람은 찰리 포틴뿐이었다. 그는 웨스턴 오토 입구에 선 채 직접 만 냄새 지독한 담배를 피우고 있었다. "휴 영감이 드디어 회까닥했구먼." 찰리는 딱히 누구에게라고 할 것 없이 이렇게 중얼거렸다.

안에서는 곤트가 기다리고 있었다는 듯이 기분 좋은 미소를 지으며 휴 영감을 바라보았다. 맨발에 웃통을 벗고 좀먹은 여우 꼬리를 목에 두른 남자가 그의 가게를 찾아오는 게 일상적으로 있는 일이라는 식이었다. 그는 금전등록기 옆에 둔 종이에 조그맣게 체크를 했다. 마지막 체크였다.

"문제가 생겼어요." 휴가 곤트에게 다가가며 말했다. 핀볼처럼 눈동자가 좌우로 데굴거렸다. "이번에는 진짜 큰일났어요."

"압니다." 곤트는 그 이상 나긋나긋할 수 없는 목소리로 말했다.

"여기로 와야 할 것 같았어요. 잘 모르겠지만…… 당신이 계속 꿈에 등장하지 뭐요. 어디…… 다른 데 기댈 곳도 없고 해서."

"잘 왔어요, 휴."

"그 인간이 내 타이어를 찢어놨어요." 휴는 속삭였다. "멜로 타이거 주인, 보퍼트 개자식이. 쪽지를 남겼더라고요. '다음번에는 내가 뭘 공격할지 알겠지 휴버트' 이렇게. 나는 그게 무슨 뜻인지 알아요. 알다마다요." 지저분하고 큼지막한 그의 손이 꾀죄죄한 털을 쓰다듬자 흠모의 표정이 얼굴 전체로 번졌다. 얼간이처럼 보일 수도 있겠지만, 누가 봐도 진심으로 흠모하는 표정이었다.

"처단해야겠군요." 곤트가 생각에 잠긴 목소리로 말했다. "그쪽에서 먼저 당신을 처단하러 나서기 전에요. 조금…… 뭐랄까…… 극단적으로 들린다는 건 알지만 생각해보면……."

"맞아요! 맞아요! 내가 원하는 게 바로 그거예요!"

"나한테 딱 알맞은 게 있어요." 곤트가 말했다. 허리를 숙였다가 다시 폈을 때 왼손에는 자동 권총이 쥐어져 있었다. 그는 그걸 유리 진열장 위에 놓고 앞으로 밀었다. "총알이 가득 장전돼 있어요."

휴는 그걸 집어 들었다. 총의 무게감이 손을 채우자 혼란스러운 기분이 연기처럼 사라지는 듯했다. 은은하고 향기로운 윤활유 냄새가 느껴졌다.

"지갑을…… 집에 두고 왔는데요." 그가 말했다.

"아, 그 부분에 대해서는 염려 놓으셔도 됩니다. 니드풀 싱스에서는 판매하는 물건에 보험을 들어놓거든요." 갑자기 곤트의 표정이 딱딱해졌다. 입술이 말려 올라가면서 이가 드러났고 두 눈이 이글거렸다. "가서 처단해요!" 그가 냉혹한 목소리로 나지막이 외쳤다. "가서 당신 걸 망가뜨리려는 그놈을 처단해요! 가서 처단해요, 휴! 당신을 보호해요! 당신 소유물을 보호해요!"

휴는 갑작스럽게 씩 웃어 보였다.

"고마워요, 곤트 씨. 정말 고마워요."

"별말씀을요." 곤트는 여느 때의 목소리로 돌아가 이렇게 얘기했지만 휴는 이미 헐렁한 바지 허리춤에 자동 권총을 쑤셔넣으며 조그만 은종이 딸랑거리는 소리와 함께 밖으로 나선 참이었다.

곤트는 쇼윈도 앞으로 다가가 휴가 낡아빠진 쉐보레 운전석에 올라타 다시 길을 나서는 광경을 지켜보았다. 메인 스트리트를 천천히 달려오던 버드와이저 트럭이 경적을 울리며 핸들을 꺾어서 그를 피했다.

"가서 처단해, 휴." 곤트는 나지막이 중얼거렸다. 그의 귀와 머리칼에서 희미한 연기가 몇 가닥 피어오르기 시작했다. 콧구멍에서, 또 하얗고 네모반듯한 비석처럼 생긴 치아 사이에서는 그보다 굵은 연기가 피어올랐다. "가서 전부 처단해. 파티를 즐겨, 친구."

곤트는 고개를 뒤로 젖히고 웃음을 터뜨렸다.

8

존 라포인트는 보안관 사무실 옆문을 향해 달려갔다. 시청 건물 주차장으로 이어지는 통로였다. 그는 흥분 상태였다. 무기를 휴대한 위험인물이라니. 무기를 휴대한 위험한 용의자 체포 작전을 지원하다니 흔치 않은 기회였다. 캐슬록처럼 하품 나는 마을에서는 그랬다. 그는 잃어버린 지갑을 까맣게 잊었고(지금은 그랬다) 샐리 랫클리프는 그보다 더 까맣게 잊었다.

그가 막 문손잡이 쪽으로 손을 내밀었을 때 누군가가 반대편에서 문을 열었다. 몸무게가 백 킬로그램에 달하는 화가 난 체육 선생이 갑작스럽게 그의 앞에 등장했다.

"마침 만나고 싶던 사람이 제 발로 맞아주는군." 레스터 프랫은 평소와 다르게 비단결처럼 부드러운 목소리로 말했다. 그가 까만색 가죽 지갑을 들어 보였다. "잃어버린 거 없냐, 하느님도 모르고 도박이나 하는 추잡한 바람둥이 개새끼야?"

존으로서는 레스터 프랫이 여긴 어쩐 일이며 잃어버린 자기 지갑을 무슨 수로 손에 넣었는지 알 도리가 없었다. 그저 클럿의 지원병으로 지목을 받았기에 당장 출동해야 한다는 생각뿐이었다.

"뭐 때문에 그러는지 몰라도 나중에 얘기하지, 레스터."

존은 말하고 지갑을 향해 손을 내밀었다. 레스터가 그의 손이 닿지 않는 곳으로 지갑을 치웠다가 그걸로 얼굴 한복판을 힘껏 내리쳤을 때, 그는 화가 났다기보다 놀랐다.

"아니, 나는 얘기 같은 거 하고 싶지 않아." 레스터는 평소와 다르게 비단결처럼 부드러운 목소리로 말했다. "시간 낭비하기 싫거든." 그는 지갑을 떨구고 존의 어깨를 잡아 들어올려서 보안관 사무실로 던졌다. 라포인트 부보안관은 이 미터를 날아가 노리스 리지윅의 책상 위로 떨어졌다. 엉덩이가 그 위를 미끄러지며 쌓여 있던 서류 사이로 길을 냈고 노리스의 '기결/미결' 바구니를 바닥으로 떨어뜨렸다. 이어 아프게 들리는 쿵 소리와 함께 존이 등으로 떨어졌다.

실라 브리검은 사건 접수실 창문 너머로 이 광경을 바라보며 입을 떡 벌렸다.

존은 몸을 일으키려고 했다. 충격으로 정신이 없었고 이게 무슨 일인지 전혀 알 수가 없었다. 레스터가 싸우자는 듯이 성큼성큼 그를 향해 걸어오고 있었다. 그 옛날 존 L. 설리번*식으로 주먹을 쳐든

* 1880년대 헤비급 세계 챔피언.

모습이 우스꽝스러워 보여야 하는데 그렇지가 않았다.

"내가 한 가지 교훈을 줄게." 레스터가 평소와 다르게 비단결처럼 부드러운 목소리로 말했다. "가톨릭교도가 침례교도의 여자친구를 훔치면 어떻게 되는지 가르쳐주겠어. 나한테 하나에서부터 열까지 배우고 나면 제대로 머리에 박혀서 절대 잊어버리지 않을 거야."

레스터 프랫은 가르치기 알맞은 거리로 좁혀 들어갔다.

9

윌리엄 터퍼는 지적인 사람은 아닐지언정 남의 말을 잘 들어주는 성격이었고, 그날 오후에 헨리 보퍼트의 분노를 달래기에는 그런 성격이 최고의 명약이었다. 헨리는 술을 마시며 무슨 일이 있었는지 윌리엄에게 얘기했고…… 얘기를 하는 동안 흥분이 가라앉는 것을 느꼈다. 만약 총을 들고 나섰더라면 가게 카운터가 아니라 보안관 사무실 유치장에서 하루를 마감했을지 모른다는 생각이 들었다. 그가 선더버드를 끔찍이 아끼기는 했지만 철창까지 불사할 정도는 아니었다. 타이어는 갈아끼우면 되고 흠집이 난 옆면도 복원할 수 있었다. 휴 프리스트는 법의 심판에 맡기면 그만이었다.

그는 잔을 비우고 자리에서 일어났다.

"그를 처단하러 가실 작정이에요, 사장님?" 윌리엄이 걱정하는 투로 물었다.

"괜히 내 시간 낭비하지 않으련다." 헨리가 말하자 윌리엄은 안도의 한숨을 내쉬었다. "앨런 팽본한테 맡기려고. 그런 일 하라고 내가 세금을 내는 거 아니겠니?"

"아마도요." 창밖을 내다보던 윌리엄의 표정이 조금 밝아졌다. 한때는 하얀색이었지만 이제는 뭔지 모를 색—길바닥 먼지색이라고 할까—으로 빛이 바래고 녹이 슨 고물차 한 대가 파란색의 짙은 매연을 사방으로 내뿜으며 멜로 타이거를 향해 언덕을 내려오고 있었다. "저것 좀 보세요! 레니 영감님이에요! 얼굴 본 지 백만 년은 된 것 같은데!"

"그래도 영업 시작은 5시야." 헨리는 말했다. 그는 전화를 쓰려고 카운터 뒤로 들어갔다. 총신을 자른 산탄총이 담긴 상자가 여전히 카운터 위에 놓여 있었다. 저걸 쓰려고 했다니. 그는 곰곰이 생각했다. 정말로 저걸 쓰려고 했다니. 사람들이 왜 이렇게 된 거지? 독약이라도 먹었나?

윌리엄이 문 쪽으로 걸어가는 동안 레니의 고물차가 주차장으로 들어섰다.

10

"레스터……."

존 라포인트가 말문을 여는 순간 데이지 깡통 햄만 하지만 훨씬 단단한 주먹이 날아와 얼굴 정중앙에 부딪쳤다. 어마어마한 통증과 함께 코가 으드득하고 박살 나는 섬뜩한 소리가 났다. 존의 눈이 질끈 감겼다. 어둠 속에서 알록달록한 불꽃이 솟구쳤다. 그는 팔을 내저으며 이리저리 휘청거렸다. 넘어지지 않으려고 했지만 승산 없는 싸움이었다. 쏟아져 나온 코피가 입술 위로 흘렀다. 그는 벽에 걸린 게시판을 쳐서 떨어뜨렸다.

레스터가 삐죽삐죽 솟은 짧은 머리 아래에서 한데 모은 눈썹이 불룩 튀어나올 정도로 집중하며 다시 걸어오기 시작했다.

사건 접수실에서는 실라가 무전기를 켜고 앨런에게 고함을 지르기 시작했다.

11

프랭크 주잇이 친애하는 '친구' 조지 T. 넬슨의 집을 빠져나오려던 찰나 갑작스럽게 떠오른 생각이 있었다. 집에 돌아온 조지 T. 넬슨이 아수라장으로 변한 방과 변기에 빠진 코카인과 똥을 뒤집어쓴 어머니의 사진을 보고 파티를 함께 즐기던 옛 친구를 찾아 나설지도 모른다는 생각이었다. 프랭크는 칼을 뽑았으면 마무리를 지어야 후환이 없을 거라는 결론을 내렸고…… 그 마무리가 협박을 일삼는 개자식의 머리통을 날려버리는 거라면 그렇게 하기로 했다. 1층에 총기 보관장이 있었고, 프랭크가 보기에는 조지 T. 넬슨의 무기를 동원하는 것이 곧 정의 구현이었다. 보관장 잠금장치를 풀거나 문을 열지 못하면 옛 파티 친구의 스테이크 나이프로 목적을 달성할 작정이었다. 현관문 뒤에 숨어 있다가 조지 T. 넬슨이 들어오면 그의 씨부럴 머리통을 날리든지 머리털을 잡고 쓰부럴 목을 따버릴 것이었다. 둘 중에서 총이 더 안전하겠지만 조지 T. 넬슨의 벌어진 목에서 뿜어져 나온 피가 그의 손 위로 쏟아지는 광경을 상상하면 할수록 그쪽이 더 알맞게 느껴졌다. 에 튀*, 조지. 에 튀, 협박이나 하는 개새끼.

이때 조지 T. 넬슨이 기르는 태미 페이라는 앵무새가 하필이면 짧은 조류의 인생을 통틀어 가장 상서롭지 못한 순간에 노래를 부르기로 마음을 먹는 바람에 프랭크의 상념이 어지럽혀졌다. 노랫소리를 듣는 프랭크의 얼굴 위로 기괴하고 무시무시한 미소가 번졌다. 내가 어쩌다 저 빌어먹을 새를 그냥 지나쳤을까? 그는 부엌으로 성큼성큼 들어가며 자문했다.

그는 잠시 여기저기 뒤진 끝에 뾰족한 칼이 든 서랍을 찾아냈고 이후 십오 분 동안 그걸로 새장 창살 사이를 쑤셔 공포에 질린 태미 페이가 깃털을 날리며 퍼덕이는 걸 구경하다가 싫증이 나자 칼로 꼬치를 꿰듯 새를 찔렀다. 그런 다음 1층으로 내려가 총기 보관장으로 뭘 할 수 있을지 알아보았다. 잠금장치는 쉽게 풀렸고, 프랭크는 다시 2층으로 올라가며 계절에는 맞지 않지만 그래도 유쾌한 노래를 불렀다.

오오오 울면 안 돼, 울면 안 돼,
산타 할아버지는 우는 아이에겐
선물을 안 주신대.
잠잘 때나 일어날 때
짜증 낼 때 장난할 때도

* 프랑스어로 '그리고 너'라는 뜻이다.

산타 할아버지는
모든 것을 알고 계신대!

프랭크는 사랑하는 어머니와 매주 토요일 저녁마다 〈로런스 웰크 쇼〉를 빠짐없이 챙겨본 사람답게 맨 마지막 가사는 래리 후퍼의 저음으로 불렀다. 맙소사, 기분이 좋았다! 불과 한 시간 전만 해도 인생이 끝장났다고 생각했다니, 어떻게 그럴 수 있었지? 이건 끝이 아니었다. 시작이었다! 묵은 것, 특히 조지 T. 넬슨과 같은 묵은 '친구들'은 사라지고 새것이 시작됐다!

프랭크는 문 뒤에 자리를 잡았다. 곰을 잡을 만반의 준비가 되어 있었다. 윈체스터 산탄총은 벽에 기대어 세워놓았고, 라마 32구경 자동 권총은 허리춤에 찼다. 손에는 세링틴 스테이크 나이프를 들었다. 그가 서 있는 자리에서 한때 태미 페이였던 노란색 깃털 무더기가 보였다. 웨더비 교장을 닮은 프랭크의 입가가 미소로 실룩였고 두 눈은—이제는 완전히 광기에 물들었다—웨더비 교장을 닮은 동그란 무테안경 뒤에서 쉴 새 없이 뒤룩거렸다.

"산타 할아버지는 모든 것을 알고 계신대!"

그는 훈계조로 소곤소곤 중얼거렸다. 그대로 서서 이 부분을 몇 번 불렀고, 이어 좀더 편안한 자세로 바꿔 책상다리를 한 채 벽에 등을 기대고 앉아서 무기를 무릎에 얹고는 몇 번 더 불렀다.

어찌나 졸음이 쏟아지는지 덜컥 겁이 났다. 어떤 녀석의 목을 따려고 기다리는 동안 꾸벅꾸벅 졸려고 하다니 제정신인가 싶었지만 어쩔 수가 없었다. 예전에 어딘가에서(아마도 파밍턴에 있는 메인 대학교 수업 시간이었을 텐데, 그나마도 지방의 잡스러운 대학교를 그는 아무런 명예 없이 졸업했다) 신경계에 심한 충격이 가해지면 그런 현상이 나타난다고 읽은 기억이 났는데…… 그가 심한 충격을 받은 것은 사실 아닌가. 사무실 곳곳에 흩뿌려진 그 잡지를 보았을 때 심장이 낡은 타이어처럼 터지지 않은 게 신기할 정도였다.

프랭크는 무리수를 두지 않는 편이 좋겠다는 결론을 내렸다. 조지 T. 넬슨의 오트밀색 기다란 소파를 벽에서 살짝 떨어뜨리고 그 뒤로 기어들어가 왼손 옆에 산탄총을 두고 똑바로 누웠다. 여전히 스테이크 나이프의 손잡이를 움켜쥐고 있는 오른손은 가슴 위에 얹었다. 자, 훨씬 좋았다. 조지 T. 넬슨의 푹신한 카펫이 상당히 편안했다.

"산타 할아버지는 모든 것을 알고 계신대."

프랭크는 소곤소곤 노래를 불렀다. 십 분 동안 계속 나지막이 콧노래를 부르다 마침내 잠이 들었다.

12

"1호 차!" 앨런이 틴 브리지를 건너 다시 시내로 돌아가는데 계기판 아래에 달린 무전기에서 실라가 외쳤다. "응답하라, 1호 차! 즉시 응답하라!"

앨런의 심장이 위로 솟구쳤다가 철렁 내려앉았다. 클럿이 캐슬힐 로드에 있는 휴 프리스트의 집에 들어갔다가 긁어 부스럼을 만들어 큰 소동이 일어난 게 분명했다. 왜 클럿에게 먼저 존과 합류한 다음 휴를 압박하라고 얘기하지 않았을까?

왜 그랬는지 알잖아. 지시를 내릴 때 업무에 백 퍼센트 집중하지 않았기 때문이지. 만약 그 때문에 클럿에게 무슨 일이 생기면 사태를 직시하고 네가 일부 책임을 져야 할 거야. 하지만 그건 나중에 생각할 문제지. 당장은 네 임무를 이행하는 게 급선무야. 그러니까 그렇게 해, 앨런. 폴리는 잊어버리고 임무에 집중하라고.

그는 마이크를 낚아챘다. "1호 차다. 무슨 일인가?"

"어떤 사람이 존을 두들겨 패고 있어요!" 실라가 소리를 질렀다. "얼른 와주세요, 보안관님. 사태가 심각해요!"

전혀 짐작하지도 못했던 얘기라 앨런은 잠깐 말문이 막혔다.

"뭐라고? 누군데? 거기서?"

"얼른 와주세요, 이러다 죽겠어요!"

문득 모든 것이 딱 맞아떨어졌다. 보나마나 휴 프리스트였다. 무슨 이유인지 몰라도 존이 캐슬힐로 출발하기 전에 휴가 보안관 사무실로 찾아와 주먹을 휘두르기 시작한 것이다. 위험에 처한 사람은 앤디 클러터벅이 아니라 존 라포인트였다.

앨런은 경광등을 꺼내 작동시킨 다음 지붕에 붙였다. 시내 쪽으로 다리를 건넜을 때 낡은 스테이션왜건에게 양해를 구하며 액셀러레이터를 끝까지 밟았다.

13

자동차 타이어가 그냥 펑크난 정도가 아니라 갈가리 찢긴 걸 보고, 클럿은 휴가 집에 없는 게 아닐까 하는 의구심을 품기 시작했다. 그래도 집 쪽으로 다가가려던 찰나, 드디어 그의 귀에 가느다란 비명소리가 들려왔다.

그는 마음의 결정을 내리지 못하고 그 자리에 잠깐 서 있다가 허둥지둥 진입로를 되짚어 나갔다. 이어 길가에 쓰러진 레니를 본 그는 권총집을 펄럭이며 노인이 쓰러져 있는 곳으로 달려갔다.

"도와줘!" 클럿이 옆에 무릎을 꿇자 레니가 쌕쌕거리며 말했다. "휴 프리스트가 완전히 돌았어. 그 벼락 맞을 멍청이가 나를 냅다 내동댕이쳤다고."

"어딜 다치셨어요?"

클럿이 물으며 노인의 어깨를 건드렸다. 레니는 비명을 질렀다. 그게 대답이나 다름없었다. 클럿은 이제 어쩌면 좋을지 혼란스러워하며 일어섰다. 머릿속이 너무 복잡했다. 딱 한 가지 확실한 게 있다면 이번 일을 절대 망치고 싶지 않다는 것뿐이었다.

"여기 가만히 계세요." 마침내 그가 말했다. "구급차를 부를게요."

"아니, 그럼 내가 일어나서 춤을 추겠어, 맹추 같은 것아?"

레니가 말했다. 그는 아파서 소리를 지르고 끙끙거렸다. 다리가 부러진 늙은 그레이하운드 같았다.

"그러게요." 클럿이 말했다. 그는 순찰차로 걸음을 옮기려다 말고 다시 레니를 돌아보았다. "그자가 영감님의 차를 몰고 갔죠?"

"아니!" 레니는 부러진 갈비뼈를 두 손으로 누르며 숨을 헐떡였다. "나를 들이받고 염병할 마법의 양탄자를 타고 갔어. 당연히 내 차를 몰고 갔지! 아니면 내가 왜 여기 쓰러져 있겠나? 빌어먹을 선탠이나 하려고?"

"그러게요."

클럿은 같은 말을 반복하고 다시 도로를 달려 내려갔다. 주머니에서 반짝이는 포물선을 그리며 튀어나온 십 센트와 이십오 센트짜리 동전들이 쇄석도로를 데굴데굴 굴러갔다.

차창 쪽으로 하도 급하게 몸을 기울이는 바람에 하마터면 문턱에 부딪혀 나가떨어질 뻔했다. 그는 마이크를 낚아챘다. 실라에게 연락해 영감님의 구조 요청을 해야겠지만 그게 최우선은 아니었다. 휴 프리스트가 현재 레니 파트리지의 고물 쉐보레 벨에어를 몰고 있다는 걸 앨런과 주 경찰청에 알려야 했다. 정확한 연식은 알 수 없었지만 그 칙칙한 색상의 기름 잡아먹는 하마는 아무도 못 보고 지나칠 수 없었다.

하지만 사건 접수실의 실라와 연락이 되지 않았다. 세 번이나 시도했지만 응답이 없었다. 감감무소식이었다.

레니가 다시 비명을 지르는 소리가 들리자 클럿은 노웨이의 응급구조대에 전화하기 위해 휴의 집으로 들어갔다.

하필이면 실라가 이때 화장실에 가다니 타이밍 한번 기가 막히네. 그는 생각했다.

14

헨리 보퍼트도 보안관 사무실에 연락을 시도하고 있었다. 그는 수화기를 귀에 대고 카운터에 서 있었다. 신호가 울리고 울리고 또 울렸다. "얼른." 그는 중얼거렸다. "젠장, 전화 좀 받아라. 다들 거기서 뭐하는 거야? 카드 게임이라도 하는 거야?"

윌리엄 터퍼가 밖으로 나가 있었다. 헨리는 그가 뭐라고 외치는 소리를 듣고 짜증 섞인 표정으로 고개를 들었다. 이어 요란한 폭발음이 들렸다. 처음에는 레니의 고물 타이어가 터졌나 보다고 생각했지만…… 폭발음이 두 번 더 이어졌다.

윌리엄이 멜로 타이거로 다시 들어왔다. 그는 아주 느릿느릿 걸었다. 한 손으로 목을 감싼 채였는데, 손가락 사이로 피가 쏟아지고 있었다.

"아장님!" 윌리엄이 목이 졸린 런던 토박이 같은 섬뜩한 목소리로 외쳤다. "아장님! 아장……."

그는 주크박스 앞에 다다라 휘청거리며 잠깐 서 있더니, 곧 온몸에서 힘이 빠진 듯 풀썩 쓰러졌다.

문 밖에 남아 있다시피 한 윌리엄의 발 위로 그림자가 드리워지고, 잠시 후에 그림자의 주인이 등장했다. 목에 여우 꼬리를 두르고 한 손에 권총을 든 모습이었다. 총구에서 연기가 피어올랐다. 양쪽 젖꼭지 사이에 듬성하게 엉겨붙은 털 사이로 조그만 보석 같은 땀방울이 맺혀 있었다. 눈 밑 피부는 갈색으로 퉁퉁 부어오른 채였다. 그가 윌리엄 터퍼를 넘어 어두침침한 멜로 타이거 안으로 들어섰다.

"안녕, 헨리." 휴 프리스트가 말했다.

15

존 라포인트는 왜 이런 일이 벌어지고 있는지 알 길이 없었지만 막지 못하면 레스터의 손에 죽게 생겼다는 것만은 알 수 있었다. 레스터는 멈추기는커녕 속도를 늦출 기미조차 보이지 않았다. 그는 벽을 타고 아래로 스르르 주저앉아 레스터의 팔이 닿지 않는 곳으로 벗어나려고 했지만 레스터가 그의 셔츠를 잡고 홱 하니 다시 일으켜 세웠다. 레스터는 여전히 숨도 헐떡이지 않았다. 심지어 고무줄로 된 트레이닝팬츠 허리춤에서 티셔츠 자락조차 빠져나오지 않았다.

"간다, 조니 보이." 레스터가 이번에는 존의 윗입술을 강타했다. 존은 입술이 찢어지는 걸 느낄 수가 있었다. "그 위로 보지 빗자루를 기르면 되겠네."

존은 무작정 한쪽 다리를 뻗어 레스터를 있는 힘껏 밀어냈다. 레스터는 놀라서 고함을 지르며 넘어졌지만 그러는 와중에도 두 손을 뻗어서 피투성이가 된 존의 셔츠를 낚아채 부보안관을 자기 위로 잡아당겼다. 그들은 바닥을 데굴데굴 구르며 들이받고 주먹질을 해댔다.

둘 다 너무 정신이 없어서 실라 브리검이 사건 접수실에서 뛰쳐나와 앨런의 사무실로 들어가는 모습도 보지 못했다. 그녀는 벽에 걸린 산탄총을 꺼내 공이치기를 당기고 난장판이 된 사무실로 다시 달려나왔다. 레스터가 존의 위에 걸터앉아서 그의 머리를 열심히 바닥에 찧고 있었다.

실라는 총을 쏠 줄 알았다. 여덟 살 때부터 조준 사격을 해온 터였다. 그녀는 개머리판을 어깨에 대고 소리를 질렀다. "빠져나와요, 존! 내가 시야를 확보할 수 있게!"

레스터가 그녀의 목소리를 듣고 이글거리는 눈으로 돌아보았다. 화가 난 수컷 고릴라처럼 실라를 향해 이를 드러내며 으르렁거리더니 바닥에 대고 다시 존의 머리를 찧기 시작했다.

16

앨런은 시청 건물을 향해 가는 동안 그날 들어 처음으로 반가운 광경을 맞닥뜨렸다. 노리스 리지윅의 폭스바겐 비틀이 반대편에서 달려오고 있었다. 노리스는 사복 차림이었지만 앨런으로서는 전혀 상관할 바가 아니었다. 오늘 오후에는 그가 필요했다. 정말이지 간절히 필요했다.

하지만 그마저 물거품으로 돌아가고 말았다.

빨간색의 대형 승용차—KEETON 1 번호판이 달린 캐딜락이었다—가 시청 건물 주차장으로 진입하는 좁은 골목길에서 느닷없이 튀어나왔다. 앨런이 입을 떡 벌리고 지켜보는 가운데 버스터가 캐딜락으로 노리스의 비틀 옆면을 들이받았다. 캐딜락이 달려온 속도는 그리 빠르지 않았지만 크기가 노리스의 차의 대략 네 배였다. 쇠붙이가 찌그러지는 소리가 들렸고, 공허한 충돌음과 유리 깨지는 소리와 함께 폭스바겐이 옆으로 넘어갔다.

앨런은 브레이크를 세게 밟고 차에서 내렸다.

버스터가 캐딜락에서 내리고 있었다.

노리스는 멍한 표정으로 폭스바겐 창문을 빠져나오려고 버둥거렸다.

버스터가 주먹을 쥐고 노리스를 향해 뚜벅뚜벅 걸어가기 시작했다. 뒤룩뒤룩하고 둥그스름한 얼굴에 딱딱한 미소가 번졌다.

그 미소를 본 순간, 앨런은 달리기 시작했다.

17

휴가 발사한 첫 번째 총알은 카운터 뒤편 선반의 와일드 터키병을 박살 냈다. 두 번째 총알은 헨리 머리 바로 위에 걸린 액자 유리를 박살 내고 그 안에 담긴 주류 판매 허가증에 시커먼 구멍을 남겼다. 새 번째 총알이 헨리 보퍼트의 오른쪽 뺨을 가르자 분홍색 피 구름이 번지고 살점이 공중에 흩어졌다.

헨리는 비명을 지르며 총신을 자른 산탄총이 담긴 상자를 낚아채 카운터 뒤편으로 몸을 숙였다. 휴가 쏜 총에 맞았다는 건 알았지만 상태가 심각한지 어떤지는 가늠할 수가 없었다. 오른쪽 얼굴이 갑자기 용광로처럼 화끈거리고 뜨끈하고 축축하다는 것, 끈적끈적한 피가 목 옆면을 타고 쏟아지고 있다는 것만 느낄 뿐이었다.

"우리, 차 얘기를 해볼까, 헨리?" 휴가 카운터를 향해 다가오며 말했다. "아니, 그보다 내 여우 꼬리 얘기를 해볼까? 어때?"

헨리는 상자를 열었다. 빨간색 벨벳으로 안감이 대어져 있었다. 그는 부들부들 떨리는 손으로 총신을 자른 윈체스터를 꺼냈다. 총신을 꺾으려다 그럴 겨를이 없다는 걸 알았다. 장전이 되어 있기만을 바라는 수밖에 없었다.

그는 다리를 한데 모으고 벌떡 일어나 휴에게 회심의 일격을 가할 준비를 했다.

18

실라가 보아 하니, 존은 아무래도 빠져나오기 힘들 것 같았다. 이제 보니 저 미친 남자는 고등학교에서 체육을 가르치는 레스터 플랫인가 프랫이었는데, 그에게서 도저히 빠져나올 수가 없는 상황이었다. 레스터는 존의 머리를 바닥에 찧는 걸 멈추더니 이제 큼지막한 손으로 목을 조르고 있었다.

실라는 총을 거꾸로 돌려서 양손으로 총신을 잡고 테드 윌리엄스*처럼 어깨 너머로 넘겼다. 그런 다음 강하고 부드럽게 휘둘렀다.

레스터가 막판에 고개를 돌리는 바람에 테두리에 강철이 둘러진 호두나무 개머리판에 두 눈 사이를 정확히 맞았다. 으드득, 개머리판이 레스터의 두개골에 구멍을 내고 전뇌를 으스러뜨리는 소름 끼치는 소리가 들렸다. 누가 팝콘이 가득 든 상자를 세게 밟은 것 같았다. 레스터 프랫은 바닥에 부딪히기 전에 죽었다.

실라 브리검은 그를 보고 비명을 지르기 시작했다.

* 보스턴 레드삭스의 선수. 메이저리그 역사상 마지막 4할 타자다.

19

"내가 누구 짓인지 모를 줄 알았냐?" 버스터 키턴은 끙끙거리며 폭스바겐의 운전석 차창 밖으로 노리스를 끌어냈다. 노리스는 얼이 빠져 있었지만 다친 데는 없었다. "빌어먹을 딱지마다 맨 밑에 네 이름이 찍혀 있는데 내가 누구 짓인지 모를 줄 알았어? 응? 응?"

그가 노리스를 치려고 주먹을 뒤로 젖힌 순간, 앨런 팽본이 깔끔하게 수갑을 채웠다.

"하!" 버스터는 외치며 육중한 몸을 돌렸다.

시청 건물 안에서 누군가가 비명을 지르기 시작했다.

앨런은 그쪽을 흘끗 쳐다보고는 체인의 반대편에 달린 수갑을 당겨 버스터를 열려 있는 캐딜락 문 쪽으로 데려갔다. 버스터는 그를 향해 팔을 마구 내저으며 끌려왔다. 앨런은 아프지 않게 어깨를 몇 대 맞았고 캐딜락의 문손잡이에 다른 쪽 수갑을 채웠다.

돌아보니 노리스가 아직 그 자리에 있었다. 낯빛이 처참했다. 앨런은 행정위원장에게 차 한가운데를 들이받혀서 그런가 보다고 생각했다.

"가자고." 그는 노리스에게 말했다. "문제가 생겼어."

노리스는 들은 척도 않았다. 그는 앨런을 지나쳐 버스터 키턴의 눈을 정확히 가격했다. 버스터는 놀라서 꽥 소리를 지르며 차문으로 쓰러졌다. 열려 있던 문이 그의 체중에 밀려 닫히는 바람에 땀에 전 흰 셔츠 자락이 그 사이에 끼었다.

"쥐덫에 대한 복수다, 이 돼지 새끼야!" 노리스는 외쳤다.

"내가 처단할 거야!" 버스터는 마주 고함을 질렀다. "못할 줄 알아? 너희들 모두를 처단할 거야!"

"이거나 받아라." 노리스는 으르렁거렸다. 그가 새가슴을 내밀고 주먹을 치켜든 채 다시 다가가려는 순간 앨런이 그를 붙잡고 뒤로 당겼다.

"그만해!" 그는 노리스의 얼굴에 대고 외쳤다. "안에 문제가 생겼다니까! 엄청난 문제가!"

비명소리가 다시 허공을 갈랐다. 사람들이 로어메인 스트리트의 인도로 모여들기 시작했다. 노리스는 그들을 보았다가 다시 앨런을 쳐다보았다. 그의 눈빛이 맑아진 걸 보고 앨런은 안도했다. 그가 원래의 모습을 되찾은 것이다. 거의.

"뭔데요, 보안관님? 저 작자하고 관련된 거예요?"

그는 캐딜락 쪽을 턱으로 가리켰다. 버스터가 거기 서서 음울한 표정으로 쳐다보며 다른 손으로 수갑을 잡아뜯고 있었다. 비명소리를 전혀 듣지 못한 눈치였다.

"아니. 총 가지고 있나?"

노리스는 고개를 저었다.

앨런은 권총집의 벨트를 풀어서 공무용 38구경을 꺼내 노리스에게 건넸다.

"보안관님은 어쩌고요?"

"나는 홀가분하게 다니고 싶어서. 자, 이제 가자고. 휴 프리스트가 안에 있는데 제정신이 아니야."

20

휴 프리스트가 제정신이 아닌 건 맞았지만—의심의 여지가 없었다—그는 캐슬록 시청 건물에서 족히 오 킬로미터는 떨어져 있었다.

"우리……." 그가 말문을 연 순간, 헨리 보퍼트가 셔츠 오른쪽을 피로 흠뻑 물들인 채 산탄총을 똑바로 들고 카운터 뒤편에서 스프링 인형처럼 튀어나왔다.

헨리와 휴가 동시에 발사했다. 자동 권총이 발사되는 날카로운 총성은 산탄총의 둔탁하고 원시적인 포효에 묻혔다. 연기와 불꽃이 총구에서 뿜어져 나왔다. 휴는 허공으로 붕 떠서 맨발 뒤꿈치를 끌며 저편으로 날아갔다. 가슴이 벌겋고 너덜너덜한 곤죽이 되었고 총이 손에서 떨어졌다. 여우 꼬리 양쪽 끝에 불이 붙었다.

헨리는 휴가 쏜 총알이 오른쪽 폐를 관통하자 카운터 뒤편 선반으로 내동댕이쳐졌다. 사방에서 술병이 와르르 쏟아지고 깨졌다. 마비되는 느낌이 온 가슴으로 번졌다. 그는 산탄총을 떨어뜨리고 비틀비틀 전화기를 향해 갔다. 허공에 악취가 진동했다. 쏟아진 술과 불에 그슬린 여우 털 냄새였다. 헨리는 숨을 들이마시려고 했지만 가슴을 들썩여도 공기가 들어오지 않는 느낌이었다. 가슴에 난 구멍으로 바람이 빨려 들어가자 가는 쇳소리가 났다.

천 킬로그램은 되는 듯한 수화기를 가까스로 귀에 대고 보안관 사무실 번호가 입력된 버튼을 눌렀다.

따르릉…… 따르릉…… 따르릉…….

"쌍, 당신들 도대체 뭐하는 거야?" 헨리는 불규칙하게 숨을 헐떡였다. "내가 여기서 죽어가고 있다고! 빌어먹을 전화 좀 받아라!"

하지만 신호음만 계속 이어질 따름이었다.

21

노리스는 골목길 중간쯤에서 앨런을 따라잡았고 그들은 나란히 시청 건물의 조그만 주차장으로 들어섰다. 노리스는 앨런의 공무용 권총 방아쇠울을 한 손가락으로 감아 뭉툭한 총구를 작렬하는 시월의 하늘 쪽으로 향하게 들었다. 실라 브리검의 사브가 존 라포인트의 4호 순찰차와 나란히 세워져 있었고, 그 외에 다른 차는 보이지 않았다. 휴의 차는 어디 있을까 하는 궁금증이 앨런의 머리에 떠오른 순간, 보안관 사무실 옆문이 벌컥 열렸다. 누군가가 피 묻은 손으로 앨런의 사무실 벽에 걸어둔 산탄총을 들고 튀어나왔다. 노리스가 38구경을 똑바로 겨누고 방아쇠울 안으로 손가락을 넣었다.

앨런은 두 가지 사실을 단박에 알아차렸다. 첫 번째는 노리스가 총을 쏘겠다는 것. 두 번째는 총을 든 채 비명을 지르고 있는 사람이 휴 프리스트가 아니라 실라 브리검이라는 것.

저세상 수준에 가까운 앨런 팽본의 반사 신경이 그날 오후에 실라를 살렸다. 아주 아슬아슬했다. 그는 소리를 지르지도 심지어 손으로 총구의 방향을 바꾸지도 않았다. 둘 다 성공 가능성이 높지 않았다. 대신 팔꿈치를 내밀어 열심히 스텝을 밟는 컨트리 댄서처럼 위로 홱 쳐들었다. 팔꿈치는 노리스가 방아쇠를 당기기 직전에 총을 잡은 그의 손을 쳐서 총구를 위로 올렸다. 요란한 채찍 소리 같은 총성이, 사방이 막힌 마당을 울렸다. 2층 도시사업부 유리창이 박살 났다. 그러자 실라가 레스터 프랫의 머리를 후려갈기는 데 썼던 산탄총을 떨어뜨리고는 비명과 흐느낌을 동시에 내지르며 그들을 향해 달려왔다.

"맙소사." 노리스가 충격을 받은 목소리로 중얼거렸다. 얼굴이 백짓장처럼 하얘진 그는 권총을 개머리판 쪽으로 돌려서 앨런에게 내밀었다. "제가 하마터면 실라를 쏠 뻔했어요. 이럴 수가."

"보안관님!" 실라가 큰 소리로 외쳤다. "주님, 감사합니다!"

그녀가 그대로 달려드는 바람에 앨런은 하마터면 넘어질 뻔했다. 그는 권총을 제자리에 넣고 그녀를 감싸 안았다. 실라는 전류가 너무 많이 흐르는 전깃줄처럼 벌벌 떨었다. 앨런 자신의 몸도 부들부들 떨리는 것 같았다. 하마터면 바지에 실례를 할 뻔했다. 그녀는 히스테리 상태였고 극심한 공포로 앞을 보지 못했다. 어쩌면 그래서 다행이었다. 총에 맞기 직전이었다는 걸 전혀 모르는 눈치였다.

"저 안에서 무슨 일이 일어난 거야, 실라? 후딱 얘기해봐."

총성과 잇따른 메아리 때문에 귀가 심하게 울려서 어딘가에서 전화벨 소리가 들리는 것만 같았다.

22

헨리 보퍼트는 햇빛 속에서 녹아가는 눈사람이 된 느낌이었다. 다리에서 힘이 풀렸다. 아무도 받지 않는 전화 신호음이 계속 귓전을 때리는 가운데 그는 무릎을 꿇는 자세로 천천히 주저앉았다. 알코올과 불에 그슬린 털 냄새 때문에 머리가 어지러웠다. 거기에 뭔가 강렬한 냄새가 섞였다. 휴 프리스트의 냄새가 아닌가 싶었다.

다른 번호로 전화해 도움을 요청해야 한다는 생각이 어렴풋이 들었지만 그러지 못할 듯했다. 다른 번호를 누를 여력이 없었다. 그저 카운터 뒤편, 점점 커져가는 피 웅덩이 한가운데 무릎을 꿇고 앉아 가슴에 뚫린 구멍에서 바람 빠지는 쉭쉭 소리를 들으며 의식을 잃지 않으려고 필사적으로 애를 쓸 뿐이었다. 멜로 타이거가 문을 여는 시각은 앞으로 한 시간 남았고 윌리엄은 죽었으니 누가 이 전화를 얼른 받아주지 않는 이상 첫 번째 손님들이 다양한 해피 아워* 메뉴를 즐기러 삼삼오오 찾아올 즈음이면 그 역시 죽은 목숨일 것이었다.

"제발." 헨리는 쇳소리가 섞인 목소리로 헉헉대며 속삭였다. "제발 전화 좀 받아라. 제발 우라질 전화 좀 받아."

23

실라 브리검은 차츰 정신을 차리기 시작했다. 앨런은 가장 중요한 정보를 곧바로 알아냈다. 그녀가 산탄총 개머리판으로 휴를 박살 냈다는 것이었다. 따라서 안으로 들어갔다가 총에 맞을까 봐 걱

* 손님이 많이 오지 않는 시간대에 가격을 할인하는 행사. 술집이나 패밀리 레스토랑에서 쉽게 볼 수 있다.

정할 필요는 없었다.

바라건대 그랬다.

"자." 그는 노리스에게 말했다. "들어가자고."

"보안관님…… 실라가 뛰쳐나왔을 때…… 제가……."

"나도 알아. 하지만 별일 없었잖아. 잊어버려, 노리스. 존이 안에 있다잖아. 들어가자고."

그들은 문 앞으로 다가가 양옆에 섰다. 앨런이 노리스를 쳐다보았다.

"몸을 낮추고 들어가."

노리스는 고개를 끄덕였다.

앨런은 문손잡이를 잡고 문을 확 열어젖힌 다음 안으로 뛰어들었다. 노리스는 그 아래로 쭈그렸다.

존이 어찌어찌 일어나 비틀거리며 거의 문 앞까지 나온 참이었다. 앨런과 노리스가 그 옛날 피츠버그 스틸러스*의 최전방 공격수처럼 들이받자 존은 고통이 수반된 마지막 수모를 겪었다. 동료들과 충돌하며 대자로 쓰러진 그는 술집 볼링 게임에 쓰이는 원반처럼 타일이 깔린 바닥 위를 미끄러졌다. 저쪽 벽에 쿵 하고 부딪히자 고통과 놀라움과 피로가 뒤섞인 외마디 비명이 터져 나왔다.

"맙소사, 존이에요!" 노리스가 외쳤다. "이게 웬일이랍니까?"

"가서 같이 부축하자고." 앨런이 말했다.

그들은 천천히 일어나 앉는 존을 향해 황급히 달려갔다. 얼굴이

* NFL 최다 우승을 자랑하는 미식축구 팀.

피범벅이었다. 코는 왼쪽으로 심하게 휘었고, 윗입술은 바람을 너무 많이 넣은 타이어 튜브처럼 퉁퉁 부어 있었다. 앨런과 노리스가 다다랐을 때 그는 한 손으로 입을 가리고 부러진 이를 뱉었다.

"그 잉간이 미셨어여." 존이 뭉개진 발음으로 멍하니 말했다. "시아가 촣으로 쳤셔여. 아마 듀근 거 가타여."

"존, 괜찮아?" 노리스가 물었다.

"안젼 엉망징챵이야." 그러고서 존은 몸을 앞으로 숙이더니 자기 말을 증명이라도 하듯 대자로 뻗은 다리 사이에 요란하게 토악질을 했다.

앨런은 주변을 두리번거렸다. 그의 귀가 잘못된 게 아니라 전화벨이 실제로 울리고 있다는 걸 어렴풋이 알아차렸다. 하지만 지금 상황에서 전화는 중요한 문제가 아니었다. 뒤쪽 벽 근처에 엎드려 쓰러진 휴가 보이기에 그쪽으로 다가갔다. 휴의 등에 귀를 대고 심장 소리가 들리는지 귀를 기울였다. 들리는 거라고는 귓전을 때리는 벨 소리뿐이었다. 빌어먹을 전화기가 온 책상에서 울리는 듯했다.

"저 염병할 전화 좀 받든지 아니면 수화기를 내려놓든지 해!"

앨런이 노리스에게 쏘아붙였다.

노리스는 가장 가까운 전화기로 가서—어쩌다 보니 자기 자리였다—깜빡이는 버튼을 누르고 수화기를 들었다. "지금은 통화를 할 수가 없습니다. 여기서 긴급 상황이 발생해서요. 나중에 전화해주시기 바랍니다." 그는 상대방의 대꾸를 기다리지 않고 수화기를 내려놓았다.

24

헨리 보퍼트는 귀에서 수화기를 떼고—무겁기가 이루 말할 수 없었다—침침해져가는 눈으로 믿기지 않는다는 듯이 쳐다보았다.

"지금 뭐라고?" 그는 중얼거렸다.

수화기를 더는 들고 있을 수가 없었다. 너무 무거웠다. 그는 바닥으로 수화기를 떨어뜨리고 천천히 옆으로 쓰러져 숨을 헐떡이며 그 자리에 누웠다.

25

휴는 가망이 없어 보였다. 그런데 어깨를 잡고 뒤집어보니…… 휴가 아니었다. 얼굴이 피와 뇌수와 뼛조각으로 뒤덮여서 누군지 알아볼 수는 없었지만 휴 프리스트가 아닌 것만큼은 분명했다.

"이게 도대체 무슨 일이지?" 그는 놀란 목소리로 나지막이 중얼거렸다.

26

댄포스 '버스터' 키턴은 자기 캐딜락에 수갑으로 묶인 채 도로 한복판에 서서, 자신을 주시하는 사람들을 주시했다. 박해자의 우두머리와 부관이 사라진 뒤라 그들은 달리 구경할 게 없었다.

버스터는 그들을 살폈다. 그들이 누군지 알았다. 한 명도 빠짐없이 알았다.

빌 풀러턴과 헨리 젠드런은 이발소 앞에 서 있었다. 바비 두거스는 이발용 앞치마를 특대형 냅킨처럼 목에 두르고 그 둘 사이에 서 있었다. 찰리 포틴은 웨스턴 오토 앞에 서 있었다. 스콧 가슨, 그리고 토 나오는 변호사 친구들인 앨버트 마틴과 하워드 포터는 은행 앞에 서 있었다. 난리법석이 벌어졌을 때 두 사람은 아마 은행에서 그의 얘기를 하고 있었을 것이다.

시선.

우라질 시선.

온 사방에서 시선이 느껴졌다.

다들 그를 쳐다보고 있었다.

"내 눈에는 보인다!" 버스터는 느닷없이 소리를 질렀다. "너희들이 전부 보여! 네 녀석들 전부! 그리고 나는 뭘 어째야 하는지 알아! 그럼! 알고말고!"

그는 캐딜락 문을 열고 올라타려 했지만 뜻대로 되지 않았다. 바깥쪽 문손잡이에 수갑이 채워져 있었다. 두 수갑을 연결하는 체인이 길기는 했지만 그 정도로 길지는 않았다.

누가 폭소를 터뜨렸다.

버스터는 웃음소리를 똑똑히 들었다.

주위를 두리번거렸다.

캐슬록의 수많은 주민들이 메인 스트리트의 가게 앞에 서서 영리한 쥐처럼 까만 총알을 닮은 눈으로 그를 마주 보았다.

곤트만 없었다.

하지만 곤트도 그 자리에 있었다. 버스터의 머릿속에서 어떻게 하면 되는지 지시를 내렸다.

버스터는 유심히 들으며…… 미소를 짓기 시작했다.

27

시내에서 휴에게 옆을 들이받힐 뻔했던 버드와이저 트럭이 다리 저편의 조그만 식당을 두어 군데 들렀다가 마침내 4시 1분에 멜로 타이거 주차장으로 들어섰다. 기사는 트럭에서 내려 클립이 달린 메모판을 챙기고 카키색 군용 바지를 추어올린 뒤 건물 쪽을 향해 뚜벅뚜벅 걸어가다가 눈을 휘둥그레 뜨고 문 앞 1.5미터 거리에서 걸음을 멈추었다. 문간에서 두 개의 발이 보였다.

"이게 뭐야!" 기사가 외쳤다. "무슨 일 생겼어요, 사장님?"

쌔근거리는 희미한 외침이 그의 귓가로 흘러들었다.

"……도와……."

기사가 안으로 달려 들어가보니 숨이 간당간당하게 붙은 헨리 보퍼트가 카운터 뒤편에 쭈그리고 쓰러져 있었다.

28

"레시터 후랫이에여." 존 라포인트가 꺽꺽대며 말했다. 그는 이쪽은 노리스, 저쪽은 실라의 부축을 받으며 시신 옆에 무릎을 꿇은 앨런을 향해 절뚝절뚝 다가왔다.

"누구라고?" 앨런이 물었다. 미친 코미디 판으로 우연히 쓸려 들어간 느낌이었다. 제목은 〈리키와 루시의 황천행 열차〉. 어이, 레스터, 설명을 좀 들어야겠어.

"레시터 후랫여." 존은 아픔을 달래가며 참을성 있게 다시 말했다. "고등학교 체육 스앵님요."

"그자가 여긴 어쩐 일로?" 앨런이 물었다.

존 라포인트는 힘없이 고개를 저었다. "모으게쎠여. 그냥 드여와셔 발강하기 시작해쎠여."

"누가 나 좀 도와주겠나?" 앨런이 말했다. "휴 프리스트는 어디 있어? 클럿은? 도대체 이게 다 무슨 일이야?"

29

조지 T. 넬슨은 방문 앞에 서서 믿기지 않는 듯이 좌우를 두리번거렸다. 섹스 피스톨스나 크램프스 같은 펑크 밴드가 팬들과 함께 파티라도 벌인 듯했다.

"이게 무슨……."

그는 입을 열었지만 말문이 막혀버렸다. 말을 할 필요도 없었다. 이게 무슨 일인지 그는 알았다. 코카인 때문이었다. 그럴 수밖에 없었다. 그는 육 년 전부터 캐슬록 고등학교 교직원을 상대로 약물을 거래하고 있었고(에이스 메릴이 이따금씩 "볼리비안 빙고 가루"라고 부르는 것의 진가를 모두가 이해하는 건 아니었지만 제대로 이해하는 교사가 몇 명 있었다) 순도 백 퍼센트에 가까운 코카인 십오 그램을 매트리스 아래에 숨겨놓았다. 보나마나 그게 원흉이었을 것이다. 누군가의 얘기를 듣고 다른 누군가가 눈독을 들인 것이리라. 조지는 집 앞 진입로로 들어서서 깨진 부엌 창문을 보았을 때 곧바로 알아차렸다.

그는 방을 가로질러 죽은 듯 아무 감각이 없는 손으로 매트리스를 홱 들었다. 밑에 아무것도 없었다. 코카인이 보이지 않았다. 이천 달러 상당의 순도 백 퍼센트 코카인이 사라졌다. 그는 몽유병자처럼 화장실을 향해 걸음을 옮겼다. 화장실 수납장 꼭대기의 애너신 병에 숨겨놓은 건 남아 있는지 확인하기 위해서였다. 지금보다 더 간절하게 그게 필요했던 적이 없었다.

문 앞에 다다랐을 때, 그는 눈을 휘둥그레 뜨며 걸음을 멈추었다. 누가 화장실 안을 열심히 뒤집어놓았지만 그의 시선을 사로잡은 건 난장판이 아니라 변기였다. 내려진 변좌가 하얀색 가루를 얇게 뒤집어쓰고 있었다.

하얀색 가루가 존슨스 베이비 파우더는 아닐 듯한 예감이 들었다.

그는 변기 앞으로 다가가 손가락에 침을 묻히고 가루를 찍었다. 손가락을 입안에 넣었다. 혀끝이 당장 얼얼해졌다. 변기와 욕조 사이에 빈 비닐봉지가 떨어져 있었다. 선명한 그림이 그려졌다. 황당하지만 선명한 그림이었다. 누군가가 들어와서 코카인을 보고는…… 변기에 붓고 물을 내린 것이었다. 왜? 왜 그랬을까? 알 수 없었지만 그는 범인을 잡아 물어볼 작정이었다. 녀석의 머리통을 잡아 뜯어서 어깻죽지와 분리하기 직전에.

꿍쳐놓은 삼 그램은 그대로 있었다. 그는 그걸 들고 화장실에서 나왔다가 다시금 충격을 받은 눈빛으로 걸음을 멈추었다. 복도에서 방 안으로 들어갔을 때는 그 가증스러운 광경을 보지 못했지만 이 각도에서는 못 보고 지나칠 수가 없었다.

그는 경악한 눈빛으로 목젖을 강박적으로 실룩이며 그 자리에 한참 동안 서 있었다. 관자놀이의 핏줄 뭉치가 조그만 새의 날개처럼 빠르게 펄떡거렸다. 그는 한참 만에 목구멍에 걸려 있던 한 단어를 조그맣게 내뱉었다.

"……엄마……!"

아래층, 조지 T. 넬슨의 오트밀색 소파 뒤에서는 프랭크 주잇이 쿨쿨 잠을 자고 있었다.

30

고함소리와 총성을 듣고 인도로 나온 로어메인 스트리트의 구경꾼들은 이제 새로운 구경거리에 즐거워했다. 슬로모션으로 펼쳐지는 행정위원장의 탈출극이었다.

버스터는 캐딜락 안으로 최대한 몸을 들이밀어서 시동 장치에 걸린 열쇠를 자동 위치까지 돌렸다. 그런 다음 버튼을 눌러서 운전석 쪽 창문을 내렸다. 이제 그는 차문을 다시 닫고 창문 안으로 조심스럽게 몸을 욱여넣기 시작했다.

무릎 아래쪽은 여전히 창밖으로 뻗쳐 있는 상태에서 손잡이에 묶인 수갑 때문에 왼쪽 팔이 심하게 뒤로 꺾이고 사슬이 넓적한 왼쪽 허벅지를 짓누르는 와중에 스콧 가슨이 그에게로 다가왔다.

"저, 댄포스." 은행 간부가 머뭇머뭇 말을 건넸다. "그러면 안 되는 거 아닌가요? 체포된 걸로 아는데."

버스터는 오른쪽 겨드랑이 아래로 고개를 숙여 자기 체취를 맡아가며—이만저만 시큼한 게 아니었다—가슨을 거꾸로 올려다보았다. 그는 버스터의 바로 뒤에 서 있었다. 버스터를 차 밖으로 다시 끌어내려고 하는 것 같았다.

버스터는 다리를 최대한 위로 올린 다음 초원에서 미친 듯이 겅중거리는 망아지처럼 힘차게 뻗었다. 구두 뒤축이 퍽 하는 기분 좋은 소리와 함께 가슨의 얼굴을 가격했다. 가슨이 쓰고 있던 금테 안경이 박살 났다. 그는 울부짖으며 피가 나는 얼굴을 손으로 감싸고 비틀비틀 뒷걸음질 치다가 메인 스트리트 위로 나자빠졌다.

"하!" 버스터는 으르렁거렸다. "그럴 줄 몰랐지? 그럴 줄 전혀 몰랐지, 이 개 같은 박해자 새끼야, 응?"

그는 꿈틀거리며 차 안으로 마저 몸을 밀어넣었다. 체인이 딱 그 정도 길이였다. 어깨 관절이 불안하게 으드득거리다 회전하자 그는 자기 팔 아래로 빠져나가 엉덩이를 운전석 위로 잽싸게 옮겨놓을 수 있었다. 이제 그는 수갑이 채워진 쪽 팔을 차창 밖으로 내민 채 운전대 앞에 앉아서 시동을 걸었다.

일어나 앉은 스콧 가슨은 자신을 향해 달려오는 캐딜락을 보았다. 라디에이터 그릴이 음흉하게 쳐다보는 듯했고 크롬으로 이루어진 거대한 산이 그를 덮치려고 들었다.

그는 미친 듯이 몸을 왼쪽으로 굴려 간발의 차로 화를 면했다. 캐딜락의 거대한 앞 타이어가 오른손을 밟고 지나가며 제대로 으스러뜨렸다. 잠시 후에는 뒤 타이어가 밟고 지나가 일을 마무리지었다. 가슨은 똑바로 누워서 흙손 크기로 섬뜩하게 짓이겨진 손가락을 바라보며 작열하는 파란 하늘에 대고 비명을 질렀다.

31

"태미이이이이 페이이이이이!"

귀청을 찢는 소리가 깊은 잠에 빠져 있던 프랭크 주잇을 깨웠다. 처음 몇 초 동안 그는 자기가 어디 있는지 전혀 감을 잡지 못했다. 어딘지 몰라도 좁고 밀폐된 공간이었다. 불쾌한 공간. 그의 손에도 뭔가가 있었다. 뭐지?

그는 오른손을 들었다가 하마터면 스테이크 나이프에 눈을 찔릴 뻔했다.

"으아아아아아 안 돼애애애애! 태미이이이이 페이이이이이!"

퍼뜩 생각이 났다. 그가 있는 곳은 오랜 '친구' 조지 T. 넬슨의 소파 뒤편이었고, 바로 그 조지 T. 넬슨이 죽은 앵무새를 두고 요란하게 슬퍼하고 있었다. 이런 깨달음과 함께 다른 모든 기억이 되살아났다. 사무실에 흩뿌려져 있던 잡지와 협박 편지, 파멸의 기로에 놓인(아니, 기로에 놓인 게 아니라 확정적이었다. 생각하면 할수록 그랬다) 그의 직업과 인생.

이제 놀랍게도 조지 T. 넬슨이 흐느껴 우는 소리가 들렸다. 날아다니는 개똥을 두고 흐느껴 울다니. 좋아, 프랭크는 생각했다. 내가 절망에서 해방시켜주마, 조지. 혹시 모르지, 너도 새들의 천국으로 불려 올라갈지.

흐느끼는 소리가 소파 쪽으로 다가왔다. 점점 더 가까워졌다. 그는 벌떡 일어날 작정이었고—까꿍!—저 개자식은 영문도 모른 채 죽음을 맞이할 것이다. 하지만 프랭크가 벌떡 일어나려던 찰나, 조지 T. 넬슨이 심장이 터질 듯 흐느끼며 소파에 털썩 주저앉았다. 그는 육중한 남자였기에 체중으로 인해 소파가 벽 쪽으로 쑥 밀렸다. 뒤에서 놀란 누군가가 숨을 죽인 채 "으으윽!" 하고 지르는 비명은 흐느낌에 묻혀 들리지 않았다. 그는 더듬더듬 전화기를 찾아서 눈물이 그렁그렁한 눈으로 번호를 눌렀다. 첫 번째 신호가 떨어졌을 때 (기적적으로) 프레드 루빈이 전화를 받았다.

"프레드! 프레드, 끔찍한 일이 벌어졌어! 어쩌면 아직 끝나지 않았을지 몰라! 어쩌면 이럴 수가 있을까, 프레드! 어쩌면 이럴 수가 있을까!"

그의 뒤편에서는 프랭크 주잇이 숨이 막혀 버둥거리고 있었다. 어렸을 때 읽었던 에드거 앨런 포의 소설 중에서 산 채로 매장당하는 사람이 등장했던 작품이 머릿속을 스치고 지나갔다. 그의 얼굴이 오래된 벽돌색으로 서서히 변해갔다. 조지 T. 넬슨이 소파 위로 주저앉았을 때 그의 가슴을 파고든 묵직한 나무 다리가 납덩이처럼 느껴졌다. 소파 뒷면이 그의 어깨와 옆얼굴을 눌렀다.

그의 위에서는 조지 T. 넬슨이 집에 들어왔을 때 어떤 광경이 자신을 맞이했는지 횡설수설 프레드 루빈에게 쏟아내고 있었다. 마침내 그가 잠깐 말을 멈추었다가 불쑥 외쳤다.

"이런 얘기를 전화로 하면 안 된대도 상관없어. 그자가 태미 페이를 죽였는데 그게 무슨 상관이야? 그 새끼가 태미 페이를 죽였다고! 누가 그런 짓을 저질렀을까, 프레드? 누구일까? 나 좀 도와줘!"

조지 T. 넬슨이 상대방의 얘기를 듣느라 잠깐 잠잠해졌고 프랭크는 점점 커져만 가는 고통과 더불어 조만간 기절하게 생겼다는 사실을 깨달았다. 문득 좋은 수가 생각났다. 소파에 대고 라마 자동 권총을 쏘면 될 일이었다. 그로써 조지 T. 넬슨을 죽일 수는 없을지 몰라도, 심지어 조지 T. 넬슨을 맞힐 수조차 없을지 몰라도 조지 T. 넬슨의 관심을 돌릴 수는 있을 테고 그러면 프랭크가 여기서 이렇게 굽도리널을 데우는 난로에 코가 눌린 채 죽기 전에 조지 T. 넬슨이 코끼리만 한 엉덩이를 소파에서 일으킬 공산이 컸다.

프랭크는 스테이크 나이프를 내려놓고 바지 허리춤에 꽂은 권총을 향해 손을 뻗었다. 이내 악몽과도 같은 공포가 그를 강타했다. 권총을 잡을 수가 없었다. 손가락을 아무리 벌리고 오므려봐도 상아에 무늬를 새긴 권총 손잡이까지 남은 거리가 족히 오 센티미터는 됐다. 젖 먹던 힘까지 짜내보았지만 소파와 벽 사이에 낀 어깨는 꿈쩍하지 않았다. 큼지막한 소파와 조지 T. 넬슨의 엄청난 체중이 그의 어깨를 단단히 누르고 있었다. 아예 여기 못 박힌 게 아닐까 싶을 정도였다.

튀어나온 프랭크의 눈앞에서 검은색 장미꽃이 피어오르기 시작했다. 질식사의 전조였다.

있을 수 없을 만큼 먼 곳에서 그의 오랜 '친구'가 코카인 시장의 동업자일 게 분명한 프레드에게 고함을 지르는 소리가 들려왔다.

"지금 무슨 소릴 하는 거야? 내 집이 난장판이 됐다는 얘기를 하려고 전화했는데 시내에 새로 문을 연 상점에 가보라니? 잡동사니는 필요 없어, 프레드. 나한테 필요한 건……."

그는 얘기를 하다 말고 일어나 저쪽으로 걸어갔다. 프랭크는 말 그대로 젖 먹던 힘까지 동원해 소파를 몇 센티미터 앞으로 밀었다. 얼마 되지는 않았지만 상쾌하기 그지없는 공기를 몇 모금이나마 마실 수 있었다.

"거기서 뭘 판다고?" 조지 T. 넬슨은 큰 소리로 외쳤다. "이런 망할! 개망할! 그런 얘길 왜 이제야 하는 거야?"

다시 정적이 흘렀다. 프랭크는 해변으로 쓸려 온 고래처럼 소파 뒤에 누워서 뻐끔뻐끔 숨을 쉬며 끔찍하게 지끈거리는 머리가 터지지 않기만을 바랐다. 곧바로 일어나 오랜 '친구' 조지 T. 넬슨의 머리통을 날려버릴 것이다. 곧바로. 숨이 돌아오면. 눈앞을 가득 메운 검은색의 큼지막한 꽃들이 완전히 사라지면. 곧바로. 잠시 후에.

"알았어. 가서 만나볼게. 그자가 과연 네가 생각하는 그런 기적을 연출하는 사람일지 의심스럽지만 지금 찬밥 더운밥 가릴 처지도 못 되고. 그런데 내가 뭐 하나 알려줄까? 그자가 물건을 팔건 말건 상관없어. 이런 짓을 저지른 개새끼를 찾아내서—그게 맨 먼저 해야 할 일이지—벽에다 대고 못을 박아서 걸어놓을 거야. 알았어?"

알았다. 프랭크는 생각했다. 하지만 벽에 누가 못 박히게 될지는 두고 볼 문제지, 사랑하는 옛 파티 친구.

"그래, 이름 외웠다니까!" 조지 T. 넬슨은 수화기에 대고 고함을 질렀다. "곤트, 곤트, 우라질 곤트!"

그가 쾅 하고 수화기를 내려놓자 전화기가 저편으로 날아갔는지 유리 깨지는 소리가 들렸다. 잠시 후에 조지 T. 넬슨은 마지막 맹세를 하고 씩씩대며 집을 뛰쳐나갔다. 그가 타고 다니는 아이록-Z의 엔진이 눈을 떴다. 프랭크는 진입로를 빠져나가는 자동차 소리를 들으며 천천히 소파를 밀었다. 밖에서 타이어가 요란하게 보도를 미끄러지는 소리가 들렸고, 곧 프랭크의 오랜 '친구' 조지 T. 넬슨은 사라졌다.

이 분 뒤 두 개의 손이 오트밀색 소파 뒤편을 움켜잡았다. 이어 프랭크 M. 주잇의 얼굴이 손 사이로 등장했다. 광기가 서린 핏기 없는 얼굴, 웨더비 교장의 것과 닮은 무테안경은 퍼그처럼 생긴 조그만 콧잔등에 삐딱하게 얹혔고 한쪽 알에 금이 갔다. 소파 뒷면이 오른편 뺨에 시뻘건 반점을 찍어놓았다. 숱이 듬성한 머리칼 사이에서 먼지 뭉치 몇 개가 춤을 추었다.

강바닥에서 수면 바로 아래까지 부상하는 익사체처럼 프랭크의 얼굴 위로 다시금 천천히 미소가 번졌다. 이번에는 오랜 '친구' 조지 T. 넬슨을 놓쳤지만 조지 T. 넬슨은 마을을 뜰 계획이 없었다. 통화 내용으로 미루어보면 확실했다. 프랭크는 날이 저물기 전에 그를 찾을 수 있을 것이다. 손바닥만 한 마을에서 무슨 수로 그를 놓치겠는가.

32

숀 러스크는 자기 집 부엌 입구에 서서 불안한 눈빛으로 차고 쪽을 쳐다보았다. 오 분 전에 형이 거기로 나갔다. 숀은 자기 방 창밖을 내다보다가 우연히 형을 발견했다. 브라이언은 한 손에 뭔가를 들고 있었다. 거리가 제법 돼서 제대로 보이지 않았지만 숀은 보지 않아도 알 수 있었다. 뻔했다. 브라이언이 계속 2층을 들락거리며 쳐다보는 새 야구 카드였다. 브라이언은 동생이 야구 카드에 대해 안다는 걸 몰랐다. 숀은 알고 있었다. 심지어 어떤 카드인지도 알았다. 오늘 브라이언보다 훨씬 일찍 하교한 김에 몰래 형 방에 들어가서 확인했기 때문이었다. 브라이언이 왜 그 카드에 집착하는지는 알다가도 모를 일이었다. 오래돼서 지저분하고 너덜너덜한데다 색도 바래 있었다. 게다가 숀이 들어본 적도 없는 선수였다. 새미 코버그라는 LA 다저스 투수인데 통산 기록이 1승 3패였다. 메이저리그에서 일 년을 꼬박 뛴 적도 없었다. 그런 쓰잘머리 없는 카드에 집착하는 이유가 뭘까?

숀으로서는 알 수가 없었다. 분명한 건 딱 두 가지였다. 형이 그 카드에 집착한다는 것과 지난 일주일간 형이 섬뜩한 행동을 보였다는 것. 꼭 텔레비전 광고에 나오는 약물의존증 청소년 같았다. 하지만 형이 약물에 손을 댈 리 없었다…… 아닌가?

차고로 나갈 때 브라이언의 표정이 왠지 모르게 오싹해서 숀은 엄마에게 알리고 싶었다. 뭐라고 하면 좋을지 알 수 없었지만 이제 보니 몰라도 상관없었다. 얘기를 꺼낼 기회조차 없었던 것이다. 엄마는 얼마 전에 문을 연 시내의 그 가게에서 산 어처구니없는 선글라스를 끼고 샤워 가운 차림으로 방 안을 서성이고 있었다.

"엄마, 형이……." 그는 말문을 열었지만 거기까지가 전부였다.

"나가, 숀. 엄마 지금 바빠."

"하지만 엄마……."

"나가라니까!"

그는 제 발로 걸어 나올 새도 없이 막무가내로 내쫓겼다. 그를 밀치느라 엄마의 가운 앞섶이 벌어졌는데, 이제 보니 안에 아무것도 입지 않았다. 심지어 잠옷조차 입지 않았다.

엄마가 뒤에서 문을 쾅 소리 나게 닫고 잠갔다.

이제 그는 부엌 앞에 서서 형이 차고에서 나와주길 초조하게 기다렸지만…… 브라이언은 그럴 기미를 보이지 않았다.

불안이 스멀스멀 쌓여 공포를 감당할 수 없는 지경에 이르렀다. 숀은 부엌문을 열고 나가서 바깥 통로를 터벅터벅 지나 차고로 들어갔다.

어둑한 안에서는 기름 냄새가 풍겼고 찌는 듯이 더웠다. 처음에는 형이 보이지 않기에 뒷문으로 마당에 나갔나 싶었다. 그러다 눈이 어둠에 적응하자 숀은 울음 섞인 숨을 조그맣게 토했다.

브라이언이 잔디깎이 옆으로 뒤쪽 벽에 기대고 앉아 있었다. 아버지의 총을 꺼내 바닥에 개머리판을 대고 세워놓은 채였다. 총구가 얼굴을 겨누고 있었다. 브라이언은 한 손으로 총신을 받치고 다른 손으로는 지난 일주일 내내 그의 일상을 잡고 흔든 낡고 지저분한 야구 카드를 움켜쥐고 있었다.

"형!" 숀이 외쳤다. "지금 뭐하는 거야?"

"거기 가만히 있어, 숀. 안 그러면 너한테 다 튈 거야."

"형, 그러지 마!" 숀은 외치고 울음을 터뜨렸다. "왜 그렇게 꼬다처럼 굴어! 그러니까…… 그러니까 무섭잖아!"

"한 가지만 약속해." 브라이언이 말했다. 양말과 운동화는 벗어 두었고, 이제 한쪽 엄지발가락을 레밍턴 엽총의 방아쇠울 안으로 꼼지락꼼지락 넣고 있었다.

숀은 가랑이가 축축하고 뜨끈해지는 걸 느꼈다. 이렇게 무서운 적은 평생 처음이었다.

"형, 그러지 마! 제바아아알!"

"약속해, 새로 생긴 그 가게 근처에는 절대 얼씬하지 않겠다고. 알았어?"

숀은 형에게로 한 발짝 다가갔다. 엽총의 방아쇠 위에 놓인 브라이언의 발가락에 힘이 들어갔다.

"안 돼!" 숀이 당장 뒤로 물러서며 외쳤다. "아니, 응! 응, 알았어!"

브라이언은 동생이 후퇴하는 걸 보고 총을 조금 떨어뜨렸다. 발가락에서도 살짝 힘을 풀었다.

"약속해."

"알았어! 뭐든 약속할게! 이러지만 말아줘! 형! 이제…… 이제 장난은 그만해! 뭐든 형이 하라는 대로 할게! 같이 가서 〈트랜스포머〉 보자! 아니다…… 형이 골라! 뭐든 좋아! 와프너*도 좋아! 형이 원하면 와프너 봐도 돼! 일주일 내내! 한 달 내내! 나도 형이랑 같이 볼게! 무서우니까 이제 그만해, 형, 제발 그만해!"

브라이언 러스크의 귀에는 그 소리가 들리지 않는 모양이었다.

* 〈피플스 코트〉라는 법정 리얼리티 프로그램에 출연했던 판사.

멍하고 평온한 얼굴 위에서 두 눈이 둥둥 떠다니는 듯했다.

"거긴 절대 가지 마. 니드풀 싱스는 독버섯 같은 곳이고 곤트 씨는 독버섯 같은 인간이야. 사실은 인간이 아니야, 숀. 절대 아니야. 거기서 곤트 씨가 파는 독버섯 같은 물건을 절대 사지 않겠다고 맹세해."

"맹세할게! 맹세할게!" 숀이 마구 말을 쏟아냈다. "엄마의 이름을 걸고 맹세할게!"

"안 돼.그건 안 돼. 왜냐하면 엄마도 그 인간한테 넘어갔거든. 네 이름을 걸고 맹세해, 숀. 네 이름을 걸고."

"알았어!" 숀은 후끈하고 어두침침한 차고 안에서 외쳤다. 애원하듯 형을 향해 손을 내밀었다. "알았어, 내 이름을 걸고 맹세할게! 이제 제발 그 총 내려놔, 형……."

"사랑한다, 동생아." 그는 야구 카드를 잠깐 내려다보았다. "샌디 코팩스 밥맛이야." 브라이언 러스크는 발가락으로 방아쇠를 당겼다.

후덥지근하고 어두컴컴한 차고를 둔탁하고 요란하게 가르는 총성 위로 공포에 찬 숀의 비명이 귀청을 찢을 듯 울려 퍼졌다.

33

릴런드 곤트는 쇼윈도 앞에 서서 가벼운 미소를 머금은 얼굴로 메인 스트리트를 내다보았다. 포드 스트리트에서 터진 총성은 희미했지만 그는 예민한 귀로 들을 수 있었다.

그의 얼굴 위로 미소가 조금 더 번졌다.

그는 예약 손님만 받는다고 되어 있는 팻말을 치우고 새 팻말을 걸었다. 여기에는 이렇게 적혀 있었다.

당분간 영업을 중단합니다

"지금은 신나는 시간을 즐기는 중이거든." 릴런드 곤트는 허공에 대고 중얼거렸다. "그렇고말고."

18장

1

폴리 차머스는 이런 사태에 대해 전혀 알지 못했다.

곤트가 캐슬록에 뿌린 씨앗이 처음으로 결실을 맺기 시작할 때 그녀는 3번 국도의 끝에 자리 잡은 캠버 영감의 농장에 나와 있었다. 앨런과 통화를 마치자마자 달려온 참이었다.

통화를 마쳤다고? 그녀는 생각했다. 맙소사, 그건 너무 점잖은 표현이잖아. 네가 일방적으로 끊은 거 아니었어?

맞아. 그녀는 인정했다. 내가 일방적으로 전화를 끊은 뒤에. 하지만 그가 내 뒤를 캐고 다녔잖아. 내가 추궁하니까 횡설수설하다가 거짓말을 했고. 거짓말을 하다니. 그랬으니 점잖지 못한 대접을 당해도 할 말 없지.

그 대목에 이르자 마음속에서 뭔가가 거북하게 꿈틀거렸다. 시간과 여지가 있었더라면 그 뭔가가 입을 열었을지도 모르지만 그녀는 둘 중 어느 것도 허락하지 않았다. 반대 의견은 듣고 싶지 않았다. 사실 앨런 팽본과의 마지막 대화 자체를 생각하고 싶지 않았다. 그저 여기 3번 국도 끝자락에서 해야 하는 일을 처리한 뒤 얼른 집으로 돌아가고 싶을 뿐이었다. 집에 가면 시원하게 목욕을 하고 침대로 들어가 열두 시간, 아니 열여섯 시간 동안 내처 잘 생각이었다.

그때 머릿속 깊숙한 곳의 목소리가 딱 세 단어를 내뱉었다. 하지만 폴리…… 생각해봤어……?

아니었다. 그녀는 생각해보지 않았다. 나중에 때가 되면 생각해보아야 하겠지만 지금은 너무 일렀다. 생각하기 시작하면 아픔도 다시 느껴질 것이다. 지금은 이 일을 처리하고 싶을 뿐…… 생각이라는 건 아예 접고 싶었다.

캠버 농장은 귀신이 나온다는 소문이 있는 곳답게 으스스했다. 불과 몇 년 전에 두 사람—어린 남자아이와 조지 배너먼 보안관이었다—이 이 집 앞마당에서 죽었다. 언덕 바로 밑에서는 게리 퍼비어와 집주인 조 캠버, 이 두 사람이 죽었다. 폴리는 예전에 도나 트렌턴이라는 여자가 포드 핀토를 대는 치명적인 실수를 저질렀던 자리에 주차하고 차에서 내렸다. 아즈카가 가슴 위에서 좌우로 대롱거렸다.

그녀는 내려앉은 현관과 페인트 없이 담쟁이덩굴로 뒤덮인 벽, 그리고 유리 대부분이 깨진 채로 그녀를 멀뚱멀뚱 쳐다보는 창문을 불안한 눈빛으로 둘러보았다. 잔디밭에서 귀뚜라미들이 한심한 노래를 불렀고, 도나 트렌턴이 여기서 자신과 아들의 목숨을 위해 사투를 벌였던 그 끔찍했던 며칠* 동안 그랬듯이 뜨거운 태양이 작렬했다.

내가 지금 여기서 뭘 하고 있는 걸까? 폴리는 생각했다. 정말 내가 지금 여기서 뭘 하고 있는 거지?

그녀는 답을 알았다. 앨런 팽본이나 켈턴이나 샌프란시스코 아동복지과하고는 상관없는 일이었다. 이 가벼운 소풍은 사랑이라는 단어와는 전혀 관련이 없었다. 이것은 고통과 관련된 일이었다. 그게 전부고…… 그걸로 충분했다.

은색의 조그만 목걸이 안에 뭔가가 있었다. 뭔가 살아 있는 것이. 그녀가 릴런드 곤트와 맺은 계약을 이행하지 않으면 그것이 죽을 터였다. 일요일 아침에 눈을 떴을 때 느낀 뼈를 깎는 듯한 고통 속으로 다시 돌아갈 수 있을지, 그녀는 자신이 없었다. 그런 고통을 평생 겪어야 한다면 차라리 자살을 선택할지 몰랐다.

"앨런 때문은 아니야." 그녀는 불길하게 구부러진 지붕을 얹은 채 입을 떡 벌리고 있는 헛간 쪽으로 걸어가며 속삭였다. "그이는 절대 폭력을 쓰지 않는 사람이잖아."

그러거나 말거나 네가 신경 쓰는 이유가 뭔데? 성가신 목소리가 이렇게 속삭였다.

그녀는 앨런에게 상처를 주고 싶지 않았기 때문에 신경이 쓰였다. 그에게 화가 나긴 했지만, 사실상 분노하긴 했지만 그렇다고 그녀까지 그의 수준으로 전락해 똑같이 비열하게 대할 필요는 없었다.

* 스티븐 킹이 1981년에 발표한 작품 『쿠조』의 내용이다.

하지만 폴리…… 생각해봤…….

안 돼. 그만!

이제 그녀는 에이스 메릴에게 장난을 치려는 참이었다. 사실 에이스에 대해서는 전혀 신경이 쓰이지 않았다. 소문만 들었을 뿐 실제로 만난 적도 없었다. 그녀가 장난을 치려는 상대는 에이스였다. 하지만…….

하지만 앨런. 에이스 메릴을 쇼생크로 보낸 앨런과 어딘지 모르게 관련이 있었다. 그녀의 심장도 그렇다고 속삭였다.

그렇다고 여기서 발을 뺄 수 있을까? 빼고 싶다 한들 그럴 수 있을까? 이제는 켈턴까지 걸린 문제였다. 시키는 대로 하지 않으면 아들이 어쩌다 죽음에 이르렀는지 온 마을에 소문이 날 거라고 곤트가 대놓고 얘기하지는 않았지만…… 충분히 언질을 주었다. 그런 사태는 감당할 수 없었다.

하지만 젊은 아가씨는 자존심을 세울 권리가 있지 않나요? 다른 모든 게 사라졌는데 자존심이라도 세워야죠. 그게 없으면 빈껍데기 뿐인데.

맞는 말이었다. 맞는 말. 맞는 말이야.

곤트는 필요한 도구가 딱 하나뿐이라고, 헛간에 가면 있을 거라고 했다. 폴리는 그쪽으로 천천히 걸음을 옮기기 시작했다.

네 마음이 이끄는 대로 가되 살아서 가야지, 트리샤. 에비 고모할머니는 이렇게 말했다. 유령으로 가지 말고.

하지만 녹슨 경첩에 얼어붙은 채로 입을 떡 벌리고 있는 헛간 문을 지나는 지금, 그녀는 유령이 된 기분이었다. 평생 지금처럼 유령이 된 듯 느껴진 적이 없었다. 아즈카가 가슴 사이에서 혼자 움직였다. 안에 뭔가가 있었다. 뭔가 살아 있는 것이. 꺼림칙했지만 그것이 죽는 경우에 벌어질 일은 더 꺼림칙했다.

이번 한 번만큼은 곤트가 시킨 대로 하자. 앨런 팽본과 연을 끊고 (그와 시작한 것 자체가 실수였음을 이제는 분명히 알 수 있었다) 과거를 그녀만의 비밀로 지킬 것이다. 그러면 안 될 것도 없었다.

어차피 사소한 장난이었다.

2

삽은 그의 말대로 부옇게 쏟아지는 햇빛을 맞으며 한쪽 벽에 기대어져 있었다. 그녀는 닳아서 반질반질해진 손잡이를 잡았다.

조지 배너먼을 죽이고 태드 트렌턴의 죽음을 유발한 광견병 걸린 세인트버나드가 전보다 더 사나운 성격으로 저승에서 부활하기라도 한 듯 어두컴컴한 헛간 깊숙한 곳에서 나지막이 으르렁거리는 소리가 들린 것도 같았다. 팔을 타고 소름이 돋았다. 폴리는 허겁지겁 헛간을 빠져나왔다. 빈집이 음침하게 그녀를 노려보고 있으니 앞마당도 그리 유쾌하지는 않았지만 헛간보다는 나았다.

내가 지금 여기서 뭘 하고 있는 걸까? 그녀의 머릿속에서 또다시 이렇게 묻는 비참한 목소리가 들렸고, 에비 고모할머니의 음성이 되살아났다. 유령이 되어가고 있지. 네가 지금 여기서 그러고 있잖니. 유령이 되어가고 있어.

폴리는 눈을 질끈 감았다. "그만하세요!" 그녀는 사납게 속삭였다. "그만하시라고요!"

맞아요. 릴런드 곤트가 말했다. 게다가 뭘 그렇게 안달복달해요? 악의 없는 사소한 장난에 불과한데. 그리고 그 때문에 심각한 사태가 벌어진다 한들—물론 그럴 일은 없지만 만에 하나 그렇게 된다고 한들—그게 누구 잘못이겠어요?

"앨런요." 그녀는 속삭였다. 그녀는 신경질적으로 눈동자를 이리저리 굴렸고 불안한 듯 가슴에 대고 주먹을 쥐었다 폈다 했다. "만약 그이가 얘기를 하자고 여기로 찾아와준다면…… 애초에 자기 일도 아닌 일에 기웃거리고 다니며 화를 자초하지 않았더라면……."

조그만 목소리가 다시 말문을 열려고 했지만 입도 뻥긋 하기 전에 릴런드 곤트가 가로막고 나섰다.

맞아요. 곤트가 말했다. 그리고 당신이 지금 여기서 뭘 하고 있느냐, 그 질문에 대한 대답은 간단해요, 폴리. 남은 값을 치르고 있잖아요. 그거예요, 그게 다예요. 유령하고는 아무 상관 없어요. 그리고 거래를 구성하는 가장 간단하고 훌륭한 측면을 기억해요. 값을 치르면 그 물건이 당신 것이 된다는 사실. 그렇게 근사한 물건을 싸게 살 수 있으리라 생각하지는 않았겠죠? 하지만 값을 치르면 당신 것이 돼요. 값을 치르면 분명한 소유권이 생기니까. 자, 거기 하루 종일 서서 과거의 겁에 질린 목소리를 계속 듣고 있을 거예요, 아니면 용무를 처리할 거예요?

폴리는 다시 눈을 떴다. 아즈카가 체인 끝에 미동도 없이 매달려 있었다. 움직였을지 몰라도—그랬는지 이제는 확신할 수가 없었다—지금은 멈추었다. 집은 집일 따름이고, 너무 오랫동안 빈집으로 있었으니 방치의 흔적이 드러나는 것도 당연했다. 창문은 멀뚱멀뚱 그녀를 쳐다보는 게 아니라, 겁 없는 남자아이들이 던진 돌멩이에 유리가 모두 깨져서 구멍만 남은 것이다. 헛간에서 무슨 소리가 들렸다 한들—그것 역시 이제는 장담할 수가 없었다—평소답지 않은 시월의 무더위에 널빤지가 삐걱거리는 소리였을 뿐이다.

그녀의 부모님은 돌아가셨다. 귀여운 아들도 죽었다. 그리고 십일 년 전 여름 사흘 밤낮에 걸쳐 이 집 앞마당을 잔인하게 지배했던 그 개도 죽었다.

유령은 없었다.

"나도 아니지." 그녀는 말하고 헛간 뒤편으로 걸음을 옮겼다.

3

"헛간 뒤편으로 돌아가면 오래된 트레일러의 잔해가 보일 거예요." 곤트는 이렇게 말했다. 과연 보였다. 옆면이 은색인 에어플로였고, 미역취와 뒤늦게 피어 높다랗게 뒤엉킨 해바라기에 가려서 거의 보이지 않았다.

"트레일러 왼편 끝 쪽에 큼지막하고 평평한 돌이 있을 거예요."

금세 찾을 수 있었다. 정원에 놓는 돌만큼이나 큼지막했다.

"돌을 옆으로 치우고 거길 파요. 한 육십 센티미터쯤 파면 크리스코 깡통이 나올 거예요."

그녀는 돌을 옆으로 치우고 땅을 파기 시작했다. 오 분도 지나지 않아 삽날이 깡통에 부딪쳤다. 그녀는 삽을 버리고 손으로 푸석한 흙을 헤치며 거미줄 같은 뿌리를 끊었다. 잠시 후 크리스코 깡통이 손에 잡혔다. 녹이 슬었지만 멀쩡했다. 삭은 라벨이 떨어져나오길래 확인해보니 뒷면에 붙어 있던 파인애플 서프라이즈 케이크 만드는 법과(시커멓고 얼룩덜룩한 곰팡이 때문에 재료는 거의 보이지 않았다) 1969년으로 유효기간이 만료된 비스퀵 쿠폰이었다. 그녀는 깡통 뚜껑 아래로 손가락을 넣어서 열었다. 훅 하고 공기가 빠져나와 움찔하며 잠시 고개를 뒤로 뺐다. 목소리가 지금 여기서 뭐하고 있는 거냐고 마지막으로 물었지만, 폴리는 차단해버렸다.

깡통 안을 들여다보니 곤트가 얘기한 물건이 들어 있었다. 골드본드 경품 교환권 한 묶음, 그리고 목양견과 성교하는 여자를 찍은 빛바랜 사진 몇 장이었다.

그녀는 그것들을 모두 뒷주머니에 넣은 다음 청바지에 대고 손을 열심히 닦았다. 일이 끝나자마자 손을 씻어야겠다고 다짐했다. 땅속에 한참 동안 묻혀 있었던 걸 만졌더니 더러워진 기분이었다.

이번엔 다른 주머니에서 봉투를 꺼냈다. 앞면에 이렇게 적혀 있었다.

> 용감무쌍한
> 보물 사냥꾼에게 전하는 메시지

폴리는 그 봉투를 깡통에 넣고 뚜껑을 닫은 다음 구덩이에 넣었다. 삽으로 얼른, 대충 구덩이를 다시 메웠다. 여기서 도망치고 싶은 생각뿐이었다.

일이 끝나자 그녀는 발걸음을 재촉했다. 삽은 키 큰 잡초 속에 던졌다. 헛간 안에서 들린 소리가 별것 아니든 말든, 거기까지 삽을 들고 갈 생각은 없었다.

차에 가서 조수석의 글러브 박스를 열었다. 안에 든 어수선한 서류들을 뒤진 끝에 오래된 성냥갑을 찾았다. 네 번을 시도해서야 불을 붙일 수 있었다. 이제는 손이 거의 아프지 않았지만 덜덜 떨려서 세 번 다 너무 세게 긋는 바람에 종이로 된 성냥 대가리가 속절없이 꺾여버렸다.

네 번 만에 불이 붙자 폴리는 오후의 뜨거운 햇살 속에 거의 보이지 않는 성냥불을 오른쪽 두 손가락으로 들고 청바지 주머니에서 들러붙은 경품 교환권 다발과 추잡한 사진들을 꺼냈다. 그 꾸러미에 불을 댄 채 확실하게 옮겨붙을 때까지 들고 있었다. 그런 다음 성냥을 옆으로 던지고 공기가 잘 통하게 종이를 아래로 숙였다. 사진 속 여자는 영양실조 상태에 눈이 퀭했다. 개는 추레했고 이 상황에 당혹감을 느낄 만큼만 영리해 보였다. 사진의 표면이 부글거리며 갈색으로 변하는 걸 보니 안도감이 들었다. 사진들이 불타며 말려들기 시작하자 그녀는 예전에 한 여자가 야구방망이로 다른 개를, 세인트버나드를 때려죽인 땅바닥으로 떨어뜨렸다.

불길이 확 치솟았다. 경품 교환권과 사진 더미가 금세 시커먼 재로 변했다. 불꽃이 펄럭이다가 꺼졌고…… 바로 그 순간 오후의 정적을 가르고 불어온 돌풍에 잿더미가 가루로 바스러졌다. 가루가 깔때기 모양으로 빙글빙글 날아 올라가자 폴리는 갑작스럽게 겁에 질려 휘둥그레진 눈으로 움직임을 따라갔다. 이 희한한 바람은 어디서 불어왔을까?

아, 제발! 이제 그만 좀…….

그때 공회전 하는 선외 모터처럼 나지막이 으르렁거리는 소리가 후덥지근하고 어두컴컴한 헛간의 구멍 속에서 들려왔다. 그녀의 착각도 아니고 널빤지가 삐걱대는 소리도 아니었다.

개 소리였다.

폴리가 겁에 질린 눈빛으로 그쪽을 돌아보니 어둠 속에서 퀭하고 시뻘건 동그라미가 그녀를 쳐다보고 있었다.

그녀는 차 모서리를 돌아가다 서두르는 바람에 보닛 오른편에 골반을 세게 부딪쳤다. 차에 올라타 차창을 올리고 문을 잠갔다. 열쇠를 돌렸다. 크랭크가 돌아갔지만…… 시동이 걸리지 않았다.

내가 여기 있는 걸 아무도 모르잖아. 그녀는 깨달았다. 곤트 말고는 아무도 모르는데…… 그는 아무한테도 얘기하지 않았겠지.

도나 트렌턴 모자母子가 그랬듯이 여기 갇혀서 꼼짝 못하게 된 자신의 모습이 잠깐 눈앞을 스치고 지나갔다. 그러다 엔진이 잠에서 깨어나자, 그녀는 진입로를 후진으로 황급히 빠져나오다 하마터면 저편의 도랑에 차를 처박을 뻔했다. 기어를 주행으로 옮기고 최대한 빨리 시내를 향해 달렸다.

손을 씻어야겠다는 생각은 까맣게 사라진 뒤였다.

4

오십 킬로미터 떨어진 곳에서 브라이언 러스크가 자기 머리를 날려버린 그 시점에, 에이스 메릴은 침대에서 일어났다.

지저분한 속옷을 벗어가며 화장실로 가 한참 동안 소변을 누었다. 한쪽 팔을 들고 겨드랑이 냄새를 맡았다. 샤워기를 쳐다보다가 씻지 않기로 했다. 엄청난 하루가 그를 기다리고 있었다. 샤워는 나중으로 미뤄도 상관없었다.

물을 내리지도 않고 화장실에서 나와—노란색이면 푹 익게 내버려둬도 된다는 게 에이스의 인생철학이었다—서랍장으로 직행했다. 거기 면도용 거울 위에 곤트 씨에게서 받은 가루를 펼쳐놓았다. 품질이 정말 끝내줬다. 코에는 부담이 없고 머리에는 짜릿했다. 이제 거의 다 쓰고 없었다. 곤트 씨가 예견했던 대로 간밤에 강장제가 아주 많이 필요했기 때문이었지만 그를 다시 찾아가면 더 얻을 수 있을 것 같은 강렬한 예감이 느껴졌다.

에이스는 운전면허증 모서리를 이용해 가루를 두 줄로 길게 늘어뜨렸다. 동그랗게 만 오 달러짜리 지폐로 코에 대고 숨을 들이마시자 머릿속에서 슈라이크 미사일 비슷한 게 터졌다.

"붐!" 에이스 메릴은 워너 울프와 최대한 비슷하게 흉내 내며 외쳤다. "이제 비디오 화면을 한번 볼까요*?"

그는 팬티도 입지 않은 채 물 빠진 청바지를 걸치고 할리 데이비슨 티셔츠를 입었다. 올해 옷 잘 입는 보물 사냥꾼들 사이에서는 이게 유행이거든. 그는 생각하고 미친 듯이 웃었다. 와, 약발 끝내주네!

* 미국의 스포츠 해설자 워너 울프가 애용한 캐치프레이즈다.

문밖으로 나서려던 찰나 간밤의 소득에 시선이 닿자 포츠머스의 냇 코플런드에게 전화하려고 했던 게 생각났다. 그는 다시 방으로 들어가 맨 위 서랍 안에 되는 대로 넣어두었던 옷가지를 헤집어 너덜너덜한 연락처 수첩을 찾았다. 부엌으로 건너가 자리에 앉고 거기에 적힌 번호를 눌렀다. 과연 냇과 연락이 닿을까? 어쨌든 한번 시도해볼 만한 일이었다. 코카인으로 머릿속이 윙윙거리고 흔들렸지만 약발이 떨어져가는 게 벌써부터 느껴졌다. 머리에 코카인을 때려넣으면 새로운 인간으로 탄생할 수 있었다. 딱 하나 문제가 있다면 새로운 인간으로 탄생하는 순간 제일 먼저 하고 싶은 게 또 한 방 맞는 건데, 비축분이 고갈 직전이라는 것이었다.

"네?" 경계하는 목소리가 그의 귀에 대고 묻자 에이스는 또다시 예상을 깨고 성공했음을 알 수 있었다. 운이 따라주고 있었다.

"냇!" 그는 외쳤다.

"누군데 나를 그렇게 불러?"

"나야, 친구! 나라고!"

"에이스? 너냐?"

"내가 아니면 누구겠어! 어떻게 지내나, 내티?"

"전보다 잘 지내지." 냇은 쇼생크의 기계공장에서 같이 일했던 친구의 목소리를 듣고도 별로 반가워하지 않았다. "어쩐 일이야, 에이스?"

"아니, 친구한테 무슨 말투가 그래?" 에이스는 나무라는 투로 묻고는 수화기를 귀와 어깨 사이에 끼운 채 녹슨 양철 깡통 두 개를 자기 앞으로 끌어당겼다.

그중 하나는 예전에 트레블혼이 살았던 집 뒤편 땅속에 묻혀 있었고, 다른 하나는 에이스가 열 살이었을 때 전소된 매스터 농장의 지하실 구덩이에서 나왔다. 첫 번째 깡통 안에 든 건 S & H 그린 경품첩 네 권과 롤리 담배 쿠폰 몇 다발이 전부였다. 두 번째 깡통 안에는 이런저런 경품 교환권 몇 다발과 일 페니짜리 동전 여섯 묶음이 들어 있었다. 다만, 일반적인 동전 같아 보이지가 않았다.

동전들은 하얀색이었다.

"그냥 안부가 궁금해서 그러지." 에이스는 이죽거렸다. "재고 상황은 어떤지, 성인용품 공급은 원활한지 확인할 겸 말이야."

"어쩐 일이야, 에이스?" 냇 코플런드는 경계하는 목소리로 같은 말을 반복했다.

에이스는 오래된 크리스코 깡통에서 일 페니 묶음을 하나 꺼냈다. 원래는 자주색이었던 깡통의 종이가 칙칙한 분홍색으로 빛이 바랬다. 그는 동전 두 개를 손바닥 위에 올려놓고 유심히 들여다보았다. 이런 분야의 전문가가 있다면 바로 냇 코플런드였다.

그는 예전에 키터리에서 코플런드 동전 판매점을 운영했다. 개인적으로 수집한 동전 컬렉션은 자평하길 뉴잉글랜드에서 열 손가락 안에 꼽혔다고 했다. 그러다 코카인의 놀라운 효능을 발견했고, 이후 사오 년 동안 그는 수집한 동전을 하나씩 해체해 코에 쑤셔넣었다. 1985년에 포틀랜드의 롱 존 실버 동전 판매점 뒷방에서 일 달러짜리 동전을 섀미 가죽 가방에 넣다가 무음 경보를 듣고 출동한 경찰에 붙잡혔다. 에이스가 그를 만난 것은 그로부터 얼마 지나지 않았을 때였다.

"그러고 보니 묻고 싶은 게 하나 있었네."

"묻고 싶은 거? 그게 다야?"

"그게 다지, 친구."

"좋아." 냇의 말투에서 긴장이 눈곱만큼 풀렸다. "그럼 얼른 물어봐. 시간 없으니까."

"그렇겠지. 바쁘다, 바빠. 가야 할 데도 많고 잡아먹어야 할 사람도 많고. 안 그래, 냇?" 그는 미친 사람처럼 웃었다. 약발 때문만은 아니었다. 앞으로 펼쳐질 하루 때문이었다. 그는 해가 뜬 다음에서야 집으로 들어와 블라인드를 쳤고 피곤했음에도 코카인 때문에 거의 10시가 다 돼서야 잠을 잘 수 있었지만 강철 막대를 씹어서 팔센티미터짜리 못으로 뱉어낼 수 있을 듯한 심정이었다. 왜 아니겠는가? 쌍, 왜 아니겠는가? 그는 떼돈을 벌기 직전이었다. 그렇다는 것을 온 신경으로 느낄 수 있었다.

"에이스, 지금 제정신이라고 부를 만한 게 박혀 있는 거야, 아니면 나를 그냥 괴롭히려고 전화한 거야?"

"아냐, 괴롭히려고 전화한 거 아냐. 나한테 좋은 거 하나 줘봐, 내티. 그러면 나도 좋은 거 하나 줄 수 있을지 몰라. 진짜 좋은 걸로."

"정말이야?" 냇 코플런드의 말투가 당장 부드러워졌다. 거의 경외감이 어린 목소리로 그가 속삭였다. "뻥치는 거 아니지, 에이스?"

"내 평생 이렇게 끝내주는 건 처음이야, 냇."

"그걸 나한테 나눠준다고?"

"그렇다니까." 에이스는 이렇게 대답했지만 그럴 생각은 눈곱만큼도 없었다. 그는 낡아 빛이 바랜 종이 포장 안에서 희한하게 생긴 동전을 서너 개 더 꺼냈다. 이제 그걸 손가락으로 옮겨 일직선으로 만들었다. "하지만 내 부탁을 하나 들어줘야 해."

"뭐든 말만 해."

"일 센트짜리 흰색 동전에 대해서 아는 거 있어?"

정적이 흘렀다. 잠시 후에 냇이 조심스럽게 물었다. "일 센트짜리 흰색 동전? 스틸 페니* 말하는 거야?"

"그야 나도 모르지. 동전 수집가는 내가 아니라 너잖아."

"찍힌 연도를 봐. 1941년에서 1945년 사이인지."

에이스는 꺼내놓은 동전들을 뒤집었다. 하나는 1941년, 네 개가 1943년, 마지막은 1944년이었다.

"응. 맞아. 이거 팔면 얼마나 받을 수 있어, 냇?" 그는 흥분을 감추려고 했지만 썩 잘되지는 않았다.

"하나씩은 얼마 못 받아." 냇이 말했다. "하지만 그냥 보통 일 페니짜리보다는 훨씬 많이 받을 수 있지. 개당 이 달러 정도? UC면 삼 달러."

"UC가 뭔데?"

"유통되지 않은 거. 찍은 상태 그대로인 거. 그런 동전이 많아?"

"제법 돼. 제법." 하지만 그는 실망했다. 여섯 묶음, 삼백 페니였고 앞에 꺼내놓은 동전들은 그가 보기에도 상태가 썩 좋지 않았다. 찌그러지지는 않았지만 반짝이는 새것과는 거리가 멀었다. 육백 달러, 기껏해야 팔백 달러. 대박이라 할 만한 수준은 아니었다.

* 2차세계대전 당시 강철로 주조한 일 센트짜리 동전을 가리킨다.

"나한테 들고 와서 보여줘. 내가 최고가를 받아다 줄게." 그는 머뭇거리다가 덧붙였다. "그리고 뿅 가는 가루도 좀 들고 오고."

"생각해볼게."

"어이, 에이스! 끊지 마!"

"더럽게 고마웠다, 냇." 에이스는 말하고 전화를 끊었다.

그는 그 자리에 잠깐 가만히 앉아서 일 페니짜리 동전과 녹슨 깡통 두 개에 대해 생각했다. 뭔지 모르게 기분 나쁜 구석이 있었다. 쓰잘머리 없는 경품 교환권과 육백 달러어치의 스틸 페니. 이것이 의미하는 게 뭘까?

그게 문제라니까. 에이스는 생각했다. 의미하는 게 없다는 거. 진짜배기는 어디 있을까? 빌어먹을 보물은 말이지.

그는 의자를 뒤로 밀고 일어나 방으로 들어갔고 곤트에게 받은 가루 중 남은 것을 모두 들이마셨다. 그리고 다시 밖으로 나왔을 때 그는 책을 들고 있었고, 상당히 기분 좋아 보였다. 그것이 의미하는 게 있었다. 의미하는 게 있고말고. 머리를 좀 맑게 했더니 그게 보였다.

지도에는 십자 표시가 많았다. 그는 십자 표시 중에서 두 군데에 묻힌 보물을 찾았다. 두 군데 모두 큼지막하고 납작한 돌로 표시가 되어 있었다. 십자 표시 + 납작한 돌 = 보물. 마을 사람들의 생각과는 다르게 팝이 나이를 먹으면서 나사가 살짝 풀리는 바람에 막판에 다이아몬드와 흙을 구분하는 데 약간 문제가 생긴 모양이지만, 납작한 돌 아래 어딘가에는 금덩이나 돈이나 유가증권 같은 노다지가 숨겨져 있을 것이다.

삼촌이 곰팡이 핀 경품 교환권 말고 값나가는 물건도 묻어놓았다는 사실을 그가 입증하지 않았던가. 매스터가 살던 농장에서 최소 육백 달러의 값어치가 나가는 스틸 페니 여섯 묶음을 찾지 않았던가. 성에 차지는 않았지만…… 그래도 증거는 증거였다.

"거기 어디 있어." 에이스는 나지막이 중얼거렸다. 두 눈이 광기로 번뜩였다. "전부 거기 어디 있다고. 일곱 군데 중 한 곳에. 아니면 두 곳일 수도 있지. 어쩌면 세 곳일 수도 있고."

그는 알 수 있었다.

책에서 갈색 지도를 꺼내 이 지점에서 저 지점까지 한 손가락으로 더듬으며 다른 곳보다 더 유망한 후보지가 있을지 고민했다. 에이스의 손끝이 조 캠버 영감이 살던 집에서 멈췄다. 두 개의 십자 표시가 유일하게 바짝 붙어 있는 곳이었다. 그의 손끝이 이 지점에서 저 지점으로 천천히 오갔다.

조 캠버는 끔찍한 사건으로 다른 세 사람과 함께 목숨을 잃었다. 당시 그의 아내와 아들은 집에 없었다. 휴가중이었다. 캠버네 가족은 휴가를 가거나 그럴 사람들이 아니었는데, 에이스가 기억하기로 채리티 캠버가 주에서 발행하는 복권에 당첨됐었나 그랬다. 좀더 기억을 더듬어보았지만 가물가물했다. 그즈음에 그는 바빴다. 정신없이 바빴다.

아들과 짧은 여행을 마치고 돌아와 남편—에이스가 들은 바에 따르면 세계 챔피언급 개차반이었다—이 죽고 없다는 걸 알게 됐을 때 캠버 부인이 어떻게 했더라? 다른 주로 이사 가지 않았나? 땅은? 급히 처분하고 싶었을 것이다. 캐슬록에서 급히 처분하고 싶은 게 있을 때면 누구든 제일 먼저 떠올리는 업자가 있었다. 바로 레지널드 메리언 '팝' 메릴이었다. 부인이 그를 찾아갔을까? 그는 얼토당토않은 금액을 제시했겠지만—그것이 그의 수법이었다—부인은 한시라도 빨리 떠나고 싶었기에 얼토당토않은 금액을 받아들였을지 모른다. 그러니까 캠버 영감의 집이 사망 당시 팝의 재산이었을 수도 있다는 뜻이었다.

이런 가능성이 대두되자 몇 분 만에 확신이 생겼다.

"캠버 영감의 집이야. 거기야! 거기 묻혀 있는 게 분명해!"

수천 달러! 어쩌면 수만 달러! 할렐루야, 만세!

그는 지도를 확 낚아채 책 안에 넣었다. 그런 다음 곤트가 빌려준 쉐보레 앞으로 달려갔다.

찜찜한 점이 하나 남아 있었다. 팝이 다이아몬드와 흙을 구분할 줄 알았다면 경품 교환권을 묻은 이유가 뭘까?

에이스는 짜증을 내며 이 질문을 옆으로 밀쳐버리고 캐슬록을 향해 출발했다.

5

에이스가 마을의 외곽을 향해 출발했을 때쯤 댄포스 키턴은 캐슬뷰의 집에 도착했다. 한 손이 여전히 캐딜락의 문손잡이에 수갑으로 묶여 있었지만 격한 희열 상태였다. 그는 지난 이 년 동안 그림자와 맞서 싸웠고, 승리는 늘 그림자의 몫이었다. 이러다 정신병에 걸리는 건 아닌지 두려워질 지경이었는데…… 두말하면 잔소리지만 그들이 원하는 게 바로 그런 착각이었다.

메인 스트리트에서 집이 있는 캐슬뷰까지 오는 동안 '위성안테나'가 몇 개 보였다. 전부터 그는 그것이 이 마을에서 벌어지고 있는 음모의 일부가 아닌가 의문을 품었었다. 전부 그의 집을 겨냥하고 있지는 않겠지만, 그의 집을 포함해서 흉측한 음모가 진행중이라는 걸 아는 몇 안 되는 주민의 집을 겨냥하고 있는 게 분명했다.

버스터는 진입로에 차를 세우고 선바이저에 달린 차고 문 개폐 장치를 눌렀다. 문이 올라가기 시작한 순간 어마어마한 고통이 번개처럼 머리를 갈랐다. 그것도 음모의 일부였다. 그들이 차고 문 개폐 장치를, 문이 열리는 순간 그의 머리에 나쁜 광선을 쏘는 다른 장치로 바꿔치기한 것이다.

그는 장치를 떼어내 창밖으로 던지고 차고 안으로 차를 몰았다.

시동을 끄고 문을 열고 내렸다. 수갑이 올가미처럼 단단히 그를 붙잡고 있었다. 공구들이 벽에 깔끔하게 걸려 있었지만 손이 전혀 닿지 않았다. 버스터는 차 안으로 몸을 기울여 경적을 울렸다.

6

그날 오후에 임무를 완수한 머틀 키턴은 심란한 반수면 상태로 2층 침실에 누워 있다가 경적 소리를 들었다. 그녀는 공포로 눈을 뒤룩거리며 벌떡 일어나 앉았다. "했잖아요!" 그녀는 숨을 헐떡였다. "시킨 대로 했잖아요, 그러니까 이제 제발 나 좀 괴롭히지 마요!"

그녀는 자기가 꿈을 꾸고 있었다는 걸, 곤트는 여기 없다는 걸 깨닫고 부들부들 떨며 긴 숨을 토했다.

빵! 빵! 빠아아아아아아아아아아앙!

캐딜락의 경적 소리 같았다. 그녀는 불안한 마음을 달래기 위해 침대 옆에 놓아둔 인형을 끌어안았다. 곤트의 가게에서 산 예쁜 인형이었다. 오늘 오후 그녀는 겁에 질린 마음속 한구석에서는 희미하게 나쁜 짓, 그것도 아주 나쁜 짓이라는 생각이 드는 짓을 저질렀고, 그때부터 인형이 말로 표현할 수 없을 만큼 소중해졌다. 곤트라면 아마 대가를 치른 뒤엔 무엇이든 가치가 높아지는 법이라고…… 적어도 구매자의 입장에서는 그렇다고 얘기했으리라.

빠아아아아아아아아아아아앙!

캐딜락의 경적 소리가 맞았다. 댄포스가 왜 차고에서 경적을 울리고 있는 걸까? 가서 확인해보는 편이 좋을 것이었다.

“하지만 그이도 내 인형에는 손을 대지 않는 게 좋을 거야.” 그녀는 나지막이 말하고 침대 아래 어두컴컴한 구석에 조심스럽게 인형을 넣었다. “그러는 게 좋을 거야. 선을 넘으면 나도 못 참으니까.”

머틀은 그날 니드풀 싱스를 찾아간 수많은 사람 중 한 명이요, 곤트의 명단에서 체크된 이름 중 하나에 불과했다. 그녀가 거기에 찾아간 이유는, 다른 사람들도 그랬다시피 곤트가 와달라고 했기 때문이었다. 남편이라면 무슨 말인지 완벽하게 이해할 텐데, 와달라는 메시지가 머릿속에서 들렸다.

곤트는 남은 인형값을 계산할 때가 됐다고 했다. 인형을 가지고 싶으면 철제 상자와 입구를 봉한 편지를 들고 평온한 바다의 성모 마리아 성당 옆에 있는 이사벨라의 딸들 회관으로 찾아가라고 했다. 상자는 밑바닥만 빼고 모든 면에 창살이 달려 있었다. 안에서 째깍거리는 소리가 희미하게 들렸다. 동그란 창살—꼭 그 옛날 탁상용 라디오에 달린 스피커처럼 생겼다—안을 들여다보려고 했지만 정육면체의 뭔가가 얼핏 보이고 그만이었다. 그리고 사실 아주 열심히 들여다보지도 않았다. 그러지 않는 편이 더 낫고 안전할 것 같았다.

머틀이 걸어서 찾아갔을 때 조그만 교회 단지의 주차장에는 차 한 대가 주차되어 있었다. 하지만 교구 회관은 텅 빈 채였다. 그녀는 창문 너머를 확인한 뒤 창에 붙은 안내문을 읽었다.

이사벨라의 딸들
화요일 오후 7시에 만납니다
'카지노 나이트' 준비 도와주세요!

머틀은 슬그머니 안으로 들어갔다. 밝게 색칠한 사물함이 왼쪽 벽에 칸칸이 쌓여 있었다. 어린이집 아이들은 도시락을, 주일학교 학생들은 각종 그림과 작품을 넣어두는 곳이었다. 머틀은 들고 온 상자를 여기에 두고 오라는 얘기를 들었기에 그렇게 했다. 크기가 딱 맞았다. 전면에는 왼편에 미국 국기, 오른편에 프라하의 아기 예수* 배너를 올려놓은 회장석이 있었다. 이미 회의 준비가 끝났는지 테이블 위에 볼펜, 연필, 카지노 나이트 참가 신청서가 보였고 그 한가운데에 의제 목록이 있었다. 머틀은 올해 이사벨라의 딸들 회장

* 프라하의 승리의 성모 성당에 모셔져 있는 아기 예수상이다.

인 베치 비그가 의제 목록을 집자마자 볼 수 있도록, 곤트에게 받은 봉투를 그 밑에 넣었다. 봉투 앞면에는

교황의 갈보야 당장 이걸 읽어보아라

라고 적혀 있었다.

머틀은 정신없이 쿵쾅거리는 심장과 꼭짓점을 넘어선 혈압을 달래며 이사벨라의 딸들 회관을 살금살금 빠져나왔다. 밖으로 나와서는 잠깐 걸음을 멈추고 풍만한 가슴에 손을 얹고 숨을 골랐다.

그때 교회 너머의 콜럼버스 기사단 회관에서 누군가가 황급히 빠져나왔다.

준 개비노였다. 머틀만큼이나 겁에 질렸고 뒤가 켕기는 표정이었다. 그녀는 주차장을 향해 나무 계단을 허겁지겁 달려 내려오다가 하마터면 넘어질 뻔했고, 이젠 굽이 낮은 구두로 뜨거운 길바닥을 또각또각 씩씩하게 때려가며 딱 한 대 세워져 있는 차를 향해 빠르게 걸어갔다.

그녀는 고개를 들었다가 머틀을 발견하고 얼굴이 하얗게 질렸다. 하지만 머틀의 얼굴을 좀더 유심히 관찰하고는…… 알아차렸다.

"당신도?"

그녀가 나지막이 물었다. 즐거움과 혐오가 뒤섞인 야릇한 미소가 그녀의 얼굴 위로 번졌다. 평소에는 아주 반듯한 모범생이 자기도 모를 이유로 가장 좋아하는 선생님의 책상 서랍에 죽은 쥐를 넣었을 때 지을 직한 미소였다.

머틀은 자신의 얼굴 위로도 똑같은 미소가 화답처럼 번지는 걸 느낄 수 있었다. 하지만 애써 감추려 했다.

"어머! 그게 무슨 소리예요?"

"알면서 왜 그래요?" 준은 좌우를 얼른 둘러보았지만 이상한 오후 이곳에는 둘밖에 없었다. "곤트 씨요."

머틀은 고개를 끄덕였다. 두 뺨이 전에 없이 시뻘겋게 화끈거리는 것 같았다.

"뭘 샀어요?" 준이 물었다.

"인형요. 당신은요?"

"꽃병요. 그렇게 예쁜 칠보 꽃병은 본 적이 없어요."

"뭐하고 왔어요?"

준은 여우처럼 웃으며 맞받아쳤다. "당신은 뭐하고 왔는데요?"

"됐어요." 머틀은 이사벨라의 딸들 회관을 돌아보고 코를 킁킁거렸다. "어차피 상관없으니까. 뭐 그냥 가톨릭교도들이잖아요."

"맞아요." 준(성당에 발길을 끊은 냉담자였다)이 대꾸하고는 자기 차로 갔다. 머틀은 태워다 달라고 하지 않았고 준 개비노도 태워다 주겠다고 하지 않았다. 머틀은 종종걸음으로 주차장을 빠져나왔다. 준의 하얀색 새턴이 쌩하니 옆을 지나갔을 때 쳐다보지도 않았다. 얼른 집에 가서 모든 걸 잊고 사랑스러운 인형을 끌어안은 채 낮잠을 자고 싶은 생각뿐이었다.

그런데 그녀의 바람은 쉽게 이루어지지 않으려는 듯했다.

7

빠아아아아아아아아아아아아아아아아아아아아아아아아아앙!

버스터는 손바닥을 경적에 대고 계속 눌렀다. 요란한 소리가 귀청을 울리고 찢었다. 이년이 도대체 어디 간 거야?

마침내 차고와 부엌을 나누는 문이 열렸다. 머틀이 그 사이로 고개를 내밀었다. 겁에 질린 두 눈이 접시만 했다.

"드디어 납시셨군." 버스터가 경적에서 손을 떼며 말했다. "변기에 빠져 죽은 줄 알았네."

"댄포스? 무슨 일 생겼어?"

"일은 무슨. 지난 이 년에 비하면 더없이 좋은 상황이야. 그냥 잠깐 도움이 필요해서 그래."

머틀은 꼼짝하지 않았다.

"이 여편네야, 이쪽으로 좀 와보라고!"

그녀는 무서워서 다가가고 싶지 않았지만 몸속 깊숙이 밴 해묵은 습관은 고치기 어려운 법이었다. 그녀는 그가 서 있는, 열린 문 뒤편으로 차를 빙 돌아갔다. 콘크리트 바닥 위로 슬리퍼를 끌며 천천히 걸어오는 그녀를 보고 버스터는 이를 갈았다.

그녀는 수갑을 보고 눈을 휘둥그레 떴다.

"댄포스, 이게 무슨 일이야?"

"내가 다 알아서 처리할 수 있는 일이야. 쇠톱 좀 줘, 머틀. 벽에 걸려 있는 거. 아니다—다시 생각해보니까 당장은 쇠톱이 필요 없겠네. 그거 말고 큰 드라이버 줘봐. 그리고 저 망치도."

그녀는 두 손을 가슴 위로 들어 불안한 듯 깍지를 끼고 뒷걸음질을 치려고 했다. 아직 멀찌감치 피하지 못했을 때 버스터가 열린 창문 너머로 뱀처럼 날렵하게 그녀의 머리채를 낚아챘다.

"아야!" 그녀는 하릴없이 그의 주먹을 붙잡으며 비명을 질렀다. "댄포스, 아파! 아야아야!"

버스터는 얼굴을 흉측하게 일그러뜨리며 그녀를 자기 쪽으로 끌어당겼다. 큼지막한 혈관 두 개가 이마에서 펄떡거렸다. 그녀의 손이 그의 주먹을 때렸지만 새의 날갯짓이나 다름없었다.

"내가 얘기한 거 들고 와!" 그는 고함을 지르고 그녀의 머리를 잡아당겨 열린 문 꼭대기에 대고 한 번, 두 번, 세 번 찧었다. "태어날 때부터 바보였어, 아니면 자라면서 그렇게 변한 거야? 들고 와, 들고 와, 들고 오라고!"

"댄포스, 아파!"

"그렇겠지!" 그는 마주 고함을 지르더니 그녀의 머리를 열린 캐딜락 문 꼭대기에 대고 한 번 더, 이번에는 훨씬 더 세게 찧었다. 그녀의 이마가 찢어져 얼굴 왼쪽 옆면을 타고 가느다란 핏줄기가 흐르기 시작했다. "이제 내 말 들을 테냐, 이 여편네야?"

"들을게! 들을게! 들을게!"

"좋아." 그는 머리채를 살짝 놓았다. "이제 큰 드라이버랑 망치 줘. 허튼짓할 생각은 말고."

그녀는 벽을 향해 오른팔을 휘휘 저었다. "손이 안 닿아."

그는 몸을 앞으로 기울이고 팔을 살짝 뻗어서 그녀가 공구들이 걸려 있는 벽 쪽으로 한 발짝 다가갈 수 있게 했다. 그녀가 벽을 더 듣는 동안에도 그는 머리채를 움켜쥔 손을 놓지 않았다. 십 센트짜리 동전만한 핏방울이 슬리퍼 위와 두 발 사이로 뚝뚝 떨어졌다.

그녀의 손이 어느 공구를 집자 그는 죽은 쥐를 흔드는 테리어처럼 그녀의 머리를 세게 흔들었다.

"그게 아니야, 이 바보야. 그건 드릴이잖아. 내가 드릴 달라고 했어? 어?"

"하지만 댄포스, 아야! 안 보여!"

"그러면 내가 놓아줄 줄 알아? 집 안으로 도망쳐서 그들을 부를 생각이지, 맞지?"

"그게 무슨 소리야!"

"그래, 무슨 소린지 모르겠지. 너는 순진한 어린 양이니까. 일요일에 그 빌어먹을 부보안관이 온 집 안에 황당한 스티커를 붙일 수 있게 나를 데리고 나간 것도 그냥 우연이었지? 내가 그렇게 믿어줬으면 좋겠지?"

그녀는 뒤엉킨 머리칼 사이로 그를 돌아보았다. 핏방울이 속눈썹에 이슬처럼 맺혀 있었다.

"하지만…… 하지만 댄포스…… 일요일에는 당신이 나를 데리고 나갔잖아. 당신이……."

그는 그녀의 머리채를 세게 당겼다. 머틀은 비명을 질렀다.

"내가 말한 거 주기나 해. 이 문제는 나중에 얘기하고."

그녀는 고개를 숙이고 머리칼로 얼굴을 온통 덮은 채(버스터의 손에 쥐인 부분만 빼고) 다시 벽을 더듬었다. 손가락이 큰 드라이버에 닿았다.

"그거야. 이제 두 번째 과제에 도전해볼까?"

그녀는 벽을 좀더 더듬었다. 부들부들 떨리는 손끝이 마침내 크래프츠먼 망치 자루를 감싼, 구멍 숭숭 뚫린 고무 손잡이에 닿았다.

"좋아. 이제 그 두 개를 나한테 줘."

그녀가 못에 걸려 있던 망치를 꺼내자 버스터가 그녀를 휘청휘청 끌어당겼다. 머리채는 놓아줬지만 그녀가 도망치려는 기미를 보이면 당장이라도 다시 낚아챌 태세였다. 머틀은 도망치지 않았다. 겁에 질려서 엄두도 내지 못했다. 그저 2층으로 돌아가도 좋다는 허락이 떨어져 예쁜 인형을 끌어안고 잠을 자고 싶은 마음뿐이었다. 평생 깨고 싶지 않았다.

그는 고분고분 건네는 그녀에게서 공구를 받아들었다. 드라이버 끝을 문손잡이에 대고 망치로 내리쳤다. 네 번 만에 문손잡이가 탁 떨어져나왔다. 버스터는 수갑을 빼고 손잡이와 드라이버를 콘크리트 바닥에 떨어뜨렸다. 맨 먼저 차고 문을 닫는 버튼을 눌렀다. 문이 덜커덩거리며 요란하게 내려오는 동안 그는 망치를 들고 머틀에게 다가갔다.

"그 인간이랑 잤지, 머틀?" 그가 나지막이 물었다.

"뭐?" 그녀는 표정 없는 멍한 눈빛으로 그를 쳐다보았다.

버스터는 망치로 자기 손바닥을 때리기 시작했다. 나지막하고 둔탁한 소리가 났다. 턱! 턱! 턱!

"둘이서 온 집 안에 빌어먹을 분홍색 딱지를 붙인 다음 잤지?"

그녀는 무슨 소리인지 이해하지 못한 채 멍하니 그를 쳐다보았다. 버스터는 리지윅이 몰래 들어와 일을 저지르는 동안 그녀가 자기와 함께 모리스에 있었다는 사실을 잊었다.

"버스터, 그게 무슨 소리……."

그는 동작을 멈추고 눈을 동그랗게 떴다.

"방금 나를 뭐라고 불렀어?"

아무 표정 없던 눈빛이 바뀌었고, 그녀는 방어적으로 어깨를 움츠리고 뒷걸음질 치기 시작했다. 그들의 뒤에서 차고 문이 멈추었다. 이제 차고 안에서 들리는 소리라고는 두 사람의 발이 바닥을 쓰는 소리와 수갑의 체인이 앞뒤로 흔들리며 나지막이 짤그랑거리는 소리뿐이었다.

"미안해." 머틀이 속삭였다. "미안해, 댄포스." 이어 그녀는 몸을 돌려서 부엌 문을 향해 달렸다.

그는 문까지 세 발짝 남은 곳에서 그녀를 붙잡아 이번에도 머리채를 낚아채 자기 쪽으로 끌어당겼다. "나를 뭐라고 불렀어?" 그는 고함을 지르며 망치를 들었다.

그녀의 시선은 위로 향하는 망치의 움직임을 좇았다.

"댄포스, 안 돼, 이러지 마!"

그는 똑같은 걸 물으며 계속 고함을 질렀고, 질문을 할 때마다 나지막하고 둔탁한 소리로 방점을 찍었다. 턱. 턱. 턱.

8

에이스는 5시에 캠버의 집 앞마당에 들어섰다. 보물 지도를 뒷주머니에 쑤셔넣은 뒤 트렁크를 열었다. 곤트가 꼼꼼히 챙겨준 곡괭이와 삽을 꺼내 들고 현관 앞으로 다가갔다. 집의 한 면을 차지한 현관은 한쪽으로 기운 채 무성한 잡초로 뒤덮여 있었다. 뒷주머니에서 지도를 꺼내 계단에 앉아서 들여다보았다. 코카인의 단기적인 효과가 사라졌음에도 심장이 계속 빠르게 쿵쾅거렸다. 알고 보니 보물 사냥도 흥분제 역할을 했다.

그는 잡초로 덮인 마당과 주저앉은 헛간과 멀뚱멀뚱 자기를 쳐다보는 해바라기 무더기를 둘러보았다. 보잘것없는 곳이지만 바로 여기라는 생각이 들었다. 코슨 브러더스를 영원히 떨쳐내고 한 걸음 더 나아가 부자가 될 수 있는 곳. 보물이 여기에 있어. 일부 아니면 전부가. 바로 여기에. 느낄 수 있어.

그냥 느껴지는 정도가 아니었다. 보물이 그를 향해 부르는 나지막한 노랫소리까지 들렸다. 소리는 땅속에서 들려왔다. 몇만이 아니라 몇십만이었다. 어쩌면 백만일 수도 있었다.

"백만 달러." 에이스는 잠긴 목소리로 조용히 속삭이고 지도 위로 고개를 숙였다.

오 분 뒤에 그는 캠버의 집 서쪽을 따라 보물 사냥에 나섰다. 거의 끝까지 갔을 때 웃자란 잡초 속에서 찾던 걸 발견했다. 큼지막하고 납작한 돌이었다. 돌을 집어서 옆으로 던지고 미친 듯이 땅을 파기 시작했다. 이 분도 안 되어 삽날이 녹슨 금속에 부딪히는 둔탁한 소리가 들렸다. 에이스는 무릎을 꿇고 숨겨놓은 뼈를 찾는 개처럼 흙을 헤집었고, 잠시 후 거기 묻혀 있던 셔윈윌리엄스 페인트 통을 끄집어냈다.

남들보다 열심히 코카인을 애용하는 사람은 남들보다 열심히 손톱을 물어뜯는 습관이 있고, 에이스도 예외는 아니었다. 그랬기에 남은 손톱이 없어서 뚜껑을 열 수가 없었다. 테두리에 묻은 페인트가 단단한 본드처럼 말라붙어 있었다. 에이스는 좌절과 분노로 툴툴거리며 주머니칼을 꺼내 테두리의 틈새에 밀어넣고 뚜껑을 들어올렸다. 간절한 눈빛으로 안을 들여다보았다.

지폐였다!

지폐가 여러 다발 들어 있었다!

그는 고함을 지르며 지폐 다발을 움켜쥐고 끄집어냈다가…… 간절한 마음에 착각을 일으켰음을 알아차렸다. 또 경품 교환권이었다. 이번에는 메이슨 딕슨 선* 남쪽에서만 쓸 수 있고…… 그마저도 1964년에 회사가 문을 닫은 레드 볼 경품 교환권이었다.

"미치고 팔짝 뛰겠네!" 에이스는 소리를 지르며 경품 교환권을 옆으로 내동댕이쳤다. 흩어진 경품 교환권이 때마침 불어온 뜨끈한 산들바람에 이리저리 날렸다. 그중 몇 개는 잡초 사이에 걸려서 지저분한 깃발처럼 펄럭였다. "쌍! 쓰펄! 니미럴!"

그는 깡통 안을 헤집었고 바닥에 뭔가 테이프로 붙어 있을지 모른다는 생각에 뒤집어보기까지 했지만 아무것도 없었다. 깡통을 멀리 내동댕이치고 잠깐 쳐다보다가 달려가서는 축구공이라도 되는 듯 걷어찼다.

다시 지도를 꺼내려고 주머니에 손을 넣었다. 만져지지 않자 잃

* 메릴랜드 주와 펜실베이니아 주의 경계선으로 미국 남부와 북부의 경계선이기도 하다. 과거에 이 선을 기준으로 노예제도 찬성파와 반대파가 갈렸다.

어버렸나 싶어서 순간 공포가 엄습했지만 얼른 작업에 착수하고 싶어서 서두르느라 너무 깊숙이 밀어넣었다는 것을 깨달았다. 그는 지도를 꺼내 들여다보았다. 헛간 뒤편에 또 다른 십자 표시가 있었고…… 퍼뜩 떠오른 근사한 생각이 독립기념일의 폭죽처럼 분노의 어둠을 환히 밝혔다.

그가 방금 전에 꺼낸 깡통은 위장이었다! 팝은 자기가 납작한 돌로 여러 은닉처를 표시해놓았다는 것을 알아차리는 사람이 있을지 모른다고 생각해서 여기 이 캠버의 집에 미끼를 심어놓은 것이다. 만일의 경우에 대비해서 말이다. 땅을 팠을 때 천하에 쓸모없는 쓰레기가 나오면 바로 옆에 또 다른 은닉처가 있을 거라고는 아무도 상상하지 못한 채 좀더 멀찌감치 떨어진 곳으로 시선을 돌리지 않겠는가!

"지도가 없으면 그러겠지." 에이스는 속삭였다. "나하고 다르게 말이야."

그는 곡괭이와 삽을 집어 들더니 눈을 동그랗게 뜨고는 얼굴 양옆으로 들러붙은 희끗희끗한 머리칼 사이로 땀을 흘려가며 헛간을 향해 질주했다.

9

오래된 에어플로 트레일러가 보이자 그는 그쪽으로 달려갔다. 거의 다다랐을 때 발에 뭐가 걸리는 바람에 대자로 넘어졌다. 벌떡 몸을 일으켜 사방을 두리번거렸다. 뭐에 걸린 건지 금세 알 수 있었다.

삽이었다. 날에 새 흙이 묻은 삽.

불길한 예감이 스멀스멀 에이스를 덮쳤다. 아주 불길한 예감이 배에서부터 시작돼 위로는 가슴, 아래로는 불알을 향해 번졌다. 입술이 천천히 말려 올라가 이를 드러내며 험상궂게 으르렁거리는 표정을 만들었다.

그는 일어섰다. 바로 옆에, 표지로 쓰였던 돌이 눈에 띄었다. 흙 묻은 쪽이 위로 보이게 내동댕이쳐져 있었다. 누가 먼저 다녀갔는데…… 보아하니 얼마 전인 듯했다. 누가 선수를 친 거였다.

"안 돼." 그는 속삭였다. 그 단어가 더러운 핏방울처럼, 아니면 세균에 감염된 타액처럼, 으르렁거리는 그의 입에서 떨어졌다. "안 돼!"

삽과 뒤집힌 돌 근처에 흙으로 대충 메운 구멍이 있었다. 자기가 들고 온 도구와 도둑이 두고 간 삽이 있음에도 에이스는 다시 무릎을 꿇고 앉아서 손으로 흙을 팠다. 당장 크리스코 깡통이 나왔다.

그는 깡통을 꺼내 뚜껑을 열었다.

안에는 흰색 봉투 하나만 달랑 들어 있었다.

에이스는 봉투를 꺼내서 뜯었다. 두 가지 내용물이 펄럭이며 떨어졌다. 접힌 종이와 좀더 작은 봉투였다. 봉투는 잠시 두고 종이를 먼저 펼쳤다. 타자로 친 편지였다. 맨 꼭대기에 적힌 그의 이름이 보인 순간 입이 떡 벌어졌다.

에이스에게

네가 이 편지를 발견할지 어떨지 몰라도, 기대를 걸어볼 수는 있겠지. 너를 쇼생크로 보낸 것도 재미있었지만 이건 그보다 더 재미있더군. 이 편지를 다 읽었을 때의 네 표정을 볼 수 있다면 얼마나 좋을까!

너를 거기 보내고 얼마 되지 않았을 때 팝을 만나러 갔었지. 사실 나는 그를 자주 만났어. 한 달에 한 번. 서로 협정을 맺었거든. 그에게 매달 백 달러씩 받고 불법 사채업을 눈감아주기로. 얼마나 고상한 관계였는지! 그날은 그가 잠시 화장실에 좀 다녀오겠다고 하더군. "뭘 잘못 먹은 모냥"이라면서. 하하! 그 틈에 그가 잠그지 않고 둔 책상을 좀 뒤졌지. 그렇게 방심하다니 그답지 않았지만 얼른 달려가지 않으면 바지에 쌀 지경이었나 봐. 하하!

눈에 띄는 건 한 가지뿐이었는데 그게 대박이었지 뭐야. 지도 같았어. 십자 표시가 많은데 바로 여길 가리키는 하나만 빨간색으로 되어 있었고. 팝이 오기 전에 지도를 다시 넣었지. 내가 봤으리라고는 꿈에도 몰랐을 거야. 그가 죽자마자 여기로 찾아와서 땅을 파 보니 이 크리스코 캔이 있더군. 안에 이십만 달러도 넘는 돈이 들어 있었고. 하지만 걱정 마. '정확히 반으로' 나눠서 너에게 응당한 몫을 넘길 생각이니까.

캐슬록으로 돌아온 걸 환영한다, 에이스홀!

캐슬 카운티 보안관
앨런 팽본

추신: 충고 한마디 할게, 에이스. 이제 사태를 파악했으니 '벌을 달게 받고' 모든 걸 잊길 바라. 옛말에도 있잖아, 찾는 사람이 임자

라는 거. 네 삼촌 돈 가지고 귀찮게 굴면 똥구멍을 새로 만들어서 거기다 대가리를 쑤셔넣어주마.

내 말 믿어도 좋아.

A. P.

에이스는 감각이 사라진 손에 들려 있던 편지를 떨어뜨리고 두 번째 봉투를 열었다.

일 달러짜리 지폐 한 장이 나왔다.

'정확히 반으로' 나눠서 너에게 응당한 몫을 넘길 생각이니까.

"이런 찢어 죽여도 시원치 않을 새끼를 봤나." 에이스는 중얼거리며 부들부들 떨리는 손으로 돈을 집었다.

캐슬록으로 돌아온 걸 환영한다, 에이스홀!

"야, 이 씨방새야!" 에이스는 목에서 뭔가가 삐끗하면서 찢어지려는 게 느껴질 정도로 크게 소리를 질렀다. 희미한 메아리가 들렸다. ……새야…… 새야…… 새야…….

그는 지폐를 찢으려다 간신히 손에서 힘을 뺐다.

아니야. 그러면 절대 안 되지.

그는 이걸 보관할 생각이었다. 그 개새끼가 팝의 돈에 눈독을 들여? 팝의 마지막 남은 핏줄에게 돌아가야 할 것을 훔쳐? 그래, 좋아. 하지만 이왕 가진 거 전부 챙겨야 하지 않겠어? 에이스가 그럴 수 있게 챙겨줄 작정이었다. 주머니칼로 그 더러운 놈의 불알을 도려낸 다음 피칠갑이 된 구멍에 이 지폐를 쑤셔넣을 것이다.

"아저씨, 돈이 가지고 싶어?" 에이스는 생각에 잠긴 투로 나지막이 물었다. "그래. 가져. 괜찮아. 쓰펄…… 아주…… 괜찮다고."

그는 일어나 평소보다 뻣뻣하게 휘청거리며 차를 향해 걸음을 옮겼다.

차 앞에 다다랐을 무렵에는 뛰고 있었다.

3부

창고 대방출

19장

1

5시 45분. 섬뜩한 땅거미가 캐슬록을 스멀스멀 덮기 시작했다. 남쪽 지평선 위로 소나기구름이 쌓였다. 그쪽 방향에서 숲과 벌판 위로 나지막하게 중얼거리는 벼락 소리가 아득히 들려왔다. 시내로 몰려오는 구름이 점점 커졌다. 태양광 가로등이 평소 이 무렵보다 삼십 분 일찍 켜졌다.

로어메인 스트리트는 북새통이었다. 주 경찰차와 텔레비전 중계차로 뒤덮였다. 지직거리는 무전기 소리가 후텁지근하고 답답한 공기 속에서 뒤엉켰다. 방송국 기술자들은 케이블을 풀어 임시로 길바닥에 붙이려고 테이프를 뜯다가 그 위로 누가 지나가면서 발에 걸리면—대개 아이들이 범인이었다—소리를 질러댔다. 네 개 일간지의 사진기자들이 시청 건물 앞 바리케이드 바깥쪽에 서서 다음

날 1면에 실릴 스틸 사진을 찍었다. 주민들 몇 명—거기까지 주목한 사람이 있을지 몰라도 그 수가 신기하리만치 적었다—은 목을 길게 빼고 구경했다. 텔레비전 방송국 기자가 눈부신 조명 앞에 서서 시청 건물을 배경으로 중계 보도를 녹화했다.

"무차별 폭력 사태가 오늘 오후 캐슬록에 들이닥쳤습니다." 기자가 말을 멈추었다. "들이닥쳤습니다?" 그는 넌더리 난다는 듯 자문했다. "미치겠네, 처음부터 다시 할게요."

왼쪽에서는 다른 방송국 기자가 이십 분도 채 남지 않은 생중계 준비에 여념이 없는 다른 직원들을 구경하고 있었다. 점점 더 많은 구경꾼들이 바리케이드보다 낯익은 방송국 기자들 쪽으로 쏠렸다. 의료지원센터에서 나온 직원 두 명이 비명횡사한 레스터 프랫을 검은색 가방에 넣고 구급차 뒤편에 실어서 떠난 이후로 바리케이드 근처에는 구경거리가 없었다.

주 경찰청 순찰차 위에서 번쩍이는 파란색 경광등과 눈부신 방송국 조명에서 한 발짝 떨어진 어퍼메인 스트리트에는 인적이 거의 끊기다시피 했다.

거의.

가끔 자동차나 픽업트럭이 니드풀 싱스 앞의 비스듬한 주차 공간으로 들어섰다. 가끔 지나가던 행인이 쇼윈도 조명이 꺼지고 차양 아래로 보이는 문에는 블라인드가 쳐진 새로 개점한 가게 안으로 어슬렁어슬렁 들어갔다. 가끔 로어메인 스트리트의 구경꾼 중 한 명이 무리에서 빠져나와 한때 엠포리엄 갤러리엄이 있었던 공터와 문이 닫혀 어두컴컴한 바느질 공방을 지나 새로 개점한 가게까지 길을 걸어갔다.

이렇게 어쩌다 한 번씩 손님이 드나드는 걸 아무도 알아차리지 못했다. 경찰도, 촬영진도, 기자도, 다수의 구경꾼들도 몰랐다. 그들은 범죄 현장을 보느라 삼백 미터도 채 안 되는 곳에서 여전히 범죄가 자행되고 있는 현장을 등지고 있었다.

흥미를 잃은 구경꾼이 니드풀 싱스를 주시하고 있었더라면 금세 일정한 패턴을 간파했을 것이다. 먼저 손님이 등장했다. 그들은 쇼윈도에 걸린

당분간 영업을 중단합니다

팻말을 보고 하나같이 실망하고 난감한 표정을 지으며 뒷걸음질 쳤다. 다들 약속 장소에서 밀매업자를 만나지 못해 난처해진 약물 의존자 같았다. 이제 어쩐다? 이런 표정이었다. 대부분 좀더 가까이서 들여다보면 문구가 바뀌기라도 할 것 같은지 앞으로 다가가 팻말을 다시 읽었다.

일부는 차를 타고 떠나거나, 멍하니 실망한 표정을 지으며 무료 공연을 잠깐 구경하기 위해 시청 건물 쪽으로 걸음을 옮겼다. 하지만 대개는 갑작스럽게 뭔가를 깨달은 얼굴이 되었다. 간단한 문장을 분석하는 방법이나 두 분모의 최소공배수와 같은 기본 개념을 퍼뜩 이해한 사람 같은 표정이었다.

그런 사람들은 모퉁이를 돌아 메인 스트리트 상점가 뒤편의 골목길로 갔다. 전날 밤에 에이스가 터커 탤리스먼을 댄 곳이었다.

십 미터쯤 가면 열어놓은 문에서 새어 나온 누르스름한 불빛이 군데군데 파인 콘크리트 길바닥을 길쭉하게 비추고 있었다. 날이 저물어갈수록 이 불빛은 조금씩 밝아졌다. 상복을 오려서 만든 실루엣처럼 그림자 하나가 불빛의 정중앙을 가로질렀다. 물론 릴런드 곤트의 그림자였다.

그가 문 앞에 테이블을 가져다 놓았다. 그 위에 로이탠 시가 상자가 놓여 있었다. 손님들에게 받은 돈을 여기에 넣고 여기서 거스름돈을 꺼내주었다. 손님들은 머뭇머뭇, 몇 명은 겁에 질린 표정으로 다가왔지만 모두 한 가지 공통점이 있었다. 엄청난 원한으로 씩씩대고 있다는 것이었다. 많지 않은 일부는 곤트가 임시로 설치한 카운터 앞에서 돌아섰다. 몇 명은 어둠 속에서 혀를 날름거리는 소름끼치는 악귀를 목격하기라도 한 듯 도망쳤다. 하지만 대부분은 남아서 거래를 했다. 곤트가 흥정을 하며 이 희한한 뒷골목 장사를 긴 하루의 말미에 누리는 재미있는 기분 전환으로 포장하자 그들은 긴장을 풀었다.

곤트는 자기 가게를 좋아했지만, 판유리와 지붕으로 덮인 그곳보다는 다가오는 폭풍의 전조로 산들바람에 머리칼이 흔들리는 이 야외가 훨씬 편했다. 천장에 달린 트랙에서 깔끔한 조명이 비추는 가게도 나쁘지 않지만…… 여기가 더 좋았다. 항상 그랬다.

그는 오래전에 사업을 시작했다. 처음에는 산간벽지를 돌아다니며 행상을 했다. 물건을 등에 짊어지고 대개 어스름 무렵에 찾아가 유혈 사태와 공포와 불행을 남긴 채 다음 날 날이 밝기 전에 떠났다. 몇 년 뒤에 유럽에서 전염병이 창궐하고 시신이 나뒹굴었을 때는 두 눈을 섬뜩하게 이글대고 살인자의 심장처럼 시커먼 혀를 날름거리는 비쩍 마른 백마가 끄는 마차에 올라 이 마을에서 저 마을로, 이 나라에서 저 나라로 옮겨 다녔다. 마차 뒤편에 싣고 온 물건을 팔고…… 우둘투둘한 동전 몇 닢이나 물물교환으로 값을 치른 손님들이 물건의 정체를 파악하기 전에 떠났다.

시대가 달라졌다. 방법이 달라졌다. 만나는 사람들도 달라졌다. 하지만 영혼이 가난한 사람들은 항상 같은 표정을 짓고 있었다. 목자를 잃어버린 양 같은 표정. 그는 이런 사람들을 상대할 때 마음이 편했다. 예전의 행상 시절로 돌아가, 스웨다 금전등록기가 있는 멋들어진 카운터가 아니라 민무늬 나무 테이블 뒤에서 시가 상자에 담은 거스름돈을 내주며 똑같은 물건을 팔고 팔고 또 팔 때 가장 속 편했다.

흑진주 목걸이, 성물, 카니발 글라스, 파이프, 옛날 만화책, 야구카드, 골동품 만화경 등 캐슬록 주민들을 한눈에 사로잡았던 물건들은 모두 팔리고 없었다. 이제 곤트에게 남은 건 진짜 장사뿐이었고 막판의 진짜 장사는 항상 똑같았다. 다른 모든 게 그랬듯 궁극의 상품도 세월의 흐름에 따라 달라졌지만 결국 표면적인 변화에 그칠 뿐이었다. 겉에 입힌 당의의 맛이 달라지더라도 시커멓고 씁쓸한 케이크라는 본질은 변함없었다.

막판에 곤트는 항상 무기를 팔았고…… 그들은 항상 마다하지 않았다.

"아이구, 감사합니다, 워버턴 씨!" 곤트는 외치며 흑인 경비가 내민 오 달러짜리 지폐를 받았다. 그러곤 에이스가 보스턴에서 들고 온 자동 권총을 한 자루 건넸다.

"감사합니다, 밀리컨 양!" 그는 십 달러짜리 지폐를 받고 팔 달러를 거슬러주었다.

그는 그들의 형편에 딱 맞추어 값을 매겼다. 동전 한 닢도 덜 받거나 더 받지 않았다. '각자의 형편에 맞게'가 곤트의 좌우명이었고 각자의 용도는 상관없었다. 그들은 모두 영혼이 가난했고, 그가 여기에 온 목적은 그들의 공허를 채우고 고통을 끝내기 위해서였다.

"와주셔서 감사합니다, 에머슨 부인!"

아, 다시 예전처럼 장사를 하니 얼마나 좋은가, 정말 좋았다. 장사도 이보다 더 잘될 수가 없었다.

2

앨런 팽본은 캐슬록에 없었다. 기자와 주 경찰들이 메인 스트리트의 한쪽 끝에 모이고 언덕 중턱에서는 릴런드 곤트가 창고 대방출을 하고 있을 때, 앨런은 브리지턴에 있는 노던컴벌랜드 병원 블루머 병동의 간호사실에 있었다.

블루머 병동은 병실이 열네 개밖에 안 될 정도로 작았지만 부족한 크기를 알록달록한 꾸밈새로 만회했다. 병실 벽은 화려한 원색으로 칠이 되어 있었다. 간호사실 천장에는 모빌이 걸려 있었고, 거기에 매달린 새들이 축을 중심으로 빙글빙글 돌며 우아하게 까딱거렸다.

앨런은 머더구스 동요 가사를 메들리로 그려놓은 큼지막한 벽화

앞에 앉아 있었다. 한 그림에서는 어떤 남자가 테이블 위로 몸을 내밀어, 공포와 매혹에 휩싸인 시골뜨기 남자아이에게 뭔가를 건네고 있었다. 이 그림이 왠지 모르게 앨런의 마음에 와닿아, 어렸을 때 들은 동요의 한 구절이 속삭임처럼 머릿속에 떠올랐다.

바보 사이먼이 장터에 가다
파이 장수를 만났네.
"바보 사이먼." 파이 장수가 말했네.
"와서 내 파이 맛 좀 보렴!"

앨런의 팔에 소름이 돋아 식은땀처럼 송골송골 맺혔다. 이유는 알 수 없었지만 완벽하게 자연스러운 반응처럼 느껴졌다. 평생 지금처럼 충격을 받고 겁이 나고 혼란스러웠던 적이 없었다. 그의 능력으로는 절대 이해할 수 없는 사건이 캐슬록에서 벌어지고 있었다. 오늘 오후 늦게야 모든 게 한꺼번에 펑 터진 듯 만천하에 드러났을 뿐 사실은 며칠 전, 어쩌면 일주일 전부터 시작된 사건이었다. 어떤 사건인지는 몰라도 네티 코브와 윌마 저직에게 벌어진 일이 겉으로 드러난 첫 번째 징조에 불과했다는 건 알 수 있었다.

그리고 그가 바보 사이먼과 파이 장수와 함께 여기 앉아 있는 동안에도 사건은 계속 진행중일지 모른다는 끔찍한 생각이 들었다.

가슴에 달린 명찰에 따르면 이름이 헨드리라는 간호사가 이리저리 흩뿌려진 장난감을 우아하게 피해가며 복도를 걸어왔다. 신발 밑창에서 희미하게 끽끽거리는 소리가 났다. 처음 앨런이 도착했을 때는 팔다리에 깁스를 하거나 어깨에 삼각건을 매달았거나 항암 치료를 받느라 듬성듬성 머리가 빠진 아이들 대여섯 명이 복도에서 서로 다정하게 소리를 질러가며 블록과 트럭 놀이를 하고 있었다. 지금은 저녁 시간이라 다들 식당 아니면 자기 병실로 간 뒤였다.

"아이는 좀 어때요?" 앨런이 헨드리에게 물었다.

"똑같아요." 그녀는 침착한 표정으로 앨런을 쳐다보았지만 약간의 적의가 느껴졌다. "계속 잠을 자고 있어요. 그럴 수밖에 없죠. 엄청난 충격을 받았으니."

"아이 부모님은 뭐랍니까?"

"사우스패리스에 있는 아버님의 회사로 연락했더니 오늘 오후에 뉴햄프셔로 출장을 갔다고 하더라고요. 제가 알기로는 거기서 바로 퇴근했다니까 집에 도착해서야 소식을 들을 거예요. 여기에는 9시쯤 도착하지 않을까 싶어요. 물론 장담할 수는 없지만요."

"아이 어머니는요?"

"모르겠어요." 헨드리가 말했다. 좀 전보다 적의가 더 뚜렷해졌지만 이제는 앨런을 향한 적의가 아니었다. "그분께는 연락을 하지 않았거든요. 제가 아는 건 보시다시피 여기 안 계시다는 것뿐이에요. 이 아이는 형이 엽총으로 자살하는 광경을 목격했고 그게 집에서 벌어진 일이었는데도 어머니는 보이질 않네요. 이제 실례할게요, 카트를 채워야 해서요."

"아, 네." 앨런은 중얼거렸다. 그는 멀어져가는 그녀를 지켜보다가 자리에서 일어났다. "헨드리 간호사님!"

그녀가 몸을 돌렸다. 눈빛은 여전히 침착했지만 꿈틀대며 올라간

눈썹이 찌증을 드러내고 있었다.

"나는 숀 러스크를 만나야 합니다. 꼭 만나야 해요."

"그러세요?" 그녀의 말투는 냉랭했다.

"뭔지 모를 일이……." 문득 폴리 생각이 나면서 앨런의 목소리가 갈라졌다. 그는 헛기침을 하고 하던 얘기를 계속했다. "뭔지 모를 일이 우리 마을에서 벌어지고 있어요. 내가 보기에 브라이언 러스크의 자살은 그 사태의 일부분에 불과해요. 그리고 숀 러스크가 나머지의 열쇠를 쥐고 있고요."

"팽본 보안관님, 숀 러스크는 이제 겨우 일곱 살이에요. 그리고 그 아이가 뭔가를 알고 있다면 다른 경관님은 이 자리에 없는 이유가 뭐죠?"

다른 경관이라. 그는 생각했다. 자질을 갖춘 경관을 얘기하는 거겠지. 길거리에서 열한 살짜리를 신문한 다음 그냥 집으로 보내 차고에서 자살을 하도록 방치한 경관 말고.

"다들 지금 엄청 바쁘거든요. 게다가 나만큼 우리 마을을 잘 알지 못하고요."

"그렇군요." 그녀는 다시 몸을 돌려서 걸음을 옮기려고 했다.

"헨드리 간호사님."

"보안관님, 오늘 저녁에는 인력이 부족해서 제가 정신없이 바쁘……."

"오늘 캐슬록에서 죽은 사람이 브라이언 러스크 하나가 아니에요. 최소 세 명이 더 죽었어요. 동네 술집 주인은 총상을 입고 노웨이에 있는 병원으로 이송됐고요. 목숨을 부지할 수 있을지 모르지만 앞으로 서른여섯 시간 동안 생사를 넘나들 거예요. 그리고 살인이 아직 끝나지 않았다는 예감이 들어요."

그는 마침내 간호사의 관심을 끄는 데 성공했다.

"숀 러스크가 이 사건에 대해 아는 게 있는 것 같다고요?"

"자기 형이 자살한 이유를 알지 몰라요. 그렇다면 나머지가 밝혀질 수도 있죠. 그러니까 아이가 깨어나거든 알려주시지 않겠어요?"

그녀는 망설이다가 대답했다.

"아이가 깨어나더라도 심리 상태가 어떨지 몰라서요, 보안관님. 보안관님의 마을에서 어떤 사건이 벌어지고 있을지 몰라도 아이의 히스테리 상태가 지금보다 악화되도록 허락할 수는 없어요."

"이해합니다."

"그러세요? 다행이네요." 그럼 여기 가만히 앉아 계세요, 사람 귀찮게 하지 말고, 하는 듯한 눈빛으로 쳐다보고서 간호사는 높다란 책상 뒤편으로 갔다. 그녀가 거기 앉아 카트에 약병과 상자를 넣는 소리가 들렸다.

앨런은 의자에서 일어나 복도에 있는 공중전화로 폴리에게 다시 한번 전화를 걸었다. 역시 아무 응답이 없었다. 이번에는 바느질 공방에 전화를 걸었지만 자동응답기가 돌아가자 수화기를 내려놓았다. 다시 자리로 돌아가 앉아서 머더구스 벽화를 쳐다보았다.

나한테 한 가지 더 물어봤어야 하는데 잊었나 보군요, 간호사님. 앨런은 생각했다. 내가 지키고 보호해야 할 마을에서 그렇게 많은 일들이 벌어지고 있는데 여기 이렇게 앉아 뭘 하느냐고 물었어야죠. 예를 들면 여기엔 시턴 토머스처럼 무게감이 떨어지는 경관을 앉혀서 숀 러스크가 깨어날 때까지 보초를 세워놓고 내가 수사를 진두지휘해야 하는 거 아니냐고 물었어야죠. 당신은 깜빡하고 이런 걸 묻지 않았는데, 내가 비밀 하나 알려줄까요? 당신이 깜빡해서 다행이에요. 그게 내 비밀이에요.

이유는 굴욕적인 동시에 단순했다. 포틀랜드와 뱅고어 말고 다른 지역에서 벌어진 살인 사건은 보안관실이 아니라 주 경찰청의 소관이었다. 네티와 윌마의 결투가 벌어졌을 때는 헨리 페이턴도 묵인했지만 더는 아니었다. 이제는 감히 그럴 수가 없었다. 메인 주 남부의 모든 신문사와 텔레비전 방송국이 지금 캐슬록에 있거나 캐슬록으로 출동하는 중이었다. 머지않아 메인 주 전역의 동료들이 합류할 테고…… 앨런이 짐작한 대로 사태가 이대로 끝나지 않으면 조만간 남쪽 지역의 언론사까지 가세할 것이다.

그것이 간단하게 요약한 이 사태의 실체였지만 그걸 안다고 해서 앨런의 기분이 달라지지는 않았다. 마치 경기를 마무리짓지도 못했는데 강판당한 투수가 된 기분이었다. 기분이 말도 못하게 더러웠다. 그는 바보 사이먼 앞에 앉아서 다시 숫자를 세기 시작했다.

레스터 프랫은 사망했다. 그는 질투심에 광분하며 보안관실에 들이닥쳐서 존 라포인트를 공격했다. 자기 여자친구 때문이었는데, 구급차가 도착하기 전에 존이 말하길 그는 약 일 년 동안 샐리 랫클리프를 만난 적이 없었다고 했다.

"어쩌다 함 번씩 길거리에서 마우치면 마을 건 게 전부였고 그마저도 그여 쪽에서 모 본 척할 때가 마났여요. 저을 저주받은 잉간으로 치부하더라고요." 그는 부러진 코를 건드리고는 움찔했다. "지금 심정으로는 저주받은 거또 가타여."

존은 코가 부러지고 턱뼈에 금이 가서 병원에 입원했다. 내상을 입었을 가능성도 있었다.

실라 브리검도 입원했다. 쇼크 때문이었다.

휴 프리스트와 윌리엄 터퍼는 둘 다 사망했다. 실라가 무너지기 시작했을 때 그 소식이 접수됐다. 소식을 전한 맥주 배달원은 보안관실로 연락하기 전에 의료지원센터에 먼저 도움을 요청하는 센스를 발휘했다. 그 남자도 실라 브리검 못지않게 히스테리를 부렸고 앨런은 이해할 수 있었다. 그즈음에는 앨런 역시 히스테리 발작을 일으킬 것만 같았으니까.

헨리 보퍼트는 다수의 총상으로 위독한 상태였다.

노리스 리지윅은 행방불명이었고…… 그것이 가장 가슴 아팠다.

배달원의 전화를 받은 뒤 여기저기 살폈지만 노리스는 사라지고 없었다. 처음에는 그가 밖으로 나가서 댄포스를 정식으로 체포해 끌고 들어오려나 보다고 생각했지만, 이내 밝혀졌다시피 행정위원장을 체포한 사람은 없었다. 주 경찰이 다른 사건을 수사하다가 그와 맞닥뜨리면 몰라도 그게 아닌 이상 체포는 물 건너간 얘기였다. 그들에게는 그보다 중요한 일들이 많았다. 아무튼 노리스는 그냥 자취를 감추었다. 어디에 갔건 걸어서 갔다. 앨런이 캐슬록을 떠나올 때까지도 노리스의 폭스바겐은 여전히 로어메인 스트리트 한복판에 옆으로 쓰러져 있었다.

목격자들에 의하면 버스터는 창문으로 캐딜락 안에 들어가 그냥 내뺐다고 했다. 유일하게 그를 저지하려고 했던 스콧 가슨은 혹독

한 대가를 치렀다. 턱과 광대뼈와 손목과 손가락 세 개가 부러져서 여기 노던컴벌랜드 병원에 입원했다. 그만하길 다행이었다. 구경꾼들 말로는 버스터가 쓰러진 그를 그대로 치고 지나가려고 했었다.

쇄골이 아작 나고 갈비뼈는 몇 대나 부러졌을지 모를 레니 파트리지도 여기 어딘가에 있었다. 앨런이 이 마을의 행정위원장이 빨간색 큼지막한 캐딜락에 수갑이 채워진 채 도주했다는 사실을 받아들이느라 애를 쓰고 있을 때, 앤디 클러터벅이 새로운 흉보와 함께 등장했다. 휴 프리스트가 레니의 앞을 가로막고 그를 도로 저편으로 내동댕이친 다음 노인네의 차를 타고 간 모양이었다. 휴가 멜로타이거에서 저세상으로 떠났으니 거기 주차장에 가보면 레니의 차가 있지 않을까 싶었다.

그리고 두말하면 잔소리지만, 열한 살이라는 지긋한 나이에 총알을 삼킨 브라이언 러스크 사건도 있었다. 클럿이 설명을 시작하자마자 전화벨이 다시 울렸다. 그 무렵에는 실라가 자리를 비웠기 때문에 앨런이 직접 전화를 받아보니 어떤 남자아이가 히스테리 환자처럼 소리를 질렀다. 부엌 전화기 옆에 붙은 밝은 주황색 스티커의 번호로 전화한 숀 러스크였다.

그날 오후에 전부 합해서 네 도시의 의료지원센터 구급차와 응급구조팀이 캐슬록으로 출동했다.

이제 앨런은 바보 사이먼과 파이 장수를 등지고 앉아서 축을 중심으로 빙글빙글 돌며 까딱거리는 플라스틱 새를 바라보며 다시 한번 휴와 레니 파트리지를 떠올렸다. 그 둘의 충돌은 오늘 캐슬록에서 벌어진 다른 사건들과 비교했을 때 가장 심각하지는 않았지만 가장 희한했고…… 앨런은 그 희한함 속에 이번 사태의 열쇠가 숨어 있을지 모른다는 예감을 느꼈다.

"휴가 헨리 보퍼트한테 발끈했다면 왜 자기 차를 타고 가지 않았을까?" 앨런은 이미 헝클어질 대로 헝클어진 머리칼을 손으로 쓸어 넘기고 있었던 클럿에게 물었다. "왜 레니의 똥차를 타고 간 거지?"

"왜냐하면 휴의 뷰익은 타이어 네 개가 다 펑크났거든요. 누가 칼로 갈기갈기 찢어놓은 것 같더라고요." 클럿은 난장판으로 변한 보안관실을 불안하게 둘러보며 어깨를 으쓱했다. "헨리 보퍼트가 저지른 짓이라고 생각한 모양이에요."

그래. 이제 앨런은 생각했다. 그랬을지 모르지. 황당한 오해지만, 윌마 저직이 자기 시트에 진흙을 던지고 자기 집 유리창을 돌멩이로 깨뜨린 범인이 네티 코브라고 생각한 것보다 더 황당한 오해였을까? 네트가 자기 개를 죽인 범인이 윌마라고 생각한 것보다 더 황당한 오해였을까?

그가 클럿에게 더 묻기 전에 헨리 페이턴이 들어오더니 이제부터 그가 사건 수사를 맡겠다고 최대한 정중하게 얘기했다. 앨런은 고개를 끄덕였다.

"그런데 가능한 한 빨리 파악해야 할 사항이 한 가지 있어요, 헨리."

"뭔데요, 앨런?" 헨리의 질문이 건성이라 앨런의 가슴이 무거워졌다. 그의 친구—경찰이라는 조직 안에서 처음으로 사귄 진정한 친구이자 아주 소중한 친구—는 이미 다른 데 정신이 팔려 있었다. 아마 광범위한 사건 현장을 감안했을 때 병력을 어떤 식으로 배치하면 좋을지가 가장 큰 고민거리였을 것이다.

"휴 프리스트가 헨리 보퍼트에게 화가 났던 것처럼 헨리 보퍼트도 그에게 화가 났었는지 확인해야 해요. 그가 지금 의식이 없는 건 알지만 눈을 뜨자마자……."

"알았어요." 헨리는 말하고 앨런의 어깨를 쳤다. "그럴게요." 그러고는 언성을 높였다. "브룩스! 모리슨! 이쪽으로!"

앨런은 멀어져가는 그를 보며 쫓아갈까 고민했다. 그를 붙잡고 확실하게 못을 박아야 하지 않을까? 하지만 그러지 않았던 이유는 헨리와 휴와 레스터와 존, 심지어 윌마와 네티까지도 점점 무게감을 잃어가고 있었기 때문이었다. 죽은 사람들은 이미 죽었고, 다친 사람들은 치료를 받고 있었고, 범행은 이미 저질러졌지 않은가.

진정한 결정타가 남아 있을지 모른다는 무시무시한 예감이 스멀스멀 고개를 들었다.

헨리가 부하들에게 브리핑을 하러 가자 앨런은 다시 클럿을 옆으로 불렀다. 그는 주머니에 손을 넣고 뚱한 표정으로 다가왔다.

"저희가 다른 팀으로 교체됐네요, 보안관님. 다른 데 가서 놀라는 거죠? 젠장!"

"꼭 그렇지만은 않아." 앨런은 진심으로 그렇게 믿는 것처럼 들리기를 바라며 이렇게 얘기했다. "자네가 여기 남아서 내 연락책이 되어주어야겠어, 클럿."

"어디 가시게요?"

"러스크네 집."

하지만 그 집에 가보니 브라이언과 숀, 두 아이 모두 보이지 않았다. 봉변을 당한 스콧 가슨을 태우러 왔던 구급차가 지나는 길에 숀까지 싣고 갔다. 행선지는 노던컴벌랜드 병원이었다. 낡은 링컨을 개조한 해리 새뮤얼스의 두 번째 영구차는 브라이언 러스크를 싣고 부검을 위해 옥스퍼드로 떠났다. 해리가 '회사 차'라고 부르는, 그보다 괜찮은 영구차는 휴와 윌리엄 터퍼를 싣고 역시 그곳으로 출발했다.

앨런은 생각했다. 좁은 영안실에 장작처럼 시신이 쌓이겠네.

러스크의 집으로 찾아갔을 때 앨런은 자신이 얼마나 철저하게 이 사건에서 열외가 되었는지 이성적으로, 또 감정적으로 실감할 수 있었다. 헨리의 범죄수사부원 두 명이 먼저 도착해 있었고 그들은 앨런에게 옆에 있어도 좋지만 끼어들어서 이러쿵저러쿵할 생각은 말라고 했다. 그는 부엌 입구에 서서 그들을 지켜보며 오토바이의 세 번째 바퀴만큼이나 쓸모없는 존재가 된 기분을 느꼈다. 코라 러스크는 약에 취한 사람처럼 반응이 느렸다. 충격 때문이거나, 아니면 남은 아들을 병원으로 싣고 간 구급대원들이 진정제를 투여했나 보다고 앨런은 생각했다. 노리스가 뒤집힌 폭스바겐의 창문에서 기어나왔을 때 지었던 표정과 섬뜩하게 닮은 구석이 있었다. 진정제 때문이었건 단순한 충격 때문이었건 간에, 형사들은 별다른 정보를 얻지 못했다. 그녀는 울지는 않았지만 도움이 될 만한 답변을 할 수 있을 만큼 질문에 집중하지 못했다. 그녀는 아무것도 모른다고 했다. 2층에서 낮잠을 자고 있었다고 했다. 가엾은 브라이언, 그 말만 반복했다. 가엾은 우리 브라이언. 하지만 웅얼거리는 말투에서 앨런은 오싹함을 느꼈다. 그녀는 바로 옆 식탁에 놓아둔 선글라스를 계속 만지작거렸다. 한쪽 테는 테이프로 고정되어 있고 한쪽 렌즈에는 금이 간 고물 선글라스였다.

앨런은 혐오감을 달래며 그 집을 나서 이 병원을 찾아왔다.

이제 그는 자리에서 일어나 메인 로비 복도에 있는 공중전화 부스로 갔다. 다시 폴리에게 전화를 걸었지만 여전히 무응답이기에 이번에는 보안관실 번호를 눌렀다. 전화를 받은 사람이 "주 경찰입니다"라며 딱딱거리자 앨런은 유치하게도 질투심이 솟구치는 걸 느꼈다. 그는 신원을 밝히고 클럿을 바꿔달라고 했다. 거의 오 분을 기다린 다음에야 클럿과 통화할 수 있었다.

"죄송해요, 보안관님. 이 녀석들이 수화기를 그냥 책상 위에 방치했지 뭐예요. 제가 와서 확인했기에 망정이지, 안 그랬으면 계속 기다리고 계셨을 거예요. 염병할 주 경찰관 놈들, 배려라고는 코딱지만큼도 없다니까요."

"신경 쓰지 마, 클럿. 아직 키턴은 체포하지 못했나?"

"음…… 이 소식을 어떻게 전해야 좋을지 모르겠는데……."

앨런은 심장이 철렁 내려앉는 기분을 느끼며 눈을 감았다. 그의 짐작이 맞았다. 그걸로 끝이 아니었다.

"얘기해. 절차 같은 건 상관하지 말고."

"버스터, 그러니까 댄포스가 집으로 가서 드라이버로 캐딜락 손잡이를 떼어냈어요. 거기에 수갑이 채워져 있었거든요."

"그렇지." 앨런은 맞장구쳤다. 여전히 눈을 질끈 감고 있었다.

"그런데…… 아내를 죽였어요, 보안관님. 망치로요. 부인을 발견한 사람은 주 경찰관이 아니었어요. 디들 이십 분 전까지만 해도 버스터한테 별 관심이 없었거든요. 시턴 토머스가 발견했어요. 혹시 나 하고 버스터의 집에 찾아갔다가요. 지금 사건을 보고하고 이리로 복귀한 지 오 분도 안 됐어요. 가슴에서 통증이 느껴진다는데 그럴 만도 하죠. 버스터가 부인의 얼굴이 짓이겨놨더래요. 온 사방에 뇌수랑 머리카락이 튈 정도로. 페이턴이 데려온 주 경찰이 한 소대쯤 캐슬뷰로 출동했어요. 시턴은 제가 보안관님 사무실에 앉혀놨어요. 쓰러지기 전에 어디라도 앉히는 게 좋을 것 같아서."

"맙소사, 클릿. 레이 밴 앨런한테 얼른 데려가. 올해로 예순두 살인데다 평생 카멜 담배를 피웠잖아."

"레이는 옥스퍼드에 갔어요, 보안관님. 헨리 보퍼트를 수습하는 의사들을 도우려고요."

"그럼 의료보조원한테라도. 이름이 뭐더라? 프랭클. 에버렛 프랭클."

"어디 있는지 모르겠어요. 병원이랑 집, 양쪽 모두 연락해봤는데도요."

"부인은 뭐래?"

"에버렛은 미혼이에요, 보안관님."

"이런 망할." 누군가가 전화기에 낙서를 해놓았다. 돈트 워리, 비 해피. 앨런은 뚱하니 그 문장을 곱씹었다.

"제가 직접 병원으로 데려갈까요?" 클릿이 제안했다.

"자네는 지금 자리를 지켜야 해. 신문사랑 방송국에서 출동했나?"

"네, 그쪽 인간들로 득시글거려요."

"음, 통화가 끝나자마자 시턴의 상태를 확인해. 상태가 호전된 것 같지 않으면 나가서 그나마 좀 똑똑해 보이는 기자를 붙잡고 자네 대신 시턴을 여기 이 노선컴벌랜드 병원으로 이송해달라고 해."

"그럴게요." 클럿은 머뭇거리다 불쑥 내뱉었다. "키턴네 집에 가 보고 싶었는데 주 경찰관들이…… 현장 접근을 차단하지 뭡니까! 어떻게 생각하세요, 보안관님? 이 개자식들, 카운티의 부보안관에게 현장 접근을 하지 못하게 차단하다니요!"

"자네 심정이 어떨지 알아. 나도 별로 마음에 안 들어. 하지만 그들도 자기 할 일을 하고 있을 뿐이잖아. 지금 자네 있는 곳에서 시턴이 보이나?"

"네."

"어때? 살아 있어?"

"보안관님 책상 앞에 앉아 담배를 피우면서《지방의 법률 집행》이번 호를 보고 있는데요."

"그렇군." 앨런은 말했다. 울거나, 웃거나, 아니면 양쪽 모두를 동시에 하고 싶은 심정이었다. "어련하실까. 혹시 폴리 차머스가 전화했었나, 클럿?"

"아뇨…… 잠깐만요, 여기 기록지가 있네요. 없어진 줄 알았더니. 전화를 했었어요, 보안관님. 3시 30분 직전에요."

앨런은 우거지상을 썼다.

"그건 알아. 그 이후에는?"

"기록상으로는 없지만 그건 믿을 게 못 되죠. 실라는 실려가고 이 빌어먹을 주 경찰관들이 요란하게 돌아다니고 있으니 무슨 수로 알겠어요?"

"고마워, 클럿. 내가 알아야 하는 또 다른 사안이 있나?"

"네, 두어 가지요."

"얘기해봐."

"휴가 헨리를 쏜 총을 입수했는데, 주 경찰청 총기감식반의 데이비드 프리드먼 말로는 기종이 뭔지 모르겠대요. 자동 권총이긴 한데 처음 보는 총이라고요."

"데이비드 프리드먼이 그런 거 확실해?" 앨런은 물었다.

"프리드먼 맞아요. 그게 그자 이름이에요."

"그렇다면 모를 수가 없을 텐데. 데이비드 프리드먼은 걸어다니는 총기 백과사전이거든."

"그런데 모르겠대요. 그자가 보안관님 친구 페이턴한테 얘기할 때 제가 바로 옆에서 들었어요. 독일제 마우저하고 조금 비슷하지만 일반적인 마킹이 없고 슬라이드가 다르대요. 수백 가지 다른 증거품이랑 같이 오거스타에 보낸 것 같아요."

"또 다른 건?"

"헨리 보퍼트의 마당에서 익명의 쪽지가 발견됐어요." 클럿이 말했다. "공처럼 똘똘 뭉쳐진 채로, 그의 차 옆에서요. 헨리가 몰고 다니던 클래식 선더버드 아시죠? 그 차도 엉망진창이 됐어요. 휴의 차처럼."

앨런은 큼지막하고 푹신한 손에 얼굴을 한 대 얻어맞은 듯한 기분이었다. "쪽지에 뭐라고 적혀 있었는데?"

"잠시만요." 클럿이 수첩을 넘기는 소리가 희미하게 들렸다. "여기 있네요. '다시는 나 술 못 마시게 중간에 막고 자동차 열쇠 압수하지 마라 이 재수 없는 프랑스 놈아.'"

"프랑스 놈?"

"그렇게 적혀 있어요." 클럿이 신경질적으로 웃었다. "'다시는'과 '프랑스 놈' 아래에 밑줄이 그어져 있고요."

"차는 엉망진창이 됐다고?"

"네. 휴의 차처럼 타이어가 찢어졌어요. 그리고 조수석 쪽에 길고 큼지막하게 흠집이 났고요. 쯧쯧!"

"알았어. 자네가 해야 할 일이 하나 생겼네. 이발소, 거기 아니면 당구장으로 찾아가. 가서 헨리한테 이번주 아니면 지난주에 술잔을 빼앗긴 사람이 누구였는지 알아내."

"하지만 주 경찰관들이……."

"주 경찰관들은 엿이나 먹으라고 해!" 앨런은 흥분한 목소리로 외쳤다. "거긴 우리 마을이야. 누구한테 물어보면 되고 어디 가면 그들을 만날 수 있는지 우리가 알잖아. 거기에 얽힌 사연을 알 만한 사람을 오 분 만에 알아낼 수 있잖아, 안 그래?"

"당연하죠. 캐슬힐에서 오는 길에 찰리 포틴이 웨스턴 오토 앞에서 친구들하고 노닥거리고 있는 걸 봤어요. 헨리하고 부딪힌 사람이 있었다면 찰리가 알 거예요. 찰리한테는 멜로 타이거가 제2의 보금자리나 다름없으니까요."

"그렇지. 주 경찰관들이 그를 신문하던가?"

"음…… 아뇨."

"그랬겠지. 그러니까 자네가 신문하도록 해. 하지만 우리 둘 다

정답을 알고 있을 것 같은데, 안 그래?"

"휴 프리스트요." 클럿이 말했다.

"어째 내 귀에 요란한 종소리가 들리는 것 같네." 앨런은 말하고 생각했다. 어쩌면 헨리 페이턴도 비슷한 결론을 내렸을지 몰라.

"알았어요, 보안관님. 수사에 착수할게요."

"정답을 입수하자마자 연락해줘. 곧바로." 그는 클럿에게 번호를 알려준 뒤 다시 불러보라고 시켜 제대로 받아적었는지 확인했다.

"연락드릴게요." 클럿은 대답하더니 갑자기 성난 목소리로 버럭 고함을 질렀다. "이게 다 무슨 일일까요, 보안관님! 젠장, 이게 다 무슨 일이냐고요!"

"그러게 말이지." 앨런은 무한정 나이를 먹은 양 무한정 진이 빠졌고…… 화가 났다. 이제 분노는 그를 수사에서 배제한 페이턴이 아니라 처참한 불꽃놀이를 일으킨 범인을 향해 있었다. 밑바닥까지 파헤쳐보면 처음부터 끝까지 단 한 명의 소행으로 밝혀질 거라는 확신이 점점 더 강해졌다. 윌마와 네티. 레스터와 존. 누군가가 그들을 고성능 폭탄인 양 한 다발로 묶었다. "나도 잘 모르겠지만, 클럿, 우리 둘이서 알아내보자고."

그는 전화를 끊고 다시 폴리의 번호를 눌렀다. 그녀와의 관계를 바로잡고 싶은 마음, 뭣 때문에 그녀가 그렇게 화가 났는지 알아내고 싶은 마음은 점점 희미해졌다. 그 대신 더 심란한 감정이 스멀스멀 고개를 들었다. 깊고 막연한 공포. 그녀가 위험에 처했을 것 같은 느낌이 점점 커져만 갔다.

뚜, 뚜, 뚜…… 하지만 응답이 없었다.

폴리, 사랑해요. 우리, 얘기 좀 해요. 제발 전화를 받아줘요. 폴리, 사랑해요. 우리, 얘기 좀 해요. 제발 전화를 받아줘요. 폴리, 사랑해요…….

이런 호소가 태엽 장난감처럼 머릿속에서 끊임없이 반복됐다. 그는 클럿에게 다시 연락해 열 일 제쳐두고 지금 당장 폴리의 안부를 확인해달라고 얘기하고 싶었지만 그럴 수가 없었다. 캐슬록에서 폭발할 때를 기다리는 폭탄 다발이 또 있을지 모르는 상황에서 그건 아주 잘못된 처사였다.

그렇지. 하지만 앨런…… 만약 폴리도 폭탄 다발 중 하나라면?

그 생각이 들자 묻혀 있던 무언가, 느슨하게 연관된 어떤 것이 고개를 들었지만 실체를 파악할 겨를도 없이 흩어져버렸다.

앨런은 신호음을 들으며 천천히 수화기를 내려놓았다.

3

폴리는 더이상 견딜 수가 없었다. 그녀가 옆으로 돌아누워서 수화기를 향해 손을 내민 순간…… 울리던 벨이 끊겼다.

잘됐네. 그녀는 생각했다. 하지만 정말 잘된 걸까?

그녀는 침대에 누워서 점점 가까워지는 천둥소리를 듣고 있었다. 2층은 더웠지만—칠월 중순만큼 더웠다—창문을 열 수도 없는 것이, 바로 지난주에 온갖 잡일을 도맡아 처리하는 데이브 필립스에게 부탁해 덧창과 덧문을 설치한 터였다. 그렇기 때문에 교외로 원정 갔을 때 입었던 청바지와 셔츠는 벗어서 깔끔하게 개켜 문 옆 의자에 걸쳐놓았다. 그런 다음 샤워를 하기 전에 눈을 좀 붙이려고 속옷 차림으로 침대에 누웠지만 잠이 오지 않았다.

사이렌 때문이기도 했지만 정확히는 앨런 때문이었다. 앨런이 저지른 짓 때문이었다. 지금까지 믿고 신뢰했던 모든 것이 어쩌면 이렇게 터무니없이 그녀를 배신할 수 있는지 이해가 되지 않았지만 거기에서 탈출할 방법도 없었다. 딴 데 정신이 팔렸다가도(예를 들면 꼭 세상의 종말을 알리는 것처럼 들리는 사이렌 소리라든가) 그가 어떤 식으로 자신의 뒤통수를 쳤는지, 어떤 식으로 몰래 뒤를 캤는지 다시금 퍼뜩 생각이 났다. 꼭 깔쭉깔쭉한 널빤지 끝으로 연하고 은밀한 부위를 찔리는 느낌이었다.

앨런, 당신이 어떻게 그럴 수가 있어요? 그녀는 그에게—그리고 스스로에게—다시 물었다.

여기에 대답하는 음성이 들리자 그녀는 화들짝 놀랐다. 에비 고모할머니의 음성이었고, 평소와 다르게 감정 없이 건조한 말투 아래에서 불안하고 강렬한 분노를 느낄 수 있었다.

애초에 네가 솔직히 얘기했더라면 그이가 그럴 필요도 없었을 것 아니니.

폴리는 벌떡 일어나 앉았다. 심란한 얘기이기도 했지만 가장 심란한 부분은 그게 그녀 자신의 음성이라는 사실이었다. 에비 할머니는 돌아가신 지 오래였다. 부끄러움을 많이 타는 복화술사가 인형을 동원해 예쁘장한 아가씨에게 데이트 신청을 하듯 그녀의 무의식이 에비 할머니를 이용해 분노를 표출하는 거였다.

그만해라, 아가. 내가 전에도 얘기했잖니, 이 마을에는 유령이 득시글거린다고.

어쩌면 귀신은 나일지도 몰라. 어쩌면.

폴리는 겁에 질려 울음 섞인 비명을 터뜨렸다가 손으로 입을 막았다.

어쩌면 아닐 수도 있지. 아무튼 누구 목소리인가는 중요한 문제가 아니잖니. 중요한 건 이거지, 트리샤. 누가 먼저 죄를 지었는가. 누가 먼저 거짓말을 했는가. 누가 먼저 진실을 은폐했는가. 누가 먼저 돌을 던졌는가.

"그건 불공평해요!"

폴리는 후텁지근한 방에 대고 소리를 질렀다가 거울에 비친 자신의 모습을 보았다. 겁에 질려서 두 눈을 휘둥그레 뜨고 있었다. 그녀는 에비 할머니의 음성이 다시 들리길 기다렸지만 들리지 않자 천천히 다시 침대에 누웠다.

만약 진실의 일부를 생략하고 선의의 거짓말을 몇 개 하는 것이 죄라면 그녀가 먼저 죄를 지었을지 몰랐다. 하지만 그렇다고 해서 경찰이 흉악범을 조사하듯 앨런이 그녀를 조사해도 되는 건 아니었다. 그녀의 정보를 전신으로 다른 주의 경찰서에 문의하거나…… 조회하거나, 그게 맞는 표현인지 모르겠지만 아무튼…… 그리고 또…… 그리고 또…….

그러지 마요, 폴리. 그녀도 아는 목소리가 속삭였다. 당신 입장에서는 적절하게 대처한 것 가지고 속 끓일 것 없어요. 어쨌든 그럴 수밖에 없었잖아요! 그가 미안해하는 말투인 거 느꼈죠?

"느꼈어요!" 그녀는 베개에 대고 격하게 중얼거렸다. "맞아요,

느꼈어요! 거기에 대해서는 어떻게 생각하세요, 에비 할머니?" 응답이 없었고…… 무언가가 그녀의 무의식을

(문제는 이거란다 트리샤)

가만히 건드리는 묘한 느낌만 있었다. 마치 방정식에서

(사탕 하나 줄까 트리샤)

뭐 하나를 깜빡하거나 빼먹은 듯한 느낌이었다.

폴리가 불편한 마음에 옆으로 돌아눕자 아즈카가 한쪽 가슴을 쓸며 떨어졌다. 안에 든 뭔지 모를 것이 자기를 가둔 은색 벽을 희미하게 긁는 소리가 들렸다.

아니야. 폴리는 생각했다. 그냥 뭔가가 움직인 거겠지. 무생물이. 살아 있는 뭔가가 들어 있다는 건…… 네 착각이야.

서걱 서걱 서걱.

은색 공이 하얀색 면으로 된 브라 컵과 침대보 사이에서 미미하게 딸랑거렸다.

서걱 서걱 서걱.

그건 살아 있어, 트리샤. 에비 할머니가 말했다. 그건 살아 있어, 너도 알잖아.

한심한 소리 하지 마. 폴리는 혼잣말을 하고 다른 쪽으로 돌아누웠다. 어떻게 그 안에 생명체가 들어 있을 수 있겠어? 조그만 구멍 사이로 숨을 쉴 수는 있을지야 몰라도, 뭐든 먹어야 할 거 아냐.

어쩌면, 에비 할머니가 부드럽지만 끈질기게 대꾸했다. 너를 먹고 있는 거 아닐까, 트리샤.

"폴리." 그녀는 중얼거렸다. "제 이름은 폴리예요."

이번에는 뭔가가 무의식을 건드리는 느낌이 더 강렬해졌고—왠지 모르게 걱정스러웠다—순간 그 느낌의 정체를 파악할 수 있을 것 같기도 했다. 바로 그때 전화벨이 다시 울리기 시작했다. 그녀는 지치고 심란한 표정으로 숨을 토하며 일어나 앉았다. 자존심과 갈망이 서로 싸웠다.

전화 받아라, 트리샤. 밑져야 본전이잖니. 그가 뭐라는지 들어주면 더 좋고. 지금까지 그의 얘기를 들어준 적은 별로 없었잖아, 안 그래?

통화하고 싶지 않아요. 그이가 그런 짓을 저지른 마당에.

여전히 그를 사랑하잖아.

그렇다. 그건 사실이었다. 다만 문제가 있다면 지금은 그만큼 그를 미워하기도 한다는 것이었다.

에비 할머니의 화난 목소리가 다시금 그녀의 머릿속에서 몰아쳤다. 평생 유령으로 지낼 참이니, 트리샤? 도대체 왜 그러는 거야?

폴리는 짐짓 결심한 척 전화기를 향해 손을 뻗었다. 유연하고 아무 통증 없는 그 손은 수화기 바로 앞에서 멈추었다. 앨런이 아닐 수도 있었다. 곤트일 수도 있었다. 곤트가 아직 정산이 끝나지 않았다고, 빚이 남았다고 얘기하려고 전화한 것일 수도 있었다.

그녀는 다시 한번 전화기를 향해 손을 내밀었다가—이번에는 손끝이 플라스틱 케이스를 스치고 지나갔다—거두었다. 그 손으로 다른 손을 움켜쥐고 신경질적으로 동그랗게 말아서 배에 얹었다. 돌아가신 에비 할머니의 음성과, 그녀가 그날 오후에 저지른 짓과, 곤트가 (아니면 앨런이!) 죽은 그녀의 아들을 두고 마을에 퍼뜨릴지 모르는 소문과, 저 정신없는 사이렌 소리와 질주하는 차량에 담긴 뭔지 모를 의미가 두려웠다.

무엇보다 릴런드 곤트가 두려웠다. 거대한 쇠 종의 추에 묶인 듯한 느낌이었다. 종이 울리기 시작하면 그녀는 귀가 멀고, 미쳐버리고, 곤죽이 될 게 분명했다.

전화기가 잠잠해졌다.

밖에서 또 다른 사이렌 소리가 귀청을 때리다 틴 브리지 쪽으로 멀어지기 시작했고 다시 천둥소리가 들렸다. 이제 전보다 더 가까워졌다.

그걸 벗어. 에비 할머니의 목소리가 속삭였다. 벗어라, 아가. 너는 할 수 있어. 그는 욕망을 좌우할 뿐, 의지를 좌우하지는 못해. 벗어라. 그의 속박을 끊어.

하지만 그녀는 전화기를 바라보며 전화를 받으려고 했다가 손을 부딪혀 바닥으로 떨어뜨렸던 그날 밤을 떠올렸다. 일주일이나 됐을까? 뾰족한 이빨이 달린 굶주린 쥐처럼 그녀를 갉아먹으며 팔을 타고 올라왔던 통증을 떠올렸다. 그 시절로 다시 돌아갈 수는 없었다. 그럴 수는 없었다.

그럴 수 있을까?

오늘 저녁에 캐슬록에서 끔찍한 사태가 벌어질 거야. 에비 할머니가 말했다. 내일 아침 눈을 떴을 때 거기서 네가 차지하는 몫은 얼마나 되는지 따져보고 싶니? 그걸 꼽아보고 싶니, 트리샤?

"할머니는 잘 알지도 못하면서 그러세요." 그녀는 앓는 소리를 냈다. "앨런이 아니라 에이스한테 저지른 일이었어요! 에이스 메릴! 그리고 그 인간은 당해도 싸요!"

에비 할머니가 다시 단호한 투로 얘기했다. 그럼 너도 마찬가지다, 아가. 너도 마찬가지야.

4

화요일 저녁 6시 20분, 소나기구름이 점점 가까워지고 본격적인 어둠이 땅거미를 덮기 시작했을 때 실라 브리검 대신 사건 접수실을 지키고 있던 주 경찰관이 보안관실의 사무 구역으로 나왔다. 그는 "사건 현장"이라고 적힌 테이프로 표시된 다이아몬드 모양의 넓은 공간을 빙 둘러서 헨리 페이턴이 서 있는 곳으로 황급히 건너갔다.

페이턴은 부스스한 모습으로 불만 어린 표정을 하고 있었다. 오분 동안 언론 기자들을 상대한 뒤라, 그러고 나면 늘 그렇듯 몸에 꿀을 잔뜩 바르고 개미가 득시글거리는 하이에나 똥 무더기 위에서 한바탕 구른 것 같은 기분이었다. 논평을 욕심만큼 제대로—어느 누구도 공격하지 못할 만큼 애매모호하게—준비하지 못했건만 텔레비전 방송국의 강요 때문에 어쩔 수가 없었다. 그들은 지역 뉴스가 방송되는 6시부터 6시 반까지 생방송으로 최신 뉴스를 전하고 싶어 했다. 그래야만 한다는 압박감을 느꼈다. 그런 그들에게 뼈다귀 비슷한 거라도 던져주지 않으면 11시 뉴스 시간에 물어뜯길 공산이 컸다. 어차피 그는 이미 물어뜯긴 셈이었다. 그의 직업 인생을 통틀어 빌어먹을 단서 하나 없다고 시인하기 직전의 상황에 몰린 적은 처음이었다. 즉석에서 열린 기자회견을 그냥 끝냈다기보다는 거기서 탈출한 처지에 더 가까웠다.

페이턴은 앨런의 충고를 좀더 귀담아들을 걸 그랬다고 후회하는 중이었다. 현장에 도착했을 때만 해도 기본적으로 뒷수습이 전부이지 않을까 싶었는데, 지금은 의구심이 생겼다. 수사권을 넘겨받은 이후에 또 다른 살인 사건이 발생했기 때문이었다. 이번 피해자는 머틀 키턴이라는 여자로, 남편은 지금도 바깥을 활보하고 있었다. 이 무렵이면 산을 넘어 멀리 도망쳤을 수도 있고, 어쩌면 이 해괴한 마을 주변을 명랑하게 질주하고 있을지도 몰랐다. 망치로 아내를 죽인 남자. 한 마디로 1급 사이코였다.

문제는 그가 이곳 사람들을 모른다는 것이었다. 앨런과 그의 부관들은 알았지만, 일단 앨런과 리지윅이 보이지 않았다. 라포인트는 부러진 코를 다시 세울 수 있길 바라며 병원에 누워 있었다. 그는 두리번거리며 클러터벅을 찾다가 그 역시 어디론가 사라진 걸 확인하고도 별로 놀라지 않았다.

정보를 알고 싶어요, 헨리? 그의 머릿속에서 이렇게 묻는 앨런의 목소리가 들렸다. 좋아요. 줄게요. 그리고 용의자라면, 전화번호부를 참고하지그래요?

"페이턴 경위님? 페이턴 경위님!" 사건 접수실에 있던 경관이었다.

"왜?" 헨리는 으르렁거렸다.

"밴 앨런 박사가 무전으로 연락을 했어요. 경위님이랑 얘기를 하고 싶대요."

"무슨 일로?"

"함구했어요. 그냥 경위님이랑 얘기해야 한다는 말뿐이에요."

헨리 페이턴은 사건 접수실로 들어갔다. 한쪽은 낭떠러지, 다른 쪽은 암벽이고, 기자들의 얼굴이 달린 굶주린 늑대들이 뒤에서 으르렁거리는 가운데 가파른 언덕길을 브레이크 없는 자전거를 타고 내려가는 어린아이가 된 듯한 심정이 시시각각 짙어졌다.

그는 마이크를 집었다.

"페이턴입니다, 오버."

"페이턴 경위님, 밴 앨런입니다. 캐슬록 카운티 검시관요."

그의 목소리는 멀리서 울리는 것처럼 들렸고 심한 잡음 때문에 간간이 끊겼다. 다가오는 폭풍 때문이었다. 일이 좀더 재미있어지게 생겼다.

"네, 누구신지 압니다." 헨리는 말했다. "보퍼트 씨를 옥스퍼드로 이송하셨죠. 환자는 좀 어떻습니까, 오버?"

"그는……."

지지직 지지직 위잉 빠직.

"말씀이 자꾸 끊기네요, 밴 앨런 박사님." 헨리가 짜증을 최대한 억누르며 말했다. "정말 심한 폭풍이 들이닥치려는 모양이에요. 다시 한번 말씀해주세요, 오버."

"죽었어요!" 밴 앨런이 잡음이 끊긴 틈을 타서 외쳤다. "구급차를 타고 오는 동안 죽었지만 사인이 총상은 아니라고 봅니다. 아시겠어요? 이 환자가 총상으로 죽은 게 아니라고요. 뇌에 먼저 이례적인 부종이 생겼다가 파열됐어요. 총에 맞았을 때 유독성 물질, 심각한 유독성 물질이 혈액으로 유입됐을 가능성이 가장 큽니다. 심장이 말 그대로 터진 이유도 바로 이 물질 때문인 듯합니다. 메시지 접수됐습니까?"

이런 망할. 헨리 페이턴은 생각했다. 넥타이를 느슨히 당기고 셔츠의 맨 위 단추를 푼 뒤 전송 버튼을 다시 눌렀다.

"밴 앨런 박사님, 메시지는 접수됐습니다만 그게 무슨 뜻인지 전혀 모르겠습니다. 오버."

"그를 맞힌 총탄에 독극물이 묻어 있었을 가능성이 커요. 처음에는 천천히 번지다가 속도가 빨라졌고요. 침투 부위가 부채꼴 모양으로 선명하게 두 군데 보여요. 뺨에 난 총상과 가슴에 난 총상요. 가장 중요한 게 뭔가 하면……."

지지직 빠직 위잉.

"……수거했을까요, 오버?"

"다시 말씀해주세요, 밴 앨런 박사님." 무전이 아니라 그냥 전화를 걸어주었더라면 얼마나 좋았을까. "다시 말씀해주세요, 오버."

"누가 그 총을 수거했나요?" 밴 앨런이 고함을 질렀다. "오버!"

"총기감식반의 데이비드 프리드먼요. 그걸 들고 오거스터로 갔습니다, 오버."

"먼저 총알을 뺐겠죠, 오버?"

"네. 그게 일반적인 관행이니까요, 오버."

"리볼버였나요, 아니면 자동 권총이었나요, 페이턴 경위님? 현재로서는 그게 아주 중요한 문제인데요, 오버."

"자동 권총입니다, 오버."

"그분이 탄창도 뺐을까요? 오버."

"오거스타에서 뺄 겁니다." 페이턴은 사건 접수원 의자에 털썩 주저앉았다. 갑자기 주저앉고 싶어졌다. "오버."

"안 돼요! 빼면 안 돼요! 절대로 빼면 안 돼요. 알겠어요?"

"알겠습니다. 총기감식반에 메시지 남길게요. 이 빌어먹을 난리굿이 정리될 때까지 빌어먹을 탄창에서 빌어먹을 총알을 제거하면 안 된다고요." 그는 자기 말이 무전으로 전송되리라는 사실에 어린애처럼 즐거워하다가⋯⋯ 지금 건물 앞에서 베어캣 무전기로 한 마디 한 마디를 듣고 있을 기자가 몇이나 될까 하는 생각이 들었다. "저기요, 밴 앨런 박사님. 이런 얘기를 무전으로 하면 안 될 것 같은데요, 오버."

"지금 대외적인 이미지를 신경 쓸 때가 아니에요." 밴 앨런이 매몰차게 대꾸했다. "사람 목숨이 달린 문제라고요, 페이턴 경위님. 그쪽으로 전화를 걸었는데 연결이 되지 않았어요. 프리드먼이라는 친구한테 긁혔거나 살짝 베었거나 하다못해 거스러미라도 있는지 손을 꼼꼼히 들여다보라고 하세요. 손에 티끌만 한 상처라도 있으면 가까운 병원으로 당장 달려가라고 하고요. 망할 총알뿐 아니라 탄창 케이스에도 묻어 있을지 그건 잘 모르겠어요. 아무튼 조금이라도 방심하면 안 되는 성분이에요. 치명적이에요, 오버."

"알겠습니다." 이렇게 대답하는 자신의 목소리가 헨리의 귀에 들렸다. 여기가 아닌 다른 데 있고 싶어졌다. 여기에 있을 수밖에 없다면 앨런 팽본을 곁에 두고 싶었다. 캐슬록으로 건너온 이후로 타르 인형에 들러붙은 토끼로 전락한 듯한 느낌이 점점 더 강렬해지고 있었다. "성분이 뭔데요? 오버?"

"아직은 몰라요. 쿠라레*는 아니에요. 막판에서야 마비 증상이 나타났거든요. 그리고 쿠라레는 비교적 고통이 없는 편인데 보퍼트 씨는 상당히 괴로워했어요. 지금 알 수 있는 건 천천히 번지다가 화물열차처럼 빨라진다는 거예요, 오버."

"그뿐입니까? 오버."

"나 참!" 밴 앨런은 외쳤다. "그 정도면 충분하지 않은가요? 오버."

"네. 그런 것 같네요, 오버."

"그나마……."

지지직 지지직 삐익.

"다시 말씀해주세요, 밴 앨런 박사님. 다시 말씀해주세요, 오버."

놀치는 잡음의 바다 사이로 밴 앨런 박사의 목소리가 들렸다.

"그나마 총을 수거해서 다행이라고요. 추가적인 피해를 걱정할 필요가 없잖아요. 오버."

"그건 그러네요, 오버, 통신 종료."

5

메인 스트리트로 접어든 코라 러스크는 니드풀 싱스를 향해 천천히 걸음을 옮겼다. 옆면에 "WPTD 채널 5 액션 뉴스"라고 선명하게 새겨진 밝은 노란색 포드 이코노라인 밴을 지나쳤지만, 운전석

* 알칼로이드 계열의 신경독. 식물에서 추출하며, 남미 원주민이 무기로 사용한다. 근육 마비를 유발하기 때문에 희석하여 외과용 마취제로 사용하기도 한다.

에서 댄포스 '버스터' 키턴이 눈 한 번 깜빡이지 않고 차창 너머로 자신을 내다보고 있는 건 눈치채지 못했다. 어차피 그가 누군지 알아보지도 못했을 것이다. 버스터는 어떤 의미에서 딴사람이 되었으니까. 게다가 그를 알아보았다 한들, 코라에게는 의미가 없었을 것이다. 그녀에게는 해결해야 할 문제와 슬픔이 있었다. 무엇보다 해결해야 할 분노가 있었다. 하지만 이 모든 감정이 죽은 아들과는 상관없었다.

코라 러스크는 한 손에 깨진 선글라스를 들고 있었다.

경찰이 끊임없이, 그녀가 미쳐버릴 때까지 신문하려고 작정한 듯했다. 나가요! 그녀는 소리를 지르고 싶었다. 브라이언 어쩌고 하는 한심한 질문은 그만해요! 애가 문제를 일으켰으면 잡아가세요, 애 아버지가 해결할 테니까. 그이는 문제 생기면 고치는 거 말고는 할 줄 아는 게 없는 인간이거든요. 아무튼 나는 더이상 괴롭히지 마요! 황제하고 데이트 약속이 있는데, 계속 기다리게 할 수는 없잖아요!

시야 한가운데 팔짱을 끼고 부엌과 뒤쪽 현관을 연결하는 사잇문 앞에 기대고 서 있는 팽본 보안관이 들어왔을 때, 그녀는 하마터면 이 말을 불쑥 내뱉을 뻔했다. 그는 남들과 달리 이 마을 출신이라 니드풀 싱스에 대해 알 테고, 거기서 자기만의 특별한 물건을 샀을 테니 그녀를 이해할 것 같았다.

그런데 바로 그때 곤트가 여느 때처럼 침착하고 이성적인 목소리로 말을 꺼냈다. 안 돼요, 코라. 아무 얘기도 하지 마요. 그는 이해하지 못할 거예요. 당신과 달라서 현명한 소비자가 못 되거든요. 병원에 가서 다른 아이의 상태를 살피고 싶다고 해요. 그러면 저들한테서 해방될 수 있을 거예요. 당분간에 불과할지 몰라도 그러면 괜찮아질 거예요.

그래서 그들에게 그렇게 얘기하자 요술처럼 효과가 있었다. 심지어 눈물도 한두 방울 짜냈는데, 브라이언이 아니라 그녀 없이 혼자서 그레이스랜드를 헤매고 다니려니 엘비스가 얼마나 슬플까 하는 생각 덕분이었다. 가엾은 나의 황제!

그들은 갔지만 두어 명은 차고에 남았다. 거기서 뭘 하는지, 뭐하러 거기 남았는지 코라로서는 알 길이 없었지만 상관없었다. 방 안으로 들어가 가운을 벗고 침대에 누워서 선글라스를 썼다.

즉시 그녀는 그레이스랜드로 이동했다. 안도감과 설렘과 엄청난 흥분이 그녀를 가득 채웠다.

그녀는 시원한 알몸으로 정글 태피스트리가 걸려 있고 고속도로만큼 넓은 2층 홀을 향해 구불구불한 계단을 올라갔다. 맨발로 푹신한 카펫을 사뿐사뿐 밟아가며 닫혀 있는 저쪽 끝의 쌍여닫이문으로 걸어갔다. 손을 내밀어 문손잡이를 감쌌다. 문을 밀어서 열자 황제의 침실이 공개됐다. 모든 게 까만색 아니면 하얀색인데—까만 벽, 하얀색 섀그 러그, 창문을 덮은 까만색 커튼, 까만 바탕에 하얀색 테두리가 있는 침대보—천장만 수많은 조명이 별처럼 반짝이는 암청색이었다.

하지만 그녀는 침대를 본 순간 경악했다.

황제가 침대에 누워 있었지만 혼자가 아니었다.

그가 무슨 조랑말이라도 되는 양, 마이라 에번스가 황제의 위에 걸터앉아 있었다. 문이 열리자 마이라가 고개를 돌리고 그녀를 쳐다보았다. 황제는 나른하고 아름다운 파란 눈을 깜빡이며 마이라를 올려다보고만 있었다.

"마이라!" 코라는 외쳤다. "여기서 뭐하는 거야?"

"글쎄?" 마이라는 거만하게 되물었다. "청소기를 돌리는 게 아닌 건 분명해."

코라는 할 말을 잃고 숨을 토했다.

"이…… 이…… 환장하겠네!"

그녀는 소리를 질렀다. 숨통이 트이자 언성이 높아졌다.

"그럼 가서 환장해." 마이라는 엉덩이를 더 빠르게 움직이며 말했다. "그러는 김에 그 흉측한 선글라스도 벗도록 해. 한심해 보이니까. 나가. 캐슬록으로 돌아가. 우리 지금 바쁘거든…… 그렇죠, E?"

"그럼, 우리 자기. 카펫에 뒤엉킨 두 마리 벼룩만큼 바쁘지."

황제가 말했다.

경악이 분노로 바뀌자 마비됐던 코라의 몸이 한순간에 풀렸다. 그녀는 친구랍시고 만났던 인간에게 달려들어 능글능글한 눈알을 뽑아버리려고 했다. 하지만 손톱을 세우고서 한 손을 들었을 때 마이라가 팔을 뻗어—그 와중에도 한 박자도 놓치지 않고 엉덩이를 움직였다—코라가 쓰고 있던 선글라스를 벗겼다.

코라는 놀라서 눈을 질끈 감았고…… 다시 눈을 떠보니 침대 위였다. 선글라스는 양쪽 알이 다 깨진 채로 바닥에 떨어져 있었다.

"안 돼." 코라는 앓는 소리를 내며 휘청휘청 침대에서 기어나왔다. 비명을 지르고 싶었지만 머릿속에서 누군가가 그랬다가는 차고를 조사하던 경찰관이 그 소리를 듣고 달려올지 모른다고 경고했다. "안 돼, 제발 안 돼, 제발, 제바아아아알……."

그녀는 깨진 조각들을 맞춰서 미끈한 금테 안에 끼워 넣으려 애를 썼지만 되질 않았다. 못쓰게 돼버렸다. 그 못된 년 때문에 못쓰게 돼버렸다. 친구인 줄 알았던 마이라 에번스 때문에. 그레이스랜드로 가는 길을 알아낸 친구, 코라가 못쓰게 되어버린 귀한 보물을 살려내려고 애를 쓰는 와중에도 황제와 떡을 치고 있는 친구 때문에.

코라는 고개를 들었다. 두 눈이 시커멓게 번뜩거렸다. "이년으로 포를 뜨겠어." 그녀는 쉰 목소리로 속삭였다. "두고 봐."

6

그녀는 니드풀 싱스 쇼윈도에 걸린 팻말을 보고 잠깐 멈칫하며 고민하다가 뒷골목으로 돌아갔다. 핸드백에 뭘 넣으며 거기서 걸어 나오던 프랜신 펠리티어가 옆을 스쳐지나갔다. 코라는 그녀를 쳐다보지도 않았다.

골목길을 반쯤 갔을 때 가게 뒷문을 열어놓고 바리케이드처럼 그 앞을 가로막은 나무 테이블 뒤편에 서 있는 곤트가 보였다.

"아, 코라!" 그가 외쳤다. "언제쯤 당신이 들러줄까 궁금해하던 참이에요."

"그년한테 당했어요!" 코라는 내뱉었다. "사람 뒤통수나 때리는 걸레 같은 그년한테!"

"미안하지만, 코라." 곤트가 점잖고 깍듯하게 말했다. "단추를 한두 개 빼먹고 안 채운 것 같은데요." 그는 섬뜩하게 긴 손가락으로 그녀의 원피스 앞섶을 가리켰다.

옷장에서 아무 옷이나 집히는 대로 알몸 위에 걸치고 맨 위 단추만 가까스로 채운 터였다. 단추 아래로 원피스 앞섶이 벌어져 곱슬곱슬한 음모가 드러났다. 〈샌타바버라〉와 그 밖의 프로그램을 보며 링딩과 요들과 초콜릿 입힌 체리를 수도 없이 먹어치우느라 동그랗게 나온 배도 그 사이로 반질반질하게 고개를 내밀었다.

"그러거나 말거나 무슨 상관이에요?" 코라는 쏘아붙였다.

"나야 상관없죠." 곤트는 차분하게 맞장구쳤다. "어떻게 도와줄까요?"

"그년이 황제하고 떡을 치고 있어요. 내 선글라스를 망가뜨렸고요. 죽여버리고 싶어요."

"그러시군요." 곤트는 눈썹을 추어올리며 말했다. "모르는 척하질 못하겠네요, 코라. 나도 그 심정에 공감하거든요. 남의 남자를 빼앗는 건 죽을죄가 아닐 수도 있겠죠. 거기에 대해서는 왈가왈부하지 않겠어요. 평생 장사꾼으로 살아왔고 감정적인 문제에 대해서는 아는 게 거의 없어서. 하지만 가장 소중히 아끼는 보물을 일부러 망가뜨리는 건…… 그건 훨씬 심각한 문제죠. 그렇지 않나요?"

그녀의 얼굴 위로 미소가 번졌다. 딱딱한 미소였다. 잔인한 미소였다. 이성이라고는 눈곱만큼도 없는 미소였다.

"그럼요, 쌍."

곤트는 잠깐 몸을 돌렸다. 다시 코라를 마주 보았을 때 그의 손에는 자동 권총이 들려 있었다.

"이런 걸 찾으러 오신 거죠?" 그가 물었다.

20장

1

머틀을 처치한 이후에, 버스터는 심각한 해리성 둔주*를 일으켰다. 모든 목적의식이 사라졌다. 좀 전까지만 해도 그들을 떠올리면—온 마을이 그들로 득시글거렸다—선명한 의분을 느꼈건만 지금은 피곤하고 우울할 따름이었다. 머리가 지끈거렸다. 망치를 하도 휘둘렀더니 팔과 허리가 욱신거렸다.

내려다보니 아직까지 망치를 쥐고 있었다. 손을 벌리자 망치가 부엌 리놀륨 바닥으로 떨어져 핏자국을 남겼다. 그는 거의 일 분 동안 그 자리에 서서 바보처럼 빤히 핏자국을 쳐다보았다. 꼭 피로 그

* 충격적인 사건이나 심각한 스트레스로 과거의 기억을 상실하고 집이나 직장 밖을 정처 없이 방황하는 장애.

린 그의 아버지 얼굴 같았다.

그는 어깨와 윗팔을 주무르며 터벅터벅 거실을 지나 서재로 들어갔다. 수갑 체인이 미친 듯이 쩔그렁거렸다. 벽장 문을 열어서 무릎을 꿇고 앞쪽에 걸린 옷가지 아래로 기어 들어가 앞면에 달리는 말이 그려진 상자를 끄집어냈다. 주춤주춤 다시 빠져나와서는(수갑이 머틀의 구두에 걸리자 뚱하니 욕을 하며 구두를 벽장 안쪽으로 던졌다) 상자를 책상으로 들고 가 내려놓고 그 앞에 앉았다. 흥분이 아니라 서글픔만 느껴졌다. 위닝 티켓은 놀라운 게임이었지만 그에게 어떤 도움이 될 수 있을까? 이제는 돈을 메우거나 말거나 상관없었다. 그는 아내를 죽였다. 죽어도 싼 여자였지만 그들 눈에는 그렇게 보이지 않을 것이다. 그들은 가장 깊숙하고 어두컴컴한 쇼생크 교도소 감방에 희희낙락 그를 집어넣고 열쇠를 멀리 던져버릴 것이다.

그는 상자 뚜껑 군데군데 큼지막한 핏자국이 생긴 걸 깨닫고 자기 몸을 내려다보았다. 온몸이 피로 뒤덮인 것을 처음으로 알아차렸다. 투실투실한 팔뚝은 꼭 시카고의 돼지 백정 같았다. 우울증이 시커멓고 부드러운 파도처럼 다시금 그를 덮쳤다. 그들이 그를 이겼다……. 그건 인정할 수밖에 없었다. 그래도 그는 탈출할 작정이었다. 그들에게서 탈출할 작정이었다.

그는 뼛속까지 피곤한 몸을 이끌고 자리에서 일어나 터벅터벅 천천히 2층으로 올라갔다. 걸어가면서 신발은 거실에 벗어던지고, 바지는 계단 어귀에 떨구고, 중간에 앉아서 양말을 벗었다. 양말까지 피투성이였다. 셔츠가 제일 힘들었다. 수갑을 찬 채로 셔츠를 벗으려니 죽을 맛이었다.

버스터가 부인을 죽이고 터덜터덜 들어가 샤워를 마치기까지 이십 분 가까이 걸렸다. 당장이라도 수감될 수 있는 시간이었지만…… 로어메인 스트리트에서는 수사권이 이전되고 있었고, 보안관실은 아수라장이었고, 댄포스 '버스터' 키턴의 행방은 별로 중요하지 않은 문제처럼 느껴졌다.

버스터는 수건으로 물기를 닦고 깨끗한 바지와 티셔츠로 갈아입은 다음—또다시 긴팔 셔츠와 씨름할 기운이 없었다—다시 서재로 내려갔다. 의자에 앉아서 위닝 티켓을 보며 우울증이 일시적인 현상으로 밝혀지길, 예전의 희열을 조금이나마 느낄 수 있길 바랐다. 하지만 상자의 사진은 칙칙하게 빛이 바란 듯했다. 쌍두마차 옆면에 문대진 머틀의 핏자국이 가장 선명한 색상이었다.

그는 뚜껑을 열고 안을 들여다보았다. 양철로 조그맣게 만들어진 말들이 이쪽저쪽으로 초라하게 쓰러져 있었다. 말들도 색이 칙칙했다. 열쇠를 꽂아 태엽을 감는 구멍 밖으로 끊긴 스프링이 튀어나와 있는 것이 보였다.

누가 여길 왔다 갔어! 그는 속으로 울부짖었다. 누가 이걸 건드렸어! 그들 중 한 놈이야! 나를 망가뜨리는 걸로는 부족했던 거지! 내 게임까지 망가뜨려야 직성이 풀렸겠지!

하지만 저 깊은 곳에서 점점 희미해져가는, 이성의 소리일지 모를 속삭임이 들렸다. 원래부터 이랬어. 목소리가 속삭였다. 네가 보지 못했을 뿐이지.

그는 총을 꺼내려고 다시 벽장 앞으로 갔다. 이제 그걸 쓸 때였다. 더듬거리며 총을 찾고 있을 때 전화벨이 울렸다. 버스터는 아주 천천히 수화기를 들었다. 전화를 건 사람이 누군지 그는 알고 있었다.

과연 예상은 맞아떨어졌다.

2

"안녕하세요, 댄." 곤트가 말했다. "이 근사한 저녁 시간에 기분은 어떠신가요?"

"처참합니다." 버스터는 침울한 목소리로 느릿느릿 대답했다. "온 세상이 너저분하게 바뀌었어요. 자살할 생각입니다."

"그래요?" 곤트는 살짝 실망한 목소리로 되물을 뿐, 그걸로 끝이었다.

"모든 게 엉망진창이에요. 당신이 판 그 게임마저."

"그럴 리가요." 곤트가 살짝 퉁명스럽게 말했다. "나는 모든 상품을 꼼꼼하게 관리합니다, 키턴 씨. 아주 꼼꼼하게 관리하죠. 그 게임을 다시 한번 확인해보세요."

버스터는 다시 한번 확인하고 깜짝 놀랐다. 말들이 자기 칸에 꼿꼿하게 서 있었다. 새로 칠을 한 듯 저마다 몸통이 반짝거렸다. 심지어 눈에서 불똥마저 튀는 듯했다. 양철로 된 경마장은 온통 파릇파릇한 초록색과 먼지를 뒤집어쓴 여름 갈색이었다. 트랙도 탄탄해 보이네. 그는 멍하니 생각하며 상자 뚜껑으로 시선을 옮겼다.

심각한 우울증으로 침침해진 눈이 농간을 부렸든지 전화벨이 울리고 몇 초 동안 색이 기적적으로 짙어졌든지 둘 중 하나였다. 이제 머틀의 핏자국은 거의 보이지 않았다. 칙칙한 적갈색으로 말라가고 있었다.

"이럴 수가!" 그는 속삭였다.

"어때요?" 곤트가 물었다. "어때요, 댄? 내 말이 틀렸나요? 틀렸다면 자살을 잠깐 미루고 게임 들고 와요. 전액 환불해줄 테니. 내가 판 물건은 끝까지 책임지거든요. 그래야죠. 그래야 신용을 유지할 수 있으니까요. 수십억의 그들을 나 혼자 상대해야 하는 세상에서 버티려면 절대 허투루 넘길 수 없는 문제예요."

"아뇨…… 아니에요!" 버스터는 말했다. "훌륭합니다…… 훌륭해요!"

"그럼 당신이 착각한 거로군요?" 곤트가 집요하게 물었다.

"아…… 아마 그런 모양이에요."

"당신이 착각했다고 인정하는 건가요?"

"아…… 네."

"좋습니다." 곤트가 말했다. 말투가 부드러워졌다. "그럼 이제 어서 자살하세요. 하지만 솔직히 말해서 실망스럽네요. 드디어 저들에게 본때를 보여줄 수 있을 만큼 배짱 있는 사람을 만났나 했는데. 당신도 남들처럼 말만 번드르르한 사람이었군요." 곤트는 한숨을 쉬었다. 터널 끝에 다다르도록 빛 한줄기 보지 못했음을 깨달은 사람의 한숨이었다.

버스터 키턴에게 묘한 일이 벌어졌다. 활기와 의욕이 다시금 불끈 솟았다. 내면까지 다시 환하고 밝아진 것 같았다.

"아직 늦지 않았다는 말씀인가요?"

"영시 입문 수업을 제대로 안 들으신 모양이네요. 새로운 세상을 건설하기에 너무 늦은 때는 없다는 명언이 있잖습니까. 근성만 있으면 된다고요. 내가 모든 걸 준비해놓았습니다, 키턴 씨. 당신을 철석같이 믿었거든요."

"아까처럼 그냥 댄이라고 불러주시는 게 훨씬 좋은데요."

버스터는 수줍어하는 듯한 목소리로 얘기했다.

"그러죠. 댄, 정말로 비겁하게 인생에서 퇴장할 작정인가요?"

"아뇨!" 버스터는 외쳤다. "나는 그냥…… 무슨 소용일까 하는 생각이 들었어요. 그들이 너무 많아서요."

"제대로 된 세 명이면 많은 피해를 입힐 수 있죠, 댄."

"세 명요? 지금 세 명이라고 하셨습니까?"

"네…… 우리 편이 한 명 더 있어요. 위험을 감지하고 그들의 꿍꿍이를 간파한 사람이."

"누굽니까?" 버스터는 열띤 목소리로 물었다. "누구예요?"

"나중에 알려드릴게요. 지금은 그럴 시간이 없어요. 그들이 당신을 잡으러 가고 있거든요."

버스터는 바람에 실려 온 냄새를 맡은 흰담비처럼 눈을 가늘게 뜨고 서재 창밖을 내다보았다. 길거리에는 아무도 보이지 않았지만 그건 지금뿐이었다. 그를 향해 떼로 몰려오는 그들을 느낄 수 있었다.

"내가 어떻게 하면 될까요?"

"그럼 나하고 한 팀이 되는 겁니까? 당신을 다시 믿어도 될까요?"

"네!"

"끝까지요?"

"서쪽에서 해가 뜨거나 당신의 생각이 바뀔 때까지요!"

"좋습니다. 잘 들어요, 댄."

곤트가 얘기를 하고 버스터는 귀기울여 들었다.

곤트가 자유자재로 유발하는 최면 상태에 버스터가 점점 빠져드는 동안 다가오는 폭풍이 요란한 천둥소리와 함께 바깥세상을 흔들기 시작했다.

3

오 분 뒤에 버스터는 집을 나섰다. 티셔츠 위로 얇은 재킷을 걸치고 수갑이 채워진 쪽 손은 주머니 깊숙이 넣었다. 블록을 반쯤 내려가니 곤트가 얘기한 길가에 밴이 주차돼 있는 것이 보였다. 밝은 노란색이라 지나가던 사람들은 운전자 대신 색상에 주목할 공산이 컸다. 창문은 없는 셈이나 다름없었고, 양쪽 옆구리에는 포틀랜드의 어느 텔레비전 방송국 로고가 찍혀 있었다.

버스터는 좌우를 얼른 주의 깊게 살핀 뒤 차에 올라탔다. 곤트 말로는 열쇠가 운전석 밑에 있을 거라고 했다. 과연 거기에 열쇠가 있었다. 조수석에는 종이로 된 쇼핑백이 있었다. 그 안에 금발 가발과 여피족처럼 보이는 금속 테 안경과 조그만 유리병이 들어 있었다.

그는 미심쩍어하며 가발을 썼지만—길고 텁수룩한 게 꼭 죽은 로커의 머리 가죽을 벗긴 것처럼 생겼다—백미러에 비친 자신의 모습을 확인해보니 놀라우리만치 잘 어울렸다. 더 젊어 보였다. 훨씬 젊어 보였다. 여피족 안경알은 도수가 없었고 (적어도 버스터가 생각하기에는) 가발보다 외모에 미치는 영향이 더 컸다. 영화 〈모스키토 코스트〉에 나오는 해리슨 포드처럼 똑똑해 보였다. 그는 거울에 비친 자신의 모습을 넋을 잃고 들여다보았다. 쉰두 살이 아니라 텔레비전 방송국 직원에 어울리는 삼십 대로 돌변한 모습이었다. 뉴스 기자처럼 으리으리한 역할은 아니라도 카메라맨 아니면 PD 정도는 될 수 있음 직했다.

그는 유리병 뚜껑을 열었다가 얼굴을 찡그렸다. 안에서 녹은 트랙터 배터리 비슷한 냄새가 났다. 주둥이에서 연기가 구불구불 피어올랐다. 조심스럽게 다뤄야겠군. 버스터는 생각했다. 아주 조심스럽게 다뤄야겠어.

그는 빈 수갑을 오른쪽 허벅지 아래 끼우고 체인을 팽팽하게 당겼다. 그런 다음 피부에 한 방울이라도 닿지 않도록 조심해가며 손목에 채워진 수갑 바로 아래편의 체인 위로 병에 담긴 시커멓고 끈적끈적한 액체를 살짝 부었다. 쇠에서 당장 연기가 피어오르며 거품이 일기 시작했다. 몇 방울이 바닥에 깔린 고무 매트에 떨어지자 거기에서도 거품이 일었다. 연기와 매캐한 탄내가 피어올랐다. 잠시 후 버스터는 허벅지 아래에서 빈 수갑을 꺼내 손가락을 걸고 힘껏 당겼다. 사슬이 종이처럼 쪼개지자 바닥에 내동댕이쳤다. 수갑 고리가 남았지만 그건 참을 수 있었다. 체인과 덜렁거리는 빈 수갑이 진짜 골칫거리였다. 그는 구멍에 열쇠를 꽂아서 시동을 걸고 출발했다.

그로부터 삼 분도 지나지 않아 시턴 토머스가 모는 캐슬 카운티 보안관 차량이 키턴의 집 앞 진입로로 들어섰고, 시턴 영감은 차고

와 부엌 사이에 대자로 뻗은 머틀 키턴을 발견했다. 잠시 후에 주 경찰청 소속 순찰차 네 대가 합류했다. 그들은 버스터나 그의 행방을 확인할 만한 단서를 찾아 집 안을 샅샅이 뒤졌다. 서재 책상 위에 놓인 게임은 어느 누구도 두 번 쳐다보지 않았다. 낡고 지저분하며 누가 봐도 고장난 게임이었다. 가난한 친척집의 다락방에서 나온 물건 같았다.

4

시청 건물의 관리인 에디 워버턴이 소니 재킷에게 원한을 품은 지는 이 년이 넘었다. 지난 이삼 일 동안 그 원한은 시뻘건 분노로 발전했다.

타고 다니던 깔끔하고 앙증맞은 혼다 시빅의 트랜스미션이 1989년 여름에 고장났을 때, 에디는 가장 가까운 혼다 대리점에 차를 맡기고 싶지 않았다. 견인 비용이 너무 많이 들었기 때문이다. 구동계 보증기간이 끝나고 삼 주 뒤에 트랜스미션이 나갔으니 타이밍이 나빴다. 그래서 먼저 소니 재킷을 찾아가 외제차를 수리한 적이 있느냐고 물었다.

소니는 있다고 했다. 두메산골의 양키들이 에디를 대할 때 그렇듯 잘난 척 생색을 내면서. 어이, 우리는 편견 같은 건 없어. 이런 뉘앙스를 풍기는 말투였다. 여기는 북부잖아. 우리는 남부 인간들의 헛소리에 동의하지 않아. 물론 자네는 검둥이지, 누가 모르겠나. 하지만 그건 우리한테 아무 의미도 없어. 피부색이 까맣건 노랗건 하얗건 파랗건 우리는 옴팡 바가지를 씌우거든. 여기로 끌고 와봐.

소니는 혼다의 트랜스미션을 고쳤지만 애초에 얘기했던 것보다 백 달러 많은 금액을 청구했고, 그 문제를 놓고 그들은 어느 날 밤 멜로 타이거에서 하마터면 주먹다짐을 할 뻔했다. 그런 다음에는 소니의 변호사(에디 워버턴의 경험에 따르면 양키가 됐건 남부 무지렁이가 됐건 백인들에게는 전부 변호사가 있었다)가 에디에게 전화해 소니가 그를 상대로 소액 소송을 걸 거라고 했다. 그 사소한 사건으로 에디의 주머니에서 오십 달러가 나가고 다섯 달이 지난 뒤 혼다의 전기 시스템에 불이 났다. 시청 건물 주차장에서 벌어진 일이었다. 누가 에디에게 큰 소리로 알려주었지만 그가 소화기를 들고 달려나갔을 때는 이미 차량 내부에서 노란색 불길이 넘실거리고 있었다. 차는 전소됐다.

이후로 그는 소니 재킷이 불을 지른 게 아닐까 하는 의심을 품었다. 손해 사정인은 합선 때문에 벌어진…… 백만 건 중 한 건 있을까 말까 한 진짜 사고라고 했다. 하지만 그런 인간이 뭘 알겠는가. 아무것도 모를 테고 게다가 그의 주머니에서 돈이 나오는 것도 아니잖은가. 보험회사에서는 에디가 쏟아부은 돈을 벌충하기엔 턱도 없는 액수를 지급했다.

그리고 이제 그는 알았다. 확실하게 알았다.

아침 일찍 그에게 조그만 소포가 배달됐다. 안에 눈이 번쩍 뜨일 만한 물건들이 들어 있었다. 시커메진 악어 클립 몇 개, 오래돼서 귀퉁이가 너덜너덜해진 사진 그리고 쪽지였다.

전기 화재를 일으킬 때 쓰이는 클립이었다. 알맞게 짝을 맞춰서 알맞은 곳에 두고 피복을 벗긴 다음 전선을 서로 연결하기만 하면, 짜잔!

사진에는 소니와, 항상 주유소 사무실의 주방 의자에 앉아 시간을 죽이는 그의 휜둥이 친구들이 찍혀 있었다. 하지만 배경이 소니의 서노코가 아니었다. 5번 국도변에 있는 로비쇼의 폐차장이었다. 그 흰둥이들이 전소된 에디의 시빅 앞에 서서 맥주를 마시고 웃으며…… 수박을 먹고 있었다.

쪽지는 짧고 간결했다. 검둥이, 날 건드린 게 엄청난 실수였다.

처음에 에디는 소니가 왜 그런 쪽지를 보냈을까 생각했다(그가 곤트의 요청에 따라 폴리 차머스의 집 우편함에 슬그머니 넣고 온 편지와 연결시켜서 생각하지는 않았다). 그러다 소니가 다른 흰둥이보다 멍청하고 못됐기 때문이라는 결론을 내렸다. 그렇다 하더라도 그 일 때문에 앙금이 남아 있었다면 왜 이렇게 한참이 지난 다음에야 들추어냈을까? 하지만 예전 일을 곱씹으면 곱씹을수록

(검둥이)

이런저런 궁금증은 점점 의미를 잃었다. 쪽지와 시커메진 악어 클립과 오래된 사진이 머릿속에 박혀서 배고픈 모기떼처럼 윙윙거렸다.

그래서 좀 전에 곤트에게서 권총을 샀다.

에디가 시빅 대신 장만한 중고 올즈모빌을 몰고 가서 서노코 주유소 사무실 앞에 댔을 때는 안에서 새어 나온 형광등 불빛이 사다리꼴로 쇄석로를 하얗게 비추고 있었다. 그는 한 손을 재킷 주머니에 넣어 총을 쥐고 차에서 내렸다.

문 앞에서 잠깐 걸음을 멈추고 안을 들여다보았다. 소니가 플라스틱 의자를 뒤로 기울인 채 금전등록기 옆에 앉아 있었다. 펼쳐놓은 신문 위로 소니의 모자 꼭대기만 보였다. 신문을 읽고 있군. 두말하면 잔소리였다. 백인들에게는 항상 변호사가 있고, 에디 같은 흑인을 골탕 먹이며 하루를 보낸 뒤에는 항상 사무실에서 의자를 뒤로 기울인 채 신문을 읽는다.

염병할 백인 새끼들. 염병할 변호사. 염병할 신문.

에디는 자동 권총을 꺼내 들고 안으로 들어갔다. 잠들어 있던 그 내부의 무언가가 화들짝 깨어나 이러면 안 된다고, 실수하는 거라고 경고의 비명을 질렀다. 하지만 그 목소리는 중요하지 않았다. 전혀 중요하지 않았다. 에디는 육신을 이탈한 느낌이었다. 그의 어깨 위에 둥둥 떠서 모든 상황을 지켜보는 유령이 된 것 같았다. 못된 악마가 그의 몸속에 들어앉았다.

"너한테 줄 게 있다, 사기꾼 개새끼야."

그의 입에서 나오는 소리가 들렸고 손가락이 방아쇠를 두 번 당기는 게 보였다. "매커넌 지지율 폭등"이라고 적힌 헤드라인에 까만색의 조그만 구멍이 두 개 뚫렸다. 소니 재킷은 비명을 지르며 몸을 움찔했다. 뒤로 기울어진 의자의 뒷다리가 미끄러졌고 소니는 작업복을 피로 적시며 바닥으로 굴러떨어졌지만…… 작업복에 금색 실로 수놓아진 이름은 "리키"였다. 소니가 아니라 리키 비저넷이었다.

"에이 씨! 내가 엉뚱한 흰둥이를 쐈잖아!"

"안녕, 에디." 뒤에서 소니 재킷의 목소리가 들렸다. "내가 마침

변소에 가길 잘했지 뭐야."

에디는 몸을 돌리려고 했다. 하지만 절반도 돌리지 못했을 때 소니가 그날 오후 늦게 곤트에게서 산 자동 권총에서 발사된 총알 세 발이 그의 허리를 뚫고 척추를 가루로 만들었다.

그는 눈을 휘둥그레 뜨고, 자기를 향해 허리를 숙이는 소니를 속절없이 바라보았다. 소니가 내민 총구가 터널 입구만큼 큼지막했고 영원처럼 어두컴컴했다. 그 위로 보이는 소니의 얼굴은 창백하고 뻣뻣했다.

"내가 새로 장만한 소켓 렌치를 훔치려고 한 건 사실 잘못이 아니야." 소니는 에디 워버튼의 이마 정중앙에 권총을 대고 누르며 말했다. "훔치겠다고 쪽지를 써서 알린 거…… 그게 잘못이지."

새하얗고 거대한 빛이, 깨달음의 빛이 문득 에디의 머릿속을 밝혔다. 이제 차머스라는 여자의 집 우편함에 넣었던 편지가 기억이 났고, 그가 받은 쪽지와 소니가 받았다는 쪽지에 그 장난을 더할 수 있었다.

"잠깐! 내 말 좀 들어봐, 재킷. 우리 둘 다 속았어. 우리 둘 다……."

"잘 가라, 검둥이."

소니는 말하고 방아쇠를 당겼다.

소니는 에디 워버턴의 잔재를 일 분 가까이 뚫어져라 쳐다보며 에디가 하려던 말을 들어봤어야 하는지 고민했다. 그러다 아니라는 결론을 내렸다. 그런 쪽지를 보내는 얼간이가 귀담아들을 만한 얘기를 할 리 없었다.

그는 몸을 일으켜 사무실로 들어가서 리키 비저넷의 다리를 넘어갔다. 금고를 열고 곤트에게 산 조정식 소켓 렌치 세트를 꺼냈다. 쳐다보며 하나씩 집어서 애정 어린 손길로 어루만지고 맞춤 제작한 케이스에 다시 넣고 있을 때, 주 경찰이 그를 체포하러 들이닥쳤다.

5

버치와 메인이 만나는 모퉁이에 차를 대요. 곤트는 전화로 버스터에게 이렇게 얘기했다. 그리고 거기서 기다려요. 내가 사람을 보낼게요.

버스터는 지시를 정확히 이행했다. 한 블록 위쪽의 명당에 자리를 잡자 뒷골목 입구의 분주한 왕래가 훤히 보였다. 그의 친구는 물론 이웃 주민 대부분이 오늘 저녁 곤트와 거래할 일이 있는 모양이었다. 십 분 전에도 러스크라는 여자가 악몽 속에서 튀어나온 사람처럼 원피스 앞섶을 풀어 헤친 채 그쪽으로 걸어갔다.

이어 여자가 원피스 주머니에 뭘 집어넣으며(원피스 단추가 여전히 풀어 헤쳐진 상태라 안이 훤히 드러났지만 제정신 박힌 인간이라면 보고 싶어 할 만한 광경이 아니었다) 다시 나온 지 오 분도 되지 않았을 때 메인 스트리트 저편에서 총성이 몇 번 들렸다. 장담할 수는 없었지만 서노코 주유소에서 난 소리 같았다.

주 경찰청 소속 순찰차가 파란 등을 번쩍이며 시청 건물에서 빠져나와 메인 스트리트를 달리자 기자들이 비둘기처럼 뿔뿔이 흩어졌다. 버스터는 변장을 하긴 했지만 잠깐 밴의 뒷칸으로 몸을 피하는 게 좋겠다는 생각이 들었다.

주 경찰청 순찰차가 굉음과 함께 지나가는 순간 밴의 뒷문에 기대어 세워진 뭔가가 파란 불빛에 비쳐 보였다. 초록색 캔버스로 된 더플백이었다. 호기심이 동한 버스터는 매듭을 풀고 가방 입구를 벌려서 안을 들여다보았다.

맨 위에 상자가 놓여 있었다. 상자를 꺼내보니 가방 가득 타이머가 들어 있었다. 핫포인트 시계 타이머였다. 족히 두 다스는 되어 보였다. 하얗고 반질반질한 표면이 동공 없는 눈처럼 그를 빤히 올려다보았다. 꺼낸 상자를 열어보니 악어 클립이 가득했다. 전기기술자들이 전선을 급하게 연결할 때 쓰는 클립이었다.

버스터는 미간을 찌푸렸지만…… 이윽고 공문 하나가 머릿속에 퍼뜩 떠올랐다. 제공받을 물자 또는 용역을 적는 칸에 "다이너마이트 열여섯 상자"라고 깔끔하게 타이핑된 공문이었다.

버스터는 밴의 뒷칸에 앉아서 씩 웃었다. 잠시 후에는 폭소를 터뜨렸다. 밖에서 우르릉 쾅 하는 천둥소리가 들렸다. 축 늘어진 구름 사이로 날름 고개를 내민 혓바닥 모양의 번개가 캐슬스트림 천을 찔렀다.

버스터는 계속 껄껄대며 웃었다. 밴이 흔들릴 때까지 웃었다.

"그들! 아, 그들을 해치울 방법이 생겼어! 드디어!"

6

팽본 보안관을 대신해 사태를 진화하러 캐슬록으로 출동한 헨리 페이턴은 서노코 주유소 사무실 입구에 서서 입을 떡 벌렸다. 두 명이 더 쓰러졌다. 한 명은 백인이고 다른 한 명은 흑인이지만 둘 다 죽었다.

작업복에 적힌 이름에 따르면 주유소 사장인 세 번째 인물은 지저분한 철제 상자를 갓난아이라도 되는 듯이 품에 안고 바닥에 앉아 있었다. 그의 옆에 자동 권총이 있었다. 권총을 본 순간 헨리는 심장이 철렁 내려앉는 것을 느꼈다. 휴 프리스트가 헨리 보퍼트를 쏜 총과 똑같았다.

"저길 보세요." 헨리의 뒤에서 경관 하나가 겁에 질린 목소리로 나지막이 말했다. "하나 더 있어요."

헨리가 그쪽으로 고개를 돌리자 목에서 으드득 소리가 났다. 밖으로 뻗은 흑인의 손 근처에 세 번째 자동 권총이 떨어져 있었다.

"건드리지 마." 그는 다른 경관들에게 말했다. "근처에 가지도 마." 그는 피 웅덩이를 건너서 소니 재킷의 작업복 옷깃을 잡고 일으켜 세웠다. 소니는 반항하지 않았지만 철제 상자를 더욱 으스러져라 끌어안았다.

"어떻게 된 일입니까?" 헨리는 그의 얼굴에 대고 외쳤다. "도대체 어떻게 된 일이에요?"

소니는 상자를 끌어안은 채 팔꿈치로 에디 워버턴을 가리켰다.

"저 자식이 쳐들어왔어요. 총을 들고. 제정신이 아니었어요. 제정신이 아니었다는 걸 알겠죠? 저 자식이 리키를 어떻게 했는지 봐요. 리키가 나인 줄 알았던 거예요. 내 소켓 렌치 세트를 훔쳐 가고 싶어서. 보세요."

소니는 웃으며 녹슨 쇳덩이들이 뒤죽박죽 담긴 철제 상자를 헨리에게 기울여 보였다.

"훔쳐 가게 그냥 둘 수 있나요. 이건…… 이건 내 거예요. 돈을 주고 산 내 거라고요."

헨리는 대꾸를 하려고 입을 열었다. 무슨 말을 하려고 그랬는지 몰라도 영영 들을 기회가 사라졌다. 그의 입에서 첫 마디가 떨어지기도 전에 이번에는 캐슬뷰에서 총성이 들렸다.

7

레노어 포터는 연기가 나는 자동 권총을 손에 쥔 채 스테파니 본세인트의 시신을 내려다보았다. 시신은 집 뒤편 화단에 쓰러져 있었다. 원한에 사무친 못된 년의 두 차례 공격에서 유일하게 살아남은 화단이었다.

"무슨 생각으로 또 찾아온 거야?"

레노어가 말했다. 평생 총이라고는 쏴본 적이 없는 그녀가 사람을 죽였지만…… 섬뜩한 희열 말고는 아무것도 느껴지지 않았다. 이 여자는 자신의 땅을 침범해 정원을 헤집었으니(레노어는 바보가 아니었기에 나쁜 년이 작업을 시작할 때까지 기다렸다) 자신의 손에 벌을 받아 마땅했다. 지극히 마땅했다.

"레노어?" 남편이 그녀를 불렀다. 그는 얼굴에 셰이빙 크림을 바른 채 2층 화장실 창밖으로 몸을 내밀고 있었다. 놀란 목소리였다. "레노어, 무슨 일이야?"

"내가 무단 침입범을 쐈어." 레노어는 돌아보지도 않고 침착하게 대답했다. 묵직한 시신 아래로 한쪽 발을 넣어서 위로 들었다. 발가락이 나쁜 년의 물렁물렁한 옆구리 안으로 쑥 들어가자 문득 음흉한 쾌감이 느껴졌다. "스테파니 본……."

시신이 뒤집혔다. 스테파니 본세인트가 아니었다. 싹싹한 부보안관의 부인이었다.

그녀가 멀리사 클러터벅을 쏜 것이다.

레노어 포터의 칼라바가 순식간에 파란색에서 자주색에서 자홍색으로 바뀌었고, 결국에는 새까만색이 되었다.

8

앨런 팽본은 자기 손을 내려다보고 있었다. 그 손을 지나, 너무 어두컴컴해서 오직 느낌으로만 알 수 있는 어둠 속을 들여다보았다. 그날 오후를 기점으로, 오해가 풀릴 때까지 잠깐 동안이 아니라 이제 영영 폴리를 못 만날지 모르겠다는 생각이 들었다. 그 말은 곧, 앞으로 삼십오 년쯤을 혼자 보내야 한다는 뜻이었다.

희미한 발소리가 들리자 그는 얼른 고개를 들었다. 헨드리 간호사였다. 초조해 보였지만 결단을 내린 듯한 표정이기도 했다.

"러스크라는 아이가 깨어나려고 해요. 정신이 돌아오지는 않았지만—진정제를 투여했기 때문에 완전히 정신을 차리려면 좀 있어야 할 거예요—깨어나고 있어요."

"그래요?" 앨런은 나지막이 묻고 기다렸다.

헨드리는 입술을 깨물고 하던 얘기를 계속했다.

"네. 저도 여건이 허락하면 보안관님을 그 아이의 병실로 안내하고 싶지만 그럴 수가 없네요. 이해하시죠? 보안관님 마을에 문제가 생겼다는 건 알지만 이 아이는 이제 겨우 일곱 살이에요."

"맞습니다."

"저는 지금 구내식당에 가서 차를 한잔 마시려고 해요. 저랑 교대하는 에번스 부인은 아직 출근 전이지만—항상 늦어요—금세 올 거예요. 제가 자리를 비우자마자 숀 러스크의 병실—9호실이에요—로 가시면 부인은 보안관님이 여기 있는 줄도 모를 거예요. 아시겠죠?"

"네." 앨런은 고마워하며 말했다.

"8시는 되어야 회진이 시작될 테니까 그 아이의 병실 안에 계시면 부인의 눈에 띄지 않을 거예요. 물론 부인에게 들키더라도 제가 병원 규정에 따라 보안관님의 출입을 막았다고 얘기해주실 테지만요. 그렇죠?"

"그럼요. 당연하죠."

"나가실 때는 복도 저쪽 끝에 있는 계단을 이용하시면 돼요. 숀 러크스의 병실에 들어가실 생각이라면 말이에요. 물론 저는 그러면 안 됐다고 했지만요."

앨런은 자리에서 일어나 충동적으로 그녀의 뺨에 입을 맞추었다.

헨드리는 얼굴을 붉혔다.

"고마워요." 앨런은 말했다.

"뭐가요? 저는 아무것도 한 게 없는걸요. 이제 차 마시러 가야겠어요. 제가 자리를 비운 동안 거기 가만히 앉아 계세요, 보안관님."

앨런은 순순히 다시 자리에 앉았다. 바보 사이먼과 파이 장수 사이에 머리를 대고 계속 그렇게 앉아 있었다. 그러다 헨드리의 뒤에서 쌍여닫이문이 닫히자 자리에서 일어나 여기저기 흩어져 있는 장난감과 지그소 퍼즐을 헤치고 밝게 색칠이 된 복도를 따라 9호실로 조용히 걸어갔다.

9

앨런이 보기에 숀 러스크는 완전히 정신을 차린 듯했다.

소아 병동이라 작은 침대를 썼는데도 아이는 그 속에 파묻히다시피 했다. 몸이 침대 시트로 완전히 덮인 채 머리만 분리돼 새하얗고 빳빳한 베개 위에 놓여 있는 것처럼 보였다. 얼굴은 아주 창백했다. 아이는 멍처럼 보이는 짙은 자주색 그늘이 진 눈을 하고는 놀라는 기미 없이 침착하게 앨런을 쳐다보았다. 이마 한가운데에 늘어진 까만색 고수머리가 꼭 쉼표 같았다.

앨런은 창가에 있는 의자를 집어서 숀이 떨어지지 않도록 가드를 올린 침대 옆쪽으로 끌고 갔다. 숀은 고개를 돌리지는 않았지만 그를 따라서 시선을 움직였다.

"안녕, 숀." 앨런은 가만히 말했다. "몸은 좀 어떠니?"

"목이 말라요." 숀이 쉰 목소리로 속삭였다.

침대 옆 테이블에 물주전자와 유리잔 두 개가 있었다. 앨런은 물을 한 잔 따라서 가드 너머로 내밀었다.

숀은 일어나 앉으려 했지만 그러지 못했다. 아이가 한숨을 쉬며 베개 위로 다시 쓰러지자 앨런은 가슴이 아팠다. 가엾게 비명횡사한 아들 토드가 생각났다. 숀 러스크의 목을 받쳐서 일어날 수 있도록 부축하는 동안 끔찍한 기억이 생생하게 되살아났다. 그날 스카우트 옆에 서서 잘 다녀오라고 손을 흔드는 앨런에게 마주 손을 흔들어주었던 토드. 기억 속에서는 점점 희미해져가는 진주빛 햇살이 토드의 머리 주변에서 반짝이며 사랑스러운 윤곽선과 이목구비를 구석구석 비추었다.

그의 손이 떨렸다. 숀이 입은 환자복 위로 물이 조금 쏟아졌다.

"미안."

"괜찮아요." 숀은 쉰 목소리로 속삭이고 벌컥벌컥 물을 마셨다. 잔을 비운 다음 트림을 했다.

앨런은 조심스럽게 아이를 다시 눕혔다. 숀은 아까보다 정신이 좀더 맑아진 듯했지만 눈빛이 여전히 흐리멍덩했다. 앨런은 이렇게 끔찍하게 외로워 보이는 아이를 본 적이 없는 것 같았다. 그의 머릿속에서 토드의 마지막 모습이 또다시 되살아나려고 했다.

그는 그 모습을 떨쳐버렸다. 지금은 해야 할 일이 있었다. 달갑지 않은데다 까다로운 일이었지만 생각하면 할수록 어마어마하게 중요한 일이었다. 현재 캐슬록에서 어떤 일이 벌어지고 있을지 몰라도, 저 창백한 이마와 흐리멍덩하니 슬퍼 보이는 두 눈 속에서 해답의 일부분이나마 찾을 수 있다는 확신이 점점 강해졌다.

그는 주변을 두리번거리며 억지로 미소를 지었다.

"재미없는 방이로구나."

"네." 숀이 쉰 목소리로 나지막이 말했다. "완전 바보 같아요."

"꽃이 몇 송이 있으면 분위기가 밝아질지도 모르겠는데." 앨런은 말하고 오른손으로 왼쪽 팔을 훑어 시계 밴드 밑에 숨겨놓은 꽃다발을 솜씨 좋게 펼쳤다.

과욕일 수 있다는 걸 알았지만 시도해보자고 즉흥적으로 결정을 내린 참이었다. 하마터면 후회할 뻔했다. 고리를 벗기는 와중에 박엽지로 된 꽃이 두 송이 찢어졌다. 스프링이 팅 하고 힘없이 튕기는 소리도 들렸다. 이 제품으로 하는 꽃다발 마술은 이번이 마지막이 될 게 분명했지만 어쨌거나 아슬아슬하게 성공시켰다. 숀은 속이 말이 아닌데다 약에 취해 있는데도 형과 다르게 신기하고 재미있어 했다.

"우와! 어떻게 하신 거예요?"

"별거 아니야. 가질래?" 그는 박엽지로 만들어진 꽃다발을 물주전자에 꽂으려고 했다.

"아니에요. 그냥 종이잖아요. 게다가 몇 군데 찢어졌고요." 그러고서 고마운 줄도 모르는 아이처럼 여겨질 수 있겠다는 생각이 들었는지 숀은 이렇게 덧붙였다. "그래도 감쪽같았어요. 사라지게 만들 수도 있어요?"

과연 될까? 어쨌든 앨런은 대답했다. "해볼게."

그는 숀도 똑똑히 볼 수 있도록 꽃다발을 들었다가 그 위로 오른손을 살짝 오므려 아래로 밀었다. 맥거핀*의 안타까운 상태를 감안

* 소설이나 영화에서 어떤 사실이나 사건이 매우 중요한 것처럼 꾸며 독자나 관객의 주의를 전혀 엉뚱한 곳으로 돌리게 하는 속임수.

해 평소보다 훨씬 천천히 했는데 놀라운 결과가 나왔다. 꽃다발이 평소처럼 뿅 하고 사라지는 대신 그의 오므린 주먹 속으로 연기처럼 빨려 들려가는 듯이 보였던 것이다. 과로로 느슨해진 스프링이 찌그러지고 엉키려는 게 느껴졌지만 결국에는 최후의 협조를 얻어낼 수 있었다.

"완전 대박이에요." 숀이 존경 어린 투로 말했고 앨런도 속으로 동의했다. 몇 년 동안 아이들에게서 감탄을 자아냈던 마술을 훌륭하게 변형한 셈이었다. 새 제품으로도 과연 될까 싶었다. 새 스프링으로는 느릿느릿 감미로운 움직임이 불가능했다.

"고맙다." 그는 말하고 접은 꽃다발을 마지막으로 시계 밴드 밑에 쑤셔넣었다. "꽃다발 싫으면 자판기에서 콜라 뽑아 마실 수 있게 이십오 센트짜리 동전은 어때?"

앨런은 몸을 앞으로 기울여 숀의 코에서 태연하게 동전을 꺼냈다. 아이는 씩 웃었다.

"앗, 깜빡했다. 요즘은 칠십오 센트지? 인플레이션 때문에. 뭐, 상관없어." 그는 숀의 입에서 동전을 하나 더 꺼내고 자신의 귀에서 세 번째 동전을 찾아냈다. 그즈음에는 숀의 미소가 살짝 옅어져 앨런은 얼른 본론으로 들어가는 게 좋겠구나 싶었다. 그는 침대 옆의 야트막한 서랍장 위에 동전 세 개를 쌓았다. "몸 좀 괜찮아지면 사서 마시렴."

"감사합니다."

"별소릴 다한다."

"아빠는 어디 계세요?"

숀이 물었다. 좀 전보다 목소리에 눈곱만큼 힘이 더 들어갔다.

앨런은 그 말을 듣고 이상하다는 생각을 했다. 숀이 엄마를 먼저 찾을 줄 알았던 것이다. 이러니저러니 해도 이제 겨우 일곱 살이지 않은가.

"금방 오실 거야."

"얼른 오셨으면 좋겠는데. 아빠 보고 싶어요."

"그렇겠지." 앨런은 말을 멈추었다가 다시 이었다. "엄마도 곧 오실 거야."

숀은 생각에 잠기더니 천천히, 신중하게 고개를 저었다.

"아니에요, 엄마는 오지 않을 거예요. 너무 바빠서."

"너무 바빠서 너를 보러 오지 않을 거라고?" 앨런은 물었다.

"네. 너무 바빠요. 황제를 만나느라. 그래서 이제 엄마 방에 못 들어가요. 엄마가 문을 닫고 선글라스를 쓰고 황제를 만나거든요."

러스크 부인이 자신을 신문하는 주 경찰관들에게 어떤 식으로 대답하는지는 앨런도 보았다. 느릿느릿했고 횡설수설했다. 선글라스가 그녀의 옆쪽 테이블 위에 놓여 있었다. 그걸 가만히 두지 못하는 눈치였다. 한 손으로 쉴 새 없이 만지작거렸다. 누가 알아차릴까봐 겁이 나는 듯이 손을 치웠다가도 몇 초 만에 무의식적으로 그쪽을 향해 슬금슬금 손을 내밀었다. 그때 그는 그녀가 충격을 심하게 받았거나 진정제를 맞아서 그런가 보다고 생각했다. 이제는 의심이 들었다. 그리고 숀에게 브라이언에 대해서 물어야 하는지 아니면 이 새로운 화두에 대해 물어야 하는지 고민스러워졌다. 결국에는 그게 그거일까?

"아저씨는 마술사 아니죠? 경찰관이죠?"

"맞아."

"진짜로 쌩쌩 달리는 파란 차 타는 주 경찰관이에요?"

"아니. 캐슬 카운티 보안관이야. 대개는 옆면에 별이 그려진 갈색 차를 타고 다니고 그 차도 진짜 빠르지만, 오늘은 계속 깜빡하는 바람에 아직까지 팔아넘기지 못한 내 고물 스테이션왜건을 타고 왔어." 앨런은 씩 웃었다. "진짜 느려터졌는데."

이 말에 아이가 살짝 관심을 보였다.

"왜 갈색 경찰차 안 타고 왔어요?"

질리언 미슬라버스키나 네 형이 보고 무서워할까 봐서. 앨런은 생각했다. 질은 모르겠지만 브라이언의 경우에는 별 소용이 없었던 것 같다.

"이유가 기억이 안 나네. 오늘 하루가 좀 길었어야 말이지."

"〈영 건〉에 나오는 그런 보안관이에요?"

"응. 아마도. 비슷해."

"그 영화 빌려다가 형이랑 같이 봤거든요. 완전 대박이었어요. 지난여름에 브리지턴에 있는 매직 랜턴에서 〈영 건 2〉 개봉했을 때 가서 보고 싶었는데 엄마가 17세 이상 관람가라고 안 된다고 했어요. 아빠가 가끔 집에서 비디오로 봐도 된다고 허락해주실 때 말고는 17세 이상 관람가 영화 못 보거든요. 저하고 형은 〈영 건〉 진짜 좋아했는데." 숀은 말을 멈추었고 눈빛이 어두워졌다. "하긴 그것도 형한테 그 카드가 생기기 전까지 얘기지만요."

"무슨 카드?"

처음으로 숀의 눈빛에서 감정이 드러났다. 공포였다.

“야구 카드요. 엄청 특별한 야구 카드요.”

“그래?” 앨런은 플레이메이트 아이스박스와 그 안에 들어 있었던 야구 카드—브라이언은 트레이딩 카드라고 했다—를 떠올렸다. “브라이언은 야구 카드를 좋아했구나. 그렇지, 숀?”

“네. 그 사람이 그걸 가지고 형을 망가뜨렸어요. 사람마다 다른 물건을 썼을 거예요.”

앨런은 몸을 앞으로 기울였다.

“누구 말이니, 숀? 누가 형을 망가뜨렸다는 거야?”

“형은 자살했어요. 형이 자살하는 걸 봤어요. 차고 안에서.”

“그래. 나도 안타깝게 생각한다.”

“징그러운 게 형의 뒤통수에서 튀어나왔어요. 피만이 아니라 징그러운 게. 노란색이었어요.”

앨런은 뭐라고 대답해야 좋을지 알 수가 없었다. 심장이 느릿느릿 묵직하게 두근거렸고, 입은 사막처럼 바짝 말랐고, 속이 메슥거렸다. 한밤중에 어떤 얼간이가 때린 조종弔鐘처럼 아들의 이름이 그의 머릿속에서 댕그랑거렸다.

“형이 죽지 않길 바랐는데.” 숀은 말했다. 목소리는 이상하게 덤덤했지만 양쪽 눈에 맺힌 눈물이 반질반질한 뺨을 타고 흘러내렸다. “이제는 〈영 건 2〉가 비디오로 나오더라도 같이 볼 수 없어요. 나 혼자 봐야 해요. 형이 옆에서 한심한 농담을 지껄이지 않으면 재미가 없을 텐데. 분명 그럴 텐데.”

“형을 사랑했구나?” 앨런이 잠긴 목소리로 물었다. 가드 사이로 손을 내밀자 숀 러스크의 손이 슬금슬금 다가와 그의 손을 꽉 쥐었다. 뜨거웠다. 그리고 작았다. 아주 작았다.

"네. 형은 장래 희망이 레드 삭스 투수였어요. 마이크 보디커처럼 체인지업 던지는 법을 배울 거라고 했어요. 이제는 그럴 수 없게 됐지만. 형은 저더러 가까이 오지 말라고 했어요, 몸에 튈 거라고. 저는 울었어요. 무서웠어요. 영화 같지 않았어요. 거긴 그냥 우리 집 차고였어요."

"안다." 앨런은 말했다. 애니의 차가 생각났다. 산산조각이 난 차창. 좌석에 시커멓게 고인 피. 그것도 영화 같지 않았다. 눈물이 흘렀다. "알아, 얘야."

"형은 저한테 약속하라고 했어요. 저는 약속했고, 그걸 지킬 거예요. 죽을 때까지 지킬 거예요."

"무슨 약속을 했는데?"

앨런은 다른 쪽 손으로 얼굴을 훔쳤지만 눈물이 멈출 줄 몰랐다. 그의 앞에 누워 있는 아이의 얼굴은 그 아래 받혀진 베갯잇 못지않게 새하얬다. 이 아이는 형이 자살하는 현장을 목격했고 뇌가 콧물 덩어리처럼 차고 벽을 때리는 걸 보았는데, 아이 어머니는 어디 있단 말인가? 아이의 말에 따르면 황제를 만나고 있다고 했다. 엄마가 문을 닫고 선글라스를 쓰고 황제를 만나거든요.

"무슨 약속을 했지, 응?"

"엄마의 이름을 걸고 맹세하겠다고 했더니 형이 안 된다고 했어요. 제 이름을 걸고 맹세하라고 했어요. 왜냐하면 엄마도 그 사람 손에 망가졌거든요. 형이 말하길 남의 이름을 걸고 맹세한 사람들은 전부 그 사람 손에 망가진다고 했어요. 그래서 형이 시킨 대로 제 이름을 걸고 맹세했는데, 그랬는데도 형은 총을 쐈어요." 숀은 이제 좀 전보다 더 거세게 흐느껴 울면서도 눈물 사이로 진지하게 앨런을 올려다보았다. "그냥 피만 튄 게 아니에요, 보안관 아저씨. 다른 것도 튀었어요. 노란 거."

앨런은 그의 손을 꽉 잡았다.

"알아, 숀. 형이 너더러 무슨 약속을 하라고 했니?"

"제가 얘기하면 형은 천당에 못 갈지 몰라요."

"갈 거야. 내가 약속할게. 이 아저씨가 보안관이잖니."

"보안관이 약속을 안 지키기도 해요?"

"병원에서 어린이한테 한 약속은 반드시 지키지. 그런 약속은 안 지킬 수가 없으니까."

"안 지키면 지옥에 가요?"

"응." 앨런이 말했다. "맞아. 안 지키면 지옥에 가지."

"제가 얘기하더라도 형은 천당에 갈 거라고 맹세할 수 있어요? 아저씨 이름을 걸고 맹세할 수 있어요?"

"내 이름을 걸고 맹세할게." 앨런은 말했다.

"좋아요." 숀은 말했다. "형이 엄청 특별한 야구 카드를 산, 그 새로 문을 연 가게에 절대 가지 않겠다고 약속하라고 했어요. 형은 그게 샌디 코팩스 카드라고 생각했지만 사실은 아니었어요. 다른 선수 카드였어요. 오래돼서 지저분한 카드였는데 형은 그런 줄 몰랐던 것 같아요." 숀은 잠깐 말을 멈추고 생각하다가 다시 섬뜩하리만치 차분한 말투로 하던 얘기를 이어갔다. "하루는 형이 밖에 나갔다가 집에 왔는데 잠시 후에 방에서 우는 소리가 들린 적도 있어요."

시트. 앨런은 생각했다. 윌마의 시트. 브라이언이 범인이었구나.

"형은 니드풀 싱스가 독버섯 같은 곳이고 그 사람은 독버섯 같은 인간이니까 절대 가지 말라고 했어요."

"브라이언이 그렇게 얘기했다고? 니드풀 싱스라고?"

"네."

"숀……." 그는 말을 하려다 멈추고 생각했다. 섬광이 그의 온몸을 관통하며 파란색의 조그만 불똥을 펑펑 터뜨렸다.

"네?"

"너희 어머니도…… 선글라스를 니드풀 싱스에서 샀니?"

"네."

"거기서 샀다고 얘기하셨어?"

"아뇨. 하지만 거기서 샀다는 거 알아요. 그 선글라스를 쓰면 황제를 만날 수 있어요."

"황제라니 숀? 그게 누군데?"

숀은 미친 사람 대하듯 앨런을 쳐다보았다.

"엘비스요. 누구겠어요?"

"엘비스." 앨런은 중얼거렸다. "그렇지……. 누구겠니."

"아빠 보고 싶어요."

"나도 알아. 몇 가지만 더 물어보고 갈게. 잠시 후에 다시 잠이 들었다가 눈을 뜨면 아버지가 와 계실 거야." 그러길 바랄 따름이었다. "숀, 형이 그 독버섯 같은 인간이 누군지 얘기했니?"

"네. 곤트 씨예요. 그 가게 사장요. 그 사람이 독버섯 같은 인간이에요."

이제 그의 머릿속에 퍼뜩 폴리가 떠올랐다. 장례식 이후에 폴리가 뭐라고 했었지? 마침내 딱 맞는 의사를 만난 것 같아요…… 곤트 선생님. 릴런드 곤트 선생님요.

그녀는 니드풀 싱스에서 샀다며 조그만 은색 공 모양의 목걸이를 보여주려고 내밀었다가…… 그가 건드리려고 하자 보호하려는 듯 손을 오므렸다. 그 순간 폴리는 그녀답지 않게 좀생이처럼 의심 많고 욕심을 부리는 표정을 지었다. 그러고 나서 며칠 뒤에는 역시 그녀답지 않게 카랑카랑한 목소리로 울먹이며 이렇게 얘기했다. 내가 사랑한다고 생각했던 얼굴이 가면이라는 걸 알고 나니까 힘들어요…… 어떻게 내 뒤를 캘 수가 있어요…… 어떻게 그럴 수가 있어요?

"그녀에게 뭐라고 지껄인 거야?" 그는 중얼거렸다. 자신이 침대 시트를 한 손으로 움켜쥐고 천천히 비틀고 있다는 것도 의식하지 못했다. "뭐라고 지껄였지? 무슨 수로 그녀에게 그 말을 믿게 한 거지?"

"보안관 아저씨? 괜찮으세요?"

앨런은 간신히 주먹을 폈다. "응……. 괜찮아. 네 형이 곤트 씨라고 한 거 확실하지, 숀?"

"네."

"고맙다." 앨런은 가드 위로 몸을 내밀어 숀의 손을 잡고 차갑고 창백한 아이의 뺨에 입을 맞추었다. "얘기해줘서 고마워." 그는 아이의 손을 놓고 자리에서 일어났다.

지난주 내내 하려고 했는데 하지 못한 일이 있었다. 캐슬록에 새로 문을 연 가게를 찾아가는 일. 별건 아니었다. 따뜻하게 인사를 건네고, 환영하고, 문제가 발생했을 경우에 어떻게 하면 되는지 간단하게 설명하면 그만이었다. 그는 정식으로 인사하러 갈 작정이었고 지나는 길에 들른 적도 있지만 계속 성사되지 않았다. 그리고 오늘 폴리가 보인 행동을 떠올리자, 곤트가 대박을 터뜨려서 정말 난리가 났는데 자신은 거기서 삼십 킬로미터도 더 멀리 떨어진 이곳에 있는 건 아닌지 의아해졌다.

나를 피하고 있나? 나를 계속 피하고 있었던 건가?

어처구니없는 발상처럼 느껴져야 하는데, 이 고요하고 어둑어둑한 병실 안에서는 전혀 그런 생각이 들지 않았다.

갑자기 돌아가야겠다는 생각이 들었다. 가능한 한 빨리 돌아가야 했다.

"보안관 아저씨?"

앨런은 아이를 내려다보았다.

"형이 한 얘기가 또 하나 있어요." 숀이 말했다.

"그래? 뭐라고 했는데, 숀?"

"형이 그러는데, 곤트 씨는 사실 인간이 아니라고 했어요."

10

앨런은 헨드리의 교대 간호사가 당장이라도 거기 서라고 고함을 지르지 않을까 마음을 졸이며, 비상구 팻말이 달린 문을 향해 최대한 조용히 복도를 걸어갔다. 하지만 그에게 말을 건 사람은 어느 여자아이뿐이었다. 금발을 땋아 분홍색의 빛바랜 플란넬 잠옷 앞쪽으로 늘어뜨린 채 자기 병실 앞에 서 있던 아이였다. 담요를 들고 있었다. 닳아서 너덜너덜한 걸 보니 아끼는 담요였다. 맨발에, 땋은 머리 끝에 달린 리본은 삐뚜름했고, 핼쑥한 얼굴에 두 눈만 퀭했다. 아이답지 않게 고통에 대해서 너무도 잘 아는 얼굴이었다.

"총을 들고 다니시네요." 아이가 짚고 넘어갔다.

"맞아."

"우리 아빠도 총 있는데."

"그래?"

"네. 아저씨 것보다 더 커요. 이 세상에서 젤로 커요. 아저씨 도깨비예요?"

"아니." 그는 대답하고 생각했다. 오늘 저녁 우리 마을에는 도깨비가 있을지 모른다만.

그는 복도 끝에 달린 문을 열고 1층으로 내려가 또 다른 문을 열고 한여름 저녁처럼 후텁지근한 늦은 어스름 속으로 나섰다. 달리지는 않았지만 주차장을 향해 서둘러 걸음을 옮겼다. 캐슬록이 있는 서쪽에서 우르릉 쾅 하는 천둥소리가 들렸다.

스테이션왜건 운전석 문을 열고 올라타 고리에 걸어둔 무선 송신용 마이크를 집었다. "1호 차다. 본부, 응답하라."

들리는 소리라고는 정신없는 잡음뿐이었다.

우라질 폭풍 때문이었다.

도깨비가 특별 주문한 폭풍일지 몰라. 그의 머릿속 깊은 곳에서 이런 속삭임이 들렸다. 앨런은 입술을 꾹 다물고 미소를 지었다.

다시 한번 시도해도 똑같은 잡음이 들리자 이번에는 옥스퍼드에 있는 주 경찰청으로 연락했다. 그쪽은 깨끗하게 잘 들렸다. 사건 접수원이 말하길, 캐슬록 인근에서 심한 뇌우가 발생해 통신 장애가 생겼다고 했다. 심지어 전화마저 자기들 멋대로 됐다 말았다 하는 것 같다고 했다.

"헨리 페이턴한테 연락해서 릴런드 곤트라는 남자를 체포하라고 전해주세요. 일단은 중요한 참고인으로요. 곤트는 G로 시작해요. 알겠죠? 오버."

"알겠습니다, 잘 들립니다, 보안관님. G로 시작하는 곤트요, 오버."

"네티 코브와 윌마 저직 살인 사건의 종범일 수도 있다고 전해요, 오버."

"알겠습니다, 오버."

"이상, 통신 종료."

그는 마이크를 걸고 시동을 걸고 캐슬록을 향해 출발했다. 브리지턴 외곽으로 벗어났을 때 레드 애플 편의점 주차장으로 들어가 다시 사무실로 전화를 걸어보았다. 두 번 딸깍하는 소리에 이어 이 번호는 일시적으로 연결이 안 된다는 안내 멘트가 들렸다.

그는 전화를 끊고 다시 차로 돌아갔다. 이번에는 달려갔다. 주차장에서 나와 117번 도로로 진입하기 전에 경광등을 켜서 차 지붕에 얹었다. 117번 도로를 팔백 미터쯤 달렸을 무렵 그는 부들부들 떨며 저항하는 스테이션왜건을 시속 백이십 킬로미터로 몰고 있었다.

11

에이스 메릴과 완벽한 어둠이 동시에 캐슬록을 덮쳤다.

쉐보레 셀러브리티가 캐슬스트림 천의 다리를 건넜을 때 천둥소리가 머리 위 하늘을 좌우로 흔들고 번개가 잠잠한 땅에 꽂혔다. 그는 차창을 열어놓고 있었다. 아직 비는 내리지 않았지만 공기가 시럽처럼 끈적끈적했다.

그는 지저분하고, 피곤하고, 분노한 상태였다. 그 쪽지에도 불구하고 지도에 표시된 지점을 세 군데 더 찾아가보았다. 그런 일이 벌어졌다니, 그런 일이 벌어질 수가 있다니 믿기지가 않았다. 달리 표현하자면, 자신이 뒤통수를 맞았다는 걸 믿을 수가 없었다. 각 지점마다 납작한 돌이 있고 그 아래에 양철 깡통이 묻혀 있었다. 두 군데 깡통에서는 지저분한 경품 교환권이 또 나왔다. 마지막으로 스트라우트 농장 뒤편의 진흙탕에서 꺼낸 깡통에는 딸랑 볼펜 한 자루뿐이었다. 1940년대 헤어스타일을 한 여자가 볼펜대에 그려져 있었다. 탱크톱 스타일의 1940년대 수영복을 입은 모습이었다. 볼펜을 들면 수영복이 사라졌다.

보물이라면 보물이었다.

에이스가 무릎까지 끈적끈적한 진흙으로 칠갑이 된 청바지를 입고 두 눈을 이글거리며 전속력으로 캐슬록을 향해 달리는 이유는 오직 한 가지, 앨런 팽본을 죽이기 위해서였다. 그런 다음 서부 해안으로 훌쩍 떠날 작정이었다. 오래전에 그랬어야 했다. 팽본에게 돈을 좀 뜯어낼 수 있을 수도, 없을 수도 있었다. 어느 쪽이 됐건 한 가지 사실만큼은 분명했다. 그 개새끼는 죽는다는 것, 그것도 고생스럽게 죽는다는 것.

다리까지 오 킬로미터 남았을 때 그는 무기가 없다는 사실을 깨달았다. 케임브리지의 차고에서 자동 권총을 하나 챙기려고 했는데 그 빌어먹을 녹음기가 돌아가는 바람에 혼비백산하고 말았다. 하지만 어디 가면 찾을 수 있는지 알았다.

두말하면 잔소리였다.

그는 다리를 건넜고…… 우선 통행권이 있음에도 메인 스트리트와 워터밀 레인이 만나는 네거리에서 차를 멈추었다.

"이게 웬 난리야?" 그는 중얼거렸다.

로어메인 스트리트가 파란 경광등을 번쩍이는 주 경찰청 소속 순찰차와 텔레비전 중계차, 군데군데 모인 구경꾼들로 아수라장이었다. 대부분의 소란은 시청 건물을 중심으로 이루어지고 있었다. 마을 행정 담당자들이 길거리 축제를 벌이기로 그 자리에서 결정을 내리기라도 한 것 같았다.

그러거나 말거나 상관없었다. 온 마을이 사라진다 한들 그로서는 상관없었다. 문제는 팽본이라는 도둑놈의 머리 가죽을 벗겨서 허리춤에 차고 싶은데, 메인 주 경찰관이 보안관 사무실로 총출동한 듯 보이는 상황에서 어떻게 그럴 수 있겠느냐는 것이었다.

당장 답이 나왔다. 곤트 씨가 알 거야. 곤트 씨는 무기도 있고 그 무기를 어떻게 쓰면 되는지도 알지. 곤트 씨를 찾아가자.

백미러를 확인해보니 다리 저편의 가장 가까운 언덕을 넘어오는 파란색 불빛이 몇 개 더 보였다. 경찰이 충원되고 있다는 뜻이었다.

오후에 여기서 무슨 일이 있었던 거야? 다시금 궁금해졌지만 그건 나중에 생각할 문제였고…… 영영 몰라도 상관없었다. 그에게는 해야 할 일이 있었고 들이닥친 경찰들에게 들이받히기 전에 여기서 빠져나가는 게 급선무였다.

에이스는 워터밀 레인에서 좌회전을 한 다음 시더 스트리트로 우회전을 하는 식으로 시내를 빙 돌아서 다시 메인 스트리트에 진입했다. 신호에 걸렸을 때 잠깐 차를 세우고 언덕 기슭에서 파란색으로 번쩍이는 빛의 둥지를 바라보았다. 그런 다음 니드풀 싱스 앞에 주차했다.

차에서 내린 그는 길을 건너가서 쇼윈도에 걸린 팻말을 읽었다. 총뿐 아니라 곤트의 약도 필요했기 때문에 잠깐 하늘이 무너지는 것 같았지만 골목길의 뒷문이 생각났다. 블록 끝까지 걸어가 모퉁이를 돌았을 때 그는 이삼십 미터 저쪽에 주차된 밝은 노란색 밴도, 그 안에서 그를 지켜보고 있는 남자(버스터는 이제 조수석으로 이동해 있었다)도 알아차리지 못했다.

골목으로 들어선 에이스는 트위드 캡을 푹 눌러쓴 남자와 부딪혔다.

"이봐요, 형씨, 잘 좀 보고 다니쇼." 에이스가 말했다.

트위드 캡을 쓴 남자는 고개를 들고 에이스를 향해 이를 드러내며 으르렁거렸다. 그와 동시에 주머니에서 자동 권총을 꺼내더니 에이스 쪽을 대충 겨누었다.

"몸에 구멍나기 싫으면 성질 건드리지 마."

에이스는 손을 들고 뒷걸음질을 쳤다. 겁이 난 건 아니었다. 놀라서였다.

"왜 이러세요, 넬슨 씨. 저는 빼주세요."

"그러지." 트위드 캡을 쓴 남자가 말했다. "주잇 그 씹새끼 봤나?"

"어…… 그 고등학교 선생님요?"

"중학교지. 이 마을에 다른 주잇이 있나? 정신 좀 챙기고 다녀!"

"여기 온 지 얼마 안 돼서요." 에이스는 조심스럽게 말했다. "아무도 못 봤어요, 넬슨 씨."

"내가 찾아내고야 말겠어. 내 손에 잡히면 그 새끼는 개죽음을 당할 거야. 내 앵무새를 죽이고 어머니 사진 위에 똥을 싸놨거든." 조지 T. 넬슨은 눈을 가늘게 뜨고 덧붙였다. "오늘 밤에는 내 근처에서 얼쩡거리지 않는 게 좋을 거다."

에이스는 토를 달지 않았다.

넬슨 씨는 총을 다시 주머니에 넣은 뒤 뚜껑 열린 사람답게 성큼성큼 단호하게 걸어서 모퉁이 너머로 사라졌다. 에이스는 계속 손을 든 채 그 자리에 잠깐 서 있었다. 넬슨 씨는 고등학교에서 목공과 금속 세공을 가르쳤다. 빈대가 눈알에 붙어서 피를 빨아먹더라도 때려잡지 못할 사람인 줄 알았는데 오늘부로 생각을 바꾸어야 할 모양이었다. 그리고 에이스는 총을 알아보았다. 그럴 수밖에 없었다. 바로 전날 밤 보스턴에서 그가 상자째 들고 온 총이었다.

12

"에이스!" 곤트가 말했다. "시간에 딱 맞춰서 왔군."

"총이 필요해요. 그리고 그 특급 가루도 있으면 더 주시고요."

"알았어, 알았어…… 나중에. 모든 일엔 때가 있는 법이잖아. 테이블 치우는 것 좀 도와주게, 에이스."

"팽본을 죽일 거예요. 그 새끼가 내 보물을 훔쳐 갔어요. 죽일 거예요."

곤트는 쥐를 향해 살금살금 다가가는 고양이 같은 눈빛으로 에이스를 쳐다보았고, 그 순간 에이스는 쥐가 된 듯한 기분을 느꼈다.

"내가 이미 아는 얘기를 하면서 시간 낭비하지 말아줘. 나한테서 도움을 받고 싶으면 나를 도와야지, 에이스."

에이스가 테이블 한쪽을 잡았고, 그들은 테이블을 창고로 다시 들여놓았다. 곤트가 허리를 숙여 벽에 기대어놓은 팻말을 집었다.

이번에는 정말로 영업을 종료합니다

라고 적힌 팻말이었다. 그는 팻말을 문에 걸고 문을 닫고 잠금장치를 돌렸다. 에이스는 팻말을 고정시키는 물건이 아무것도 없다는 걸 알아차리지 못했다. 압정도 없고 테이프도 없고 아무것도 없는데 팻말이 매달려 있었다.

그의 시선이 자동 권총과 탄창이 들어 있었던 상자에 가서 닿았다. 남은 총과 탄창은 세 개뿐이었다.

"아이고야! 전부 어디 갔어요?"

"오늘 저녁에 장사가 잘됐거든." 곤트는 손가락이 긴 손을 마주 대고 비볐다. "아주 잘됐지. 앞으로 더 잘될 거고. 자네가 해줘야 하는 일이 있어."

"못 들었어요? 보안관이 내……."

그가 움직이는 걸 보지도 못했는데 어느새 릴런드 곤트가 그를 덮쳤다. 길고 흉측한 손이 셔츠 앞자락을 움켜잡고 무슨 깃털 뭉치라도 되는 양 그를 허공으로 들어올렸다. 그는 놀라서 비명을 터뜨렸다. 그를 잡은 손이 마치 무쇠 같았다. 곤트가 그를 높이 치켜올리자 에이스는 어쩌다 상황이 이렇게 됐는지 정신이 하나도 없는 와중에 이글거리는 무시무시한 얼굴을 내려다보게 되었다. 갑작스런 공포가 극에 달했음에도 연기인지 김인지 모를 것이 곤트의 귀와 콧구멍에서 흘러나오는 것을 알아차릴 수 있었다. 꼭 용 같았다.

"나한테 이래라저래라 하지 마!" 곤트가 그를 향해 소리를 질렀다. 엎치락뒤치락하는 묘비처럼 생긴 이 사이로 날름거리는 혓바닥 끝이 뱀의 혀처럼 두 갈래로 갈라져 있었다. "모든 결정은 내가 한다! 어른 앞에서는 아가리 닥쳐, 에이스! 아가리 닥치고 듣기나 해! 아가리 닥치고 듣기나 해! 아가리 닥치고 듣기나 하라고!"

그는 축제에서 에어플레인 스핀* 기술을 거는 레슬링 선수처럼 에이스를 허공에서 두 번 돌린 다음 저쪽 벽을 향해 내던졌다. 에이스는 회반죽 벽에 머리를 부딪혔다. 머릿속 한가운데서 화려한 폭죽이 터졌다. 눈앞이 캄캄해졌다가 다시 정신을 차리고 보니 릴런드 곤트가 그를 내려다보고 있었다. 소름 끼치는 눈과 이와 뿜어져 나오는 김만 남은 얼굴이었다.

"안 돼!" 에이스는 비명을 질렀다. "안 돼요, 곤트 씨, 제발! 안

* 프로레슬링에서 상대 선수를 어깨에 짊어진 상태로 빙글빙글 돌아 어지럽게 만드는 기술.

돼요!"

곤트의 손은 맹금의 발톱으로 변했고 손톱이 순식간에 길고 날카로워졌다. 그게 아니라 처음부터 저랬나? 에이스는 속으로 횡설수설했다. 처음부터 저랬는데 네가 보지 못한 것일 수 있어.

그 발톱이 면도날처럼 에이스의 셔츠를 가르고 씩씩대는 얼굴 쪽으로 에이스를 다시 홱 잡아당겼다.

"이제 들을 준비 됐나, 에이스?" 곤트가 물었다. 그가 한 마디 한 마디 내뱉을 때마다 뿜어져 나오는 뜨거운 김에 얼굴과 입이 따끔거렸다. "준비가 됐나, 아니면 내가 그 쓰잘머리 없는 내장을 가르고 이 자리에서 끝낼까?"

"네!" 그는 흐느꼈다. "아니, 아뇨! 잘 들을게요!"

"착한 심부름꾼이 돼서 시키는 대로 하겠다?"

"네!"

"시키는 대로 하지 않으면 어떻게 되는지 알지?"

"네! 네! 네!"

"너는 구역질나는 인간이야, 에이스. 나는 그런 인간을 좋아하지." 그는 벽에 대고 에이스를 휙 던졌다. 에이스는 숨을 헐떡이고 흐느끼며 스르르 주저앉아서 무릎을 꿇었다. 그는 바닥을 내려다보았다. 괴물의 얼굴을 차마 똑바로 쳐다볼 수가 없었다.

"내 뜻을 거스르면 지옥 구경을 제대로 하게 될 거다, 에이스. 보안관은 네 마음대로 할 수 있을 테니 걱정 마. 하지만 지금은 보안관이 여기 없거든. 자, 이제 일어나."

에이스는 천천히 일어섰다. 머리가 지끈거렸다. 티셔츠가 가닥가닥 찢겨서 늘어졌다.

"뭐 하나만 물어보지." 곤트는 머리카락 한 올 흐트러짐 없는 모습으로 다시 점잖게 미소를 지었다. "너는 이 마을을 좋아하나? 이 마을을 사랑하나? 너의 그 엿 같은 판잣집 벽에 이곳 사진을 붙여놓고, 벌에 쏘이고 개에 물리던 시절의 목가적인 매력을 떠올리나?"

"그럴 리가요." 에이스는 떨리는 목소리로 말했다. 심장박동에 따라 목소리가 오르락내리락했다. 젖 먹던 힘까지 동원하고서야 간신히 똑바로 설 수 있었다. 다리가 엿가락 같았다. 그는 벽에 등을 대고 서서 경계하는 눈빛으로 곤트를 바라보았다.

"보안관이 돌아오길 기다리는 동안 네가 이 쓰레기 같은 마을을 날려서 지도에서 없애버렸으면 좋겠다고 하면 너무 충격적일까?"

"그게…… 그게 무슨 소린지 모르겠는데요." 에이스는 불안해하는 목소리로 말했다.

"그렇게 나올 줄 알았다. 하지만 무슨 소린지 알 거라고 보는데, 에이스. 아닌가?"

에이스는 기억을 더듬었다. 오래전, 뻔뻔한 놈 네 명이 그와 친구들을(그 시절에는 에이스에게도 친구 아니면 적어도 친구 비슷한 존재가 있었다) 속여서 에이스가 정말로 갖고 싶어 했던 물건을 가로챘던 때로 거슬러 올라갔다. 그들은 나중에 그중 한 놈—고디 라챈스—을 잡아다가 먼지가 나도록 두들겨 팼지만 그뿐이었다. 이제 라챈스는 잘나가는 작가로 이 주의 다른 지역에서 살고 있었고, 십 달러짜리 지폐로 똥을 닦을지 몰랐다. 어찌어찌 뻔뻔한 놈들이 승리를 거두었고 이후로 에이스의 인생은 달라졌다. 그때부터 그의 운세가 내리막길로 접어들었다. 그를 향해 열려 있었던 문들이 하나씩 닫히기 시작했다. 그는 왕이 아니고 캐슬록은 그의 왕국이 아니라는 걸 점점 실감했다. 왕으로 군림하던 시절이 있었다 한들, 뻔뻔한 놈들에게 자기 것을 억울하게 빼앗겼던 열여섯 살의 노동절을 기점으로 그 시절은 그에게서 점점 멀어졌다. 멜로 타이거에서 합법적으로 술을 마실 수 있는 나이가 됐을 무렵, 에이스는 왕에서 군복 없이 적진을 몰래 숨어 다니는 졸개로 전락한 상태였다.

"이 똥통 같은 마을이라면 지긋지긋해요." 그는 릴런드 곤트에게 말했다.

"좋아. 아주 좋아. 길가에 차를 대놓고 기다리고 있는 내 친구가 도와줄 거야, 에이스. 너는 보안관을 무너뜨리고…… 이 마을까지 같이 무너뜨릴 수 있어. 듣기만 해도 신나지 않나?" 그가 에이스의 시선을 붙잡았다. 에이스는 너덜너덜한 티셔츠 차림으로 그의 앞에 서서 씩 웃었다. 이제는 머리가 아프지 않았다.

"네. 아주 끝내주네요."

곤트는 외투 주머니에서 하얀색 가루가 가득 든 비닐봉지를 꺼내 에이스에게 내밀었다.

"해야 할 일이 있어, 에이스."

에이스는 비닐봉지를 받아들었지만 시선은 곤트의 눈에서 떠날 줄 몰랐다.

"알겠습니다. 준비됐습니다."

13

버스터는 마지막으로 뒷골목으로 들어갔던 남자가 다시 나오는 걸 지켜보았다. 너덜너덜하게 찢긴 티셔츠를 걸친 채 상자를 들고 있었다. 청바지 허리춤에는 자동 권총 두 자루가 꽂혀 있었다.

이제 보니 존 '에이스' 메릴인 그 남자가 밴으로 곧장 걸어와 상자를 내려놓자 버스터는 놀라서 뒤로 몸을 뺐다.

에이스가 차창을 두드렸다. "형씨, 뒷문 열어. 할 일이 있다고."

버스터는 차창을 내렸다. "꺼져. 꺼지라고, 이 깡패 새끼야! 안 그러면 경찰 부른다?"

"불러보시든가." 에이스는 툴툴거렸다.

그가 바지 허리춤에서 권총을 한 자루 꺼냈다. 버스터의 몸에 힘이 들어갔지만 에이스는 개머리판이 그의 쪽을 향하도록 돌려서 차창 사이로 내밀었다.

"받아." 에이스가 짜증 섞인 투로 말했다. "그리고 뒷문 열어. 나를 보낸 사람이 누군지 모른다면 보기보다 멍청하다는 얘기가 되는데." 그는 다른 쪽 손을 뻗어서 가발을 만지작거렸다. "가발 마음에 드는군." 그는 슬쩍 미소를 지으며 말을 이었다. "아주 걸작이야."

"집어치워." 버스터는 말했지만 노여움과 분노가 가신 목소리였다. 제대로 된 세 명이면 많은 피해를 입힐 수 있죠. 곤트는 이렇게 얘기했었다. 내가 나중에 누굴 보내줄게요.

하지만 에이스라고? 에이스 메릴? 그는 전과자 아닌가!

"이봐, 이번 조치에 대해서 곤트 씨하고 얘기하고 싶으면 아직 저 안에 있을 테니까 찾아가봐. 하지만 보다시피…….” 에이스는 길게 뜯겨서 가슴과 배 위로 늘어진 티셔츠 사이로 손을 넣고 흔들었다. “지금 기분이 살짝 안 좋은 상태라.”

“저들을 없앨 수 있게 나를 도울 사람이 바로 너라고?” 버스터는 물었다.

“맞아. 우리가 이 마을을 직화구이 와퍼로 만들 거야.” 그는 상자를 들었다. “뇌관 한 상자로 어떻게 타격을 입힐 수 있을지 모르겠지만. 곤트 씨 말로는 네가 그에 대한 해답을 알 거라던데.”

버스터는 씩 웃고는 일어나 밴 뒤편으로 기어가서 문을 열었다.

“알고 있지. 타시게나, 메릴 선생. 처리해야 할 일이 있으니.”

“어디로 가는데?”

“일단 배차장.”

버스터는 말했다. 여전히 씩 웃고 있었다.

21장

1

1983년 5월에 처음으로 캐슬록 연합침례교회 설교단에 오른 윌리엄 로즈 목사는 둘째가라면 서러울 정도로 고집이 셌다. 반론의 여지가 없었다. 안타깝게도 한편으로는 정력 넘치고 가끔 엉뚱하고 잔인한 방면으로 재치가 있었고 신도들 사이에서 더없이 인기를 누리는 사람이기도 했다. 그가 침례교도의 목자로서 한 첫 번째 설교가 앞날의 예고편이었다. 제목이 '가톨릭교도가 지옥에 갈 수밖에 없는 이유'였던 것이다. 이후로도 그의 기조는 변함이 없었고 신도들 사이에서 엄청난 지지를 받았다. 그의 주장에 따르면 가톨릭교도들은 예수가 아니라 그를 낳도록 선택받은 여자를 섬기는, 불손하고 미혹에 빠진 중생들이었다. 그러니 다른 분야에서도 오류를 저지를 수밖에 없지 않겠는가.

그는 신도들에게 종교재판 시기에 고문 기술을 완벽의 경지로 끌어올린 장본인이 바로 가톨릭교도라고 설명했다. 재판관들은 19세기 말 용감한 신교도(대개 침례교도였다)들이 저지하고 나설 때까지 음, 장작 위의 말뚝에서 진정한 종교인을 불태워 죽였다. 과거에서부터 현재까지 마흔 명의 교황이 음, 불경스러운 교합을 통해 자기 어머니, 자매, 심지어 사생아로 태어난 친딸과 관계를 맺었다. 바티칸은 순교한 신교도와 약탈당한 나라의 고혈로 건설됐다.

수백 년 동안 유사한 이단 행위를 감내해야 했던 가톨릭교회로서는 이런 식의 무식한 헛소리가 새로울 것도 없었다. 수많은 사제들이 대수롭지 않게 간주하고 심지어 가볍게 웃어넘길 얘기였다. 하지만 브리검 신부는 뭐든 대수롭게 간주할 수 있는 성격이 아니었다. 정반대였다. 브리검은 아일랜드 출신의 다혈질 안짱다리였고 바보, 특히 로즈 목사처럼 말을 더듬는 바보를 용납하지 못하는 재미없는 성격이었다.

그는 로즈의 불쾌한 도발에 일 년 동안 침묵으로 응수하다 마침내 설교단에서 폭발했다. 설교 제목부터 직격탄이라 '윌리 목사가 지은 죄'였다. 거기서 침례교회 목사를 "빌리 그레이엄이 물 위를 걷고 빌리 선데이가 전능하신 하나님의 오른쪽에 앉아 있다고 믿으며 찬송가나 부르는 얼간이"로 묘사했다.

그 일요일에 로즈 목사와 덩치가 가장 큰 네 명의 집사가 브리검 신부를 찾아왔다. 그들은 브리검 신부의 비방에 충격을 받았고 화가 났다고 말했다.

"나더러 수위를 낮추라고 하다니, 참 뻔뻔하네요." 브리검 신부는 말했다. "바로 오늘 아침에 내가 창녀 바빌론을 섬긴다고 신도들에게 얘기하신 걸로 압니다만."

평소에는 창백하던 로즈 목사의 뺨이 금세 벌게졌고 남은 머리칼이 거의 없는 정수리까지 홍조가 번졌다. 그는 로마의 창녀를 몇 번 운운한 적은 있을지 몰라도 창녀 바빌론이라는 말은 한 적이 없다고, 그런 식이라면 브리검 신부는 더하지 않았느냐고 했다.

브리검 신부는 주먹을 불끈 쥐고 교구 목사관 현관 밖으로 나섰다. "이 앞에서 그 문제에 대해 의논하고 싶으면 저 친위대는 옆으로 물리고 단둘이서 허심탄회하게 얘기해보죠."

브리검 신부보다 키는 팔 센티미터 크지만 몸무게는 구 킬로그램쯤 덜 나가는 로즈 목사는 비웃으며 뒤로 물러섰다. "내 손을 음, 더럽히지는 않겠습니다."

집사 중에 돈 헴필이 있었다. 그는 호전적인 신부보다 키도 더 크고 몸무게도 더 나갔다. "괜찮으시면 저하고 의논하시죠. 제가 교황을 사랑하는 아일랜드 촌놈의 엉덩이로 앞길을 닦아보려니까."

돈이 자기 말대로 하고도 남을 성격임을 아는 다른 두 집사가 제때 말렸지만…… 이후로 패싸움이 시작됐다.

올 시월까지는 대개 은밀하게 이루어졌다. 양쪽 교회의 여신도와 남신도끼리 상대 민족을 비하하는 농담을 주고받으며 악의적으로 낄낄거리거나, 학교 운동장에서 아이들끼리 서로 놀리거나, 평화의 날이어야 하건만 역사적으로 가장 많은 전쟁이 시작된 일요일마다 이 교회에서 저 교회로 설교의 폭탄을 날렸다. 가끔 침례교 청년회 댄스파티 때 누군가 교구 회관에 달걀을 던지거나 한번은 교구 목사관의 거실 창문으로 돌이 날아오는 등 험악한 사건이 벌어지기도 했지만 대개는 설전이었다.

모든 전쟁이 그렇듯 그들에게도 고조기와 소강기가 있었지만 이사벨라의 딸들이 카지노 나이트를 개최하겠다고 선포할 날부터 분노가 꾸준히 쌓여갔다. 로즈 목사가 악명 높은 "쥐새끼가튼 등신 침례교" 엽서를 받았을 무렵 이미 정면충돌을 피하기에는 너무 늦었던 것이다. 지나칠 정도로 상스러운 엽서 문구는 앞으로 벌어질 정면충돌이 엄청난 수준이 되리라는 보증수표에 불과했다. 불쏘시개는 준비됐다. 이제 누군가가 성냥을 그어서 불을 붙이기만 하면 되었다.

얼마나 아슬아슬한 상황인지 과소평가하는 치명적인 실수를 저지른 사람이 있었다면 브리검 신부였다. 그는 상대편 침례교도들이 카지노 나이트라는 발상을 싫어할 줄은 알았지만 교회에서 후원하는 도박이라는 점에 침례교 목사가 얼마나 분노하고 불쾌하게 여길지는 미처 몰랐다. 거룩한 윌리의 아버지가 도박의 충동에 사로잡혀 수도 없이 가족을 저버리던 중독자였고, 결국에는 크랩스*에서 돈을 잃은 뒤 댄스홀 뒷방에서 총으로 자살했다는 사실도 미처 몰랐다. 그리고 브리검 신부에 얽힌 추악한 진실이 있었으니, 사실 그가 이 모든 걸 알았더라도 상황이 딱히 달라지지 않았으리라는 것이다.

로즈 목사가 병력을 소집했다. 침례교도들은 캐슬록에서 발간되

* 주사위 두 개로 하는 도박.

는 주간지 《콜》에 카지노 나이트를 반대하는 편지를 투고했고(대부분 돈의 아내인 완다 헴필이 작성했다) "주사위와 악마"라고 적힌 포스터를 붙였다. 그러자 카지노 나이트 준비 위원장이자 이사벨라의 딸들 지부장인 베치 비그의 주도 아래 반격이 시작됐다. 결과적으로 초래된 설전(서로 다른 의견을 이성적으로 개진하는 양상이라기보다는 아귀다툼에 가까웠다)을 처리하느라 삼 주 전부터 《콜》이 총 16면으로 증면됐다. 나붙는 포스터 숫자도 점점 많아졌지만 즉시 떨어져 나갔다. 양측의 자제를 촉구하는 사설에는 아무도 관심을 기울이지 않았다. 일부 동조자들은 재미있어했다. 괜한 난리 법석에 발을 담그는 것이 짜릿했다. 하지만 막판을 향해 치달을수록 거룩한 윌리는 즐거움을 잃었고, 브리검 신부도 마찬가지였다.

"저만 잘난 줄 아는 개떡 같은 인간은 정말 밥맛이군!" 앨버트 젠드런이 치과 문에 붙어 있던 그 악명 높은 "생선 대가리들아, 잘 들어라!" 편지를 들고 가자 브리검 신부는 이렇게 소리쳐 젠드런을 놀라게 했다.

"선한 침례교도를 범인으로 몰고 가다니 그런 갈보 자식이 어디 있답니까?" 로즈 목사 역시 이렇게 쏘아붙여 노먼 하퍼와 돈 헴필을 놀라게 했다. 콜럼버스 기념일에 브리검 신부의 전화를 받고서 한 얘기였다. 브리검 신부가 생선 대가리 어쩌고 한 편지를 읽어주려고 했던 것이다. 로즈 목사는 듣지 않겠다고 거부했다(집사들이 보기에는 지당한 처사였다).

앨버트 젠드런과 키는 비슷하지만 몸무게는 구 킬로그램 더 나가는 노먼 하퍼는 히스테리라고밖에 볼 수 없는 로즈의 카랑카랑한 목소리를 듣고 불안해졌으나 내색하지 않았다. "이게 어떻게 된 일인가 하면요……." 그는 설명하고 나섰다. "아일랜드 촌뜨기 신부가 목사님이 받은 카드 때문에 좀 불안해진 거예요. 도가 지나쳤다는 걸 깨달은 거죠. 그래서 자기 친구도 비슷하게 추잡한 편지를 받았다고 해서 어물쩍 넘어가려는 수작이죠."

"어림없는 소리!" 로즈는 한층 더 카랑카랑한 목소리로 외쳤다. "우리 교회에 그런 추잡한 짓거리를 저지르는 인간이 있을 리 없죠! 절대로!" 마지막 단어에서 목소리가 갈라졌고 그는 부들부들 떨며 주먹을 쥐었다 폈다 했다. 노먼과 돈은 불안한 눈빛으로 서로 흘끗 쳐다보았다. 지난 몇 주 사이 그들은 점점 잦아지는 로즈 목사의 이런 행동을 두고 동안 여러 차례 얘기를 나눈 바 있었다. 사태가 완전히 해결되기도 전에 목사가 신경쇠약증을 일으키는 건 아닌지 걱정스러웠다.

"속 끓이실 필요 없어요." 돈이 달래는 투로 말했다. "우리는 진실을 알잖습니까."

"그렇죠!" 로즈 목사는 부들부들 떨리는 불안한 눈빛으로 두 남자를 똑바로 쳐다보며 외쳤다. "그래요, 두 분은 알죠. 하지만 마을의 음, 다른 주민들은요? 그들도 알까요?"

노먼도 돈도 그 질문에는 대답할 길이 없었다.

"우상을 숭배하는 저 거짓말쟁이를 누가 마을에서 내쫓아주면 소원이 없겠어요!" 윌리엄 로즈는 주먹을 쥐고 무기력하게 부들부들 떨며 이렇게 외쳤다. "내쫓아주기만 한다면! 비용은 내가 대겠어요! 아주 넉넉하게 말이에요!"

월요일에 브리검 신부는 여기저기 전화를 돌려서 그날 저녁 간단한 회의가 있으니 '캐슬록에서 자행되는 종교 탄압'에 관심 있는 신도들은 교구 목사관에 들러달라고 했다. 장소를 바로 옆 콜럼버스 기사단 회관으로 옮겨야 할 정도로 많은 인원이 참석했다.

브리검은 앨버트 젠드런의 병원 문에 붙어 있던 편지—걱정하는 침례교인 일동이 보낸다는—를 먼저 소개하고 로즈 목사에게 전화를 걸었지만 소득이 없었다고 설명했다. 로즈도 캐슬록을 걱정하는 가톨릭교인 일동이 보낸다는 외설스러운 편지를 받았다고 주장하더라는 얘기를 전하자 모인 사람들이 처음에는 충격으로, 그다음에는 분노로 술렁거렸다.

"그 인간이 거짓말을 하는 겁니다!" 뒤편에서 누군가가 외쳤다.

브리검 신부는 고개를 끄덕이는 동시에 젓는 듯이 보였다.

"그럴지도 모르죠, 샘. 하지만 진짜 문제는 그게 아니에요. 그가 제정신이 아니라는 것, 내가 보기에는 그게 가장 심각한 문제예요."

다들 곰곰이 생각하고 고민하느라 정적이 흘렀지만 브리검 신부는 그럼에도 불구하고 엄청난 안도감을 느꼈다. 제정신이 아니라는 말. 최소 삼 년 동안 그의 머릿속에서 맴돌던 단어를 처음으로 입 밖으로 내뱉을 수 있었던 것이다.

"미친 침례교도 때문에 우리 계획을 중단할 수는 없죠." 브리검 신부는 하던 얘기를 계속했다. "거룩한 윌리 목사는 어떻게 생각할지 몰라도 우리 카지노 나이트는 건전하고 유익한 행사니까요. 하지만 그가 점점 공격적이고 불안한 성향을 보이고 있으니 투표를 하겠습니다. 카지노 나이트를 취소하는 게 좋겠다고 생각하시는 분, 안전을 위해 압력에 굴복하는 편이 낫겠다고 생각하시는 분은 말씀해주세요."

그들은 카지노 나이트를 예정대로 강행하자는 데 만장일치로 찬성했다.

브리검 신부는 뿌듯해하며 고개를 끄덕이고는 베치 비그 쪽으로 고개를 돌렸다. "내일 저녁에 기획 회의가 있죠, 베치?"

"네, 신부님."

"그러면 우리 남자들은 같은 시각에 여기 이 콜럼버스 기사단 회관에서 모이는 게 어떨까 합니다." 브리검 신부가 말했다.

워낙 묵직하다 보니 화를 내는 속도도 화를 가라앉히는 속도도 느린 앨버트 젠드런이 천천히 자리에서 일어나 허리를 꼿꼿하게 폈다. 여기저기서 고개를 길게 빼고 그의 움직임을 좇았다.

"침례교 등신들이 우리 여신도님들을 괴롭힐 수도 있다는 말씀입니까, 신부님?"

"아뇨, 아뇨, 그건 절대 아닙니다." 브리검 신부는 그를 진정시켰다. "하지만 카지노 나이트를 차질 없이 진행할 수 있는 방안을 마련하는 편이 현명하지 않을까……."

"경비대 말씀이세요?" 누군가가 열띤 목소리로 말했다. "경비대요, 신부님?"

"뭐…… 만전을 기하자는 뜻이죠." 브리검 신부는 그런 의미에서 한 이야기라는 점을 전혀 감추지 않았다. "그러니까, 내일 저녁에 여신도님들이 회의를 하는 동안 우리도 옆에 모여 있으면 불미스러운 일이 벌어졌을 때 달려갈 수 있지 않겠습니까."

이렇게 해서 이사벨라의 딸들이 주차장 이편에서 회의를 하는 동안 남자 가톨릭교도들은 저편에서 만났다. 한편 마을 건너편에서는 윌리엄 로즈 목사가 가장 최근에 가톨릭교회에서 감행한 중상모략에 대해 상의하고, 팻말 제작과 카지노 나이트 반대 피켓 시위대를 조직할 방법을 모색하자며 같은 시각에 회의를 소집했다.

그날 초저녁에 캐슬록 곳곳에서 난투극이 벌어졌지만 양쪽 회의의 출석률에는 별 지장이 없었다. 태풍이 다가오던 무렵, 시청 건물 주변에 모여 있던 구경꾼들은 카지노 나이트 논쟁에 대해 중립적인 입장이었다. 일대 격전에 가담한 가톨릭교도와 침례교도들의 경우에는 성전을 앞둔 마당이라 두세 건의 살인 사건은 안중에도 없었다. 종교 문제가 대두되면 다른 건 뒷전으로 미뤄야 하지 않겠는가.

2

로즈 목사가 '도박에 반대하는 캐슬록 침례교회 그리스도 병사들'이라고 명명한 네 번째 회의에는 칠십여 명이 참석했다. 엄청난 숫자였다. 지난번 회의 때는 참석률이 곤두박질쳤었는데, 누가 목사관 우편함에 외설스러운 카드를 넣고 갔다는 소문이 돌자 다시 올라갔다. 이에 로즈 목사는 안심했지만 돈 헴필이 없는 걸 알아차리고는 실망과 동시에 당혹감을 느꼈다. 돈은 참석하겠다고 약속한 데다 그의 든든한 오른팔이었다.

로즈는 손목시계를 흘끗 보았다. 벌써 7시 5분이라 슈퍼마켓에 전화해 돈이 깜빡했는지 확인할 겨를이 없었다. 올 사람은 다 왔고 그는 그들의 분노와 호기심이 고조된 시점을 놓치고 싶지 않았다. 그는 일 분 더 헴필을 기다렸다가 설교단에 올라가 환영의 표시로 앙상한 팔을 들어 보였다. 신도들—대개 근무용 복장이었다—이 신도석을 가득 채우고 소박한 나무 벤치에 앉아 있었다.

"오늘의 만남도 음, 다른 때와 같이 시작합시다." 로즈 목사가 조용히 말했다. "모두 고개를 숙이고 음, 기도합시다."

그들이 고개를 떨군 순간 총성과도 같은 요란한 소리와 함께 뒤에서 출입문이 열렸다. 여자들 몇 명이 비명을 질렀고 남자들 몇 명은 벌떡 일어섰다.

돈이었다. 자기 슈퍼마켓의 푸줏간을 맡고 있기도 한 그는 핏물이 든 하얀색 앞치마를 여전히 걸치고 있었다. 얼굴이 토마토처럼 시뻘겠다. 광기가 느껴지는 두 눈에서는 눈물이 펑펑 쏟아졌다. 흘러내린 콧물이 코와 윗입술과 입가의 주름 위에서 말라붙어 있었다.

거기다 고약한 냄새를 풍겼다.

유황 탱크를 통과하고 따끈따끈한 소똥을 뒤집어쓴 다음 닫힌 방 안에서 고함을 지르며 날뛴 스컹크 부대 같은 냄새였다. 냄새는 그를 앞장서기도 하고 뒤따르기도 했지만 대체로 불길한 구름처럼 그를 감쌌다. 그가 앞으로는 앞치마를, 뒤로는 삐져나온 셔츠 자락을 펄럭이며 지나가자 여자들은 통로에서 멀찌감치 몸을 피하며 더듬더듬 손수건을 찾았다. 몇 안 되는 아이들은 울음을 터뜨렸고, 남자들은 혐오감과 당혹감이 한데 뒤섞인 고함을 질렀다.

"돈!" 로즈 목사가 놀라 신경질적으로 외쳤다. 계속 팔을 올리고 있었지만 돈 헴필이 설교단 근처로 다가오자 그 팔을 내려 자기도 모르게 손으로 코와 입을 막았다. 구역질이 날 것 같았다. 지금까지 살면서 그렇게 코를 찌르는 악취는 맡아본 적이 없었다. "이게…… 이게 무슨 일입니까?"

"무슨 일이냐고요?" 돈 헴필은 으르렁거렸다. "무슨 일이냐고요? 제가 말씀드리죠! 제가 전부 말씀드리죠!"

그는 신도들 쪽으로 몸을 돌렸다. 악취가 풍겨져 나왔지만 분노로 이글거리는 그의 시선과 맞닥뜨리자 신도들은 잠잠해졌다.

"그 개새끼들이 내 가게에 냄새 나는 폭탄을 터뜨렸어요! 내가 오늘은 일찍 문을 닫는다고 공고한 덕분에 손님은 다행히 대여섯 명밖에 없었지만 상품들이 못 쓰게 됐어요. 모두 다! 사만 달러어치가! 못 쓰게 됐어요! 그 새끼들이 무슨 폭탄을 썼는지 모르겠지만 며칠 동안 냄새가 빠지지 않을 거예요!"

"누굽니까?" 로즈 목사가 소심하게 물었다. "누가 그런 짓을 한 겁니까?"

돈 헴필은 앞치마 주머니 안으로 손을 넣었다. 까만색 바탕에 흰색 홈이 파인 둥그스름한 띠와 전단지 묶음을 꺼냈다. 까만색 띠는 로만 칼라*였다. 그가 띠를 높이 들어 보였다.

"누구 짓일까요? 내 가게! 내 상품! 모든 게 아작이 났는데 누구 짓일까요?" 그는 악을 썼다.

그는 도박에 반대하는 캐슬록 침례교회 그리스도 병사들을 향해 전단지를 던졌다. 전단지들이 허공에서 흩어져 색종이 가루처럼 나

* 가톨릭교회에서 사제들이 목에 두르는 옷깃.

풀나풀 떨어졌다. 몇 명이 손을 뻗어 잡았다. 모든 전단지 내용이 같았다. 룰렛 테이블을 둘러싸고 서서 웃는 사람들이 그려져 있었다.

재미있게 놀아보아요!

그림 위에 이렇게 적혀 있었다. 그리고 그림 아래에는,

1991년 10월 31일
콜럼버스 기사단 회관에서 열리는
카지노 나이트로 놀러오세요.
수익금은 가톨릭교회 발전 기금으로 쓰입니다.

"이 전단지 어디서 주웠어요, 돈?" 렌 밀리컨이 천둥처럼 울리는 불길한 목소리로 물었다. "그리고 이 칼라는요?"

"누가 정문 안쪽에다가 놓고 갔더라고요. 온 사방이 아작 나기 직전에……."

출입문에서 다시 요란한 소리가 들리자 다들 펄쩍 뛰었지만 이번에는 열리는 게 아니라 닫히는 소리였다.

"냄새가 마음에 들었으면 좋겠다, 침례교 호모들아!" 누군가가 외쳤다. 그 뒤를 이어 카랑카랑하고 불쾌한 웃음소리가 들렸다.

신도들은 겁에 질린 눈빛으로 윌리엄 로즈 목사를 빤히 쳐다보았다. 그는 똑같이 겁에 질린 눈빛으로 그들을 마주 보았다. 바로 그때 성가대석 안에 숨겨져 있던 상자가 쉭쉭거렸다. 지금은 고인이 된

머틀 키턴이 이사벨라의 딸들 회관에 둔 상자처럼 여기에도 (역시 지금은 고인이 된 소니 재킷이 숨겨놓은 것이었다) 오후 내내 째깍거리던 타이머가 들어 있었다.

상자 옆면에 뚫린 구멍에서 어마어마하게 강력한 악취가 구름처럼 뿜어져 나오기 시작했다.

캐슬록 연합침례교회에서 이렇듯 파티가 시작됐다.

3

바버라 밀러는 푸르스름한 번개가 하늘을 가를 때마다 동작을 멈추어가며 이사벨라의 딸들 회관 측면을 따라 살금살금 걸었다. 한 손에는 쇠 지렛대를, 다른 손에는 곤트에게 받은 자동 권총을 들고 있었다. 니드풀 싱스에서 산 뮤직 박스는 입고 있는 남성용 코트 주머니에 잘 넣었다. 그걸 훔치려는 사람은 무게가 삼십 그램쯤 되는 콩알을 먹게 될 것이다.

누가 그렇게 저질스럽고 비열하고 못된 짓을 하겠느냐고? 거기서 어떤 노래가 나오는지 자신이 들어보기도 전에 뮤직 박스를 훔치려 드는 사람이 있겠느냐고?

글쎄, 그녀는 생각했다. 이렇게 대답하고 싶네. 오늘 저녁에는 신디 로즈 마틴이 내 앞에 낯짝을 보이지 말았으면 좋겠다고. 낯짝을 보였다가는 이승에서 다시는 낯짝을 들지 못하게 될 거라고. 날 뭘로 보는 거야? 바보 천치인 줄 아나?

아무튼 그녀에게는 해야 할 일이 있었다. 조그만 장난을 하나 쳐야 했다. 두말하면 잔소리지만 곤트 씨가 시킨 일이었다.

베치 비그를 아시죠? 곤트 씨가 물었었다. 아시죠, 네?

당연히 그녀는 알았다. 그녀와 베치는 초등학교 시절부터 종종 선도부 일을 같이 했던 절친한 동지였다.

좋아요. 창밖에서 지켜보고 있어요. 그녀가 자리에 앉을 거예요. 그러고는 종이를 집었다가 그 밑에 있는 뭔가를 볼 거예요.

뭐가 있는데요? 바버라는 궁금한 마음에 물었다.

그건 알 거 없어요. 뮤직 박스 열쇠를 찾고 싶으면 입은 다물고 귀만 열고 있는 게 좋아요. 알아들었어요?

그녀는 알아들었다. 그리고 다른 것도 알아차렸다. 곤트 씨가 가끔 무서울 때가 있다는 것이었다. 아주 무서울 때가.

그녀가 그 뭔가를 집을 거예요. 요리조리 뜯어보다가 열어볼 거예요. 그때쯤 당신은 건물 문 앞에 가 있어야 해요. 모든 사람들이 건물 왼쪽 뒤편을 돌아볼 때까지 기다려요.

바버라는 왜 모든 사람들이 그쪽을 돌아보느냐고 물어보고 싶었지만 참기로 했다.

그들이 뒤편을 돌아보면 쇠 지렛대의 끝이 갈라진 쪽을 문손잡이 밑에 끼워요. 다른 쪽 끝은 땅바닥에 대고 세우고요. 단단히 쐐기를 박는 거예요.

소리는 언제 지르면 돼요? 바버라는 물었다.

때가 되면 알 수 있을 거예요. 다들 고춧가루가 든 분무기가 똥구멍에 꽂힌 듯이 굴 테니까. 뭐라고 외치면 되는지 기억하죠, 바버라?

그녀는 기억했다. 같이 손잡고 학교에 다녔던 베치 비그에게 그런 짓을 하려니 켕기기는 했지만 악의 없는 장난처럼 보였고 (뭐…… 거의 그랬다) 그들은 더이상 어린애가 아니었다. 그녀와, 그녀가 왜 그랬는지 모르겠지만 베티 라라라고 불렀던 꼬맹이는 이미 오래전 얘기였다. 그리고 곤트 씨도 짚고 넘어갔다시피 그녀를 의심할 사람은 없었다. 왜 의심을 하겠는가? 바버라와 그녀의 남편은 제칠안식일예수재림교도였다. 그녀가 보기에는 가톨릭교도와 침례교도, 양쪽 모두 그런 꼴을 당해도 쌌고, 여기에는 베티 라라도 포함됐다.

번개가 번쩍였다. 바버라는 꼼짝 않고 있다가 출입문에서 가까운 쪽 창문으로 조르르 달려가 베치가 회장석에 앉으려는지 안을 들여다보았다.

바로 그때 어마어마한 폭풍의 첫 번째 빗방울이 그녀의 주변으로 후두둑 떨어지기 시작했다.

4

악취가 침례교회 안을 채우기 시작했다. 돈 헴필에게서 풍기는 냄새와 비슷하지만…… 그보다 천배는 더 지독했다.

"이런 염병할!" 돈은 으르렁거렸다. 거기가 어딘지 까맣게 잊어버렸기 때문인데, 기억했다 하더라도 그가 쓴 단어는 별반 달라지지 않았을 것이다. "여기에다가도 설치했네! 나가요! 나가! 다들 나가라고요!"

"얼른요!" 낸 로버츠가 식당의 피크 타임 때 쓰는 우렁찬 바리톤 음색으로 고함을 질렀다. "얼른! 다들 움직여요!"

악취의 근원지가 어디인지는 뻔히 보였다. 누르스름한 연기가 허리 높이쯤 되는 성가대석 난간을 넘고 다이아몬드 모양으로 구멍이 뚫린 아래쪽 나무 칸막이를 관통해 뭉게뭉게 흘러나왔다. 성가대석 발코니 아래에 옆문이 있었지만 아무도 그쪽으로 갈 생각을 하지 않았다. 그 정도로 냄새가 독하면 죽을 수 있기도 하거니와…… 먼저 눈알이 튀어나오고 머리카락이 떨어지고 어마무지한 공포로 똥구멍이 저절로 막힐 터였다.

도박에 반대하는 캐슬록 침례교회 그리스도 병사들은 단 오 초 만에 오합지졸로 돌변했다. 비명을 지르고 켁켁거리며 교회 뒤편에 있는 출입문 쪽으로 우르르 몰려갔다. 신도석 하나가 쓰러져 쿵 하고 바닥에 쓰러졌다. 데버라 존스톤의 발이 그 밑에 깔렸고 발을 빼려고 버둥거리던 와중에 노먼 하퍼에게 옆을 들이받혔다. 데버라가 넘어지는 순간 쩍 하는 요란한 소리와 함께 발목이 부러졌다. 그녀는 신도석에 발이 깔린 채 울부짖었지만 그 비명은 사람들 속에 묻혀버렸다.

로즈 목사는 성가대석에서 가장 가까운 곳에 있었고, 악취가 큼지막하고 냄새가 고약한 가면처럼 그의 머리를 에워쌌다. 지옥에서 익어가는 가톨릭교도들의 냄새로군. 그는 멍하니 생각하며 설교단에서 뛰어내렸다. 그가 데버라 존스톤의 횡경막 위로 정확하게 착지하자 그녀는 비명 대신 컥컥대며 길게 숨을 내뱉다가 정신을 잃었다. 로즈 목사는 자신이 방금 교구에서 가장 독실한 신도 한 명을 기절시켰다는 사실을 알아차리지 못한 채 더듬더듬 교회 뒤편을 향해 움직였다.

문간에 다다른 사람들은 그쪽으로 대피할 수 없다는 걸 알아차렸다. 문이 잠겨 있었다. 대탈출에 앞장섰던 사람들은 몸을 돌려보지도 못한 채 뒤에서 밀려드는 인파와 잠긴 문 사이에 껴서 넙치가 되었다.

비명과 거친 고함과 사나운 욕설이 허공을 파랗게 물들였다. 밖에서 빗방울이 떨어지기 시작하는 가운데 안에서는 구토가 시작됐다.

5

베치 비그는 미국 국기와 프라하의 아기 예수 배너 사이에 자리를 잡고 앉았다. 그녀가 회의를 시작하겠다는 뜻에서 손마디로 테이블을 두드리자 전부 해서 마흔 명쯤 되는 여신도들이 착석하기 시작했다. 밖에서는 천둥소리가 하늘을 두드렸다. 여기저기서 작은 비명과 불안한 웃음이 터졌다.

"이사벨라의 딸들 회의를 시작하겠습니다." 베치는 말하고 의제 목록을 집었다. "먼저 평소처럼……."

그녀가 말을 멈추었다. 테이블 위에 하얀색 봉투가 놓여 있었다. 의제 목록 밑에 있던 것이었다. 타자로 적힌 단어들이 그녀를 노려보았다.

교황의 갈보야 당장 이걸 읽어보아라

그들의 소행이로군. 그녀는 생각했다. 침례교도들. 추악하고 불쾌한 좀팽이들.

"베치?" 나오미 제섭이 불렀다. "무슨 문제 생겼어요?"

"잘 모르겠는데…… 그런 것 같아요."

그녀는 봉투를 뜯었다. 종이 한 장이 나왔다. 거기에 타자로 다음과 같은 문장이 적혀 있었다.

이것이 가톨릭 갈보들의 냄새다!

회관의 왼쪽 뒤편 구석에서 갑자기 바람 빠지는 소리가 들렸다. 혹사당한 증기 배관에서 나는 소리 비슷했다. 몇몇 여자들이 소리를 지르며 그쪽으로 고개를 돌렸다. 머리 위에서 우렁찬 천둥소리가 작렬하자 다들 이번에는 본격적으로 비명을 질렀다.

회관 옆쪽의 벽장에서 누르스름한 연기가 흘러나오고 있었다. 방 하나짜리 건물 가득 어느 누구도 맡아본 적 없을 만큼 끔찍한 악취가 채워졌다.

베치가 의자를 넘어뜨리며 일어섰다. 그녀가 막 입을 열었을 때—무슨 말을 하려고 그랬는지는 그녀 자신도 알 수 없었다—밖에서 이렇게 외치는 여자의 음성이 들렸다. "이게 다 카지노 나이트 때문이다, 이년들아! 회개하라! 회개하라!"

뒷문 밖에서 어떤 사람의 모습이 언뜻 보였지만 벽장에서 흘러나온 끔찍한 연기가 창문을 완전히 덮었고…… 그게 누구였는지 이

내 상관이 없어졌다. 악취가 견딜 수 없는 수준이었다.

아수라장이 벌어졌다. 이사벨라의 딸들은 냄새가 코를 찌르는 연기로 자욱한 방 안에서 흥분한 양떼처럼 우왕좌왕했다. 뒤로 떠밀린 앤토니어 비세트가 회장석의 철제 테두리에 부딪혀 목이 부러졌을 때도 아무도 그 소리를 듣거나 알아차리지 못했다.

밖에서는 천둥소리가 지축을 흔들고 번개가 번쩍거렸다.

6

콜럼버스 기사단 회관에 모인 가톨릭교회의 남신도들은 앨버트 젠드런을 중심으로 대충 동그랗게 앉아 있었다. 그는 병원 문에 붙어 있던 쪽지를 화두 삼아("아, 이건 아무것도 아니지, 왕년에는 말이야……") 1930년대에 루이스턴에서 자행됐던 가톨릭교도 색출과 그 복수에 얽힌 끔찍하고도 흥미진진한 일화를 들려주었다.

"무식한 광신도들이 성모마리아의 발에 어떤 식으로 소똥을 발랐는지 보자마자 그분은 차를 타고……."

앨버트는 갑자기 말을 멈추고 귀를 쫑긋 세웠다.

"저게 무슨 소리지?" 그가 물었다.

"천둥소리요." 제이크 펄래스키가 말했다. "엄청난 폭풍이 될 거라고 하던데."

"아니, 저 소리 말이야." 앨버트는 말하고 자리에서 일어났다. "비명소리 같은데."

천둥이 잠시 으르렁거리는 수준으로 잦아들자 그 틈에 모두 들을 수 있었다. 여자들 소리였다. 여자들이 비명을 지르고 있었다.

그들은 자리에서 일어나 있던 브리검 신부를 돌아보았다.

"가죠! 가서……."

그때 쉭 하는 소리가 들리더니 회관 뒤편에서 남자들이 옹기종기 모여 있는 쪽으로 악취가 흘러나오기 시작했다. 창문이 박살 났고, 돌 하나가 오랫동안 댄스 플로어로 쓰이느라 반질반질하게 광이 나는 바닥을 맞고 미친 듯이 튀었다. 남자들은 고함을 지르며 튕겨져 나온 돌을 피했다. 돌은 저쪽으로 데굴데굴 굴러가서 벽에 맞고 다시 한번 튀었다가 잠잠해졌다.

"침례교도들이 보내는 지옥의 불이다!" 밖에서 누군가가 외쳤다. "캐슬록에서 도박은 금지야! 이 말을 널리 전해라, 수녀하고 붙어먹는 것들아!"

콜럼버스 기사단의 출입문도 쇠 지렛대로 잠겨 있었다. 남자들이 문에 부딪혀 그 앞으로 점점 쌓이기 시작했다.

"아니에요!" 브리검 신부가 외쳤다. 그는 점점 지독해져가는 악취를 뚫고 조그만 옆문으로 향해 갔다. 그 문은 열려 있었다. "이쪽이에요! 이쪽으로!"

처음에는 아무도 듣지 않았다. 공포로 이성을 잃는 바람에 꿈쩍도 않는 정문 앞으로만 계속 몰려들었다. 그때 앨버트 젠드런이 큼지막한 두 손을 뻗어 두 사람의 머리를 동시에 내리쳤다.

"신부님이 시키시는 대로 해!" 그가 고함을 질렀다. "놈들이 여신도들을 죽이고 있다고!"

앨버트가 오로지 완력으로 인파를 헤치고 나가자 다른 남자들도 그를 뒤따르기 시작했다. 그들은 콜록거리고 욕을 하며 어두컴컴한 연기 속을 일렬로 비틀비틀 관통했다. 미드 라시그놀은 메슥거리는 속을 더이상 어찌할 수가 없었다. 입을 벌려 앨버드 젠드런의 널찍한 등판 위에 저녁을 모두 게웠다. 앨버트는 알아차리지도 못했다.

브리검 신부는 이미 주차장으로 이어지는 계단을 향해 비틀비틀 걸어가고 있었다. 주차장 반대편이 이사벨라의 딸들 회관이었다. 그는 어쩌다 한 번씩 걸음을 멈추고 마른 구역질을 했다. 악취가 파리 잡는 끈끈이처럼 그의 몸에 들러붙었다. 비뚤배뚤 그를 뒤따르는 남자들은 좀더 거세게 퍼붓기 시작한 비조차 느끼지 못했다.

브리검 신부가 몇 개 안 되는 계단을 반쯤 내려갔을 때 번쩍하고 번개가 치자 이사벨라의 딸들 회관의 문을 막은 쇠 지렛대가 보였다. 잠시 후 건물 오른쪽 유리창이 안쪽에서 깨졌고, 여자들이 토악질하는 법을 배운 누더기 인형처럼 잔디밭 위로 쏟아져 나왔다.

7

로즈 목사는 정문 앞까지 가지도 못했다. 앞을 가로막은 사람들이 너무 많았다. 그는 코를 잡고 몸을 돌려 비틀비틀 다시 교회 안으로 들어갔다. 다른 사람들에게 소리를 지르려고 했지만 입을 열자 토사물이 분수처럼 쏟아져 나왔다. 두 발이 서로 엉켜 넘어지는 바람에 신도석 상단에 머리를 세게 부딪혔다. 일어서려고 했지만 뜻대로 되지 않았다. 잠시 후에 누군가가 큼지막한 손을 그의 겨드랑이에 넣어서 일으켜 세웠다. "창밖으로 나가세요, 목사님!" 낸 로버츠가 외쳤다. "얼른요!"

"유리가……."

"유리는 신경 쓰지 마시고요! 이러다 숨 막혀 죽겠어요!"

그녀가 그를 앞으로 떠밀었다. 로즈 목사는 양떼를 인도하는 예수그리스도를 라임맛 젤로색으로 묘사한 스테인드글라스 유리창을 박살 내고 탈출하기 직전에 한 손으로 간신히 눈을 가릴 수 있었다. 그는 허공을 날아서 잔디밭에 부딪혀 튕겨져 올랐다. 위쪽 틀니가 입에서 날아갔고 신음이 터졌다.

일어나 앉자 당장 어둠과 비와…… 상쾌한 공기라는 축복을 느낄 수 있었다. 하지만 이걸 음미할 겨를이 없었다. 낸 로버츠가 그의 머리칼을 잡고 홱 일으켜 세웠다.

"어서 가요, 목사님!"

푸르스름하게 번쩍이는 번갯불에 언뜻 비친 그녀의 얼굴은 하르피이아*처럼 일그러져 있었다. 여전히 하얀색 레이온 유니폼 차림에—그녀는 항상 자기 식당의 웨이트리스와 같은 옷을 입었다—불룩한 가슴 위로 토사물 턱받이를 한 모습이었다.

로즈 목사는 고개를 숙이고 비틀비틀 그녀를 따라 움직였다. 머리칼을 놓아주었으면 싶었지만 얘기를 해보려 할 때마다 천둥소리에 목소리가 묻혔다.

다른 몇 명도 그들을 따라서 깨진 창문으로 빠져나왔지만 대다수는 여전히 정문 안쪽에 몰려 있었다. 낸은 한눈에 이유를 알아차렸

* 그리스 로마 신화에 나오는 괴물. 여자의 머리와 몸에 새의 날개와 발이 달렸다.

다. 쇠 지렛대 두 개가 손잡이 밑에 끼워져 있었다. 그녀가 지렛대를 옆으로 걷어찬 순간 번개가 마을 광장을 강타하며 야외 음악당이 성냥개비처럼 불길에 휩싸였다. 예전에 존 스미스라는 고뇌에 찬 청년이 살인범의 정체를 알아차린 곳이었다*. 거세어진 바람이 어두컴컴하게 휘몰아치는 하늘에 대고 나무를 흔들었다.

쇠 지렛대가 빠지자 즉시 문이 활짝 열렸다. 문 한쪽은 경첩에서 아예 떨어져나와 계단 왼쪽의 화단으로 굴러떨어졌다. 분노로 두 눈을 이글거리며 쏟아져 나온 침례교도들이 서로 발이 걸려 넘어져 가며 교회 계단을 달려 내려왔다. 그들은 악취를 풍겼다. 눈물을 쏟았다. 기침을 했다. 구토를 했다.

하나같이 분노로 눈이 멀어 있었다.

8

브리검 신부를 앞장세운 콜럼버스 기사단과 베치 비그를 앞장세운 이사벨라의 딸들이 주차장 중앙에서 만났을 때 하늘이 열리면서 폭우가 퍼붓기 시작했다. 베치는 더듬더듬 브리검 신부를 찾아 붙잡았다. 시뻘건 눈에서는 눈물이 펑펑 쏟아졌고 머리카락은 젖어서 번들거리는 모자처럼 머리에 들러붙어 있었다.

"안에 남은 사람들이 있어요! 나오미 제섭…… 앤토니어 비세트…… 몇 명이 더 있을지 모르겠어요!"

* 스티븐 킹이 1979년에 출간한 『데드 존』의 내용이다.

"누구일까요?" 앨버트 젠드런이 고함을 질렀다. "도대체 누구 짓일까요?"

"아, 침례교도들의 짓이죠! 당연한 거 아니에요?" 베치가 날카롭게 외치고 울음을 터뜨렸을 때 번개가 백열 텅스텐 필라멘트처럼 하늘에서 널을 뛰었다. "그 인간들이 저더러 교황의 갈보라고 했어요! 침례교도들의 짓이에요! 침례교도! 지옥으로 떨어질 침례교도!"

한편 브리검 신부는 베치에게서 떨어져나와 이사벨라의 딸들 회관 문으로 달려갔다. 쇠 지렛대를 걷어차 옆으로 치우고—문이 지렛대를 중심으로 동그랗게 쪼개졌다—문을 홱 열었다. 정신없이 구역질을 하는 여자 세 명과 악취가 코를 찌르는 연기 구름이 문밖으로 빠져나왔다.

그 사이로 앤토니어 비세트가 보였다. 바느질을 워낙 빠르게 잘하고 교회에서 새로운 사업을 벌일 때마다 적극적으로 동참하는 어여쁜 앤토니어가, 떨어진 프라하의 아기 예수 배너에 몸의 일부가 가려진 채 회장석 옆 바닥에 쓰러져 있었다. 그 옆에 무릎을 꿇고 앉아서 울부짖는 나오미 제섭의 모습도 보였다. 앤토니어의 머리가 말도 안 되는 희한한 각도로 꺾여 있었다. 멍한 눈빛은 하늘을 향한 채였다. 곤트에게 아무 물건도 산 적 없고 그의 장난에 한 번도 동참한 적 없는 앤토니어 비세트는 이제 악취에 신경 쓸 필요가 없어졌다.

나오미는 문 앞에 서 있는 브리검 신부를 보고 일어나 비틀비틀 그를 향해 다가갔다. 충격이 하도 심하다 보니 그녀도 냄새 폭탄에 신경 쓰지 않는 듯했다.

"신부님, 신부님, 이유가 뭘까요? 그 인간들이 이런 짓을 저지른 이유가 뭘까요? 그냥 잠깐 재미있는 소동이 벌어지는 것뿐이라고 생각했는데…… 그뿐이었는데. 대체 이유가 뭘까요?"

"그 인간이 제정신이 아니기 때문이죠." 브리검 신부는 이렇게 말하고 나오미를 품에 안았다.

그의 옆에서 앨버트 젠드런이 으스스한 목소리로 나지막이 중얼거렸다. "그 인간들을 족치러 갑시다."

9

도박에 반대하는 캐슬록 침례교회 그리스도 병사들은 돈 헴필, 낸 로버츠, 노먼 하퍼, 윌리엄 로즈를 앞세우고 장대비를 맞으며 해링턴 스트리트를 성큼성큼 걸었다. 따끔거리는 눈구멍 속에서 퉁퉁 부은 그들의 눈은 분노로 시뻘겋게 이글거리고 있었다. 그리스도 병사들 대부분이 바지나 셔츠나 신발 아니면 세 군데 모두에 토악질을 했다. 퍼붓는 비에도 씻기지 않는 썩은 달걀 냄새가 그들에게 들러붙었다.

주 경찰청 순찰차가 해링턴과 캐슬 애비뉴가 만나는 네거리에서 멈추어 섰다. 팔백 미터를 더 가면 캐슬뷰였다. 순찰차에서 내린 주 경찰관이 그들을 보고 입을 떡 벌렸다.

"이봐요!" 그가 외쳤다. "어디들 가는 거예요?"

"교황의 딸랑이들을 조지러 가는 중인데 다치고 싶지 않으면 꺼져요!" 낸 로버츠가 그에게 소리질렀다.

돈 헴필이 갑자기 풍성한 바리톤의 음성으로 노래를 부르기 시작했다.

"믿는 사람들은 군병 같으니 앞에 가신 주를 따라갑시다……."

다른 사람들도 따라 불렀다. 금세 온 신도들이 합창했고 이제는 그냥 걷는 게 아니라 박자에 맞춰 빠르게 행군하기 시작했다. 창백하고 분노하고 모든 생각이 비워진 얼굴로, 단순히 노래를 부르는 게 아니라 단어 하나하나를 힘주어 외치기 시작했다. 위쪽 틀니가 없어졌기 때문에 발음이 많이 샜지만 로즈 목사도 같이 불렀다.

"우리 대장 예수 기를 가지고 접전하는 곳에 가신 것 보라!"

이제 그들은 달리고 있었다.

10

모리스 경관은 마이크를 들고 순찰차 옆에 서서 그들의 뒷모습을 빤히 쳐다보았다. 경찰포의 방수천 테두리를 타고 빗물이 실개천처럼 흘러내렸다.

"응답하라, 16호 차." 지지직거리며 헨리 페이턴의 목소리가 들렸다.

"당장 여기로 병력을 보내주세요!" 모리스는 외쳤다. 겁을 먹은 동시에 흥분한 목소리였다. 그는 주 경찰관으로 일을 시작한 지 일 년도 안 된 터였다. "여기서 무슨 일이 벌어지고 있어요! 안 좋은 일이요! 일흔 명쯤 되는 사람들이 방금 제 옆을 지나갔어요! 오버!"

"음, 뭘 하고 있었는데?" 페이턴이 물었다. "오버."

"〈믿는 사람들은 군병 같으니〉를 부르고 있었어요! 오버!"

"자네, 모리스 맞나? 오버."

"맞습니다! 오버!"

"모리스 경관, 내가 알기로 폭우를 맞으며 찬송가를 부르는 건 법으로 금지된 행위가 아니야. 한심한 행위이긴 해도 불법은 아니지. 이제 내가 하고 싶은 얘기는 이거 하나야. 지금 처리해야 하는 사건이 네 갠데 보안관이나 빌어먹을 부관은 코빼기도 보이지 않으니 자질구레한 일에 신경 쓸 겨를이 없다는 거! 알겠나? 오버!"

모리스 경관을 침을 꿀꺽 삼켰다. "어, 네, 알겠습니다, 그럼요, 하지만 그중 한 명이, 여자였던 걸로 아는데요, 음, '교황의 딸랑이들을 조지러 가는 중'이라고 해서요. 뭔 소린지 알 길이 없다는 건 알지만 어째 찜찜해서요." 그런 다음 모리스는 소심하게 덧붙였다. "오버?"

정적이 하도 길어서 모리스가 다시 무전을 치려고 했을 때—전파방해 때문에 장거리 교신은 아예 불가능했고 마을 안에서도 대화를 나누기가 쉽지 않았다—페이턴이 지치고 걱정스러운 목소리로 중얼거렸다.

"맙소사, 맙소사, 주님. 세상에, 미치고 팔짝 뛰겠는 주님. 이게 도대체 무슨 일이랍니까?"

"아, 그 여자분이 뭐라고 했느냐면……."

"아까 얘기했을 때 들었어!" 페이턴이 어찌나 우렁차게 고함을 질렀는지 목소리가 일그러지고 끊길 지경이었다. "가톨릭교회로 출동해! 무슨 일이 벌어지고 있으면 중재하되 다치지 않게 조심하고. 다시 한번 반복하지만 다치지 않게 조심하도록. 가능한 한 빨리 지원 병력을 보내겠다. 지원 병력이 있을지 모르겠지만. 출동해! 오버!"

"저기, 페이턴 경위님? 이 마을에 가톨릭교회가 어디 있나요?"

"젠장, 그걸 내가 어떻게 알겠어!" 페이턴은 절규했다. "내가 거기서 미사를 보는 것도 아니고! 사람들을 따라가! 오버, 이상!"

모리스는 마이크를 걸었다. 사람들이 보이지는 않았지만 천둥소리 사이사이 노랫소리가 들려왔다. 그는 기어를 넣고 그 소리를 따라갔다.

11

마이라 에번스의 부엌문까지 가는 길에는 다양한 파스텔 색상으로 칠한 돌이 일렬로 놓여 있었다.

코라 러스크는 총을 잡지 않은 손으로 파란색 돌을 집어서 가볍게 던졌다 받아보며 무게를 가늠했다. 문손잡이를 잡고 돌려보니, 과연 문이 잠겨 있었다. 그녀는 돌을 던져 문에 달린 유리를 깨고 총신으로 창틀에 남은 유리 조각과 부스러기를 치웠다. 그런 다음 안으로 손을 넣어 문을 열고 안으로 들어갔다. 비에 젖은 머리칼이 뒤죽박죽 쉼표 모양으로 뺨에 들러붙었다. 원피스 앞섶이 여전히 벌어져 있어서 빗방울이 여드름으로 뒤덮인 가슴골을 타고 흘러내렸다.

척 에번스는 집에 없었지만 척과 마이라가 키우는 앙고라 고양이 가필드는 있었다. 녀석이 총총거리며 부엌으로 들어와 먹을 걸 달라며 야옹대기에 코라는 소원대로 해주었다. 녀석이 핏방울과 털을 구름처럼 흩날리며 뒤로 날아갔다. "그거나 먹어라, 가필드." 코라는 이렇게 내뱉고서 총구에서 나온 연기를 뚫고 성큼성큼 복도로 나가 계단을 올라갔다. 어디에 가면 그 갈보를 만날 수 있는지 그녀는 알았다. 침대에 누워 있을 터였다. 그게 아니면 손에 장을 지질 수도 있었다.

"맞아, 지금 잠잘 시간이거든. 그렇게 믿고 싶겠지, 마이라 요 깜찍한 것."

코라는 웃고 있었다.

12

브리검 신부와 앨버트 젠드런은 뚜껑이 열린 가톨릭 부대를 이끌고 해링턴 스트리트를 향해 캐슬 애비뉴를 걸었다. 반쯤 지났을 때 노랫소리가 들렸다. 두 사람은 서로를 흘끗 쳐다보았다.

"저놈들한테 우리가 다른 노래를 가르쳐줄 수 있지 않을까요?"

브리검 신부가 가만히 물었다.

"그럼요, 신부님." 앨버트는 대답했다.

"〈나는 집까지 달렸네〉 어때요?"

"좋은 노래죠, 신부님. 저들 같은 머저리라도 그 정도는 배울 수 있을 겁니다."

번개가 하늘을 가로질렀다. 그 빛이 캐슬 애비뉴를 잠깐 환하게 비추자 그들을 향해 언덕을 올라오는 사람들의 행렬이 선명하게 드러났다. 번쩍이는 번갯불에 그들의 눈이 석상의 눈처럼 하얗고 무표정하게 번뜩거렸다.

"저기 있다!" 누군가가 소리 지르자 어떤 여자가 외쳤다. "저 더러운 또라이 새끼들한테 본때를 보여줍시다!"

"쓰레기 주우러 갑시다." 존 브리검 신부는 명랑하게 얘기하고 침례교도들을 향해 돌진했다.

"아멘." 앨버트는 말하며 그를 따라 달렸다.

모두가 일제히 달리기 시작했다.

모리스 경관이 모퉁이를 돌았을 때, 하늘을 지그재그로 수놓은 번개를 맞고 캐슬스트림 냇가의 오래된 느릅나무가 쓰러졌다. 눈부신 번갯불 아래에서 서로를 향해 달려드는 두 패거리가 보였다. 한쪽 패거리는 언덕을 달려 올라갔고, 다른 쪽 패거리는 언덕을 달려 내려왔고, 양쪽 모두 서로를 잡아 죽일 듯이 고함을 질렀다. 모리스 경관은 그날 오후에 병가를 내지 않은 걸 후회했다.

13

척과 마이라의 침실 문을 열자 예상했던 광경이 코라를 맞이했다. 요즘 들어 과하게 쓰였는지 잔뜩 헝클어진 더블베드 위에 그녀이 알몸으로 누워 있었다. 한쪽 손은 뒤로 넘겨서 베개 밑에 파묻었고, 다른 손으로는 사진이 담긴 액자를 들고 있었다. 액자가 두툼한 허벅지 사이에 있었다. 마이라는 그것과 떡을 치는 듯 황홀경에 빠져 눈을 게슴츠레하게 뜬 모습이었다.

"우우우우, 아!" 그녀가 신음 소리를 냈다. "우우우우, 아! 우우우우, 아아아아아아아아!"

코라의 심장에서 치솟은 소름 끼치는 질투심이 목젖으로 치밀어 오르자 입안에서 쓴맛이 느껴졌다.

"이 똥물에 빠진 쥐새끼 같으니." 그녀는 내뱉고 권총을 들었다.

바로 그 순간 마이라가 그녀를 보며 미소를 지었다. 베개 밑에서 손을 꺼냈다. 그 손에 자동 권총이 들려 있었다.

"곤트 씨가 그러더라. 코라, 네가 올 거라고." 그녀는 말하고 방아쇠를 당겼다.

코라는 총알이 뺨 바로 옆을 스치는 것을 느꼈다. 문 왼쪽의 회반죽에 퍽 하고 꽂히는 소리가 들렸다. 그녀도 총을 발사했다. 총알이 마이라의 다리 사이에 놓인 사진을 맞혀 유리를 박살 내고 마이라의 허벅지에 박혔다.

엘비스 프레슬리의 이마 한복판에도 총알 구멍이 뚫렸다.

"네가 지금 무슨 짓을 저질렀는지 알아?" 마이라는 비명을 질렀다. "황제를 쐈어, 이 미련한 잡년아!"

그녀는 코라를 향해 총을 세 방 쏘았다. 두 발은 빗나갔지만 세 번째 총알이 코라의 목을 맞히자 그녀는 분홍색 피를 뿜으며 벽 쪽으로 뒷걸음질을 쳤다. 코라는 무릎을 꿇고 주저앉으며 다시 총을 쏘았다. 총알이 마이라의 무릎뼈에 구멍을 뚫고 그녀를 침대 밖으로 쓰러뜨렸다. 이어서 코라는 총을 손에서 미끄러뜨리며 엎드린 채 바닥에 쓰러졌다.

내가 지금 갈게요, 엘비스. 그녀는 이렇게 얘기하려고 했지만 뭔가가 아주, 아주 잘못된 느낌이 들었다. 온통 어둠뿐이었고, 그 안에는 그녀밖에 없는 듯했다.

14

윌리엄 로즈 목사가 이끄는 캐슬록의 침례교도와 존 브리검 신부가 이끄는 캐슬록의 가톨릭교도들은 으스러지는 소리가 들릴 정도의 기세로 캐슬힐 기슭에서 맞부딪쳤다. 예의를 갖춘 주먹싸움도, 퀸즈베리 원칙*도 없었다. 그들은 서로 눈알을 뽑고 코를 잡아 뜯으러 왔다. 죽일 수도 있었다.

화를 잘 내지 않지만 분노가 폭발하면 무시무시해지는 거구의 치과 의사 앨버트 젠드런이 노먼 하퍼의 귀를 잡고 머리를 앞으로 홱 당기는 동시에 자기 머리를 앞으로 힘껏 내밀었다. 두 사람의 머리가 지진에 그릇 깨지는 소리와 함께 부딪쳤다. 노먼이 몸을 부르르 떨다가 축 늘어졌다. 앨버트는 빨래 자루라도 되는 듯 그를 옆으로 내던지고 웨스턴 오토에서 공구를 파는 빌 세이어스를 붙잡았다. 빌은 잽싸게 피하고 주먹을 날렸다. 입을 정통으로 맞은 앨버트는 이를 하나 뱉고 빌을 으스러져라 끌어안아서 갈비뼈가 부러지는 소리가 들릴 때까지 놓지 않았다. 빌은 비명을 질렀다. 앨버트는 그를 도로 끝까지 내던졌다. 모리스 경관이 제때 차를 세우지 않았다면

* 근대 권투의 기본 원칙.

그를 칠 뻔했다.

그 일대가 몸싸움을 벌이고 주먹을 날리고 찌르고 고함을 지르는 사람들로 아수라장이었다. 서로 발이 걸려 넘어지고 빗물에 미끄러졌다가도 다시 일어나 치고받았다. 번갯불이 눈부시게 번쩍이자 파트너를 빙글빙글 돌리는 대신 가까운 나무로 던지거나, 도시도*를 하는 대신 무릎으로 사타구니를 차올리는 기괴한 춤판이 벌어진 것처럼 보였다.

베치 비그가 루실 더넘의 뺨에 손톱으로 문신을 새기자 낸 로버츠가 그녀의 원피스 뒷자락을 붙들었다. 그녀를 자기 쪽으로 잡아당겨 홱 돌리고는 손가락 두 개를 두 번째 마디까지 그녀의 콧속에 쑤셔넣었다. 낸이 그녀의 코에 손을 넣고 이리저리 격하게 흔들자 베치는 뱃고동 비슷한 비명소리를 내질렀다.

프리다 펄래스키가 지갑으로 낸을 후려쳤다. 낸의 무릎이 꺾였다. 그녀의 손가락이 베치의 콧구멍에서 빠져나오자 뽁 하는 소리가 났다. 낸은 일어서려고 했지만 베치가 얼굴을 발로 걷어차 길바닥에 대자로 뻗었다.

"이 나븐 년아! 너 대문에 오가 다 망아져짜나!" 베치가 소리를 질렀다. "너 대문에 오가 다 망아져따오!"

그녀가 낸의 배를 발로 짓밟으려는 순간 낸이 그녀의 발을 잡고 비틀어 한때 베티 라라였던 그녀를 길바닥에 앞으로 쓰러뜨렸다. 낸이 그녀에게로 기어갔다. 베시는 기다렸다. 잠시 후에 그 둘은 길

* 등을 맞대고 돌면서 추는 춤.

위에서 데굴데굴 구르며 서로 물어뜯고 할퀴었다.

"그만!"

모리스 경관이 꽥 소리를 질렀지만 길을 뒤흔든 천둥소리에 묻혀 버렸다.

그는 총을 꺼내 하늘을 향해 들었는데…… 방아쇠를 당기기도 전에 누군가가—누구였는지는 아무도 몰랐다—릴런드 곤트에게서 특별 할인가로 산 총으로 그의 사타구니를 쐈다. 뒤로 날아가 순찰차 보닛에 부딪힌 뒤 바닥으로 굴러떨어진 모리스 경관은 남은 성기를 부여잡은 채 비명조차 지르지 못했다.

그날 곤트에게 산 무기를 들고 온 사람이 몇 명인지 알 길은 없었다. 많지는 않았고 그중 일부는 냄새 폭탄을 피해 탈출하던 와중에 잃어버렸다. 이후에 최소 네 발이 연속으로 발사됐지만 고함소리와 요란한 천둥소리에 묻혀 아무도 모르게 지나가버렸다.

렌 밀리컨은 제이크 펄래스키가, 이제 베치를 놓고 미드 라시그놀의 목을 조르고 있는 낸을 향해 총을 겨누는 것을 보았다. 총이 발사되기 직전에 그가 제이크의 손목을 잡고 번개가 번쩍이는 하늘로 들어올렸다. 그런 다음 제이크의 손목을 아래로 내려서 불쏘시개처럼 무릎에 대고 꺾었다. 총이 비에 젖은 길바닥으로 떨어졌다. 제이크는 울부짖었다. 렌은 뒤로 물러서며 말했다. "이제 너도 교훈을 얻었겠……." 그의 말은 거기서 끊겼다. 누군가가 주머니칼로 그의 뒷덜미를 찔러 뇌간의 척수를 절단한 것이다.

빗물로 얼룩진 어둠 속에서 파란 경광등을 미친 듯이 번쩍이며 경찰차가 추가로 도착했다. 주 경찰관 여럿이 멈추라고 외쳤지만 싸움꾼들은 들은 척도 하지 않았다. 그들은 중재하러 나섰다가 오히려 싸움판에 휩쓸리고 말았다.

낸 로버츠는 우라질 검은색 셔츠의 등판이 길게 찢어진 브리검 신부를 보았다. 그는 한 손으로 로즈 목사의 뒷덜미를 붙잡은 채 다른 손으로는 주먹을 쥐고서 목사의 코를 연속으로 두들기고 있었다. 코를 강타한 다음 로즈 목사의 뒷덜미를 뒤로 살짝 밀었다가 다시 제자리로 당기면서 가격하는 식이었다.

당황한 주 경찰관이 그만하라고, 당장 그만하라고 애원하다시피 얘기하고 있었지만 낸은 그의 말을 무시한 채 목이 찢어져라 울부짖으며 미드 라시그놀을 내동댕이치고 브리검 신부에게 달려들었다.

22장

1

이제 결정적이고 중요한 시기가 닥쳤고, 얼른 캐슬록으로 돌아가지 못하면 영원히 발을 들이지 않는 편이 나을지 모른다는 예감이 점점 더 강하게 느껴졌음에도 불구하고, 앨런은 폭풍의 맹습 때문에 기어가다시피 할 수밖에 없었다. 이제 보니, 필요한 정보 대부분이 처음부터 머릿속에 들어 있었는데도 튼튼한 문 뒤에 갇혀 있었다는 생각이 들었다. 그 문 위에는 어떤 문구가 깔끔하게 붙어 있었다. "회장실"도, "중역 회의실"도, 심지어 "관계자 외 출입 금지"도 아니었다. 앨런의 머릿속에 자리 잡은 그 문에 달린 문구는 "말이 안 됨"이었다. 맞는 열쇠만 있으면 문을 열 수 있었고…… 숀 러스크가 그 열쇠를 주었다. 그렇다면 문 뒤에는 뭐가 있었을까?

이럴 수가, 니드풀 싱스였다. 그리고 가게의 사장, 릴런드 곤트 씨.

브라이언 러스크는 니드풀 싱스에서 야구 카드를 샀고, 죽었다. 네티 코브는 니드풀 싱스에서 전등갓을 샀고, 그녀도 죽었다. 그 우물에 갔다가 독버섯 같은 인간에게서 독이 든 물을 산 캐슬록의 주민이 몇 명이나 될까? 노리스는 낚싯대를 샀다. 폴리는 부적이 든 목걸이를 샀다. 브라이언 러스크의 어머니는 엘비스 프레슬리와 연관이 있는 싸구려 선글라스를 샀다. 심지어 에이스 메릴조차 낡아 빠진 책을 샀다. 앨런은 휴 프리스트도 뭔가를 샀을 거라는 데 돈을 걸 수 있었다. 그리고 댄포스 키턴도…….

몇 명이 더 그랬을까? 몇 명이?

틴 브리지에 진입했을 때 하늘에서 떨어진 벼락에 캐슬스트림 천 저편의 늙은 느릅나무가 쪼개지자 그는 차를 세웠다. 쩍 하는 거대한 소리와 함께 눈부신 한줄기 빛이 하늘을 갈랐다. 앨런은 팔로 눈을 가렸지만 무전기가 시끄러운 잡음을 토하고 느릅나무가 육중하게 개천 위로 고꾸라지는 순간까지도 그 선명한 잔상이 남아 있었다.

그는 팔을 내렸다가 머리 바로 위에서 세상을 쪼갤 듯이 엄청난 천둥소리가 들리자 비명을 질렀다. 눈이 부셔서 잠깐 아무것도 보이지 않았고, 순간 나무가 다리 위로 쓰러져서 시내로 진입하는 길이 막힌 건 아닌지 걱정스러워졌다. 하지만 나무는 낡아서 녹이 슨 다리보다 상류 쪽에 쓰러져 어렴풋이 보이는 급류 속에 잠겨 있었다. 앨런은 기어를 넣고 다리를 건넜다. 이제는 거세어진 바람이 비웃음을 흘리며 다리 버팀목과 대들보를 훑었다. 섬뜩하고 쓸쓸한 소리였다.

빗줄기가 스테이션왜건의 앞유리창을 두드리자 그 너머의 모든 것이 흔들리는 신기루처럼 보였다. 앨런이 다리를 통과해 로어메인 스트리트와 워터밀 레인이 만나는 교차로에 진입했을 무렵에는 비가 어찌나 거세게 퍼붓는지 와이퍼를 빠르게 움직여도 전혀 소용없을 정도였다. 그는 차창을 내려 밖으로 고개를 내민 채로 운전했다. 곧장 비에 흠뻑 젖었다.

시청 건물 일대가 경찰차와 중계차로 발 디딜 틈이 없었지만, 정작 그 차량을 타고 온 사람들은 사악한 외계인에 의해 해왕성으로 순간 이동되기라도 한 듯 섬뜩하고 황량한 분위기를 풍겼다. 중계차 안에서 비를 피하며 밖을 내다보는 기자 몇 명과 신발로 빗물을 튀겨가며 시청 건물 주차장과 연결된 골목길을 달리는 주 경찰관 한 명이 보이긴 했지만 그게 전부였다.

거기서 캐슬힐 쪽으로 세 블록 떨어진 곳에서는 주 경찰청 소속 순찰차가 엄청난 속도로 어퍼메인 스트리트를 지나 로럴 스트리트를 따라 서쪽으로 달렸다. 잠시 후에 또 다른 순찰차 한 대가 메인 스트리트를 가로질렀다. 이 차량은 버치 스트리트에서 첫 번째 순찰차와 반대 방향으로 갔다. 휙, 휙, 어찌나 순식간에 지나가던지 갈팡질팡하는 경찰이 등장하는 코미디 영화에서나 볼 법한 광경이었다. 〈긴급 출동〉 정도 되려나? 하지만 앨런은 거기서 우스운 대목을 전혀 발견할 수 없었다. 겁에 질려서 우왕좌왕하는, 목적 없는 행동 같은 느낌을 받았다. 오늘 밤 캐슬록에서 무슨 일이 벌어지고 있는지 몰라도 헨리 페이턴의 통제에서 벗어난 게 분명하다는 생각이 퍼뜩 들었다. 애초부터 그가 통제할 수 있는 일이 아니었다.

캐슬힐 쪽에서 고함소리가 희미하게 들리는 것 같았다. 비와 천둥과 휘몰아치는 바람 때문에 확실하지는 않았지만 잘못 들은 건 아닌 듯했다. 그의 생각을 입증이라도 하듯 주 경찰청 소속 순찰차 한 대가 시청 건물 옆 골목길에서 튀어나와 번쩍이는 전조등과 빙글빙글 돌아가는 경광등으로 은빛 빗줄기를 비춰가며 그쪽 방향으로 달려갔다. 그러느라 초대형 WMTW 중계차 옆면을 들이받을 뻔했다.

앨런은 주초에 이 조그만 마을에서 뭔가가 상당히 어긋나 있는 기분을 느꼈던 기억이 났다. 그의 눈에는 보이지 않는 것들이 점점 잘못돼 캐슬록이 상상할 수 없는 아수라장의 경계에서 흔들리고 있는 느낌이었다. 이제 아수라장이 터졌고, 앨런이 만나려 했으나 만나지 못한 인간이

(형이 그러는데 곤트 씨는 사실 인간이 아니라고 했어요)

이 모든 걸 계획한 장본인이었다.

귀청을 찢는 고음의 비명소리가 밤하늘로 솟구쳤다. 뒤이어 유리 깨지는 소리가 들렸고…… 다른 어딘가에서 총성과 쉰 목소리로 바보처럼 깔깔대는 소리가 들렸다. 천둥이 와르르 쏟아지는 널빤지 소리를 내며 하늘을 갈랐다.

하지만 아직은 시간이 있어. 앨런은 생각했다. 그래, 시간이 많이 남았지. 곤트 씨, 이제는 우리 서로 인사를 나누어야겠는데. 내 마을을 집적댄 인간이 어떻게 되는지 당신도 깨달아야 할 때야.

앨런은 열린 창문 너머로 희미하게 들리는 아비규환을 못 들은 척하고, 또 헨리 페이턴이 치안 병력을 지휘하고 있을 시청 건물을

못 본 척하고 니드풀 싱스를 향해 메인 스트리트를 달렸다.

그러는 동안 옅은 자주색 번개가 전기로 된 편백나무처럼 하늘을 번쩍 갈랐고, 뒤따라온 벼락이 머리 위에서 연속으로 포격을 퍼붓는 가운데 캐슬록 전역에서 불이 나갔다.

2

노리스 리지윅 부보안관은 시가행진이나 기타 정례 행사 때 입는 제복 차림으로, 1986년 가을 어머니가 뇌졸중으로 돌아가신 이후 혼자 살고 있는 조그만 집 옆의 헛간에 걸상을 놓고 그 위에 서 있었다. 머리 위 들보에 묵직한 올가미가 매달려 있었다. 노리스가 올가미에 머리를 넣은 뒤 오른쪽 귀 쪽으로 바짝 잡아당겼을 때 번개가 번쩍하더니 헛간을 밝히던 전구 두 개가 깜빡거리다 꺼졌다.

그래도 부엌과 연결된 문 옆 벽에 기대어 세워진 바준 낚싯대는 보였다. 간절하게 원하던 낚싯대를 저렴하게 입수한 줄 알았건만, 따지고 보니 대가가 너무 엄청났다. 노리스로서는 감당할 수 없을 만큼.

그의 집은 워터밀 레인이 캐슬힐 쪽으로 구부러지는 초입에 자리하고 있었다. 거기에서 패싸움이 벌어진 소리가 바람에 실려 왔다. 비명소리와 고함소리에 이어 가끔 총성이 들렸다.

다 나 때문에 벌어진 일이야. 노리스는 생각했다. 전적으로 내 책임은 아니지만—그건 절대 아니지—나에게도 일말의 책임이 있어. 나 때문에 헨리 보퍼트가 다쳤거나 죽어가고 있고, 어쩌면 옥스퍼드에서 죽었을지 몰라. 나 때문에 휴 프리스트가 칠성판에 누워 있어. 나 때문에. 경찰이 돼서 사람들을 돕고 싶었던 친구, 어렸을 때부터 그게 꿈이었던 친구. 바준 낚싯대가 필요하다고 생각했던, 그걸 싸게 구할 수 있다고 생각했던 바보 같고 한심하고 어수룩한 노리스 리지윅.

"내가 저지른 짓을 후회해. 그런다고 달라지지는 않겠지만 어찌됐건 진심으로 후회해."

그가 걸상에서 뛰어내리려는 찰나, 머릿속에서 전에 없던 목소리가 들렸다. 그럼 왜 네 실수를 바로잡으려고 노력하지 않는 거야, 이 새가슴 겁쟁이야.

"그럴 수가 없으니까." 노리스는 말했다. 번개가 번쩍거렸다. 그가 이미 허공에서 발버둥을 치고 있는 듯 그의 그림자가 헛간 벽 위에서 미친 듯이 춤을 추었다. "너무 늦었잖아."

그럼 네가 무슨 짓을 저질렀는지 들여다보기라도 해야 하는 거 아니야? 성난 목소리는 집요하게 물고 늘어졌다. 그 정도는 할 수 있잖아, 안 그래? 들여다봐! 자세히 들여다보라고!

번개가 다시 번쩍거렸다. 노리스는 바준 낚싯대를 쳐다보다가…… 믿기지 않는다는 듯이 고뇌에 찬 비명을 내뱉었다. 움찔하는 바람에 걸상에서 미끄러져 하마터면 실수로 목을 매달 뻔했다.

그렇게 낭창낭창하면서도 튼튼하고 미끈했던 바준이 사라지고, 그 자리에 지저분하고 군데군데 쪼개진 대나무 막대가 세워져 있었다. 사실상 끝에 녹슨 나사로 어린이용 제브코 릴을 고정시킨 나뭇가지에 불과했다.

"누가 훔쳐 갔어!" 노리스는 외쳤다. 격렬한 질투와 편집증적인 욕심이 순식간에 되돌아왔고 밖으로 달려 나가 도둑을 잡아야겠다는 생각이 들었다. 그 나쁜 놈인지 년인지를 잡을 수 있다면, 마을의 모든 주민을 죽일 수도 있었다. "누가 내 바준을 훔쳐 갔어!" 그는 걸상 위에서 휘청거리며 다시 울부짖었다.

아니야. 성난 목소리가 말했다. 원래부터 저랬어. 누가 훔쳐 간 건 네 눈가리개야. 네가 네 손으로 직접 네 눈에 씌웠던 그거.

"아니야!" 거대한 손이 노리스의 머리를 양옆에서 때리는 것 같더니 이제는 누르기 시작했다. "아니야, 아니야, 아니야!"

번개가 번쩍이며 방금 전까지만 해도 바준이 있었던 자리를 차지한 지저분한 대나무 막대를 다시 한번 비췄다. 그는 걸상에서 뛰어내릴 때 마지막으로 낚싯대를 볼 수 있도록 일부러 그 자리에 가져다 놓았다. 이 안에는 아무도 없었다. 아무도 그걸 움직인 적이 없었다. 따라서 목소리가 하는 말이 맞을 수밖에 없었다.

원래부터 저랬어. 성난 목소리가 주장했다. 이제 남은 문제는 이거야. 뭔가 조치를 취할 건지, 아니면 어둠 속으로 도망칠 건지.

그는 더듬더듬 올가미를 찾기 시작했고 바로 그때 헛간에 다른 누군가가 있음을 감지했다. 담배와 커피와 서던 젠틀맨으로 추측되는 희미한 향수 냄새, 즉 곤트의 냄새를 맡은 것 같았다.

그가 균형을 잃었을까, 아니면 보이지 않는 성난 손길이 그를 떠밀었을까. 한쪽 발이 미끄러지고 몸이 앞으로 휘청거리며 걸상을 쳐서 넘어뜨렸다.

올가미가 팽팽하게 조여지자 노리스의 비명소리가 목에서 걸렸다. 그는 한쪽 손을 허우적거리다가 머리 위 들보에 닿자 붙잡았다. 몸을 조금 끌어올려 틈을 만들고 다른 손으로는 올가미를 잡아 뜯었다. 삼줄이 목을 찌르는 것을 느낄 수 있었다.

아닌 게 맞아! 곤트가 화가 나 외치는 소리가 들렸다. 아닌 게 맞다고, 이 빚 떼어먹는 놈아!

그는 여기 없었다. 노리스도 누가 그를 떠민 게 아니라는 걸 알았다. 그럼에도 곤트의 일부가 여기에 있다는 걸…… 계획이 어그러져 그의 심사가 뒤틀렸다는 걸 백 퍼센트 확신할 수 있었다. 머저리들 눈에는 아무것도 보이지 말아야 하는 법이었다. 적어도 엎질러진 물이 되기 전까지는 그래야 하는 거였다.

그는 올가미를 잡아당기고 뜯었지만 콘크리트에 잠기기라도 했던 듯 꿈쩍하지 않았다. 지탱하는 팔이 부들부들 떨렸다. 두 발은 바닥과 십 센티미터 떨어진 곳에서 앞뒤로 가위질을 했다. 이 어설픈 턱걸이 상태를 더는 유지하지 못할 것 같았다. 숨 쉴 틈을 마련했다는 자체가 기적적이었다.

마침내 두 손가락을 올가미 안으로 집어넣어 조금 틈을 벌릴 수 있었다. 머리를 끄집어냈을 때, 몸을 지탱하고 있던 쪽 팔에 쥐가 났다. 그는 흐느끼며 바닥으로 쓰러져 쥐가 난 팔을 가슴에 안았다. 번개가 번쩍이자 이에 묻은 침이 자주색의 조그만 아치 모양으로 반짝였다. 이윽고 눈앞이 까매졌고…… 얼마 동안 그렇게 쓰러져 있었는지는 모르겠지만 정신이 다시 돌아왔을 때에도 여전히 비가 퍼붓고 번개가 번쩍이고 있었다.

그는 비틀비틀 일어나 팔을 감싸 안은 채 낚싯대 앞으로 걸어갔다. 쥐가 풀리기 시작했지만 호흡은 여전히 가빴다. 낚싯대를 잡고 성난 눈빛으로 유심히 뜯어보았다.

대나무였다. 지저분하고 더러운 대나무였다. 모든 걸 바쳐도 아깝지 않기는커녕 아무짝에도 쓸모없는 물건이었다.

노리스는 빈약한 가슴을 들썩이며 숨을 들이마시고 수치와 분노를 실어 비명을 내질렀다. 그와 동시에 무릎을 들어 그 위에 대고 낚싯대를 부러뜨렸다. 두 개로 나뉜 낚싯대를 겹쳐서 한 번 더 부러뜨렸다. 세균이 득시글거리기라도 하는 듯 손에 잡고 있기 불쾌하게 느껴졌다. 부정하게 느껴졌다. 바닥에 내동댕이치자 의미 없이 주운 나뭇가지들이 그러듯 덜거덕거리며 굴러가다가 뒤집힌 걸상 옆에서 멈추었다.

"그래!" 그는 외쳤다. "그래! 그래! 그래!"

노리스의 생각이 곤트에게로 향했다. 은발에 트위드 재킷을 입고 울퉁불퉁한 치열을 드러내며 굶주린 미소를 짓던 곤트 씨.

"당신한테 갚아주겠어." 노리스 리지윅은 속삭였다. "그러고 나면 어떻게 될지 모르겠지만, 반드시 갚아주고 말겠어."

그는 헛간 문 앞으로 걸어가 확 문을 열고 쏟아지는 빗속으로 나섰다. 2호 순찰차가 진입로에 주차돼 있었다. 그는 빈약한 몸을 구부린 채 맞바람을 맞으며 그쪽으로 걸어갔다.

"당신 정체가 뭔지 모르겠지만, 내가 잡으러 간다. 이 거짓말쟁이 사기꾼아."

그는 순찰차를 타고 진입로를 빠져나왔다. 굴욕감과 참담함과 분노가 얼굴 위에서 팽팽하게 엎치락뒤치락했다. 진입로 입구에 다다르자 좌회전해서 니드풀 싱스를 향해 전속력으로 달렸다.

3

폴리 차머스는 꿈을 꾸고 있었다.

꿈속에서 그녀는 니드풀 싱스에 들어갔지만 카운터를 지키는 사람이 릴런드 곤트가 아니었다. 에비 차머스 고모할머니였다. 할머니는 제일 좋은 파란색 원피스를 입고 빨간색으로 가장자리를 두른 파란색 숄을 걸친 모습이었다. 큼지막하고 말도 안 되게 반듯한 틀니를 끼고 허버트 태리턴 담배를 물고 있었다.

할머니! 폴리는 꿈속에서 외쳤다. 엄청난 기쁨과 그보다 더 엄청난 안도감—행복한 꿈속에서, 아니면 악몽을 꾸고 깨어나자마자 느낄 수 있는—이 빛처럼 그녀를 채웠다. 할머니, 살아 계셨네요!

하지만 에비 할머니는 그녀를 전혀 알아보지 못하는 눈치였다. 뭐든 골라서 사 가요, 아가씨. 에비 할머니가 말했다. 그나저나 아가씨 이름이 폴리였나 퍼트리샤였나? 까먹었네.

할머니, 제 이름 아시잖아요. 트리샤예요. 저를 항상 트리샤라고 부르셨잖아요.

할머니는 들은 체도 하지 않았다. 이름이 뭐건 간에 오늘은 특별 세일이에요. 창고 대방출이에요.

할머니, 여기서 뭐하시는 거예요?

나는 여기에 매여 있어요. 에비 할머니가 말했다. 온 마을 사람들이 여기 매여 있지요, 이름이 두 개인 아가씨. 사실 온 세상 사람들이 여기 매여 있다고 볼 수 있어요. 바겐세일을 싫어하는 사람은 없으니까. 공짜라면 다들 좋아하죠…… 그 대가로 모든 걸 잃더라도.

좋았던 기분이 문득 사라지고 두려움이 그 자리를 메웠다. 폴리가 유리 진열장 안을 들여다보니 "곤트 박사의 찌릿찌릿 강장제"라고 적힌 시커먼 약병이 있었다. 태엽을 감자마자 톱니와 스프링을 뱉어낼 듯 조악한 태엽 장난감도 있었다. 허접한 성인용품도 있었다. 코카인처럼 보이는 게 담긴 조그만 병도 있었다. 여기에는 "곤트 박사의 번쩍 정력제"라는 라벨이 붙어 있었다. 플라스틱으로 된 개 토사물, 근질근질 가루, 담배 폭탄, 조이 버저* 같은 신기한 싸구려 물건들이 넘쳐났다. 착용하면 닫힌 문 저편과 여자들 옷 속을 볼 수 있다고 하지만 사실은 너구리처럼 눈 주변에 시커먼 동그라미만 남는 투시 안경도 있었다. 플라스틱 꽃과 마킹이 된 트럼프 카드, 라벨에 "무기력을 욕정으로 둔갑시키는 곤트 박사의 러브 포션 넘버 나인"이라고 적힌 싸구려 향수도 있었다. 시대를 초월하는 취향 불문의 쓸데없는 물건들의 집합소였다.

뭐든 골라보라니까요, 이름이 두 개인 아가씨. 에비 할머니가 말했다.

왜 저를 그렇게 부르세요, 할머니? 왜 그러세요, 제가 누군지 모르시겠어요?

전부 효과 만점이에요. 세일이 끝난 뒤에도 효과 만점이라고 장담할 수 없는 건 아가씨뿐이에요. 그러니까 얼른 와서 사요, 사요,

* 손바닥에 숨기고 악수를 하면 상대방에게 감전된 듯한 충격을 느끼게 하는 장난감.

사요.

이제 그녀가 폴리를 똑바로 쳐다보자 공포가 칼처럼 폴리의 머릿속을 파고들었다. 에비 할머니의 눈빛에는 연민이 어려 있었지만, 끔찍하고 잔인한 연민이었다.

아가씨 이름이 뭐야? 예전에는 알았던 것 같기도 한데.

꿈속에서(그리고 침대 안에서) 폴리는 울음을 터뜨렸다.

아가씨 이름을 잊어버린 사람이 또 있나? 에비 할머니가 물었다. 궁금하네. 또 있을 것 같은데.

할머니, 그러니까 무섭잖아요!

내가 아니라 아가씨 자신이 공포의 원인이지. 에비 할머니는 폴리를 똑바로 쳐다보며 대꾸했다. 이름이 두 개인 아가씨, 여기서 뭘 사면 뭘 파는 것이기도 하다는 걸 잊지 마.

하지만 저한테 필요한 물건인걸요! 그녀는 더욱 크게 흐느껴 울기 시작했다. 제 손이!

그래, 이거면 될 거야, 폴리 샌프란시스코 양. 에비 할머니는 말하며 "곤트 박사의 찌릿찌릿 강장제"라고 적힌 병을 하나 꺼내더니, 묽은 진흙처럼 보이는 게 가득 담긴 조그맣고 납작한 그 병을 카운터 위에 올려놓았다. 물론 이걸로 통증이 사라지지는 않지만—세상에 그런 약은 없거든—이동시킬 수는 있지.

그게 무슨 말씀이세요? 무섭게 왜 그러세요?

관절염의 위치를 바꾸어준다는 거야, 이름이 두 개인 아가씨. 손이 아니라 심장을 공격하도록.

안 돼요!

돼.

안 돼요! 안 돼요! 안 돼요!

돼. 되고말고. 그리고 아가씨의 영혼도 공격하지. 하지만 자존심은 느낄 수 있어. 적어도 그건 아가씨 곁에 남을 테니까. 여자라면 자존심을 세울 권리가 있지 않나? 심장, 영혼, 사랑하는 남자, 다른 모든 게 사라지더라도 그건 아가씨 곁에 남지 않겠어, 폴리 샌프란시스코 양? 그게 없으면 빈껍데기뿐인데. 그걸로 평생 암울하고 씁쓸한 위안을 삼도록 해. 그 효과를 누리도록 해. 효과가 있을 수밖에 없을 거야, 계속 이 길로 가다 보면 남는 건 그것뿐이니까.

그만하세요, 제발, 이제…….

4

"그만하세요." 그녀는 잠결에 중얼거렸다. "제발 그만하세요. 제발."

그녀는 옆으로 돌아누웠다. 아즈카가 체인에 매달린 채 나지막이 짤랑거렸다. 하늘을 밝힌 번개가 캐슬스트림 냇가의 느릅나무에 꽂히고, 앨런 팽본이 스테이션왜건 운전석에 앉아 섬광에 잠깐 시야를 잃은 사이 나무가 급류 속으로 고꾸라졌다.

잇따른 천둥소리가 폴리를 잠에서 깨웠다. 그녀는 눈을 번쩍 떴다. 당장 아즈카 쪽으로 손을 가져가 보호하듯 감쌌다. 손은 나긋나긋했다. 기름을 듬뿍 바른 볼베어링처럼 관절이 매끄럽게 움직였다.

이름이 두 개인 아가씨…… 폴리 샌프란시스코 양.

"그게 도대체……?" 목소리는 잠겨 있었지만 머릿속은 조금 전까지 자고 있었던 게 아니라 무아지경에 가까운 상념에 잠겼던 듯 맑고 또렷했다. 고래만 한 크기의 무언가가 그녀의 머릿속에서 어렴풋이 떠오르고 있었다. 밖에서는 번개가 밝은 자주색 폭죽처럼 깜빡이며 하늘을 번쩍 비추었다.

아가씨 이름을 잊어버린 사람이 또 있나? 있을 것 같은데.

그녀는 침대 옆 탁자 쪽으로 손을 뻗어 스탠드를 켰다. 더는 필요 없는 큼지막한 키패드가 장착된 프린세스 전화기 옆에, 그날 오후 집으로 돌아왔을 때 다른 우편물과 함께 현관에 떨어져 있었던 봉투가 있었다. 그녀는 그 끔찍한 편지를 다시 접어서 봉투 안에 넣어 두었었다.

한밤중 어딘가에서 요란하게 천둥이 치는 와중에 사람들이 고함을 지르는 소리가 들린 것도 같았다. 폴리는 못 들은 체했다. 그녀는 주인이 자리를 비운 새 남의 둥지에 알을 낳는 뻐꾸기에 대해 생각하는 중이었다. 돌아온 어미 새는 못 보던 알이 생긴 걸 알아차릴까? 당연히 모를 것이다. 그냥 자기 알로 받아들일 것이다. 폴리도 그런 식으로 빌어먹을 편지를 받아들였다. 두 개의 카탈로그와 웨스턴 메인 케이블 TV에서 보낸 홍보물과 함께 현관 바닥에 있었다는 이유 하나만으로.

그녀는 그렇게 받아들였지만…… 사실 아무나 우편함으로 편지를 넣을 수 있지 않을까?

"이름이 두 개인 아가씨." 그녀는 경악한 목소리로 중얼거렸다. "폴리 샌프란시스코 양." 바로 그거였다. 그녀의 무의식이 에비 고모할머니를 기억하고 소환한 이유가 그걸 얘기하기 위해서였다. 그녀는 폴리 샌프란시스코 양이었다.

예전에.

그녀는 봉투를 향해 손을 뻗었다.

안 돼요! 이렇게 외치는 목소리가 들렸다. 그녀도 익히 아는 목소리였다. 건드리지 마요, 폴리. 그랬다가는 후회하게 될 거예요!

하루 동안 묵힌 커피처럼 시커멓고 진한 통증이 두 손 깊숙한 곳에서 작렬했다.

이걸로 통증이 사라지지는 않지만 이동시킬 수는 있지.

고래만 한 것이 수면 위로 부상했다. 곤트의 목소리는 그걸 막을 수 없었다. 어떤 것도 그걸 막을 수 없었다.

당신은 막을 수 있잖아요, 폴리. 곤트가 말했다. 내 말 믿어요. 그걸 막아야 해요.

그녀는 편지를 건드리지 않고 손을 거두었다. 다시 아즈카 쪽으로 가져가 보호하듯 그것을 감싸쥐었다. 그녀의 체온으로 따뜻해진 무언가가 은색의 목걸이 안 공간에서 미친 듯이 종종거리는 게 느껴지자 혐오감이 치밀어 올라 배에서 힘이 풀리고 창자가 뒤틀렸다.

그녀는 손을 놓고 다시 편지를 집으려고 했다.

마지막 경고예요, 폴리. 곤트의 목소리가 말했다.

맞아. 에비 고모할머니의 목소리가 대꾸했다. 저 말은 진짜일 거야, 트리샤. 저자는 예전부터 자존심이 있는 여자를 정말 좋아했다만, 그거 아니? 자만심이 몰락의 전조임을 아는 사람에게는 저자도 어쩔 도리가 없다는 거. 네 진짜 이름이 뭔지 마지막으로 결정해야 할 때가 된 것 같구나.

그녀는 봉투를 잡고, 다시금 두 손에서 찌릿찌릿하게 느껴지는 경고를 무시한 채, 타자로 깔끔하게 입력된 주소를 확인했다. 이 편지—편지로 추정되는, 편지 복사본으로 추정되는—의 수신자는 '퍼트리샤 차머스 씨'로 되어 있었다.

"아니야." 그녀는 속삭였다. "틀렸어. 이름이 틀렸어." 그녀의 손이 천천히 오므려지며 편지를 우그러뜨렸다. 무지근한 통증이 주먹 가득 번졌지만 폴리는 무시했다. 흥분한 두 눈이 밝게 빛났다. "나는 샌프란시스코에서 계속 폴리였어. 모든 사람들에게, 아동복지과 직원들에게도!"

그 이름은 너무나 아픈 상처의 원흉이라 여겨진 예전 생활의 모든 측면과 단절하기 위한 노력의 일환이었고, 그녀는 아무리 암울한 밤에도 자신이 대부분의 상처를 자초했다고 절대 인정하지 않았다. 샌프란시스코에서 트리샤나 퍼트리샤는 없었다. 오직 폴리뿐이었다. 그녀는 아동 양육 지원금 신청서를 세 번 다 그 이름으로 작성했고, 그 이름으로 서명했다. 가운데 이름의 이니셜도 없이, 그냥 폴리 차머스라고 썼다.

앨런이 샌프란시스코의 아동복지과로 정말 편지를 보냈다면 퍼트리샤라는 이름으로 문의했을 테고, 그랬다면 아무 기록이 없다고 나오지 않았을까? 그렇다, 당연히 그랬을 것이다. 심지어 주소도 맞지 않았다. 그녀가 그 옛날 마지막 거주지 난에 적었던 주소는 마을의 반대편에 있는 부모님의 집 주소였다.

앨런이 양쪽 이름으로 문의했다면? 폴리와 퍼트리샤, 두 개로?

만약 그랬다면? 그녀는 정부 관청이 어떤 식인지 알았다. 앨런이 어떤 이름으로 문의했건 상관없었을 거라고는 생각할 수 없었다. 기관에서 그녀에게 편지를 보낼 일이 있었다면 파일에 적힌 이름과 주소지로 보냈을 것이다. 옥스퍼드에 사는 폴리의 친구는, 결혼한 지 이십 년이 지난 지금까지도 메인 대학교에서 보내는 편지에 결혼 전의 성이 적혀 있다고 했다.

하지만 이 편지의 수신인은 폴리 차머스가 아니라 퍼트리샤 차머스였다. 오늘 캐슬록에서 그녀를 퍼트리샤라고 부른 사람이 누구였을까?

네티 코브의 본명이 네티샤 코브라는 걸 알았던 사람. 좋은 친구 릴런드 곤트.

이름을 둘러싼 해프닝이라, 재미있구나. 에비 고모할머니가 불쑥 얘기했다. 정말로 중요한 건 그게 아니야. 중요한 건 그 남자지, 네 남자. 그이는 네 남자잖니. 지금 이 순간에도. 너는 그이가 편지에 나온 것처럼 네 뒤를 캐고 다닐 사람이 아니라는 걸 알잖아. 편지에 어떤 이름이 적혀 있건, 편지가 얼마나 그럴듯하게 느껴지건, 그건 상관없지…… 너도 알잖아, 안 그래?

"네." 그녀는 속삭였다. "저는 그이를 알아요."

진심으로 그녀가 편지의 내용을 하나라도 믿었을까? 아니면 앨런이 아즈카에 얽힌 추잡한 진실을 간파하고 그와 아즈카, 둘 중 하나를 선택하라고 강요할지 모른다는 두려움 때문에—사실상 공포 때문에—황당하고 믿기지 않는 편지에 대한 의구심을 모르는 체했을까?

"아니야, 정답은 정말 간단해. 나는 편지를 믿었어. 반나절에 불과하긴 하지만 그래도 그걸 믿었다고. 맙소사. 맙소사, 내가 무슨 짓을 저지른 거지?"

그녀는 죽은 쥐를 들고 있었다는 걸 막 깨달은 사람처럼 혐오스러워하는 표정을 지으며 구겨진 편지를 바닥으로 내동댕이쳤다.

나는 그이한테 뭣 때문에 화가 났는지도 얘기하지 않았어. 그이에게 설명할 기회도 주지 않고 그냥…… 그냥 그걸 믿어버렸지. 왜 그랬을까? 도대체 왜 그랬을까?

그녀는 당연히 이유를 알았다. 이 세상을 통틀어 유일하게 잘 보이고 싶은 사람에게 켈턴의 사인을 거짓말로 둘러댔던 게 들통나고, 샌프란시스코에서 비참하게 보낸 세월에 대해 의심받고, 아이의 죽음에 어느 정도 책임이 있는지 평가를 당할까 봐 갑작스럽게 굴욕과 공포를 느꼈던 것이다.

하지만 그게 다는 아니었다. 심지어 가장 큰 이유도 아니었다. 가장 큰 이유는 자존심이었다. 상처받았고, 모욕당했고, 욱신거렸고, 커졌고, 독기가 어렸던 자존심. 그게 없으면 빈껍데기 신세로 전락하는 자존심. 그녀가 편지를 믿었던 이유는 자존심에서 비롯한 수치심으로 공황 상태에 놓였기 때문이었다.

나는 자존심이 있는 여자를 정말 좋아하거든요.

어마어마한 통증이 파도처럼 그녀의 손을 덮쳤다. 폴리는 끙끙대며 두 손을 가슴에 대고 눌렀다.

아직 기회가 있어요. 곤트가 소곤소곤 말했다. 아직 기회가 있어요, 지금이라도.

"아, 자존심은 개나 주라고 해!" 폴리는 꽉 닫혀 답답하고 어두컴컴한 방에 대고 불쑥 소리를 지른 뒤 아즈카를 잡아 뜯었다. 주먹 안에 그걸 쥐고 머리 위로 높이 들자 가느다란 은색 체인이 미친 듯이 움직였고, 손안에서 달걀 껍데기처럼 목걸이 표면에 금이 가는 걸 느낄 수 있었다. "자존심은 개나 주라고!"

통증이 굶주린 조그만 짐승처럼 당장 손을 할퀴며 파고들었지만…… 두려워했던 것에 비하면 그렇게 심하지 않았다. 두려워했던 강도의 근처에도 못 미쳤다. 앨런이 샌프란시스코의 아동복지과에 그녀에 대해 문의하는 편지를 보냈을 리 없다는 사실만큼 그것 역시 확실하게 알 수 있었다.

"자존심은 개나 주라고 해! 개나 주라고 해! 개나 주라고 해!" 그녀는 외치고 아즈카를 방 저편으로 내던졌다.

벽에 부딪힌 아즈카는 바닥으로 떨어져 쪼개졌다. 번개가 하늘에서 번쩍이자 그녀는 그 틈새로 털이 달린 다리 두 개가 삐져나오는 것을 볼 수 있었다. 틈새가 넓어지더니, 거기에서 조그만 거미가 기어나와 화장실로 종종걸음 쳤다. 번개가 다시 한번 번쩍이자 타원형으로 길게 늘어진 그림자가 전기로 지진 문신처럼 바닥에 찍혔다.

폴리는 침대에서 벌떡 일어나 거미를 쫓아갔다. 거미를 얼른 죽여야 했다. 그녀가 지켜보는 와중에도 크기가 점점 커지고 있었다. 지금까지 그녀의 몸에서 독기를 빨아먹으며 살았는데, 구속에서 풀렸으니 얼마나 자랄지 아무도 알 수 없었다.

화장실 스위치를 켜자 세면대 위에 달린 형광등이 켜졌다. 욕조를 향해 허둥지둥 다가가는 거미가 보였다. 문지방을 넘었을 때만 해도 딱정벌레보다 크지 않았는데, 지금은 생쥐만 했다.

안으로 들어가자 녀석이 몸을 돌려 그녀를 향해 총총거리며 다가왔다. 다리가 타일에 덜거덕덜거덕 부딪히는 끔찍한 소리가 들렸고, 그녀는 그 틈에 이런 생각을 했다. 저게 내 가슴 사이에 있었다니, 내 몸에 기대고 누워 있었다니, 지금까지 내 몸에 기대고 누워 있었다니…….

녀석의 몸통은 꺼칠꺼칠하고 거무스름한 갈색이었다. 다리에 달린 짧은 털은 삐죽삐죽 솟아 있었다. 가짜 루비처럼 흐리멍덩한 눈이 그녀를 쳐다보았고…… 굽은 뱀파이어 이빨처럼 생긴 송곳니 두 개가 입 밖으로 삐져나왔다. 거기서 투명한 액체가 뚝뚝 흘렀다. 액체 방울이 타일에 닿은 곳마다 조그만 구멍이 뚫리면서 연기가 솟았다.

폴리는 비명을 지르며 변기 옆에 세워둔 플런저를 집었다. 손이 비명을 질렀지만, 그 손으로 나무 손잡이를 잡고 플런저로 거미를 쳤다. 녀석은 부러진 한쪽 다리를 삐딱하게 늘어뜨린 채 뒷걸음질을 쳤다. 폴리는 욕조를 향해 도망치는 녀석을 쫓아갔다.

다쳤거나 말거나 녀석은 점점 커지고 있었다. 이제는 크기가 시궁쥐만 했다. 불룩 나온 배가 타일 바닥에 쓸렸지만 섬뜩하리만치 민첩하게 샤워 커튼을 타고 올라갔다. 다리가 방수천에 닿자 물이 살짝 튀는 것 같은 소리가 났다. 머리 위 쇠막대에 달린 커튼 고리가 댕그랑거렸다.

폴리가 플런저를 야구방망이처럼 휘두르자 묵직한 고무 컵이 허공을 가르고 흉물을 다시 한번 때렸다. 고무 컵이 면적은 넓었지만 안타깝게도 타격 면에서는 별로 효과적이지 못했다. 샤워 커튼이 안쪽으로 나풀거렸고 거미가 철퍼덕 소리와 함께 욕조로 떨어졌다.

바로 그 순간, 불이 나갔다.

폴리는 플런저를 손에 들고 어둠 속에 서서 거미가 총총거리며 달리는 소리에 귀를 기울였다. 잠시 후 다시 번개가 번쩍이자 꺼칠꺼칠한 등을 구부리고 욕조 밖으로 몸을 내민 녀석이 보였다. 엄지손톱만 한 아즈카에 있었던 것이 지금은 덩치가 고양이만 했다. 녀석은 그녀의 손에서 통증을 뽑아내는 한편 그녀의 심혈을 빨아먹으며 살을 찌우고 있었던 것이다.

내가 캠버 영감이 살았던 집에 두고 온 편지…… 그 편지의 정체는 뭐였을까?

아즈카를 떼어냄과 동시에 살아난 통증이 손 안쪽에서 비명을 지르자 그녀는 이제 더는 그것이 앨런과는 상관없는 편지였을 거라고 자기 자신을 설득할 수 없었다.

거미의 송곳니가 딸깍거리며 사기로 된 욕조 가장자리를 때렸다. 누군가가 자기를 봐달라고 딱딱한 바닥에 대고 동전을 두드리는 소리 같았다. 게슴츠레한 인형 같은 눈이 욕조 가장자리 너머로 그녀를 쳐다보았다.

너무 늦었어. 그 눈은 이렇게 얘기하는 듯했다. 앨런한테도, 너한테도. 모두한테 너무 늦었어.

폴리는 거미를 향해 달려들었다.

"나한테 무슨 짓을 시킨 거야?" 그녀는 악을 썼다. "나한테 무슨 짓을 시킨 거야? 이 괴물아, 나한테 무슨 짓을 시킨 거야?"

거미는 뒷다리를 딛고 일어나 넘어지지 않도록 앞다리로 꼴사납게 샤워 커튼을 붙잡고서 그녀의 공격에 대비했다.

5

키턴이 열쇠를 꺼내 빨간색 다이아몬드 모양의 고성능 폭약 경고판이 달려 있는 창고 문을 열자, 그때부터 에이스 메릴에게는 이 노인네에 대한 존경심이 살짝 생기기 시작했다. 차가운 공기가 느껴지고, 나지막이 돌아가는 에어컨 소리가 들리고, 층층이 쌓인 나무상자가 보였을 때는 존경심이 좀더 커졌다. 공업용 다이너마이트였다. 공업용 다이너마이트가 엄청 많았다. 스팅어 미사일로 가득한 무기고에는 비할 바가 못 됐지만 신나게 놀아보기에는 충분했다. 두말하면 잔소리였다.

밴의 콘솔 박스에 건전지 여덟 개가 들어가는 강력 손전등과 여러 가지 유용한 도구가 있었다. 앨런은 스테이션왜건을 몰고 캐슬록을 향해 달려오고, 노리스 리지윅은 부엌에서 튼튼한 밧줄로 올가미를 만들고, 에비 고모할머니가 등장하는 폴리 차머스의 꿈은 결말을 향해 다가가던 그 시각, 에이스는 눈부신 손전등 불빛으로 상자들을 차례차례 비춰보았다. 머리 위에서는 빗방울이 창고 지붕을 때렸다. 어찌나 세게 때리는지 에이스는 교도소 샤워실로 되돌아간 듯한 착각에 빠졌다.

"이제 시작해볼까." 버스터가 쉰 목소리로 나지막이 말했다.

"잠깐만, 아부지. 좀 쉬었다가 시작하자고." 에이스는 버스터에게 손전등을 넘기고 곤트에게 받은 비닐봉지를 꺼냈다. 봉지를 기울여 왼손 우묵한 곳에 가루를 조금 덜고 얼른 코로 흡입했다.

"그게 뭔가?" 버스터가 의심스러워하는 목소리로 물었다.

"남아메리카 빙고 더스트. 여자들 거시기만큼 끝내줘."

"흥. 코카인이로군. 그들이 코카인을 팔지."

에이스는 누굴 말하는 거냐고 물어볼 필요가 없었다. 이 노인네는 여기까지 오는 내내 그들 얘기밖에 하지 않았고 밤새도록 그러지 않을까 싶었다.

"아니야, 아부지. 그들은 이걸 팔지 않아. 독차지하려고 들지."

그는 손바닥 우묵한 곳에 가루를 좀더 덜어서 손을 내밀었다.

"내 말이 틀린지 맛이나 한번 보시지."

키턴은 의혹과 호기심과 의심이 한데 뒤섞인 눈빛으로 그를 쳐다보았다. "왜 나를 계속 아부지라고 부르는 거지? 내가 당신만 한 아들이 있을 만큼 나이가 많지도 않은데."

"언더그라운드 만화를 읽은 적 없겠지만 그 바닥에 R. 크럼이라는 만화가가 있거든." 에이스가 말했다. 코카인의 효력이 발동되기 시작해 모든 신경 말단에서 반짝반짝 불똥이 튀었다. "그 사람이 그린 만화 주인공 중에 지피라고 있는데, 내가 보기에는 당신이 지피의 아버지를 닮아서."

"칭찬인가?" 버스터가 의심스러워하는 목소리로 물었다.

"엄청난 칭찬이지." 에이스는 그를 안심시켰다. "하지만 싫으면 키턴 씨라고 불러드릴게." 그는 말을 멈추었다가 신중하게 덧붙였다. "그들이 부르듯이."

"아니야." 버스터는 당장 말했다. "괜찮아. 욕만 아니면 돼."

"절대 아니야. 자, 맛 좀 봐. 이거 조금 하면 날이 밝을 때까지 '하이호, 하이호, 일하러 가세'* 하고 노래를 부르게 될 거야."

버스터는 의심이 깃든 음울한 눈빛으로 그를 쳐다보다가 에이스가 권한 코카인을 흡입했다. 그는 곧 기침을 하고 재채기를 하다가 손으로 코를 찰싹 때리고는 눈물이 고인 눈으로 표독스럽게 에이스를 노려보았다. "화끈거리잖아!"

"처음에만 그래." 에이스는 명랑한 목소리로 그를 안심시켰다.

"난 아무것도 못 느끼겠어. 허튼짓은 그만하고 이제 다이너마이트를 밴에 싣자고."

"그래, 아부지."

다이너마이트 상자를 옮기는 데에는 십 분도 걸리지 않았다. 마지막 상자를 실었을 때 버스터가 말했다. "자네가 준 그게 효과가 있는 것 같기도 하군. 좀더 해도 될까?"

"당연하지, 아부지." 에이스는 씩 웃었다. "같이 해."

그들은 코카인을 하고 시내로 출발했다. 버스터가 차를 몰았고 이제 그는 지피의 아버지가 아니라 월트 디즈니 영화 〈버드나무에 부는 바람〉에 나오는 토드 씨와 비슷해졌다. 두 눈이 광기 어린 눈빛으로 새롭게 번뜩였다. 혼란스러웠던 머릿속이 어찌나 삽시간에 맑아지는지 놀라울 정도였다. 이제 버스터는 그들의 꿍꿍이속을, 그들의 계획과 음모와 술수를 모두 꿰뚫어 볼 수 있을 것 같았다. 그

* 『백설공주와 일곱 난쟁이』에서 일곱 난쟁이들이 부르는 노래다.

는 밴 뒤편에 책상다리를 하고 앉아서 핫포인트 타이머를 뇌관에 설치하는 에이스에게 자기 생각을 모조리 이야기했다. 그 순간만큼은 그들의 우두머리인 앨런 팽본을 까맣게 잊었다. 그는 캐슬록을—또는 캐슬록의 최대한 많은 부분을—저승으로 날려버린다는 생각에 완전히 취해 있었다.

에이스는 이제 그를 존경하는 수준을 넘어 숭배했다. 이 노인네는 미쳤고, 에이스는 미치광이를 좋아했다. 예전부터 그랬다. 그들과 함께 있으면 마음이 편안했다. 코카인을 처음 하고 뽕 간 대부분의 사람들이 그러듯 아부지의 정신도 우주를 유영했다. 입을 다물지 못했다. 에이스는 계속 "으흠", "맞아, 아부지", "두말하면 개소리지, 아부지" 하고 맞장구를 쳐주면 그만이었다.

몇 번이나, 하마터면 키턴을 아부지가 아니라 토드 씨라고 부를 뻔했지만 잘 참았다. 이 남자를 토드 씨라고 부르는 건 아주 끔찍한 실수가 될지도 몰랐다.

그들은 앨런이 아직 오 킬로미터쯤 떨어져 있을 때 틴 브리지를 건넜고, 쏟아지는 비를 맞으며 차에서 내렸다. 에이스가 뒷좌석 사물함에서 담요를 꺼내 다이너마이트 꾸러미와 뇌관에 장착된 타이머를 덮었다.

"도와줄까?" 버스터가 불안해하며 물었다.

"그냥 내가 할게, 아부지. 까딱했다가는 빌어먹을 개천에 빠지기 십상인데, 아부지가 빠지면 끄집어내느라 시간을 낭비해야 하잖아. 정신만 단단히 차리고 있어, 알았지?"

"알았어. 에이스…… 코카인부터 조금 빨고 시작하면 어떨까?"

"지금은 안 돼." 에이스는 사람 좋게 얘기하고 버스터의 두툼한 팔을 토닥였다. "이게 순도 백 퍼센트에 가깝거든요. 까딱하면 폭발할 수 있어."

"나는 폭발하면 안 되지. 다른 건 다 터져도 나는 안 되지." 그는 미친 듯이 웃기 시작했다. 에이스도 따라 웃었다.

"신나는 밤이지, 아부지?"

놀랍게도 그 말이 맞았다. 머틀의…… 머틀의 그 사건 이후로 우울해졌던 게 몇 년 전 일인 듯이 느껴졌다. 그는 멋진 친구 에이스 메릴과 함께 마침내 그들을 붙잡는 데 성공했다. 그들이 두 사람의 손아귀에 들어온 것이다.

"그렇다마다." 그는 말하고 에이스가 담요로 덮은 다이너마이트를 배에 안고서 축축한 풀로 덮인 다리 옆 방죽을 내려가는 것을 지켜보았다.

다리 아래에서는 그나마 비를 좀 피할 수 있었다. 별 상관 없는 문제이긴 했다. 다이너마이트와 뇌관, 양쪽 모두 방수 처리가 되어 있었다. 에이스는 들고 온 폭탄을 두 버팀대 사이의 L 자 모양 구조물에 얹은 다음 전선—편리하게도 피복 끝이 이미 벗겨져 있었다—을 막대에 꽂아 뇌관을 다이너마이트에 연결했다. 타이머에 달린 하얀색의 큼지막한 다이얼을 40으로 돌렸다. 타이머가 째깍거리기 시작했다.

그는 다리에서 나와 미끄러운 방죽을 기어 올라갔다.

"어떻게 됐어?" 버스터가 불안한 투로 물었다. "터질까? 네가 보기에는 어때?"

"터질 거야." 에이스는 걱정 말라는 듯 대꾸한 뒤 밴에 올라탔다. 속까지 흠뻑 젖었지만 상관없었다.

"그들이 찾아내면? 그들의 손에 해체되면?"

"아부지, 소리를 들어봐. 문 밖으로 고개를 내밀고 소리를 들어보라고."

버스터는 그가 시키는 대로 했다. 요란하게 벼락이 치는 사이로 희미하게 고함소리와 비명소리가 들렸다. 잠시 후에는 가늘고 딱딱한 권총 발사음이 선명하게 들려왔다.

"곤트 씨가 그들을 정신없게 만들어놨어. 똑똑한 인간이라니까?" 에이스는 손의 움푹한 부분에 코카인을 덜어서 킁킁대고 버스터의 코 아래로 손을 내밀었다. "자, 아부지, 밀러 타임*이야."

버스터는 고개를 숙이고 코카인을 흡입했다.

그들이 출발하고 칠 분이 지났을 때 앨런이 다리를 건넜다. 그때 다리 아래에 달린 타이머의 검은색 화살표는 30을 가리키고 있었다.

6

에이스 메릴과 댄포스 키턴—일명 버스터 또는 지피의 아버지 또는 토드 홀에 사는 토드—은 폭우를 헤치고 메인 스트리트를 천천히 달리며 산타클로스와 조수처럼 조그만 꾸러미를 여기저기에

* 힘든 하루 일과를 마치고 시원한 밀러 맥주를 마시며 피로를 풀라는 의미로 만든, 밀러 맥주의 광고 문구.

떨구었다. 주 경찰청 소속 순찰차가 그들 옆을 두 번 쌩하니 지나갔지만 또 한 대의 텔레비전 중계차처럼 보이는 차량에 관심을 보이지 않았다. 에이스가 말했던 것처럼 곤트 씨가 그들을 정신없게 만들어놓고 있었다.

그들은 새뮤얼스 장례식장 문 앞에 타이머와 다이너마이트 다섯 개를 설치했다. 그 옆은 이발소였다. 에이스는 팔에 담요를 감아 문에 달린 유리를 팔꿈치로 깼다. 이발소에 경보 장치가 설치돼 있을 것 같지 않았고…… 경보가 울린다 한들 경찰이 달려올 것 같지도 않았다. 버스터가 그에게 새롭게 준비한 폭탄을 건네자—뒷좌석 사물함에 있는 전선으로 타이머와 뇌관을 다이너마이트에 든든하게 묶었다—에이스가 그걸 문에 뚫린 구멍 안으로 던졌다. 폭탄은 첫번째 의자의 발치로 굴러갔고 타이머가 25에서부터 째깍거리기 시작했다.

"당분간 저기서는 아무도 면도를 못 하겠군." 에이스가 말하자 버스터는 숨을 죽이고서 킬킬거렸다.

그들은 거기서 갈라져 에이스는 갤럭시아 비디오게임장에, 버스터는 은행의 야간 입출금 코너 앞에 폭탄을 설치했다. 폭우를 맞으며 밴으로 돌아가는데 번개가 하늘을 갈랐다. 귀청을 찢는 소리와 함께 느릅나무가 캐슬스트림 천으로 쓰러졌다. 그들은 인도에 잠깐 서서 그쪽을 쳐다보았다. 다리 아래에 설치한 다이너마이트가 이십 분 정도 일찍 폭발한 것 같은데, 불길이 보이지 않았다.

"벼락이었나 봐. 나무가 벼락을 맞은 모양이네. 가자." 에이스가 말했다.

이번에는 에이스가 운전대를 잡고 출발했을 때, 앨런의 스테이션 왜건이 그들 옆을 지나갔다. 쏟아지는 비 때문에 양쪽 모두 서로를 알아보지 못했다.

그들은 낸스 런처넷 앞으로 이동했다. 에이스가 팔꿈치로 문에 달린 유리를 깼고 20으로 설치한 타이머와 다이너마이트를 문 바로 안쪽, 금전등록기가 있는 카운터 근처에 설치했다. 다시 길을 나서려는 순간 어마어마하게 밝은 번개가 하늘에서 작렬하고 가로등이 전부 나갔다.

"전기!" 버스터가 명랑하게 외쳤다. "전기가 나간 거야! 끝내주는구먼! 시청 건물을 공격하자! 거길 하늘 높이 날려버리자!"

"아부지, 거긴 경찰들로 득시글거린다고! 못 봤어?"

"다들 허튼 데 에너지를 쏟아붓고 있잖아." 버스터는 짜증 섞인 투로 말했다. "폭탄이 터지기 시작하면 두 배로 열심히 에너지를 쏟아붓겠지. 게다가 이렇게 어두컴컴하니 반대편으로 법원에 들어갈 수 있다고. 마스터키로 문도 열 수 있지."

"배짱이 장난 아니네, 아부지. 그거 알아?"

버스터는 딱딱한 미소를 지었다. "너도 마찬가지야, 에이스. 너도."

7

앨런은 니드풀 싱스 앞의 사선 주차 구역에 차를 세우고 시동을 끈 뒤 잠깐 그 자리에 앉아서 곤트의 가게를 쳐다보았다. 쇼윈도에 걸린 팻말에 이제는

당신은 헬로라 하고
나는 굿바이 굿바이 굿바이라 하고
당신은 헬로라 하고 나는 굿바이라 하는 이유는
나도 알 수가 없지*

라고 적혀 있었다. 번개가 거대한 네온사인처럼 깜빡이며 번쩍이자 쇼윈도가 아무 표정 없는 시체의 눈동자처럼 보였다.

니드풀 싱스의 문이 닫혀 있고 고요할지라도 안에 누가 있을 것 같다는 예감이 깊은 곳에서 느껴졌다. 물론 곤트가 아수라장을 틈타 마을을 떠났을지도 몰랐다. 폭풍이 몰아치는데다 경찰들은 머리가 잘린 닭처럼 우왕좌왕하고 있으니 충분히 그럴 수 있었다. 하지만 브리지턴의 병원에서 여기까지 먼 길을 정신없이 달려오는 동안 앨런의 머릿속에 자리 잡은 곤트의 이미지는 배트맨의 숙적인 조커였다. 앨런의 상대는 친구의 화장실에 제트엔진이 달린 역류 밸브를 설치하는 것을 고품격 유머로 간주하는, 그런 부류였다. 그런 인간이, 재미 삼아 의자에 압정을 놓고 신발에 불붙인 성냥을 놓을 수 있는 인간이, 친구가 그 의자에 앉아 양말과 바짓단까지 태워먹는 걸 보지 않고 떠날 수 있을까? 절대 아니었다. 그러면 무슨 재미가 있겠는가.

내가 보기에 너는 아직 여기에 있어. 앨런은 생각했다. 재미있는

* 비틀즈가 부른 〈헬로, 굿바이〉의 가사.

구경거리를 놓치고 싶지 않을 테니까. 안 그러냐, 개자식아?

그는 꼼짝 않고 앉아서 초록색 차양이 달린 가게를 쳐다보며 그렇게 복잡하고 비열한 사건을 벌일 수 있는 인간의 머릿속을 상상해보았다. 너무 골똘하게 상상하느라 그의 왼편에 상당히 오래됐지만 매끈하게, 공기역학적으로 디자인된 차가 한 대 주차되어 있는 걸 알아차리지 못했다. 곤트의 터커 탤리스먼이었다.

어떻게 그럴 수가 있었지? 궁금한 게 너무 많지만 오늘 밤은 하나로 족해. 어떻게 그럴 수 있었냐는 것. 무슨 수로 우리에 대해서 그 많은 정보를 그렇게 순식간에 입수할 수 있었느냐는 것.

형이 그러는데 곤트 씨는 사실 인간이 아니라고 했어요.

벌건 대낮에 공공연한 곳에서 그런 소리를 들었다면 앨런은 폴리가 목걸이에 초자연적인 효능이 있을지 모른다고 했을 때 그랬듯이 그저 웃어넘겼을 것이다. 하지만 거센 바람의 손바닥 안에 들어앉아 아무 표정 없는 시체의 눈동자를 바라보고 있는 오늘 밤에는 거기에서 부인할 수 없는 음울한 설득력이 느껴졌다. 곤트를 만나 얘기를 나눠봐야겠다는 특별한 목적 아래 니드풀 싱스를 찾아왔던 날이 생각났고, 반사되는 빛을 막느라 눈 옆에 손을 대고 쇼윈도를 들여다보았을 때 스멀스멀 느껴졌던 으스스한 기분도 떠올랐다. 가게 안에 아무도 없는 게 분명한데 누군가가 그를 지켜보는 느낌이었다. 그뿐만이 아니었다. 그를 지켜보는 자의 시선이 표독스럽고 증오로 이글거리는 듯했다. 그 느낌이 어찌나 강렬했던지, 쇼윈도에 비친 자신의 모습을 잠깐 다른 사람의 기분 나쁜(그리고 반투명한) 얼굴로 착각했을 정도였다.

그 느낌이 얼마나 강렬했던가…… 얼마나 강렬했던가.

또 다른 것이 생각났다. 그가 어렸을 때 할머니가 입버릇처럼 하신 얘기였다. 악마는 달콤한 목소리로 속삭이지.

형이 그러는데…….

곤트는 무슨 수로 정보를 입수했을까? 그리고 캐슬록처럼 조그만 마을을 선택한 이유가 도대체 무엇일까?

……곤트 씨는 사실 인간이 아니라고 했어요.

앨런은 문득 허리를 숙여서 스테이션왜건의 조수석 바닥을 더듬었다. 처음에는 찾는 게 없어진 줄 알았지만—오늘 어쩌다 조수석 문이 열렸을 때 밖으로 떨어졌다든지 해서—잠시 후 손끝이 둥그스름한 철제 부분에 닿았다. 좌석 아래로 굴러간 모양이었다. 그걸 더듬더듬 꺼내 들어올린 순간…… 숀 러스크의 병실을 나선 이후로 잠잠했던 (어쩌면 너무 정신이 없어서 듣지 못한 것일 수도 있었다) 우울한 목소리가 불안하리만치 명랑하고 요란하게 말문을 열었다.

안녕, 앨런! 나야! 미안, 자리를 비웠다가 이제야 돌아왔어! 그건 뭐야? 땅콩 캔? 아니지. 그렇게 보일지 몰라도 사실은 땅콩 캔이 아니지. 토드가 오번 잡화점에서 마지막으로 산 장난감이잖아. 안에 초록색 뱀이 든 바삭하고 맛있는 믹스 너트. 뱀은 박엽지 안에 스프링을 넣어서 만든 거고. 아이가 눈을 반짝이고 바보처럼 히죽거리면서 그걸 들고 왔을 때 너는 그 쓸데없는 물건 도로 가져다 놓으라고 했지? 아이가 시무룩한 표정을 지으니까 모르는 척하면서…… 뭐라고 했느냐면…… 어디 보자. 네가 뭐라고 했더라?

"바보는 돈을 오래 쥐고 있지 못한다고." 앨런은 멍하니 대답했다. 캔을 손에 쥔 채 계속 돌리고 쳐다보며 토드의 얼굴을 떠올렸다.

"그렇게 얘기했지."

아아아아, 맞다아아아. 목소리가 맞장구를 쳤다. 내가 어쩌다 그런 걸 깜빡했나 모르겠네. 못됐다는 게 그런 게 아니면 뭐겠어? 아이고야! 네가 상기시켜줘서 다행이지 뭐야! 네가 우리 둘 모두에게 상기시켜줘서 말이야! 애니가 그날의 구원자였지. 애니는…… 가만있자. 애니는 뭐라고 했더라?

"재미있지 않냐고, 토드는 나를 닮았다고, 어린 시절은 지나가면 다시 오지 않는다고." 앨런은 부들부들 떨리는 쉰 목소리로 말했다. 다시 눈물이 흘렀고 그러면 안 될 이유도 없었다. 그러면 안 될 이유 같은 건 절대 없었다. 해묵은 아픔이 되살아나 욱신거리는 심장을 더러운 걸레처럼 감싸고 비틀었다.

괴롭지? 우울한 목소리, 죄책감과 자기혐오로 얼룩진 목소리가 측은하다는 듯이 물었다. 앨런이 짐작컨대 백 퍼센트 가식이었다. 너무 괴롭지? 어긋나버린 사랑이나 죽어버린 착한 아이 어쩌고 하는 컨트리 뮤직 속에서 사는 것 같잖아. 이런 괴로움을 느끼게 만드는 물건은 너한테 아무 도움도 되지 못해. 다시 글러브 박스에 넣어, 친구. 그리고 잊어버려. 다음주에, 이 광란극이 모두 끝났을 때 땅콩 캔을 넣은 채로 왜건을 팔아넘기자. 안 될 거 없잖아? 이런 싸구려 장난감은 어린애 아니면 곤트 같은 인간이나 좋아하지. 잊어버려. 잊…….

앨런은 목소리가 떠들어대는 중간에 끊어버렸다. 그럴 수 있다는 걸 이제야 알았는데, 쓸모가 있는 깨달음이자 나중에도 도움이 될 만한 깨달음이었다. 그에게 나중이 있을지 그게 문제였지만. 그는 캔을 이리저리 돌리며 유심히 뜯어보았다. 죽은 아들이 남긴 서글픈 유품이 아니라, 속이 빈 마법의 지팡이나 바닥이 이중으로 된 실크해트, 아니면 아직까지 손목시계 밴드 밑에 깔끔하게 접혀 있는 종이꽃처럼 착각을 유도할 만한 도구로 대한 건 이번이 처음이었다.

마술. 이게 다 마술 아니었을까? 물론 사악한 마술이었다. 감탄사와 폭소를 유발하는 대신 사람들을 돌진하는 성난 황소로 둔갑시키는 게 목적이긴 했지만, 그래도 마술은 마술이었다. 그렇다면 마술의 기본은 무엇일까? 착각. 땅콩 캔 안에 숨겨져 있는 1.5미터짜리 뱀…… 아니면 폴리의 경우에는 약처럼 보이는 질병.

그는 문을 열고 가짜 땅콩 캔을 왼손에 쥔 채 쏟아지는 빗속으로 나섰다. 감상주의라는 위험한 덫에서 살짝 풀려나자 이걸 사지 못하게 한 날을 떠올리며 의아해했다. 평생 마술이라면 사족을 못 썼던 그 역시 뱀이 든 땅콩 캔을 보았다면 넋을 잃었을 것이다. 그런데도 사고 싶어 하는 토드에게 퉁명스럽게 대하고 아이가 받은 상처를 모르는 척했던 이유가 뭐였을까? 토드의 젊음과 열정이 부러웠을까? 단순한 것의 놀라움을 기억하지 못했기 때문이었을까? 뭐였을까?

알 수 없었다. 아는 게 있다면 이런 수법이야말로 곤트가 이해할 만한 것이라는 사실, 이제는 그 수법을 자신의 것으로 끌어와야겠다는 사실뿐이었다.

앨런은 차 안으로 다시 허리를 숙여 뒷좌석에 놓인 조그만 공구상자에서 손전등을 꺼내 들고 곤트의 터커 탤리스먼 앞을 지나(여전히 알아차리지 못한 채) 니드풀 싱스의 짙은 초록색 차양 아래로 들어섰다.

8

자, 왔다. 드디어 왔다.

앨런의 심장이 힘차게, 하지만 일정하게 쿵쾅거렸다. 머릿속에서 그의 아들과 아내와 숀 러스크의 얼굴이 한데 뭉뚱그려졌다. 쇼윈도에 걸린 팻말을 흘끗 확인하고 손잡이를 돌려보았다. 문은 잠겨 있었다. 머리 위에서 캔버스로 된 차양이 울부짖는 바람 속에서 펄럭이고 탁탁거렸다.

땅콩 캔은 셔츠 안에 넣었다. 이제 그는 오른손으로 그걸 건드리며 말로 표현하기 힘든, 하지만 완벽하게 현실적인 위안을 느꼈다.

"좋아." 그는 중얼거렸다. "이제 찾으러 간다."

그는 손전등을 거꾸로 돌려 손잡이로 유리를 깼다. 귀청을 찢는 도난 경보기 소리에 대비해 마음의 준비를 했지만 잠잠했다. 곤트가 경보기를 꺼놓았든지 설치하지 않았든지 둘 중 하나였다. 그는 삐죽빼죽한 구멍 안으로 손을 넣어 안쪽 손잡이를 돌렸다. 손잡이가 돌아갔고, 앨런 팽본은 처음으로 니드풀 싱스 안으로 들어갔다.

맨 처음 그를 강타한 것은 냄새였다. 짙고 답답하고 퀴퀴했다. 얼마 전에 문을 연 가게가 아니라 몇 달, 심지어 몇 년 동안 비어 있던 곳에서 풍김 직한 냄새였다. 그는 오른손에 총을 쥐고 왼손으로 손전등을 들어 좌우를 비추었다. 맨바닥과 맨벽, 유리 진열장 몇 개가 보였다. 유리 진열장에는 아무것도 없었다. 모든 게 두툼한 먼지로 덮인 채였고 먼지에는 아무 자국도 남아 있지 않았다.

한참 동안 여길 찾은 사람이 없었던 거야.

하지만 일주일 내내 여러 사람들이 드나는 걸 그의 두 눈으로 똑똑히 보았는데 어떻게 그럴 수가 있을까?

그는 인간이 아니잖아. 악마는 달콤한 목소리로 속삭이잖아.

그는 손전등으로 빈 공간을 구석구석 비추고 허공에 떠다니는 케케묵은 먼지를 마시며 앞으로 두 발짝 걸어갔다. 뒤로 고개를 돌려 보니 먼지 속에 남은 그의 발자국이 번뜩이는 번갯불에 비쳐 보였다. 그는 다시 손전등을 가게 쪽으로 돌려 오른쪽에서 왼쪽으로, 곤트 씨의 카운터 역할을 했던 진열장을 비추다가…… 그대로 멈추었다.

소니 휴대용 텔레비전 옆에 VCR이 있었다. 텔레비전은 네모반듯한 형태가 아니라 동그랗고 스포티한 디자인에, 소방차처럼 빨간색이었다. 코드가 텔레비전에 느슨하게 감겨 있었다. 그리고 VCR 위에 뭔가가 있었다. 손전등 불빛에 비춰진 모습으로 미루어 책 같았지만 앨런이 생각하기에는 책이 아닐 듯했다.

그는 앞으로 다가가 먼저 텔레비전을 비춰보았다. 바닥이나 유리 진열장과 마찬가지로 두터운 먼지에 덮여 있었다. 느슨하게 감겨 있는 코드는 양쪽 끝에 커넥터가 달린 짤막한 동축케이블이었다. 앨런은 VCR 위에 놓인 물건 쪽으로 불빛을 옮겼다. 책이 아니라 라벨 없는 까만색 플라스틱 케이스에 들어 있는 비디오테이프였다.

먼지를 뒤집어쓴 하얀색 봉투가 그 옆에 놓여 있었다. 봉투 앞면에 이런 문구가 적혀 있었다.

앨런 팽본 보안관 전서

그는 총과 손전등을 유리 진열장 위에 내려놓고 봉투를 집어서 안에 든 한 장짜리 종이를 꺼냈다. 그런 다음 손전등을 다시 들어 타자로 친 짧은 편지 위로 환한 빛의 동그라미를 겨누었다.

친애하는 팽본 보안관에게

지금쯤은 내가 평범한 장사꾼이 아니라는 걸 당신도 알아차렸겠군요. '모두를 위해 뭔가를' 갖추어놓으려고 노력하는 보기 드문 장사꾼이라는 걸요. 직접 대면하지 못해서 아쉽지만 우리 둘의 만남은 현명하지 못한 선택이 됐을 겁니다. 적어도 내 입장에서는요. 하하! 아무튼 당신도 아주 관심이 있을 만한 물건을 하나 남기고 갑니다. 선물은 아니지만—당신도 동의하리라 봅니다만 내가 산타클로스 타입은 절대 아니라서요—모든 주민들이 당신을 존경할 만한 인물이라고 하기에 내가 요구하는 대가를 치르리라 믿고서 남기고 가는 겁니다. 그 대가에는 어떤 청탁이 포함되는데…… 당신의 경우에는 그 청탁이 장난이라기보다 선행에 가깝습니다. 당신도 내 말에 동의할 거라고 봅니다.

당신이 부인과 막내아들의 생애 마지막 몇 달 동안 무슨 일이 있었는지 오래전부터 몹시 궁금해했다는 걸 압니다. 그 모든 궁금증이 조만간 해결될 거라고 보고요.

당신의 앞날에 좋은 일이 있기만을 바라는 내 마음을 믿어주셨으면 합니다.

당신의 충실한 종복으로 남고 싶은

릴런드 곤트

앨런은 편지를 천천히 내려놓았다. "나쁜 놈!" 그는 중얼거렸다.

손전등으로 다시 여기저기 비춰보니 VCR의 코드가 진열장 저쪽으로 구불구불 이어져 있었다. 플러그에서 가장 가까운 콘센트까지의 거리는 몇십 센티미터쯤 되었다. 어차피 정전이라 무용지물이었다.

하지만 솔직히 얘기하자면, 앨런은 생각했다. 그건 아무 상관 없을 것 같단 말이지. 전혀 상관없을 것 같아. 전원을 켜고 코드를 꽂고 카세트를 VCR에 넣으면 모든 게 문제없이 작동될 거야. 왜냐하면 그가 만약 인간이라면 그런 사태를 유발하거나 그 많은 정보를 알고 있을 수가 없거든. 악마는 달콤한 목소리로 속삭이는 법이지, 앨런, 무슨 일이 있더라도 그가 남긴 걸 보면 안 돼.

그럼에도 불구하고 그는 다시 손전등으로 아래를 비추고 동축케이블을 집었다. 잠깐 들여다보다가 허리를 숙여 텔레비전 뒷면의 알맞은 구멍에 꽂았다. 그러는 동안 땅콩 캔이 셔츠에서 빠져나오려고 했다. 그는 바닥에 떨어지기 전에 캔을 한 손으로 잽싸게 잡아서 VCR 옆쪽 유리 진열장에 내려놓았다.

9

노리스 리지윅은 니드풀 싱스까지 반쯤 갔을 때 문득 릴런드 곤트를 혼자 상대하는 것은 정신 나간 짓이라는 결론을 내렸다. 이미 정신이 나갈 대로 나간 상태인데, 이보다 심해지는 건 안 될 말이었다.

그는 고리에 걸린 마이크를 집었다.

"2호차다, 본부 나와라. 노리스다. 응답하라."

그는 버튼에서 손을 뗐다. 소름 끼치는 잡음 말고는 아무 소리도 들리지 않았다. 폭풍의 중심이 캐슬록의 바로 위를 지나고 있었다.

"망할." 그는 내뱉고 시청 건물 쪽으로 방향을 틀었다. 앨런이 거기 있을 것이다. 없더라도 거기서 앨런의 행방을 알아낼 수 있을 것이다. 앨런이라면 어떻게 해야 하는지 알 테고…… 모른다 해도 그의 자백을 들어줄 것이다. 그가 아버지가 쓰던 것과 같은 비준 낚싯대를 가지고 싶다는 이유 하나만으로 휴 프리스트의 타이어를 난도질하는 바람에 휴가 죽게 되었다는 것을 말이다.

다리 아래에 설치한 타이머가 5를 가리키고 있을 때 그는 시청 건물에 도착했고 밝은 노란색 밴의 바로 뒤에 주차했다. 언뜻 보기에 텔레비전 중계차 같았다.

노리스는 쏟아지는 비를 맞으며 앨런을 찾으러 보안관실로 달려들어갔다.

10

폴리는 흉측하게 앞다리를 들고 서 있는 거미를 향해 플런저의 컵 부분을 휘둘렀지만 이제 거미는 움찔하지도 않았다. 뻣뻣하게 털이 난 앞다리로 자루를 붙잡았다. 녀석이 고무 컵 위로 흔들흔들 몸을 싣자 폴리의 손이 고통의 비명을 내질렀다. 손에서 힘이 빠지는 바람에 플런저가 아래로 처졌고 거미는 외줄타기를 하는 뚱뚱한 사람처럼 자루를 타고 허우적허우적 올라왔다.

그녀는 비명을 지르려고 숨을 들이마셨지만 녀석이 음흉한 바람둥이 춤꾼처럼 앞다리를 그녀의 어깨에 얹고는 느른한 루비 같은 눈으로 그녀의 눈을 똑바로 들여다보았다. 녀석이 송곳니 달린 입을 벌리자 입 냄새가 풍겨 나왔다. 씁쓸한 향신료와 썩은 고기 냄새가 코를 찔렀다.

그녀는 비명을 지르려고 입을 벌렸다. 녀석이 한쪽 다리를 그녀의 입안으로 넣었다. 까칠까칠하고 소름 끼치는 털이 그녀의 이와 혀를 어루만졌다. 거미는 흥분에 겨워서 가냘프게 우는 소리를 냈다.

폴리는 펄떡거리는 끔찍한 것을 뱉어버리고 싶었지만 참았다. 플런저를 놓고 거미의 다리를 붙잡았다. 그와 동시에 젖 먹던 힘까지 동원해 깨물었다. 한입 가득 사탕을 문 듯 뭔가가 우드득거리더니 케케묵은 차처럼 차갑고 씁쓸한 맛이 입안 가득 번졌다. 거미는 고통에 찬 비명을 지르며 몸을 뒤로 빼려고 했다. 뻣뻣한 털이 폴리의 주먹 안에서 까칠까칠하게 미끄러졌지만 그녀는 녀석이 완전히 빠져나가기 전에 울부짖는 손으로 녀석의 다리를 다시 한번 단단히 움켜쥐고…… 칠면조 다리를 뜯는 것처럼 비틀었다. 으드득하고 거칠게 뜯기는 소리가 났다. 거미가 다시 아파하며 축축한 비명을 질렀다.

거미가 도망치려고 했다. 폴리는 그 맛을 완전히 없애려면 한참이 걸리겠다는 생각을 하며 입안을 가득 채운 시커멓고 씁쓸한 액체를 뱉고 거미를 다시 홱 잡아당겼다. 저멀리 마음 한구석에서는 어디서 이런 기운이 나는지 놀라움을 느꼈지만 다른 한구석에서는 완벽하게 이해하고 있었다. 무섭고 속이 메슥거렸지만…… 무엇보다 화가 났다.

내가 이용당했어. 두서없이 이런 생각이 들었다. 이것과 앨런의 목숨을 맞바꾸다니! 이런 괴물과!

거미는 송곳니로 그녀를 갉으려 했지만 플런저 자루를 붙든 뒷다리의 힘이 시원찮았기 때문에 폴리가 손을 놓으면 당장 떨어질 태세였다.

그녀는 손을 놓지 않았다. 뜨끈뜨끈하고 불룩한 몸뚱이를 양팔로 잡아 누르며 위로 들어올렸다. 위쪽에서, 녀석은 다리를 실룩이고 버둥대며 고개를 든 그녀의 얼굴을 할퀴려 들었다. 분비물과 시커먼 피가 녀석의 몸을 타고 그녀의 팔로 줄줄 흘러내려 화끈거리는 실개천을 만들었다.

"더는 안 돼!" 폴리는 비명을 질렀다. "더는 안 돼, 더는 안 돼, 더는 안 돼!"

그녀는 거미를 내동댕이쳤다. 거미가 욕조 뒤편의 타일 벽에 부딪히면서 끈적끈적한 고름이 터졌다. 녀석은 벽에 잠깐 들러붙어 있다가 욕조 안으로 철퍼덕 떨어졌다.

폴리는 플런저를 다시 잡고 달려들었다. 빗자루로 쥐를 치듯 그걸로 거미를 때려보았지만 효과가 없었다. 거미는 부들부들 떨며 노란색 데이지 무늬로 된 고무 샤워 매트 위에서 허우적허우적 도망치려고 했다. 폴리는 플런저를 거꾸로 들고 자루에 온 힘을 실어 창처럼 앞으로 내밀었다.

그 끔찍한 괴물의 정중앙에 자루가 꽂혔다. 퍽 하는 섬뜩한 소리에 이어 거미의 내장이 찢어지면서 코를 찌르는 냄새와 함께 샤워 매트 위로 쏟아져 나왔다. 녀석은 심장에 꽂힌 막대를 하릴없이 다리로 감싸며 미친 듯 꿈틀거리다가…… 이윽고 잠잠해졌다.

폴리는 뒤로 물러서며 눈을 감았다. 주변이 휘청거리는 것 같았다. 실제로 의식을 잃어가고 있을 때, 앨런의 이름이 폭죽처럼 머릿속에서 터졌다. 그녀는 양손으로 주먹을 쥐고 관절끼리 세게 부딪쳤다. 눈앞이 아득할 정도로 엄청난 통증이 삽시간에 밀려들었다. 주변이 다시 번쩍하고 제자리로 돌아왔다.

눈을 뜨고 욕조 앞으로 다가가 안을 들여다보았다. 처음에는 아무것도 없는 듯이 보였다. 잠시 후 플런저의 고무 컵 옆에 있는 거미가 눈에 들어왔다. 새끼손톱만 했고 숨통이 제대로 끊겨 있었다.

나머지는 없었던 일이에요. 당신이 허깨비를 본 거예요.

"지랄하고 자빠졌네." 폴리는 떨리는 목소리로 중얼거렸다.

문제는 거미가 아니었다. 앨런이었다. 앨런이 심각한 위험에 처했는데, 그게 다 그녀 때문이었다. 너무 늦기 전에 그를 찾아가야 했다.

이미 너무 늦은 게 아니라면.

보안관실로 가야 했다. 거기 가면 그의 행방을 아는 사람이…….

아니야. 머릿속에서 에비 고모할머니의 목소리가 들렸다. 거기는 아니지. 거기로 가면 정말로 너무 늦어버릴걸? 어디로 가면 되는지 알잖니. 그가 어디 있는지 알잖니.

그렇다.

그렇다, 당연히 그녀는 알았다.

폴리는 문을 향해 달려갔다. 한 가지 생각이 나방의 날갯짓처럼 머릿속에서 퍼덕거렸다. 주님, 제발 그이가 아무것도 사지 않게 해주세요. 주님, 제발 제발 제발, 그이가 아무것도 사지 않게 해주세요.

23장

1

서기 1991년 10월 15일 화요일 저녁 7시 38분, 옛날 옛적부터 캐슬록 주민들 사이에서 틴 브리지로 불려온 캐슬스트림 브리지 아래에 설치된 타이머가 0에 다다랐다. 벨을 울리는 용도로 쓰이는 미미한 전류가, 에이스가 피복을 벗겨 폭탄을 작동시키는 구 볼트짜리 건전지의 전극에 감아놓은 전선을 핥고 지나갔다. 실제로 벨이 울리긴 했지만 전류가 뇌관을 작동시키고 이어서 뇌관이 다이너마이트를 작동시키자 곧 타이머의 다른 부분과 함께 순식간에 눈부신 섬광 속으로 삼켜졌다.

다이너마이트가 폭발하는 소리를 천둥소리로 착각한 캐슬록 주민은 극소수에 불과했다. 천둥이 하늘에서 대포가 발사되는 소리 같다면, 이건 거대한 소총 소리 같았다. 이름과 다르게 주석*이 아닌 녹슨 철로 이루어진 오래된 다리의 남쪽 끝이 웅크린 화염에 휩싸여 방죽 위로 솟구쳤다. 허공으로 약 삼 미터는 날아올라 완만한 비탈을 이루었다가 떨어져 우지끈 소리와 함께 시멘트를 튀기고 와장창 소리와 함께 쇠붙이를 날렸다. 북쪽 끝은 뒤틀려 다리가 이제 완전히 범람한 캐슬스트림 천 속으로 삐뚜름하게 처박혔다. 남쪽 끝은 벼락을 맞은 느릅나무 위로 착륙했다.

가톨릭교도와 침례교도들이 십여 명에 달하는 주 경찰관들과 함께 격투를 벌이고 있던 캐슬 애비뉴에서 싸움이 중단됐다. 싸우던 모든 사람들이 불길이 치솟은 캐슬스트림 천 쪽으로 고개를 돌렸다. 몇 초 전까지 격하게 치고받았던 앨버트 젠드런과 필 버그마이어가 이제는 나란히 서서 화재 현장을 쳐다보았다. 찢어진 관자놀이에서 배어나온 피가 앨버트의 얼굴 왼쪽 옆면을 타고 흘렀고, 필의 셔츠는 다 뜯겨서 남은 게 없었다.

그 옆에서는 낸 로버츠가 거대한 콘도르처럼(레이온으로 된 웨이트리스 유니폼을 입고 있었으니 새하얗기도 했다) 브리검 신부 위에 걸터앉아 있었다. 신부의 머리칼을 잡고 머리를 들어서 연거푸 인도에 내리찧던 중이었다. 근처에 쓰러진 로즈 목사는 브리검 신부의 목회 활동 덕분에 기절 상태였다.

이가 하나 깨진(그리고 미국에서 종교적인 화합을 도모할 수 있으리라는 환상도 덩달아 깨진) 헨리 페이턴은 토니 미슬라버스키를 프레드 멜런 집사에게서 떼어내던 와중에 그대로 얼어붙었다.

* 틴Tin은 주석이라는 뜻이다.

그들 모두 '무궁화 꽃이 피었습니다'를 하는 어린애들처럼 얼어붙었다.

"맙소사, 다리잖아." 돈 헴필이 중얼거렸다.

헨리 페이턴은 이 소강상태를 활용하기로 마음먹었다. 토니 미슬라버스키를 옆으로 내던진 뒤 다친 입가에 손을 대고 우렁차게 외쳤다. "좋습니다, 여러분! 경찰이에요! 이제 다들……."

이때 낸 로버츠가 핏대를 세우고 고함을 질렀다. 그녀는 식당 주방에 대고 주문을 외친 게 수십 년이었고 아무리 주변이 시끄러워도 말을 들리게 하는 데 이골이 나 있었다. 상대가 되지 않았다. 그녀의 목소리가 페이턴의 목소리를 거뜬히 덮었다.

"빌어먹을 가톨릭 신자들이 다이너마이트를 쓰고 있다!"

그녀가 나팔을 불었다.

규모가 줄어 있었지만 그들은 부족한 숫자를 뜨거운 분노로 벌충했다.

낸의 말이 떨어지기가 무섭게 다시 패싸움이 시작됐다. 이제는 비에 젖은 오십 미터 구간을 따라 십여 개의 국지전으로 확산됐다.

2

노리스 리지윅은 다리가 폭파되기 직전에 보안관실로 들이닥쳐 고래고래 외쳤다. "팽본 보안관님 어디 계세요? 팽본 보안관님을 찾아야……."

그는 말을 하다 말고 멈추었다. 시턴 토머스와 아직 술을 마실 수 있는 나이도 안 돼 보이는 주 경찰관 한 명 말고는 아무도 없었다.

다들 어디 갔지? 밖에 엉망으로 주차된 주 경찰청 소속 순찰차와 기타 등등의 각종 차량들이 육천 대는 되어 보이지 않았던가. 그중 한 대가, 엉망으로 주차된 차에 순위를 매긴다면 당연히 메달을 차지하고도 남을 그의 폭스바겐이었다. 버스터에게 들이받혀 옆으로 쓰러진 채 그대로 방치되어 있었으니 말이다.

"망할!" 노리스는 외쳤다. "다들 어디 갔어요?"

아직 술을 마실 수 있는 나이도 안 돼 보이는 주 경찰관이 노리스의 유니폼을 보고 말했다. "위쪽 어디에선가 패싸움이 벌어졌어요. 무슨 식인종인가 뭔가를 반대하는 기독교도들이라던데. 내가 사건 접수실을 맡기로 했는데 폭풍이 하도 심해서 발신도 수신도 먹통이에요." 그는 시무룩하게 덧붙였다. "그런데 누구시죠?"

"리지윅 부보안관입니다."

"아, 저는 조 프라이스예요. 이 마을 도대체 뭡니까, 부보안관님? 너나없이 미쳐 날뛰고 있어요."

노리스는 그 말을 못 들은 체하고 시턴 토머스에게 다가갔다. 시트는 얼굴이 흙빛이었고 힘겹게 숨을 몰아쉬고 있었다. 쭈글쭈글한 손으로 가슴 한복판을 똑바로 누른 채였다.

"시턴, 보안관님 어디 있어요?"

"나도 몰라." 시턴이 말하고 겁에 질린 흐릿한 눈빛으로 노리스를 쳐다보았다. "뭔가 끔찍한 일이 벌어지고 있어, 노리스. 정말 끔찍한 일이. 마을 곳곳에서. 전화가 먹통이 된 것도 이상해. 요즘은 선을 대부분 지하에 묻잖아. 그런데 그거 아나? 먹통이 돼서 다행이라는 거. 나는 소식을 듣고 싶지 않거든."

"병원에 가셔야겠어요." 노리스는 걱정하는 눈빛으로 노인을 쳐다보았다.

"캔자스가 아니고?" 시턴은 음울하게 말했다. "아무튼 여기 이렇게 앉아서 끝날 때까지 기다릴 거야. 나는……."

바로 그때 다리가 폭파되면서 그의 말허리가 잘렸다. 거대한 총성이 짐승의 발톱처럼 밤하늘을 할퀴었다.

"망할!" 노리스와 조 프라이스가 동시에 외쳤다.

"그러게." 시턴 토머스가 공포와 불만이 섞인 기운 없고 심드렁한 목소리로 말했다. "저들이 마을을 폭파하려는 모양이네. 그게 다음 차례인가 봐."

놀랍게도 시턴이 갑자기 흐느껴 울기 시작했다.

"헨리 페이턴은 어디 있어요?" 노리스는 프라이스 경관에게 물었다. 프라이스는 그의 말을 무시한 채 뭐가 폭파됐는지 확인하려고 문밖으로 달려갔다.

노리스는 시턴 토머스를 흘끗 쳐다보았지만 그는 여전히 손으로 가슴 한가운데를 누른 채 눈물을 뚝뚝 흘리며 우울하게 허공을 응시할 따름이었다. 노리스는 조 프라이스 경관을 찾아 나섰다. 그는 천년 전쯤 노리스가 버스터 키턴의 빨간색 캐딜락에 주차 위반 딱지를 떼었던 시청 건물 주차장에 있었다. 비가 내리는 밤하늘을 배경으로 죽어가는 불기둥이 선명하게 도드라졌고, 그 불빛을 통해 캐슬스트림 천의 다리가 사라졌다는 것을 두 사람 모두 확인할 수 있었다. 마을 저쪽 끝의 신호등이 도로 위로 쓰러졌다.

"하느님 맙소사." 프라이스 경관이 경건한 목소리로 말했다. "여기가 제가 사는 마을이 아니라 얼마나 다행인지 모르겠어요." 불빛 때문에 그의 뺨에 홍조가 돌았고 눈이 이글거렸다.

앨런을 찾아야 한다는 노리스의 조바심이 더욱 커졌다. 그는 순찰차를 타고 헨리 페이턴을 먼저 찾아보는 게 낫겠다는 결론을 내렸다. 엄청난 패싸움이 벌어지고 있다니 금세 찾을 수 있을 것이었다. 어쩌면 앨런도 거기 있을지 몰랐다.

인도를 거의 건넜을 때 번개가 번쩍 내리치자 시청 건물 옆 법원 청사의 모퉁이를 종종걸음으로 돌아나오는 두 사람이 보였다. 밝은 노란색 뉴스 중계차로 향하는 것 같았다. 그중 한 명은 신원이 불분명했지만 투실투실하고 살짝 다리가 휜 다른 한 명은 착각의 여지가 없었다. 댄포스 키턴이었다.

노리스 리지윅은 오른쪽으로 두 걸음 이동해 골목길 입구의 벽돌 담벼락에 등을 대고 공무용 권총을 꺼냈다. 그걸 어깨 높이로 들어 비가 퍼붓는 하늘로 총구를 향하고 "꼼짝 마!"라고 있는 힘껏 외쳤다.

3

폴리는 진입로를 빠져나와 와이퍼를 켜고 좌회전을 했다. 이제는 손만 아픈 게 아니라 거미의 배설물이 닿았던 팔 안쪽까지 심하게 화끈거렸다. 거기에 오염되어 독극물이 조금씩 그녀의 속으로 파고드는 느낌이었다. 하지만 지금은 그런 데 신경 쓸 겨를이 없었다.

그녀가 로럴과 메인 스트리트가 만나는 네거리의 신호등으로 다가가고 있었을 때 다리가 폭파됐다. 그녀는 어마어마한 총성에 움찔했다가 캐슬스트림 천에서 환하게 피어오르는 불길을 놀란 눈으로 잠깐 쳐다보았다. 환한 불빛을 배경으로 다리의 실루엣이 까만 기중기처럼 보이는가 싶더니 화염 속으로 삼켜졌다.

그녀는 니드풀 싱스가 있는 메인 스트리트 쪽으로 좌회전했다.

4

한때 앨런 팽본은 홈비디오 애호가였다. 그가 거실 벽에 종이를 붙여놓고 틀어주는 흔들리는 영상을 보다가 지겨움에 하품을 한 사람이 몇 명인지 몰랐다. 기저귀를 차고 거실을 아장아장 걸어다니는 아이들, 아이들을 목욕시키는 애니, 생일 파티, 가족 나들이……. 이런 영상에서는 사람들이 카메라를 향해 손을 흔들고 우스꽝스러운 표정을 지었다. 누가 카메라를 겨누면 손을 흔들거나 우스꽝스러운 표정을 짓거나 아니면 그 두 가지를 동시에 해야 한다는 불문율이라도 있는 듯이, 그러지 않으면 2급 무심죄로 체포돼 십 년 형, 그러니까 흔들리는 홈비디오 영상을 십 년 동안 끝없이 봐야 하는 처벌이라도 받는 듯이 말이다.

그는 오 년 전에 비디오카메라로 전향했다. 더 저렴하고 간편한 것은 물론이고…… 이제는 십 분에서 십오 분—팔 밀리미터 필름을 서너 통 연결하면 확보되는 시간이 그 정도였다—이 아니라 테이프를 갈지 않고서도 몇 시간 동안 사람들을 괴롭힐 수 있었다.

그는 상자에서 카세트테이프를 꺼내 쳐다보았다. 아무 라벨도 없었다. 상관없어. 그는 생각했다. 전혀 상관없어. 여기에 뭐가 들었는지 내가 직접 확인하면 되니까. 그는 VCR의 전원 버튼을 향해 손을 움직이다가…… 멈칫했다.

토드와 숀과 아내의 얼굴로 이루어진 합성사진이 갑자기 사라지더니, 그 대신 앨런이 바로 그날 오후에 보았던 창백하고 충격에 휩싸인 브라이언 러스크의 얼굴이 등장했다.

너 아주 우울해 보인다, 브라이언.

네, 보안관님.

그럼 우울하다는 말이니?

네, 보안관님. 그리고 그 버튼을 누르면 보안관님도 우울해질 거예요. 그자는 보안관님이 그 테이프를 봐주길 바라지만 도움을 주려고 그러는 게 아니에요. 곤트 씨는 도움 같은 걸 주지 않아요. 보안관님을 오염시키려는 거예요. 다른 사람들을 오염시켰던 것처럼.

그럼에도 그는 확인해야 했다.

손끝이 버튼에 닿자 그는 반질반질한 정사각형의 표면을 어루만졌다. 잠깐 멈추고 좌우를 둘러보았다. 그렇다. 곤트가 아직 여기에 있었다. 여기 어딘가에 있었다. 앨런은 그를 느낄 수 있었다. 위협적인 동시에 회유적인 존재감을 묵직하게 느낄 수 있었다. 그는 곤트가 남긴 쪽지를 떠올렸다. 당신이 부인과 막내아들의 생애 마지막 몇 달 동안 무슨 일이 있었는지 오래전부터 몹시 궁금해했다는 걸 압니다…….

그러지 마세요. 안 돼요, 보안관님. 브라이언 러스크가 속삭였다. 야구 카드로 가득한 아이스박스를 자전거 바구니에 싣고 그를 쳐다보았던 아이의 얼굴, 창백하고 상처로 얼룩졌던 자살 직전의 그 얼굴이 눈에 선했다. 과거는 그냥 묻어두세요. 그러는 게 좋아요. 그리고 그자는 거짓말을 하고 있어요. 보안관님도 아시잖아요.

그랬다. 그도 알았다. 그도 거짓말이라는 걸 알았다.

그럼에도 그는 확인해야 했다.

앨런의 손가락이 버튼을 눌렀다.

초록색의 조그만 전원이 당장 켜졌다. 앨런이 예상했던 대로 정전이 됐거나 말거나 VCR은 작동하는 데 아무 문제가 없었다. 새빨간색 소니 텔레비전을 켜자 새하얗게 비가 죽죽 내리는 3번 채널의 화면이 흐릿하게 그의 얼굴을 비췄다. 꺼냄 버튼을 누르니 VCR의 테이프 서랍이 나왔다.

그러지 마세요. 안 돼요. 브라이언 러스크가 다시 속삭였지만 앨런은 듣지 않고 테이프를 얹어서 서랍을 밀었다. 테이프가 헤드에 닿으면서 딸깍하는 소리가 났다. 그는 숨을 크게 한 번 들이마시고 재생 버튼을 눌렀다. 화면 위에서 내리던 하얀 비가 부드러운 암흑으로 대체됐다. 잠시 후 화면이 짙은 회색으로 바뀌었고, 일련의 숫자가 반짝이기 시작했다. 8…… 7…… 6…… 5…… 4…… 3…… 2…… X.

핸드헬드 카메라로 불안하게 촬영한 시골길이 펼쳐졌다. 초점이 살짝 안 맞기는 했지만 전경에 보이는 도로표지판의 숫자를 읽는 데에는 무리가 없었다. 117번 도로였다. 하지만 앨런으로서는 확인할 필요도 없었다. 수도 없이 지나다닌 길이라 손바닥 보듯 훤했다. 도로가 굽어지는 지점 너머의 소나무숲이 보였다. 스카우트가 저기서 가장 큰 나무를 들이받고 앞이 찌그러졌었다.

지금도 가서 보면 사고의 흔적이 남아 있는데(그는 수도 없이 가서 확인했다) 화면상의 나무에는 아무 흔적도 없었다. 애니와 토드가 죽던 날에 촬영된 테이프라는 걸 깨달았을 때—아무 흔적 없는 나무와 도로의 커브 구간뿐 아니라 풍경의 모든 요소와 그의 모든 직감이 그렇다고 외치고 있었다—앨런의 뼛속으로 놀라움과 두려움이 조용히 스며들었다.

그는 사고 광경을 보게 될 것이다.

있을 수 없는 일이었지만 진짜였다. 아내와 아들이 박살 나는 광경을 그의 두 눈으로 직접 목격하게 될 터였다.

끄세요! 브라이언이 소리를 질렀다. 끄세요, 그는 독버섯 같은 사람이고, 독버섯을 팔아요! 늦기 전에 얼른 끄세요!

하지만 생각만으로 심장박동을 멈추게 할 수 없듯이, 앨런은 이걸 끌 수가 없었다. 그는 완전히 붙들린 채 얼어붙었다.

이제 카메라가 도로가 있는 왼쪽으로 홱 움직였다. 잠시 아무것도 보이지 않다가 빛살 한줄기가 반짝였다. 스카우트였다. 스카우트가 달려오고 있었다. 차체와 그 안에 탄 승객의 마지막을 장식할 소나무를 향해 돌진하고 있었다. 이승에서의 종착지를 향해 다가오고 있었다. 과속은 하지 않았다. 갈지자로 달리지도 않았다. 애니가 차를 제어하지 못하거나 조만간 그럴 것 같은 조짐도 전혀 보이지 않았다.

앨런은 윙윙거리는 VCR 옆으로 몸을 기울였다. 뺨을 타고 땀이 흘러내렸고 혈관이 관자놀이를 묵직하게 두드렸다. 안에서 욕지기가 올라왔다.

이건 가짜야. 사기야. 그가 위조한 거야. 그들이 아니야. 배우와 아역 연기자가 그들인 척하는 것일 뿐 진짜 그들이 아니야. 그들일 리 없어.

하지만 그는 그들이 맞는다는 걸 알았다. 코드를 꽂지 않아도 작동하는 텔레비전에 연결된 VCR의 화면에 달리 누가 등장할 수 있겠는가.

가짜예요! 브라이언 러스크가 외쳤지만 워낙 아득하게 들렸기에 쉽게 무시할 수 있었다. 가짜예요, 보안관님, 가짜예요! 가짜라고요!

이제 다가오는 스카우트에 달린 번호판이 보였다. 24912 V. 애니의 번호판이었다.

이때 갑자기 스카우트 뒤에서 다시 빛살 한줄기가 등장했다. 다른 차가 거리를 좁히며 빠르게 다가왔다.

밖에서 틴 브리지가 어마어마한 총성과 함께 폭파됐다. 앨런은 그쪽으로 고개를 돌리기는커녕, 소리를 듣지도 못했다. 모든 신경이 빨간색 소니 텔레비전 화면에 쏠려 있었다. 그 속에서 애니와 토드는 이승과 저승을 가르는 나무를 향해 다가가고 있었다.

그들 뒤에서 등장한 차량은 시속 120킬로미터 아니면 130킬로미터로 달리고 있었다. 스카우트가 카메라 근처로 접근했을 무렵에는 이 차—어느 보고서에서도 이 차의 존재는 언급된 바 없었다—도 스카우트의 뒤를 바짝 쫓았다. 애니도 그 모습을 보았는지 속도를 내기 시작했지만 조금 늦었다. 이미 엎질러진 물이었다.

뒤에서 등장한 차는 앞코가 지면을 향하도록 뒤를 높인 연녹색 닷지 챌린저였다. 잿빛 유리로 된 차창 너머 천장 내부를 가로지르는 아치형 롤 바가 희미하게 보였다. 뒷범퍼는 스티커로 뒤덮여 있었다. 허스트, 퓨얼리, 퀘이커 주……. 영상에서는 아무 소리도 나지 않았지만 앨런의 귀에는 일직선의 배기관에서 부릉부릉 요란하게 배기가스가 뿜어져 나오는 소리가 들리는 듯했다.

"에이스!" 그는 깨달음에 괴로워하며 외쳤다. 에이스! 에이스 메릴이었다! 복수! 그럼 그렇지! 왜 진작 그 생각을 하지 못했을까?

스카우트가 지나가자 카메라가 차를 따라 오른쪽으로 방향을 돌렸다. 앨런은 잠깐 안을 들여다볼 수 있었다. 맞았다. 그날 페이즐리 스카프를 머리에 묶은 애니였고, 스타트렉 티셔츠를 입은 토드였다. 토드는 자동차 뒤편을 돌아보고 있었다. 애니는 백미러를 쳐다보고 있었다. 표정은 보이지 않았지만 안전벨트가 팽팽하게 당겨지도록 힘을 주어서 몸을 앞으로 내민 모습이었다. 그 짧은 동안 마지막으로 아내와 아들을 맞닥뜨렸을 때, 그의 마음속 한구석에서는 결과를 바꿀 수 있다는 희망이 없는 이상 이런 식으로 그들을 보고 싶지 않다는 생각이 들었다. 그들의 끔찍한 마지막 순간을 보고 싶지 않았다.

하지만 이미 돌이킬 수 없었다.

챌린저가 스카우트를 들이받았다. 세게 받지는 않았지만 애니가 속도를 높인 상태라 그 정도면 충분했다. 커브를 돌지 못한 스카우트가 도로를 이탈해 큼지막한 소나무가 기다리는 숲으로 돌진했다.

"안 돼!" 앨런은 고함을 질렀다.

스카우트가 덜커덩거리며 도랑에 들어갔다가 나왔다. 바퀴 두 개를 딛고 위로 솟구쳤다가 다시 내려와 소나무 줄기를 소리 없이 들이받았다. 머리에 페이즐리 스카프를 묶은 인형이 앞유리창을 뚫고 날아올라 나무를 때리고 덤불 속으로 떨어졌다.

연녹색 챌린저가 길가에 멈추어 섰다.

운전석 문이 열렸다.

에이스 메릴이 차에서 내렸다.

그가 터진 라디에이터에서 뿜어져 나오는 수증기로 뒤덮여 보이지 않는 스카우트의 잔해 쪽을 쳐다보며 깔깔대고 웃었다.

"안 돼!"

앨런은 다시 외치며 양손으로 VCR을 유리 진열장 옆으로 밀쳤다. VCR은 바닥에 떨어졌지만 깨지지 않았고, 동축케이블도 길어서 뽑히지 않았다. 텔레비전 화면에 지지직거리는 줄이 하나 뜨고는 그만이었다. 앨런은 에이스가 계속 웃으며 다시 차에 오르는 걸 확인하고는 빨간색 텔레비전을 집어 머리 위로 들어올린 뒤 몸을 반 바퀴 돌려서 벽에 대고 내동댕이쳤다. 섬광이 번쩍이고 공허하게 쿵 하는 소리가 나더니 안에서 웅웅거리며 테이프가 계속 돌아가는 VCR 소리만 남았다. 발로 걷어차자 고맙게도 그 물건이 입을 다물었다.

가서 잡아. 그놈은 미캐닉폴스에 살아.

처음 듣는 목소리였다. 차갑고 터무니없었지만 그 나름의 잔인한 논리가 있었다. 브라이언 러스크의 목소리는 이제 들리지 않았다. 이 목소리만 남아서 저 두 마디를 되뇌고 또 되뇌었다.

가서 잡아. 그놈은 미캐닉폴스에 살아. 가서 잡아. 그놈은 미캐닉폴스에 살아. 가서 잡아. 가서 잡아. 가서 잡아.

이발소와 새뮤얼스 장례식장이 동시에 폭발하며 길 건너편에서 어마어마한 총성이 두 번 더 들렸고 유리 조각과 이글거리는 파편이 하늘과 도로로 뿜어졌다. 앨런은 아랑곳하지 않았다.

가서 잡아. 그놈은 미캐닉폴스에 살아.

그는 생각 없이 땅콩 캔을 집었다. 그저 들고 왔으니 다시 들고 나가기 위해서였다. 그는 이전에 남긴 발자국을 알아볼 수 없게 지워가며 문 앞까지 걸어가 니드풀 싱스를 나섰다. 폭탄이 터진 게 그에게는 의미 없었다. 불구덩이로 군데군데 뚫린 메인 스트리트의 반대편도 그에게는 의미 없었다. 도로에 쌓인 나무와 유리와 벽돌 조각들도 그에게는 의미 없었다. 캐슬록과 폴리 차머스를 비롯해 거기 사는 사람들도 그에게는 의미 없었다. 여기서부터 오십 킬로미터 거리에 있는 미캐닉폴스에 볼일이 있었다. 중요한 건 그거였다. 그거 하나뿐이었다.

앨런은 스테이션왜건의 운전석으로 성큼성큼 걸어갔다. 총, 손전등, 장난감 땅콩 캔을 좌석 위로 던졌다. 상상 속에서는 벌써 에이스 메릴의 목을 조르고 있었다.

5

"꼼짝 마!" 노리스는 다시 외쳤다. "그 자리에서 움직이지 마!"

그는 이보다 더 운이 좋을 수 있을까 하는 생각이 들었다. 댄포스 키턴을 안전하게 가두어놓을 수 있는 유치장까지 거리가 육십 미터도 안 됐다. 다른 친구의 경우에는…… 뭐, 그 둘이 무슨 짓을 저지르고 있었는지에 따라 결정될 문제였다. 그들이 환자를 보살피고 상심한 사람들을 위로하고 있었던 것 같지는 않았다.

프라이스 경관이 노리스에게서 "캐슬 카운티 법원"이라고 적힌 구식 현판 옆에 서 있는 두 남자 쪽으로 시선을 옮겼다. 그러다 다시 노리스를 바라보았다. 에이스와 지피의 아버지는 서로 마주 보더니 손을 내리고 바지 허리춤에 꽂아놓은 총을 향해 뻗었다.

노리스는 배운 대로 총구를 위로 들고 있었다. 그리고 이제 절차에 따라 왼쪽 주먹 위에 오른쪽 손목을 얹어 총을 겨누었다. 교과서가 맞는다면 두 사람은 총구가 그들 사이를 겨누고 있다는 걸 모를 것이다. 각자 노리스가 자신을 똑바로 겨누고 있는 줄 알 것이다.

"무기에서 손 치우시지, 친구들. 얼른!"

버스터와 그의 친구는 다시 서로 흘끗 쳐다보고는 옆구리 쪽으로 손을 떨어뜨렸다.

노리스는 주 경찰관을 획 돌아보았다. "이봐, 프라이스. 나 좀 도와주겠나? 너무 피곤하지 않으면."

"지금 뭐하시는 건데요?"

프라이스가 물었다. 끼고 싶지 않은 듯 불안한 말투였다. 그날 밤 잇따른 사건이 굉음과 함께 다리가 폭파되는 것으로 정점을 찍자 그는 방관자로 전락했다. 그보다 적극적인 역할은 맡기 싫어하는 기색이 역력했다. 사태가 너무 빨리, 너무 커져가고 있었다.

"저 두 인간을 체포하려고." 노리스는 쏘아붙였다. "뭘 하는 걸로 보이나?"

"이거나 체포하시지." 에이스는 말하고 노리스를 향해 가운뎃손가락을 들어 보였다. 버스터는 요들송을 부르듯 고음으로 깔깔대고 웃었다.

프라이스는 소심하게 그들을 쳐다보다가 심란한 눈빛으로 다시 노리스를 보았다. "어…… 무슨 죄로요?"

버스터의 친구가 웃음을 터뜨렸다.

노리스가 다시 두 남자에게 완전히 정신을 집중하고 보니 놀랍게도 둘의 위치가 달라져 있었다. 그가 총을 뽑아 들었을 때만 해도 둘이 서로 어깨를 거의 맞댄 상태였는데, 지금은 1.5미터쯤 간격이 벌어졌고 거기서 계속 옆으로 슬금슬금 움직이고 있었다.

"가만히 있어!" 그는 빽 소리를 질렀다. 그들은 멈추어 서서 다시 서로 쳐다보았다. "원위치로 돌아가!"

두 사람은 쏟아지는 비를 맞으며 두 손을 옆구리로 늘어뜨린 채 그 자리에 가만히 서 있었다.

"우선 불법 무기 소지죄로 체포하겠어!" 노리스는 조 프라이스 경관을 향해 성난 목소리로 외쳤다. "그러니까 똥구멍에 손가락 꽂고 서 있지 말고 좀 거들라고!"

프라이스는 그 소리에 놀라 움직였다. 자기 총을 권총집에서 꺼내려다 안전 고리가 채워져 있는 걸 보고 더듬거렸다. 그가 아직 그렇게 더듬거리고 있을 때 이발소와 장례식장이 날아갔다.

버스터, 노리스 그리고 프라이스 경관은 일제히 도로 위편으로 고개를 돌렸다. 에이스는 아니었다. 그는 이 절호의 순간을 기다리고 있었다. 그는 서부의 명사수에 버금가는 속도로 허리춤에서 자동 권총을 꺼내 발사했다. 총알은 노리스의 왼쪽 어깨 상단을 뚫고 들어가 폐를 스치고 쇄골을 박살 냈다. 두 사람이 점점 간격을 벌리고 있었다는 걸 알아차렸을 때 벽돌 담벼락에서 한 발 떨어져 나왔던 노리스는 다시 뒤로 밀려났다. 에이스가 연이어 총을 발사해 노리스의 귀에서 2.5센티미터 떨어진 곳 벽돌에 구멍을 냈다. 맞고 튕겨져 나온 총알이 커다랗고 화난 벌레 같은 소리를 냈다.

"맙소사!" 프라이스 경관은 비명을 지르며 권총 개머리를 감싼 안전 고리를 풀려고 더욱 열심히 손을 더듬었다.

"저놈을 날려버려, 아부지!"

에이스가 고함을 질렀다. 씩 웃고 있었다. 그는 다시 노리스를 향해 총을 발사했고 이 세 번째 총알이 비쩍 마른 부보안관의 왼쪽 옆구리에 뜨끈한 길을 내자 그는 무릎을 꿇으며 쓰러졌다. 머리 위에서 번개가 번쩍였다. 놀랍게도 노리스는 좀 전에 폭탄이 터진 곳에서 도로 위로 벽돌과 나무가 쏟아지는 소리를 들을 수 있었다.

프라이스 경관이 마침내 총을 덮고 있던 안전 고리를 풀었다. 그가 막 총을 꺼냈을 때 키턴의 자동 권총에서 발사된 총알이 그의 눈썹 위쪽 부분을 날려버렸다. 프라이스의 신발이 벗겨져 위로 붕 날아가더니 골목길의 벽돌 담벼락 위에 내동댕이쳐졌다.

노리스는 다시 한번 총을 들었다. 무게가 백 킬로그램은 되는 것 같았다. 그걸 양손으로 잡고 키턴을 겨누었다. 버스터가 그의 친구보다 시야에 더 잘 잡혔다. 게다가 그는 방금 전에 경찰을 죽였다. 캐슬록에서 그냥 넘어갈 수 없는 일이었다. 그들이 촌놈일지 몰라도 야만인은 아니지 않은가. 에이스가 그를 다시 쏘는 순간, 노리스도 동시에 방아쇠를 당겼다.

총을 쏜 노리스는 반동에 의해 뒤로 날아갔다. 에이스가 날린 총알이 0.5초 전까지 노리스의 머리가 있었던 허공을 관통했다. 버스터 키턴도 배에 두 손을 대고 뒤로 날아갔다. 피가 손가락 사이로 쏟아져 나왔다.

노리스는 프라이스 경관 옆 벽돌 담벼락에 기대고 누워서 한 손으로 다친 쪽 어깨를 누르며 숨을 헐떡였다. 젠장, 정말 파란만장한 하루네. 그는 생각했다.

에이스는 권총으로 그를 똑바로 겨누었다가 생각을 바꿨다. 대신 버스터에게로 다가가 한쪽 무릎을 꿇고 앉았다. 북쪽에서 은행이 폭파되며 화염과 화강암 가루가 치솟았다. 에이스는 그쪽으로 고개를 돌리지도 않았다. 상처를 제대로 볼 수 있게 아부지의 손을 치웠다. 이런 사태가 벌어지다니 유감스러웠다. 아부지를 많이 좋아하게 됐던 것이다.

버스터는 비명을 질렀다. "으아, 아파! 으아, 아파!"

에이스가 보기에도 그럴 것 같았다. 아부지는 45구경짜리 쇳덩이로 배꼽 바로 위를 맞았다. 총알이 들어간 구멍이 헤드 볼트만 했다. 그의 몸을 뒤집어보지 않아도 알 수 있었다. 총알이 빠져나온 구멍은 커피잔만 하고, 피 묻은 사탕 막대처럼 척추가 그 사이로 삐져나왔을 것이다.

"아파아아! 아파아아아아아!" 버스터는 쏟아지는 비에 대고 비명을 질렀다.

"그러게." 에이스는 버스터의 관자놀이에 총구를 갖다 댔다. "운이 지지리도 없네. 내가 진통제를 줄게."

그는 방아쇠를 세 번 당겼다. 버스터의 몸이 움찔거렸다가 잠잠해졌다.

에이스가 빌어먹을 부보안관을 끝장내려고 일어섰을 때 우렁찬 총성과 함께 총알 하나가 바람을 일으키며 그의 머리에서 삼십 센티미터도 안 되는 곳을 쌩하니 관통했다. 에이스가 고개를 들어보니 처음 보는 경찰이 주차장과 연결된 보안관실 문 바로 앞에 서 있었다. 조물주보다도 늙어 보이는 경찰이었다. 다른 쪽 손으로는 심장 위쪽 가슴을 누른 채 한 손으로만 에이스를 상대하고 있었다.

시턴 토머스의 두 번째 총알은 에이스 바로 옆 땅을 긁고 지나가 그의 엔지니어 부츠 앞자락에 흙탕물을 튀겼다. 노인네 사격 솜씨가 개판이었지만 그래도 에이스는 어서 빨리 도망쳐야 한다는 걸 깨달았다. 건물 전체를 하늘로 날려버릴 만한 분량의 다이너마이트를 법원에 설치해놓고 타이머를 오 분에 맞춰놓았는데, 빌어먹을 늙은이가 무차별 사격을 감행하는 사이 자신이 그 건물에 기대고 있었던 것이다.

저 둘은 다이너마이트가 알아서 처리해주겠지.

이제 곤트 씨를 만나러 갈 때였다.

에이스는 일어나 도로로 내달렸다. 늙은 부보안관이 다시 총을 발사했지만 이번에는 근처에도 오지 못했다. 에이스는 노란색 중계차 뒤편으로 달려갔지만 거기 탈 생각은 없었다. 쉐보레 셀러브리티가 니드풀 싱스에 주차되어 있었다. 도주용으로 안성맞춤이었다.

하지만 먼저 곤트 씨를 찾아가 대가를 챙길 작정이었다. 뭔가가 있을 게 분명했다. 곤트 씨에게 받을 것이 있을 것이다.

그뿐 아니라 남의 물건에 손을 댄 그 도둑놈 보안관도 찾아야 했다.

"이런 걸 인과응보라고 하지." 에이스는 중얼거리고 니드풀 싱스를 향해 메인 스트리트를 달렸다.

6

법원 앞 계단에 서 있던 프랭크 주잇은 드디어 찾던 사람을 발견했다. 거기 서서 제법 시간을 보낸 뒤였다. 오늘 저녁 캐슬록에서 벌어지는 어떤 일도 그에게는 별로 중요하지 않았다. 캐슬힐 방향에서 들리는 비명과 고함소리도, 오 분 전쯤에 법원 계단을 달려 내려간 댄포스 키턴과 어떤 늙수그레한 폭주족도, 폭탄이 터진 것도, 이번에는 보안관실 옆 주차장 모퉁이 바로 너머에서 들려온 조금 전의 총성도. 프랭크에게는 다른 중요한 볼일이 있었다. 오랜 '친구' 조지 T. 넬슨에게 개인적으로 수배령을 내린 참이었다.

그런데 오호라! 드디어! 조지 T. 넬슨이 법원 계단 아래를 어슬렁어슬렁 지나가는 게 아닌가! 폴리에스터 바지 허리춤에 찬 자동 권총만 아니면(그리고 아직까지 미친 듯이 퍼붓는 비만 아니면) 소풍이라도 나선 듯한 차림새였다.

조지 T. 쌍놈의 넬슨 선생이 비를 맞으며 한가롭게 걸어가는데, 우라지도록 경쾌하게 지나가는데, 프랭크의 사무실에 남겨진 쪽지에 뭐라고 적혀 있었던가? 명심해. 아무리 늦어도 7시 15분까지 이

천 달러를 들고 내 집으로 오지 않으면 너는 고추 달고 태어난 걸 후회하게 될 거야. 프랭크는 손목시계를 흘끗 쳐다보았다. 7시 15분보다는 8시에 가까웠지만 별로 상관은 없었다.

그는 조지 T. 넬슨의 스페인산 라마 권총을 들어 모든 사달의 원흉인 빌어먹을 목공 선생의 머리를 겨누었다.

"넬슨!" 그는 외쳤다. "조지 넬슨! 고개를 돌려서 나를 봐라, 이 등신 새끼야!"

조지 T. 넬슨이 몸을 홱 돌렸다. 그는 자기 자동 권총 쪽으로 손을 내리다가 겨누어진 총을 보고 치웠다. 대신 허리춤에 양손을 얹고 코와 턱과 훔친 권총 아래로 빗물을 뚝뚝 흘리며 법원 앞 계단에 서 있는 프랭크 주잇을 올려다보았다.

"나를 쏠 작정인가?" 조지 T. 넬슨이 물었다.

"당연하지!" 프랭크는 으르렁거렸다.

"그냥 개처럼 쏴서 쓰러뜨리려고?"

"그게 어때서? 너한테 딱 알맞은 대접이지!"

놀랍게도 조지 T. 넬슨은 웃으며 고개를 끄덕였다.

"그래. 친구의 집에 몰래 들어와서 아무 힘 없는 새를 죽인 겁쟁이 개자식이라면 그럴 줄 알았다. 내 예상이 딱 들어맞았네. 그럼 쏴라, 이 겁쟁이 안경잡이야. 나를 쏘고 끝내라."

머리 위에서 천둥이 쳤지만 프랭크는 그 소리를 듣지 못했다. 십 초 뒤에 은행이 폭파됐지만 그는 그 소리도 듣지 못했다. 분노와…… 놀라움을 가라앉히느라 정신없었다. 염치없고 파렴치한 조지 T. 쌍놈의 넬슨 선생이 보여주는 뻔뻔함에 놀라움을 금할 수가 없었다.

마침내 프랭크는 닫혀 있던 말문을 열었다. "그래, 내가 새를 죽였다! 네 어머니의 한심한 사진 위에다 똥도 쌌고! 그러는 너는 무슨 짓을 했는지 알아? 나를 학교에서 잘리고 다시는 교단에 설 수 없게 만든 것 말고 또 무슨 짓을 했는지 아느냐고! 내가 감옥에서 썩지 않으면 다행이야!" 이 얼마나 부당한 일인지 번쩍 깨달음이 찾아오면서 눈앞이 아득해졌다. 쓸린 상처 위에 식초를 문지르는 느낌이었다. "돈이 필요하면 그냥 찾아와서 달라고 했으면 됐잖아! 왜 그러지 않았어? 같이 방법을 강구할 수 있지 않았느냐고, 이 멍청한 새끼야!"

"무슨 소릴 하는지 하나도 모르겠군!" 조지 T. 넬슨도 마주 고함을 질렀다. "내가 아는 건, 네녀석이 쬐끄만 새를 죽일 용기는 있으면서 나와 정정당당한 승부를 펼칠 용기는 없는 인간이라는 것뿐이야. 모르겠다!"

"무슨 소린지…… 그게 무슨 소린지 모르겠다고?" 프랭크는 침을 튀겼다. 라마의 총구가 미친 듯 좌우로 흔들렸다. 인간이 어쩌면 저렇게 뻔뻔할 수 있을까. 도무지 믿기지가 않았다. 생사의 기로에 놓인 이 시점에마저 계속 거짓말을 늘어놓다니…….

"그래! 모르겠다! 전혀 모르겠다!"

화가 머리끝까지 난 프랭크 주잇은 어처구니없을 정도로 뻔뻔하게 잡아떼는 상대의 태도에 어린애처럼 대응했다. "거짓말하면, 거짓말 하면 빤스에 불붙는다!"

"겁쟁이!" 조지 T. 넬슨이 깔끔하게 맞받아쳤다. "겁쟁이! 앵무새 살인마!"

“협박범!”

“또라이! 총 치워라, 또라이야! 나랑 정정당당하게 싸우자!”

프랭크는 그를 내려다보며 씩 웃었다. “정정당당하게? 너랑 정정당당하게 싸우자고? 네가 정정당당한 게 뭔지나 알아?”

조지 T. 넬슨은 빈손을 들어서 프랭크를 향해 손가락을 흔들었다.

“너보다는 잘 아는 것 같은데?”

프랭크는 대꾸를 하려고 입을 벌렸지만 아무 말도 할 수가 없었다. 조지 T. 넬슨의 빈손에 잠시 말문이 막혔다.

“자.” 조지 T. 넬슨이 말했다. “그 총 치우시지. 서부극처럼 해보자고, 프랭크. 물론 네가 그럴 만한 배짱이 있을 때 얘기지만. 먼저 뽑는 사람이 이기는 걸로.”

프랭크는 고민했다. 뭐, 못할 것 없잖아? 못할 것 전혀 없잖아?

어차피 삶의 목적도 없는데다, 다른 건 몰라도 오랜 ‘친구’에게 그가 겁쟁이가 아니라는 사실을 보여줄 수는 있지 않은가.

“좋아.” 그는 라마를 바지 허리춤에 꽂은 뒤 총의 개머리판 근처로 손을 뻗었다. “어떻게 했으면 좋겠나, 조지?”

조지 T. 넬슨은 씩 웃고 있었다. “너는 계단을 내려와. 나는 올라가고. 다음번에 머리 위에서 천둥이 치면…….”

“그래. 좋아. 어디 한번 해보자고.”

그는 계단을 내려가기 시작했다. 그리고 조지 T. 넬슨은 올라가기 시작했다.

7

폴리의 시야에 니드풀 싱스의 초록색 차양이 들어온 순간, 장례식장과 이발소가 날아갔다. 불빛과 굉음이 어마어마했다. 공상과학 영화에서 보았던 것과 같은 파편이 폭발의 진원지에서 터져 나오자 그녀는 본능적으로 고개를 수그렸다. 그러길 잘했던 것이, 나무토막 몇 개와 이발소의 두 번째 의자—헨리 젠드런의 의자—옆면에서 떨어져나온 스테인리스스틸 레버가 도요타의 앞유리창을 박살냈다. 레버는 섬뜩하고 굶주린 웅웅 소리를 내며 실내를 가로질러 뒤쪽 유리창을 뚫고 나갔다. 깨진 유리창이 허공에서 속삭이며 엽총 총구에 피어오른 연기처럼 점점 넓게 퍼졌다.

운전자의 제어에서 벗어난 도요타는 연석을 타고 넘어 소화전을 들이받은 뒤에야 멈추어 섰다.

폴리는 눈을 깜빡이며 똑바로 앉아 앞유리창에 뚫린 구멍 너머로 앞을 내다보았다. 누군가가 니드풀 싱스에서 나와 가게 앞에 주차된 세 대의 차 중에서 한 대로 다가가는 게 보였다. 도로 맞은편을 환하게 밝힌 불길 덕분에 금세 앨런을 알아볼 수 있었다.

"앨런!" 그녀가 고함을 질렀지만 앨런은 돌아보지 않았다. 그는 한길밖에 모르는 로봇처럼 움직였다.

폴리는 차 문을 힘껏 밀어서 열고 내려 그의 이름을 부르고 또 부르며 달려갔다. 도로 저쪽에서 속사포 같은 총성이 들렸다. 앨런은 그쪽으로 고개를 돌리지 않았고, 방금 전까지만 해도 장례식장과 이발소가 있었던 화재 현장을 쳐다보지도 않았다. 자기만의 동선에 완전히 갇혀 있는 듯했다. 폴리는 문득 늦었음을 깨달았다. 릴런드 곤트가 그를 망가뜨린 것이다. 결국 뭔가를 산 모양이었다. 곤트가 사주한 사냥을 떠나기 전에 붙잡지 못하면 그는 그냥 떠나버릴 테고…… 그러면 무슨 일이 벌어질지 아무도 알 수 없었다.

그녀는 더욱 힘껏 달렸다.

8

"좀 도와주세요." 노리스는 시턴 토머스에게 말하고 한쪽 팔을 그의 목에 걸친 채 비틀거리며 일어섰다.

"내가 녀석을 맞힌 것 같아." 시턴이 말했다. 여전히 숨을 헐떡였지만 안색이 돌아와 있었다.

"잘하셨어요." 노리스는 어깨가 불에 덴 듯이 아팠고…… 통증이 심장을 향해 점점 깊숙이 파고드는 느낌이었다. "이제 저 좀 부축해주세요."

"괜찮을 거야." 시턴이 말했다. 그는 노리스를 걱정하느라 자신이 심근경색을 일으켰다는 것조차—어쨌든 그의 생각에는 심근경색이 확실했다—깜빡했다. "얼른 안으로 들어가서……."

"아니에요." 노리스는 헉헉거렸다. "순찰차로."

"뭐라고?"

노리스는 고개를 돌려 고통과 광기로 얼룩진 눈으로 토머스를 노려보았다. "순찰차로 데려다줘요! 니드풀 싱스에 가야 해요!"

그랬다. 그 말을 내뱉은 순간 모든 게 딱 맞아떨어지는 느낌이 들었다. 그가 바준 낚싯대를 산 곳이 니드풀 싱스였다. 그를 쏜 남자가 도망친 곳도 그쪽 방향이었다. 니드풀 싱스야말로 모든 것이 시작된 곳이었다. 거기서 모든 것이 끝나야 했다.

비디오게임장이 폭발하자 메인 스트리트가 다시금 환해졌다. 더블 드래곤 기계가 잔해에서 하늘로 솟구쳐 두 번 공중제비를 돌고는 거꾸로 뒤집힌 채 쿵 소리와 함께 길거리에 떨어졌다.

"노리스, 자네 방금 총에 맞았어……."

"저도 알아요!" 노리스는 소리를 질렀다. 입에서 피거품이 튀어나왔다. "이제 순찰차로 데려다주세요!"

"그건 별로 좋은 생각이 못 돼, 노리스……."

"아니에요." 노리스는 험상궂은 목소리로 말한 뒤 고개를 돌려서 침을 뱉었다. "그 방법밖에 없어요. 자요, 저를 부축해주세요."

시턴 토머스는 그를 부축해 2호 순찰차로 걸어가기 시작했다.

9

다시 도로로 나서기 전에 백미러를 흘끗 들여다보지 않았더라면 앨런은 폴리를 치고 말았을 것이다. 사랑하는 여인을 스테이션왜건 뒷바퀴로 뭉개는 것으로 그날 저녁을 완벽하게 마감할 뻔했다. 그는 그녀를 알아보지 못했다. 그저 여자 모양의 형상이 도로 저편에서 이글거리는 화염을 등지고 그의 차 뒤편에 있나 보다고 생각했다. 그는 브레이크를 세게 밟았고, 잠시 후 여자가 그의 차창을 두드렸다.

앨런은 여자를 무시하고 다시 후진하기 시작했다. 오늘 저녁에는 이 마을의 다른 문제에 신경 쓸 겨를이 없었다. 자신의 문제를 해결해야 했다. 어리석은 짐승처럼 서로 도살하거나 말거나, 그건 그들 마음이었다. 그는 미캐닉폴스로 갈 것이었다. 가서 쇼생크에서 사년을 썩은 것에 대한 복수로 그의 아내와 아들을 죽인 놈을 잡을 것이었다.

폴리는 차 문에 달린 손잡이를 잡은 채 파편이 어지럽게 흩뿌려진 도로로 끌려가다시피 했다. 그녀는 아파서 비명을 지르는 손으로 문손잡이 아래 버튼을 눌렀고, 문이 벌컥 열리자 필사적으로 잡고 매달렸다. 앨런이 후진해서 차를 돌리자 그녀의 발이 땅에 끌렸다. 스테이션왜건의 전면이 메인 스트리트를 향했다. 앨런은 슬픔과 분노에 휩싸여 이제는 다리를 건너갈 수도 없다는 걸 까맣게 잊었다.

"앨런!" 그녀는 비명을 질렀다. "앨런, 멈춰요!"

그 소리가 그에게 전달됐다. 폭우와 천둥과 바람과 걸신들린 듯이 심하게 탁탁거리는 화염 소리를 뚫고 어찌어찌 그에게 전달됐다. 그의 강박에도 불구하고.

앨런이 그녀를 쳐다보았다. 그 눈빛을 확인한 순간 폴리는 가슴이 미어졌다. 악몽의 밑바닥을 부유하는 듯한 눈빛이었다. "폴리?" 그가 멍하니 물었다.

"앨런, 차 세워요!"

그녀는 문손잡이를 놓고 싶었지만—손이 아파서 죽을 지경이었다—그랬다가는 그녀를 메인 스트리트 한복판에 남겨두고 그가 그냥 떠나버릴 것 같았다.

아니…… 떠나버릴 것 같은 게 아니라, 틀림없이 그럴 터였다.

"폴리, 나 지금 가봐야 해요. 나한테 화가 났다면, 내가 무슨 짓을 저질렀다고 생각한다면, 미안하지만 나중에 얘기해요. 내가 지금 가봐야 할 데가……."

"이제는 당신한테 화 안 났어요, 앨런. 당신 잘못이 아니었다는 거 알아요. 그자가 캐슬록의 다른 모든 주민들처럼 우리 둘도 서로 미워하게 만든 거예요. 그게 그자의 수법이니까. 알겠어요, 앨런? 내 말 들려요? 그게 그자의 수법이라고요! 이제 차 세워요! 시동 끄고 내 말 들어요!"

"나 지금 가봐야 해요, 폴리." 앨런이 말했다. 그에게는 자기 목소리가 먼 데서, 라디오 같은 데서 들려오는 듯이 느껴졌다. "하지만 나중에 와서……."

"안 된다니까요!" 그녀는 소리를 질렀다. 문득 그에게 화가 났다. 그녀 자신을 비롯해 탐욕과 공포와 분노와 욕심으로 가득한 이 마을의 모든 사람들에게 화가 났다. "안 돼요, 지금 떠나면 나중에 돌아와봐야 아무것도 남지 않는다고요!"

비디오게임장이 날아갔다. 파편이 메인 스트리트 한복판에 서 있는 앨런의 차량 주변으로 쏟아졌다. 앨런은 위안을 얻으려는 듯, 재주가 뛰어난 오른손을 슬금슬금 옮기더니 땅콩 캔을 집어 무릎에 올렸다.

폴리는 폭탄이 터지거나 말거나 신경 쓰지 않았다. 고통으로 얼룩진 어두운 눈으로 앨런을 쳐다보았다.

"폴리……."

"봐요!" 그녀는 버럭 소리를 지르고 블라우스 앞섶을 열었다. 빗줄기가 봉긋한 가슴을 때리고 쇄골 사이 움푹 파인 곳에서 반짝거렸다. "봐요, 나는 그거 벗었어요. 목걸이 말이에요! 던졌어요! 이제 당신도 벗어요, 앨런! 당신도 남자답게 벗어요!"

그는 곤트가 독거미의 고치처럼 쳐놓은 악몽에 갇혀 심연을 헤매느라 그녀가 무슨 말을 하는 건지 알아듣지 못하는 눈치였고……그녀는 악몽의 정체를 퍼뜩 깨달았다. 그것일 수밖에 없었다.

"그자가 애니하고 토드가 어쩌다 그렇게 됐는지 얘기했어요?"

그녀가 나지막이 물었다.

그는 뺨이라도 얻어맞은 듯이 고개를 뒤로 젖혔고, 폴리는 자신의 예상이 적중했음을 알아차렸다.

"당연히 그랬겠죠. 당신이 너무나 필요하다고 착각할 만큼 간절하게 원하는 것, 하지만 사실 전혀 필요치 않은 게 그거 말고 또 뭐가 있겠어요? 그게 당신의 목걸이에요, 앨런. 그자가 그걸 당신의 목에 건 거예요."

그녀는 문손잡이를 놓고 양팔을 차 안으로 들이밀었다. 실내등 불빛이 팔 위로 쏟아졌다. 살갗이 간처럼 검붉었다. 부기가 어찌나 심한지 팔꿈치가 뭉개진 보조개처럼 보일 정도였다.

"내 목걸이 안에는 거미가 있었어요." 그녀가 나지막이 말했다. "'조그만 거미가 홈통을 기어 올라가는데, 빗물이 쏟아져 쓸려가버렸네.' 조그만 거미였어요. 하지만 점점 커졌어요. 내 통증을 먹고 점점 커졌어요. 내가 거미를 죽이고 통증을 다시 받아들일 때까지 그랬더라고요. 나는 통증이 사라지길 간절히 바랐어요, 앨런. 그걸 바라기는 했지만 반드시 그래야 하는 건 아니었어요. 당신을 사랑하고 인생을 사랑하며 얼마든지 통증을 견딜 수 있으니까요. 어쩌면 통증 덕분에 나머지가 더 근사하게 느껴질지도 몰라요. 세팅을 잘하면 다이아몬드가 더 근사해 보이듯이."

"폴리……."

"당연히 나는 거기에 오염이 됐죠." 그녀는 생각에 잠긴 투로 하던 얘기를 이었다. "조치를 취하지 않았다면 그것 때문에 목숨을 잃었을지 몰라요. 하지만 그럴 수밖에 없잖아요? 그래야 공평하니까. 힘들지만 그게 인과응보예요. 나는 목걸이를 샀을 때 독극물을 산 거예요. 그는 이번 주 내내 그 더러운 가게에서 내 목걸이 같은 걸 얼마나 많이 팔았는지 몰라요. 그 작자의 일 처리 속도가 빨랐다는 것만큼은 인정해요. '조그만 거미가 홈통을 기어 올라가는데'. 내 목걸이 안에 들어 있었던 건 그거예요. 당신 목걸이 안에는 뭐가 들었어요? 애니하고 토드죠? 그렇죠?"

"폴리, 에이스 메릴이 내 아내를 죽였어요! 토드도 죽였어요! 그 놈이……."

"아니에요!" 그녀는 고함을 지르고 욱신거리는 손으로 그의 얼굴을 잡았다. "내 말 잘 들어요! 듣고 생각해봐요! 앨런, 이건 그냥 당신 인생만 걸린 문제가 아니라는 거 모르겠어요? 그자는 당신의 아픔을 되팔고 값을 두 배로 매겨요! 그걸 아직 모르겠어요? 내 말 무슨 뜻인지 모르겠어요?"

그는 입을 떡 벌리고 그녀를 빤히 쳐다보다가…… 천천히 입을 다물었다. 놀라서 곤혹스러워하는 표정이 퍼뜩 스쳐갔다.

"잠깐. 뭔가가 이상했어요. 그자가 남기고 간 테이프에 이상한 부분이 있었어요. 뭔지 잘 모르겠지만……."

"생각이 날 거예요, 앨런! 그 자식이 당신한테 뭘 팔았는지 몰라도, 그건 가짜예요. 나한테 보낸 편지에 적힌 이름이 가짜였던 것처럼."

그는 이제 처음으로 그녀가 한 말을 제대로 들었다.

"무슨 편지요?"

"지금은 그게 중요한 문제가 아니에요. 나중에 기회가 생기면 그때 얘기해줄게요. 관건은, 그자가 선을 넘는다는 거예요. 항상 선을 넘는 것 같아요. 자만으로 똘똘 뭉쳐서 터지지 않는 게 신기할 정도예요. 앨런, 제발 곰곰이 생각해봐요. 애니도 토드도 이미 죽었는데 당신은 바로 눈앞에서 불길에 휩싸인 마을을 두고 에이스 메릴을 잡으러 가겠다고……."

누군가가 폴리의 어깨 너머에서 손을 내밀더니 팔뚝으로 그녀의 목을 조르고 뒤로 홱 당겼다. 느닷없이 등장한 에이스 메릴이 뒤에서 총으로 그녀를 겨눈 채 어깨 너머로 앨런을 보며 씩 웃었다.

"호랑이도 제 말 하면 온다고 하지, 아가씨."

에이스가 말했다. 그때 위에서…….

10

천둥이 쩍 하고 하늘을 갈랐다.

프랭크 주잇과 그의 오랜 '친구' 조지 T. 넬슨은 법원 앞 계단에서 안경을 쓴 희한한 총잡이 꼴로 사 분째 대치중이었다. 가장 높은 음으로 조율된 바이올린 줄처럼 신경이 팽팽하게 당겨진 상태였다.

"익!" 프랭크가 외치며 허리춤에 꽂아둔 자동 권총을 잡았다.

"얍!" 조지 T. 넬슨이 외치며 자기 권총을 잡았다.

그들은 똑같이 들뜬 미소를 지으며—꼭 소리 없이 우렁차게 비명을 지르는 듯 보이는 미소였다—총을 뽑아 손가락으로 방아쇠를 당겼다. 총성이 완벽하게 겹쳐서 한 발만 발사된 것처럼 들렸다. 번뜩이는 섬광과 함께 두 개의 총알이 날아가…… 중간에서 서로 스치고 지나 코앞의 목표물을 아슬아슬하게 빗나갔다.

프랭크 주잇은 왼쪽 관자놀이 옆으로 바람이 지나가는 걸 느꼈다.

조지 T. 넬슨은 목 오른쪽이 따끔거리는 걸 느꼈다.

그들은 연기가 피어오르는 권총을 사이에 두고 어안이 벙벙한 눈빛으로 서로를 쳐다보았다.

"음?" 조지 T. 넬슨이 말했다.

"어?" 프랭크 주잇이 말했다.

그들은 믿기지 않는다는 듯 똑같이 씩 웃었다. 조지 T. 넬슨이 주춤거리며 프랭크 쪽으로 한 발 다가갔다. 프랭크도 주춤거리며 조지 쪽으로 한 발 다가갔다. 일이 초만 더 있었더라면 영원의 입김에 싸움이 무색해지고, 그들은 서로를 얼싸안았겠지만…… 그 순간 시청 건물이 세상을 둘로 쪼갤 듯한 굉음과 함께 폭파했고, 두 사람은 그 자리에서 가루가 되었다.

11

마지막 폭발에 비하면 그전까지의 것들은 아무것도 아니었다. 에이스와 버스터는 마흔 개의 다이너마이트를 스무 개씩 두 묶음으로 나눠서 시청 건물에 설치했다. 그중 한 묶음은 법정의 판사석에 놓였다. 다른 한 묶음은 버스터의 주장에 따라 행정위원동에 있는 어맨다 윌리엄스의 책상에 놓였다.

"여자들은 정치에 참여할 자격이 안 되거든." 그것이 버스터의 설명이었다.

폭발음이 어마어마했고, 이 마을에서 가장 큰 건물의 모든 유리창이 일순간 초자연적인 보랏빛을 띤 주황으로 물든 듯 보였다. 그러다 잠시 후에 창문을 뚫고, 문을 뚫고, 환기구와 창살을 뚫고, 인정사정없는 근육질의 팔처럼 불길이 뻗어 나왔다. 슬레이트 지붕이 멀쩡한 형태로 화염의 쿠션을 타고 박공을 얹은 해괴한 우주선처럼 하늘로 솟구쳤다가 십만 개의 삐죽빼죽한 파편으로 산산조각 났다.

그다음 순간 건물 자체가 온 사방으로 폭발하자 로어메인 스트리트 위로 벽돌과 유리가 우박처럼 쏟아져 바퀴벌레보다 몸집이 큰 생명체는 목숨을 부지할 수 없는 곳이 되어버렸다. 열아홉 명이 이 사건으로 목숨을 잃었고, 그중 다섯 명은 캐슬록에서 점점 고조되어가는 기묘한 분위기를 취재하러 왔다가 그 이야기의 일부가 되어버린 기자였다.

주 경찰청 소속 순찰차와 뉴스 중계차들이 장난감 자동차처럼 빙글빙글 돌며 허공을 날았다. 곤트가 에이스와 버스터에게 준 노란색 밴은 지면과 삼 미터 간격을 둔 채 안정적으로 메인 스트리트를 유영했다. 바퀴가 빙글빙글 돌았고, 이지러진 경첩에 대롱대롱 매달린 뒷문 안쪽에서 공구와 타이머가 쏟아졌다. 밴은 뜨거운 열풍을 타고 왼쪽으로 선회하다가 도스티 보험회사의 프런트에 불시착해 우그러진 라디에이터 그릴로 타자기와 파일 캐비닛을 제설차처럼 쓸고 지나갔다.

지진이 난 것처럼 지축이 흔들렸다. 온 마을의 유리창이 박살 났다. 뇌우(아바타의 등장에 민망해졌는지 이제는 잦아들기 시작한)가 치는 동안 꾸준히 북동쪽을 가리키던 풍향계들이 미친 듯이 돌기 시작했다. 몇 개는 막대에서 당장 떨어져나왔는데, 그중 하나는 다음 날 인디언의 화살처럼 침례교회 문짝에 깊숙이 박힌 채로 발견될 터였다.

승기가 가톨릭교도 쪽으로 확실하게 기울고 있던 캐슬 애비뉴에서의 싸움이 중단되었다. 헨리 페이턴은 뽑아 든 총을 오른쪽 무릎 옆으로 늘어뜨린 채 순찰차 옆에 서서 불구덩이로 변한 남쪽을 멍하니 바라보았다. 피가 눈물처럼 뺨을 타고 흘렀다. 일어나 앉은 윌리엄 로즈 목사는 지평선에서 거대하게 이글거리는 불덩이를 보고 세상이 종말이 다가왔는지, 그의 눈에 보이는 것이 약쑥이라는 이름의 별*인지 생각했다. 존 브리검 신부가 술 취한 사람처럼 비척비척 그에게로 다가갔다. 코가 왼쪽으로 심하게 휘었고 입안은 온통 피투성이였다. 그는 로즈 목사를 축구공처럼 차버릴까 하다가 부축

* 『요한계시록』에 등장하는 심판의 날의 조짐.

해 일으켜 세웠다.

캐슬뷰에 있던 앤디 클러터벅은 고개도 들지 않았다. 그는 포터의 집 앞 계단에 앉아서 죽은 아내를 품에 안고 흐느껴 울었다. 술에 취해 캐슬레이크 호수의 깨진 얼음 사이로 추락해 목숨을 잃게 되기까지 아직 이 년이 남았지만, 그날이 그가 멀쩡한 정신으로 보낸 마지막 날이었다.

델스 레인에서는 샐리 랫클리프가 원피스 옆 솔기를 타고 일렬로 꿈틀꿈틀 내려오는 조그만 벌레들과 함께 침실 옷장 안에 있었다. 레스터에게 어떤 일이 벌어졌는지 소식을 접한 그녀는 자신 때문에 그 일이 일어났다는 사실을 깨닫고(아니면 깨달았다고 믿은 것일 수도 있는데 결국에는 그게 그거였다) 목욕 가운 끈으로 목을 매달았다. 한 손을 원피스 주머니 깊숙이 넣은 채였다. 이 손에는 나뭇조각이, 오래돼서 시커메지고 썩어서 물컹물컹한 나뭇조각이 쥐여 있었다. 그 안에서 살던 것들이 좀더 안정적인 새집을 찾아 나섰다. 녀석들은 샐리의 치맛단에 다다르자 대롱거리는 다리를 타고 바닥으로 내려갔다.

폭파 지점에서 조금 떨어진 건물들은 허공을 가르고 날아온 벽돌들로 일제 포격 현장 비슷하게 변했다. 그보다 가까이 있는 건물들은 치즈를 가는 강판처럼 되었거나 완전히 무너졌다.

밤이, 목에 독창이 꽂힌 사자처럼 울부짖었다.

12

노리스 리지윅 대신 순찰차를 몰던 시턴 토머스는 거인이 손으로 들어올리기라도 한 듯 차 뒷면이 살짝 들리는 걸 느꼈다. 잠시 후에 벽돌 폭풍이 그 위로 쏟아졌다. 두세 개는 트렁크에 구멍을 냈다. 하나는 지붕을 때렸다. 다른 하나는 보닛에 내려앉아 묵은 핏빛의 벽돌 가루를 날리고 앞으로 미끄러져 떨어졌다.

"워메, 노리스, 마을 전체가 폭발하고 있어!"

시턴이 날카롭게 외쳤다.

"계속 가세요."

노리스가 말했다. 그는 불길에 휩싸인 느낌이었다. 시뻘게진 얼굴에 큼지막한 땀방울이 맺혔다. 에이스에게 치명상은 입지 않았고 두 번 다 빗맞은 것 같았음에도 뭔가가 아주 불길했다. 살갗으로 꾸물꾸물 파고드는 병증이 느껴지는데다 시야가 자꾸 흔들렸다. 그는 필사적으로 정신을 붙잡고 있었다. 열이 오를수록 앨런에게 자신이 필요하다는 확신이, 운이 따라주고 용감하게 대처한다면 휴의 타이어를 찢음으로써 시작된 끔찍한 과오를 속죄할 수 있을 거라는 확신이 점점 강해졌다.

저 앞으로 니드풀 싱스의 초록색 차양 근처에 몇 사람이 모여 있었다. 시청 건물에서 치솟은 불기둥 때문에 극적인 장면에 등장한 무대 위의 배우처럼 보였다. 앨런의 스테이션왜건과 거기서 내리는 앨런이 보였다. 노리스 리지윅과 시턴 토머스가 탄 순찰차를 등진 채 그와 마주한 남자는 총을 들고 있었다. 어떤 여자를 방패처럼 앞에 붙들어놓고 있었다. 여자는 잘 보이지 않아서 누군지 알 수 없었지만 그녀를 인질로 붙잡은 남자는 너덜너덜하게 뜯긴 할리 데이비슨 티셔츠를 입고 있었다. 시청 건물 앞에서 노리스를 죽이려 하고 버스터 키턴의 뇌를 날렸던 그 남자였다. 노리스는 그를 처음 봤지만 이 마을의 골칫거리 에이스 메릴이라고 장담할 수 있었다.

"워메, 노리스! 보안관이야! 이게 뭔 일이래?"

저자가 누구건, 어쨌든 지금 우리가 다가가는 소리를 못 듣고 있어. 노리스는 생각했다. 주변이 워낙 시끄러워서 말이지. 보안관님이 이쪽을 쳐다보지만 않는다면, 그래서 저 개 같은 새끼가 눈치채지 못한다면…….

노리스의 공무용 권총이 무릎 위에 놓여 있었다. 그는 순찰차의 조수석 창문을 내리고 총을 들었다. 이게 좀 전에 백 킬로그램이었던가? 이제 그보다 최소 두 배는 무겁게 느껴졌다.

"천천히 가요, 시턴. 최대한 천천히. 내가 발로 신호를 보내면 차를 세워요. 곧바로. 고민하고 말고 할 것도 없이."

"발로? 그게 무슨 소리야, 발로……."

"조용히 해요, 시턴." 노리스는 힘없는 목소리로 다정하게 말했다. "그냥 내가 한 얘기만 기억해요."

노리스는 옆으로 몸을 돌려서 머리와 어깨를 창밖으로 내민 뒤 순찰차의 경광등을 고정하는 봉을 붙잡았다. 끙끙대며 천천히 몸을 끌어올려 창문에 걸터앉았다. 어깨가 괴로워하며 비명을 질렀고 다시금 터진 피가 셔츠를 적시기 시작했다. 이제 도로에 서 있는 세 사람과의 거리가 삼십 미터도 되지 않았고 그는 여자를 붙잡고 있는 남자를 똑바로 조준할 수 있었다. 하지만 아직은 쏠 수 없었다. 그랬다가는 여자까지 총에 맞을 가능성이 컸다. 자, 둘 중 한 명이라도 움직여준다면…….

더이상 접근하면 위험했다. 그는 발로 시턴의 다리를 두드렸다. 시턴이 벽돌과 돌덩이로 뒤덮인 도로 위에 순찰차를 조심스럽게 세웠다.

움직여라. 노리스는 기도했다. 한 명이라도 제발 움직여. 어느 쪽이든 상관없고 조금이면 돼. 제발, 제발 움직여.

그는 니드풀 싱스 문이 열리는 걸 알아차리지 못했다. 총을 들고 인질을 붙잡은 남자에게 온 신경을 집중하고 있었다. 그는 릴런드 곤트가 가게 밖으로 나와 초록색 차양 아래에 서는 것도 보지 못했다.

13

"그 돈은 내 거였어, 개새끼야!" 에이스가 앨런을 향해 고함을 질렀다. "이년을 멀쩡한 상태로 돌려받고 싶으면 그 돈을 어떻게 했는지 부는 게 좋을 거다!"

앨런은 스테이션왜건에서 내린 참이었다. "에이스, 지금 무슨 말을 하는 건지 모르겠는데."

"무슨 개수작이야!" 에이스는 소리를 질렀다. "무슨 말인지 정확히 알잖아! 팝의 돈! 깡통에 들어 있던 거! 이년을 돌려받고 싶으면 그걸 어떻게 했는지 불어! 기회는 한 번뿐이다, 씨방새야!"

메인 스트리트 저쪽에서 움직이는 뭔가가 앨런의 시야 한편에 들어왔다. 순찰차, 카운티 소속 순찰차인 것 같았지만 감히 제대로 쳐다볼 수는 없었다. 에이스가 기습 공격의 가능성을 알아차리면 폴리를 죽일 것이다. 눈 깜빡하는 순간에 그럴 것이다.

그래서 그는 시선을 폴리의 얼굴에 똑바로 고정했다. 그녀의 까만 눈은 지쳐 보였고 고통으로 얼룩졌지만…… 두려워하는 기미는 없었다.

앨런은 제정신이 다시 돌아오는 것을 느낄 수 있었다. 제정신이라는 것은 웃긴 녀석이었다. 사라져도 알 수 없었다. 떠나도 느끼지 못했다. 다시 돌아온 다음에야, 법령이 아니라 선택에 의해 내 안에서 살며 노래를 불렀던 희귀종의 야생 새처럼 그 존재를 알아차릴 수 있었다.

"그자가 실수를 했어요." 그는 폴리에게 조용히 말했다. "곤트가 테이프에서 실수를 했어요."

"쌍, 지금 무슨 소리 하는 거야?" 에이스가 코카인에 취한 목소리로 외치며 총구로 폴리의 관자놀이를 눌렀다.

그들 중에서 니드풀 싱스의 문이 슬그머니 열리는 것을 눈치챈 사람은 앨런뿐이었다. 조심스럽게 다가오는 순찰차를 피하느라 어색할 정도로 시선을 돌리고 있던 덕분이었다. 앨런만이 거기에서 빠져나온 키 큰 인물을 어렴풋이, 시야의 거의 끝으로 보았다. 그는 스포츠 재킷도 스모킹 재킷도 아닌, 검은색 모직 외투 차림이었다.

여행용 외투였다.

곤트는 한 손에 구식 여행 가방을 들고 있었다. 과거에 보따리장수나 외판원이 상품과 샘플을 넣어 다니던 그런 가방이었다. 하이에나 가죽으로 만들어진 가방인데, 그것이 움직였다. 손잡이를 쥔 길고 하얀 손가락 아래에서 헐떡이고 부풀어오르길 반복했다. 그리고 멀리서 바람이 부는 소리 아니면 고압전선에서 나는 귀신 우는 소리 비슷한 비명이 그 안에서 희미하게 들렸다. 앨런은 이 섬뜩하고 심란한 소리를 귀로 들은 게 아니었다. 가슴과 머리로 들었다.

다가오는 순찰차와 스테이션왜건 옆에서 펼쳐지는 광경 양쪽 모두를 볼 수 있는 차양 아래에 선 곤트의 눈빛에서는 짜증 아니면…… 불안이 점점 번지고 있었다.

앨런은 생각했다. 저자는 내가 자기를 봤다는 걸 몰라. 그렇다고 장담할 수 있어. 하느님, 제발 제 짐작이 맞게 해주세요.

14

앨런은 에이스에게 대꾸하지 않았다. 땅콩 캔을 좀더 세게 움켜쥐며 폴리에게 말을 건넸다. 에이스는 심지어 땅콩 캔이 있는지조차 모르는 눈치였다. 앨런이 그걸 굳이 숨기려고 하지 않았기 때문이었을 것이다.

"애니는 그날 안전벨트를 하지 않았거든요." 앨런은 폴리에게 말했다. "내가 그 얘기를 하지 않았던가요?"

"나는…… 기억이 안 나요, 앨런."

에이스의 뒤에서 노리스 리지윅이 끙끙대며 순찰차 창밖으로 몸을 꺼내고 있었다.

"앞유리창 밖으로 튕겨져 나간 게 그 때문이었어요." 곧 둘 중 한 명한테 달려들어야 하는데. 그는 생각했다. 에이스? 아니면 곤트? 둘 중 어느 쪽이 좋을까? 누가 좋을까? "나는 그게 계속 의아했거든요. 왜 벨트를 하지 않았는지. 무의식적으로 벨트를 채울 정도로 아주 단단히 몸에 밴 습관이었는데. 하지만 그날은 벨트를 하지 않았어요."

"마지막 기회다, 짭새야!" 에이스가 비명을 질렀다. "내 돈을 못 내놓겠다면 이년이라도 데려가야겠어! 네가 선택해!"

앨런은 계속 그를 무시했다. "하지만 테이프에서는 애니가 벨트를 하고 있었죠." 앨런은 말하며 문득 알아차렸다. 은색의 선명한 불기둥이 머릿속에서 솟아오르듯 분명하게 알아차렸다. "애니가 벨트를 하고 있었다고. 당신은 개 같은 실수를 저질렀어, 곤트 씨!"

앨런은 2.5미터 떨어진 초록색 차양 아래에 서 있는 키 큰 인물을 향해 몸을 돌렸다. 땅콩 캔 뚜껑을 잡은 채 캐슬록에 최근 문을 연 가게 사장에게로 한 발짝 성큼 다가간 그는, 곤트가 어떤 조치를 취할 겨를도 없이—눈을 휘둥그레 뜨는 게 전부였다—토드가 마지막으로 남긴 장난감, 애니가 어린 시절은 지나가면 다시 오지 않는다며 사게 내버려두라고 했던 그 장난감의 뚜껑을 열었다.

뱀이 튀어나왔고 이번에는 장난이 아니었다.

이번에는 진짜였다.

이게 진짜로 보이는 순간은 단 몇 초뿐이었고 앨런은 그걸 본 적 있는 사람이 또 있을 거라고는 생각하지도 못했는데 곤트가 그랬다. 곤트는 그걸 본 적이 있는 게 확실했다. 뱀은 길었다. 그가 일주일쯤 전에 포틀랜드까지 먼 길을 혼자 다녀온 뒤에 시청 건물 주차장에서 캔 뚜껑을 열었을 때 튀어나온 종이 뱀에 비해 훨씬 길었다. 껍질은 시시각각으로 달라지는 무지갯빛으로 반짝였고, 몸통에는 대형 방울뱀처럼 빨간색과 검은색의 다이아몬드 무늬가 점점이 박혀 있었다.

릴런드 곤트의 모직 외투 어깨에 닿자 녀석은 턱을 벌렸다. 크롬처럼 눈부시게 반짝이는 송곳니에 앨런은 눈을 가늘게 떴다. 무시무시한 세모꼴의 대가리가 뒤로 물러났다가 곤트의 목을 향해 돌진했다. 곤트가 손을 내밀어 붙잡았지만…… 이미 뱀의 송곳니에 여러 차례 찔린 뒤였다. 삼각형의 대가리가 재봉틀 실패처럼 위아래로 까딱거렸다.

곤트는 비명을 질렀고—아파서인지, 화가 나서인지, 아니면 둘 다인지 앨런으로서는 알 수가 없었다—뱀을 두 손으로 잡으려고 여행 가방을 놓았다. 기회를 포착한 앨런은, 곤트가 휙휙 움직이는 뱀을 떼어내 부츠를 신은 발 옆으로 내동댕이칠 때 그를 향해 돌진했다. 땅바닥에 떨어진 뱀은 다시 원래의 모습으로 돌아갔다. 빛바랜 초록색 주름 종이 안에 1.5미터짜리 스프링이 숨겨져 있는, 토드 같은 아이나 좋아하고 곤트 같은 작자만 진가를 알아볼 수 있는 싸구려 잡동사니로.

곤트의 목에 뚫린 세 쌍의 구멍에서 조그만 핏방울이 뚝뚝 떨어졌다. 그는 이상하리만치 길쭉한 손으로 멍하니 피를 닦은 뒤 여행 가방을 집으려고 허리를 숙였다가…… 갑자기 멈추었다. 그런 식으로 긴 다리를 구부리고 긴 팔을 내밀고 허리를 숙인 모습이 꼭 나무로 깎아놓은 이카보드 크레인* 같았다. 집으려고 했던 물건이 그 자리에 없었다. 옆면으로 숨을 쉬는, 하이에나 가죽으로 만든 섬뜩

* 워싱턴 어빙이 1820년에 발표한 단편 「슬리피 할로우의 전설」의 주인공.

한 여행 가방은 앨런의 두 발 사이에 있었다. 곤트가 뱀과 싸우는 동안 그가 특유의 놀라운 속도와 손재주를 동원해 가져온 것이다.

이제 곤트의 표정은 의심의 여지가 없었다. 분노와 증오와 경악의 조합이 벼락처럼 그의 이목구비를 일그러뜨렸다. 개처럼 윗입술을 뒤로 당겨 삐뚤삐뚤한 치열을 드러냈다. 이 순간을 위해 줄로 갈기라도 한 듯 치아 끝이 뾰족했다.

그가 쫙 펼친 손을 내밀고 나지막이 쏘아붙였다.

"내놓으시지. 내 거야!"

앨런은 릴런드 곤트가 휴 프리스트에서부터 슬로피 도드에 이르기까지 캐슬록의 주민 수십 명에게 자신은 딱하고 쭈글쭈글하고 보잘 것 없는 인간의 영혼에 눈곱만큼도 관심이 없다고 얘기했다는 걸 몰랐다. 만약 알았더라면 폭소를 터뜨리며 곤트의 가장 큰 장사 밑천이 거짓말이라고 했을 것이다. 그는 가방 안에 뭐가 들었는지 알았다. 강풍에 흔들리는 전봇대의 전선처럼 비명을 지르고 임종을 앞둔 겁에 질린 노인처럼 그 안에서 숨을 쉬는 것이 무엇인지 알았다. 너무 잘 알았다.

곤트는 입술을 당겨 이를 드러내며 섬뜩한 미소를 지은 채 그 끔찍한 손을 앨런 쪽으로 좀더 뻗었다.

"경고한다, 보안관. 날 건드리지 마. 날 건드려서 좋을 거 하나 없어. 그 가방은 내 거라고 했지!"

"아닌 것 같은데, 곤트 씨. 이 안에 훔친 게 들어 있지 않나? 이제 그만……."

에이스는 곤트가 장사꾼에서 괴물의 모습으로 미묘하게, 하지만 꾸준히 변해가는 것을 바라보며 입을 떡 벌리고 있었다. 폴리의 목을 조르던 팔에서 힘이 살짝 빠지자 그녀는 틈을 놓치지 않았다. 고개를 돌려 에이스 메릴의 손목을, 살이 잇몸에 닿을 때까지 물었다. 에이스는 본능적으로 그녀를 밀쳤고 폴리는 길거리에 대자로 쓰러졌다. 에이스가 그녀에게 총을 겨누었다.

"이 나쁜 년이!" 그가 외쳤다.

15

"됐군." 노리스 리지윅이 감사하는 투로 중얼거렸다.

공무용 권총의 총신을 경광등 고정봉에 얹어놓은 채였다. 이제 그는 숨을 참고 아랫입술을 깨물며 방아쇠를 당겼다. 에이스 메릴의 뒤통수가 덩어리와 뭉텅이로 사방에 튀었고 그가 여자—폴리 차머스였고, 이제 노리스는 당연한 걸 왜 진작 몰랐을까 하는 생각을 할 여유가 있었다—위로 쓰러졌다.

갑자기 눈앞이 몹시 아득해졌다.

또 한편으로는 몹시, 몹시 행복했다.

16

앨런은 에이스 메릴의 최후에 전혀 관심을 기울이지 않았다.

릴런드 곤트도 마찬가지였다.

곤트는 인도에, 앨런은 숨을 쉬는 끔찍한 여행 가방을 발 사이에 두고 스테이션왜건 옆에 선 채 서로 마주 보았다.

곤트가 심호흡을 하고 눈을 감았다. 희미한 빛 같은 것이 그의 얼굴 위로 지나갔다. 다시 눈을 뜨자 캐슬록의 수많은 사람들을 속인, 매력적이고 점잖은 곤트 씨의 모습으로 돌아갔다. 그는 인도에 떨어진 종이 뱀을 흘끗 내려다보더니 혐오감에 우거지상을 쓰며 하수구를 향해 발로 차 보냈다. 그런 다음 다시 앨런을 돌아보며 한쪽 손을 내밀었다.

"왜 이러세요, 보안관님. 우리 좋게 얘기합시다. 날도 저물었고 피곤한데. 당신은 내가 여기서 떠나주길 바라죠. 나도 떠나고 싶어요. 갈게요……. 내 가방만 돌려받으면 곧장 갈 겁니다. 분명히 얘기하지만, 그건 내 가방이에요."

"분명은 무슨 얼어죽을. 나는 당신을 믿지 않아, 친구."

곤트는 짜증과 분노가 어린 눈빛으로 앨런을 쳐다보았다.

"그 가방이랑 그 안에 든 건 내 거라니까! 당신은 자유무역도 모르나, 팽본 보안관? 뭐야, 공산주의자야? 가방 안에 든 건 모두 내가 흥정을 해서 입수한 거야! 정당하게. 대가나 보수나 커미션이나 수수료나 떡고물이나 뭐 그런 걸 바란다면 이해하고 기꺼이 지불하겠네. 하지만 이건 사업상의 문제이지 법적인 문제가……."

"이 사기꾼아!" 폴리가 소리를 질렀다. "당신은 사기를 치고 거짓말을 하고 우리를 속였어!"

곤트는 짜증 섞인 눈빛으로 그녀를 흘끗 쳐다보았다가 다시 앨런에게로 시선을 돌렸다. "아니야. 나는 평소 하던 대로 했을 뿐이야. 사람들에게 내가 팔려는 물건을 보여주고…… 스스로 결정하게 했지. 그러니까…… 이제 그만…….”

“이건 내가 가져가야겠어.” 앨런이 차분한 목소리로 말했다. 십일월의 성에처럼 얇고 날카로운 미소가 그의 입가를 스치고 지나갔다. “증거 확보의 차원이라고 할까?”

“그건 안 될 것 같은데, 보안관.” 곤트가 인도에서 도로로 나섰다. 조그맣고 시뻘건 불덩이가 그의 눈에서 이글거렸다. “너는 죽어도 내 재산을 가질 수 없어. 내가 단념하지 않는 이상은 말이지. 그리고 나는 그걸 단념할 생각이 없거든.” 그가 앨런을 향해 다가오자 두 눈의 빨간 점이 점점 짙어졌다. 에이스의 뇌에서 떨어져 나온 연갈색 덩어리에 그의 부츠 자국이 찍혔다.

앨런은 뱃속이 접히는 것 같았지만 꿈쩍하지 않았다. 오히려 묻고 따지지 않고 본능이 이끄는 대로 스테이션왜건의 왼쪽 전조등 앞으로 손을 모았다. 손을 서로 겹쳐서 새 모양을 만든 뒤 손목을 구부려 앞뒤로 빠르게 움직였다.

참새들이 다시 날고 있어, 곤트 씨. 그는 생각했다.

큼지막한 그림자 새—참새라기보다 매에 더 가까웠고 실체 없는 그림자치고는 불안하리만치 사실적이었다—가 퍼덕이며 거짓으로 얼룩진 니드풀 싱스의 전면을 가로질렀다. 곁눈으로 지켜보던 곤트는 그쪽으로 몸을 홱 돌리더니 헉 소리를 내며 다시 뒷걸음질을 쳤다.

“이 마을에서 나가줘, 친구.” 앨런이 말했다. 그가 손 모양을 바꾸자 이번에는 어쩌면 세인트버나드일지 모를 큼지막한 그림자 개가 스테이션왜건의 전조등 불빛을 맞으며 바느질 공방의 전면을 구부정하니 가로질렀다. 그리고 근처 어딘가에서—우연의 일치일 수도 있고 아닐 수도 있었다—개 한 마리가 짖기 시작했다. 소리로 짐작건대 덩치가 큰 녀석이었다.

곤트는 그쪽으로 몸을 돌렸다. 조금 당황한 듯했고 허를 찔린 기색이 역력했다.

"그냥 보내주는 걸 다행인 줄 알아." 앨런은 하던 얘기를 계속했다. "하지만 따지고 보면 무슨 죄로 체포하겠나? 영혼을 훔친 죄야 브리검과 로즈의 법전으로는 처벌할 수 있을지 몰라도 내 법전에는 적용할 항목이 없는걸. 그래도 말로 할 때 떠나는 게 좋을 거야."

"내 가방 내놔!"

심장이 미친 듯이 쿵쾅거렸지만 앨런은 그를 쳐다보며 믿기지 않는다는 경멸의 표정을 지으려 애썼다. "아직도 모르겠나? 아직도 이해를 못 해? 네가 졌어. 졌을 때 어떻게 해야 하는지를 잊어버린 모양이지?"

곤트는 그 자리에 서서 한참 동안 앨런을 쳐다보다가 고개를 끄덕였다. "역시 널 피하길 잘했지." 그가 혼잣말을 하는 듯이 중얼거렸다. "역시 그러길 잘했어. 좋아. 네가 이겼다." 그는 몸을 돌리기 시작했다. 앨런은 살짝 긴장을 풀었다. "떠나주마……."

그가 뱀처럼 빠르게 다시 이쪽으로 몸을 돌렸다. 어찌나 빠른지 앨런이 느리게 보일 정도였다. 그의 얼굴이 다시 바뀌었다. 인간적인 측면이라고는 하나도 남지 않았다. 이제는 뺨에 길고 깊은 골이 파이고 처진 눈은 주황색으로 이글거리는 악마의 얼굴이었다.

"……하지만 내 물건은 들고 가야겠어!" 그는 고함을 지르며 가방을 향해 달려들었다.

어디에선가—바로 옆에서인지 천 킬로미터쯤 떨어진 곳에서인지 알 수가 없었다—폴리가 비명을 질렀다. "조심해요, 앨런!" 하지만 조심할 겨를이 없었다. 악마가 유황과 신발 가죽 튀긴 냄새를 풍기며 그를 덮쳤다. 이젠 대응하든지 죽든지, 둘 중 하나였다.

앨런은 오른손을 왼쪽 손목 안쪽으로 가져가 시계 밴드 밖으로 삐져나온 조그만 고무줄을 더듬더듬 찾았다. 머릿속 한구석에서 이번에는 소용없을 거라고, 또다시 변형의 기적이 벌어지더라도 이번에는 목숨을 구할 수 없을 거라고, 종이 꽃다발 펼치기 마술은 이제 거덜이 났다고, 이제…….

엄지손가락이 고무줄 안으로 들어갔다.

조그맣게 접혀 있던 종이가 빠져나왔다.

앨런은 오른손을 앞으로 내밀며 접혀 있던 종이를 마지막으로 펼쳤다.

"이거나 받아라, 거짓말쟁이 개새끼야!"

그가 외쳤다. 손안에서 펼쳐진 것은 그냥 꽃다발이 아니라 눈부신 빛의 꽃다발이었다. 시시각각으로 색이 달라지는 빛이 어퍼메인 스트리트를 밝혔다. 하지만 그는 유리 프리즘을 통과한 빛이나 하늘 위의 무지개가 모두 하나의 색상이듯 주먹에서 분수처럼 솟아나는 이 빛도 하나의 색상이라는 걸 알았다. 팔을 타고 찌릿하게 솟구치는 힘이 느껴지더니 잠깐 어마어마하고 얼토당토않은 황홀감이 그를 가득 채웠다.

백색! 백색의 강림!

곤트는 괴로워하며 분노와 공포로 울부짖었지만…… 뒤로 물러나지는 않았다. 어쩌면 앨런이 얘기했던 것처럼 하도 오랜만이라 지는 법을 잊어버린 것일 수도 있었다. 그는 앨런의 주먹 위에서 어른거리는 빛의 꽃다발 아래로 몸을 수그리고 손끝으로 앨런의 다리 사이에 놓인 여행 가방의 손잡이를 살짝 건드렸다.

갑자기 실내용 슬리퍼를 신은 발이 등장했다. 폴리의 발이었다. 그녀가 곤트의 손을 밟았다. "건드리지 마!" 그녀는 소리를 질렀다.

그가 으르렁거리며 고개를 드는 순간…… 앨런은 빛 한 움큼을 그의 얼굴에 들이댔다. 곤트는 고통과 공포에 겨워서 뭔지 모를 소리를 내며 한참 동안 울부짖었고 허우적허우적 뒷걸음질을 쳤다. 파란색 불꽃이 그의 머리에서 춤을 추었다. 길고 하얀 손이 여행 가방을 집으려고 마지막으로 기를 썼지만 이번에는 앨런이 손을 밟았다.

"마지막으로 경고한다. 꺼져라."

그가 자기 목소리처럼 느껴지지 않는 목소리로 말했다. 굉장히 강하고 자신만만하고 힘이 넘치는 목소리였다. 시시각각으로 색이 달라지는 빛의 스펙트럼을 피하느라 움츠린 손으로 얼굴을 가린 채 쭈그리고 있는 이 작자를 끝장낼 수 없을지 몰라도, 내쫓을 수는 있었다. 오늘 저녁에는 그럴 수 있는 능력이 그의 손에 쥐어져 있었다. 관건은 그 능력을 동원할 용기가 있느냐는 것이었다. 버티며 전력을 다할 용기가 있느냐는 것이었다.

"마지막으로 경고하는데, 이건 내줄 수 없어."

"내가 없으면 그들은 죽어!" 곤트였던 괴물이 앓는 소리를 냈다. 이제는 두 손을 다리 사이로 늘어뜨리고 있었다. 기다란 갈퀴손이 이리저리 흩뿌려진 잔해에 부딪혀 덜거덕거렸다. "내가 없으면 한 명도 남김없이 죽을 거라고. 사막에서 물을 먹지 못한 식물처럼 말이야. 그러길 바라나? 엉?"

폴리가 그의 옆에 몸을 기대고 서 있었다.

"그래." 그녀가 냉랭하게 말했다. "너랑 같이 가서 사느니 지금 여기서 어쩔 수 없이 죽는 게 낫지. 그들이—우리가—형편없는 짓을 저지르기는 했지만 대가가 너무 크잖아."

곤트였던 괴물은 쉿소리를 내며 그들을 향해 갈퀴손을 흔들었다.

앨런은 가방을 집어서 폴리와 함께 천천히 도로로 뒷걸음질쳤다. 그러면서 분수처럼 쏟아지는 빛의 꽃다발을 들어 빙글빙글 돌아가는 황홀한 빛으로 곤트와 터커 탤리스먼을 비추었다. 숨을 크게 들이마셨다. 그의 몸이 지금껏 한 번도 감당한 적 없을 만큼 크게 들이마셨다. 이어 그의 목소리가 아닌 우렁찬 목소리로 쩌렁쩌렁 외쳤다.

"죽어라, 괴물아! 너는 여기서 추방됐다!"

곤트였던 괴물이 끓는 물에 데인 듯이 비명을 질렀다. 니드풀 싱스의 초록색 차양이 불길에 휩싸였고 쇼윈도가 안으로 터져 유리가 산산조각 났다. 앨런의 주먹 위에서 파란색과 빨간색과 초록색과 주황색과 짙은 보라색의 밝은 빛이 사방으로 뻗쳤다. 폭발하는 조그만 별이 그의 주먹 위에 잠시 떠 있는 것처럼 보였다.

하이에나 가죽으로 만든 여행 가방이 퍼석퍼석한 퍽 소리와 함께 왈칵 열리더니 갇혀서 울부짖던 목소리들이 연기처럼 빠져나왔다. 앨런과 폴리와 노리스와 시턴은 보지 못했지만 전부 느꼈다.

폴리의 팔과 가슴에 뜨겁게 박혀 있던 독극물이 사라졌다.

노리스의 심장으로 천천히 몰려오던 열기가 흩어졌다.

캐슬록 전역에서 주민들이 총과 곤봉을 던지고 끔찍한 꿈을 꾸다가 깬 사람의 눈빛으로 서로를 쳐다보았다.

그리고 비가 멎었다.

17

릴런드 곤트였던 괴물은 비명을 지르며 껑충껑충 뛰어서 터커를 향해 허둥지둥 인도를 가로지른 뒤 문을 열고 운전석에 올라탔다. 엔진이 비명을 지르며 깨어났다. 인간의 손으로 만든 엔진 소리가 아니었다. 주황색의 기다란 불꽃이 배기관에서 뿜어져 나왔다. 불이 들어온 미등은 빨간색 유리가 아니라 조그맣게 찢어진 눈이었다. 잔인한 도깨비의 눈이었다.

폴리 차머스는 비명을 지르며 얼굴을 돌려서 앨런의 어깨에 묻었지만 앨런은 고개를 돌릴 수가 없었다. 그는 그 자리에서 본 광경을, 그날 저녁의 경이로운 기적—잠깐 살아 움직였던 종이 뱀과, 빛의 꽃다발과, 힘이 샘솟는 우물로 변신한 종이 꽃—과 더불어 평생 기억할 수밖에 없는 운명이었다.

세 개의 전조등에 불이 켜졌다. 터커가 도로로 나서자 쇄석로가 부글부글 끓는 끈적끈적한 액체로 변했다. 터커는 후진으로 끼이익 우회전을 했고, 그러자 건드리지도 않았는데 스테이션왜건이 강력한 자석에 밀리기라도 한 듯 뒤로 몇 미터 날아갔다. 터커 탤리스먼의 앞코가 하얀색으로 부옇게 반짝이기 시작했다. 빛 속에서 스스로 달라지고 개조하는 듯했다.

차는 비명을 지르며 한때 시청 건물이 있었던 자리에서 이글거리는 용광로와, 널브러진 차량 잔해와, 건널 수 없는 강이 콸콸 흐르는 언덕 아래쪽을 향해 방향을 돌렸다. 엔진의 회전속도가 미친 듯 빨라졌고, 영혼들이 불협화음을 이루며 울부짖는 가운데 환하고 자욱한 빛이 뒤로 번져 차를 뒤덮기 시작했다.

곤트였던 괴물이 마름모꼴의 시뻘건 눈 속에 영원히 각인하려는 듯, 녹아서 질질 흐르는 운전석 쪽 차창 너머로 딱 일 초 동안 앨런을 내다보며 하품하듯 입을 벌리고 으르렁거렸다.

이윽고 터커가 움직이기 시작했다.

언덕을 내려가는 동안 속도가 빨라졌고 변신의 속도도 덩달아 빨라졌다. 차가 녹아서 형체가 바뀌었다. 지붕이 뒤로 벗겨지고, 반짝이는 휠캡에서 바큇살이 자라고, 타이어들이 높아지는 동시에 얇아졌다. 라디에이터 그릴의 남은 부분에서 어떤 형체가 삐져나오기 시작했다. 곤트 씨처럼 눈이 빨간, 젖빛의 장막에 덮인 흑마였다. 말발굽이 화염을 헤치고 도로 한복판에 연기가 피어오르는 깊은 각인을 남겼다.

터커 탤리스먼은 곱사등이 난쟁이가 높은 마부석 앉아 있는 사륜무개 마차로 변했다. 난쟁이는 부츠를 흙받이에 올려놓았는데, 이슬람 전통 신발처럼 위로 들린 부츠 코에 불이 붙은 것처럼 보였다.

그럼에도 변신은 아직 끝나지 않았다. 메인 스트리트의 저쪽 끝을 향해 달리는 동안 이글대는 마차의 크기가 점점 커졌다. 자양분이 되어주는 변화무쌍한 장막 안에서 차양이 달린 나무 지붕이 빚어져 나왔다. 창문이 등장했다. 바퀴와 흑마의 발굽이 땅을 짚을 때마다 바큇살이 섬뜩한 빛깔로 번뜩였다.

터커 탤리스먼은 사륜마차로 변했다. 백 년쯤 전에 전국 곳곳을 누볐을 약장수의 짐마차가 되었다. 옆면에 적힌 문구를 앨런은 간신히 읽을 수 있었다.

매수자 위험부담의 원칙

짐마차는 4.5미터 높이에서 점점 더 허공으로 솟구치며 시청 건물의 잔해에서 뻗어 나온 불길을 관통했다. 흑마의 발굽이 계속 눈부신 파란색과 주황색의 불똥을 튀기며 하늘의 보이지 않는 길을 달렸다. 캐슬스트림 천 위로 날아올라 하늘에서 이글거리는 상자가 되어, 뼈만 남은 공룡처럼 급류 속으로 무너진 다리를 지났다.

이윽고 불길에 휩싸인 시청 건물에서 연기가 뿜어져 나왔고, 연기가 걷힐 무렵에는 릴런드 곤트와 지옥의 마차도 사라지고 보이지 않았다.

18

앨런은 노리스와 시턴이 시청 건물에서 타고 온 순찰차로 폴리를 데려갔다. 노리스는 아직까지 경광등 고정 봉을 붙잡은 채 창문에 걸터앉아 있었다. 너무 기운이 없어서 내려서려고 했다가는 떨어질 것 같았다.

앨런은 노리스의 배를 잡고(워낙 젓가락 같아서 잡을 것도 별로 없었다) 땅바닥으로 내려올 수 있게 부축했다.

"노리스?"

"네, 보안관님?" 노리스는 울고 있었다.

"앞으로는 언제든 변소에서 옷을 갈아입어도 좋아. 알았지?"

노리스의 귀에는 들리지 않는 눈치였다.

앨런은 수석 부보안관의 셔츠가 피로 흠뻑 젖은 것을 보았다.

"얼마나 다쳤어?"

"심하지 않아요. 제가 생각하기에는요. 하지만 이게 다……." 그는 불길에 휩싸여 잔해만 남은 마을 이 끝에서 저 끝까지 손으로 가리켰다. "이게 다 제 잘못이에요. 제 잘못요!"

"아니에요." 폴리가 말했다.

"모르고 하시는 말씀이에요!" 노리스는 상심과 수치심으로 얼굴이 일그러졌다. "제가 휴 프리스트의 타이어를 찢었어요! 제가 그 사람을 자극했어요!"

"맞아요. 그랬을지 모르죠. 그랬다는 걸 평생 되새기면서 살아야 해요. 내가 에이스 메릴을 자극했고 평생 그걸 되새기면서 살아야 하듯이." 그녀는 몇 명 안 되는 경찰들이 멍하니 서서 바라보는 가운데 서로 다른 방향으로 뿔뿔이 흩어져가는 가톨릭교도와 침례교도들을 가리켰다. 일부 전사들은 혼자, 또 일부는 같이 걸어갔다. 브리검 신부가 로즈 목사를 부축하고 있는 듯했고 낸 로버츠는 헨리 페이턴의 허리를 감싸 안고 있었다. "하지만 저들은 누가 자극했을까요, 노리스? 윌마는요? 네티는요? 그리고 나머지는요? 그게 다 당신이 저지른 짓이라면 정말 열심히 일을 했겠어요."

노리스는 번민을 담아서 요란하게 흐느꼈다. "정말 부끄러워요."

"나도 그래요." 폴리는 가만히 말했다. "마음이 아파요."

앨런은 노리스와 폴리를 잠깐 안아주고 시턴이 몰고 온 순찰차의 조수석 창문 너머로 몸을 숙였다. "우리 영감님은 몸이 좀 어때요?"

"아주 쌩쌩해." 시턴이 말했다. 실제로 아주 흥분한 얼굴이었다. 어리둥절하긴 해도 흥분한 얼굴이었다. "자네들이 나보다 훨씬 상태가 안 좋아 보이는구먼."

"노리스를 병원으로 데리고 가는 게 좋겠어요. 차에 자리가 있으면 다 같이 타고 갈 수 있겠는데요."

"좋지, 앨런! 얼른 타! 어느 병원으로?"

"노던컴벌랜드요." 앨런은 말했다. "만나고 싶은 아이가 거기 입원해 있거든요. 아이 아버지가 도착했는지 확인하고 싶어서요."

"앨런, 내가 제대로 본 거 맞아? 그 친구의 차가 마차로 변신하더니 하늘 위로 날아간 거 맞아?"

"나도 잘 모르겠어요, 시턴. 그리고 고백하건대 절대 알고 싶지 않아요."

막 등장한 헨리 페이턴이 앨런의 어깨를 툭 쳤다. 충격에 젖은 듯 눈빛이 묘했다. 살아가는 방식이나 생각하는 방식 또는 양쪽 모두에서 엄청난 변화를 앞두고 있는 사람의 얼굴이었다.

"이게 무슨 일이에요, 앨런? 이 빌어먹을 마을에 무슨 일이 생긴 거예요?"

폴리가 대신 대답했다.

"바겐세일이 있었어요. 사상 최대의 창고 대방출이. 하지만 우리 중 몇 명이 막판에 물건을 사지 않기로 했죠."

앨런은 이미 문을 열고 노리스를 부축해 조수석에 앉힌 뒤였다. 이제 그가 폴리의 어깨를 툭 쳤다.

"자, 이제 출발합시다. 노리스가 다쳤고 피를 많이 흘렸어요."

"이봐요! 물어볼 게 많은데……." 헨리가 말했다.

"아껴둬요." 앨런은 뒷좌석의 폴리 옆자리에 올라타 문을 닫았다. "내일 얘기합시다. 지금은 내가 비번이라서요. 사실 이 마을에서는 계속 비번일 것 같긴 하지만. 일단은 다 끝났다는 데 만족하세요. 캐슬록에서 무슨 일이 벌어졌는지 몰라도 다 끝났다고."

"하지만……."

앨런은 몸을 앞으로 숙여서 시턴의 앙상한 어깨를 두드렸다. "가요." 그가 나지막이 말했다. "전속력으로 달려요."

시턴이 운전대를 잡고 북쪽을 향해 메인 스트리트를 출발했다. 갈림길에 이르자 좌회전해서 캐슬뷰 쪽으로 캐슬힐을 올라가기 시작했다. 언덕 꼭대기에 다다랐을 때 앨런과 폴리는 같이 고개를 돌려서 화염이 루비처럼 피어난 마을을 내려다보았다. 앨런은 서글픔과 상실감을, 누군가에게 속은 듯한 묘한 비통함을 느꼈다.

내 마을. 그는 생각했다. 내 마을이었는데. 하지만 이제는 아니야. 이제는 영원히 아니야.

그들은 동시에 다시 앞으로 고개를 돌리다가 서로의 눈을 바라보았다.

“영영 알아낼 방법이 없을 거예요.” 그녀가 나지막이 말했다. “그날 애니와 토드가 어쩌다 그렇게 됐는지…… 영영 알 수 없을 거예요.”

“이제는 알고 싶지도 않아요.” 앨런 팽본이 말했다. 그는 그녀의 뺨에 살짝 입을 맞추었다. “그건 어둠 속에 묻어두어야 할 일이잖아요. 그 속에 맡기자고요.”

캐슬뷰를 넘어 119번 도로로 진입하자 캐슬록은 더이상 보이지 않았다. 어둠이 그 마을까지 삼킨 뒤였다.

전에도 여기 온 적 있으시죠?

당연히 오신 적 있겠죠. 당연히. 저는 사람 얼굴을 절대 잊어버리지 않는답니다.

이쪽으로 오세요, 악수 한번 하십시다! 그런데 그거 아십니까? 제가 손님 얼굴을 제대로 확인하기도 전에 걸음걸이만 보고 알아차렸다는 거 아니겠습니까. 정션 시티를 다시 찾기에 이보다 더 좋은 날도 없을 겁니다. 아이오와에서 이보다 더 근사한 마을이 없죠. 적어도 에임스 이편에서는요. 웃으세요, 괜찮습니다. 웃으시라고 한 얘기니까.

잠깐 제 옆에 앉아보시겠습니까? 여기 전쟁 기념관 옆 벤치가 좋겠네요. 햇살이 따뜻하게 비추는데다 온 시내가 한눈에 들어오니까요. 나무 가시만 조심하면 됩니다. 호랑이 담배 피우던 시절부터 있던 벤치라. 자, 이제 저쪽을 보세요. 아니, 살짝 오른쪽요. 유리창이 비누칠로 덮여 있는 건물이요. 거기에 원래는 샘 피블스의 사무실이 있었어요. 아주 실력이 좋은 부동산 중개업자였죠. 그런데 여기서 조금 더 가면 나오는 프로버비아에 살았던 나오미 히긴스와 결혼해 외지로 떠났어요. 요즘 젊은 친구들이 그렇잖아요.

그래서 일 년 넘게 비어 있었지만—중동 문제가 시작된 이후로 여기 경기가 최악이었거든요—드디어 인수한 사람이 나타났어요. 그걸 두고 다들 얼마나 입방아를 찧는지 몰라요. 하지만 어떤 식인지 아시잖아요. 한 해가 다음 해로 넘어간들 별반 다를 게 없는 정션 시티 같은 곳에서는 신장개업이 엄청난 뉴스거리죠. 보아하니 개업이 얼마 남지도 않았어요. 인부들이 지난 금요일에 마지막으로 공구를 챙겨 들고 떠났거든요. 내가 생각하기에는…….

누구요?

아, 저 여자요! 어마 스킬린스잖아요. 예전에 정션 시티 고등학교 교장이었던. 이 일대 최초의 여성 교장이었다고 들었어요. 이 년 전에 퇴직하면서 모든 사회 활동을 중단한 것 같아요. 동방의 별, 미국 애국여성회, 정션 시티 연극회…… 심지어 교회 성가대까지 그만뒀다죠? 류머티즘 때문일 거예요. 지금은 상당히 심해졌거든요. 지팡이에 어떤 식으로 기대는지 보이죠? 저 지경에 놓인 사람은 통증을 조금이라도 덜 수 있다면 뭐든 마다하지 않을 거예요.

저것 좀 보세요! 새로 문을 연 가게를 열심히 들여다보고 있죠? 왜 아니겠어요. 나이는 먹었을지 모르지만 죽으려면 아직 멀었는걸요. 게다가 이런 속담도 있잖아요. 호기심은 고양이를 죽이지만 만족감은 고양이를 다시 살린다.

안내판이 보이느냐고요? 당연하죠! 이 년 전에 안경을 맞췄는데

근시용이에요. 원시 시력은 이보다 더 좋을 수가 없죠. 위에는 "근일 개업" 그 아래에는 "앤서드 프레이어스Answered Prayers, 전혀 새로운 매장"이라고 되어 있어요. 그리고 마지막 줄에는—잠깐만요, 글씨가 좀더 작은데—마지막 줄에는 "보고도 믿지 못하실 겁니다!"라고 되어 있네요. 나는 그럴 것 같지 않지만요. 「전도서」에 보면 하늘 아래 새로운 건 없다고 하잖아요. 나는 그 말을 굳게 믿어요. 하지만 어마 스킬린스는 다시 올 거예요. 다른 건 몰라도 샘 피블스의 예전 사무실 위에 밝은 빨간색 차양을 설치하기로 마음먹은 사람이 누군지 확인하기 위해서라도 다시 오고말고요!

나도 안을 들여다볼지 몰라요. 아마 마을 주민 대부분이 조만간 그럴 거예요.

아니, 저런 이름이 달린 매장이면 뭐든 될 수 있잖아요.

뭐든 말이에요.

1988년 10월 24일

1991년 1월 28일

옮긴이 **이은선**

연세대학교에서 중어중문학을, 국제학대학원에서 동아시아학을 전공했다. 편집자, 저작권 담당자를 거쳐 전문 번역가로 활동중이다. 코넬 울리치의 『환상의 여인』과 『상복의 랑데부』, 애거서 크리스티의 『끝없는 밤』, 스티븐 킹의 『11/22/63』, 『악몽을 파는 가게』, 『미스터 메르세데스』. 마거릿 애트우드의 『그레이스』, 프레드릭 배크만의 『베어타운』 등을 비롯하여 다양한 소설을 번역하고 있다.

욕망을 파는 집 2

Needful Things

1판 1쇄 2020년 5월 25일
1판 2쇄 2020년 7월 28일

지은이 스티븐 킹
옮긴이 이은선
펴낸이 염현숙

책임편집 이송 | **편집** 임지호 | **외주편집** 홍상희
표지디자인 이경란 | **본문조판** 최미영 | **저작권** 한문숙 김지영 이영은
마케팅 정민호 정진아 함유지 김혜연 김수현 | **홍보** 김희숙 김상만 지문희 우상희 김현지
제작 강신은 김동욱 임현식 | **제작처** 영신사

펴낸곳 (주)문학동네
출판등록 1993년 10월 22일 제406-2003-000045호
임프린트 엘릭시르

주소 10881 경기도 파주시 회동길 210
문의 031-955-1918(편집) 031-955-8896(마케팅) 031-955-8855(팩스)
전자우편 editor@elmys.co.kr | **홈페이지** www.elmys.co.kr

ISBN 978-89-546-7161-3 04840
978-89-546-7159-0 (SET)

엘릭시르는 출판그룹 문학동네의 임프린트입니다.